# 정화된 밤

# 정화된 밤

권희철 평론집

문학동네

# 책머리에

지난 구 년 동안 발표한 글들을 모으고 고친 뒤 '정화된 밤'이라는 제목을 붙여 두번째 평론집으로 묶었다.

말할 필요도 없는 일이지만, '정화된 밤'은 쇤베르크의 현악6중주곡 제목이고 이 제목은 리하르트 데멜의 시에서 온 것이다. 쇤베르크의 〈정화된 밤〉도 리하르트 데멜의 「두 사람」도 이 책과는 아무 관계가 없다. 그런데도 책 제목을 이렇게 정한 데에는 다음과 같은 사정이 있었다.

'발견되지 않은 나라의 왕'은 첫번째 평론집을 준비하면서 염두에 두고 있던 제목들 가운데 하나였다(나는 이 구절을 오래전 뤼디거 자프란스키의 니체 평전에 실려 있는 소년 니체의 일기장에서 봤던 것으로 기억하고 있었지만 끝내 그 책에서 해당 구절은 발견되지 않았다). 그런데 이 문구에는 개념적 요소가 부족하니 평론집 제목으로 적당하지 않다는 조언이 있었다. 되지도 않게 시적인 체하면서 거드름 피우지 말고 정직한 제목을 붙이라는 말이었을 것이다.

그런데 그것이야말로 내가 그 시절 문학비평을 통해서 하려고 했던 것이 아닐까? 되지도 않게, 시적인 체하면서, 거드름 피우기. 이 꼴사나운 허위에, 오로지 이 허위를 통해서만 도달할 수 있는, 모종의 진실이 있다고 믿으면서 말이다. 그러한 태도는 현실에 부합하지 않을 뿐만 아니라 심지어 현실에 신경쓰지 않아도 좋다고까지 말하고 있기 때문에 꼴사나운 허위에 지나지 않는다. 하지만 바로 그 태도가 주어진 현실에 순응하지 않을 힘을 불러모으고 굳어진 현실을 변전하게 만드는 자극들을 누적시킨다는 점에서 저 허위에 찬 태도는 미래라는 진실 혹은 역사라는 진실에 도달하는 방법이 될 수 있다. 그렇다면 문학비평은 바로 그러한 태도에 그러니까 진리와 비진리의 변증법에 기꺼이 말려들어가 그것을 가속화해야 하는 것이 아닐까?

'발견되지 않은 나라의 왕'을 첫 책의 제목으로 삼고자 한 것은 그런 이유 때문이었다. 지금의 현실 어디에서도 자신에게 꼭 들어맞는 자리를 찾아낼 수 없었지만 그렇다고 해서 단지 패배자일 수는 없는 자들의 읽기와 쓰기, 그런 자들로 되게 하는 읽기와 쓰기, 그런 자들이 발견하(지 못하)는 무엇인가에 관한 읽기와 쓰기. 내게는 그것이 문학이며 문학비평이었다. 발견된 나라의 주인과 노예들에게는 한낮의 진실이 있겠지만, 그 안에는 언제나 소진될 수 없는 밤의 비진리가 잠복해 있고, 거기에 발견되지 않은 나라의 왕의 힘이 있으므로, 나의 읽기와 쓰기 또한 밤의 비진리를 향해 가야 한다고, 이미 수많은 작가들이 결코 발견될 수도 없고 하나의 장소도 아닌 그곳을 향해 뿔뿔이 흩어지며 내려갔으니 나 또한 그쪽을 향해 합류하며 어긋나야 한다고도 생각했다.

그런 생각은 그때나 지금이나 내 머릿속에 항상 배경음처럼 깔려 있는 것이어서, 이번 책에도 여기저기 그 흔적이 강하게 남아 있다. 남아 있는 흔적이라기보다 지겨운 줄도 모르고 나도 모르게 반복하게 되는 주제였다. 그러므로 그때 붙이려다 만 그 제목을 이번 책에서 되살려내는 것이 정직한 일인지도 모른다.

하지만 지금의 내게는 밤의 비진리가 정화될 필요가 있는 것처럼 보인다. 그것이 아무리 진리에 이르는 길이 될 수 있다 하더라도 밤의 비진리는 그것 자체로는 허위에 지나지 않으며, 결국에 가서는 낮의 왕국을 신비화하면서 보완하는 또다른 가상의 왕국으로 전락할 위험에 너무 가까이 노출되어 있기 때문이다.

다시, 그럼에도, 밤의 비진리를 경유하지 않고는 낮의 진리를 움직일 수 없으리라. 그러니까 밤의 시간을 말소하는 대신 정화된 밤에 이르러야 한다. 정화된 밤은 스스로를 배신한 밤이 아니고 낮과 화해한 밤이 아니다. 정화된 밤은 밤의 시간을 특권화하고 싶은 유혹에 굴복하는 바람에 낮의 왕국으로 되돌아가는 일이 없도록 주의하면서, 진리와 비진리의 변증법을 끝까지 밀고 나가 낮과 밤의 대립의 구속으로부터 시간을 풀어주는 것이다. 이 정화의 필요에 도달하기 위해 내게는 우글거리는 밤의 시간들을 통과할 필요가 있었다고도 말하고 싶다.

그러니까 '정화된 밤'은 이 책에서 내가 작업한 결과들을 요약하지 않는다. 그것은 차라리 이 책을 묶는 지금에 와서야 뒤늦게 떠오른 예비적인 성찰이거나 이다음에 대한 예감일 뿐이다. 하지만 '정화된 밤'의 이미지가 떠오르고 보니, 이 책에 실린 글들에서도 예컨대 「착화着火」「재난 장치 고안자」「살아남는 법을 배우기」 그리고 「셉티머스의 컵」 등에서 그것이 불충분하기는 했지만 아주 조금씩 시도됐던 것처럼 보이기도 한다. 신비로운 밤의 왕국이 잔혹한 낮의 왕국을 구제하리라는 망상을 경계하면서, 밤의 비진리를 망상으로 끌고 가려는 해석의 욕망을 절제하고 텍스트 안에서 이미 작동하고 있는 객관적인 장치들을 끄집어내면서, 그런 장치들로 낮과 밤의 대립을 해체하고자 하면서.

'정화된 밤'이라는 말의 이미지에서 떠올린 이런 생각들은 쇤베르크의 〈정화된 밤〉이 우리에게 선물하는 체험과는 아무 관련이 없다. 하지만 〈정화된 밤〉 이후의 쇤베르크가 추구한 것을 내가 흉내내고자 소망하는 것이라고 한다면 어떨까. 아도르노가 『신음악의 철학』과 유고 노트 『베토벤. 음악의 철학』에서 분석한 대로, 쇤베르크가 추구한 것이 베토벤 만년 양식에 대한 응답, 즉 음악 그리고 세계가 부분과 전체의 역동적인 용서와 화해에 도달해야 한다는 위대한 망상에 대한 베토벤 자신의 의심과 반성에 대한 응답이라면 말이다. 쇤베르크의 응답에는 매혹적이지만 해명되지 않은 불충분한 것(밤)을 끝까지 밀고 나가서 넘어서고자(정화) 하는 제스처가 포함되어 있는 것이다.

이 책은 4부로 이루어져 있고, 두 개의 에필로그가 덧붙여져 있다. 1부에는 주로 시적인 것과 그 유동성 혹은 역동성을 염두에 두고 쓴 글, 2부에는 텍스트라는 것이 여러 요소들이 얽히고 짜인 구체적인 텍스처 외에 아무것도 아니라는 사실, 그와 꼭 같이 여러 텍스트들이 얽히고 짜여 보다 거대한 텍스처가 될 수 있고 되려고 한다는 사실을 의식하며 쓴 글, 3부는 사랑이라는 진부하면서도 까다로운 그럼에도 얽힘을 향한 열망과 구분하기 어려운 주제에 접근하고 있는 글, 4부는 윤리적인 것, 정치적인 것, 인륜적인 것을 부분적으로 함축하는 글을 배치했다. 두 개의 에필로그 가운데 첫번째 글은 다소 개인적인 글이지만 지난 몇 년 동안 내게 중요한 가르침이었던 들뢰즈의 어떤 관념을 요약한 것이기도 하다. 맨 마지막에 배치한 두번째 에필로그는 내가 글을 쓸 때 절대로 잊어서는 안 된다고 믿고 있는 것, 그런데도 실제로는 너무 자주 잊어버리곤 했던 것을 포함하고 있다. 앞선 다른 글들 모두에서 덜 말한 것을 마지막 글이 나중에라도 보충해주기를 바라는 마음이었다. 그러나 정확히 말하자면 내가 정화하지 못한 허위에 대해 마지막 글에서 뒤늦게라도 자백하고 기록할 필요가 있었다고 해야 할 것이다.

2022년 봄

권희철

# 차례

## 3부



## 4부



**에필로그**

# 1
# 부

# 시의 음악

반 고흐가 그린 것은 어떤 농부, 해바라기, 밀밭, 밤의 카페가 아니다. 그가 그린 것은 그러한 대상들 전체를 휩쓸어버리는 "부드러우면서도 광포한 물결"이다. 우리가 그의 그림에서 "붓으로 그림 전체를 빗질한 듯"[1)]한 인상을 받게 되는 것은 바로 그 물결 때문이다. 그 휩쓰는 물결은 그 자체로는 감각될 수 없고 오로지 휩쓸리고 있는 대상의 동요를 통해서만 표현되기 때문에 어떤 농부, 해바라기, 밀밭, 밤의 카페가 그의 화폭에 등장하지만 그것은 일종의 미끼일 뿐 그러한 사물들 자체가 고흐의 회화적 글쓰기의 목표는 아니다.

*

반 고흐는 사람들이 그가 그린 것이 "잘못 그려졌다"며 "물감을

1) 질베르 뒤랑, 『상상계의 인류학적 구조들』, 진형준 옮김, 문학동네, 2007, 415쪽.

덕지덕지 칠한 그림일 뿐"[2]이라고 평가한다고 불평했지만, 그가 불평한 세간의 평가에는 얼마간의 진실이 담겨 있다. 그는 "사물을 외부에서 쓰다듬지도 않고, 묘사하지도 않고 다만 (……) 사물들 속으로 침투하여 사물들을 활기차게 만"[3]들기 때문에 그의 작업은 대상을 능가하는 역동성을 표현하는 대신에 형태의 정확함을 희생시키는, 말하자면 '물감을 덕지덕지 칠한 잘못 그려진 것'이 된다. 그러나 이 잘못된 묘사야말로 사물의 본질 혹은 존재-생성의 신비에 접근하는 통로가 될 수 있다. "부드러우면서도 광포한 물결"이 어느 한 지점에서 일시적으로 맺혀 있는 결정들(말라르메라면 '물거품'이라고 했을까?)이 우리가 현실에서 경험하는 사물들이고, 사물들은 그 물결에 휩쓸리며 이미 다른 사물들을 향해 변화하는 중이다. 사물들을 낳기도 하고 회수해가기도 하는 물결. 그것은 사물들 이전에 있고 이후에 있으며 동시에 사물들을 둘러싸고 있다. 그 물결 안에서 모든 사물들은 은밀히 떨고 있는데, 고흐가 그려 보이는 물결은 사물들의 떨림의 중첩 혹은 중첩에 의한 증폭 이외에 아무것도 아니다.

*

반 고흐가 〈해바라기〉와 〈밤의 카페〉를 그릴 무렵 쓴 편지에는 이런 구절이 보인다. "회화는 (……) 더욱 섬세하고 음악적이고 덜 조각

---

2) 빈센트 반 고흐, 『세상에서 가장 아름다운 편지』, 박홍규 편역, 아트북스, 2009, 576쪽.

3) 질베르 뒤랑, 같은 책, 417쪽.

적이 되어가고 있다."(1888년 8월 15일자 편지)[4] 그는 그의 회화적 글쓰기가 음악적으로 되어간다고, 그것이 그의 작업의 방향이라고 생각했다. 우리는 반 고흐의 편지의 일절을 이렇게 정리해볼 수도 있다. '부드러우면서도 광포한 물결, 사물의 본질 혹은 존재-생성의 신비, 사물들의 떨림: 그것은 점점 더 음악적이 되어가는 예술에 의해 포착되고, 이때 예술은 점점 덜 조각적이 되어가는 것이다. 물결들의 소용돌이를 냉각시키는 것은, 경직되고 명확한 형태 안에 머물러 있는 사물들은, 음악적 예술의 목표가 아니다.' 여기서 회화(혹은 회화적 글쓰기), 음악, 조각은 서로 대등한 예술 분야가 아니다. 여기서 음악과 조각은 모든 예술 내부에 존재하는 '거대한 대립'이다. 우리가 음악이라고 판정하는, 일상에서 끊임없이 듣게 되는 리듬과 멜로디로 구성된 그것은 그 자체로 음악적일 수도 조각적일 수도 있다. 모든 예술에서 이 두 충동은 어느 하나가 우세하거나 둘이 경합을 벌이고 있거나 신비롭게 결혼한 상태에 있을 수 있다(예술 분야 가운데 하나인 음악과 구분하기 위해 알파벳으로 표기했다면 대문자로 썼을 이 근원적 충동을 이제부터 다른 글씨로 표기하기로 하자. 음악이 아니라 음악이라고).

*

음악과 조각을 대립하는 원리로 상정하고 있는 고흐의 편지에서 니체의 첫 철학적 저서 『비극의 탄생』(1872)을 떠올리지 않기가 어렵

4) 같은 책, 419쪽에서 재인용, 이하 강조는 인용자.

다. 『비극의 탄생』의 초판 제목은 '음악정신으로부터의 비극의 탄생'이다.

고흐가 니체를 읽었을까. 동시대를 살아간 두 거인이 같은 주파수의 직관에 도달한 것일까.

고흐가 저 문장을 쓴 것은 프리드리히 니체가 토리노의 카를로 알베르토 광장에서 졸도하기 반년 전의 일이다. 니체의 졸도는 고흐가 귀를 자를 즈음의 일이다.

*

나는 청년 니체의 주장을 이렇게 요약하고 싶다. 아직 깊은 어둠 속에 잠들어 있는, 아직 아무런 개별적인 것들도 낳지 않은, 생명-카오스의 바다는 그러나 지나치게 흘러넘치는 힘이며 스스로를 견딜 수 없는 모순이기 때문에 텅 빈 고요로 남아 있을 수 없다. 그 때문에 생명-카오스의 바다는 이런저런 형상들을 꿈꾸고 그 꿈이 모든 개별적인 것들을 낳음으로써 과잉과 모순의 고통을 해소한다. 이것이 조형적(조각의) 기쁨이고 아폴론의 쾌락이다.

지혜로운 아폴론은 개별적인 것들 사이의 한계선을 인식하게 하고 그 한계선 안에서 저마다가 자기 자신에 도달하는 절도를 배우게끔 한다. 이러한 개별적인 것들의 세계가 우리가 경험하는 삶의 풍경이다. 하지만 아폴론적 쾌락이 곧 고통이다. 그것은 거대한 하나(근원적 일자一者)로부터 찢겨진 고통이고 한계선 안에 머무는 속박의 고통이자 넘쳐흐르는 힘을 스스로 배반해야 하는 억제의 고통이다. 서로 다르게 보이는, 잘게 나누어진 것들이 사실 동근원적이라는 점을 망각한 채 서로 부딪히고 갈등하다가 짓이겨지는 것도 아폴론적 쾌락의 이면이다. 여기서 "최고의 기쁨으로부터 경악의 외침이나 혹은 보상할 수 없는 상실을 갈망하는 탄식이 울려나온다. 마치 자연이 개체들로 분할되는 것을 후회하는 것처럼"[5].

여기서 "개체의 파멸이라는 즐거움" "음악의 정신"[6] 즉 디오니소스의 원리가 개입한다. 여기서 리듬과 멜로디의 조화롭게 정돈된 건축물로서의 음악을 떠올려서는 안 된다. 음악은 언제나 그러한 경직성으로부터 빠져나가 다른 리듬 다른 멜로디를 부르며 스스로를 변화시키고 몸을 뒤집으며 경직된 모든 것들을 휩쓸어버리는 거대한 물결 이외에 아무것도 아니기 때문이다. 그러므로 음악은 형상과는 무관할 뿐 아니라 오히려 그런 것들을 참을 수 없어 하고 그런 것들을 파괴하고 집어삼키며 그 자신인 물결 속으로 흡수한다. 그렇게 해서 음악은 우리가 도취 속에서 아폴론적 한계선을 넘도록 유혹한다. 한계선을 넘으며 우리가 개체성을 잃을지라도 개체성 너머가 공허한 무無가 아니라 거기에 "개체 원칙의 배후에 있는 전능한 의지, 모든 현상의 피안에서 모든 파멸에도 불구하고 (……) 영원한 생명"[7]의 물결이 있음을 확인시켜주는 것이 음악이다. 그러므로 음악은 고통받고 있는 개별적인 것들을 구원할 뿐 아니라 삶이 자기 자신을 구원하는 방식이기까지 하다.[8] 조형적이고 아폴론적인 개체들의 입장에서 이

5) 프리드리히 니체, 『비극의 탄생 · 반시대적 고찰』(니체전집 2), 이진우 옮김, 책세상, 2005, 38쪽.

6) 같은 책, 126쪽.

7) 같은 책, 127쪽.

8) 같은 책, 66쪽.

러한 파괴가 또다른 고통으로 느껴지더라도, 그것이 구원의 길이라는 점은 변하지 않는다.

*

니체가 다음과 같은 경구를 쓸 때, 그러므로 그것을 음악 애호가의 취향 고백으로 읽어서는 안 된다. "음악 없는 삶은 하나의 오류이리라."[9)]

음악이 없으면, 삶은 스스로가 분비하는 고통으로부터 자기 자신을 구원할 수 없는 것이다.

*

나는 앞에서 고흐가 그린 것에 대해 이렇게 썼다. '사물들을 낳기도 하고 회수해가기도 하는 물결. 그것은 사물들 이전에 있고 이후에 있으며 동시에 사물들을 둘러싸고 있다' '이 잘못된 묘사야말로 사물의 본질 혹은 존재-생성의 신비에 접근하는 통로가 될 수 있다'.

니체는 음악에 대해 이렇게 썼다. "음악은 근원적 일자의 가슴속에 있는 근원적 모순과 고통과 상징적으로 관계를 맺고 있으며, 따라서 모든 현상의 위와 앞에 있는 어떤 영역을 상징화"한다. "음악에 비하면 모든 현상은 오히려 비유에 불과하다."[10)]

---

9) 프리드리히 니체, 『바그너의 경우 · 우상의 황혼 · 안티크리스트 · 이 사람을 보라 · 디오니소스 송가 · 니체 대 바그너』(니체전집 15), 백승영 옮김, 책세상, 2002, 83쪽.

10) 프리드리히 니체, 『비극의 탄생 · 반시대적 고찰』, 60~61쪽.

*

우리는 고흐의 그림에서 무엇을 본다기보다 음악을 듣는 것이다. 그가 편지에 써놓았듯이.

"회화는 (……) 더욱 섬세하고 음악적이고 덜 조각적이 되어가고 있다."

*

그런데 왜 삶을 구원하는 디오니소스적인 것의 물결은, 왜 하필 다른 예술 장르가 아니라 음악으로 지칭되는 것일까.

그 물결에 음향적인 무엇인가가 있기 때문이다.

음향적인 것은 오로지 '떨림'으로부터 시작된다. 어떤 개별적인 것이 한계선 안에서 최대한의 안정화에 도달할 때 그 떨림은 사라지고 그럴수록 음향적인 것은 희미해진다. 개별적인 것이 자기 자신이 되고자 하는 목표에 만족하지 못하고 동요하고 요동칠수록 거기서 만들어진 파동이 음향으로 더 크게 더 멀리 전달된다. 청취하는 행위는 단지 소리라는 감각적 요소를 느끼는 것이 아니라 그 '떨림'에 접촉하는 것이다. 손으로 만지는 것보다 더 내밀한 접촉. 그 떨림에 동참하는 접촉. 내 신체의 일부가 함께 떨지 않으면 나는 어떤 소리도 들을 수 없다.

음향적인 것의 떨림은 개별적인 것을 불안하게 할 뿐만 아니라 그것을 결국 파괴해버릴지도 모른다는 공포를 불러일으킨다. 하지만 이 공포에는 관능적인 데가 있다. 떨고 있는 신체, 흔들리는 신체만큼 관능적인 이미지가 또 있을까. 그 관능적 순간에 우리는 얼마나 기꺼이 우리 자신을 잃어버리는가.

음향적인 것, 떨림, 공포, 관능, 도취, 망아忘我: 음악정신

*

개별적인 것들을 낳기 전의 근원적 일자는, 존재-생성의 바다는, 공허한 무無가 아니므로, 견딜 수 없는 모순이자 흘러넘치는 힘 그 자체로서 이미 '떨림'이고 이미 음향적이다. 그 음향적인 것의 떨림이 개별적인 것의 목표를 경로에서 이탈시키고 그것을 동요하고 요동치게 만든다. 음향적인 것이 퍼져나가며 개별적인 것들을 흔들어 음향적인 운동에 참여하게 한다. 음악이 우리의 감정을 고양시키기도 전에 음악에는 어떤 '울림'이 있다. 그런데 어떤 음악이 우리를 뒤흔들어 울게 만든다고 할 때, 이 '울림making us cry'과 '울림echo'은 정녕 다른 말일까.

음악정신의 요소들을 정리한 위의 목록에 '울림'을 추가할 것.

*

이 음향적인 떨림과 울림은 결국 '열림'이다. 이 열림에는 두 개의 차원이 있다. 1) 음향적 떨림과 울림은 안정화된 형태라는 베일을 찢은 뒤에야 그 아래에서 소용돌이치는 무엇인가를 인식하게 하고 거

기에 동참하게 하는 압력으로 작용하기 때문에 '열림(베일 찢기)'을 이끌어낸다. 2) 그런 형이상학적인 차원에 대해 말하기 전에, 음향적인 것의 수신처인 "귀에는 눈꺼풀이 없다." 눈에 보이는 것은 눈꺼풀이나 커튼이나 장벽으로 가릴 수 있지만 "소리는 눈꺼풀도 (……) 커튼도 장벽도 인식하지 않는다. (……) 소리는 급류와 같이 밀려들어 우리를" 휩쓸고 내부로 침투한다. "모든 소리는 (……) 외피를 뚫는 송곳의 성질을 지닌다."[11] 바로 이 '열림'이 음향적인 것의 물리적 조건이다. 음악정신의 목록을 다시 보완할 것.

*

나는 니체로부터 더 과감하고 단순한 결론을 이끌어내고 싶다: 모든 예술이 그렇듯이, 시는, 음악을 모방한다(시에도 리듬이 있다거나 시가 노래로부터 비롯된 것이라는 진부한 견해로부터 이 결론이 부디 구분되었기를). 혹은 음악을 모방할 때, 형상과 개념들이 은폐하고 있는 존재-생성의 거대한 물결이 솟구쳐 언어를 적실 때 그것은 시가 된다.

나는 언젠가 '시'(시편을 낳는 원인이지만 결코 직접적으로 표현될 수는 없는 것)와 '시편'(우리가 실제로 읽는 시작품들, 그러나 결코 시를 완전히 구현할 수는 없는 것)을 구분하는 옥타비오 파스를 흉내내며, "결코 언어화될 수 없는 '시적인 것'이 언어적 지평을 향해 융기할 때 '시'가 발생한다"고 쓴 적이 있다. 이 문장의 앞부분을 고쳐서 '음악이 언어적 지평을 향해 융기할 때 시가 발생한다'고 써도 좋겠다.

---

11) 파스칼 키냐르, 『음악 혐오』, 김유진 옮김, 프란츠, 2017, 103~104쪽.

그리고 어쩌면 이렇게도 말할 수 있겠다. '음악이 부가되지 않은 시는 언제나 언어로 되돌아가려는 경향을 보인다.'

*

나는 지금 음악에 대해서 쓰는 것이 아니고, 음악에 대해 쓰며 이것이 '시의 발생'에 대해서도 암시하는 바가 있기를 바라는 것이다.

음악의 떨림과 울림과 열림이, 음악을 음악과 연결 짓는 근거라면, 언어가 음악을 모방할 때 필요한 것은, 자음과 모음의 발성들을 작곡하듯 배치하는 것이 아니라 저 떨림과 울림과 열림을 도입하는 것이다.

시의 발생: 음악을 모방할 것=언어에 떨림과 울림과 열림을 도입할 것.

그러나, 어떻게?

*

파스칼 키냐르는 『음악 혐오』에서 '베드로의 눈물'을 읽는다. 아니, 듣는다고 해야 할까?

성 루가가 기록하여 널리 알려진 이야기. 예수가 붙잡혔을 때, 붙잡힌 예수를 멀찍이 따라가던 베드로를 사람들이 알아보고 네가 예수의 도당이 아니냐고 물을 때마다 베드로는 예수를 모른다고 부인했다. "베드로가 이르되 이 사람아 나는 네가 하는 말을 알지 못하노라고 아직 말하고 있을 때에 닭이 곧 울더라. 주께서 돌이켜 베드로를 보시니 베드로가 주의 말씀 곧 오늘 닭 울기 전에 네가 세 번 나를 부인하리라 하심이 생각나서 밖에 나가서 심히 통곡하니라."(누가복음 22장 60절~62절) 요한만이 "이에 베드로가 또 부인하니 곧 닭이 울더라"(요한복음 18장 27절)고 건조하게 쓴 이 장면에서, 마태오와 마르코는 루가와 같이 수탉의 울음소리에 뒤이어 베드로의 울음을 추가하고 그것이 예수를 부인한 것에 대한 회한의 눈물이라는 점을 강하게 암시하고 있다(마태복음 27장 69절~75절, 마가복음 14장 54절~72절).

베드로를 울린 수탉의 울음. 베드로의 떨림, 울림, 열림. 그 위로 복음서의 저자들이 끼얹어놓은 죄책감.

베드로의 오열 이래로 그 북받치던 순간을 기념하기 위해 그리스도교 세계의 교회 종탑 위에서는 수탉의 울음소리를 퍼뜨리는 종이 지금까지 울리고 있다.[12] 하지만 그 북받침의 분석에 대해서라면 복음서의 저자들이 틀렸다고 키냐르는 생각한다. 베드로는 예수를 부인했다는 죄책감 속에서 회한의 눈물을 흘린 것이 아니다. 수탉의 울음이 베드로의 정돈된 음향적 체계를 찢어놨기 때문에 베드로는 떨며 울었던 것이다.

베드로는 베드로가 아니고 가버나움의 어부 시몬이었다. 그러나 예수가 그에게 물고기를 잡는 그물을 버리고 호수를 떠나라고 명하며 시몬을 베드로라고 불렀다. "이후 그는 새로운 이름의 음절들에

---

12) 같은 책, 17쪽.

답해야 했다. 오래전 부여된 이름은 버려졌다. 그는 감정을 절제했으며 이름에 얽힌 유년 시절의 일화들도 멀리했다. 그러나 불시에, 무심결에 저지른 행동으로 때때로 새로운 이름을 저버렸다. 베드로는 개 짖는 소리에, 도기 깨지는 소리나 넘실거리는 물결 소리에, 개똥지빠귀나 나이팅게일, 제비의 노랫소리에 오열했다."[13] "새벽을 알리는 그 거친 노래〔수탉의 울음—인용자〕가 베드로를 그 자신의 것과는 다른 층위에 빠뜨린다. 예수의 층위, 베드로의 층위, 베드로 이전의 층위(시몬의 층위), 시몬 이전의 층위. (……) 그가 부인하는 이름(예수)보다도, 그가 저버렸던 옛 이름(시몬)보다도 멀리 떨어진 곳에, (……) 소리의 파편이 있다. 이 작은 음성의 조각은 그를 자연의 맹렬한 짖음의 품으로 (……) 별안간 되돌려보낸다. (……) 수탉의 울음에 걸려든 베드로의 두려움은 돌연한 음성적 동요로 나타난다."[14]

'벌거벗은 한 아이'가 호숫가 마을에서 성장하며 '어떤 관습과 체계와 언어의 인간'으로 성장했다. 예수는 이 시몬이라는 인간을 끌어올려 보다 더 신성한 관습과 체계와 언어의 베드로로 바꿔놓았다. 베드로는 다른 사도들과 같이 예수를 따르며 예수를 이해하고 궁극적으로는 예수처럼 되고자 했다. 그러나 자연의 맹렬한 울림이 인간에서 신에 이르기까지의 다양한 형상을 빚어내며 보호하는 베일을 찢어버렸다. 예수의 층위를, 베드로의 층위를, 시몬의 층위를, 아직 시몬이 되지 않은 벌거벗은 아이의 층위를 모조리 찢어버렸다. 닭의 울음이 베일을 찢었고 무엇인가를 열어버렸으며 베드로는 그 울림에 동참하여 오열했다. '부드러우면서도 광포한 물결'이 그를 휩쓸었다. 그 물

13) 같은 책, 81~82쪽.

14) 같은 책, 86~87쪽.

결에 휩쓸리며 우는 순간만큼만은 그는 베드로로부터 빠져나왔다.

이 위험한 동요를 차단하기 위해 복음서의 저자들은 서둘러 죄책감이라는 드라마를 덧붙였다. 이후 기독교 세계에서 교회 음악은 수탉-베드로의 울음을 차단하는 임무를 부여받는다. 물론 교회 음악은 음악이 아니고 수탉-베드로의 울음이 음악이다.

*

시의 발생: 음악을 모방할 것=언어에 떨림과 울림과 열림을 도입할 것.

그러나, 어떻게?

도처에서 베일을 찢는 수탉의 울음소리를 들을 것. 모든 사물 안에 숨겨져 있는 수탉이 소리 내게 할 것. 그리고 함께 울 것. 그것을 위해, 그전에 너의 예수를 부인할 것. 베드로처럼. 거기에서 베일 찢기는 소리가 시작되리니.

*

니체는 이렇게 썼다. "리듬과 강약과 화음을 통한 음악의 상징적 힘들이 갑자기 격렬하게 솟아오른다. 모든 상징적 힘들의 이러한 총체적 발산을 파악하려면, 인간은 이미 저 힘들 속에서 상징적으로 스스로를 표현하고자 하는 자기 포기의 높이에 도달해 있어야 한다. 열광적 송가를 부르는 디오니소스 숭배자는 오직 자신과 같은 동류의 사람들에게만 이해된다! 아폴론적 그리스인은 얼마나 놀라서 그를 바라보아야 했던가! 이 놀라움은, 저 모든 것이 본래는 자신에게 그렇게 낯선 것이 아니고 또 자신의 아폴론적 의식은 하나의 베일처럼 이 디오니소스적 세계를 은폐하고 있을 뿐이라는 공포의 전율이 뒤섞일 때 더욱더 커졌다."[15]

그 베일을 찢으라. 베일에서 찢어지는 소리를 이끌어낼 것. 그 울림에 동참하여 오열할 것. 베드로처럼.

*

그러므로 『우상의 황혼』의 서문의 한 구절을, 철학자의 과시적 고백이기보다 차라리 시인의 명쾌한 실천 목표로 읽어야 한다.

"내 앞에서는 계속해서 조용히 있고 싶어하는 것도 소리를 내지 않고는 못 배긴다……"[16]

(2017)

15) 프리드리히 니체, 『비극의 탄생 · 반시대적 고찰』, 39쪽.

16) 프리드리히 니체, 『바그너의 경우 · 우상의 황혼 · 안티크리스트 · 이 사람을 보라 · 디오니소스 송가 · 니체 대 바그너』, 74쪽.

# 음부陰部/淫婦의 입술이 세계의 성기性器를 삼킬 때
## —김언희론

### 1. 언데드

세상 사람들이 말하기를, 죽은 자들은 우선 매장되어야 한다. 죽은 자들은 화가 나 있기 때문이다. 난데없이 삶을 빼앗긴 탓에 화가 난 그들은 아직 살아 있는 자들을 질투하여 해코지하러 올지도 모른다. 그러므로 죽은 자들이 다시는 일어서지 못하게 그들 위로 무거운 관 뚜껑을 올려놓고 땅속 깊이 묻어야 한다. 그게 아니라, 한때 우리가 사랑했던 이들이 무無로 소멸되지 않고 새로운 존재로 부활할 수 있도록 그들을 어머니-대지의 품으로 돌려보내주어야 하는 것이다. 우리보다 더 늦게 죽을 자들이 나중에 우리에게도 그러한 친절을 베풀어주기를 바라면서. 이도 저도 아니라면, 사체가 부패하면서 생기는 끔찍한 악취와 병균으로부터 살아 있는 자들을 보호하기 위해서, 혹은 삶의 필연적인 결론이 흉측한 몰골로 드러나는 것을 막기 위해서라도, 죽은 자들은 지하 깊숙한 곳으로 우리들의 눈에 띄지 않게 얌전히 들어가주어야만 한다. 어떤 경우라도 죽은 자들은 무덤 속으로 들어가고, 무덤 밖에 있는 우리들은 살아 있는 것이다. 누구도 이 구분을 착각할 수 없다.

그러나, 김언희 시의 기저를 이루는 것은 죽음에 대한 착란이다.

> 나는 무덤 밖에 묻혔다
>
> 세계는 나의 부장품
>
> (……)새벽자명종소리에후다닥일어나다가투명한관뚜껑에이맛방아를찧으며복창한다(……),난
> 시체야!
>
> 내겐
> 썩는 일만 남았어!
>
> —「4장 4절」(『트렁크』, 세계사, 1995) 부분

세계는 나의 삶을 자극하거나 좌절시키거나 이러저러한 사적 에피소드들을 포괄하는 거대한 지평 혹은 네트워크가 아니다. "세계는 나의 부장품"일 뿐이다. 어떤 선한 자들은 죽은 자들이 사후의 세계에서도 지상의 삶을 이어나가길 바라면서 평소 그가 쓰던 물건들을 함께 묻어준다는데, 그것 때문에 죽은 자들은 자신이 시체라는 사실을 잊어버리게 되는 것일까. 자신이 시체라는 사실을 잊어버린 모든 죽은 자들이 아침이면 일어나 낮의 세계로 걸어들어간다. 그 안에서 시체들은 자신의 것이 아닐지도 모르는 삶을 기뻐하거나 슬퍼하며 살

아간다. 그러나 시인은 자신이 죽어 있다는 사실을 잊을 수가 없다. 일어날 때마다 관뚜껑에 이마를 부딪히며 고통스럽게 매번 다시 깨닫게 되기 때문이다. 삶의 지평처럼 보이는 이 세계가 사실은 많기도 많은 부장품일 뿐이라는 것을. "난/시체야!"

김언희의 시가 '지옥도'의 시적 환상을 보여주는 것이라고 혹은 현실의 허위를 벗겨내고 그 안에 잠재해 있는 악마적 실재를 표현하는 것이라고 말해볼 수도 있겠다. 김언희 시집의 어떤 부분을 펼쳐도 음산하고 지저분하며 퇴폐적이고 파괴적인 이미지들을 손쉽게 발견할 수 있는 것도 사실이다. 그러나 김언희의 시는 보다 근본적인 차원을 건드리고 있는 것이 아닐까. 현실의 삶 속에 무엇인가 끔찍한 것이 들어 있다는 것이 아니다. 그런 것을 가리켜 보이는 관념과 이미지를 짐짓 음미해보는 일과 시적 실천을 혼동하고 있는 당신이야말로 사실은 자신이 살아 있다고 착각하는, 썩어가는 시체라는 것이다. '복창하라, 네가 시체라고. 벗어나라, 네가 살아 있다는 그 착각에서.' 그것이 신성모독을 장기로 하는 김언희식 복음서의 4장 4절 말씀이다.

그렇게 해서 시의 방향이 결정된다. 삶의 병적인 부분들을 회복시키거나 도려내면서 죽음의 아가리로부터 삶을 구해내는 것은 김언희 시와는 아무런 관련이 없다. 김언희의 시는 그것과 정확히 반대 방향을 가리킨다. 우리는 이미 시체이고 죽음은 돌이킬 수 없으며, 그러므로 무엇인가를 회복시킨다는 기대는 완전히 헛된 것이다. 김언희의 시는 살아 있다는 착각으로부터 시체의 죽음을 건져내고 시체의 부패를 가속화시키며 죽음을 완성시키고자 한다. 부패 현상까지도 소멸되는 죽음의 완성.

그런데, 죽음을 완성시킬 수 있을까? 솔직하게도, 시인은 이 점에서 별로 낙관적이지 않다(이 점에서 솔직해지지 못하면, 과격한 퍼포먼스를 담은 시를 쓸 수 있을지는 몰라도, 시적 진실로부터는 멀어지고 만다). 살아 있지도 못하면서 아직 완전한 소멸에 들지도 못한 불쌍한 흡혈귀가 되어 시인은 죽음의 완성의 가능성을 타진하지만, 그것이 불가능하다는 사실은 이미 어느 정도 예감되고 있다.

> 누구
> 내 가슴에
> 대못 좀 박아줄 사람
> 없소?
>
> ……없소?

—「드라큘라」(『트렁크』) 부분

아무도 대답하지 않는, "없소?"와 "없소?"의 사이, 텅 비어 있는 한 줄, 그것을 한번 더 강조한 말줄임표. 죽음을 완성시킬 수 있을까? 아마, 절대로, 그럴 수 없을 것이다. 드라큘라는 치명적인 매력을 지닌 불사신이 아니라 다만 죽음을 완성시키지 못한, 살아 있는 것처럼 보이는 이미 죽은 시체라는 모욕적인 지위를 영원히 짊어지고 있어야 할 불쌍한 존재일 뿐이다. 그것은 "냄새를 풍기며 썩어갈 수분/조차도 없이" "무엇을[완성된 죽음을?—인용자, 이하 동일]//기다리고 있는" "아무도/베어주지 않는 죽은 가로수들"(「4장 4절」)과 동일한 가치를 지닌다. 식자들의 철 지난 유행어를 쓰고 싶지는 않지만, 여기서는 '언데드undead'라는 말을 써야 할 것 같다. "죽어도 죽어도 죽은 것 같지가 않지, 당신? 죽은 뒤에도 더, 죽고 싶지? 더 더 더 더 죽고 싶어//죽겠지?"(「스너프, 스너프, 스너프」)

## 2. 여자의 성性

완전한 죽음도 아니지만 그렇다고 삶도 아닌, 어쩌면 '유사-삶'이나 '유사-죽음'이라고 불러야 할 그것을 김언희는 "불어터진/음부"(「허불허불한」)라고 단정한다. 그것은 말하자면 가늘고 길게 찢긴 주름들의 집합이며, 하나의 유기체 안으로 치명적으로 침입해버린 상처와 모독과 피로를 물질화한 기관이다. 그것이 삶이라는 착각과 희망을 집어삼킬 때 그렇게 해서 그 착각과 희망의 조각들 또한 흐물흐물하고 불어터지고 축 늘어진 것으로 만들어버릴 때 우리는 좀더 죽음의 완성에 가까워질지도 모른다. 그렇게 될 수 있도록 가늘고 길게 찢긴 주름들을 헤집어보는 것, 그 주름들을 더 상처 입고 더 모독적으로 더 피로하게 만드는 것, 그것이 시를 쓰는 행위이다. "네가 한 게 뭐 있니 (……) 종이 아가리가 찢어지도록 네 년의 더러운 종이 가랑이가 찢어지도록 벌려주기밖에 더 했니 젓가락을 든 구더기들이 밑구녁을 다 파먹기까지"(「누가 내 시에 마요네즈를 발랐지?」) "지그시/벌려보는, 이/상처의//모독의//시, 시, 시, 시울들……"(「허불허불한」)

시울들의 삼위일체가 김언희 시의 골격을 이룬다. 입술〔입시울〕과 음부와 항문의 삼위일체. 시詩는 저 갈라진 틈, 우물거리는 구멍들을 자극하며 더 크게 벌어지게 만들고 움찔거리며 주변의 것들을 빨아들이게 만든다. 시체가 아닌 척하는 모든 것들을 유혹해서 집어삼키고("당신을 집어넣고/(……) 싶어/(……) 당신, 이리 와/배때기째 벌려지는, 이/허기 속으로"(「늙은 창녀의 노래 1」), "뼈마디가/녹신거리는 맛" "체위를 설명할 길 없는/쥬시 후레쉬"(「쥬시 후레쉬」)) 그것들을 모조리 똥으로 만든다("모든 것"을 "똥으로 만들어버리는 무서운/분뇨의 회로"(「왜, 모조리」)). 빠져나올 수 없는 유혹의 액즙 속으로 침몰시키기, 향기를 악취로 바꾸고 아름다운 형태를 일그러뜨리는 부패의 연금술, 이것은 시적 충동을 여자의 성적 충동과 일치시키며 둘 모두를 변형시키는 독특한 사례이다. 팽창하고, 일으켜세워지며, 단단해졌다가, 어떤 시점에 이르면 강력한 에너지를 분출시켜 자신을 과시하고 널리 퍼뜨리는 남성적 생명의 성적 표현의 기쁨을 김언희의 시는 모른다. 그것들은 오히려 그녀의 시가 헤집어보는 "불어터진/음부" 속으로 들어가 축축해지고 흐물거리게 되고 "허불허불"해지다가 결국에는 똥이 된다. 그것은 말하자면 여성적 죽음의 성적 표현의 괴로움이다. 그것은 말하자면 시적 음부의 입술이 세계의 성기를 삼킬 때 벌어지는 일들이다.

이때 한 커플의 성적 행위들은 몸안으로 서로를 매장시키는 일과 구분되지 않는다. 여성의 관능적 애무는 동물화된 부패인 벌레들이 기어다니는 촉감이 되고, 벌레가 그렇듯이 세계의 성기는 "물크레" 해진다. 그러나 이 유사-죽음의 성행위에서는 생명의 쾌락이 분출되지 못한다. 거기에는 다만 "시취屍臭"와 "시즙屍汁"이 있을 뿐이다.

그 여자의 몸속에는 그 남자의 시신屍身이 매장되어 있었다 그 남자의 몸속에는 그 여자의 시신屍身이 매장되어 있었다 서로의 알몸을 더듬을 때마다 살가죽 아래 분주한 벌레들의 움직임을 손끝으로 느꼈다 그 여자의 숨결에서 그는 그의 시취屍臭를 맡았다 그 남자의 정액에서 그녀는 그녀의 시즙屍汁 맛을 보았다 서로의 몸을 열고 들어가

면 물이 줄줄 흐르는 자신의 성기가 물크레 기다리고 있었다 이건 시
간屍姦이야

—「그라베」(『말라죽은 앵두나무 아래 잠자는 저 여자』,
민음사, 2000) 부분

어쩌면 여자의 성性을 '집'에 대한 몽상으로 설명해볼 수 있을지도 모르겠다. 아직 충분히 자기 자신이 되지 못한 존재를 감싸안아 보호하며 그것을 부드럽게 쓰다듬어 그 존재 내부에 숨겨져 있는 리듬을 증폭시키고 더 큰 존재로 도약할 수 있게 만드는 '집'에 대한 몽상으로. 그러한 마법적인 옷이나 방을 찾는 것 혹은 그녀 자신이 그러한 옷이나 방이 되는 데서 기쁨을 느끼는 것을 여자의 성에 관련시킬 수 있을까. 그러니까 '자궁'을 중심으로 형성되는 온갖 고전적 상징들과 '스위트 홈'에 대한 현대적이고 세속적인 꿈들이 함축하는 순결한 부분을. 물론 이런 의견이 남성적 시각에서 재해석된 여자의 성일 뿐이라고 반박할 수 있다. 그러나 우리의 요점은 여자의 성을 집에 대한 아기자기한 몽상과 연관 지으려는 것이 아니라 김언희의 시가 여자의 성과 집에 대한 몽상을 연결시키며 죽음에 근접해 들어가는 '악몽'을 꾼다는 것이다. 그녀의 집에는 뱀들이 우글거린다. 몽상적인 부드러운 쓰다듬음은 징그럽게 미끄덩거리는 뱀들의 엉킴이 되고 뱀들은 너무 꽉 조여 숨이 막히고 서로에게 물어뜯겨지게 될 것이다.

집?

어느 집?

어느 뱀 구덩이?

포옹으로 죽이고 입맞춤으로 죽이는, 어느

귀머거리

독사 굴?

—「집」(『뜻밖의 대답』, 민음사, 2005) 전문

### 3. 종이, 시적 상황

앞에서 이미 말한 셈이지만, 그러나 저 독사 굴이, 시간屍姦이, 시적 음부의 삼킴이, 죽음을 완성할 수 있는 것은 아니다. 그것이 불가능하다는 것이야말로 시적 상황이다.

이 점에 유의해야 한다. 완성된 죽음에 근접해가는 부패의 가속화는 시쓰기의 행위 속에서만 가능하다. 그것이야말로 김언희의 시적 탐구의 목표이기도 하다. 그런데 시가 결국에는 언어의 구조물이거나 의미의 결정체結晶體로 남는 한에서 부패도 죽음도 완전해지지 않는다. 거기에는 세계의 잔여물들이, 우리가 살아 있다는 착각을 여전히 가능하게 하는 무엇인가가, 완전히 사라지지 못한 채 남겨져 있다. 그렇기 때문에 "시는, 쓰자마자, 시가 아니다"(「볼레로」). 시가 아무리 죽음을 향해 가는 운동을 함축한다고 하더라도, 시의 욕망이 아무리 언어의 실패를 끌어안으려 해도, 시가 언어의 일부로 기능하며 어떤 의미와 사물들을 연상시키는 한에서 시는 여전히 부장품-세계와 연결되며 죽음의 완성을 불가능하게 한다. 그렇게 해서 시는 쓰자마자 시가 아니게 된다. 시를 쓰는 행위는 무엇보다 "침수浸水를 막고 있는 백지 한 장"(같은 시) 위에서 벌어진다. 말하자면 종이가 시취尸臭와 시즙屍汁의 범람을 기호의 수준에서 멈춰 서게 하고 우리가 독사 굴로 굴러떨어지지 않게 해주는 댐이자 안전망이 된다. 저 얇은 원고지는 시가 쓰여지는 공간이면서 동시에 시가 시 자신이 되지 못하게 만드는 결정적 한계가 된다. "지하 90층"에서 올라오고 있는 "검붉은/나머지들"(「이제부터 진짜」)은 시적 실천에 이끌려 우리에게 가까워지고 있지만 아마도 종이에 막혀 우리의 내면으로까지 치명적으로 침입하지는 못할 것이다.

시인은 네번째 시집 『요즘 우울하십니까?』의 '시인의 말'에 "종이가 찢어질 정도로 훌륭한 시를, 용서할 수 없을 정도로 잘 쓰고 싶었습니다"라고 썼지만, 그것이 단지 좋은 시를 쓰고자 하는 소망을 보여주는 것만은 아니다. '종이를 찢는 것'은 김언희의 시적 실천들이 발견해낸 한계를 정확하게 보여준다. 종이가 찢어지지 않는 한에서, 종이 위에 쓰여진 시어詩語들은 "공포를 제거한 악몽, 악취를 제거한 배설물"(「시, 혹은」)이 되고 만다. 시가 '죄'에 대해서 쓸 때조차도 죄의 그 끔찍한 파괴력은 종이 뒤에 안전하게 덮이고 만다. 시가 묘사하는 그 죄가 우리에게 저질러지는 것은 아니다. '죄라는 말'이 '죄 그 자체'를 덮어버리고 얌전하게 만들어버릴지도 모른다. 시는 자칫 "죄〔라는 말〕로 죄〔그 자체〕를 덮고, 피〔라는 말〕로 피〔그 자체〕를 덮고, 흔적〔이라는 말〕으로 흔적〔그 자체〕을 덮고, 구멍〔이라는 말〕으로 구멍〔그 자체〕을 덮고, 망각〔이라는 말〕으로 망각〔그 자체〕을 덮는"(같은 시) 행위가 될 수 있다. 시울의 삼위일체의 관점에서 보자면, 시는 세계의 성기를 삼키고 배설해버리는 입술-음부-항문의 자극제이자 하제下劑가 되어야 하는데도, 종이라는 댐 혹은 안전망에 의해 "이미 항문이 열려버린 세계를 위한 진정제"(「시, 추태(醜態)」)가 되어버린다. 그럴 때 시는 "쓴다는 醜態" "쓴다는 惡行"이 된다.(같은 시) 그러므로 시詩의 성性이 있다면, 그것은 무엇인가를 집어삼켰다가 똥을 누는 입술-음부-항문의 게걸스러움이 아니라, 거기서 나오는 부패의 악취와 시즙이 범람하는 것을 "막고 있는 백지 한 장"이 "찢어질 정도"로 투과해버리는 성질의 무엇인가를 써버리는 것이다. 불가능한 투과를 가능하게 만드는 "질컥거리는 경첩"(「시, 거룩한」)이 되어버리는 것이다. 시적 상황에서 발견되는 불가능한 임무는 다시 한번 문을 열어버리는 것이고 무엇인가가 범람하게 만드는 것이고, 그러니까 결국은 "불어터진/음부"의 문제이다. "처음부터 끝까지 벌어져 있는 살기등등한 음문"(「만트라」)이라는 불가능한 문을 갈망하며 "개구기(開口期)를" 물고 그 닫을 수 없는 입으로 "사랑에 열중"(「개구기(開口期)를 물자 말자」)하기를 소망하는 것이다.

"불어터진/음부"에 "개구기(開口期)를" 물릴 수 있을까? 이것이야말로 김언희 시가 반복해서 묻고 답하는 주제이다. 그런 것이 가능해지는 순간은, 그러나 항구적으로 고정될 수 없으며, 시적 실천 속에서 그야말로 순간적으로만 가능하리라고 예감되었다가는 다시 종이에 막혀 사라져버리는 듯하다. 어떤 시인도 찢어진 종이 위에 시를 쓸 수는 없는 것이다. 다만 점멸하는 저 열림의 순간들을 찾아 헤매며 그 찰나의 순간이 "지하90층에서" "올라오고 있"는 "엘리베이터"(「이제부터 진짜」)의 문이 열리는 "비상구"라고 말해볼 수 있을 뿐이다.

빨간 머리를 흔들어대는구나 공원의 개양귀비여
시커먼 털이 우북한 개양귀비 눈들이여
눈두덩이 불두덩이라도 된다는 듯이
안구가 질구라도 된다는 듯이
속눈썹을 쓸어올린 개양귀비 축축한 눈들이여
비상구가 바로 여기라고 비상등처럼 점멸하는 눈들이여

*"나의 눈은 천 개의 성기로 찢겨져 떠돌아다녀라"*

고래고래 노래한 건 당신이었지, 요시마스*

* 요시마스 코오조오.

—「개양귀비」(『보고 싶은 오빠』, 창비, 2016) 전문

잠깐 열렸던 개양귀비의 비상구는 이미 닫혔을 것이다. 그러나 김언희의 시는 다른 곳에서 다시 비상등처럼 점멸하는 비상구를 찾아내고 말 것이다. 어떤 시인도 종이가 찢어질 정도의 시를 써낼 수는 없겠지만, 종이를 찢는 것이 시의 의무라는 것을 아는 시인이 있는 한에서, 비상구가 영원히 막히지는 않을 것이다. 우리 외설적인 시체들을 위한 죽음의 숨구멍이.

(2015)

## 재난 장치 고안자
### ―배수아의 『어느 하루가 다르다면, 그것은 왜일까』

1885년경 우루과이강 연안의 프라이 벤토스라는 작은 마을에서 불행한 사고가 일어났다. 한 청년이 반쯤 길들여진 야생마를 타다가 낙마하여 전신마비 상태가 된 것. 하지만 이 불행한 청년의 주장에 따르면 이 사고는 아주 작은 대가를 치르고 커다란 선물을 받는 계기가 되었다. 낙마 사고로 의식을 잃었다가 깨어나보니 갑작스럽게 지각력과 기억력이 완벽해졌기 때문이다. 그는 완벽한 지각력 덕분에 이 세계의 무한한 차이들을 남김없이 음미할 수 있게 되었고, 완벽한 기억력 덕분에 아주 오래된 것들의 가장 사소한 부분들까지 모조리 기억해낼 수 있게 되었다. 그 때문에 그가 혼자서 느끼고 기억하는 삶이 세계가 생긴 이래 모든 사람들이 느끼고 기억하는 삶보다 더 크고 풍부하다고 생각될 지경이다. 사고 이후의 상태와 비교해볼 때, 사고 이전의 그는 보면서도 보지 못하고 들으면서도 듣지 못하며 거의 모든 것을 잊어버린 채 살아가고 있었다는 사실을 깨달았다. 움직일 수 있다 한들 그게 무슨 소용인가, 사람들은 삶의 거의 모든 내용을 알아차리지 못하거나 잊어버리는 바람에 조금도 맛볼 수가 없는데. 나는 비록 침대에 누워 지내는 신세지만, 극단적으로 풍요로운 삶을 있는 그대로 맛보고 기억할 수 있으니, 내가 전신마비 상태라는 것에 개의치 않는다! 이것이 그 불행한 청년의 주장이다. 그가 실제로 하루 만에 라틴어 사전을 모조리 암기하고 그 덕분에 라틴어로 된 까다로운 책들을 읽고 스페인어로 번역하여 암송할 수 있었으니 그의 주장이 사실일지도 모른다. 보르헤스의 소설 「기억의 천재 푸네스」 이야기다.

이 소설의 화자가 이레네오 푸네스에게 주어진 선물에 찬탄하는 장면을 보자.

우리는 한 번 쳐다보고서 탁자 위에 놓여 있는 세 개의 유리컵을 지각한다. 그러나 푸네스는 포도나무에 달려 있는 모든 잎사귀들과 가지들과 포도알들의 수를 지각한다. 그는 1882년 4월 30일 새벽 남쪽 하늘에 떠 있던 구름들의 형태를 기억하고 있었다. 그는 기억 속에서 그 구름들과, 단 한 차례 본 스페인식 장정의 어떤 책에 있던 줄무늬들, 그리고 케브라초 무장 항쟁이 일어나기 전날 밤 네그루강에서 노가 일으킨 물결들의 모양을 비교할 수 있었다. (……) 칠판에 그려놓은 원, 직각삼각형, 마름모와 같은 것들이 우리가 완벽하게, 그리고 즉각적으로 인지할 수 있는 그런 형상들이다. 이레네오에게는 말의 곤두선 갈기들, 언덕 위의 가축떼들, 다른 모양으로 바뀌는 불길, 그리고 그것의 셀 수 없이 많은 재들, 긴 임종의 밤 동안 수없이 바뀌는 망자의 얼굴들을 가지고 그러한 일이 일어났다. 나는 그가 하늘에서 한꺼번에 얼마나 많은 수의 별들을 보았는지 상상하기조차 힘들다.[1]

푸네스만이 맛볼 수 있는 풍요로운 삶이 어떤 것인지에 대해 이 인용문 이상의 다른 설명이 필요할 것 같지 않다. 하지만 이 소설은 푸네스의 놀라운 능력에 대해 찬탄하는 것에서 끝나지 않는다. 오히려 이 소설의 화자는 푸네스의 능력이 어떤 의미에서는 무능력임을 지적한다. "그렇지만 나는 그가 사고를 할 수 있을 것인가 하는 의심이 들곤 했다. 사고를 한다는 것은 차이점을 잊는 것이며, 또한 일반화를 시키고 개념화를 시키는 것이다. 푸네스의 풍요로운 세계에는 단지 거의 즉각적으로 인지되는 세부적인 것들밖에 없었다."[2] 시시때때로 움직이고 변화하는 다양한 차이들이 무시되거나 망각될 때에만 다양한 속성과 양상들의 다발이 하나의 동일한 대상으로 성립될 수 있고, 다양한 대상들을 포괄하는 일반적인 개념이 성립될 수 있으며, 이러한 과정 없이는 체계적인 사유도 불가능하다. 이 때문에 푸네스는 3시 14분에 옆에서 본 개가 3시 4분에 앞에서 본 개와 동일한 '개'라는 이름으로 불린다는 사실에 골머리를 앓고, 거울에 비치는 무수히 많은 다양한 이미지들이 모두 자신으로 이해되어야 한다는 사실과 화해하기 어렵다. 소설 안에서 충분히 표현되지는 않았지만 푸네스의 세계에서 모든 사물들은 무한히 증식하는 차이들로 인해서 동일한 하나의 대상으로 머물러 있지 못하고 우글거리고 흘러넘치고 어떤 개념에도 붙잡히지 않고 빠져나가 더이상 사물들이 아니게 될 수밖에 없다. 푸네스의 능력의 무능력은 말하자면 "침입해 들어오는,

1) 호르헤 루이스 보르헤스, 「기억의 천재 푸네스」, 『픽션들』, 황병하 옮김, 민음사, 1994, 183~184쪽.

2) 같은 책, 188쪽.

피할 수 없는, 존재existence의 익명적 소음을 분쇄하지 못하는 불가능성"[3]이다.

*

「기억의 천재 푸네스」가 환기하는 '차이에 대한 무한한 인식과 기억의 능력의 무능력'이라는 착상을 가지고 다시 이 소설을 읽어보면 이 소설의 구성에는 문제가 있는 것으로 밝혀진다. 「기억의 천재 푸네스」를 읽는 한 철학자는 다음과 같이 지적하고 있다. "그런데 이 소설의 가장 의심쩍은 부분은 일반개념을 모르는 푸네스가 '말'을 하고 있다는 사실일 것이다."[4] 자신의 모습이 매 시각 다르다는 점에 당황하고 모든 사람이 저마다 너무나 다르기 때문에 그들을 통칭해서 '사람'이라고 부른다는 사실을 받아들일 수 없는 푸네스가 '나는 사람이다'와 같은 문장을 이해하거나 그런 문장으로 사고할 수 있을까? 그런 점들을 생각해보면 푸네스가 말을 할 수 없었으리라는 점은 자명해 보인다. 그런데 혹시 모든 개별적 사물에 각각의 고유한 이름을 붙이는 것이 가능하다면, 푸네스도 말하고 사고할 수 있게 되는 걸까. 하지만 문제는 언어가 무한한 이름들을 갖느냐 그렇지 않느냐가 아니다. 무한히 증식하는 차이들이 '개별적 사물' 각각의 동일성을 침식하고 유동적인 것으로 바꿔놓으며 불어나게 한다면, 사물들이 그 어떤 장소에도 얌전히 고정되어 있을 수 없고 한편에서는 이미 녹아 없어져버리는가 하면 다른 한편에서는 새롭게 태어나거나 분화되어

3) 에마뉘엘 레비나스, 『존재에서 존재자로』, 서동욱 옮김, 민음사, 2003, 108쪽.

4) 서동욱, 「잠이란 무엇인가?」, 『일상의 모험』, 민음사, 2005, 75쪽.

다른 사물들로 불어나는 중이라면, 그 무수히 많은 이름들과 개별적 사물들 사이에 어떻게 안정적인 관계를 형성할 수 있겠는가. 푸네스의 세계에서는 고정된 사물이 안정적으로 현전할 수 없다. 무한하게 풍부한 차이를 낳고 있는 생성이 전면화되는 대신에 반대로 현전하는 사물이 없기 때문에 무無처럼 보이는 과잉된 충만함 그 자체만이 남아 있는 것, 그것이 푸네스의 세계다. 여기까지 오면 현전하는 사물이 없는 세계에서 푸네스가 대체 무엇을 기억할 수 있을지도 알 수 없는 일이 된다. 모든 차이를 알아보고 기억할 수 있는 자에게는 기억할 만한 것이 아무것도 남아 있지 않게 되는 것이다. 이상한 말이지만, 기억의 천재 푸네스가 기억의 천재라는 바로 그 점이 이 소설의 놀라운 착상을 배반하는 것이다.

그러니까 「기억의 천재 푸네스」는 망각의 능력과 무능력 그리고 차이와 동일성에 대한 흥미로운 생각들을 촉발시키고 있지만 그 생각들을 끝까지 밀고 나가지는 않은 셈이다. 이 미심쩍은 부분, 끝까지 밀고 나가지 못한 부분을 「틀뢴, 우크바르, 오르비스 테르티우스」와 같은 보르헤스의 또다른 소설로 보완할 수 있을 것 같다. 이 소설에 나오는 가상의 혹성인 틀뢴은 푸네스의 고향 별처럼 보인다. 거기서는 "아무도 명사들의 현실성에 대해 믿지 않는다."[5] 틀뢴의 세계에는 고정된 개별 사물들 대신에 어떤 상태들의 변화와 움직임만이 있기 때문이다. 만일 거기에 우리 세계에서의 고정된 개별 사물과 유사한 무엇인가가 있다면 그것은 단지 "시학적 필요성에 따라 어느 순간 집합되었다가 흩어지는 관념적인 실체들"의 "무한히 지속"되는 "다른

5) 호르헤 루이스 보르헤스, 「틀뢴, 우크바르, 오르비스 테르티우스」, 같은 책, 32쪽.

실체들과〔의〕 결합"[6]의 '순간'일 뿐이다. 그러므로 이 세계를 묘사하는 『틀뢴의 백과사전』이 있다면 혹은 그것의 틀뢴어 교정판 『오르비스 테르티우스』가 있다면, 이 백과사전은 지구의 책들의 형태와는 다르게 결코 어떤 끝에 도달하여 완결될 수 없고 다만 계속해서 쓰여지고 있고 이미 쓰여진 백과사전의 일부조차도 그 중간 페이지 어딘가가 증식하며 불어나고 있을 것이다. 틀뢴의 백과사전이야말로 (언제나 아직도) '도래할 책'(그러나 완결된 형태로 도래해 있을 수는 없는 영원한 미래의 책)일 것이다. 그리고 이 도래하고 있는 책을 따라 읽는 일은, 그 유동적인 파도에 휩쓸리는 일은, 생성 그 자체를 전면화시키며 현전하는 사물이 없기 때문에 무無처럼 보이는 과잉된 충만 그 자체만이 출렁거리는 틀뢴의 세계를 구현하는 일이 될 것이기 때문에, 체계화되고 안정된 사물들의 세계를 믿고 그 안에서 살고 있는 우리 같은 평범한 사람들에게는 재난과도 같은 일이 될 것이다.

> 틀뢴과의 접촉과 그것이 가진 관습의 침투는 이 세계를 해체시켜버렸다. (……) 이미 (감동적인 일화들로 가득한) 틀뢴의 조화로운 역사에 관한 가르침은 나의 어린 시절을 지배했던 그런 역사를 쓸어가버렸다. (……) 지구상에서는 영어와 불어, 그리고 바로 이 스페인어조차도 사라지게 될 것이다. 세계는 틀뢴이 될 것이다.[7]

바로 이 재난을 푸네스는 '선물'로 받아들인 것이다.

---

6) 같은 곳.

7) 같은 글, 49~50쪽.

*

앞에서 다룬 보르헤스의 소설들은 신비하고 아름답지만 곱씹어보자면 약간은 음산해지는 '재난'(현전하는 사물들은 모두 녹아 없어지고, 존재(생성)의 시끄러운 침묵만이 흘러넘치는 이 상황을 나는 차라리 시詩라고 부르고 싶다)의 대략적인 내용을 우리에게 거의 쾌활하게 전달해주고 있다. 하지만 이 소설들은 재난에 대해 픽션화된 '설명'과 '이해'를 제공하기는 하지만, 그리고 그것만으로도 우리를 충분히 놀래주고 즐겁게 만들어주었지만, 우리가 그 재난 안으로 들어가서 무엇인가를 '체험'해볼 수 있게 해주는 텍스트의 미로를 건설한 것은 아니다. 보르헤스의 소설을 읽을 때, 텍스트 안에서 우리가 무엇인가를 작동시킬 수도, 그 텍스트가 우리 마음의 무엇인가를 작동시킬 수도 없다.

배수아의 소설을 읽는 자리에서 보르헤스에 관한 이야기를 이렇게 길게 늘어놓은 것은 이 때문이다. 몇몇 소설들에서 보르헤스가 그랬던 것처럼, '존재(생성)의 시끄러운 침묵' 혹은 '현전하는 사물이 없기 때문에 무無처럼 보이는 그러나 무한하게 풍부한 차이를 낳고 있는 생성 그 자체'라는 시적 재난의 영역에 도전한 작가들 가운데 한 사람이 바로 배수아이기 때문이다. 그리고 그러한 도전이 지적이고 환상적인 소설을 통해 그러한 영역을 가리켜 보이는 설명적 표지판 세우기에서 멈추지 않고, 어떤 내용을 전달하는 것을 넘어서, 재난 발생 장치를 고안하고 독자가 그것을 작동시킬 수 있는 만큼 자신만의 체험을 가져갈 수 있도록 유혹하는 대단히 희귀한 작가가 바로 배수아이기 때문이다.

이런 관점에서 배수아의 근작들 『북쪽 거실』(2009), 『올빼미의 없음』(2010), 『서울의 낮은 언덕들』(2011), 『알려지지 않은 밤과 하루』(2013), 『밀레나, 밀레나, 황홀한』(2016)을 찬찬히 다시 읽을 수도, 반쯤만 드러나 있는 장치들을 하나씩 끄집어내어 여러 버튼들을 순서를 바꿔가며 눌러볼 수도 있을 것이다. 하지만 여기서는, 『올빼미의 없음』에 수록된 「어느 하루가 다르다면, 그것은 왜일까」(2007) 한 편만을 작동시키기로 하자. 미리 말해두지만 '한 편만을 읽기로 하겠다'고는 해도 우리의 작업이 생각만큼 간단해질 수는 없을 것이다. 이 한 편이 뭔가를 '이해'해보려는 우리의 독해에 저항하고 독해 그 자체를 뒤엉키게 만들고 거의 불가능한 일처럼 보이게 만든다는 바로 그 점을 드러내는 장황한 작업이 우리가 이 글에서 하려는 일이기 때문이다.

*

우선 「어느 하루가 다르다면, 그것은 왜일까」[8]의 내용을 다음과 같이 요약하는 것이 아주 잘못된 것은 아닐 것이다.

〈'김씨의 부인'은 연극을 하던 대학생 시절 우연히 어떤 연극배우의 낭송극을 들은 적이 있다. 그녀는 그가 언제나 꿈꾸어오던 바로 그 존재라는 사실을 알아보았다. 그는 늙은 유부남이었고 국제적인 바람둥이였으며 빈털터리에 불과했지만 그녀는 사랑에 빠진 나머지 그와 함께하기 위해 대학을 그만두고 부모를 버리고 집을 나선다. 하

8) 배수아, 『어느 하루가 다르다면 그것은 왜일까』, 문학동네, 2017. 이하 이 책에서 인용할 경우 본문에 쪽수만을 표기한다.

지만 그녀는 공연하며 세계 각지를 방랑하고 있는 그에게 가는 데 끝내 실패한다. 그런데 김씨의 부인이 들었던 그 남자의 낭송극 공연은 돌이켜보건대 예언적인 것이었다. 왜냐하면 그 내용은 이런 식이었기 때문이다. '당신은 낯선 것 앞에서 두려워할 것이고 머뭇거릴 것이고 그 때문에 당신은 실패하게 될 것이다. 당신이 두려운 나머지 낯선 것 앞에서 뒷걸음질칠 것이므로 당신은 생생한 인간이 아니라 움직이지 않는 사진이나 그림자 신세가 될 것이다. 그리고 알 수 없는 상실감에 시달리며 무엇을 잃어버렸는지도 모르면서 모르는 그 무엇을 찾아 계속해서 헤매게 될 것이다.' 이후 그녀는 변변치 못한 배우 경력을 이어가다가 '어느 하루가 다른 하루들과 다르다면, 그 이유는 무엇일까. 혹은 수많은 하루들과 조금도 다르지 않다면, 그것은 또 왜일까'라는 거창한 제목의 희곡을 쓴다. 그것은 무수하게 병행하는 하루들을 살아가는 익명의 인간들을 거대한 규모의 다중 즉흥극으로 표현하려는 실험적인 계획이었는데, 배우들과 연출 사이의 갈등 끝에 공연이 무산되고 말았다. 한편 그녀는 상상 속에서 세 개의 방에서 동시에 살아가면서 그 방의 창을 통해 서로 다른 풍경을 동시에 바라보기를 좋아했다. 그 상상적 풍경들을 나열하는 것이 이 소설 중반부의 대부분을 차지한다. 다른 한편 시간이 한참 흘러 김씨의 부인은 무산된 그 공연을 함께 준비했던 연출가와 우연히 재회했다가 사랑에 빠진다. 그러나 두 사람은 그들의 사랑이 너무나 운명적이기 때문에 오래가서는 안 될 것이라고 다가오는 이별을 미리서 수긍해버렸다.〉

위의 요약은 본래의 소설이 당당하게 내뿜고 있는 혼란스러움에 비하자면 지나치게 얌전하고 가지런하며 심지어 논리정연하다. 각각의 장면들은 그 자체로 너무나 매혹적이지만 그 장면들의 관계를 어떤 식으로 받아들여야 할지 독자들을 난감하게 만드는 이 소설은, 한편으로는 위의 요약과 같은 방식으로 독자들 스스로가 각각의 장면들을 재조립해 사건들의 선후 관계를 복원해서 완결된 하나의 이야기를 만들어내도록 유혹하면서도 다른 한편으로는 그러한 완성을 지속적으로 방해하는 요소들을 촘촘하게 심어두고 있다.

예를 들어 김씨의 부인이 상상 속에서 동시에 세 개의 방에서 살아가고 있다는 점을 소개하는 가운데 "자신의 방을 방문하는 것은 여행지에서 호텔을 찾아가는 것과"는 다르다는 점이 부연되는 장면을 보자.

> 1 그렇게 자신의 방을 방문하는 것은 여행지에서 호텔을 찾아가는 것과 달랐다. 여행지의 호텔은 (……) 전 세계가 동일했다. 사람들은 그것을 국제 규격이라고 불렀다. 그리고 당연한 일이지만, 호텔방을 떠날 때는 자신의 짐을 놓아두면 안 되고 핀 하나까지 모조리 갖고 떠나야만 하는 것이다. 김씨의 부인은 어느 해 휴가에 갔던 한 도시에서 가장 아끼는 선글라스를 잃어버렸다. (……) 머물던 호텔방에 선글라스를 놓아두지 않은 것은 분명했지만, 그래도 혹시나 하는 마음에 김씨의 부인은 호텔로 전화를 걸어보았다. 잃어버린 물건이 무엇이냐고 묻는 카운터 직원의 질문에 김씨의 부인은 선글라스라고 대답했다. 그러자 그 직원은 별로 서두르지도 않는 느릿한 말투로 대답했다. "유감입니다만 우리 호텔에 분실물로 신고된 물품 중에 [①-1—인용자, 이하 동일] 흰색 테의 나비 모양 선글라스는 없군요. 있는 것이라곤 파란색과 갈색으로 무늬가 들어간 우산, 대나무와 일본 여인들의 그림

이 있는 하얀색 목욕가운, (……) 호텔 것이 아닌 타월과 〔②-1〕 중국어로 된 책 두 권, (……) 〔③-1〕 마리오네트 극장에서 산 〔④-1〕 그림엽서 묶음 그리고……" (……) 〔그 호텔에 머물 때 침대 곁〕 창을 열어두면 저녁마다 악사들의 〔⑤-1〕 손풍금 소리가 들려왔으며, 〔①-2〕 흰색과 회색이 섞인 기묘한 모양의 두건과 제복을 걸친 신교도 수녀들이 둘씩 짝을 지어 지나가는 것을 지켜볼 수 있었다.

〔⑥-1〕 호텔 직원이 마치 끝없는 시처럼 나열해주는 분실물 리스트를 듣고 있던 김씨의 부인은 터져나오는 웃음을 주체하지 못하고 그만 손으로 입을 막고는 당황해하면서 전화를 끊어버렸다. 사람들이 그토록 다양하고 많은 물건들을 호텔방에 두고 떠난다는 것을 미처 생각해본 적이 없기 때문이었다.(427~429쪽)

끝없는 시처럼 들리는 분실물 리스트가 흥미롭기는 하지만, 선글라스 분실과 관련된 이 길고 많은 문장들이, 국제 규격으로 만들어져 아무런 개성도 없는 현실의 '호텔'과 김씨의 부인의 자신만의 고유한 정체성들을 증식시키고 있는 상상의 '방'이 서로 다르다는 사실을 설명하는 데 별로 기여하는 바는 없다. 인용문의 앞뒤에 배치된 이야기의 흐름, 공연이 무산되는 과정이나 낭송극 배우와의 만남과 이별에도, 이 장면은 관여하지 않는다. 이야기의 완성이라는 측면에서는 별 쓸모없는 이 장면은, 냉정하게 말하자면, 이 소설에서 어떤 일이 벌어지고 있는지 이해하려는 시도를 지연시키거나 방해하고 있다고까지 할 수 있다. 그런데도 이 장면은 왜 이렇게 길게 삽입되어 있는 것인가. 작가는 퇴고 과정에서 이 장면을 삭제했어야 하는 것이 아닐까? 산문정신이라는 것이 본래 정보의 핵심으로 곧장 접근해 들어가는 것이 아니라, 그 주변의 엉뚱하고 잡다하며 사소한 것들까지 탐욕스럽게 건드리면서 계획과 예측의 바깥에서 뭔가를 발견해내는 것이라는 식으로 이 장면을 방어하려 해서는 안 된다. 이 장면은 그보다 섬세하고도 심오하며 무엇보다 이상한 장치이기 때문이다.

이 점을 설명하기 위해, 길고 번거롭기는 하겠지만, 소설 속에서 흩어져 있는 다른 장면들을 나란히 놓고 함께 읽기로 하자.

> **2** 그때 김씨의 부인은 쥘 베른의 〔②-2〕『어느 중국인의 고통』을 보고 그 삽화에 나오는 아름다운 과부 레우 양으로 분장을 하려고 애쓰고 있었고, 책의 속표지에는 (……) 혼란에 잠긴 19세기 중국 대륙이 펼쳐졌다.(433쪽)

> 김씨의 부인은 자신도 그때 남들처럼 〔②-3〕『중국의 붉은 별』을 읽었다는 걸 생각해냈다. 그러나 제목 이외의 다른 것은 하나도 생각이 나지 않았다. 쥘 베른의 『어느 중국인의 고통』도 있었지. (……) 김씨의 부인은 그 중국인의 고통이 무엇인지 당연히 알지 못했다. 그 책을 읽은 것이 아니라 그 책의 일부 내용을, 더욱 정확히 말하자면 삽화와 관련된 에피소드 위주로 인용한 극본을 읽은 것이 전부이기 때문이다. 그러나 김씨의 부인은 강하게 각인되어 남아 있는 그 책의 제목과 삽화의 장면 때문에 자신이 그것을 읽었다는 사실을 조금도 의심하지 않고 있는 것이다. 심지어는 그 내용을 아직도 기억하고 있다는 확신마저 든다. 그에 비하면 직접 읽은 『중국의 붉은 별』에 대해서는 읽었다는 사실을 포함한 모든 것이 의심스럽기만 한데.(448쪽)

3 나는 음악가요, 〔③-2〕 마리오네트 극 공연예술가이며, 연극과 영화에 출연하고 작곡도 하지만, 기본적인 생활은 주로 극장과 축제 마당에서 공연을 벌이고, 외발자전거 서커스와 바이올린과 손풍금을 연주해서 해결하고 있어요. 나는 특히 〔⑤-2〕 손풍금이 좋답니다.(440쪽)

4 "이제야 고백하자면 난 말이죠, 사실 그때 공연이 완전히 무산된 다음에 이런 생각을 했었습니다. (……) 무대 위의 수많은 방 중에서 단 한 개의 방 안에 유일한 진짜 배우인 당신이 있는 겁니다. (……) 다른 방들에는 배우 대신에 〔③-3〕 마리오네트 인형을 하나씩 집어넣어놓는 겁니다."(468쪽)

5 김씨의 부인은 보았다. 〔④-2〕 해변을 산책하는 사람들은 모두 움직이지 않는 사진이거나 그림이었다. 화려한 색의 양철이거나 마분지나 색종이 혹은 털실 뭉치이거나 단추가 달린 헝겊이었다. 그들의 행복한 미소나 표정, 파도에 젖지 않게 붙잡고 있는 옷자락이나 줄에 묶인 개들과 펼쳐든 양산도, 그리고 웃음소리와 유쾌한 분위기까지도 모두 움직임이 없이 풍경의 화면에 고정된 채였다.(451쪽)

6 그러나 정말로 두려운 것은, 우리가 그런 두려움 때문에 아무것도 시도해보지 못한 채 〔④-3〕 그대로 멈추어버리고 말지도 모른다는 불안한 가능성입니다. (……) 그러면 〔④-4〕 우리는 빠르게 털실이나 헝겊, 마분지나 양철 조각으로 바뀝니다. 색종이가 되어 흩날립니다. 그래도 어느 날인가 우리는 해변으로 놀러갈 것입니다.(472~473쪽)

1~6까지의 인용문들은 이야기의 흐름 속에서 인과관계를 통해 연결되는 사건들 혹은 장면들은 아니다. 하지만 각 부분들이 서로를 희미하게 예감하거나 돌이켜 떠올리게 만들기 때문에 미묘하게 서로를 끌어당기거나 밀쳐내고 있는 것처럼 보인다.

사례들을 하나씩 따져보자. 1의 ②-1 "중국어로 된 두 권의 책"은 처음에는 아무런 의미도 없는 사물처럼 보인다. 그것은 선글라스를 잃어버린 김씨의 부인이 호텔에 잃어버린 선글라스가 보관되어 있는지 확인하려고 전화했다가 불필요하게도 길게 듣게 된 분실물 목록 가운데 하나다. 그것은 잃어버린 선글라스를 찾는 일과도, 김씨의 부인과 낭송극 배우 사이에서 벌어진 일련의 사건들과도 아무런 관련이 없다. 이야기의 진행에서는 거의 무의미한 항목이기 때문에 어쩌면 이 소설을 읽는 대부분의 독자들이 호텔 직원이 이런 항목을 말했다는 사실조차도 망각하게 될 것이다. 하지만 2를 읽어나갈 때 어떤 독자들은 "중국어로 된 두 권의 책"에 대한 기억을 어렴풋하게 떠올렸을 것이다. 『어느 중국인의 고통』이나 『중국의 붉은 별』이 중국어로 쓰여진 것은 아니지만, 이 책들은 소설 속에서 제목이 밝혀진 단 두 권의 책이며 김씨 부인이 읽은 중국과 관련된 단 두 권의 책이다. "중국어로 된 두 권의 책"이 소설이 진행되면서 미묘하게 모습을 바꾸고 예상하지 못한 장면에서 다시 등장하는 셈이다. 내가 지금 아주 사소하고 미미한 유사성만을 가지고 아무 관련이 없는 두 장면을 억지로 연결 지으려 한다는 의심이 들 수도 있겠다. 하지만 우리가 앞의 '논리정연한 요약'에서는 누락할 수밖에 없었던 두 개의 장면(열쇠를 잃어버린 바람에 여분의 열쇠를 갖고 있는 중국인 가정부를 찾아다니는 가족 이야기. 그리고 작년에 중국에 있는 건설 회사에서 일하기 위해 떠나느라 담당자에게 열쇠를 넘겼으므로 이제는 사무실 열쇠를 갖고 있지 않다는, 우연히 듣게 된 옆방에 사는 필립의 통화 내용) 모두가 중국을 배경으로 하고 있다거나, 김씨의 부인의 상상 속 세 개의 방 가운데 하나가 신혼여행지였던 상하이에 있다거나 하는 이유로 '중국'이라는 기호는 소설 속에서 내내 배경음으로 울리고 있다("왜 사람들은 처음에는 열쇠에 대해서 얘기하는 척하면서 결국에는 중국에 관한 화제로 옮겨가버리는 걸까."(456쪽)). 또 이 소설의 내용 대부분이 실제로 벌어진 일인지 김씨의 부인의 상상 속에서 벌어진 일인지 모호하게 처리된 가운데 김씨의 부인이 내내 몰두하고 있는 '상상'은 '책 읽기'로 은유되고 있으며("만일 상상이 책이라면 김씨의 부인은 여기서 그만 책을 덮고 말았을지도 모른다."(439쪽)) '운명을 말해주는 책'에 대한 에피소드가 수차례 삽입되어 있기 때문에("책을 펼치면 나타나는 점괘를 일러주는 미지의 음성"(431쪽), "언제인가, 하루의 처음 무심코 펼쳐든 책 속의 이야기가 그대로 나 자신의 것으로 되어버리는 그런 때는."(432쪽), "그는 (……) 검은 표지의 책에서 운명의 페이지를 펼치도록 할 수도 있었다."(462쪽)) '책'이라는 기호 역시 마찬가지로 배경음의 일부를 이룬다고 할 수 있다. 이 때문에 우리가 이 텍스트를 읽어나가다가 **2**의 ②-2, 3 『어느 중국인의 고통』과 『중국의 붉은 별』을 발견할 때, '중국'과 '책'이라는 기호가 반복해서 울려퍼지는 배경음 덕분에 1의 ②-1 "중국어로 된 두 권의 책"을, 서사적으로나 논리적으로 아무런 관계가 없는데도 흐릿하게 떠올리게 되는 것이다.

마찬가지로 1의 ③-1과 ④-1이 결합되어 있는 "마리오네트 극장에서 산 그림엽서 묶음"도 처음에는 김씨의 부인의 관심 밖에 있으며 서사적으로는 아무런 기여하는 바가 없이 분실물 목록에 나열되고 있는 무의미한 사물들 가운데 하나로 읽힌다. 하지만 이 소설 속에서 김씨의 부인을 움직이는 가장 강력한 인물로 설정되어 있는 낭송극 배우는 [3]의 ③-2에서 스스로를 "마리오네트 극 예술 공연가"로 지칭하고 있고, (김씨의 부인의 두번째 사랑의 파트너로 등장하는 남성 예술가라는 점에서) 낭송극 배우의 패러디처럼 보이는 연출가는 [4]의 ③-3에서 문제의 무산된 공연을 성공시키기 위해서 "마리오네트 인형"이 필요했다고 뒤늦게 주장한다. 또한 낭송극 배우는 자신의 공연에서 우리가 낯선 것에 대한 두려움 때문에 움츠러든다면 "우리는 빠르게 털실이나 헝겊, 마분지나 양철 조각으로 바"뀔 것이라고 경고하는데([6]의 ④-4), 털실이나 헝겊, 마분지나 양철 조각이 된 인간이란 인간을 닮았지만 더이상 살아 움직이는 인간은 아닌 "멈추어" 있는([6]의 ④-3) '인형'을 떠올리게 만든다. 그리고 김씨의 부인은 자신이 그런 경고를 들었다는 사실은 잊어버린 채로 "화려한 색의 양철이거나 마분지나 색종이 혹은 털실 뭉치이거나 단추가 달린 헝겊"처럼 보이는 사람들 다시 말해서 인형과도 같은 사람들이 "화면에 고정된" "사진이나 그림"을 상상 속에서 본다([5]의 ④-2). 이런 방식으로 '인형'은 '그림엽서 묶음'과 연결되고, 이러한 연결 속에서 낭송극 배우는 연출가와 또다른 연결선을 갖게 되고, [1], [3], [4], [5], [6] 사이에 이야기와는 별 관계가 없는 모호한 인력引力들의 교차가 생겨난다.

한편, [1]의 호텔방에서는 어디선가 "손풍금"(⑤-1) 소리가 들려오는데 이것은 낭송극 배우가 특히 좋아하는 악기다([3]의 ⑤-2). 호텔 직원이 읽어내려가는 분실물 목록은 흡사 시처럼 들리는데(⑥-1) 위의 인용문들에는 포함되어 있지 않지만, 낭송극 배우의 특징 중에 하나는 "검은 표지의 책(……)에 적힌 문장을 읽으면, 그것은 시가 되었다"(462쪽)는 것이다.

*

지금 우리의 설명에서는 실제 페이지의 배치로부터 인용문들을 오려내서 바로 앞뒤에 붙여놓았기 때문에 인용문들 사이의 유사성이나 연결 관계가 비교적 분명하게 드러나 있지만, 실제의 텍스트 체험 과정에서는 이들 인용문들 사이에 다른 많은 에피소드들이 주의를 뺏고 있으며 이 인용문들이 전혀 다른 맥락 속에 들어 있기 때문에 우리가 지적하는 요소들끼리의 유사성이나 연결 관계는 망각 속에 묻혀 있기 쉽고, 예감이나 회상, 인력과 척력이 훨씬 더 은밀하고 불확실하다는 점을 강조해두고 싶다. 이 요소들끼리 서로를 부르는 소리는 예민한 독자들에 의해서만 가시화되고 강화될 수 있는 것이다. 그것은 마치 이야기의 흐름과는 무관하게 이 텍스트 안에 어떤 요소들끼리 서로를 향해 실핏줄을 뻗어 무엇인가를 공급하거나 교환하고 있는 것처럼 보인다. 그 요소들은 별다른 의미도 없이 여기저기에서 잔상처럼 남겨져 있거나 유령처럼 느닷없이 출현했다가 반복되는 과정에서 미묘하게 모습을 바꾼다는 점에서 '이미지'라고 할 수도 있을 것이다. 「어느 하루가 다르다면, 그것은 왜일까」 전체에 퍼져 있는, 모호한 인력들의 복잡한 교차로 짜여 있는, 이 이미지의 혈관-순환계는 사건들의 연결과 전개를 통한 이야기의 흐름을 교란하며 자신만의 독자적인 흐름을 이야기의 흐름 위에 덧씌우고 있는 것처럼 보이기도 한다.[9] 예민한 독자들일수록, 이 혈관-순환계를 더 격렬하게 작동시키는 독자들일수록, 이 소설에서 완결된 이야기를 끄집어내는 데 더 커다란 장애를 겪고 불분명한 회상과 예감 사이에서 이미지들의 인력과 척력 사이에서 현기증을 느끼게 될 것이라는 점을 다시 한번 강조하고 싶다.

그리고 이런 관점에서 보자면 다음의 인용문은 이 소설이 스스로의 스타일을 평가하고 정리하는 장면처럼 읽힌다.

> 아침마다 그녀는 상상 속에서 세 개의 방의 창을 활짝 열고 세 개의 저마다 다른 도시의 햇빛과 소음을 받아들였다. (……) 세 개의 방에 있는 라디오에서는 서로 다른 언어로 뉴스가 방송되었고 옆방에서 임시로 묵는 단기 여행자들이 여행안내서와 지도를 뒤적이는 소리, 낯선 사람들의 가라앉은 목소리, 전화벨 소리, 책을 펼치면 나타나는 점

---

9) '이미지만의 독자적인 흐름'에 대해서 조금 더 설명하기로 하자. [1]의 ①-1에서 김씨의 부인은 잃어버린 것이 단지 선글라스라고만 말했는데도 호텔 직원은 어떻게 그것이 "흰색 테의 나비 모양 선글라스"라는 것을 알았을까. [1]의 ①-2에서 둘씩 짝을 지어 가는, 흰색과 회색이 섞인 두건과 제복을 걸친 수녀들은 두 날개를 팔랑거리는 '흰 나비'를 연상시키는 데가 있지 않은가. 다른 장면에서 비 오는 어느 오전을 상상하며 방안 풍경을 묘사할 때, "창을 닫는 것을 잊어버려 방안에 가득 날리는 서류" "빗물을 머금고 기울어진 화분의 꽃잎들"과 함께 "비 오는 날의 축축한 하얀 나비들"(437쪽)을 동시에 떠올리는 것은 우연인가. '나비'처럼 이 방 저 방을 날아다닐 수 있는, 그 위에 어떤 형태나 색채라도 다시 그려볼 수 있는 '하얀' 종이와도 같은 무엇인가를 연상시키는 무형의 이미지가 이 텍스트 전체에 희미하게 퍼져 있기 때문에 이곳 저곳에서 '흰색 테의 나비 모양 선글라스'나 '양쪽 날개를 팔랑거리는 나비처럼 보이는, 둘씩 짝지어 걷는 흰 두건의 수녀' '비 오는 날의 축축한 하얀 나비들' '방안 가득 날리는 서류들'이 돌출하고 있는 것이 아닐까? 혹은 소설 속에서 이 세 지점을 읽으며 지나갈 때 어떤 예민한 독자들에게는 회상과 망각이 기묘한 비율로 요동치다가 '흰 나비' 이미지가 날아들었던 것이 아닐까.

괘를 일러주는 미지의 음성, 속삭이는 연인들의 밀어, 마루를 밟고 화장실로 가는 발걸음, 허약한 고양이들의 애처로운 울음, 모든 것이 각자 다른 언어로 이루어졌다. 심지어는 그 각각의 방에서 꾸는 꿈조차도 다른 언어의 지배를 받는 것이었다. 서로 이해하지 못하는 언어로 짜인 양탄자의 현란한 무늬들이 세 개의 방을 날아다녔다. 세 개의 상상을 김씨의 부인에게 속삭였다.(430~431쪽)

논리적으로나 서사적으로 위의 요소들은, 그리고 그녀의 세 개의 방은, 서로 연결되지 않는다. 그러므로 이 요소들은, 그리고 그녀의 세 개의 방 각각에서 통용되는 언어들은, 서로를 이해할 수 없다. 그러나 기이한 방식으로 이 요소들은 한데 엮여 현란한 무늬를 가진 양탄자로 짜이고 이 마법의 양탄자에 올라탈 수 있는 예민한 독자들을 이야기의 흐름이 이끄는 곳과는 다른 어딘가로 데려간다. 그리고 예민한 독자라면 여기에 혈관-순환계의 사례들, 양탄자의 무늬를 짜고 있는 여러 가닥의 실들을 얼마든지 추가하며 지금까지의 논의를 훨씬 더 길게 만들 수 있을 것이다. 하지만 이 소설 속에 현란한 무늬의 양탄자가 있다는 사실을 입증하는 작업은 이 정도에서 그치기로 하고, 이 양탄자가 어떻게 이야기의 흐름을 교란하고 그 완성을 방해하는지에 대해 더 설명해야 할 것 같다. 앞에서도 언급한 셈이지만, 인과관계 속에서 사건들이 전개되는 이야기의 각도나 속도와는 구분되는 이미지의 각도와 속도가 서로를 끌어당기는 바람에 이야기의 본래의 흐름이 자꾸만 일그러지고 있다는 것이 교란과 방해의 기본적인 양상일 것이다.

하지만 그것이 전부는 아니다. 앞에서 살펴본 1에서 6까지의 사례에 국한해서 말한다면, 이미지의 흐름은 이야기의 진술을 배반하게 만든다. [1]은 현실의 호텔을 찾아가는 것과 상상의 방을 방문하는 것은 명백히 다른 것이라고 진술한다. 하지만 호텔 직원이 나열하는 분실물들은 텍스트의 다른 공간 장면들에서 유사한 이미지로 다시 돋아나면서(마치 망각의 장막을 뚫고 희미한 기억이 피어오르듯이) 독자들이 그 구분되는 장면들이 겹쳐 있는 것처럼 느끼게 만든다. 그런데 그런 식으로 서로 다른 장면을 겹쳐놓는 순간들이야말로 상상의 방을 방문하는 몽상적 행위, "세 개의 저마다 다른 도시의 햇빛과 소음을 받아들"이고 "다른 언어의 지배를 받는" 행위를 수행하는 순간이 아닌가. 다시 말해서 [1]의 진술과 반대로 현실의 호텔을 찾아갔던 것이 독자의 텍스트 체험 속에서는 상상의 방을 방문하는 일의 계기가 되어주는 것이 아닌가. 그렇다면 이미지의 혈관-순환계가, 현란한 무늬의 마법의 양탄자가, 의미의 일관성(여기서는 '현실의 호텔을 찾아가는 것과 상상의 방을 방문하는 것은 다르다'는 명제의 일관성)을 산출하거나 유지하는 일을 방해하는 것이 아닌가.

게다가 [1]에서 길게 나열되는 것은 '분실물' 목록이다. 그런데 지나치게 산만하고 혼란스러워 보이는 김씨의 부인의 삶과 상상에 대해 낭송극 배우와 이 소설의 서술자는 그것이 망각의(=기억의 '분실'의) 여정이라고 예언하거나 규정한다.

> [7] [세 개의 방을 갖고 있는] 김씨의 부인은 자신이 본 무수히 많은 것들에 대한 너무 많은 기억을 갖고 있기 때문에, (……) 시간이 지나갈수록 테두리가 닳아버린 그 장면들은 알아보기 힘든 희미하고 어렴풋한 윤곽의 덩어리로 변해가고, 그렇게 서서히 소멸되는 과정을 통해

서 때로는 전혀 알 수 없는 다른 형태로 둔갑해버리기도 한다. 경우에 따라서는 기억 한가운데에 둥글게 뚫린 커다란 하얀 구멍을 기억의 내용이라고 생각하기도 하며, 그러나 그 내용이 무엇인지는 당연히 알지 못한 채.(437쪽)

8 그날 당신이 많은 것을 보게 되며, 그렇게 바라본 사물들 중 무언가가 당신의 기억을 건드려, 그 기억이 우리들 주변을 서성이게 되고, (……) 그날 하루, 정처 없는 산책에 나선 당신, 생명의 열정은 미지근하고 검게 굳은 피는 이상할 정도로 천천히 흐르며, 무엇을 잊었는지 기억하지도 못하면서—아마도 당신은 그것이 열쇠라고 생각할지도 모르겠군요—당신은 하루종일 그것을 찾아 이곳저곳을 정처 없이 떠돌 것입니다.(475~476쪽)

사람들이 생각 이상으로 호텔에서 다양하고 많은 물건들을 잃어버리는 바람에 길고 긴 시처럼 보이는 분실물 목록을 만들어냈던 것처럼, 상상 속에서 언제나 너무 많은 것을 보고 있는 김씨의 부인의 기억은 테두리가 닳아버리고 무정형의 덩어리가 돼버리거나 "기억 한가운데 둥글게 뚫린 커다란 하얀 구멍"으로 기억들이 빠져나가고 소멸된다. 그 때문에 그녀는 무엇을 잊었는지도 기억하지 못하는 채 망각해버린 것을 찾아 정처 없이 떠돈다. 그렇다면 이렇게도 물을 수 있다. 호텔의 그 길고 긴 분실물의 목록은 과연 김씨의 부인과 관련이 없는 것일까? 그것들이야말로 그녀가 잃어버린 줄도 모르는 그 분실물이 아닐까? 혹은 나비 모양 선글라스를 잃어버린 적이 없는 것이 아닐까? 2에서 읽은 적이 없는 『어느 중국인의 고통』은 그 내용을 기억한다고 확신하고, 읽은 적이 있는 『중국의 붉은 별』은 그것을 읽었다는 사실을 포함한 모든 것이 의심스럽기만 한 것처럼?

여기에 '결정 불가능성'의 측면을 추가하기로 하자. 낭송극 배우는 김씨의 부인에 대해 "그러나 어떤 경우라도, 그날도 여전히 당신 기억의 깊은 아궁이 속에서는, 타오르지 못한 불씨가 오랜 세월 동안 저절로 말라 죽어가는 쓰라린 냄새를 풍기고 있을 것"(477쪽)이라고 저주처럼 들리기도 하는 예언을 한다. 두려움 때문에 그녀가 아무것도 시도해보지 못하고 멈춰버릴 것이기 때문이라는 것이다. 그것은 비유컨대 "불현듯 기차에서 내"리는 것이고 "그리하여 목적지를 눈앞에 두고서 더이상 앞으로 나아가는 대신에, 입술을 깨물면서 헛되이 절망하고, 그리고 되돌아가버"리는 것이다(472~473쪽). 그리고 실제로 "갑자기 〔김씨의 부인이 탄〕 기차가 캄캄한 어둠 속에서 덜컹 멈추어 섰다. (……) 김씨의 부인은 (……) 기차에서 내려 황량한 플랫폼에 섰다."(463쪽) 그러니까 김씨의 부인은 그의 예언대로 낯선 것에 대한 두려움 때문에 어떤 금기를 위반하는 의지 같은 것이 허약해지는 바람에 그와 만나서 완전히 새로운 생을 여는 그 길을 포기한 것이다. 그녀는 그 기차에서 내리지 말았어야 하고 방랑자에게로 가는 '결단 혹은 의지의 기차'를 끝까지 추진해야 했다. 그러니까 그녀가 그 하얀 구멍으로 놓쳐버린 결정적인 기억이란 낭송극 배우와의 만남을 통해 불러일으킨 낯선 것을 향한 열정과 기쁨의 순간들이다. 그것을 망각했기 때문에 이후 그녀의 인생은 퇴락하고 말았다.

그런데 과연 그렇게 결론 내려도 되는 것일까? 김씨의 부인은 낭송극 배우와의 결합이라는 해피엔드에 도달하지 못했기 때문에 아무것도 끝맺지 못한 채로 무엇을 잊었는지도 모르는 채로 무수한 상상의 방들을 헤매는 진정으로 낯선 체험을 했던 것이다. 그러니까 그에게로 가는 이야기의 기차가 멈춰 섰기 때문에 그녀만의 이미지의 기차가 질주하기 시작했으며, 이 이미지의 기차의 질주야말로 진정으로 낯선 것이기 때문이다. 그러니까 이 텍스트 안에서 기차는 멈춰 있는가 질주하고 있는가. 결정 불가능하다. 게다가 이 소설 속에 포착되고 있는 장면들 가운데 무엇이 상상의 방에서 목격한 것이고 무엇이 현실에서 겪은 것인지 확정할 수 없다면(우리는 이미 현실의 호텔과 상상의 방을 간단히 구분하기 어렵다는 사실을 확인했는데), 낭송극 배우에 대한 모든 기억들 또한 상상의 방에서 목격한 것이 아니라고 어떻게 장담할 수 있겠는가(특히 낭송극 배우가 이 소설 속에 처음 등장하는 431쪽을 보라. 그것은 상상의 방에서 내다본 풍경으로 보이지 않는가). 상상의 방들 사이를 기차여행 하고 있는 한 여자가 그 여행을 멈출 수 없게 만드는, 결코 되찾을 수 없는 망각된 기억이 있다고 상상하면서, "기억의 깊은 아궁이 속에서는, 타오르지 못한 불씨가 오랜 세월 동안 저절로 말라 죽어가는 쓰라린 냄새를 풍기고 있을 것"이라고 상상하면서, 그 불씨의 기원을 상상하고 그곳으로 향해 상상의 여행을 한 결과가 낭송극 배우이자 마법사인 그 남자라는 가상의 인물인 것이 아닐까. 낭송극 배우와 그의 예언은 김씨의 부인의 망각의 심연인가 상상의 첨탑인가. 결정 불가능하다.

여기까지 오면 지금까지의 논의를 다음과 같이 정리할 수 있을 것 같다. 「어느 하루가 다르다면, 그것은 왜일까」에는 이미지의 혈관-순환계라고 할 만한 '장치'가 있다. 그것을 장치라고 부르는 이유는 그것을 독자가 작동시키는 만큼 어떤 효과를 발휘하는 것이지, 거기에 확정된 의미나 내용이 담겨 있는 것이 아니기 때문이다. 그리고 일단

이 장치를 작동시키면 독자는 '김씨의 부인이 상상의 방을 돌아다니며 기억과 관련한 어떤 혼란을 겪는다'는 내용을 이해하게 되는 것이 아니고 독자 또한 텍스트 내부의 여러 방들을 돌아다니며 김씨의 부인이 겪었던 것과 유사한 기억과 관련한 어떤 혼란을 체험하게 된다. 〈김씨의 부인이 무엇인가를 잊고 있으면서도 흐릿하게 남아 있는 기억 때문에 그 근방을 헤매고 다니는 중이다. 그러느라 스스로는 열쇠를 찾아다닌다고 착각하고 기차를 타고 있다는 착각에 빠질 때도 있다〉는 정보를 우리는 이야기의 흐름 속에서 추출해낼 수 있다. 우리는 그런 불행한 여자의 삶을 이해하거나 해석할 수 있다. 하지만 이 소설이 우리에게 제공하는 것은 그런 이해나 해석이나 이야기의 차원에 머물지 않는다. ①~⑧ 사이에 은밀하게 퍼져 있는 이미지의 혈관-순환계는 우리가 텍스트를 읽어나감에 따라 그 앞의 어떤 진술이나 장면이 반복되고 있거나 변형되고 있다는 어렴풋한 지각을 제공하고, 그 지각의 실체를 구체적으로 파악하려 할수록 사실관계를 확정하기 어렵다는 사실을 알게 되기 때문에 무엇인가가 손아귀에서 빠져나가는 느낌을 반복해서 체험하게 된다. 그러니까 ⑦과 ⑧을 읽고 이해하거나 해석할 수 있는 그것을 우리는 ①~⑧ 사이에 은밀하게 퍼져 있는 혈관-순환계의 작동 버튼을 누르는 만큼 실제로 '체험'하는 것이다. 그리고 그 체험이 강렬해질수록 이야기는 배경으로 물러나 앉고 희미해지며 그 이야기를 완성하고자 하는 욕망까지도 희석시킨다.

또한 결정 불가능성 속에서, 이야기의 기차를 탈선시키며 질주하는 이미지의 기차의 아름답지만 기이한 소음 속에서, 독자들은 어떤 사물, 어떤 인물, 어떤 상황에 대해서도 확신하기 어렵고 그것에 어떤 확실성이나 안정성을 부여할 수 없다. 암시와 회상, 망각과 착각 사이를 오가는 현기증. 그 현기증 사이로 모든 확실한 것들이 빠져나가는 미끌거리는 느낌. 이것이 배수아의 소설이 우리에게 제공하는, 익숙하고 안정적인 사물들의 세계가 녹아 없어지기 직전에 이르는 재난의 체험이다. 이 재난이야말로 우리에게 '새로운 것'에 대한 체험의 입구로 데려다준다는 점을 다시 강조할 필요가 있을까.

*

우리가 우리의 현실 세계를 잃어버리는 재난. 명확한 윤곽선을 가지고 확실히 존재하는 모든 것들이 녹아 없어지는 재난. 그러나 빈약한 기억과 인식, 동일성의 협소한 수용소에서 탈출 가능하게 해주는 재난. 그것을 통해 낯설고 두렵지만 새로운 체험을 할 수 있는 재난. 우리가 우리의 고질병인 근원적인 고독으로부터 벗어날 수 있게 해주는 시적인 재난. 그리고 무엇보다 설명되는 것이 아니라 체험되는 재난. 그 재난에는 분명히 음산하고 고통스러운 측면이 있지만 거기에는 아름답고 황홀한 측면이 동시에 포함되어 있다. 음산하고 고통스러운 재난의 아름답고 황홀한 측면은 예컨대 이런 문장으로 표현해야 할 것 같다.

이런 경우 김씨의 부인은 자신이 경험의 세계를 벗어나 신비로운 현자의 꿈을 대신 꾼 듯이 남몰래 생각되기도 하는 것이다. 어젯밤이나 아니면 이십 년 전 어느 날 밤의 꿈. 그런 꿈속에서 그녀는 밤이 되면 아무도 없는 나라에서 흰 당나귀가 거꾸로 서서 밤하늘을 딛고 걸어

다니는 것을 보게 된다. 별들이 발밑에서 설탕처럼 사각거린다.(438쪽)

(2017)

# 무無와 형상 사이에서 주사위 던지기
## —공시네론

나는 공시네의 작업 아래 깔려 있는 불안의 일렁임을 본다.

불안은 무無에 직면한 그녀의 자세다.

*

세상 사람들이 믿고 싶어하는 것처럼, 세계 안에 무수한 실체들이 꽉 들어차 있는 것은 아니다. 세계에는 너무 많은 빈틈 혹은 구멍이 있으며 거기에서 우리가 잘 알지 못하지만 존재하지 않는다고 확신할 수 없는 어떤 것들이 끊임없이 흘러나오고 있다. 그것들의 유입이 세계를 위태롭게 하거나 이미 세계의 어느 한구석을 부서뜨리고 있다. 심지어 그 틈이나 구멍을 잘못 바라보았다가는 그곳으로 빨려들어가 세계를 잃고 의미를 알 수 없는 무정형의 바깥을 체험하고야 말 것이다. 그러나 바깥으로 나갈 것도 없이 우리가 알고 있는 세계는 언제나 무너져내리고 있는 중이고 우리가 그 존재를 확신하고 싶어하는 익숙한 사물들은 허약한 정신에 맞춤한 진부한 개념들이 빚어낸 허상일 때가 많다. 세계를, 혹은 세계를 들여다보고 있는 우리 자신을 들여다볼수록 그것들이 적어도 우리가 아는 혹은 알 수 있는 방식으로는 더이상 존재하지 않는다는 사실을 알게 될 것이다. 그보다 더 집중해낼 수만 있다면, 우리는 결국 무無를, 그러나 단순히 텅 비어 있는 것이 아니라, 어떤 고정된 실체로 머물러 있지 않고 쉼없이 우글거리는 알려지지 않은 물질을 볼 수도 있을 것이다. 탁월한 예술가들은 언제나 그것을 본다.

어떤 예술가들은 무無 앞에서 공포스러운 매혹을 느끼면서 어쩔 수 없이 그리로 이끌리고 만다. 그리고 그들은 우글거림의 바다로 뛰어들어 계산할 수 없는 파도의 리듬에 휩쓸리고 그러한 휩쓸림을 자신의 작업 속에서 표현해내려고 한다.

그러나 공시네의 작업은 마치 이렇게 묻는 것처럼 보인다. 세계를 잃고 우글거림의 바다로 투신할 때 느끼는 그 현기증의 매혹이 예술적 근원의 전부일까? 정말로 어려운 것은, 어렵지만 인간적 지평 안에서 해야만 하는 것은, 계산할 수 없는 우글거림의 파도의 박자를 세고 흘러내림 그 자체인 무정형의 물질에 윤곽선을 부여하며, 혼돈스럽게 뭉쳐져 있는 검은 덩어리로부터 색의 갈래들을 구분해내는 것이 아닐까? 그녀는 무無의 소용돌이 속에서 세계가 무너져내리고 무너져내리는 세계의 온갖 틈과 구멍들에서 무의 물질이 흘러내리는 것을 보고 있을 뿐만 아니라, 무無로부터 박자와 윤곽선과 색을 끄집어내고 그것으로 어떤 사물들을 빚어내고 있는 것처럼 보인다. 그 사물들을 빚어내는 손의 감각, 자신이 빚어낸 그것을 어루만지는 손의 감각에서 그녀는 매혹을 느끼고 있는 것 같다.

결국 모든 것이 사라지게 될 것이라기보다, 모든 것이 본래 존재한 적도 없으며 무無에 비친 헛된 그림자이므로 아무것도 손에 잡히는 것이 없다는 사실이 그녀를 불안하게 한다. 그 불안이 그녀를 새로운 매혹 쪽으로 이끌고 그것이 그녀의 작업의 동력이다. 그녀의 작업: '무無'라는 물질에서 하나의 '형식'을 꺼내기. 실제로 그녀는 평면 위에 어떤 이미지들을 표현하기 전에 그것을 먼저 손으로 만들어낸다. 무無로부터 그것을 끄집어내고 그것을 손으로 직접 만져봐야만 불안을 잠재울 수 있다는 듯이. 머릿속에 떠오르는 것을 평면 위에 옮기는 것보다, 그것을 손으로 끄집어내고 어루만지는 것이 우선이며 보다 더 중요하다는 듯이. 그것을 빚어내고 빚어낸 그것을 계속해서 어루만지는 촉감에서 매혹을 느낀다는 듯이. 그 촉감의 매혹을 평면 위에 묻혀놓고 싶다는 듯이. 그렇게 해서 평면 자체를 더이상 평면이 아닌 것으로 만들고 싶다는 듯이. 이런 작업들 때문에 그녀의 불안은 더이상 불안이 아닌 채로 어떤 형상들로 변형되어 현실화된다. 그녀의 작품들에서 우리가 언제나 어떤 다정함과 따듯함과 안정감 같은 것을 감지할 수 있는 것은 이러한 사정들에 관련된 것으로 생각된다.

*

공시네의 작품에는 '의자' '나무' '사다리' '별' '낙타' '변기' '구명보트'의 형상이 빈번하게 출현한다. 그녀의 의자는 주인의 무게를 지탱하고 주인이 편안하게 앉아 쉴 수 있게끔 하는 데에는 별 관심이 없는 것처럼 보인다. 무게를 지탱하기에 의자는 가냘파 보이고 거기서 쉬기에는 우선 의자 자신이 불안하게 서 있다. 가냘프고 불안하게 서 있는 의자는 제자리에 멈춰 있으면서도 하늘을 향해 길게 뻗어나갈 것처럼 보이는데, 그래서 나는 그녀의 의자를 사다리로 잘못 볼 때가 있다. 너무 높아 하늘에 걸려 있는 사다리로. 그 의자가 마치 '나무' 처럼 올바른 방향으로 뻗어나갈 때, 우리가 힘겹게 그 사다리를 모조리 밟아올라갈 때, 그 끝에서 우리가 '별'을 만질 수가 있는 것일까? 그렇게 해서 이 형상들은 모두 별을 찾아가는 여행이 되기도 하는 것일까? 그런 한에서 공시네의 의자는 네 발로, 힘겹게, 그러나 꾸준히, 사막을 건너는 낙타가 되기도 한다. 걸을 때마다 낙타의 발은 뜨겁게 반짝이는 모래 속으로 푹푹 빠지고, 그것이 올바른 여행이기만 하다면 그러나 이 반짝거리는 모래가 지상의 별이 아니라고 누가 장담할 수 있을까. 의자-나무-사다리-낙타가 반짝거리는 하늘의 모래들을 스치면서 자라나는 것이 아니라고 누가 장담할 수 있을까. 이 의자를 바다로 옮겨놓으면 변기가 될 수도 있겠다. 사막의 갈증이 우리를 삼키지 못하게끔 낙타가 우리를 태우고 사막을 건널 수 있듯이, 바다의 홍수가 우리를 삼키지 못하게끔 물의 의자(변기)가 우리를 태우고 바다를 건널 수도 있겠다. 현실 속의 물의 의자(변기)는 자기 안에 조그만 호수를 담고 있지만, 공시네의 이미지 속에서 변기는 거대한 바다를 건너는 구명보트가 된다. 구명보트가 건너고 있는 이 바다에서 우리를 삼킬 듯 위협하는 무의 파도의 출렁거림을 볼 수 있다면, 이 물의 의자가 우리 안에 너무 많은 무의 물질이 누적되지 않게끔 그 찌꺼기를 어딘가로 쏟아낼 수 있게 해준다는 사실도 알아차릴 수 있으리라. 그러니까 의자-사다리-낙타-변기-구명보트는 모두 '무라는 물질에서 하나의 형상을 꺼내기'라는 작업 과정 그 자체를 형상화한 것처럼 보이기도 한다.

*

이번 작업에서 그녀가 무에서 끄집어낸 것은 '큐브'다(그리고 그 큐브 주위에 여전히 의자, 사다리, 낙타가 있다). 그녀는 이 순수하게 단정한 기하학적 사물을 쌓아 의미의 건축물을 세우려는 것일까? 그녀는 이 큐브들에 한글 자모들을 풀어서 새겨넣기도 하고 큐브를 쌓아 '土'라는 글자를 만들기도 했다. 한글 자모들과 글자들, 그러니까 우리의 언어생활에서 의미를 담는 큐브들. 그것이 그녀의 큐브들에 새겨지거나 그녀의 큐브들로 만들어지는 것이다. 이 큐브들이 의미 단위라는 점을 강조하기라도 하듯, 계산 불가능한 리듬의 박자를 세는 블록이라는 점을 강조하기라도 하듯, 어떤 큐브들의 주위에는 숫자들 혹은 음표들이 놓여 있기도 하다.

그런데 이 큐브는 빈번히 '土' 그러니까 흙의 블록화된 형상으로 등장한다. 그것은 단지 그녀가 '토지문화관'에서 작업실을 얻었다는 사실을 장난스럽게 표시해둔 것만은 아니다. 흙의 성질이 그녀의 작업과 자연스럽게 공명하기 때문에 공시네의 큐브들은 土의 형태로 쌓인다. 다시 말해서 흙은 그릇으로 빚어지기 위해 수동적으로 '만져지는' 질료이지만, 흙이야말로 다른 질료들을 능동적으로 주무르고 '만지는' 땅의 손이기도 하다. 흙이 씨앗을 어루만질 때 나무가 자라 열매를 맺는다. 흙이 자신의 내부를 강하게 움켜쥘 때 흙은 단단히 뭉쳐지며 보석이 만들어진다. 그 자신이 만져지며 만지는 자연의 손인 흙. 그 자신이 무정형의 질료이면서 박자(꽃과 열매 그리고 낙엽이라는 계절의 리듬을 표시하는 박자!)와 윤곽선과 색을 끄집어내는 자연의 손인 흙.

공시네는 그녀의 큐브들을 반투명 재질로 만들어 채색해두었다. 이 때문에 그녀의 큐브들의 윤곽선은 빛의 산란 때문에 흐려져 있고 큐브의 표면들도 일렁거리는 물의 표면처럼 굴곡이 생겨난다. 마치 불안의 일렁거림이 저 아래 잠들어 있지만 아주 사라지지는 않았다고 주장하는 것처럼. 이렇게 말할 수도 있다. 그녀의 작업은 무라는 물질에서 하나의 형식을 꺼내는 것이지만, 무는 사라지지 않았고 여전히 그녀의 형식들 주변에서 물결치고 있다. 그리고 그녀의 형식들이 그 형식 안에 무를 보존하려고 시도하기 때문에 큐브의 표면들도 일렁이며 굴곡이 생겨난다. 공시네의 또다른 작업: 무無라는 물질에서 끄집어낸 하나의 형식 안에 다시 무를 보존하기.

*

그녀의 큐브들이 무를 보존하는 형식이라는 점이 강조될 때 그것들은 점점 검은 파도의 무늬를 드러낸다. 「암묵」과 「옴Ω」, 「문moon」 그리고 「솔」에서 나는 그것을 본다. 큐브는 펼쳐지고 그 안에 갇혀 있던 무정형의 물질들이 큐브의 내측면에서 번지고 퍼져서 큐브의 바깥 공간을 물들일 것만 같다. 그러나 그 불안한 무늬들도 큐브의 윤곽선 혹은 모서리들을 완전히 지우지는 못한다. 완전히 지울 수 없을 뿐만 아니라 반듯한 모서리들이 무정형의 번짐을 견디며 여전히 자신의 박자를 세고 있다. 무와 형상 사이의 하나의 균형이 이 검은 큐브

속에서 아슬아슬하게 걷고 있다고 말할 수도 있지 않을까. 이 큐브가 무와 형상 사이에서 균형을 잡을 수 있다는 쪽에 걸린 내기라고, 그것이 독특한 숫자로 결론 내려질 주사위라고 말할 수도 있지 않을까. 나의 어지러운 산문을 한 편의 시로 마무리할 수 있다면,

주사위의 내부에는
반듯한 모서리들이 이렇게나 많구나.

아. 이런 방에서 하녀로 일하며
정성스레 걸레질을 하는 것이 나의 꿈이었어.

동생의 그릇은 너무 아름다워서
물밖에 담을 수가 없고

나의 사념은 산성액에 녹아
기포가 되어 올라오고

모서리는

모서리는

함부로 망가지는 법이 없지.
방수가 되기도 하지.

세상의 주사위들이 한꺼번에 던져지면
진짜 복소수가 나올지도 모르니까

이야기를 잃은 사물들아, 그러니 근심을 접고
이리 와봐.

여기가 아주 좋아.

—신해욱, 「주사위 던지기」(『syzygy』, 문학과지성사, 2014) 전문

(2015)

# 개에 관한 명상

짐 자무시의 영화 〈패터슨〉(2017)이 개봉했을 때, 나는 약간 주눅이 들어 있었다. 내가 신뢰하고 좋아하는 사람들이 이 영화가 얼마나 근사한지에 대해 말할 때, 나는 이 영화에서 거의 아무것도 발견할 수 없었기 때문이다. 이 영화를 시인들이 좋아한다는데, 그러니까 "〈패터슨〉은 (……) '영화적인 것은 무엇인가'와 '시적인 것은 무엇인가'라는 질문에 대한 아름답고 생기로운 답이라는 걸 온 몸과 마음으로 느낄 수 있다"[1]는데, 대체 내 몸과 마음은 어디서 무얼 하고 있단 말인가. 영화적인 것은 그렇다 치고, 시적인 것에 대해서 이렇게 몰라서야 원, 하는 생각에 풀이 죽고 말았다.

내가 본 〈패터슨〉은 '일상이 시詩가 되는 영화' 같은 것이 아니었고, 차라리 '답답한 집구석으로부터 드디어 가출에 성공하는 개에 관한 영화'였다. 아니면 '시쓰기의 실패에 관한 영화', 그것도 아니면

1) 남다은, 「선택-영화」, 『문학동네』 2018년 봄호, 589쪽.

'여기에서 시를 써온 사람(?)은 마빈(패터슨-로라 커플과 함께 사는 개)밖에 없네요'라고 말하는 영화라고 해야 할까.

일상은 그 자체로 시가 될 수 없다, 고 나는 생각한다. 시라는 것이 꼭 의미심장한 무엇인가를 깨달아야 한다거나, 초월적인 것을 향해 나아가야 한다거나, 별스럽게 아름다운 것에 대한 도취로 되어 있어야 한다고 말하려는 것이 아니다. 지루하고 무의미한 반복처럼 보이는 일상 안에서 자기만의 미로를 만들고 그 미로를 통과하는 중에 더 이상 지루하고 무의미한 반복이 아닌 체험을 이끌어내며 삶을 확장하지 않는 이상, 일상은 진부함의 감옥이 되기 쉽고, 그런 한에서 시는 쓰여지지 않는다고 말하는 것이다. '일상이 그 자체로 시가 될 수 있다'는 말은 미로 만들기라는 과제에 신경쓰지 않아도 되는 핑곗거리가 되기 쉽고, 무기력한 삶에 대한 기만적인 장식이자 옹호가 되기 쉽다고도 덧붙이고 싶다.

영화 속 패터슨시市의 버스 기사 패터슨은 시를 쓰고 있었을까? 물론 그는 시를 썼다. 비밀 노트에 틈틈이. 반복되는 일상의 틈에, 누구와도 즉각적으로 교환할 수 있는 것으로 기대되는 일반 언어의 틈에, 자기만의 비밀스러운 말들을 만드는 바로 그 행위가 이미 미로 만들기의 시작이다.

패터슨은 평범한 성냥갑에서도 미로를 만들어낸다. 이 미로 만들기가 패터슨의 시 「Love Poem」이 된다. 이 시의 아래에는 이런 연상들이 흐르고 있는 것 같다. '오하이오 블루팁'이라는 성냥의 로고는 왜 비스듬하게 인쇄되어 있는가. 그것은 이 성냥이 무엇인가를 큰 소리로 외치고 있기 때문에 확성기의 형태로 인쇄될 수밖에 없었던 탓이다. 그렇다면 이 성냥은 무엇을 그렇게 큰 소리로 외치고 있는

가. 여기에 차분하고도 격렬하게 타오를 준비를 마친 작은 성냥이 있다는 것, 그것으로 사랑하는 여인의 담배에 불을 붙여줄 수도 있다는 것, 그때의 불꽃은 세상에 다시없을 유일무이한 고유한 형태로 춤추리라는 것, 그때 여인은 담배가 되고 나는 성냥이 되거나 혹은 그 반대가 되리라는 것, 담배에 옮겨붙는 그 뜨거운 춤과 집중하는 흡기와 연기의 몽롱한 흩어짐 속에서 이뤄지는 것은 사실 상대방을 불타오르게 하는 키스라는 것, 그 키스는 천국으로 타오르게 되리라는 것. 이것이 '평범한 사물에서 천국의 입구에 이르는 미로 만들기'가 아니면 무엇일까.

하지만 '오하이오 블루팁' 성냥이 그 자체로 천국의 입구가 되는 것은 아니다. 평범한 사물이 제자리에서 천국의 입구에 이르는 미로를 만들어내는 일이 없었다면, 다시 말해 패터슨의 시쓰기를 통해 활성화되고 있는 저 연상들이 없었다면, 성냥은 그저 성냥일 뿐이다. 하지만 패터슨은 시를 썼다. 그는 미로를 만들었고 성냥이 외치는 큰 소리를 들었으며 그 커다란 울림 속에서 뜨거운 입술과 부드러운 불꽃을, 키스와 담배를, 담배 연기와 연인의 영혼을, 그와 그녀를 뒤섞었고, 그렇게 해서 천국을 향해 뜨겁게 피어올랐다.

하지만 이 영화에는 패터슨의 시쓰기를 압류하려 드는 힘이 있다. 그가 정해진 시간에 정해진 노선으로 버스를 운행해야 하므로 수시로 시쓰기를 중단하고 지루한 반복을 살아야 한다고 말하려는 것이 아니다. 일상의 반복하는 힘은 차라리 미로에 의해 분열되어 열리기를 기다리고 있는 시의 토양이라고도 말할 수 있기 때문에, 일상이 시를 압류한다고 간단히 말할 수는 없다. 하지만 패터슨과 함께 사는 여자 로라의 경우라면 사정이 다르다. 로라는 자신의 옷과 소품들 그리고 온 집안에 비슷한 문양들을 반복해서 그린다. 그 문양들 사이에서 미묘한 차이를 읽어내는 사람들도 있겠지만 이 영화가 그런 차이들을 의식적으로 혹은 효과적으로 생산하는 것 같지 않다. 로라는 차이 나는 반복을 생산하는 인물이 아니라 차라리 '반복의 반복'을 강요하며 미로 만들기를 좌절시키는 힘의 실행자다.

로라의 문양들은 주위 공간을 비슷한 패턴들로 정체시키는 것 같다. 로라는 일상의 운행이 끝난 패터슨을 다시 마빈의 반복되는 저녁 산책의 동반자로 내몰며 또다시 동일한 패턴 속에 가둔다. 그 패턴 안에서 시인 패터슨이 어떤 미로를 만들어낼 수도 있겠지만 로라가 미로 만들기의 협력자는 아닌 것이다. 패터슨은 로라가 집안 곳곳에 걸어둔 마빈의 초상화를 보며 약간 어색하고 불편한 표정을 짓는데, 그것은 아마 '왜 남편이나 애인인 내가 아니라 개의 그림을?'이라는 불만에서 나온 것이 아닐 것이다. 무엇인가를 닮게 그리고 그것을 기념하고 그래서 무엇인가를 하나의 이미지 안에 멈춰 있게 만드는 것은, 시와는 반대되는 일이기 때문에, 다시 말해서 사진이나 초상화가 암시하는 '고정시키는 힘' '반복의 반복'이 미로를 만들고 분열시키며 열어젖히는 시인을 어색하고 불편하게 만든 것이 아닐까.

그런 면에서 보면 패터슨의 점심 도시락을 싸면서 로라가 매번 자신의 '사진'을 함께 넣어두는 것이 그저 사랑스럽게만 느껴지지는 않는다. 로라 그리고 로라와 패터슨의 관계의 무엇인가를 반복하고 고정시키는 사진이 패터슨을 가로막고 있는 것처럼 보이기 때문이다. 영화에 등장하는 첫번째 도시락에는 로라의 사진과 함께 단테의 초상이 그려진 엽서도 함께 들어 있는데, 그것은 혹시 패터슨이 로라에 대한 사랑을 담아 쓰는 시 「Love Poem」이 너무 멀리 가지 못하도록 그것을 '베아트리체를 통해 천국에 이르는 단테의 글쓰기의 반복'으로 그러니까 복제품에 지나지 않는 것으로 묶어두려는 것은 아닐까?

생각해보면 패터슨이 로라를 사랑하는지도 확실하지 않다. 로라와 함께 있을 때의 패터슨의 표정은 언제나 약간 긴장해 있고 초조한 기색이 역력하다. 로라는 나중에 요식업으로 성공할 꿈을 꾸는 것 같지만 로라가 해주는 요리가 패터슨에게는 고통인 것 같고, 이제 막 기타를 사서 독학하며 스타 컨트리 가수가 되겠다는 로라를 바라보는 패터슨의 표정에도 뭔가 어색한 기운이 가득하다. 로라는 수시로 패터슨의 시를 칭찬하지만 로라가 패터슨의 시를 읽고 그로부터 무엇인가를 얻어내고 변주하여 다른 문장을 내뱉는 장면은 전혀 없다. 패터슨을 이해하지도 못하고 패터슨에게조차 허황된 꿈을 꾸는 것처럼 보이는 로라를 생각하며 패터슨이 「Love Poem」이나 「Glow」나 「Pumpkin」과 같은 연애시를 쓰는 행위는 시쓰기가 아니라 낭만적 연인들의 관습을 반복하는 것뿐이지 않을까? 충분히 시적으로 보였던 「Love Poem」조차도 그저 로라의 '반복의 반복'이라는 덫에 걸려들어 판에 박은 연애시에 멈춰 서는 것이 아닐까? (저 세 편의 시가 뒤로 갈수록 유치해지고 상투적이 되는 것이 우연이 아니라면 패터슨이 점점 더 로라의 반복의 반복 안에 갇히게 되는 것인지도 모른다.)

결정적으로 로라는 내켜 하지 않는 패터슨에게 비밀 노트의 시들을 '복사'하라고 반복해서 요구한다. 시를 복사하는 일이, 그렇게 해서 시집으로 출판하는 일이, 시를 더이상 시가 아니게 하는 것은 아니겠지만, 그것이 이 영화의 전체 구도 속에서는 시를 '반복의 반복'으로 차압해버리는 일처럼 보인다. 그러니까 이제 다음날이면 복사되게 될 패터슨의 비밀 노트를, 패터슨과 로라가 영화를 보러 간 사이에 마빈이 갈가리 물어뜯어버린 것은, 어떤 의미에서 패터슨의 시쓰기를 '반복의 반복'에 장악되는 것으로부터 구원하는 행위에 해당한다. 마빈의 물어뜯기에는 반복의 격벽을 뚫고 나가는 격렬한 미로 만들기의 실천이 들어 있다. 그렇다면 마빈은 찢어발기는 이빨로 훌륭한 시를 쓴 것이 아닐까?[2)]

비밀 노트 분쇄 사건 직후 로라는 패터슨에게 과장되게 미안한 마음을 표시하며 애지중지하던 마빈을 집밖으로 내쫓고 이후로 마빈은 화면에 등장하지 않는다. 그런데 마빈은 정말로 쫓겨난 것일까? 반복을 반복하는 힘에 납치되어 있던 마빈이 드디어 물어뜯는 이빨로 시를 썼고 그로 인해 로라의 고정시키며 점령하는 패턴 바깥으로 탈출하는 데 성공한 것이 아닐까? 패터슨과 마빈 사이의 기묘한 분위기는, 로라의 사랑을 독차지하려는 남자와 개 사이의 갈등이 아닐지도 모른다. 마빈은 분열시키고 열어젖히는 미로 만들기의 시적 과업을 상기시키는 진정한 시적 동료이자 스승이기 때문에, 반복의 반복에 갇히고 있는 패터슨을 긴장시키고 있었던 것인지도 모른다.

영화가 끝난 이후 패터슨이 마빈 없이도 시를 쓸 수 있을까? 영화의 마지막 장면이 첫 장면과도 같이 월요일 아침 로라의 옆에서 깨어나는 패터슨을 보여주고 있다는 점에서 내게 이 영화는 우울한 결론을 내리는 것처럼 보였다. 그보다 조금 앞서 우연히 만난 어느 일본 시인이 "때론 텅 빈 페이지가 가장 많은 가능성을 선사하죠"라는 말과 함께 빈 노트 그리고 '아하!'라는 선문답 같은 깨달음의 감탄사

---

2) 로라의 복제 요구가 패터슨에게 위협적인 것이며 마빈의 물어뜯기가 오히려 시적인 것을 구제한다는 점에 대해서는 남다은, 「단호하고 부드러운 시와 개와 맥주의 시간」, 『FILO』 2018년 3/4월호(창간호), 44, 49쪽.

를 선물하는 장면에서 우리가 보는 것도 시에 대한 동양적 깨달음이라는 진부한 상투구에 불과한 것이 아닐까. 그렇다면 이 영화는 결국 '반복의 반복'에서 빠져나오는 데 실패하게 되리라는 불길한 예감과 함께 끝나고 있는 것은 아닌지. 영화가 끝난 뒤 패터슨이 시를 쓰게 되더라도 그 시는 더이상 미로 만들기의 실천과는 무관한 어떤 진부함의 복제품에 멈추게 되는 것은 아닐지.

짐 자무시가 시에 대해서 그리고 이 영화에 대해서 혹은 개에 대해서 무엇을 어떻게 생각했든 간에, 내가 보기에 이 영화에서 시를 쓴 사람은 물어뜯는 이빨을 가진 마빈밖에는 없다.

*

개라는 동물은 왜 밥그릇에 담긴 음식만 보면 참지를 못하고 순식간에 그 음식을 몽땅 먹어치워버리는 것일까? 심지어는 왜 먹을 것이 아닌 것조차 다 물어뜯어 망쳐버리는 것일까? 개는 인간과 달리 식사예절을 모르고 배고픔도 제어하지 못하며 파괴적 충동에 시달리는 짐승에 불과하기 때문에?

그것이 아니고, 개는 자기 앞의 사물이 현재의 모습으로 고정되는 대신 끊임없이 다른 사물로 변화할 가능성을 내포하고 있다는 사실 좀더 과감하게 말해서 모든 사물의 진리가 최종적으로는 무無라는 사실을 잘 이해하고 있기 때문에, 바로 그 최종 진리인 무無를 드러내기 위해 먹어치워버리거나 물어뜯어버리는 것이다. 헤겔의 『정신현상학』을 해설하는 알렉상드르 코제브는 무無와 욕망과 부정성否定性의 운동에 대해 논하며 '물어뜯는 이빨로 진리에 도달하는 개의 철학적 실천'에 대해 이런 방식으로 언급한 적이 있다고 나는 기억했고 마빈을 보며 알렉상드르 코제브의 철학자-개가 떠올랐다. 시와 철학의 교차에 대해서도 잠깐 생각했다.

하지만 기억의 오류. 다시 찾아본 알렉상드르 코제브의 『역사와 현실 변증법—헤겔 철학의 현대적 접근』(설헌영 옮김, 한벗, 1981)에는 그런 개가 등장하지 않았다.

마빈! 어디 간 거니?

스크린 바깥으로 빠져나간 〈패터슨〉의 마빈이 시인답게 미로를 만들며 다른 텍스트들을 향해 산책하는 장면을 상상해보면 어떨까.

*

박솔뫼의 소설집 『사랑하는 개』(스위밍꿀, 2018)의 표제작에는 금이라는 사내가 나온다. 금은 일 년 만에 이 소설의 화자를 찾아와 이렇게 주장한다. '사실 나는 개다. 지금으로부터 이십여 년 전인 94년 4월 13일에 소년 금은 함께 놀던 개 노디에게 개가 되고 싶다고 말했는데 그런 말은 곧장 실현되는 것이어서 금은 노디가 되었고 노디가 금이 되었던 것이다. 개는 인간보다 수명이 짧기 때문에 노디가 된 금이 벌써 죽었나 싶지만 금은 또다른 개가 되는 식으로 살아 있고 그것이 지금 내가 산책시키고 있는 이 개다. 그런데 일 년 전 너와 만났을 때 금처럼 보이지만 사실은 노디였던 내가 개가 되고 싶다는 말을 했다고, 개가 된 금이 말했다. 그래서 내가 다시 개가 되고 개 속으로 들어간 금이 다시 사람이 되어야 한다는 것인데, 나는 그런 말을 한 기억이 없다.'

인간과 개 사이의 영혼 교환에 대한 금의 이 엉뚱한 이야기는 그 자체로 우리의 흥미를 끌지만, 그래서 금이 된 노디가 다시 개로 돌아갈 것인지 혹은 도대체가 금이 하는 이야기가 터무니없는 농담인지 소설의 설정상 참인지를 결정짓는 것이 「사랑하는 개」의 관건은 아니다. 그런 이야기의 줄기가 그 줄기대로 진행되는 바 없지 않지만, 그와는 별도로, 금이 저 엉뚱한 이야기를 시작하며 "혹시 94년에 무슨 일이 있었는지 기억나세요?" 하고 물어온 탓에, 이 소설의 화자는 일 년 전 금과의 만남의 장면을 세밀하게 재생시키는 한편 94년의 여름의 기억 속을 골목길을 무심히 헤매고 다니듯 산책한다. 그것이 과연 정말 일어났던 일인지, 이제 와서 현재의 기억을 투사하며 상상해낸 일인지, 혹은 그것이 상상에 불과한 것이라 하더라도 바로 이 기억의 헤맴을 통해서 존재값을 부여받는 것인지, 혹은 그것이 실제로 일어났던 일이라 하더라도 그 사소한 사건을 함께 경험했던 사람들 모두가 그 사건을 완전히 잊어버리고 말았다면 그것은 다시 유령처럼 사라져버리는 것인지, 결정 불가능하게 만드는 문장들과 장면들이 꼬리를 이었다가 꼬리를 감췄다가 막다른 골목에서 다시 나타난다. 그래서 그것이 확실히 존재하는 것인지 유령적인 것인지 판정할 수 없는 가운데 그 많은 현실적이거나 회상되었거나 상상된 것이 애틋하게 감촉된다.

「사랑하는 개」의 느슨하게 연결되었다가 이상한 지점에서 집중한 뒤 난데없이 도약하는 문장들의 나열이라는 것은, 다음의 두 인용문의 관계를, 현재의 은유(A)에서 비롯된 과거에 대한 상상적 기억(B)으로 이해해야 할지, 과거의 현실(B)이 희미하게 남아 있다가 현재의 회상으로 되살아난 것(A)으로 이해해야 할지 확정할 수 없는 가운데,

다만 A와 B 사이에서 기억/상상의 혹은 현행적/잠재적 산책로를 밟는 촉감을 발생시키려는 시도이다. 아니면 차라리 기억과 상상 사이를 오가는 혹은 현행적 차원과 잠재적 차원을 오가는 미로를 만들어내려는 시도라고 해야 할까.

(A) 혹시 94년에 무슨 일이 있었는지 기억나세요? 네 기억해요. (……) 94년도면 제가 열 살 때인데요. 그때 이사를 갔거든요. (……) 그리고 그해는 여름이 기억나요. 굉장히 더웠었고 (……) 해가 쨍쨍해서 뭔가 더운 나라처럼 길가에 빛과 그림자가 선명하게 구분되었던 것이 기억나요. (……) 여름의 이야기를 시작하자 멀리서 여름의 냄새가 햇볕에 잘 말린 흰 천의 냄새가 컵에 맺힌 물방울의 표면이 떠올랐다.(「사랑하는 개」 44~45쪽)

(B) 94년의 여름 교실 창가에 앉아 있었을 때 (……) 아주 가늘고 작은 그래서 눈에 보일 리 없는 피에로 복장의 사마귀 크기의 무언가가 맞은편 건물에서 곡예를 넘고 있었다. (……) 피에로는 어느새 내 옆 창가로 와 속삭였다. 이것 봐. 이걸 기억해. 1994년 6월 28일의 하루 이걸 기억해. (……) 다시 찾아온 것. 걸려 있던 액자가 움직이고 말을 듣고 있는 사람 입이 움직이는 모양을 천천히 모두 다 기억하는 이들. 고개를 돌렸을 때 피에로는 사라지고 커다란 햇볕에 잘 말린 커다란 흰 천이 멀리서 햇빛과 바람 속에서 흔들리고 있었는데 맡아본 세제의 냄새가 나를 찾아오고 그 뒤에는 누군가 서 있다.(같은 글, 65~66쪽)

물론 「사랑하는 개」에는 금이 어린 시절 길렀다는 노디라는 개, 그리고 현재의 금과 함께 산책하는 개가 등장한다. 하지만 내가 다시 나타난 마빈으로 간주하고 싶은 개는 그 개들이 아니다. 꼬리를 이었다가 꼬리를 감췄다가 막다른 골목에서 다시 나타나는 저 문장들과 장면들, 그러니까 「사랑하는 개」라는 텍스트 전체가 '하나의 기다란, 기억/상상 혹은 현행적인 것/잠재적인 것을 헤매며 산책하는, 그 산책의 와중에 무엇인가를 되살려내기도 하고 만들어내기도 하는, 개의 흔적'이 아닐까. 이 '흔적의 개'를 다시 나타난 마빈이라고 생각해볼 수 있을까. 어쩌면 이 단편의 제목 '사랑하는 개'에서 사랑하는 대상 역시, 금이 지금 산책시키는 개나 어린 시절 길렀던 노디가 아니라 여기 이렇게 길게 이어졌다 끊어지며 헤매면서 되살리고 만들어내고 있는 텍스트의 운동일지도 모른다. 사랑하는 개는 산책하는 개. 안녕, 마빈? 너 여기 있었구나. 「사랑하는 개」를 읽는 일은 이 텍스트의 운동에 동참하는 것이고 결국 이 흔적의 개와 함께 기억/상상 혹은 현행적인 것/잠재적인 것을 헤매며 산책하는 일이다.

『사랑하는 개』에 수록된 다른 세 편의 단편에 명시적으로는 개가 등장하지 않을지도 모르지만 저 텍스트의 운동이 변형되어 작동한다는 점에서 소설집 『사랑하는 개』 전체가 개와 함께 읽는/산책하는 텍스트이기도 하다. 평범한 일상의 매 순간 속에 이미 끼어들어와 있는, 그러나 감지되지 않는 작은 존재들이 빠르게 움직이고 뛰어다니는 것을 예감하고 그것들과의 만남을 기대하며 기다리는 것(「차가운 여름의 길」), '동면'이라는 가상의 상황 속에서 엄마의 '만들어진 기억'과 실제로 유산한 아이가 어디선가 만나는 '가느다란 연관'을 찾아내려는 흐름 같은 것(「여름의 끝으로」), 예전에 가본 여행지의 식당을 다시 찾느라 헤매며 예기치 않은 장소와 사람들을 만나거나 만나지 못하고 있는지 없는지 확신할 수 없는 장소를 실제의 장소 위에 겹쳐보는 것(「고기 먹으러 가는 길」)이 모두 다.

〈패터슨〉의 시인이 시를 쓰는 패터슨이 아니고 비밀 노트를 물어뜯어 가출에 성공한 마빈이라면, 『사랑하는 개』의 개는 금이 길렀거나 산책시키는 개가 아니고 저 문장과 장면들의 흐름과 도약과 헤맴을 통해서만 표현되는 헤매며 산책하는 개의 흔적이다. 마빈을 마빈으로 만드는 것이 반복의 반복을 물어뜯고 찢어발기는 이빨이라면, '사랑하는 개'를 사랑하는 개로 만드는 것은, 반복의 반복으로부터 경로를 이탈하여 헤매며 산책하는 "홱홱홱 종종종"거리는 발걸음이다.

정확하게 말하자면 "홱홱홱 종종종"은 「고기 먹으러 가는 길」에서 가습기의 김 사이에서 피어나온 유령적인 닭들의 리듬이지만, 닭인가 개인가 고양이인가를 구분하는 것이 여기서의 관건은 아닌 것 같다. 중요한 것은 막다른 골목에서 홱홱홱 방향을 바꾸고 이것저것 평범하지만 예기치 않은 것들을 냄새 맡고 두리번거리며 나아가느라 종종종 경쾌하게 걷는 개의 다리가 개의 물어뜯는 이빨만큼이나 시인의 자격이 될 수 있다는 것이다.

*

일정한 방향이나 속도를 흐트러뜨리는 "홱홱홱 종종종"의 리듬, 그 리듬으로 사라져가느라 보일 듯 말 듯한 개의 꼬리는 롤랑 바르트의 개를 떠올리게 한다.

롤랑 바르트는 개의 꼬리에 매료된다. 개의 꼬리는 그 흔들림의 강도나 진폭, 속도 등의 미묘한 변화를 통해 자기 영혼의 미묘한 떨림을 있는 그대로 섬세하게 표현해낼 수 있고 또 그것을 표현해내지 않거나 감추는 것이 불가능하기 때문이다. 어떤 의미에서 인간은 개의 꼬리가 없다는 결함을 보완하느라 뉘앙스가 풍부한 텍스트를 만들어내려 애쓰는 것이다. 번역 가능하고 교환 가능한 일반 언어들이 놓치기 쉬운 독특하고 미묘하며 미세한 것들을 체험하고 표현하는 꼬리를 언어에 달아줄 때 '뉘앙스'가 풍부한 텍스트가 발생하는 것이다.

다시 한번 기억의 오류. 바르트가 개의 꼬리를 인간의 언어와의 관련 속에서 말한 것은 아니었다. 하지만 이번에는 거의 비슷한 내용의 문장을 찾아냈다. "개에게서는 정동이 눈에 보입니다. 그 절대적 무매개성과 '운동성' 속에서 말입니다. 개의 꼬리를 관찰해보시기 바랍니다. 꼬리를 흔드는 동작은 정동의 요구에 따라 이루어집니다. 인간의 얼굴이 아무리 자주 바뀐다고 해도 개가 꼬리를 흔드는 동작의 미세함은 따라갈 수 없습니다. (……) 빠른 변화에 따라 이루어지는 **다양한 무늬의 애정**(항상 개의 꼬리, 슈퍼 얼굴과 같은 개의 꼬리를 생각하세요)."[3)]

*

이 모든 산만한 이야기와 개에 관한 명상은 권민경의 시 「가죽 자루」(『베개는 얼마나 많은 꿈을 견뎌냈나요』, 문학동네, 2018)에서 시작됐다.

---

3) 롤랑 바르트, 『롤랑 바르트, 마지막 강의』, 변광배 옮김, 민음사, 2015, 121~123쪽, 강조는 원문.

나는 개이거나 곰이었는데 그 둘을 다 좋아했다. 꼬리가 길거나 짧은 육체.

빌딩 사이로 스며드는 꼬리. 사라진 몸 대신 아지랑이가 피어오른다. 콧수염이 씰룩거린다. 길 건너편. 우체통 뒤에 동물의 눈이 숨어 있다.

사람이나 동물이 간다. 무빙워크 위를 걷듯 아스팔트를 스쳐서. 긴 바퀴 자국을 남기며 멈추는 자동차. 혼은 연쇄적으로 투명하다. 이다지도 날렵한 몸이 도로를 가로지른다. 각자의 자루에서 벗어난 눈들.

자전거를 타고 갈 때 마주치는 것. 길을 비키는 사람들. 좁은 자루의 커다란 입. 사라진 다리. 나를 피하는 표정. 놀란 목젖. 눌린 자루에서 삐져나오는 혼.

질기며 약하기. 가로등 사이에 숨을 수 있는 능력. 나타나고 싶을 때 다시 나타날 수 있는 재능. 숨는 버릇 때문에 가능한 일이고, 자꾸 자루를 삐져나오는 목숨 때문에 스카이라인은 미어진다. 이 자루가 터지지 않게 껴안기.

품속은 따뜻하다. 가득 메운 존재들. 도시는 빵빵하다. 목적지로 향하는 우편 꾸러미. 자주 받고 싶은 인사가 튼튼해진다. 냄새 없이.

—「가죽 자루」 전문

아마도 이 시에 의해 만들어지는 연상은 이런 것인 것 같다. 아무것도 없는 것처럼 보이는 텅 빈 공간, 빌딩 사이 골목길 사이로 방금 무엇인가가 걸어들어가 사라져버린 것만 같다. 사라짐의 흔적인 어떤 '꼬리'를 본 것만 같다. 그러고 보니 수많은 꼬리들이 여기저기의 틈으로 스며들고 있는 것만 같다. 거의 보이지 않지만 가늘게 살랑거리는 꼬리들은 아지랑이처럼 흔들리며 주위 공간을 흔들리게 하고, 콧수염처럼 씰룩거리며 흔들리는 텅 빈 공간으로부터 어떤 말이나 웃음이나 재채기가 터져나올 것만 같게 만든다. 저 꼬리-아지랑이-콧수염 아래서 무無의 입이 열릴 때, 우편물을 가득 담은 자루의 입이 열리고 무수한 유령적 메시지들이 여러 장소들로 쏟아질 것 같다. 혹은 우리의 일상을 담아두고 있는 가죽 자루에 틈이 생겨 우리 안의 무엇인가가 자유롭게 흩어질 수 있을 것도 같다. 그런데 그 가죽 자루가 일상적 현실이기 이전에 우리의 영혼과 생명을 담고 있는 육신이라고 한다면, 이 시의 연상에 따르면, 그 가죽 자루 육신에 달려 있는 꼬리야말로 잠겨 있는 가죽 자루의 입구를 여는 '열쇠'가 된다. 꼬리는 사라지는 것들 보이지 않는 것들의 흔적이며 그 흔적으로부터 아지랑이와 콧수염이 되어 무엇인가를 흔들리게 하고 씰룩거리며 유령적인 것들이 터져나오게 하는 것이니까. (바르트의 흔들리는 꼬리가 권민경의 시에서는 사라지고 스며들면서 묶여 있는 자루의 주둥이를 연다.) 이런 연상들 때문에 시인은 "꼬리가 길거나 짧은 육체"를 좋아하고 그 때문에 자기 자신을 "개이거나 곰이었"다고 믿게 되는 것이리라. 그러한 믿음으로부터 이 시를 시작할 수밖에 없었으리라.

하지만 주의 사항. 그 가죽 자루를 함부로 다루지 말 것. 가죽 자루에 갇힌 채 틈을 찾고 결국엔 삐져나오는 그것도 가죽 자루의 품안에서 만들어지는 것이니까. 가죽 자루는 무엇인가를 껴안고 잉태하게 하는 품이 되어주는 것이기도 하니까. 그것을 함부로 찢어발기지 말 것. 그러고 나면 가죽 자루를 간지럽히며 무엇인가를 쏟아내게 할 꼬리도 사라질 것이니까. 뭐야, 너, 마빈 아니었어?

*

나는 사라지는 꼬리에서 산책하는 개를 그리고 열리는 가죽 자루의 주둥이에서 물어뜯는 개를 떠올리며 『베개는 얼마나 많은 꿈을 견뎌냈나요』와 『사랑하는 개』와 〈패터슨〉 사이에 오솔길을 내고 싶었던 것인데, 꼬리를 살랑거리는 개와 산책하는 개와 물어뜯는 개에 대해서라면 앞에서 이미 길게 이야기한 것 같다.

이제 마지막으로 '짖(지 않)는 개'에 대해 덧붙이고 싶다. 이 '짖(지 않)기'에 대해 생각하기 위해서는, 다른 시인의 시작 노트와 권민경의 시를 함께 놓고 보는 것이 편리하다.

옆집 개가 문간에 나앉아 있다. 짖지도 못하고, 하지도 못하는 개. 엊저녁에 광견병 접종을 하고 온 개. 이제는 미칠 수도 없게 된 저 개. 개는 사람을 어떻게 견딜까…….

—김언희, '시작 노트'(『문예중앙』 2014년 가을호, 245쪽)

거대한 물혹과 한쪽 난소를 떼어낸 후
고기를 먹을 때면 뒤적거렸어
동물의 아픈 부분을 씹을까 조심스러워
그게 내 몸 같아서

암센터 건너 늘어선 주택
큰 개 순하게 매여 있네
짖을 타이밍을 잊은 개는
긴 혀를 빼물고 헐떡인다
너의 몸 어디선가 고요하게
자라고 있을 거야

나는 혹부리 여자
계절마다 새로운 혹이 돋고
모르는 새 유행에 민감해졌네
환자복 입고 딸기 향 립글로스를 발랐지
향기는 소독되고
주택가를 떠도는 애드벌룬
종양은 부푼다

사람들이 태아를 걱정할 무렵
나는 세상의 작은 혹들이 애틋했네
그런 처녀였지
종양을 잉태한 줄 모르고
손자는 먼 훗날의 이야기

주렁주렁 열린 감자 겨울을 나고 좋은 씨감자 될 거야
품질이 좋고 맛좋아

퇴원을 축하하며
엄마는 오랫동안 고기를 삶았지
들통을 열어보면 작은 종양을 달고
열심히 꿀을 먹던 소가 떠올라
나는 오랫동안 식물이 되고

—「종양의 맛」 전문

'시작 노트'의 저 개는 아마도 주인의 아파트에서 함께 살기 위해 성대 수술을 받아야 했을 것이다. 이 개는 짖을 수 없다. 할 수도 없다. 이 개는 자신의 충동에 충실할 수 없기 때문에 거의 미칠 지경이었을 것이다. 그런데 주인은 급기야 이 개에게 광견병 주사까지 맞히고 말았다. (시적인 비약을 거쳐) 그래서 이 개는 미칠 수도 없게 되었다. 미칠 수도 없는 이 개는 어떻게 되는 걸까? 견디다못해 풍선처럼 펑 터져버리는 것일까? 미칠 수 없다는 것이 이 폭발조차 허용하지 않은 채 무엇인가가 견딜 수 없게 안으로만 쌓이는 괴로움을 견뎌야 한다는 것일까? 이 개는 자신의 삶을 저 지경으로까지 망가뜨리는 사람을 어떻게 견디는 것일까? 그리고 아마 이 노트에서 생략된 문장은 이런 것이리라. '그러나 사람은 자신의 삶 또한 그와 같이 짖을 수도 할 수도 미칠 수도 없게끔 만들어놓지 않는가? 사람은 자기 자신을 어떻게 견디는 것일까?'

그렇다면 짖는다는 것은 생동하는 삶의 건강한 발산이고 자기긍정이며 짖을 수 없다는 것은 삶을 형편없이 구겨놓는 일이 될 것이다. 김언희의 어떤 시들은 그러므로 짖을 수 없고 미칠 수조차 없는 상황과 관계되어 있거나 짖을 수 없는 사람들을 대신하기 위해서라는 듯이 거의 짖는 듯한 목소리를 취할 때가 있고 그 짖기가 성공적이 되는 순간에 대해 시인은 종이를 찢어버리는 일이 벌어진다고도 쓴 적이 있다("종이가 찢어질 정도로 훌륭한 시를, 용서할 수 없을 정도로 잘 쓰고 싶었습니다."[4] '짖기=찢기'에서 우리가 다시 마빈을 연상시키는 것은 자연스럽다).

권민경의 시 「종양의 맛」은 특히 2연에서 김언희의 '시작 노트'와 거의 같은 자리에 있는 것처럼 보인다. 짖을 타이밍을 잊은 개의 몸속에서 괴로움이 신체화되어 종양으로 자라는 저 장면에서. 그러나 권민경의 시는 김언희의 노트와 다른 길을 간다. 권민경의 시는 짖으려 하지 않고 찢으려 하지 않는다. 이미 「가죽 자루」에서 본 것이지만, 권민경의 시는 어떤 '틈'을 발견하려고 애쓰지만 가죽 자루를 함부로 터뜨리거나 찢어서는 안 된다고 말한다. 차라리 거기서 어떤 '품'을 만들기 위해 애쓴다. 그래서 난소의 종양은 태아처럼 애틋하게 자라나는 작은 혹이 되고, 주렁주렁 열려 알이 굵어지는 맛좋은 감자처럼 생각되기도 한다.

그렇다고 해서 이 시의 첫 연과 마지막 연에서 화자가 하는 일이, 종양을 앓다가 신체의 일부를 떼어내야 했던 자신의 아픔과 살코기로 해체되어 식탁에 오른 소의 아픔을 동일시하는 것은 아니고, 그러한 동일시 속에서 소 역시 자신처럼 종양을 앓았으리라고 상상하는 것은 아니며, 소를 먹는 자신을 속죄하기 위해 스스로 풀이 되어 소에게 먹히는 상상을 하는 것은 더더욱 아니다. 이 시는 그런 도덕적인

4) 김언희, '시인의 말', 『요즘 우울하십니까?』, 문학동네, 2011.

시가 아니다. 시가 전개되면서 종양은 태아와 감자와 함께 하나의 꿈 속에서 반죽되어 더이상 고통의 덩어리에 머물러 있지 않게 된다. 그러니까 「종양의 맛」은 고통의 덩어리에 대해 짖어대거나 그것을 찢어버리지 않은 채로, 고통의 덩어리를 다른 무엇인가로 변형시킬 수 있을 것인가 하는 내기가 걸려 있는 꿈이다. 이 시의 시작에는 자신의 고통에서 비롯된 다른 존재의 고통에 대한 공감이 분명히 있지만, 시가 전개되면서 자신의 고통에 대한 호소나 다른 존재의 고통에 대한 공감 또한 다른 것으로 변형된다.

이 시의 마지막 구절에서, 고기 삶는 들통을 열어보고 "열심히 꼴을 먹던 소가 떠올라/나는 오랫동안 식물이 되고" 만다는 것은 소를 먹는 자신을 속죄하기 위해 스스로 풀이 되어 소에게 먹히는 일을 상상한다는 것이 아니다. 소는 물혹처럼 부풀어 있는 여러 개의 위胃를 지니고 있고 그 위로 되새김질하며 열심히 꼴을 먹는다. 열심히 꼴을 먹는 일은 상상 속에서 더 많은 위를 애틋한 작은 혹처럼 돋아나게 할 수 있고 그것들 하나하나를 애드벌룬처럼 부풀게 할 수 있다. 커다랗고 무수한 생명의 가죽 주머니들. 이 시의 화자는 그것에 대해 생각하며 소의 물혹-위장처럼 주렁주렁 많은 물혹-감자들을 낳고 기르는 씨감자가 된다. 대지를 파고들어 이곳저곳을 더듬으며 어둠을 움켜쥐어 무수한 굵은 알로 눈뜨는 감자가 된다. 그리고 아마도 소가 주렁주렁 열린 물혹-살코기로 누군가를 먹이듯 나-감자 또한 나의 물혹-감자들로 어떤 존재들을 먹이고 싶을 것이다. 어떤 존재들을? "세상의 작은 혹들"을. 더럽고 불쾌하고 불순한 것으로 취급되고 떼내어지고 버려지는 것들을. 없는 셈 취급되거나 차라리 없어져야 하는 것으로 취급되는 것들을.

『베개는 얼마나 많은 꿈을 견뎌냈나요』에는 바로 그런 종양과도 같은 것들을 견디고 기르고 먹이려는 꿈이 들어 있다. 이를테면 이런 꿈. "나는 오랫동안 낳길 희망했습니다 낳고 낳아 하나의 지파를 이루길/아프리카의 어머니 폴리네시아의 어머니 되길 바랐고 어떤 가능성을 지닌 뉴제너레이션을 품길 원했습니다"(「투명한 추첨함」, 그러나 권민경의 시에서 뉴제너레이션은 일반적인 의미에서의 크고 강하고 아름다운 보다 진화된 어떤 것이 아니다).

그러니까 "짖을 타이밍을 잊은 개"는 그저 불쌍한 존재가 아니다. 그 개는 짖거나 찢거나 폭발시키거나 물어뜯는 것과는 다른 길을 찾는 개, 가죽 주머니의 '품'에 대해 생각하며 그 자신이 가죽 주머니가 되어 무엇인가를 안고 품고 낳고 기르는 개다. 권민경의 시를 읽는다는 것은 어떤 의미에서 시적 포옹을 연습하는 것인지도 모른다.

그럼에도 나는 권민경의 짖지 않는 개가 (물어뜯는 것과는 다른 방식으로) 짖고 있다고 생각한다. 왜냐하면 이 짖지 않는 개가 그저 조용하기만 한 것이 아니라 가죽 주머니의 품안에서 결국 많은 것들을 소란스럽게 쏟아내기(=짖기) 때문이다. 내가 앞에서 권민경의 개를 '짖(지 않)는 개'라고 표기한 이유가 여기에 있다. 여기서 이런 상상을 해보면 어떨까. 어느 피아노 연주자의 꿈에서 양손에 여섯번째 손가락이 돋아나는 바람에, 쓸모없고 떼내어져야 할 바로 그것이 연주안에 자꾸만 쓸모없고 떼내어져야 할 잡음들을 포함시킨다. 말하자면 이 여섯번째 손가락이 악보의 품안에 미로를 넓히고 잡음을 낳고 기르는 짖(지 않)는 개다. 이 꿈을 악몽으로만 체험하지 않는 것이 권민경 시의 관건이다. 여섯번째 손가락이 짖을 때마다 잡음이 끼어들고, 잡음들이 번성함에 따라 연주하는 손가락들 자체가 부채처럼 넓게 펼쳐진다. 펄럭일 듯 펼쳐지며 소란스럽게 생동감 넘치는 생의 음악이여. 악보 위를 산책하며 미로를 뚫는 개, 미로의 주름들을 더듬으며 잡음을 낳고 기르는 개, 짖(지 않)는 개, 그 개들이 번성함에 따라 버려질 것들이 창궐하는 조율되지 않는 음악의 꿈을 그리고 그 꿈을 고이 간직하는 꿈을 아래의 시에서 읽어낼 수는 없을까?

귀부인의 부채처럼 활짝
필 때 아름다운 손
레이스처럼 펄럭이던
여분의 삶
여섯번째 손가락을 분리한 밤
열이 오르고 환상 속에서 손가락이 여섯 개인
아름다운 난쟁일 만나지
수줍은 듯 얼굴을 감싸는
열두 개의 별자리 열두 개의 귀여운 손가락
하늘이 커다란 오르골처럼 돌아가요
별들이 길을 따라 행진하네요
피아노를 연주하는 손
여섯번째 손가락이 잡음을 만들어내지
꿈은 조율되지 않네

쓸모없는 것이 다정할 때
갓 먼지를 털어낸 보석함에
떼어낸 손가락 두 개를 고이 넣어두었어

어느 날 내 방엔 조그만 발자국이 어지럽고
보석함은 뚜껑이 열린 채
오르골 소리는 끊어질 듯 이어지네
없어진 건 여섯번째 손가락뿐.
자다가 경기를 일으키고 머리말을 더듬거렸어
어느 주머니 속
내가 벗어놓은 이름
옛날 동전 부대끼네

—「귀여운 육손이」 전문

(2019)

# 빛에 관한 시론
## —강성은의 『단지 조금 이상한』

빛에 관한 우리의 일반적인 관념들. 빛이 어둠을 밝힌다. 어둠이 물러나면, 그 아래 잠들어 있던 사물들이 깨어난다. 사물들의 깨어남이 우리의 눈으로 되돌아올 때 우리의 눈 또한 환해진다. 보는 것의 기쁨이란 깨어난 사물들 하나하나에 대한 혹은 그러한 사물들이 이루는 세계에 대한 반가움이기도 하다.

우리가 빛과 어둠의 다툼을, 세계의 잠과 깨어남의 대립을 관찰할 때, 그러나 빛의 시인은 다른 것을 본다.

내게서 일어난 적 없는 일들이
조용히 우거지고 있는 것을
보지 못한다

눈 속에 빛이 가득해서
다른 것을 보지 못했다

—「환상의 빛」(『단지 조금 이상한』, 문학과지성사, 2013) 부분

강성은의 시는 빛으로 눈이 멀어 있다. 우리는 빛을 통해 어둠 아래 잠들어 있던 사물들의 깨어남을 보지만, 빛의 시인의 눈에는 오로지 빛만이 가득해 다른 것을 보지 못한다. 우리는 사물들의 깨어남을 보면서, 그 사물들의 알록달록한 색채를 구분할 줄 알고 그 각각의 색채와 그 색채들의 조화를 음미할 줄 안다. 그러나 그때 우리는 빛이 사물들에 나누어준 빛의 흔적의 일부를 아주 조금씩 수용할 뿐인 것은 아닐까. 너무도 작고 허약한 우리의 눈은 그러한 흔적들을 가능하게 하는 근원으로서의 빛을 보지 못하는 것이 아닐까. 너무 가늘어 공간을 거의 차지하지 않는데도 모든 색채들을 이미 포함할 만큼 무한히 두꺼운 한 줄기의 빛 그 자체를. 그러나 빛의 시인의 눈은 얼마나 크고 강한가. 우리가 세계에 눈이 멀어 빛을 보지 못할 때, 시인은 세계의 모든 색채들을 응축한, 희고 빛나는 빛을 두 눈 가득히 본다. 그러니 누가 눈이 멀었다는 것일까. 빛의 시인일까, 세계의 우리일까.

빛 그 자체에 매혹된 시인의 가장 예민한 감각은 의외로 촉각인 것 같다. 빛을 제외한 어떤 것도 보이지 않는, 희고 빛나는 맹목 속에서 그녀는 만지고 있거나 만져지고 있을 때가 많다. 빛은 가느다란 한줄기 속에 이미 무한히 많은 색채의 겹을 응축하기 때문에 겹겹으로 쌓인 것들의 촘촘하고 부드러운 느낌을 자극하고 바로 그 느낌이 그녀의 시를 이끌어나갈 때가 많다.

몇 세기에 걸쳐 떨어져 내리는 낙엽들
나의 노래들이 켜켜이 쌓여간다

나의 얼굴들이 켜켜이 쌓여간다

—「올란도」(『단지 조금 이상한』) 부분

그 느낌이 종종 강성은의 시에 숲이 자라나게 한다(「내 꿈속의 벌목공」「나의 셔틀콕」「펼쳐라, 달빛」「눈 속에서의 하룻밤」「덤불」과 같은 시들을 보라). 예컨대 또다른 「환상의 빛」에서(빛에 매혹된 시인은 '환상의 빛'에 대해 반복해서 쓸 수밖에 없었던 것 같다) 화자는 한적한 숲길을 운전해 가고 있다. 그런데 사실 그녀는 운전하는 법도 모르고 차를 세우는 법도 모르며 그저 차에 실려 숲길을 통과해가고 있을 뿐이니 운전하고 있다고 말할 수는 없다. 그런데 사실 그녀는 이곳이 어디인지도 모르고 어디로 가야 하는지도 모르니 이 숲길을 빠져나갈 수 있을 것 같지도 않다. 이상한 것은 그런데도 이 길이 너무나 익숙해서 전혀 불안하지 않고 느긋하다는 점이다. 그녀는 이 이상한 익숙함 속에서 느긋하게도 영원히 숲길을 헤맬 것만 같다. 헤맨다기보다 차라리 영원한 헤맴의 흐름에 편안히 몸을 맡길 것만 같다. 숲은 나무들로 촘촘하고, 길은 그 나무들 사이의 틈을 헤집으며 숲을 어루만진다. 「환상의 빛」의 화자는 그 길을 따라 느긋하고도 영원히 헤매며 이 어루만짐에 동참한다. 어쩌면 반대로 숲의 무수한 손가락들, 저 수많은 나무들과 나무들보다 더욱 많은 나뭇잎들이 화자를 어루만질 수 있게끔 헤매고 있는 것인지도 모른다. "열린 창으로 아카시아 숲이 불어"와 향긋한 바람이 화자의 머리카락 사이를 쓰다듬고 있는 것처럼. 바람에 따라 부드럽게 흔들리는 나무들이 대지에 심긴 녹색 실이라면, 높은 데서 내려다본 숲은 감촉이 좋은 벨벳이다. 우리는 지금 환상의 빛에 의해 촉발된 직물을 향한 에로틱한 열정의 심리학 내부의 한 장면을 조금 엿보고 있는 것일까. 부드러운 촉감 속을 천천히 휘젓고 있는 이 정처 없는 드라이브, 혹은 쏟아지는 빛 속에서의 눈 감은 매혹.

이 엿보기를 조금만 더 이어가기로 하자. 촘촘한 겹들로 이루어진 '환상의 빛' 속을 표류하는 촉감의 드라이브에서 옆자리에 잠들어 있는 "모르는" 사람은 누굴까. 그것이 혹시 알지 못하는 '낯선' 사람이 아니라, 운전하는 법도 목적지도 "모르는" 「환상의 빛」의 화자 자신은 아닐까. 운전하는 법도 목적지도 모르는 화자는 사실 조수석에 잠들어 다른 사람이 운전하는 차에 실려가는 중이다. 조수석에서 잠든 화자의 꿈속에서 그녀는 운전석에 앉아 있는데, 꿈 밖의 화자가 자신의 꿈속으로 들어와 모르는 사람이 되어 조수석에 잠들어 있는 것이다. 그런데 그 꿈속에서 조수석에 잠들어 있는 그녀가, 또다시 꿈을 꾸며 꿈속의 꿈의 운전석에 앉아 있는 중이라면? 그리고 그 꿈속의 꿈에서 또다시 옆자리에 잠들어 있는 결국은 자신인 모르는 사람을 발견하는 것이라면? 그렇다면 또다시 꿈속의 꿈속의 꿈속에서…… 「환상의 빛」은 무한히 자신의 안쪽으로 감겨드는 꿈의 겹으로 이루어져 있으며 그 무한의 겹으로 감겨 있는 꿈의 촘촘함이 숲의 빈 공간을 채워넣으며 숲의 촘촘함을 더욱 풍부하고 더욱 부드럽게 하고 있다. 배가되는, 부드러운 촉감 속을 천천히 휘젓고 있는 이 정처 없는 드라이브, 혹은 쏟아지는 빛 속에서의 눈 감은 매혹.

무수한 결들이 겹겹이 쌓여 있는 환상의 빛이 식물화할 때 숲이 자라나는 것처럼(그것이 동물화할 때는 축축하게 늘어진 털을 가진 대지의 개가 되거나 가벼운 깃털을 가진 대기의 새가 되는 것 같다) 그것이 신체화할 때, 시인은 몸으로부터 양 갈래로 뻗어나가 다시 다섯 갈래로 나눠지는 손을 떠올리거나 그보다 더 무수한 수염들, 머리카락들을 상상하는 것 같다. 어루만지기 위해 손이 눈뜨고 수염과 머리카락은 쓰다듬는 손길에 호응해 부드러운 촉감들을 풍부하게 만들거나 저 자신이 무심하게 어루만지는 부드러움이다. 돌이켜보면 강성은의 첫번째 시집에서도 빛은 "태양의 긴 손가락이 그들 눈알을 만지작거리고 있"는 것이고, 빛의 쓰다듬음은 태양왕과 그의 병사들을 잠들게 하는 부드럽고 기분좋은 애무였다.(「태양왕」, 『구두를 신고 잠이 들었다』, 창비, 2009) 「펼쳐라, 달빛」에서 화자는 "아름다운 수염을 가진 소년"에게 청혼하고 싶어하고 "달빛이 내 머리를 쓰다듬을 때" "수염처럼 깃털처럼/우리는 밤하늘에서 잠든다".

강성은의 시가 꿈의 문법으로 되어 있다거나 꿈의 내용을 산출해내는 연산장치라는 점을 지적하는 것은 옳다. 그러나 그것만으로는 강성은의 시를 충분히 읽은 것 같지 않다. 그녀의 시가 환상의 빛에 대한 매혹 속에서 어떤 촉감을 스스로 자극하며 부드러운 애무의 운동으로 나아가고 그러한 운동 속에서 꿈들이 피어나게 하는 순간들에 동참할 수 있기까지를 읽어야 하는 것이 아닐까. 그러한 시 읽기가 우리 또한 환상의 빛 속에 들어가게 할 것이니. 빛의 수염이 벨벳처럼 촘촘하게도 자라는구나. 환상의 숲이여, 무한대의 손길이여, 오직 한 그루의 나무여, 어루만지기 위해 눈뜬 시인의 손이여.

(2013)

# 오늘의 날씨
## —임솔아의 『괴괴한 날씨와 착한 사람들』

착한 사람은 누군가에게 고난이 찾아올 것을 염려한다. 누군가가 불행의 구렁텅이에서 빠져나올 수 없게 될 것을 근심하고 그의 행복이 흩어지거나 훼손되지 않도록 그를 배려한다. 그렇게 해서 착한 사람들의 세계에는 미래에 대한 말과 생각이 넘쳐난다. 타인의 앞날에 대한 염려, 근심, 배려 때문에.

아니다. 거기에는 미래가 너무도 부족하다. 욕망과 달리 행복은 친숙함의 지평에서 평가되고 친숙함은 현재에 달라붙어 있다. 고난과 불행을 거절한다는 것은 이제는 견딜 만한 것이 된 현재의 안온함에 머물러 있기를 바라는 것이고 진정 새로운 것을 체험할 때 동시에 받아들여야만 하는 치명적인 위험의 가능성을 피하느라 새로운 체험 그 자체를 피하기를 원한다는 것이다. 착한 사람들의 말은 현재에 붙들려 있다. 그들의 선의와는 무관하게 착한 사람들의 말은 현재의 지평을 반복하고 타인을 그 안으로 감금한다. 다른 사람들의 선의를 의심하지 않는 착한 사람들은 그들 자신이 또다른 착한 말들의 반복과 감금에 너무 쉽게 걸려들기도 한다. 착한 사람들은 언제나 미래에 대해 말하지만 그들의 세계에는 너무도 현재가 넘쳐나서 미래가 턱없이 부족해진다.

아니다. 현재의 지평이라는 것이 그렇게 평탄하고 나른한 것일 리 없다. 현재, 지금 이 순간이라는 것 자체가 이미 무한한 지금 이 순간'들'로 분열되고 있으며 그러한 분열의 생산이야말로 시간의 흐름을 이루는 것이다. 무한한 분열의 순간들은 분열하는 순간들 사이에 점멸하는 미묘하고 아주 작은 차이들의 생산 없이는 생산되지 않는다. 언제나 지나치게 생산되는 이 점멸하는 차이들은 한편으로는 과거를 향해 흘러들어가고 있지만 다른 한편으로는 지금 당장 크고 작은 사건들로 분출하지 않더라도 잠재적인 차원을 지속적으로 충전하며 미래를 통해 되돌아올 기회를 엿보며 들썩거리고 있다. 분열하는 되돌아오기 혹은 되돌아오는 분열 혹은 바로 그것들을 생산하는 운동 이외에 시간은 아무것도 아니다. 이미 말한 것이지만 그 생산은 무엇으로도 환원시킬 수 없는 미묘하고 아주 작은 차이들의 생산과 언제나 동시적이다.

그렇다. 익숙하고 안온한 행복에 붙들려 있는 착한 사람들은 언제나 미래 시제로 말하지만 그들의 말에는 미래가 없다. 하지만 착한 말이 익숙하고 안온한 행복에 붙들려 있는 탓에 자기 자신을 반복하며 스스로를 감금한다면 그 말에는 시간의 분열도 회귀도 없으므로 거기에는 미래뿐 아니라 현재도 심지어 과거도 없다. 착한 사람에게 부족한 것은 미래가 아니고 시간이며 시간이 희박한 곳에서는 미묘한 차이들의 점멸도 희미해진다.

그렇다. 시간의 원점인 현재라는 것은 날씨와도 같다. 봄이 왔다거나 비가 온다고 말하는 것은 물론 가능하다. 하지만 그 안에서 미묘하게 다른 바람의 결, 매번 다르게 조합되는 대기의 냄새, 냉정한 뜨거움과 열정적인 차가움의 교차로 이루어지는 햇살의 감촉, 어두워져가는 속도와 가속도, 강렬해지거나 시들해지는 강우降雨의 리듬 등이 시시때때로 모습을 바꾸고 있다. 점멸하는 미묘하고 아주 작은 차이들의 연속적인 꿈틀거림 이외에 날씨는 아무것도 아니다. 우리의 일상을 한시도 내버려두지 않고 어루만지며 품고 있는 꿈틀거림 이외에 날씨는 아무것도 아니다. 봄이 왔다거나 비가 온다고 단순화하며 말하는 사이에도 그 미묘한 변화의 리듬과 속도, 그것의 가속과 감속을 계속해서 감각할 수 있는 물질적인 꿈틀거림 이외에 날씨는 아무것도 아니다. 시간이 시간 자신의 창조적 분열인 것처럼 날씨 안에는 너무 많은 날씨와 그것들의 기미가 빼곡히 들어차 있고 계속해서 들어차는 중이다. 시간이 과거로 흘러들어가는 한편 미래로 되돌아오는 기묘한 꼬임으로 되어 있는 것처럼 날씨의 빼곡함은 서로가 서로에 대한 흔적이거나 기미로서 뒤엉켜 있다. 날씨라는 것은 시간의 원점인 현재와도 같다.

현재-날씨에 대해 말하는 일은 우리의 삶을 계속해서 어루만지고 있는 가장 미묘한 차이들의 물질적인 꿈틀거림의 매 순간들, 그 분열들, 그 개별화되면서도 뒤엉키고 있는 매듭들 하나하나를 감촉해보는 것이고 그런 점에서 시간 감각의 연습이 될 수 있으며 다른 무엇보다 아무 일도 일어나지 않는 동안에도 생生 그 자체의 풍만함을 들이켜는 시음試飮이 될 수 있다. 그런 현재-날씨를 누군가와 공유한다는 것은 그 미묘하게 꿈틀거리며 뒤엉키고 있는 미로에서조차 엇갈리지 않고 무엇인가를 나눠 갖는 일이니 이보다 더 섬세하고 내밀한 관계를 상상하기도 어렵다. 그러므로 누군가에게 날씨를 말하며 인사를 건네는 진부한 습관에는 관계 맺음의 가장 심오한 어떤 면에 대한 희미한 기억이 포함되어 있는 것이다.

하지만 착한 사람들은 '현재-날씨에 대해 말하기'에서 시간의 체험을 제거하고는 그것을 '예보 및 예보와 날씨의 일치 혹은 불일치'로 바꿔놓는다. 오늘 비가 올까, 우산도 없는데 비가 오면 어쩐다, 앞날에 대한 염려, 근심, 배려로 미묘한 차이들의 풍만함을, 곧 미래를 소독하며 결국 시간 그 자체를 제거한다. 예보-날씨에는 현재-날씨, 곧 시간의 분열과 꿈틀거림과 뒤엉킴이 없으므로 괴괴하다(쓸쓸한 느낌이 들 정도로 아주 고요하다). 여기에는 반복과 감금만이 있으므로 괴괴怪怪하다(이상야릇하고 별나고 괴상하다). 괴괴한/괴괴怪怪한 날씨와 착한 사람들을 몰아낼 수만 있다면, 저 분열하며 회귀하고 회귀하며 분열하는 오늘의 날씨, 그 무한한 결을 감각해낼 수 있다면 얼마나 좋을까. 그것을 너와 나눌 수 있다면 그것은 또 얼마나 더 좋을까. 그 감각들의 무한히 부풀어오르는 풍만함, 그것들을 함께 나누는 기쁨의 풍만함에 비하면 오늘은 비가 올 것이니 우산을 준비해야 한다는 착한 사람들의 말(예보, 경고)은 얼마나 수척한지.

이 이상한 생각들이 임솔아의 시 「예보」의 산문화에 해당할 수 있을까.

나는 날씨를 말하는 사람 같다.

봄이 오면 봄이 왔다고 비가 오면 비가 온다고 전한다.

이곳과 그곳의 날씨는 대체로 같고 대체로 다르다. 그래서 날씨를 전한다.

날씨를 전하는 동안에도 날씨는 어딘가로 가고 있다.

날씨 이야기가 도착하는 동안에도 내게 새로운 날씨가 도착한다.

이곳은 얼마나 많은 날씨들이 살까.

뙤약볕이 떨어지는 운동장과 새까맣게 우거진 삼나무 숲과

가장자리부터 얼어가는 저수지와 빈 유모차에 의지해 걷는 노인과

종종 착한 사람 같다는 말을 듣는다.

못된 사람이라는 말과 대체로 같고 대체로 다르다.

나의 선의는 같은 말만 반복한다. 미래 시제로 점철된 예보처럼 되풀이해서 말한다.

선의는 잘 차려입고 기꺼이 걱정하고 기꺼이 경고한다. 미소를 머금고 나를 감금한다.

창문을 연다. 안에 고인 괴괴한 날씨와 착한 사람들을 창밖으로

민다.

오늘 날씨 좋다.

—「예보」[1] 전문

*

'창문'을 연다는 것, 그것이 임솔아의 시에서는 하나의 시적 행위였는지도 모르겠다. 창문을 연다는 것, 반복과 감금의 상황을 해제하는 것, 고여 있는 괴괴한 날씨와 착한 사람들을 밀어내는 것, 바깥의 낯선 무엇인가로 환기를 시도하는 것, 예보로 점철돼 수척해진 그것을 분열하고 꿈틀거리며 뒤엉키느라 한없이 풍만해지는 것으로 되돌려놓으려 하는 것. 『괴괴한 날씨와 착한 사람들』에 창문을 열거나 창문 너머로 투사하는 장면 혹은 그것과 형식적으로 유사한 장면들이 드물지 않게 표현되어 있는 것이 그런 사정 때문인지도 모른다.

창문은 창밖에 서 있는 나를 보게 한다.

—「석류」 부분

구름 그림자가 방 안으로 들어오면 창밖의 먼 곳에서 바람이 분다.

—「나를」 부분

1) 임솔아, 『괴괴한 날씨와 착한 사람들』, 문학과지성사, 2017. 이하 이 책에서 인용할 경우 본문에 작품 제목만을 표기한다.

티브이에서 본 비극을 모아 나는 지금 시를 방영한다. (……) 나는 티브이 속으로 들어간다.

—「티브이」 부분

텅 빈 가게에 서 있다. 창밖을 바라보고 있다. (……) 문을 열자 냄새가 터져 나간다.

—「렌트」 부분

아기 냄새가 나는 날씨여서
문을 열어두었다. 사그락사그락 흘러들어왔다.
눈이 마주쳤다.

—「살의를 느꼈나요?」 부분

창문에 서서 내가 나를 구경한다. 비를 맞고 수천 개의 꽃잎들이 떨어진다. 창문에는 수천 개의 물방울이 붙어 있다.

—「룸메이트」 부분

그런데 창문을 여는 시적 행위와 연결되어 있는 이 풍만함에 대해서라면 오히려 창문이 나오지 않는 시 「보풀」의 "꾸질꾸질한 북실개"를 쓰다듬어보는 것이 편리할 것 같다.

빈손을 넣어
빈 주머니를 만지고 있다.

뭐가 들어 있어?
뭐가 들어 있어.

한쪽 주머니 속에는
환하고 네모난 주머니가
마룻바닥에 떨어져 있다.

꾸질꾸질한 북실개가
주머니 안으로 슬금슬금 걸어 들어가서
가만히 엎드려 있다.

조금씩 주머니는 이동하고
개도 함께 이동을 하고

비어 있는 한쪽 주머니 안으로는
개가 오고 있는 중이다.
흑구름이 끼면 환한 주머니는 사라진다.

보이지 않는 개가 흑구름 위에 있다.
그곳은 이상하게 밝다.
개는 거기에 조용히 엎드려 있다.

날씨 밖의 날씨, 그 끝에 있는
진짜 날씨에 대해 생각한다.

발끝이 온도를 버린다.
주머니가 다시 생기기를 기다린다.

실은 주머니에 아무것도 없지?
주머니를 뒤집는다.
보풀이 있다.

올 것 같은 개가 오지 않아서
나는 주머니 솔기를 뒤져
보풀을 꺼내고 있다.

—「보풀」 전문

당신이 만지작거리고 있는 그 빈 주머니에 사실 아무것도 없지 않으냐는 이 초조한 물음 "뭐가 들어 있어?"에 너무 쉽게 아무것도 없다고 답해서는 안 된다. 그에 답하는 "뭐가 들어 있어"는 단순한 거짓말도 허세가 섞인 고집도 아니다. 빈 주머니는 그것이 어떻게 다뤄지느냐에 따라 단순히 텅 비어 있기만 한 것이 아니기 때문이다. 빈 주머니의 바깥 어딘가에, "보이지 않는 개"가, 아직 만져지지 않는 그 개가, "날씨 밖의 날씨"로서, "그 끝에 있는/진짜 날씨"로서, 말하자면 미래로 넘쳐나는 현재-날씨로서, "조용히 엎드려 있"기 때문이다. 시적 체험에서는 북실개가 여기 있다는 조건에서만 그 개를 쓰다듬을 수 있는 것이 아니다. 그것이 여기 있기 때문에 쓰다듬을 수 있다는 사실-행위의 속도는 시적 체험에서는 앞뒤가 맞지 않게 뒤엉켜 있는 것이다. 북실거리는 것을 예감하는 내밀한 쓰다듬음만이 개와 같은 수북한 털투성이의 어떤 물질을 여기에 도래하게 할 수 있는 것이다(현실세계가 이와 같이 구성되어 있으므로 그것을 이러저러하게 과장하고 왜곡해서 꿈을 꾸는 것이 아니고, 우리들의 복잡다단한 꿈들끼리 서로 부딪치고 합성되고 깨져나가는 파도의 한 단면이 지금의 현실세계를 구성하는 것이다). 세심한 쓰다듬음이 '주머니 속의 마루가 있는 집 속의 주머니'(3연)와도 같은 내밀한 구석을 발생시킬 수 있다면, 그 내밀함이 풍성한 머리칼과도 같은 빽빽한 미로들과 그 미로들에 의한 여러 방향에서의 포옹(좁고 구불구불한 미로는 그 속에서 헤매는 사람에게 점점 좁혀오며 빠져나갈 수 없는 길고 긴 포옹을 선물한다)과 그 미로들과 미로들의 포옹들의 일렁임을 예감할 수 있다면, 그 빈손의 한구석, 빈 주머니의 한구석에서는 맑고 투명한 텅 비어 있음을 밀치고 흐릿하고 지저분하고 빽빽하고 탐스럽고 꾸질꾸질하고 북실북실한 것이 돋아난다. 그런 한에서 "비어 있는 한쪽 주머니 안으로는/개가 오고 있는 중이다." 날씨의 바깥에서 풍성하고도 미묘하게 꿈틀거리는 운동 그 자체의 물질화인 구름과 아직 도착하지도 않았으면서 여기에 가만히 엎드려 있는 북실개는 아마도 엄격히 구분할 수 없는 것이리라. 바꿔 말하자면 시적 쓰다듬음은 이제 곧 올 것만 같은 북실개를 기다리는 일이면서 빈 주머니에 구름이 끼게 해서 날씨 바깥의 날씨가 꿈틀거리게 만드는 일이다. 그리고 아마도 「예보」에서 현재-날씨와 만나기 위해 창문을 열던 그 손은, 북실개를 기다리며 구름이 끼게 하느라 쓰다듬고 만지작거리고 있는 「보풀」의 손과 별로 다르지 않을 것이다.

그런데 이 시적 쓰다듬음이 "실은 주머니에 아무것도 없지?"와 같은 초조한 물음들의 반복과 감금을 끝까지 이겨낼 수 있을까. 이 시의 마지막 부분은 그렇게 낙관적인 것 같지 않다. "올 것 같은 개가 오지 않"는다. "뭐가 들어 있어"라고 답했던 사람은 '보풀'(너무 수척해진 개, 너무 빈약해진 구름)을 꺼낼 수 있을 뿐이다(착한 사람들의 반복하고 감금하는 세계가 너무 완강하기 때문에? 그 세계가 시적 행위를 방해하기 때문에? 그러한 방해를 모르는 체하는 것은 시적 환상이 아니라 헛된 망상이기 때문에?). 올 듯 올 듯 북실개는 오지 않고, 구름 대신에 보풀뿐이고, 오늘의 날씨는 좋지만 괴괴한 날씨를 밀어낼 창문은 잘 열리지 않고, 그런 곤란함 속에서, 시적 행위의 실패를 예감하면서도 시적 행위를 포기할 수 없다는 점을 분명히 하면서, 말하자면 창가에 붙어 서서, 말하자면 착한 사람들의 세계와 그 바깥의 접경지대에서 임솔아의 시는 쓰이고 있는 것 같다.

*

감히 말하건대 이 접경지대에서 임솔아의 시는 언젠가 무엇인가를 선택해야 할지도 모른다. 시적 행위의 반복되는 실패에도 불구하고 시인은 창문을 열고 저 꿈틀거리는 날씨에 호응하며 그 꿈틀거림의 촉감을 보풀 같은 하찮은 조각에서부터 찾아내면서, 그 촉감에 현미경을 들이밀면서 생生의 풍만함을 우리가 되찾도록, 빈 주머니에 구름이 끼고 북실개가 찾아오도록 도와줄 수도 있을 것이다. 혹은 반복되는 시적 행위에도 불구하고 그러한 풍만함을 위축시키는 모든 착한 사람들의 말이 결국 못된 사람들의 말이 될 수 있다는 것을 폭로하고 그 걱정과 경고의 앙상함에 맞서 싸우는 고통을 감당해야 할 수도 있을 것이다. 다음과 같은 표현들은 첫번째 선택지에 가까운 것 같다. "낮아지는 것과 높아지는 것이 같은 날씨 안에서 동시에 생긴다"(「같은」), "제자리인 것 같은 풍경이 실은 온 힘을 다해 부서지고 있다는 걸 알고 있는 모래들이 있다"(「옆구리를 긁다」), "바람에 흩날리는 머리칼처럼 나는 헝클어지며 바람의 방향을 따라간다. (……) 내 몸의 구멍마다 모래가 차오른다"(「악수」). 다음의 표현은 두번째 선택지에 가까운 것 같다. "말할 수 없는 고통들이 말해지는 동안/믿어본 적 없는 소원이 이루어진다.//고통을 축하합니다./빨간 촛불을 켜고 노래를 부른다."(「빨간」) 이 두 선택지가 결국엔 같은 것이라고 할지라도 어느 한쪽을 선택하고 그 노선을 가속화할 때에야 선택하지 않은 다른 노선까지도 활성화되는 것이지, 두 노선을 구분하지 않고 동시에 추구하는 것은 양쪽 노선의 가속화 모두를 약화시키기 쉽다고 나는 생각한다. 하지만 임솔아의 시는 아직 어느 쪽의 경로로도 시적 탐험 혹은 시적 행위를 자각적으로 선택하고 있는 것 같지 않다. 아직은 둘 중 어느 하나를 선택해야 하는 지점에 이르지 않은 것일지도 모른다. 선택 이전에 머무르거나 감당해야만 하는 다른 무엇인가가 남아 있는 것인지도 모른다(혹은 어쩌면 그런 선택은 시인의 지평에서는 끝내 나타나지 않게 될까? 이런 종류의 비평적 언사라는 것도 일종의 착한 사람들의 예보에 불과하니까?).

이 점에서 「두꺼비와 나」를 음미해볼 만하다.

> 돌들이 일제히 쏘아보는 게 좋아서
> 밤마다 자갈밭 벤치에 앉아 있습니다.
>
> 눈알만 번쩍거리는 건

나도 마찬가지입니다.

나는 움직이지 않습니다.
다른 그림자 하나도 저기서
움직이지 않습니다.

힘껏 돌을 던집니다.
맞아도 꿈쩍 않는 게 좋아서 더 큰 것을
기어이 던집니다.

우리는 종이컵 전화를 하는
쌍둥이자리 같습니다.

삼백 살 먹은 은행나무 한 쌍이
흙탕물을 할짝할짝 나눠 마시고 있습니다.

굶주린 고라니 두 마리가 마을로 내려옵니다.
폭죽처럼 총성이 퍼져갑니다.
총성을 고라니들이 국물처럼

따뜻하게 얻어먹고 있습니다.
얼금뱅이 구름 그림자가
이곳에 얼굴을 내려놓습니다.

두꺼비 무늬를 성홍열처럼
모두가 나눠 가집니다.

내가 많아지는 게 좋아서
기어이 나는 커다래집니다.

—「두꺼비와 나」 전문

밤마다 그녀를 자갈밭 벤치에 앉게 하는 것은 무엇인가? 돌들이 일제히 쏘아보는 것이 주는 기쁨. 그녀가 더 큰 돌을 던지게 하는 것은 무엇인가? 맞아도 꿈쩍하지 않는 게 주는 기쁨. 기어이 그녀를 커다래지게 하는 것은 무엇인가? 내가 많아지는 것이 주는 기쁨. 이 시에는 안온한 익숙함에 붙들려 있는 착한 사람들의 '행복'과는 다른, 시적 행위로 이어지는 '기쁨'이 있다. 첫번째 기쁨은 '쏘아보기'에서 오고 다른 기쁨들도 여기에서 이끌려나오는 듯하다. 쏘아보기, 이 공격적인 눈뜸들은, 단순히 어떤 대상을 바라보고 시각적으로 인식하는 것이 아니다. 번쩍거리며 빛을 쏘아댈 때 그것은 어떤 대상을 본다기보다 바로 그 대상이 어떤 기쁨 속에서 눈뜸 그 자체를 바라보는 것을 멈추지 못하게, 말하자면 사로잡는다. 어두운 밤, 돌멩이들의 눈뜸에서 뿜어져나온 번쩍거림으로 짜인 보이지 않는 빛의 그물망에 그녀는 꿰뚫려 있고 사로잡혀 있다. 그녀가 돌을 던져도 상대방이 피하지 않는 것은, 그 상대방이 움직일 수 없는 돌무더기이거나 움직이지 않는 그녀의 그림자이기 때문이기도 하겠지만, 보이지 않는 빛의 그물망이 벤치 주변의 모든 것들을 기쁨 속에서 계속 꿰뚫려 있고 사로잡혀 있게끔 만들기 때문이기도 하다. 두번째 기쁨은 그러므로 첫번째 기쁨을 재확인하는 기쁨이다. 돌을 던지든 무엇을 하든 나는 이 기쁨 속에 꿈쩍하지 않으리라. 사로잡혀 있기 때문에 그녀는 스스로 돌멩이와 같이 움직이지 않고 눈알만을 번쩍거린다. 그렇게 해서 그녀는 보이지 않는 빛의 그물망의 일부가 되어간다. 우둘투둘한 자갈밭의 표면은 마치 두꺼비의 피부와 같고, 두꺼비 피부의 돌기들은 모두 번쩍거리는 돌멩이들의 무수한 눈뜸이 되고, 그녀 또한 돌멩이가 되어 뜬눈-두꺼비 피부 돌기가 된다. 그녀의 눈뜸이 하나의 돌기를 이룰 뿐 아니라, 그물망을 이루는 모든 그물코들에서 기실 자기 자신을 보고 모든 눈뜸이 결국 자기 자신의 눈뜸이라고 느끼면서, 그녀 자신이 두꺼비가 되어간다. 그렇기 때문에 시의 끝에서 그녀는 자기 자신이 커지고 있다고 느낀다. 한편 그림자들이 서로 겹쳐져 하나의 커다란 그림자가 될 수 있듯이, 속속 눈떠오는 돌기들, 그물코들이 겹쳐져 그물망은 언제나 더 커질 수 있고 두꺼비 또한 점점 부풀어오른다. 첫번째 기쁨을 재확인하는 두번째 기쁨을 거쳐 이제 그 기쁨이 점점 더 부풀어오르는 것이 세번째 기쁨이다.

어쩌면 이런 식으로 정리해볼 수도 있을 것 같다. 이 시에는 어떤 기쁨 속에서 '한 사람의 나' 또는 '나의 자아'라는 협소함에서 빠져나오기 혹은 점점 부풀어오르는 거대한 존재 되기의 사랑스러운 꿈이 들어 있다고. 그러므로 이 시의 제목 '두꺼비와 나'는 처음에는 따로 떨어져 있는 두 개의 개체 '두꺼비 그리고 나'처럼 보였지만, 시가 진행되면서 나는 두꺼비 안으로 흡수되었고 사실 그 커져가는 두꺼비가 나였고 내가 돌기-눈뜸을 알아보는 만큼 두꺼비는 커져갈 수 있다는 사실이 드러난다. 그러나 두꺼비의 이미지가 이미 암시하는 것이지만 이 기쁨이 순전한 기쁨일 수 있을 것 같지는 않다. 거기에는 어떤 징그러움이, 어떤 거북함이, 어떤 불길함이 이미 들어 있는 것 같다. 세 겹의 기쁨과는 잘 어울리지 않는 '흙탕물' '총성' '성홍열' 기타 등등. 왜 아니겠는가. 그 많은 존재들과 연결된다는 것을, 내가 너무 많은 나들과 함께 너무나 커진다는 것을 우리가 감당할 수 있을까. 이 때문에 반짝거리는 석류 알갱이들 하나하나에서 두꺼비 문양-눈뜸의 그물망을 보고 있는 「석류」는 "불을 끄면 창밖에 서 있는 나와 창 안에 서 있는 내가 함께 사라질 수 있다"로 끝난다. 여기에는 너무 많아진 나들, 너무 커다래진 나, 그 나와 나들을 연결하고 있는 보이지 않는 빛의 그물망을 꺼버리려는 어두운 소망이 들어 있지 않은가. 「모래」가 "오늘은 내가 무수했다./나를 모래처럼 수북하게 쌓아두고 끝까지 세어보았다./혼자가 아니라는 말은 얼마나 오래 혼자였던 것일까"로 끝날 때, 거기에는 내가 나 아닌 것들과 연결되는 기쁨이 아니라 그저 모든 것에서 자기 자신을 발견하는 '고독'의 증식에 뒤따르는 체념이 있는 것이 아닐까.

말하자면 임솔아의 시에는 창문을 여는 시적 행위, 빈 공간을 쓰다듬는 시적 애무만큼이나 나르시시즘과 고독에 관한 실험이 있는 것 같다. 그리고 이 실험이 선택 이전에 머무르거나 감당해야 하는 무엇이었을지도 모르겠다. 『괴괴한 날씨와 착한 사람들』에서 자주 발견되는 '나'에 대한 관찰도 이와 관련되어 있는 듯하다. 나르시시즘의 분열증적 확장이 자기 자신으로부터 빠져나가 더 큰 존재가 되는 길이 될 수 있을까, 반대로 그것이야말로 고독의 모래 무더기 안에 감금되는 길이 되어버리는 것일까?

*

적지 않은 지면을 허비했지만 몇 가지 질문들만을 겨우 찾아냈을 뿐 이 글을 완성할 수 있을 것 같지 않다. 시인이 간 길을 내가 제대로 따라가지 못했기 때문이기 쉽겠지만, 임솔아의 시가 아직 어딘가로 가는 중이기 때문에 이 글도 어떤 결론에 이를 수 없었다고 변명하고 싶다. 시는 때때로 예언하기도 하지만, 비평이 예언을 흉내낼 때 그것은 착한 사람들의 예보로 전락하기 쉽다. 아직 끝까지 전개되지 않은 시의 도정道程을 뒤따를밖에. 그리고 모두가 아는 바와 같이 시적 체험은 어떤 별스러운 도착지에 완성되어 얌전히 놓여 있는 것이 아니라 도정 그 자체에 머뭇거리며 서성이고 있을 뿐이다. 시는 어디로 가시려는가?

(2017)

# 2
# 부

# 착화着火

정신이란 그 자신이 절대적인 분열 속에 몸담고 있음을 알아차리는 가운데 진리를 획득하는 것이다. (……) 참으로 정신이 힘을 발휘하는 이유는 바로 부정적인 것을 직시하며 그 곁에 머물러 있기 때문이다. 그것을 따돌리지 않고 그 곁에 함께 머무르는 바로 그때, 여기에 부정적인 것을 존재로 전화되게 하는 마력魔力이 생겨나는 것이다.

—헤겔, 『정신현상학』 서설[1)]

오래전 나는 이렇게 쓴 적이 있다.

문학은 결코 삶 그 자체로 환원되지 않습니다. 문학은 삶의 일부이면서도, 자신을 제외한 무엇과도 관계하지 않는 신기루이며, 삶을 구

1) 게오르그 빌헬름 프리드리히 헤겔, 『정신현상학 1』, 임석진 옮김, 한길사, 2005, 71~72쪽, 강조는 인용자.

성하거나 삶을 둘러싸고 있는 모든 기호들의 완강함이 실상 얼마나 근거 없고 부서지기 쉬운 것인가를 암시하는 소음, 괴성, 비명입니다. 문학은 삶을 침식해 삶이 감추고 있는 무無의 풍요로움을 길어올리고 우리가 삶 너머로 여행하게 만듭니다.

그러나 반대로 말하는 것 또한 가능합니다. 문학은 정확히 삶 그 자체를 겨냥합니다. 문학은 자신의 소음, 괴성, 비명 속에서도 희미한 리듬과 멜로디를 찾아내고 우리가 혼돈과 무의미의 바다로 침몰하기 전에 웅장한 교향곡의 첫 음을 연주해 삶이라고 부를 수 있는 무엇인가를 솟아오르게 만듭니다. 문학은 신기루의 사라짐 속에서도 끝내 남아 있는 피와 살과 뼈를 포착합니다. 문학은 풍요로운 무無의 샘물로 목을 축이지만 그 샘물은 삶이 자기 자신에게 진실해질 때에만 조금씩 흘러나옵니다.

비평의 경우, 앞의 것을 놓치고 나면, 문학을 현실의 문법에 맞춰 번역하거나 문학이 그와 같이 번역 가능한 것이 되기를 요구하게 됩니다. 뒤의 것을 놓치고 나면, 미로 속에서 길을 잃어버린 휴일 오후의 달콤하지만 무의미한 피로에 도취됩니다. 두 경우 모두 비평 속에서 문학적인 것은 빠져나가고 없습니다. 그러므로 비평은 다음과 같은 불가능한 명제의 승인 위에 쓰여야 한다는 공식이 성립합니다. '문학은 절대로 삶 그 자체여야 하며 동시에 절대로 삶을 넘어서야 한다.'[2]

이 글은 다음과 같은 생각에서 비롯된 것이었다. 문학을 '(실천)한다'고 할 때, 두 개의 대립하는 극極이 동시에 개입해야만 한다. 문학

2) 권희철, 「책머리에」, 『당신의 얼굴이 되어라』, 문학동네, 2013, 5~6쪽.

의 행위 안에는 언제나 해소되지 않는 '모순'이 작동한다. 그 모순이 발생시키는 '긴장' 이외에 문학의 체험은 아무것도 아니다.

이 글에는 다음과 같은 결함이 있기 때문에 앞선 생각들이 충분히 진척될 수 없었다. 문학과 삶, 무無와 현실의 개념이 전개되지 않은 탓에 불투명하거나 혼란스러워진 부분이 있다. 같은 말이지만, 이 네 항목들 사이의 관계랄까 커뮤니케이션에 대한 논의가 진척되지 않았기 때문에 두 극의 모순이 '동시에'라는 모호한 말로 마치 화해 가능하리라는 혹은 두 극 사이 어딘가에서 균형잡힌 중간 지대를 찾아낼 수 있으리라는 잘못된 방향을 암시해버렸다.

그럼에도 나는 이 글이 '모순'과 '긴장'이라는 구도를 가지고 문학의 행위 안으로 뛰어들 수 있는 그다지 잘못되지 않은 입구에 들어선 것이라고 지금도 생각한다. 물론 이 글에는 문제가 없지 않지만, 그 문제는 문학과 삶, 무와 현실, 그리고 모순과 긴장을 대체할 보다 세련된 요소나 구도를 찾아내 해소해버리기보다, 모순과 긴장의 구도를 고수하면서 저 요소들 사이의 커뮤니케이션을 격화시키는 방식으로 초보적인 글이 스스로를 발전시켜 결국에는 처음과는 다른 문제를 생산하도록 해야 한다고도 생각한다.

이런 방식으로 나의 문학론을 보다 멀리 밀고 나가기로 하면서, 나는 이미 별다른 설명 없이 '행위'와 '체험', 그리고 '커뮤니케이션'이라는 개념을 끌어들였고, 이 갱신과 발전에 대한 요구 속에서 '시간' 개념과의 연관 가능성을 암시했다. 물론 이 개념들도 각각 전개되어야 하고 그러한 전개들이 서로에게 얽혀들게 해야 한다. 이 짧은 글이 시작되자마자 부과된 까다로운 문제들.

*

'문학은 절대로 삶 그 자체여야 하며, 동시에 절대로 삶을 넘어서야 한다'는 명제는, 물론 문학과 삶의 대립에 기초하지 않는다. 이 명제는 우선 아름답거나 달콤할 수는 있지만 무기력하거나 이데올로기적인 '문학'과 조야하고 번다할지라도 진실하고 생기 넘치는 현실의 '삶'을 대립적인 관계로 인식하는 순진한 사유를 넘어서고자 한다. 현실의 '삶'이 무의미한 혼란으로 되어 있는 데 반해, '문학'이 삶의 내부에 잠들어 있는 어떤 의미를 일깨우며 무질서하게 흩어져 있는 파편들에 제자리를 찾아줄 수 있으리라는 믿음이 저 순진한 사유에 대항하는 것처럼 보이지만, 이 두 태도는 문학과 삶을 대립관계로 인식하고 그러한 인식을 재생산한다는 점에서 동일하다. 이 두 태도 사이에서 벌어지는 논쟁은 그 안에서 아무리 격렬한 상호 비판을 포함하더라도 결국은 문학과 삶의 연속성을 망각하게 하고 그 둘을 각각 고립되어 있는 어떤 극에 묶어둔 채 문학과 삶의 역동성과 복잡성을 제한할 뿐이다. 필요한 것은, 문학과 삶 가운데 어느 한쪽을 선택하고 그것으로부터 하나의 입장을 정리하는 것이 아니고, 그 둘 가운데 하나를 선택하려는 저 순진하고 제한적인 사유 자체를 넘어서는 것이다.

'문학은 절대로 삶 그 자체여야 하며, 동시에 절대로 삶을 넘어서야 한다'는 명제가, 문학이냐 삶이냐의 선택 혹은 대립 자체를 거부한 점에서는 옳았다고 말하고 싶다. 하지만 문학과 삶의 관계가 선택이나 대립이 아니라면 어떤 것이어야 하는가에 대해서 말하지 않았기 때문에 이 명제는 추상적인 것으로 남아 있을 뿐이다. 이 명제가 더이상 추상적인 것이 아니게 될 때는, 문학과 삶이 어떤 연관 속에서 각자 새로운 이해에 도달하게 될 때, 문학과 삶이라는 개별 개념들이 모종의 운동을 전개하며 얽혀들 때이다.

이 명제에서 약간은 암시되어 있지만 거의 전개되지 않은 개념은, 문학과 삶의 '모순'이다. 그것은 문학과 삶 사이에 어떤 모순이 존재한다고 말하는 것이 아니고, 문학과 삶 각자에 해결되지 않는 어떤 까다로운 문제들이 포함되어 있다고 말하는 것도 아니다. 그것은 차라리 문학과 삶 각각이 자기 자신과 일치하지 않는다고 말하는 것이다. 그리고 문학과 삶이 자기 자신과 일치하지 않는다는 것은, 그것들 모두가 고정되어 있지 않다는 것을, 변화하고 생성하며 운동하고 있다는 것을 의미한다.

삶이라는 말이 한편으로는 무엇인가를 낳고 살아가게 하는 거대한 생生의 힘을, 다른 한편으로는 그러한 힘이 산출한 개별 생명체의 현존이나 그 현존의 시작과 끝 사이의 일부 혹은 전체를 가리킨다는 사실에도, 삶의 자기 자신과의 불일치 혹은 분열이 이미 새겨져 있다. 삶은 그 자체로 무엇인가를 낳고 살아가게 하는 힘이기 때문에 현존하는 개별 생명체들을 산출하고 그 생명 활동을 유지하게 만들지 않고서는 스스로를 견뎌낼 수 없지만, 그러한 산출의 결과는 사물화되고 고정되는 현행적 차원이 무한한 생성의 잠재적 차원을 짓누르고 숨막히게 한다. 그런데 이 숨막힘이 개별 생명체들의 산출에 대한 거부로 이어진다면 삶 그 자체가 소멸하고 텅 빈 공허만이 남게 될 뿐이다. 그러므로 삶은 무형의 힘으로부터 모종의 결정된 형식을 입은 개별 생명체들을 산출할 뿐 아니라 그것들이 끊임없이 변이하도록 압력을 행사하거나 생명체를 산출하고 생명 활동을 유지하는 데 투여한 힘을 회수하여 다른 것을 재산출하는 방식으로 삶 자체를 살아 움직이는 것으로 만든다. 바로 이 연속되는 산출과 변이, 회수와 재산출의 과정 전체, 그리고 이 과정을 통해 견인되는 끊임없는 움직임이 자기 자신과 불일치하는 혹은 분열하는 삶의 자기표현이다. 운동과 변화를 추진하는 이 불일치와 분열이 곧 '모순'이다.

바로 이 모순에 의해, 삶은 결코 멈춰 있을 수 없고 끊임없이 새롭게 자기 자신을 재조정해가며 무한히 풍부하고 다양한 상태들을 겪어내게 된다. 그러니까 삶의 다양한 요소들 가운데 하나가 모순인 것이 아니라, 바로 이 모순이 삶을 살아 있는 삶으로 만드는 것이다. 또 삶은 자기 자신과의 불일치 혹은 분열에 의해 자기 자신이 아닌 무엇으로 나아가지만 그러한 이행의 과정 속에서 자기 자신이 아닌 그 무엇이 결국 자신이게 될 것이었음을 이해하게 된다. 그런데 어떤 이해로도 자기 자신과의 불일치 혹은 분열을 해소시킬 수는 없고 그렇게 해서 이행하고 이해한 삶은 또다시 자기 자신이 아닌 무엇으로 이행해갔다가 그것이 결국 자신이게 될 것이었음을 이해하게 된다. 다시, 그런데…… (과거의 기념비적 사건들의 나열이 아니라, 바로 이 멈출 수 없는 이행의 밀고 나가는 힘이 '역사'다.) (저 불일치 혹은 분열 그러니까 찢김이 삶의 고통이지만, 바로 그 찢긴 통로로부터 흘러넘치는 풍요로움을 향한 모험이 가능해진다는 점이 삶의 떨리는 기쁨을 가능하게 한다. 위태로운 모험이 이해된 삶으로 재포섭되는 '회귀'가 패배이며 슬픔이지만 회귀가 결말이 아니라는 점이, 이행의 절대성이 언제나 재출발을 가능하게 한다는 점이 삶의 불안한 희망을 가능하게 한다.)

살아간다는 것은 이행의 과정에 동참한다는 것이다. 반복하는 말일 뿐이지만, 이행의 과정에 동참한다는 것은 그 불일치 혹은 분열, 그러니까 모순을 감당한다는 것이다(반대로 이 모순을 감당하지 않고 그 불일치 혹은 분열로부터 비켜설 때, 이행의 과정 대신에 사물화, 고착화, 안정화의 나른한 평화에 멈춰 설 때 삶 그 자체가 비활성화된다). 그러므로 앞에서 제시한 명제에서 '모순'의 개념을 보다 분명하게 표시하기 위해 우선은 문학과 삶을 매개 없이 (즉 추상적으로) 간단히 뒤섞어놓으려는 의욕을 자제해야 한다. 다시 말해서 앞의 명제를 '삶'에 관한 것으로 수정해서, '모순'의 개념과 함께 그것이 촉발시키는 운동에 대한 암시를 보다 분명하게 해야 한다. '삶은 절대로 삶 그 자체여야 하며, 동시에 절대로 삶을 넘어서야 한다.'

*

여기까지 오면 앞선 인용문에서 단순히 혼재되어 있던 '삶'과 '무無'와 '현실'의 '커뮤니케이션'이 어느 정도 가능해진다.

무한하게 풍부하지만 단지 잠재적인 차원에 머물러 있을 때 거기에는 현존하는 것이 아무것도 없기 때문에 삶은 무와 구분되지 않는다. 하지만 단지 텅 비어 있는 것이 아닌 흘러넘치는 무는 자신으로부터 무엇인가를 끊임없이 현행화하며 응결시키는 힘이기 때문에(이 산출하는 무의 힘이 곧 삶이다) 스스로를 모종의 현실로 표현하지 않을 수 없다(무에 의해 산출된 현실이 또한 삶이다. 이로써 삶은 자기 자신과 일치하지 않는다). 하지만 현실로 표현된 것, 응결된 것, 사물화된 것, 고정된 것은 삶의 산출하는 힘 전체를 소진시킬 수 없고, 그러므로 항구적으로 자기 자신에 머물 수 없으며, 끊임없이 밀려오는 삶의 힘에 의해 용해되어 스스로를 넘어서 다른 것이 되어간다. 이 이행과정, 응결과 용해, 산출과 변형의 과정 전체에 '무'가 지속해서 개입하며 '현실'을 역동적인 것으로 만든다.

무는 존재와 대립하지 않고(단지 텅 비어 있는 것이 아닌, 흘러넘치는 무는 모든 존재자들의 현존을 가능하게 하는 존재와 구분할 수 없다) 사물화된 현실과 대립하는 것처럼 보이지만, 무가 초월적인 어떤 것으로서 현실과 동떨어진 채 존립할 수 없고 스스로를 현실로 표현하여 현실과 자기 자신을 동시에 갱신하는 한에서만 무일 수 있다는 점에서, 무와 현실이 단지 대립관계에 있다고 말할 수 없다. 차라리 '삶'의 모순이 '무'와 '현실'이라는 두 패턴으로 전개된다고 말해야 한다. 같은 말이지만 이 두 패턴은 서로 독립적으로 구분되는 대상이 아니며 언제나 이미 서로에게 침투하여 각각을 비균질적으로 무한하게 요동치는 운동체로 만든다. 무의 파도가 응결된 현실을 용해시키는 것 이상으로 변화하고 있는 현실이 거대한 무의 바다에서 새로운 파도를 불러일으키는 것이다.

논의가 여기까지 진척되는 동안, 나는 처음에 '극極'이라고 말했던 자리에서 '패턴'이라고 말하고 있다. 모순을 대립하는 두 극의 동시간섭이라고 이해할 때, 그것은 한편으로 해소될 수 없는 갈등의 이미지를 떠올리는 데 도움을 주지만, 다른 한편으로는 두 개의 고정된 지점으로부터 모순이 시작되며 그 모순이 언제나 다시 돌아갈 근원적인 지점이 있다는 잘못된 인상을 준다. 그에 반해 두 패턴은, 고정된 지점 없이, 하나가 출현할 때 언제 어디서나 동시에 출현하여 서로에게 간섭하고 불협화음을 이루는 또다른 하나의 흐름, 그리고 그 두 흐름의 얽힘을 떠올리는 데 도움을 준다. 여기까지 오면 이제 '동시에'라는 말이 더이상 어떤 균형이나 화해 가능성으로 오해되기 어렵다. 그것은 해소되지 않는 불일치와 분열에 의해 두 패턴이 상호 침투하며 서로를 변형시키는 가운데 새로운 불일치와 분열에 도달하는 격렬한 운동의 매 순간을 표시할 뿐이다.

불협화음으로써만 서로에게 간섭하면서도, 언제나 동시에 출현하기 때문에 결코 떨어져 있을 수 없는 이들의 연락 상태를 나는 '커뮤니케이션'이라고 쓰고 있다. 여기서의 '커뮤니케이션'은 정보교환과 같은 평온한 활동을 말하지도 않고, 정보교환 활동 이전에 그러한 활동을 하거나 하지 않을 주체가 미리 존재할 것으로 전제하지도 않는다. 삶의 모순에 의해 삶 그 자체가 분열될 때 '무'와 '현실'의 두 패턴이 얽혀들며 출현하는 것이라면, 커뮤니케이션의 주체는 커뮤니케이션과 동시 발생할 수 있을 뿐이다. 다시 말해 커뮤니케이션하고 있지 않은 무와 현실은 없는 것이다.

커뮤니케이션하고 있지 않은 무와 현실이 없다는 것, 그 둘은 서로에게서 고립된 별개의 차원을 이룰 수 없다는 것으로부터 커뮤니케이션의 복잡성에 대해 좀더 생각해볼 수 있다. 약간의 비약을 감수하고 말하자면 무와 현실은 저 커뮤니케이션 안에서 일치한다(그럼에도 이 일치 안에는 해소될 수 없는 모순이 끼워넣어져 있기 때문에 그 일치로부터 분열하는 두 패턴이 무와 현실로 식별될 수 있는 것이다). 현실은 무의 자기표현 이외에 아무것도 아니기 때문이다. 현실이 그 자신으로 깨어났다가 자기 아닌 것을 꿈꾸고 자기 아닌 것이 되어가는 과정 이외에 무는 아무것도 아니기 때문이다. 그렇다는 것은, 여기서 말하고 있는 커뮤니케이션이 무와 현실이라는 두 개의 차원이 서로에게 번갈아 말 거는 상황이 전혀 아니라는 뜻이 된다. 차라리 커뮤니케이션 안에서 일치하는 무와 현실이 자기 자신과 커뮤니케이션한다고 말해야 한다. 삶의 커뮤니케이션은 초월적인 차원을 조금도 필요로

하지 않는, 절대적으로 내재적인 것이다.

이 내재적 커뮤니케이션을 통해, 무를 표현하고 있으며 무를 경유하여 전개되고 있는 현실의 운동, 그것이 바로 삶이다. 그런데 살아 있는 현실이 끊임없이 몸을 뒤치며 계속해서 다른 상태와 이해를 경유하는 중이라면 그것은 현실의 개별 장면들 사이에 모종의 연락이 이뤄지는 것이기도 하다. 내재성의 커뮤니케이션 안에서 무와 현실이 일치할 때 다시 현실 내부에서 분열하며 증식하는 커뮤니케이션이 출현하는 것이다. 이제 삶의 운동과 함께 증설되는 연락망이 개별 장면들을 다른 개별 장면들과 관련지으며 지금까지 가시화될 수 없었던 어떤 맥락을 구성하고 바로 그 맥락 안에서 개별 장면들을 다른 방식으로 이해할 수 있게 만들며 최종적으로는 개별 장면들을 다른 것이 되게끔 한다. 이것이 전체 삶이 움직여나가는 방식이며, 커뮤니케이션의 복잡성이다.

*

다시 말하지만, 모순, 불일치, 분열에 의해 추진되고 있는 저 거대하고 복잡한 삶의 운동이 곧 삶과 무와 현실의 내재적이며 복합적인 '커뮤니케이션'이다. 이러한 커뮤니케이션을 언어의 차원에서 감당하는 것이 '문학'이다.

여기서 '감당한다'는 것은 다음을 의미한다. 모순 혹은 불일치 혹은 분열과의 접촉이라는 고통을 회피하지 않는 것. 그 고통을 떨리는 기쁨으로 바꿔내는 것. 이행과 변화, 운동에 동참하기 위해 노동하는 것. 사물화, 고착화, 안정화의 나른한 평화에 멈춰 서지 않는 것. 그러나 사물화, 고착화, 안정화가 그 자체로 불가피할 뿐 아니라 그것이야말로 삶을 활성화시키는 강력한 수단이 될 수 있다는 사실을 이해하고 실천하는 것. 이로써 삶 그 자체의 비활성화를 허락하지 않는 것.

그것을 '언어의 차원에서' 감당한다는 것은 문학이 삶의 운동을 언어로 재현한다는 것을 의미한다. 이것은 다시 다음의 사항들을 의미하게 된다. 첫째, '삶의 운동'이 곧 문학의 '내용'이다. 특정한 시점에서 삶이 개인과 사회적 의식을 통해 스스로를 어떻게 이해하는지, 그러한 이해는 이해된 사태와 어떻게 불일치하는지를 추적하며 바로 그 불일치분을 포괄할 수 있는 새로운 이해를 도모하는 과정이 문학의 내용을 이룬다. 그렇다는 것은 문학은 무의미하고 무질서하게 흩어져 있는 것처럼 보이는 삶의 온갖 요소들 사이에서 연락망을 찾아내고 그로부터 어떤 의미나 체계를 재구성하면서 삶이 스스로를 이해하는 기관으로 기능한다는 것이다. 그리고 동시에 그러한 이해가 불가피하게 놓쳐버리게 되는 가장 특이하고 구체적인 차원으로 내려가 아직 연락망에 닿지 않은 것들의 독특한 질감을 언어화하면서 다시 한번 그것들을 포괄할 수 있는 새로운 연락 체계를 모색하는 발명과 망상의 기관으로 기능한다는 것이다.

이로부터 모순의 커뮤니케이션을 '언어적으로' 감당한다는 것의 두번째 의미가 뒤따라 나온다. 어떤 사태에 대한 기존의 이해 및 표현이 해당 사태와 일치하지 않는다는 사실이 문학의 행위의 출발점인 한에서 기존의 이해와 표현에 동원된 언어를 문학은 '다르게' 사용해야 한다. 다시 말해서 문학은 언어 자체의 이행 운동을 촉진한다. 하지만 이 말은, 비문학 언어는 정체되어 있는 데 반해 문학 언어는 이를 갱신한다는 것을 의미하지 않는다. 삶과 함께 언어 자체가 이미 운동하고 있고 문학은 그것을 실천하는 하나의 (그러나 주요한) 통로인 것이다(위대한 문학이 평균적인 삶과 언어의 미지근함을 뜨겁고 격렬한 것으로 끌어올리면서 삶 혹은 삶에 대한 욕망을 자극하고 결국에는 삶의 운동 자체를 촉진하는 데 기여하는 것은 사실이지만, 그러한 기여를 강조하느라 삶과 문학 사이의 연속성을 잃어버리지 않도록 주의해야 한다. 문학과 상관없이 이미 삶은 운동하고 있으며, 이 운동성을 잃어버린 문학은 평균적인 삶 이상으로 무기력해지고 사물화된다).

삶의 운동의 세목들을 내용으로 추적하지 않더라도, 언어 그 자체를 변경시키지 않더라도 문학이 삶의 커뮤니케이션을 언어적으로 감당하는 것은 가능하다. 그것이 세번째 의미이다. 문학작품은 하나의 언어적 구조물로서 구조물을 이루는 내부 요소들 사이의 커뮤니케이션을 구축할 수 있다. 섬세하게 제어된 망상 체계에 의한 것이거나, 독특한 상상력으로 도약하는 비유들의 확산에 의한 것이거나, 기존의 현실적 맥락에서는 허용되지도 않고 이해되지도 않는, 텍스트 안에서만 허용되는 커뮤니케이션의 다양한 사례들을 만들어내고 그러한 사례들을 통해 독특한 커뮤니케이션의 구축과 증설의 가능성을 체험하는 일 또한, 그것이 어떤 내용을 함축하든 어떤 실험적 언어 사용을 보여주든 삶의 커뮤니케이션을 언어적으로 감당하는 것이다.

위대한 역사소설은 단지 의미심장한 역사적 사건들을 실감나게 다루며 그에 대한 철학적 논평을 부과하기 때문이 아니라, 그러한 사건들을 통해 역사적 사건들의 표피 아래에 아직 현행화되지 않은, 그러나 현행화되기를 멈출 수 없는 어떤 힘이 들끓고 있다는 것, 그러나 그 힘은 결코 추상적이거나 초월적으로 고립되어 있을 수 없으며 오로지 가장 구체적이고 특수한 것들로부터 스스로를 표현하며 새로운 현실을 낳게 된다는 것을 체험하게 하며, 이러한 체험을 통해 우리 자신과 세계에 대한 이해가 다른 방향으로 움직이도록 만들고, 이를 통해 결국 삶의 운동 자체에 동참하도록 만들기 때문에, 다시 말해 무와 현실의 커뮤니케이션을 탁월하게 재현해서 우리가 그 커뮤니케이션 내부에 들어서게 만들기 때문에 위대한 문학이 된다. 파격적인 실험 시는 단지 기존의 언어 관습을 한번 비틀어봤기 때문이 아니라, 우리가 기존의 언어 관습을 통해 이해하고 표현하는 것과는 다른 낯선 것들이 언제나 우리의 삶 안에 우글거리고 있다는 것을 환기하고, 그 낯선 것들을 다시 언어화하느라 언어 자체가 낯선 것으로 다시 태어나게 되고 그 낯선 언어에 의해 결국 기존의 이해되고 표현된 것들 또한 다른 낯선 것으로 다시 태어나게 되는 과정으로 우리를 끌어들이기 때문에, 다시 말해 무와 현실의 커뮤니케이션을 탁월하게 재현해내서 그 커뮤니케이션 한가운데 박혀 있는 상처와도 같은 모순을 겪어내게 만들기 때문에 파격적인 문학이 되는 것이다.

*

어떤 사태에 대한 기존의 이해 혹은 표현이 해당 사태와 일치하지 않는다는 사실에 대한 인식으로부터 그러한 불일치를 경유하여 기존의 이해에 낯선 것들의 가장 구체적이고 독특한 차원으로 내려가 그것들 사이에 새로운 연락망을 구축하는 노동이 문학의 '행위'이다. 그러한 행위에 동참한다는 것은, 몰이해가 이해로 변경되고 이해가 새롭게 몰이해되는 변천 과정을 겪는 것이고, 삶의 내재적이고 모순적인 커뮤니케이션을 따라가는 것이며, 사실은 이미 우리를 관통하고 있는 삶의 운동을 보다 격렬하게 다시 겪고 그것을 가속화하려는 욕망에 불을 지피는 것이다. 문학의 '체험'은 다른 무엇보다 바로 이 착화着火에 있다.

그렇다는 것은 문학이 문학 이전의 어떤 인식이나 규정에 굴복하고 그를 통해 어떤 세계관에 복무하기를 거부한다는 것을 의미한다. 그러한 굴복과 복무는 삶의 운동을 정체시키기 때문이다. 문학은 차라리 기존의 세계관을 비틀고 그것이 포괄해낼 수 없었던 것들을 새롭게 끌어안을 수 있는 연락망을 구축하려 하지만 그것이 다시 하나의 세계관으로 굳어지고 어떤 '목표/끝'으로 안착하는 것에 대한 근원적인 거부감을 갖고 있다. 이 거부감이 곧 삶에 대한 충실성이며, 이 충실성의 관건은 모순을 감당하는 데 있다(같은 맥락에서 이렇게 말할 수도 있다. 젊은 시절의 혼돈과 방황과 무질서를 극복하고 드디어 작가로서 자기만의 비전과 방법론을 얻어낸 작가는 문학적으로 파산한 것이다. 장애물처럼 보이는 습작기의 혼돈과 방황과 무질서야말로 작가가 모순 혹은 불일치 혹은 분열과의 접촉, 그리고 이해할 수 없는 낯선 것과 함께 머무르며 그것들과의 커뮤니케이션을 증설하려는 고된 노동을 회피하지 않도록 혹은 언제나 '과정'의 한가운데로 다시 뛰어들도록 도와주는 도구인 것이다). 그러나 문학이 하나의 세계관으로 굳어지는 것을 거부한다고 하더라도, 여러 번 강조한 것처럼 문학이 현실과 무관한 무의 차원으로 도피해야 한다거나 추상적인 혹은 초월적인 어떤 것이 되어야 하는 것은 아니다. 그것 또한 모순을 회피하는 방식으로 삶의 운동을 정체시키기 때문이다. 문학이 삶의 커뮤니케이션을 감당하는 것이 사실이라면, 문학은 삶의 내재성 안에서 무와 일치하는 현실의 운동에 동참해야 하고 그것을 가속화해야 하며 무엇보다 그것을 가속화하려는 우리의 욕망에 불을 붙여야 한다.

그러므로 우리가 삶의 모순에 대해 하나의 명제를 제출할 수 있었던 것처럼, 삶의 모순과 그 커뮤니케이션을 재현하고 있는 문학에 대해서도 하나의 명제를 제출할 수 있다. '문학은 절대로 문학 그 자체여야 하며(기존의 어떤 인식과 규정에도 굴복하지 않고 어떤 세계관에도 복무해서는 안 된다), 동시에 절대로 문학을 넘어서야 한다(비현실적이거나 추상적이거나 초월적인 것으로 도피하지 않도록, 삶의 내재성을 고수해야만 한다).'

그리고 이 모든 복잡한 논의들을 거친 지금에 와서는, 추상적인 단계에 머물러 있던 애초의 명제가 새롭게 이해되어 제자리를 찾을 수도 있을 것 같다. '문학은 절대로 삶 그 자체여야 하며 동시에 절대로 삶을 넘어서야 한다.' 오래전에 쓴 이 문장을 나는 한 글자도 고치지는 않았지만, 이제 이 문장은 처음의 그것과 같은 것이 아니기를, 그것이 애초에 의미했을 수도 있을 무엇인가를 끄집어내며 실제로는 이 문장을 바꾼 것이기를 바란다.

*

나는 앞에서 '커뮤니케이션'을 해명하면서 문학의 '행위'와 '체험'에 대해 짧게 언급했지만, 여기서 그 언급들을 조금 더 강조해두고 싶다. 문학은, 그것이 탁월한 것일수록, 결코 무해한 것이 아니다. 문학은 '행위'하기 때문이다. 약간의 과장이 허락된다면, 문학은 '폭력'이라고 말할 수도 있을 것이다. 문학이 삶의 운동 전체에 비춰볼 때 어떤 순간의 이해와 규정들이 실상은 '허위'임을 인정하라고 강요하기 때문이다. 새로운 이해와 규정은 선물처럼 주어지는 것이 아니라 모순에 직면하여 이해할 수 없는 낯선 것들의 곁에 함께 머무르면서 낯선 것들과 익숙한 것들을 연결하는 알려지지 않은 통로를 뚫는 고된 노동에 의해 간신히 얻어낼 수 있는 것인데, 그러한 노동을 면제받고자 하는 우리를 문학이 때때로 꾸짖고 수치심을 주기 때문이다.[3] 심지어 간신히 얻어낸 그 새로운 이해와 규정을 새로운 이행의 과정에 비춰 허위에 불과하다면서 우리에게서 다시 빼앗아가기 때문이다.

가능한 모든 상태들을 있는 그대로 인정하고 사랑하게 만드는 것은 달콤한 꿈이지만, 문학은, 그리고 삶은 그런 무해한 것이 아니다. 나는 다른 자리에서 롤랑 바르트를 인용하며 문학은 사랑했던 사람을 정당하게 평가하고 그들을 위해 증언하는 일을 하기도 한다고 쓴 적이 있지만 거기서도 이렇게 덧붙였다. 사랑하는 사람을 정당하게 평가하기 위해서는 그를 정당하게 평가할 수 없었던 나의 기존의 언어와 이해 전체와 싸워야만 한다고. 다시 약간의 과장이 허락된다면 이렇게 말할 수도 있겠다. 물론 문학은 사랑을 가능하게 해준다. 하지만 우리가 진정으로 누군가를 사랑하기 위해서는 삶의 운동이 부과하는 강제노역에 동원되어야 하고 우리의 어떤 면을 찢어버리고 말살해버려야 한다고, 게다가 그것을 기쁘게 받아들이라고 문학은 강요한다.

---

3) 아도르노는 이렇게 썼다. "이것은 원래는 우연적인 주체가 느끼는 주체에게 할당된 진실, 즉 전체로서의 진실에 대해 느끼는 **수치심**이다. 베토벤이 왜 참을성이 없고 난폭하며 공격적인지 그 비밀이 이러한 수치심에 담겨 있다. 베토벤의 자필 악보는 여기에 처음 고정된 음악을 **악보가 되기 전에는** 알아차리지 못하고 있는 관찰자를 바보라고 꾸짖고 있다."(『베토벤. 음악의 철학』, 문병호·김방현 옮김, 세창출판사, 2014, 31쪽, 강조는 원문)

그러므로 삶의 운동을 가속화하려는 욕망에 불을 붙인다는 것, 그러니까 문학의 체험이라는 것에는 불안과 혼란, 기쁨과 흥분만이 들어 있는 것이 아니다. 거기에는 수치심과 복종이 함께 들어 있다. 문학의 체험은, 모순의 그 밀고 나가는 힘을 감당한다는 것은 우리를 찢어버리는 힘에 우리 자신을 내맡기는 일이기도 한 것이다. 문학의 체험은 뜨겁게 빛나는 불의 관능과 함께 그것이 주는 꾸짖음과 수치심을 감당하는 것이다(그것을 감당할 수 없는 허약한 자기성애자들은 언제나 유행하는 담론에 투신하여 그 유행에 동조하는 무리들에게 박수받기를 원하며 결과적으로 삶과 문학 모두를 차갑게 만든다).

문학은 언제나 모순을 감당하고자 하기 때문에 다시 말해서 삶에 대해 진실해지기 위해 그 자신이 (과정의 한가운데이거나 고착화된 어떤 것을 분열시키는 극단이 되는 대신) 하나의 완결된 작품으로 결정되는 것을 허락하지 않고 스스로를 방해하고 찢고 꾸짖는 어떤 요소들을 자신 안에 끼워넣으려고 한다는 것이, 그러한 찢김, 수치심, 복종이 우리에게만 주어진 것이 아니고 공평하게도 문학이 스스로에게 들이미는 것이기도 하다는 점이, 그러나 우리에게 위안이 될 수는 없다.

물론 우리의 관건이 위안은 아니다. 문학이 감당하고 있는 그것을 우리도 감당할 수 있는가가 관건이다. 그리고 여기서 우리는 '시간'을 요청하게 된다. 삶이 자신의 운동 과정을 전개하기 위해 시간의 폭을 필요로 하는 것처럼, 그 운동을 재현하느라 문학이 시간의 폭을 활용했던 것처럼(우회하는 서사의 행로, 도약하고 분열하는 이미지의 궤적 등) 문학을 체험할 때 우리는 우리 안에서 시간을 가동시킨다. 문학이 우리를 강제노역에 동원하고 우리를 찢어버리기 때문에 우리는 현재에 멈추지 않고 미래를 끌어당기게 되며 그로 인해 처음에는 감당할 수 없었던 것을 감당할 수 있게 되는 것이다.[4]

(2019)

4) 프루스트는 작품의 시간과 관련하여 흥미로운 이야기를 한 적이 있다. "대중의 몰이해를 피하려는 천재는, 어쩌면 동시대인들에게는 작품 이해에 필요한 거리가 부족하므로 후대를 위해 쓰인 작품은 후대에 의해서만 읽혀야 한다고 말할지 모른다. (……) 〔그러나—인용자〕 천재를 이해할 수 있는 드문 지성을 생산하고 또 배양하고 증식하는 것은 바로 작품 자체다. (……) 우리가 후대라고 부르는 것은 작품의 후대를 말한다. 작품 자체가 이런 후대를 창조해나가야 한다."(마르셀 프루스트, 『잃어버린 시간을 찾아서 3—꽃핀 소녀들의 그늘에서 1』, 김희영 옮김, 민음사, 2014, 186~187쪽)

# 다시쓰기, 받아쓰기, 이어쓰기

'암송暗誦'이라는 말의 의미와 이미지는 서로를 밀어낸다. 암송의 의미: 글을 보지도 않은 채 틀리지 않게 그대로 외우는 것. 암송의 이미지: 어둠 속에서 몸체 없는 유령적인 목소리들이 사라졌다 나타나길 거듭함. 암송의 의미는 무엇인가를 새기고 반복하면서 말하기 혹은 글쓰기를 그 고정하는 힘에 붙들어 맨다. 암송의 이미지는 보이지 않는 목소리들의 혼선과 범람을 통해 무엇인가가 더이상 기존의 상태에 멈춰 있지 못하게 될 것임을 예감하게 한다. 서로를 밀어내고 있는 그 의미와 이미지 때문에, 암송이라는 낱말은 다른 단어들과의 관계 없이도 저 혼자서 미묘하게 진동하고 있는 것처럼 보인다. 이 진동에 의해 암송이라는 낱말은 스스로 다시 쓰이기를, 그 안에서 무엇인가를 전개하기를 원하는 것처럼 보인다고까지 말하고 싶다.

윤해서의 『암송』(아르테, 2019)에는, 그것이 작가의 의도나 목표가 아니었음은 너무나 분명하지만, 제목이 가리키는 미묘한 진동이 퍽 분명하게 드러나 있다. 한편으로 이 소설은 암송의 이미지에서 출발하는 것처럼 보인다. 그것은 알 수 없는 이유로 코마 상태에 빠진 '이미소'가 겪는 바를 묘사할 때 두드러진다. 그녀는 완전한 어둠 속에서 누구의 것인지 무슨 맥락인지 알 수 없는 목소리들의 혼잣말만이 나타났다가 사라지는 가운데 자신의 존재가 점점 희박해진다고 느낀다. "한순간도 고요를 허락하지 않"는 "꺼지지 않는 라디오"(57쪽)가 되어 온갖 목소리들의 혼선을 겪어야 하는 '선주'의 경우도 그것을 각성상태에서 겪고 있다는 점을 제외하면 이미소의 경우와 다르지 않다. 이 인물들의 체험을 묘사하는 장면을 읽다보면, 하나의 정체성으로 수렴되면서 독백의 형식으로 스스로를 규정하고 체험하는 의식이 다른 목소리들과의 혼선을 겪으며 분열하여 더이상 자기 자신이 아니게 되고 그 자신이 낯선 것이 되어 새로운 존재가 되어갈 것이라고 예감하게 된다. 선주와 이미소 양쪽에 연결되어 있는 인물인 '모로'가 "같은 강물에 두 번 발을 담글 수 없다"는 헤라클레이토스의 말을 자주 떠올리며 '무한 생성'에 대한 관념을 암시하는 것처럼 보일 때, 그런 예감은 한층 강화된다. 『암송』이 우리를 불안하게 하거나 흥분시키는 지점이 있다면 아마도 이 대목일 것이다.

다른 한편으로 이 소설은 암송의 이미지를 중단시키고 자신의 이야기를 암송의 의미 쪽으로 끌고 가고 싶어하는 것 같다. 이미소는 완전한 어둠 속에서도 이미소이기를 그치지 않는다. 그녀는 자신의 목소리와 '현웅'의 목소리를 잊지 않고 고정된 정체성들의 세계를 향해 되돌아오고 있으며 코마 상태에서 깨어나기 직전이다. 선주의 의식 또한 낯선 목소리들의 무한한 혼선 속에서도 끝내 붕괴되지 않으며 그 많은 목소리들 가운데 이미소의 목소리를 정확히 구별해내고 이미소가 현웅에게 되돌아가는 것을 도와주고 싶어한다. 이미소와 선주의 의식을 교란시키는 그 무수한 낯선 목소리들에 두 사람의 의식은 끝내 연루되는 데 실패하는 것처럼 보인다. 『암송』이 도입하고 있는 혼란, 그것을 통과하면서 '다르게 되기'에 돌입할 수도 있었을 혼란은 서둘러 수습된다. 이 수습이 성공적인 만큼 『암송』은 자신의 가능성을 스스로 닫는 것처럼 보인다. 저마다의 정체성들이 자기 자신을 그대로 외우며 그 자신으로 머물러 있기를 그치지 않는 것이다.

아주 과감하게 이렇게 말해볼 수도 있을 것이다. 『암송』의 이야기는 암송의 의미 쪽으로 흘러갔고 일종의 결말에 도달하기는 했지만, 『암송』이 이미 전개해놓은 결코 완전히 수습할 수는 없는 암송의 이미지 때문에, 그 끝낼 수 없는 진동 때문에, 윤해서의 글쓰기가 『암송』의 어딘가로 되돌아와 무엇인가를 다시 쓰게 될지도 모른다고. 그때 멈춰 있던 무엇인가가 다시 전개될지도 모른다고. 만일 누군가가 『암송』의 마지막 페이지를 덮으면서 어떤 아쉬움을 느꼈다면, 그 아쉬움은 이 '다시쓰기'에 대한 요구이자 기대이기도 할 것이라고. 그것은 어떤 독자의 주관적인 평가가 아니라, 『암송』 안에 이미/아직 잠복해 있는 자기비판과 같은 것이라고.

*

「에이프릴 마치의 사랑」(이장욱, 『에이프릴 마치의 사랑』, 문학동네, 2019)을 '다시쓰기'에 대한 독특한 소설이라고 읽어보면 어떨까. 「에이프릴 마치의 사랑」은 이런 이야기로 되어 있다. 무명 시인 '김강준'은 어느 날 검색창에 자신의 이름을 써넣었다가 '에이프릴 마치의 사랑'이라는 블로그를 발견한다. 이 블로그의 운영자는 아직 시집 한

권 없고 독자나 평단으로부터 거의 아무런 관심도 받지 못하는 김강준의 시를 인용한 뒤에 이렇게 덧붙였다.

(A) 맨해튼 미드타운, 내 청춘의 어두운 시절을 보낸 그 좁고 낡은 아파트먼트의 쪽창으로 떨어지는 낙엽의 궤적을 이해할 수 있는 것만큼이나, 나는 이 시의 어휘 하나하나를, 조사 하나하나를 느낄 수 있을 듯한 기분. 마치 이 시가 쓰이기 이전에 이미 이 시를 알고 있던 것처럼, 모든 문장들을 한 올 한 올 이해할 것 같은 느낌. 지금은 그것만이 나의 리듬. 지금은 그것만이 나의 슬픔.(48~49쪽, 이하 강조는 인용자)

이 논평에는 지나치게 감상적이고 과시적인 데가 있지만 김강준은 "군말 없이 감동했다".(49쪽) 무명 시인인 자신의 시를 드물게도 인용해줬기 때문만은 아니다. 이 논평을 통해 자신의 시가 한 사람의 극히 개인적이고 내밀한 감각 안으로 끌어당겨졌고 연결되었다고 느꼈기 때문이다. 김강준은 내친김에 블로그의 모든 글을 찾아 읽은 뒤 생각한다. "그 모든 것들이 놀라울 만큼 나와 유사했던 것이다. 단지 비슷하다고 말하는 것만으로는 부족하다. 그녀〔이 블로그의 운영자 '에이프릴 마치'를 김강준은 여자라고 단정한다—인용자, 이하 동일〕의 삶을 구성하는 모듈들은 나의 우주를 구성하는 모듈들과 거의 동일해서 마치 평행우주처럼 서로가 서로를 비추고 있는 것처럼 느껴졌다."(50쪽) 김강준의 고독한 영혼은 이제 거의 자기 자신이라고 할 만한 또다른 영혼과 조우한 것이다. 김강준은 일체감 속에서 흥분한다.

그런데 이야기는 이 일체감을 깨뜨리는 방향으로 흘러간다. 에이프릴 마치는 계속해서 김강준의 시를 인용하는데 자세히 보니 거기에 오탈자가 있다. 그런데 그것을 다시 음미해보니 오탈자에 어떤 정교함이 있어 애초에 그 시어들은 빠져 있거나 그렇게 변형된 채로 있었어야 더 나은 것처럼 여겨진다. 상황은 점점 심각해진다. 얼마 지나지 않아 에이프릴 마치는 단순한 오탈자를 내고 있는 것이 아니고 김강준의 시를 고쳐놓고 있었는데, 그 행위는 김강준의 시쓰기를 기반으로 하고 또 그것의 연장선에 있으므로 "그 시는 이제 내가 쓴 시라고도 할 수 없었고 내가 쓴 시가 아니라고도 할 수 없었다. 나는 약간의 혼란을 느꼈다".(58쪽) 좀더 지나자 자세히 보지 않아도 시가 달라져 있다는 점을 누구나 확연히 알 수 있게 되었고 "그것은 이제 거의 나의 시라고 할 수 없"(59쪽)게 되었다가 마침내 김강준이 쓴 적이 없는 시가 김강준의 시라며 블로그에 게시되는 지경에 이른다. 아마 여기서 가장 곤란한 점은 이런 것이리라. 김강준의 시라며 올라와 있는 김강준이 쓰지 않은 그 시들이 김강준의 시보다 더 낫다는 사실. 이제 김강준은 블로그에 자신의 작품이라고 게시된 시들을 가져다가 문예지에 발표하고 평단과 독자들로부터 두루 인정받는 시인이 된다. 물론 이야기는 여기서 끝나지 않는다. 문제의 블로그는 오래 지나지 않아 폐쇄된다. 에이프릴 마치가 새로운 연애를 시작하면서 더 이상 예전과 같은 스타일의 글을 쓰지 않게 되었고, 다른 무엇보다 티베트에 직장을 얻어 서울을 떠나게 되었다고. 그후로 김강준은 모든 청탁을 거절해야만 했고 더이상 자신의 시를 쓸 수도 없게 되었다.

자신이 쓴 적 없는 시를 훔쳐 발표하던 시절을 회상할 때 김강준은 이렇게 말한다.

(B) 무엇보다도 내가 〔'에이프릴 마치의 사랑'이라는 블로그에서 훔

쳐] 발표한 시들은 바로 나 자신을 매료시켰다. 이것은 내 영혼의 이면에서 흘러나온 나의 문장들이다…… 나는 이 시들을 통해 나 자신을 넘어서서 어떤 무의식에 도달하게 된 것인지도 모른다…… 이 문장들은 그동안 내가 이해할 수 없었으며 내가 표현할 수 없었던, 바로 나 자신의 심연에 다름 아니다……(69~70쪽)

우리는 이 대목을 읽을 때 야릇한 느낌을 받게 된다. 왜냐하면 이것이 그저 자신의 기이한 표절 행위에 대한 삼류 시인의 변명에 그치는 것이 아니기 때문이다. 김강준의 변명에는 글쓰기에 대한 모종의 진실이 포함되어 있다. 김강준이 에이프릴 마치에 대해 느꼈던 것 이상으로, 혹은 그보다 앞서, 그 블로그의 운영자가 김강준의 시에서 자기 자신을 발견했고 그동안 미처 표현할 수 없었던 자신의 심연을 알아본 것인지도 모른다. 그런 탓에 에이프릴 마치는 (A)처럼 썼던 것이다((B)는 (A)의 일체감을 강화한 것이다). 그런데 에이프릴 마치는 김강준의 시를 통해 재발견한 자신의 심연을 음미하면서 자신 안에서 자신과 차이 나는 무엇인가를 발견했기 때문에, 이번에는 김강준의 시((A)에 의하면 그것은 에이프릴 마치와 무관한 것이 아니다)와 차이 나는 김강준의 시적인 것을 재발견했고 그것을 표현하고 밀어붙이면서, 김강준이 쓴 것은 아니지만 김강준의 시적인 것으로부터 배양된 문장들에 김강준의 이름을 붙여 게시하게 된 것이다. 그것을 김강준의 시라고 말할 수는 없겠지만, 그것을 순전히 에이프릴 마치 혼자서 쓴 것이라고 단정할 수도 없다. 글쓰기에 대한 모종의 진실? 그것은 글쓰기라는 것이 기존의 글쓰기와의 동일성 안에 이미 들어 있는 차이를 발견하고 그것을 기뻐하고 밀어붙이고 표현하는 '다시쓰기'인 한에서만 그 자신에게 충실한 글쓰기, 다시 말해 창조적인 글쓰기가 될 수 있다는 것이다. 다시쓰기가 아닌 순수한 창조란 존재하지 않는다는 것이다.

그러니까 삼류 표절 시인 김강준이 이 소설의 마지막 부분에서 창작자로서는 끝장나고 말았다고 단정할 수 없다. 에이프릴 마치가 김강준에게 그랬던 것처럼, 이번에는 김강준이 그녀와의 일체감 안으로 들어가 그 안에서 차이를 발견하는 '다시쓰기'를 통해서 창조적인 글쓰기로 나아갈 수 있기 때문이다. 다시쓰기가 포착하고 표현하고 가속하는 차이에 의해서 김강준이 더이상 김강준이 아니게 되는 어떤 순간에 도달할 수 있기 때문이다. 한때 김강준에게 너무나 잘 이해되고 느껴지는 듯했던 에이프릴 마치가 일련의 과정을 거치면서 조금도 알 수 없는 낯선 사람이 되어갔던 것처럼. 아마도 그런 과정의 끝에서, 에이프릴 마치가 김강준의 이름으로 누구의 것이라고 말하기 어려운 새로운 시를 써냈던 것처럼, 김강준이 에이프릴 마치의 이름으로 누구의 것이라고 말하기 어려운 새로운 텍스트들의 집합체인 블로그를 만들어낼 수도 있을 것이다. 물론 이 마지막 문장이 이 소설의 실제 결말에 해당한다.

*

그러니까 다시쓰기는, 기존의 말을 복창하면서 강화하고 그로써 새로운 말의 탄생을 억압하는 받아쓰기와는 대립하는 것이다. 그리고 바로 이 점에서 다시쓰기는 단지 새로움의 유희를 즐기는 아이러니스트의 방법론이기만 한 것이 아니다. 받아쓰기의 '억압'은 (그런 것이 있다고 한다면) '삶과 구분되는 예술적 표현의 문제'에 한정되는 것이 아니라, 현실에서 구체적으로 어쩌면 물리적으로까지 작동하기 때문이다. 예컨대 운동가인 아버지의 삶에 접근하려는 딸의 시도로 되어 있는 『진주』(장혜령, 문학동네, 2019)에서 표현된 이런 장면들에서.

당신들은 매를 맞으며 받아쓰기를 한다.
각자의 방에서.

나는 공산주의자입니다.
나는 사회주의자입니다.
나는 불법조직에 가담하여 사람들을 선동하였습니다.

그들은 당신들에게서 공책을 빼앗고 당신들은 다시 매를 맞으며 받아쓰기를 한다.

나는 공산주의자입니다.
나는 사회주의자입니다.
나는 불법조직에 가담하여 사람들을 선동하였습니다.

그들은 당신들 공책을 찢고 이번엔 외워서 써보라고 한다.

나는 공산주의자입니다.
나는 사회주의자입니다.
나는 불법조직에 가담하여 사람들을 선동하였습니다.

당신들은 울면서 받아쓰기를 하고, 받아쓰기한 문장이 완전히 당신들의 것이 될 때까지 그것을 암기하도록 그들로부터 공책을 건네받는다. (……) 그들은 그들의 교훈이 당신 내면에 자리잡아, 당신 자신이 했던 것과 그들이 말하는 것 사이의 차이를 당신이 더는 구분할 수 없게 되기를 바란다. 불법적인 연행 불법적인 감금 불법적인 시간의 탈취 이런 낮 이런 밤이 열흘 스무 날 삼십 일 넘게 이어지는 동안 반드시 그렇게 될 것이다. 낮으로부터 밤이, 밤으로부터 낮이 나뉘지 않고, 그들로부터 당신들이, 그들의 말로부터 당신들 말이 완전히 구별되지 않는 고통은 당신들이 이 방을 나간 뒤에도 계속되어 (……) (127~129쪽)

권력은 다시쓰기, 다르게 쓰기를 허락하지 않는다. 권력은 삶에 대한 기존의 쓰기를 반복해서 동일하게 받아쓰게 한다. 권력이 받아쓰게 하는 내용이 불충분하거나 불평등하거나 거짓된 것이라는 점에서만 문제가 있는 것이 아니고, 그 내용이 무엇이든 간에 그것을 받아쓰게 한다는 바로 그 사실 자체에 이미 더 크고 근원적인 문제가 있다. 받아쓰기 자체를 통해 무엇인가 거대한 것이 자기 자신에 머물러 멈춰 있는 동안 삶이 언제나 요구하며 선물하는 생성·변이·분열·증식의 흐름이 정체되어 결국 삶 그 자체가 짓이겨지기 때문이다. (삶에 반대하게 된다는 것이야말로 권력-받아쓰기의 가장 큰 문제다.) 이 점에서 인용문 가운데 다음 구절이 특히 강조되어야 한다. "낮으로부터 밤이, 밤으로부터 낮이 나뉘지 않고, 그들로부터 당신들이, 그들의 말로부터 당신들 말이 완전히 구별되지 않는 고통". 고통은 물론 권력의 매질과 착취와 억압에서 온다. 그러나 그에 앞서 차이와 구별과 변화와 분열을 허락하지 않는 받아쓰기의 고통이 있다.

권력이 받아쓰게 하는 것은 다른 무엇보다 받아쓰기라는 권력의 형식이다. 다르게 말하자면, 권력이 받아쓰게 하는 것은 받아쓰기에 묶여 있어야 한다는 강박, 다시쓰기와 다르게 쓰기의 가능성에 대한 혐오와 두려움이다. 간단히 말해서 권력은 받아쓰기를 받아쓰게 한다. 그렇다는 것은, 우리가 무심코 무엇인가를 받아쓸 때 그저 기존의 지배적인 무엇인가를 복창할 뿐만 아니라, 우리에게 그것을 복창하게 강요하는 힘 그 자체를 복창하는 바람에 우리 또한 우리도 모르게 권력의 일원으로 누군가에게 받아쓰기를 강요하게 된다는 뜻이 된다. 그렇게 해서 권력은 점점 더 자신의 지배력을 키워나가며 삶을 경직시킨다. 그렇기 때문에 운동가는 특정한 미래, 더 나은 사회를 설계하고 그것을 실현하려는 의지가 아니라 받아쓰기를 하지 않겠다는 의지로부터 탄생한다. 그러므로 우리는 다음의 인용문을 그 아래와 같이 번역해서(다시 써서) 읽어볼 수도 있다.

> 당신은 무엇이 되려고 살았던 것이 아닙니다. 당신과 당신 친구들은 도리어 무엇이 되지 않기 위해 살았습니다. (……) 당신들은 독재자가 되지 않기 위해 싸우지 않는다면 언젠가 당신들 자신이 독재자가 될 수도 있다는 걸 알고 있었습니다.(13~14쪽)

> 당신은 더 나은 것을 쓰기 위해 살았던 것이 아닙니다. 당신과 당신 친구들은 받아쓰기를 하지 않기 위해 살았던 것입니다. 당신들은 받아쓰기를 하지 않기 위해 싸우지 않는다면 언젠가 당신들 자신이 다

른 사람들에게 받아쓰기를 강요하게 될 수도 있다는 걸 알고 있었습니다.

여기에 이렇게 덧붙일 수도 있겠다. 받아쓰기를 하지 않기, 그것이 더 나은 것을 쓸 수 있는 최선의 그리고 어쩌면 유일한 길이다.

그런데 받아쓰기를 하지 않는다는 것은 무엇인가? 물론 우리는 그것이 다시쓰기이고 다르게 쓰기이며 차이를 찾아내고 즐기며 밀어붙이는 것이라고 이미 말했다. 그런데 『진주』는 이에 대해 다르게 썼다. 받아쓰기를 하지 않는다는 것은 두려움을 극복하는 것이고, 그것이 곧 사랑이라고. 지배적인 기존의 쓰기의 바깥으로 나가는 것은 낯선 것, 알 수 없는 것을 향해 가는 것이고 그렇기 때문에 삶에 대한 충분한 의욕을 갖고 있지 못한 자들 혹은 삶을 감당할 수 없을 만큼 허약한 자들에게는 두려운 것이다. 그리고 그들은 두려워하기 때문에 낯선 것, 알 수 없는 것들을 끝내 이해하지 못하고 증오하고 파괴하려 드는 것이다. "두려움은, 누구나 간직한 마음속 두려움은, 자전거를 타지 못하게 하고" "존재하되 보이지 않으며 결코 발음될 수 없는 것"을 "이해하지 못하게 하고 누군가를 죽일 만큼 때리게"(13~14쪽) 한다. 반대로 "알 수 없는 것, 알 수 없다고 여겨지는 것, 그러나 이해할 수 없음에도 읽는 것, 끝까지 그 끈을 놓지 않는 것"은 사유의 속성이기 이전에 "사랑의 속성"(21쪽)이다. 받아쓰기의 바깥을 향해 가는 것에 대한 두려움을 극복하고 이해할 수 없음의 한가운데로 뛰어드는 것을 포기하지 않는다는 바로 그런 의미에서의 사랑의 글쓰기, 그것이 다시쓰기이고 다르게 쓰기이다.

장혜령의 『진주』는 알 수 없는, 멀리 있는 아버지에 대한 두려움을 뚫고 가는 글쓰기이며 아버지의 글쓰기(공집합과 자전거 타기에 대한 딸의 두려움을 몰아내기 위해 애썼던)를 다시 쓴 것이다. 그러니까 그것은 사랑의 글쓰기이다. 『진주』가 독특한 표현에 도달한 것은 작가의 특이한 이력 때문에 남다른 사연을 내용으로 담고 있다거나 작가의 고유한 감각으로부터 새로운 스타일이 도출된 것이 전혀 아니고, 오직 두려움을 뚫고 가는 과정에 의한 것 그리고 아버지의 글쓰기를 다시 쓰는 과정에 의한 것이다.

*

그러나 이런 방식으로 다시쓰기와 받아쓰기를 대립시키는 것, 받아쓰기를 거부하고 낯설고 새로운 표현을 향해 나아가며 다시 쓰는 것을 찬미하는 것에 머물렀다면, 『진주』가 독자들의 마음을 이렇게까지 어지럽혀 놓을 수는 없었을 것이다. 『진주』에는 다시쓰기와 받아쓰기의 '대립' 그 자체에 대한 다시쓰기가 포함되어 있다.

장혜령은 2009년 5월 노무현의 죽음 앞에서 우는 여자들의 모습에서 1979년 11월 박정희의 죽음 앞에서 우는 여자들에 대한 모종의 받아쓰기를 발견한다.

> 나는 그들 속에서, 독재자가 세상을 떠났을 때 통곡하던 그날 그 거리의 여인들이 있음을 알아보았다. 그중 한 여인은 자기 아버지가 세상을 떠난 듯 가로수를 부여잡은 채 통곡하고 있었는데, 온몸의 수분이 눈물로 다 빠져나간 듯 오그라들어 있던 그녀는 그날 혹시 죽었을까. 어쩌면 아직 살아 있을까. 살아도 살았다 할 수 있을까.(35쪽)

그러니까 냉철한 비판 정신을 발휘해야 할 순간을 그저 홍건한 눈물로 적시고 있다는 점에서, 겉보기와는 달리 2009년의 통곡하는 여인들은 1979년의 통곡하는 여인들만큼이나 뭐가 뭔지 분간하지 못하는, 지배 이데올로기에 진심으로 굴복해버린 사람들, 결국 자신이 받아쓰기하면서 다른 이들에게도 받아쓰기를 강요하는 사람들이라는 뜻일까? 인용문은 확실히 그렇게 읽히는 면이 있기는 하지만 그보다는 반대로 읽히기를 원하는 것 같다. 억압하는 권력에 의한 받아쓰기 안에 이미/아직 다시쓰기의 가능성이 들어 있다는 것, 그러므로 받아쓰기의 한가운데에서 무엇인가를 다시 쓰는 것이 언제나 불가능한 것만은 아니라는 것. 이런 맥락으로 다음의 인용문을 읽어야 하지 않을까.

어머니로부터, 그들 역사로부터 슬픔을 교육받고 또 강요받았던 소녀들. 그것이 무엇을 의미하는지도 모르는 채 흰옷을 입어야만 했던 어린 여자아이, 여자, 여자들. 그들은 오직 끈끈하고 강인하며 견고한 믿음으로 주어진 삶을 통과할 수 있었기에, 지독한 인내의 시간이 초래한 징그러운 아름다움은 그날 이후 그들의 이마며 손등의 힘줄 위에 영원히 새겨졌다.

도처에 있다. 눈을 돌릴 틈도 없는 모든 곳에. 눈을 감아도 떠오르는 모든 곳에. 작은 소쿠리를 늘어놓은 시장 좌판에서, 교사들과 아이들을 품평하는 학부모회의 테이블에서, 음식을 담은 무거운 쟁반을 끝도 없이 날라 오는 식당에서, 카운터에 앉아 침을 묻혀가며 집요하게 지폐를 세는 손과, 지나는 남자들에게 다정히 팔짱을 끼며 심야업

소 전단지를 나눠주는 손이 구분되지 않는다. 아파트 투기 정보를 교환하며 입을 가리고 웃는 여인의 손과, 신장개업한 고깃집 전화번호가 적힌 휴지를 나누어주는 여인의 손에서, 고단한 삶 속에서도 새벽 교회에 출석하여 당신을 위해 무릎 꿇던 한 어머니의 기도를 발견했다면, 당신은 믿을 수 있겠는가.

그것이 더없이 징그럽고도 아름다웠다면.

그래서 결코 피할 길 없었다면.(41~42쪽)

받아쓰기의 굴욕과 추악함과 다시쓰기의 자긍과 소망스러움이 언제든 뒤섞일 수 있기 때문에, 사실은 그 둘이 간단히 나눠지지 않기 때문에, 장혜령은 도처에서 징그러운 아름다움, 아름다운 징그러움을 피할 길이 없었다고 쓴다. 우악스럽게 움켜쥐고 빼앗고 편 가르고 두들겨패는 손과 자기 것을 내어주고 거들어주고 쓰다듬고 안아주는 손이 기도하는 손 안에 모두 함께 들어 있다고 쓴다. 요점은 구분 불가능한 혼란이 아니라, 다시 쓰는 손이 언제든 받아쓰는 손이 될지도 모른다는 불안이고 그럼에도 받아쓰는 손으로 다시 쓰는 것이 가능하다는 희망이다. 좋은 손과 나쁜 손을 구분하는 것이 관건이 아니고 그 손을 어떻게 쓸 것인가 하는 것이 관건이다.

그러므로 사랑의 글쓰기가 할 일은, 받아쓰기를 경멸하고 다시쓰기를 신성화하는 것이 아니라, 다시쓰기와 구분되지 않는 받아쓰기의 한가운데로 들어가는 것, 더없이 징그럽고도 아름다운 다시쓰기와 받아쓰기의 뒤섞임으로부터 무엇인가 다르게 되돌아오는 것을 향해 나아가는 것이다.

그런데 받아쓰기가 어떻게 다시쓰기가 될 수 있는 것일까? 대체 받아쓰기 안에 어떻게 다시쓰기의 가능성이 이미/아직 들어 있다는 것일까? 『진주』는 상처의 글쓰기가 그것을 가능하게 한다고 답하려는 듯하다. 권력이 강요하는 받아쓰기가 우리의 삶을 짓이길 때, 우리에게 정신적이고 육체적인 상처가 새겨진다. 사회적인 가면과 옷 아래 감춰져 있는 그것은 말하자면 비밀이고, 비밀스러운 상처의 형상은 저마다에게 고유한 것이다. 저마다에게 고유하다는 것은, 독특하고 다채롭다는 것이고, 그렇다는 것은 결국 모든 것을 획일한 것으로 만들지 않고는 견딜 수 없는 받아쓰기로부터 빠져나간다는 것이다. 그러므로 상처 입히는 받아쓰기 안에는 다시쓰기의 가능성이 언제나 이미/아직 들어 있다. 그러므로 사랑의 글쓰기는 상처의 글쓰기이기도 하다.

더이상 피는 흐르지 않습니다. 고통은 없습니다. 그러나 지워지지 않는 것은 있습니다. 한여름에도 목을 덮는 폴로셔츠나 긴 바지를 고집하는 사람들을 볼 때면 그들이 숨기고 있는 것을 생각합니다. (……) 일찍이 낯선 이의 옷을 벗기고 살갗을 만지고 싶어했던 것은 그 때문인지도 모르겠습니다. 누구라도 상관없습니다. 인간은 누구나 피와 살로 이뤄진 존재이니까요. 우리가 죽으면 피와 살은 사라지겠지요. 그러니 죽기 전에 많은 것들을 만져보고 싶습니다. 그래도 되겠습니까.

낯선 방의 비밀한 문이 열리고 수많은 스웨터와 셔츠들이 벗겨졌습니다. (……) 거칠고 추한 것. 참을 수 없는 혐오가 일었습니다. 하지만 부정할 수 없는 감정으로. 수없이 많은 문을 걸어들어갔고 또다른 새로운 문을 열어젖혔습니다.(15~16쪽)

*

받아쓰기 안에 다시쓰기의 가능성이 들어 있기도 하다는 데서 그치는 것이 아니라, 오직 받아쓰기를 통해서만 무한한 다시쓰기가 가능한 것은 아닐까? 『멀리 있다 우루는 늦을 것이다』(배수아, 워크룸프레스, 2019)를 읽다보면 그런 생각이 든다. 예컨대 이런 장면에서.

> 나는 생각했다. 이 속삭임을, 지금 내게만 들려오는 이 소리 없는 속삭임을, 들을 수도 기억할 수도 말로 표현할 수도 없으며 오직 떨림으로만 느껴지는 이 속삭임의 모든 내용을, 오늘 검은 가죽 표지의 일기장에 적어놓게 되겠지.(24쪽)

인용문의 '나' 그러니까 '우루'의 생각을 더 간단히 정리하자면, 우루는 속삭임의 내용을 받아쓰게 될 것이다. 그런데 이 생각은 생각만큼 간단하지 않다. 왜냐하면 지금 우루가 받아쓰려는 속삭임은 "들을 수도 기억할 수도 말로 표현할 수도 없"는 것이기 때문이다. 그것을 대체 어떻게 적어놓을 수 있다는 것일까. 속삭임에 이끌려 무엇인가를 쓰고 싶다, 써야 한다는 마음으로 뭐라도 적고 나면 그것이 자신이 들었던 그 속삭임과는 다르다고 느끼게 되지 않을까. 우루가 처한 상황은, 극복할 수 없는 다음과 같은 조건이다.

받아쓰기의 대상 ≠ 받아쓰기의 결과
(소리 없는 속삭임) (검은 가죽 표지 일기장 속 문장들)

바로 이 조건 때문에, 그럼에도 받아쓰지 않을 수 없게 만드는 속삭임의 추동[1] 때문에, 무한한 다시쓰기가 가동된다. 무엇을 쓰더라도, 그 문장들이 무엇을 듣고 기억하고 표현하더라도, 그것은 소리 없는 속삭임과 불일치하기 때문에, 그럼에도 그 소리 없는 속삭임이 받아쓸 것을 명령하기 때문에, 받아쓰기로 되돌아와 다시 받아쓰기를 멈출 수 없게 된다.

받아쓰기의 대상 ≠ 받아쓰기의 결과 1
(소리 없는 속삭임) (검은 가죽 표지 일기장 속 문장들 1)
≠ 받아쓰기의 결과 2
(검은 가죽 표지 일기장 속 문장들 2)
≠ 받아쓰기의 결과 3
(검은 가죽 표지 일기장 속 문장들 3)
⋮
≠ 받아쓰기의 결과 ∞
(검은 가죽 표지 일기장 속 문장들 ∞)

---

1) 받아쓰지 않을 수 없게 만드는 속삭임의 추동에 대해서라면 다음의 인용문을 일별하는 것으로도 충분할 것 같다. 전화 속 목소리가 무엇인가에 대한 받아쓰기를 거부하지 못하고, 그 전화를 받은 우루는 무엇인가를 받아써야 한다는 강박에 시달린다. "'(……) 오랫동안 잊고 지냈던 어떤 일이, 갑자기 엄청난 의미로 각인되면서 내 의식 전체를 장악해버려. (……) 그래서 마침내 그 일을 말하지 않으면, 그 일을 말할 누군가가 없다면, 나는 아마 당장 숨이 막혀 버릴지도 몰라! (……) 그러니 제발, 제발 부탁이니 전화를 끊지 말아줘!' 하고 그 목소리는 말했어요."(101쪽) "그 사람은 머나먼 통화선 저 끝에서 점점 더 빠르게, 점점 더 다급하게 비명처럼 외치고 있었어요. '내 발을 잘라도 좋아, 내 목을 잘라도 좋아, 하지만 제발, 전화만은 끊지 말아줘!'"(105쪽) "그 전화를 끊고 난 다음, 여자는 자신이 들은 그것을 계속해서 생각하게 되었다. (……) 자신이 들은 그것을 써야겠다는 생각을 하고 있었다."(106쪽)

= 무한하게 다시 쓰여지는 받아쓰기

우루가 무엇인가 놀라운 일을 쓰려고 마음먹었다고 고백하면서도, 검은 가죽 표지 일기장을 열어 놀라운 이야기를 읽어주면서도, "정작 놀라운 일은 글에 들어 있지 않아요"(97쪽)라고 말할 수밖에 없는 이유가, 혹은 놀라운 이야기를 길게 들려준 뒤에 "하지만 여자[우루]는 정작 진짜 놀라운 일에 대해서는 아직 말하지 않았다"(105쪽)라고 평가될 수밖에 없는 이유가 위의 도식인 것이다. 그런데 이 도식이 말하는 바는 결국, 받아쓰기를 통해 무한한 다시쓰기가 가능해지는 구조가 아닐까. 그리고 이렇게 덧붙일 수도 있을 것이다. 속삭임이 받아쓰도록 강요하는 것은 '다시쓰기' 그 자체라고. (물론 이것은 권력이 받아쓰기를 받아쓰게 하는 것을 비틀어놓은 것이다.)

다시쓰기가 재가동되고 더 멀리 갈수록 소리 없는 속삭임은 더 많은 이해와 표현을 구하게 될 것인데, 그것은 우리가 삶에 대한 시나리오를 더욱 풍부하고 다양하게 구비하게 된다는 것을 뜻한다. 그렇다면 "살기 위해서 쓴다는 말은 사실이다. 말은 삶을 앞서서 가며, 그렇게 삶을 발명해내기 때문이다. 그렇지 못하면, 이제 앞으로 텅 빈 시간이라는 형식만 남으리라. (……) 만약 언젠가 이 글이 완성된다면, 우루는 이것을 **멀리** 썼다고 말할 수 있으리라. 멀리, 자신으로부터 앞서서".(143~144쪽, 강조는 원문) 자신에 머무는 데 그치지 않고 다르게 그리고 또다시 다르게 더 멀리까지 나아가는 것, 그것을 위해서 다시 쓰고 멀리 쓰기. 그렇다면 이렇게 정리할 수도 있겠다. 무한한 다시쓰기인 불가능한 받아쓰기=멀리 쓰기=삶의 글쓰기. (그런데 우루가 자신의 글을 완성할 수 없다는 것을 지적할 필요가 있을까. 우루는 무한하게 다시 쓰고 무한하게 멀리 앞서서 쓸 수는 있지만 끝에 도달할 수는 없고 그런 점에서 글을 완성할 수는 없다. 만일 우루가 글을 완성해버린다면 그것은 멀리 쓰기가 소진되었다는 것 외에 아무것도 의미하지 않는다.)

이 글의 목표에서는 부차적이지만, '멀리 쓰기'를 언급한 김에 이 소설의 제목 '멀리 있다 우루는 늦을 것이다'를 잠깐 생각해보기로 하자. '멀리 쓰기'를 설명하면서 제목의 앞부분은 어느 정도 해명된 것 같다. 그렇다면 뒷부분은? 우루는 왜 그리고 무엇에 늦게 되어 있는가. 앞에서 이미 말한 것이지만, 멀리 쓰기는 기존의 말을 이렇게 저렇게 변형시켜보는 단순한 놀이에 그치지 않는다. 그것은 삶의 글쓰기이고, 우루는 살기 위해서 쓴다. 멀리 쓰기는 미처 파악되지 않았거나 받아들여지지 않은 삶의 가능성들과 우연히 마주치고 그것과 어떤 연관을 맺기를 원하다가 그것이 그저 내 삶 바깥의 어떤 낯선 요소가 아니고 나 자신으로부터 나왔기를 간절히 바라고 상상하고 믿은 끝에 마침내 그것이 나의 '잃어버린 시간'이었음을 알아차리는 과정을 포함한다.[2] 낯선 시간을 잃어버린 시간으로 바꾸고 그것을 다시

---

2) 여기서의 '앎'은, 객관적 사실과 그 사실을 재현하는 관념 혹은 문장이라는 실증적 차원에 있지 않다. 그것은 '되기'를 통한 앎이다. 말하자면, 나는 코요테가 아니다. 내가 나의 존재가 코요테임을 안다고 말하는 것은 실증적인 차원에서는 거짓이다. 하지만 우연히 마주친 코요테를 보며 나는 그것과 관계 맺기를 원할 수 있다. 그러다가 멀리 쓰기를 실천하지 않는 내가 내 안에 머무르며 경직되는 바람에 결국 시체가 되어갈 때, 나 자신이 그 시체를 뜯어먹는 코요테가 되기를 간절히 바라고, 다시 쓰고 멀리 쓰기를 통해 어떤 머무름을 찢어버렸을 때, 나는 내가 이미 코요테였음을 뒤늦게 알게 된다. 그것은 어느 날 갑자기 내가 코요테처럼 행동하기로 결정했다는 뜻이 아니다. 코요테의 시간은 잃어버린 시간으로서 내 안에 잠들어 있었고 나는 그것을 다시 쓰기를 통해서 되찾은 것이다. "……지금 나는 낯설고 놀라운 일에 대해서 생각한

되찾은 시간으로 바꾸는 과정을 통해서, 최종적으로는 자신을 다른 존재로 만드는 과정을 통해서 멀리 쓰기는 삶을 발명하는 글쓰기가 된다. 그렇다는 것은 우루의 멀리 쓰기가 언제나 뒤늦게 되찾은 시간(=전도된 미래)을 향해 가고 있음을 뜻한다. 다르게 될 자기 자신에 언제나 늦게 도착할 것임을 뜻한다. 그러므로, 멀리 있다 우루는 늦을 것이다.

*

그런데 멀리 쓰기는 그것이 삶의 글쓰기라고 하더라도, 그 안에 삶을 발명하는 계기가 포함되어 있다고 하더라도, 거기에는 극복하기 어려운 하나의 난점이 함께 들어 있다. 그것이 멀리 가면 갈수록, 자신으로부터 멀어지면서 낯선 것을 껴안으려 할수록, 점점 더 커뮤니케이션을 거스르며 고립을 갈망하게 되는 경향이 있다는.

---

다. (……) 잃어버린 시간을 갖는 것은 삶의 가장 놀라우며 신비한 사건에 속한다. 그런 일이 있었다. 낯설고 놀라운 일이. 믿을 수 없는 일이. 범상하지 않은 일이. 거의 신비에 가까운 일이. 그런 일이 있었다. 그런 일이 일생의 달빛처럼 내 위를 희게 지나갔다. 내가 알아차리지 못하는 사이, 나를 관통하면서 지나갔다. 그것은 내게 일어났고, 동시에 그 일은 내게서 유예되었다. 나는 그것을 모르지만, 그것이 있었다는 것을 알고, 이미 일어난 일이겠지만, 그것이 다가오는 예감을 항상 느낀다. 나는 그것을 오직 모르면서 안다. 망각으로서만 그것을 기억한다. 그러다 아주 뒤늦게, 믿을 수 없을 만큼 지연되어 효력이 나타나는 수면제처럼, 그것이 불현듯 내 위로 떠오를 때가 있다. (……) 마치 어느 날 문득 마주친 어떤 사물을, 어떤 대상을, 어떤 느낌이나 이야기를, 스스로 이유를 모른 채 물끄러미 주시하게 되고, 그것과 연관을 맺기를 간절히 원하다가, 마침내는 그것이 세상의 다른 어떤 우물도 아닌, 바로 나 자신으로부터 나왔기를, 간절히 그리워하고, 상상하고, 믿고, 마침내 알게 되는 것처럼. 그런 일이 있었다."(83~84쪽)

안녕하세요. 우루는 이 말을 싫어한다. 만나서 반가워요. 이 얼마나 바보 같은지! 당신의 건강을 빌어요, 드레스가 예쁘네요, 당신의 눈동자가 반짝이는군요, 다음에 다시 만날 때까지. 이런 등등. 차라리 내 발을 잘라달라고 말하겠다. 내 발을 잘라줘. 나를 사랑해줘. 내 목을 잘라줘. (……) 그런데 그녀가 어째서 파티를 싫어하느냐고? 안녕하세요, 모두에게 통용되는 동전과 같은 이 말을 싫어하기 때문이다. 안녕하세요, 당신의 고양이에 대해서 이야기를 나눠봐요. 파티에 초대받느니 차라리 누구도 살게 하지 않는 집이 되고 싶다. 파티에 가느니 차라리 돌 던져진 집, 경외심을 일으키는 추문의 집이 되기를 원한다. 우루는 홀로 집에서 나와 홀로 집으로 들어가고, 그 누구도 식사에 초대하지 않는다. 심지어 축제의 날에도!(151~152쪽)

모두에게 통용되는 말은, 그것이 모두에게 통용되는 말인 한에서 '다시쓰기를 허용하지 않는 받아쓰기'가 되기 쉽고, 그런 탓에 우루는 모두에게 통용되는 말을 싫어한다. 그러므로 우루는 절대로 안녕하세요 같은 말을 할 수 없고 파티에 초대받거나 초대하지 않는다. 그러므로 우루는 홀로 집에서 나와 홀로 집으로 들어가며 그 자신이 누구도 살게 하지 않는 집이 되고 싶다. 이 고립이야말로 창조적인 삶의 형태이므로 커뮤니케이션을 거부하는 멀리 쓰기에 동참해야 하는 것일까? 그와 반대로 커뮤니케이션의 거부야말로 결국에는 멀리 쓰기를 삶으로부터 떨어뜨려놓는 일이 되므로 멀리 쓰기로부터 커뮤니케이션에 대한 거부를 솎아내야 할까? 그런데 어떻게? 나는 이 까다로운 문제에 상응하는 확실한 답변을 아직 갖고 있지 않지만, 배수아를 사랑하는 독자들이라고 할지라도 저 고립에는 고통스러운 데가 있다는 것, 그리고 그 때문에 '안녕하세요'를 허용하는, 말하자면 멀리 쓰기 대신에 이어쓰기를 원하게 될 때가 있다는 것에 대해서는 확실히 말할 수 있다.

이 점에서, 다소 엉뚱하게 들릴 수도 있겠지만, 윤이형의 『붕대 감기』(작가정신, 2020)가 필요하다. 『붕대 감기』는 한편으로 최근 수년 동안의 젠더 이슈와의 거리 또는 각도 같은 것으로 저마다의 위치가 설명되고 있는 여러 여성 인물들을 엮어놓고 있지만 다른 한편으로 이 여성 인물들 모두가 각자의 위치에 함몰된 채로 서로를 이해할 수 없거나 비난하게 되는 사정을 간결하고도 인상적으로 그려놓고 있다. 『붕대 감기』의 주요 관심은 그녀들 모두가 각자의 위치에서 어떤 일을 겪고 어떤 절실함을 갖게 되는지를 분명히 드러내는 데 있기 때문에, 서로를 이해할 수 없거나 비난하게 되는 여러 여성 인물들이 무슨 인격적인 결함이 있어서 그렇게 되는 것이 아니라 그들에게 저마다의 어떤 정당성이 있음을 독자는 서서히 이해하게 된다. 그런데 이러한 이해는 여성 연대가 붕괴되는 것처럼 보이는 현단계에 대해 체념적으로 받아들이게 하는 것이 아니다. 그러한 이해는 차라리, 『붕대 감기』라는 텍스트가 이 여성들을 하나의 망으로 엮어내는 한에서만 성립하는 것처럼, 그녀들이 어떤 방식으로든 이어지는 것이 가능하다고 믿게 만든다. 서로를 밀어내는 듯한 여러 여성적 위치들 가운데 무엇이 가장 정당하고 적합한 것인가를 판별하는 것이 관건이 아니고 그 개별적인 입장들에 저마다의 정당성이 있으며 그렇기 때문에 서로에게 용인될 수 있고 서로가 대화 가능한 지점을 찾아내는 것 또한 가능하다는 것을 『붕대 감기』가 설득하고 있으므로, '혜미'

와 '지현', '진경'과 '세연', '채이'와 '형은', '형은'과 '효령' 사이에 일어난 에피소드들은 그러한 믿음의 현실화 사례에 가깝다. 여러 위치 사이를 오가며 통용되는 동전 같은 말에 대한 갈망과 그것의 발명이 『붕대 감기』에는 들어 있고 그 때문에 이 소설 속 여러 여성 인물들은 서로에게 안녕하세요, 당신의 건강을 빌어요, 당신의 눈동자가 반짝이는군요, 당신의 고양이에 대해서 이야기를 나눠봐요, 라고 말하는데 간신히 그러나 거의 감동적으로 성공한다. 얼핏 소박해 보이는 이 성공이 이어쓰기를 가능하게 하고 이어쓰기는 다시쓰기-멀리쓰기가 부과하는 분열과 고립의 고통을 우리가 감당할 수 있게 해준다. 그것을 감당할 수 있을 때에야 우리가 그 고통스러운 다시쓰기-멀리 쓰기를 따라잡을 수 있는 것인지도 모른다. 그런데 '다시쓰기'에는 이미 기존의 것으로 되돌아가 다시 쓴다는, 말하자면 이어 쓴다는 뉘앙스가 포함되어 있지 않은가.

(2020)

# 복자에게

김금희의 장편소설 『복자에게』(문학동네, 2020)의 내러티브는 그 제목에서 보이듯 복자에게 보내는 편지글을 향해 나아간다. 다르게 말하면 이 소설에서 영초롱이 복자에게 보내는 편지는 결코 부쳐진 적이 없고, 그것을 포함한 여러 '보내지 못한' 편지들, 그럼에도 수신되기를 갈망하는 편지들이 소설의 내러티브를 추동한다.

보내지 못한 편지들의 목록은 다음과 같다. 정희 고모가 교도소에 수감되어 있는 이규정에게 썼으나 차마 부쳐지지 못한 채 어린 조카 영초롱의 손에 들어가 나중에 법대생이 된 영초롱이 이규정의 재판 기록을 찾아보지 않을 수 없게 만든 편지, 어린 영초롱이 의도치 않게 이선 고모를 곤란에 빠뜨린 일 때문에 이선 고모를 소중하게 생각하는 친구 복자와의 관계가 돌이킬 수 없게 망가진 뒤 정희 고모를 흉내 내듯 복자에게 쓰고 또 썼으나 한 통도 부칠 수 없었던 편지, 어린 영초롱이 제주를 떠나며 일부러 엉뚱한 주소를 알려주는 바람에 일 년 동안 쓰고 부쳤으나 영초롱에게는 닿을 수 없었던 어린 오세의 편지,

판사가 된 영초롱이 징계성 인사발령으로 내려간 제주에서 십육 년 만에 복자와 재회했으나 재판에 얽힌 문제로 또다시 관계가 틀어져 버린 뒤 다시 사 년이 지나 파리에서 쓰고 서울로 돌아가 복자에게 부치리라 마음먹고 있는 영초롱의 편지. 이것들이 모두 보내지 못한 편지들이다.

사실을 말하자면 이 편지들은 그러나 보내진 셈이다. 애초에 기대된 수신자에게는 아니지만. 정희 고모가 규정에게 여러 복잡한 이유로 차마 솔직하게 토로할 수 없었던 그 뜨거운 감정은 부치지 못한 편지 혹은 도둑맞은 편지의 형태로 어린 조카에게 (잘못) 수신되었는데, 그 편지가 다시 복잡한 사정들과 얽혀서 영초롱의 마음을 광폭하게 흔들고 복자에게 보내지 못할 편지들을 계속해서 쓰게 했다. 영초롱을 고고리섬에서 쫓겨나듯 떠나게 만들었던 것이 바로 그것이다. 그것이 서울로 올라간 영초롱이 법대생이 되는 데 얼마간 영향을 미쳤을 것이며 법원 도서관 열람실을 오래 뒤져 이규정의 판결문을 찾아내게 하고 그것을 찾은 뒤로는 외우겠다는 듯 반복해서 읽게 했다. 이 모든 과정들이 영초롱을 아프게 했고 분노를 참을 수 없어 하는 판사가 되게 했고 그 때문에 제주로 발령을 받는 일에까지 희미하게 이어져 있다. 복자에게 보내지 못한 어린 영초롱의 편지는 현재의 영초롱에게 되돌아와 복자가 원고가 된 재판에서 더더욱 물러서지 못하게 했고, 그러는 와중에 정희 고모와 다시 연락이 닿아 그녀가 오래전 보내지 못한 편지에서 기대하며 썼듯 규정과 대전에서 잠시 살 수 있었고 이제는 죽고 없는 규정이 남긴 아들을 키우며 살고 있다는 것도 알게 됐다. 오세의 편지는 나중에 카페 '여름 안에서'의 주인이 될 청년에게 (잘못) 수신되었고 그것이 그 청년의 연애사업에 다소 문제가 있는 방식으로 기여했을 것이며 이 모든 전후사정을 영초롱은 제주로 돌아온 덕분에 오세로부터 직접 들을 수 있었고 나중에 그 카페를 찾아가 결국 오세의 편지를 뒤늦게 손에 쥐었다고 느낀다. 『복자에게』에서 보내지 못한 편지들은 잘못 보내지거나 뒤늦게 도착하거나 되돌아오는 형식으로 결국은 누군가에게 보내지며 편지의 전송/수신의 실패/성공과 함께 인물들도 무엇인가를 겪고 우회하며 얽혀 어디론가 나아간다. 『복자에게』의 내러티브의 욕망은 바로 그 우편망을 작동시키고 확장하면서 삶을 살아 있게 만드는 것이리라.

물론 『복자에게』는 1992년 전후의 학생운동을 배경으로 자신의 욕망과 존재를 감춰야만 했을 이정희-이규정에 관한 이야기이고, 그로부터 이십여 년 후 강도 높은 업무와 위험한 약물에 노출된 탓에 유산하거나 기형아를 출산한 복자를 비롯한 간호사들이 그 피해를 인정받기까지 의료원과 싸우며 환자들과 연대해가는 이야기이며, 비슷한 시기 국정 농단의 소용돌이 속에서 영초롱이 판사를 그만두고 인권법연구소 파견직 연구원이 되어 파리에서 팬데믹 시대를 견디는 이야기이지만, 그러나 이 소설의 내러티브는 편지의 전송 실패와 (잘못된) 수신 성공을 통해 『복자에게』를 다른 무엇보다 영초롱이 고고리섬에 과거 그리고 현재 있(었)음을 영초롱 자신이 실감하게 만드는 이야기가 되게 한다.

'고고리섬에 있(었)음'에 대해서는 설명을 덧붙여야 할 것 같다. "고고리섬으로 전학을 간 건 1999년이었다"로 시작하는 이 소설의 화자인 영초롱은 그 시기를 이렇게 회상한다. "그애〔복자—인용자〕와 내가 그날의 해변 길에 있다. 한번 불어오면 나를 통과하며 저절로 흩어지는 것이 아니라, 힘을 써서 내가 찢고 나가야 하는 듯 느껴지는 거센 바닷바람 속에, (……) 그애의 전진 속에, 그해 그 섬에서의 시작이 있었다."(21쪽, 이하 강조는 인용자) 그뒤로도 영초롱의 회상 속에서 "펄펄 뛰는 자연과 마주하고 있다는 사실"(24쪽)에 대한 묘사가 드문드문 이어지다가 "바람이 부는 날 자전거를 타고 고고리섬을 누비면 불어닥치던 그 양뺨을 갈기는 듯한 칼바람"은 고고리섬의 날씨에 대한 묘사이기만 한 것이 아니라 "광폭하게 흔들"(66쪽)리곤 했던 영초롱의 마음의 풍경이기도 했음이 드러난다. 과거와 현재의 영초롱은 그저 집안의 형편과 직업상의 이유로 서울과 고고리섬과 서귀포 사이에서 자리를 옮긴 것이 아니라, 펄펄 뛰는 자연 속에서 그것을 찢고 나가며 함께 펄펄 뛰는 마음으로 과거에 존재했던 것이고 그러한 마음으로 현재 되돌아온 것이다. 그저 고고리섬에 가봤다고 해서 그렇게 된 것이 물론 아니고, 보내려 애쓴 끝에 (잘못) 수신되는 데 성공한 그 편지들 덕분에 예기치 못한 사연들과 얽혀들며 그렇게 된 것이다. 이 내러티브의 진행 속에서 고고리섬에서 체험한 거센 바람과 물결들은 그저 추상적인 자연이 아니라 구체적으로 감각되는 맹렬한 결들과 그 결들의 얽힘이었고 영초롱의 삶이 그러한 얽힘 속으로 들어가 '연결되는 우편망'과 '거세게 몰아치는 물결/바람결'의 일치가 더이상 은유에 머물지 않게 했다. 자연이 맹렬해질수록 더 단단하게 결속하며 자연 안으로 걸어들어갔던 해녀들과 섬사람들의 삶도 그와 같았다. 그러한 생각이 독자와 영초롱 자신에게 어렴풋하게 떠오를 때에야 영초롱은 말한다.

> 비로소 이곳으로 돌아온 기분이 들었다. 아무리 마음을 보내도 가닿지 못하던, 아무리 누군가의 마음을 수신하려고 해도 할 수가 없던,

차마 복자에게 안녕, 이라고 말을 건넬 수 없어 아프던 그 유년의 날들로.(126쪽)

어느 때보다 여름이 창창하다(……) 마음이 어떤 때보다도 와글거리기 때문이었다. 많은 기억들이 흔들리고 부유했다. 기억을 되살린다는 건 그렇게 한없이 풍성해지는 일인 듯했다. 통제를 벗어난 많은 것들이 나의 재단을 훼방하고 흐트러뜨려놓는 상태, 그렇다면 그것이야말로 여름을 닮은 시간들이었다.(167쪽)

그러니까 『복자에게』가 우리에게 특별한 인상을 남겼다면, 그것은 이 소설이 담고 있는 사연들 이상으로 이 소설의 내러티브가 우리를 저 와글거리는 결들의 얽힘, 즉 잘못 수신되는 데 성공하는 편지들의 복잡한 망들 속으로 끌어들이며 결국 우리가 '복자에게'로 시작하는 편지를 받아들게 해 우리의 마음 또한 와글거리게 하기 때문인지도 모른다. 그런 점에서 이 소설을 끝맺는, 복자에게 아직 보내지 못한 영초롱의 편지는 기실 보내진 것이나 다름없다. 우리 독자들이 저 편지들의 망 속으로 끌어들여졌기 때문이다. 여기에는 이 편지가 하필 '복자에게' 쓰였다는 것도 한몫한다. 영초롱의 정의에 따르면 복자福者라는 말은 죽은 사람 가운데 공경할 만한 인물의 신앙을 기리기 위해 붙인 존칭이 아니고 장차 복을 많이 받을 사람을 가리키는 말인데, 장차 복을 많이 받을 사람이란 "가난한 사람, 슬퍼할 줄 아는 사람, 온유한 사람, 올바른 것을 위하다 힘들어진 사람"(66쪽)인 것이다. 그런 한에서 '복자에게'로 시작하는 편지의 수신자는 영초롱이 1999년 고고리섬에서 만났던 고복자 개인을 넘어선다. 이미 많은 것을 가진 사람, 슬퍼할 줄 모르는 사람, 성격이나 태도가 거친 사람, 옳지 못한 일에 신경쓰지 않는 사람이 아닌 보통의 사람들이라면, 그러니까 우리 특별할 것 없는 독자들이라면 누구나 저 편지들의 얽힘에 어렵지 않게 연결될 수 있으리라.

이 소설의 마지막 장에서는 팬데믹 상황에서 단지 '1944년 파리 공습의 생존자'라는 이유로 박수갈채를 받는 할머니의 에피소드가 소개된다. 이 에피소드에서 살아남았다는 것, 어쨌거나 삶이 계속된다는 것은 다른 위대한 가치들을 잃어버리고 그저 벌거벗은 생명이 되었다는 것이 아니다. 무슨 대단한 성공을 해서가 아니라 그저 생존해 있다는 바로 그 사실이, 보내지 않은 편지들 그러나 끊임없이 쓰이고 도착하고 있는 편지들의 수신과 발신의 기점이 된다는 점에서, 삶의 물결들을 서로 얽고 얽히게 해 우리가 저마다의 고고리섬으로 되돌아갈 수 있으리라는 희망의 확고한 근거가 되어준다. 바로 그 단순하고도 단순하지 않은 살아남음이 팬데믹 상황을 통과하고 있는 현실의 우리들에게는 특별히 절실했던 것 같다.

> 얘들아, 나는 1944년 파리 공습의 생존자란다. 그러면 박수가 그 발코니 쪽으로 쏟아진다. 텅 빈 골목에서 그 박수 소리는 마치 물결처럼 어디든 갈 수 있을 듯이 흐르지.
>
> (……) 할머니가 쓴 생존자, 라는 단어는 어느 날에는 아주 거룩하고 어느 날에는 거리에 핀 수선화만큼이나 싱그러워. 그는 이런 봉쇄의 나날들에 발코니에서 작은 기쁨을 누리고 있어. 생존자일 수 있는 시간을, 자신을 내보이는 것만으로 골목의 사람들을 위로할 수 있는 시간을, 그렇게 해서 모두를 생존자로 만드는 시간을.

> 보낼 수 있다면 복자야, 나는 너에게도 이 박수를 보내고 싶다. 넘치도록, 자꾸 넘쳐서 네 머리맡에 그것이 고이도록, 그렇게 해서 너가 파도가 치나 아니면 태풍이 올 참인가 싶어서 잠결에 잠깐 눈을 뜨도록.(229~230쪽)

나도 영초롱을 따라, 우리 모두의 생존과 거기서부터 비롯되는 와글거리는 얽힘을 바라며, 생존자 모두에게, 다시 말해서 복자 그러니까 우리 독자들 모두에게, 저 거대한 물결과도 같은 박수를 보내고 싶다.

(2020)

# 아이러니와 아날로지
## —박형서론

### 1. 아이러니스트 박형서

박형서의 자전소설 「어떤 고요」에는 작가의 소설론에 해당하는 대목이 짧게 삽입되어 있다.

> 등단하기 전부터 나는 나 자신이 잘 쓰는 작가가 아니라 다르게 쓰는 작가라 생각해왔고, 그게 내 자부심의 원천이었다. '다르게 쓴다'는 말은 물론 남들과 다르게 쓴다는 뜻도 포함하지만 그보다는 나 스스로 전과 다르게 쓴다는 의미다. 즐겨 사용하는 패턴이 있다면 그것은 곧 게으름 혹은 선입견의 침식작용이라 여겼던 것이다. (……) 계속해서 탐험해야 한다. 소설이란 기본적으로 대답의 양식이 아니라 질문의 양식이기 때문이다.[1]

---

1) 박형서, 「어떤 고요」, 『끄라비』, 문학과지성사, 2014, 269쪽. 이 글에서 다루는 박형서의 텍스트는 다음과 같다. 『토끼를 기르기 전에 알아두어야 할 것들』, 문학과지성사, 2003 ; 『자정의 픽션』, 문학과지성사, 2006 ; 『핸드메이드 픽션』, 문학동네, 2011 ;

'다르게 쓰기'와 '대답이 아니라 질문'과 같은 표현들은 소설에 대한 다른 담론에서도 자주 출현하는 탓에, 이 인용문이 소설가나 평론가들이 자주 동원하는 겉보기에는 근사하지만 실질적인 내용은 별로 없는 추상적인 장식품이 아닌가 하고 의심이 들 수도 있겠다. 하지만 박형서의 단편들을 위의 인용문과 겹쳐놓고 보면 이것은 '아이러니스트 박형서'의 온당한 자기소개로 읽힌다. 이 인용문을 문학적 상투구와 확실하게 구별하기 위해서라도, 아이러니에 대한 약간의 설명을 거쳐 박형서의 단편들을 음미해야 할 것 같다(내가 지금부터 시도하려는 것은 이런 것이다. 아이러니, 그것이 아날로지와 함께 박형서의 글쓰기를 추진하는 두 개의 근본적인 충동이라는 점을 입증해 보이는 것, 그리고 아이러니와 아날로지라는 두 개의 렌즈를 통해 박형서 소설을 다시 한번 음미해보는 것).

먼저 아이러니. 리처드 로티에 따르면 아이러니스트는 다음의 세 조건을 충족시킨다. 1) 자신이 현재 의존하고 있는 세계관이나 표현들에 대해 근본적이고도 지속적인 의심을 갖는다. 2) 자신이 현재 의존하고 있는 세계관이나 표현만으로는 이 의심을 돌파할 수 없다는 점을 깨닫고 있다. 3) 의심을 돌파하기 위해 다른 세계관이나 표현을 채택한다고 할 때, 그러한 선택이 여타의 '잘못된' 세계관이나 표현을 적절히 평가하고 넘어설 수 있는 초월적 지평에 다가가는 것이라고, 다시 말해서 온갖 잘못된 견해와 착각으로 물들어 있는 현상으로부터 빠져나와 실재에 접속하고자 하는 형이상학적 투쟁이라고 생각

---

『끄라비』, 문학과지성사, 2014; 『낭만주의』, 문학동네, 2018. 이후 소설 텍스트를 인용할 경우 본문에 작품 제목, 책 제목, 쪽수만을 밝힌다.

하지 않는다. 아이러니스트의 숙명과도 같은 자기 의심은, 오직 낡은 것과 결별하고 새로운 것과 '유희'하는 한에서만 돌파될 수 있다.[2)] 아이러니스트는 기존의 관념들과는 '다른' 관념들을 갈망하기 때문에, 그러한 갈망의 운동 속에서 도달한 새로운 관념에 대해서도 다시 의심하고 계속해서 다른 관념을 갈망한다. 그들은 무엇인가를 비틀고 기대를 배반하는 의외의 것을 추구하기 때문에 아이러니스트라고 불린다. 아이러니스트는 새로운 것과의 놀이 속에서 만들어진 세계관이나 표현이 영원한 진리일 수 없고 우연하며 덧없는 것임을 철저히 인식한 탓에 자기 자신에 대해 형이상학자들과 같은 엄숙한 믿음을 가질 수 없는데도, 그러한 탐색과 생성의 놀이 자체 그리고 그것의 산물인 우연하고 덧없는 삶의 순간들의 풍요로움에 대한 진지한 신념을 포기하지 않기 때문에 아이러니스트라고 불린다.

지금까지의 설명에서 이미 말한 셈이지만, 아이러니스트의 충동은 형이상학적 충동과 대립한다. 형이상학적 충동은, 기존의 모든 무의미와 혼란을 투명하게 정돈해줄 초월적인 진리를 '발견'하고자 하며 그럼으로써 현상적인 것 너머에 있는 숭고한 실재의 '힘'과 접속하는 황홀한 체험에 이르고자 한다. 다시 말해서 형이상학적 충동은 모호하고 잡다한 흐름을 일시에 정지시키고 정돈하고자 하는 충동이며, 진리로 선포된 것 이외의 것들을 억압하거나 길들이려는 충동이고, 그 자신은 위대해지면서 위대하지 않은 것들을 다스리는 권력을 즐기고자 하는 충동이다(그러므로 '진리에의 추구'는 겉보기와 달리 '억압하는 힘에의 추구'이기 쉽다). 아이러니스트의 충동에도 '발견'

---

2) 리처드 로티, 『우연성 아이러니 연대성』, 김동식·이유선 옮김, 민음사, 1996, 146쪽.

에의 의지가 있다면 그 발견의 대상은 '단 하나의 영원한 진리'나 '다른 모든 것에 의미 부여하며 그것들을 체계화할 초월적 진리'가 아니라, 아직 제출된 적 없고 지금까지 제출된 것들과는 '다른 서술'이다. 아이러니스트는 위대한 힘과 접속할 때가 아니라 새로운 것들의 분출을 목격하거나 그러한 분출에 기여할 때 황홀한 체험에 이르고, 정지시키고 정돈하는 대신에 끊임없는 재서술의 분기와 증식을 추구한다. 다시 말해서 아이러니스트의 진리는 발견되면서 완성되는 것이 아니라 만들어지며 확장하는 것이다. 아이러니스트의 우주는 체계화되기보다 다양화되며, 아이러니스트의 힘은 낯선 것을 억압하거나 길들이는 쪽이 아니라 새로운 것들과 유희하는 쪽으로 발휘된다. 형이상학자들도 선배 형이상학자들을 의심하고 그들과 논쟁하며 새로운 견해를 제출하는 한에서는 아이러니스트일 수 있지만, 그 새로운 견해가 초월적 진리라고 믿고 그것이 더이상 새롭게 재진술될 가능성이 없는 것처럼 굴 때 형이상학자로 복귀한다.[3)]

박형서가 자전소설 「어떤 고요」에서 밝힌 자신의 소설론 '다르게 쓰기'와 '대답이 아니라 질문'을 아이러니스트의 맥락을 배경으로 해서 읽을 때, 우리는 앞선 인용문을 문학적 상투구로 잘못 읽을 가능성을 줄일 수 있다. 어떤 문제를 해결하고 안정화하는 대신에 관습적인 생각과 표현들을 문제화하고 의심하면서 그로부터 새로운 것이 뿜어져나오기를 갈망하는 것, 그 자신이 새로운 것을 만들어내는 것, 그것

3) 리처드 로티가 볼 때, 형이상학적 충동과 완전히 결별할 수 없었던 아이러니스트가 헤겔이며 니체이고 하이데거이다. 형이상학적 충동이 발견되지 않거나 그것을 극복한 아이러니스트가 프루스트이고 데리다이다. 같은 책, 5장 「자아창조와 동화: 프루스트, 니체, 하이데거」 및 6장 「아이러니스트 이론에서 사적인 암시로: 데리다」 참조.

을 놀이화하는 것, 그로써 우리가 인식하고 체험하며 무엇인가를 실천하는 세계를 확장하며 다양화하는 것, 형이상학의 극복을 글쓰기 안에서 실천하는 것. 그것이 박형서 작가의 목표이고 실천이었던 것으로 보인다.

## 2. 아이러니스트의 글쓰기—내적 차이의 운동

박형서의 단편소설을 떠올려보면 작가의 자평이 정당해 보인다. 지금까지의 박형서 소설이 한 작가의 작품이라고 생각되기 어려울 정도로 다양한 양상을 보여왔기 때문이다.

몇몇 작품들을 간략히 살펴보자.

「사막에서」(『토끼를 기르기 전에 알아두어야 할 것들』): 한 청년의 의식 속에서 미소와 울음으로 요약되는 추억의 강물이 사막화되어가는 과정을 함축하는 한 단락의 길고 복잡한 시적 이미지.

「K」(『토끼를 기르기 전에 알아두어야 할 것들』): 추리소설 형식으로 전개한, 돌팔매질이라는 사소한 능력 때문에 자신이 주위 사람들을 다치게 하거나 죽게 한다는 사실을 비관한 나머지 스스로에게 돌팔매질을 해서 자살하는 사내와 그 사내의 운명을 비롯한 미래를 예견하는 스스로의 능력을 부인해왔던 또다른 사내의 기이한 이야기.

「「사랑손님과 어머니」의 음란성 연구—'달걀'을 중심으로」(『자정의 픽션』): 논문 형식으로 제출된, 주요섭의 단편소설 「사랑손님과 어머니」에 대한 황당무계한 해석.

「두유전쟁」(『자정의 픽션』): 간 건강이 나빠진 탓에 두피에 기름이 과다 분비되는 한 청년이 중요한 석유 자원이 된다는 익살스러운 설정 속에서 미국과 한국 사이에 벌어지는 엉성한 첩보전.

「나는 『부티의 천 년』을 이렇게 쓸 것이다」(『핸드메이드 픽션』): 기존의 유명한 작품들이 사실 머릿속에 구상만 하고 있던 자신의 아이디어를 다른 작가들이 훔쳐내 먼저 써버린 것이라고 믿고 있는 편집증자가 이번에는 자신의 아이디어를 누가 훔쳐가지 못하도록 이러저러한 내용의 대작을 쓸 것이라고 허풍 떠는 광고.

「자정의 픽션」(『핸드메이드 픽션』): 어느 날 밤 육수용 멸치가 없어 국수를 끓이지 못하는 가난한 커플이 허기를 채우는 대신 멸치의 행방에 관한 이야기를 지어내며 다정하게 잠드는 이야기 속 이야기의 순환.

「티마이오스」(『끄라비』): '영원회귀'에 대한 심오한 해석을 품고 있는 동시에 북유럽의 종말 신화 라그나뢰크를 현대 물리학 지식들과 접합시킨 새로운 우주 종말 및 재탄생 신화.

「Q.E.D.」(『끄라비』): 전문적인 수학 용어들을 다수 동원해가며, 알려지지 않은 어느 수학자의 노트를 통해 그녀가 진리에 도달하기 위해 어떤 과정을 거쳤고 어떻게 실패했는지를 보여주는 독특한 전기.

기타 등등……

남들과 다르게 쓸 뿐만 아니라 자기 자신의 이전 작품과도 다르게 쓰고자 했다는 것, 즐겨 쓰는 패턴이 만들어지기 전에 빠져나오고자 했다는 것, 그것이 이 작품들에 대한 일별로도 어느 정도 입증되는 것 같다. 우주적인 거대함과 일상적인 소박함, 학문적 엄밀함과 익살스러운 허풍 및 궤변, 심오한 성찰과 말장난, 사건들을 잠식하며 추상화하는 이미지와 끊임없이 자신의 결말을 향해 전개되는 서사 등 다양한 대립항 사이를 오가며 요동치고 있기 때문에, 지금까지의 박형서 소설에서 어떤 패턴을 찾는 것은 쉽지 않다.

하지만 이것이 박형서가 실천하는 아이러니스트의 글쓰기라고 말하는 것은 불충분하다. 박형서의 개별 작품들 사이의 패턴화되지 않는 '차이'가 아니라 각각의 텍스트 안에서 긴장과 갈등을 일으키는 '내적 차이'야말로 박형서가 아이러니스트의 글쓰기를 실천하는 영역이고 바로 그 대목이 우리가 박형서 소설에서 강렬한 인상을 받게 되는 이유이기 때문이다.

「「사랑손님과 어머니」의 음란성 연구—'달걀'을 중심으로」의 경우를 보자. 나는 앞에서 이 소설을 '논문 형식으로 제출된, 주요섭의 단편소설 「사랑손님과 어머니」에 대한 황당무계한 해석'이라고 요약했고, 이 소설이 수록된 단편집 『자정의 픽션』의 해설에서 김형중은 우리가 이 소설에서 얻는 것은 "재치와 기지로 이루어진 지적 패러디가 주는 통쾌함"이며 이 소설의 재미는 "우리 문학장의 오래된 어휘들을 작가가 가지고 노는 방식, 작가의 유희충동에서 온다"[4]고 썼다. 주요섭의 단편소설 「사랑손님과 어머니」에서 옥희 모녀와 사랑손님 사이에서 '달걀'이 오고 가는 장면들이 중요하게 다뤄지는데, 이 점에 주목한 가상의 국문학 연구자는 이렇게 설명한다. 달걀은 곧 알이고 '알'이란 신화적 원형상징으로 보자면 생명 및 생명의 순환이니 「사랑손님과 어머니」는 성적 상징으로 읽어야 하며, 달걀과 정액의 주요 성분이 유사한데다 달걀은 형태적으로 고환과 흡사하니 옥희가 사랑손님과 주고받는 달걀이란 대단히 노골적인 섹스의 기호로 읽을 수

4) 김형중, 「소설 이전, 혹은 이후의 소설」, 『자정의 픽션』 해설, 275~276쪽.

밖에 없다. 이런 내용을 진지하게 설명하는 장면들은 확실히 '황당무계한 해석'이고 '유희충동의 산물'이라고 읽을 수밖에 없다. 저 가상의 국문학 연구자가 "달걀을 받아먹는다는 건 그 단백질을 자기 몸에 넣는다는 말이다. 즉 콘돔도 없이 벌어지는 성교를 의미한다" "하드코어 포르노를 연상시키는 낯 뜨거움의 무차별 폭격이다"(『자정의 픽션』, 161쪽)라고 쓸 때는 실소가 나올 지경이다.

하지만 이 소설이 그런 단순한 장난에 그치는 것은 아니다. 이 소설이 학계의 지적 허위를 풍자하는 교훈적인 면이 있다는 뜻이 아니다. 「「사랑손님과 어머니」의 음란성 연구—'달걀'을 중심으로」라는 논문은, 비록 연구 대상인 「사랑손님과 어머니」를 독해하는 데에는 완전히 실패하며 학술적으로 아무런 가치가 없는 분석을 진행하고 있지만, '외할머니-어머니-옥희'의 반복 구조[5]를 상상하여 「사랑손님과 어머니」에 삽입하는 대목에는 이 엉터리 논문을 더이상 웃으며 읽을 수만은 없게 하는 측면이 있다. 이 엉터리 논문 필자의 집요함이랄까 진지함 같은 것이 마침내 발견해낸(사실은 창조해낸) 저 기발한 (거짓) 구조가, 이 논문이 「사랑손님과 어머니」를 잘못 읽고 있다기보다는 드디어 그것을 보다 흥미로운 텍스트로 재서술하는 데 성공하고 있다고 읽도록 유혹하기 때문이다. 이런 유혹에 민감한 독자

---

5) 「사랑손님과 어머니」에서 옥희네 가족은 외삼촌을 제외하면 '외할머니-어머니-옥희'로 구성되어 있다. 이 소설에서 옥희의 아버지는 옥희가 태어나기 전 세상을 떠난 것으로 되어 있는데, 「「사랑손님과 어머니」의 음란성 연구—'달걀'을 중심으로」라는 엉터리 논문의 필자는 옥희가 외부인 하숙생과 성교하여 딸을 낳게 되리라는, 주요섭의 실제 소설과는 무관한 후일담을 삽입하고 있다. 이렇게 되면 옥희의 어머니는 외할머니를 계승하고 옥희는 어머니를 계승하며 옥희의 딸은 다시 아버지를 모른 채 미래에 외부인 하숙생과 성교하여 자신의 딸을 낳게 되는 순환 구조가 완성된다.

라면 "필자가 상상적으로 제안한 후일담을 작품이 품고 있는 담론의 구조적인 영역에 포함시켜야 한다. 그런 후에야 우리는 식민지 지식인 주요섭의 엉큼한 내면과 독창적인 세계관을 발견할 수 있을 것이다"(163쪽)라는 논문 저자의 주장에 장난스럽게 동의하며, 저 엉터리 연구자가 발명해낸 '외할머니-어머니-옥희'의 반복 구조를 주요섭이 왜 자기 소설에 미리 반영하지 못했는가 하는 불만을 품을 수도 있겠다. 이러한 유혹에 민감한 독자라 하더라도 「「사랑손님과 어머니」의 음란성 연구—'달걀'을 중심으로」를 실소 없이 읽는 것은 불가능한 일이지만, 누구라도 이 소설 논문의 마지막 구절("우리는 모든 걸 도덕적이고 희망적으로 해석하고자 하는 선량한 욕망과 투쟁해야 한다. 그 싸움에서 승리할 때 비로소 이 작품이 품은 강렬한 어둠이 우리 앞에 드러날 것이며, 세계의 명암은 보다 확고히 구분지어질 것이다", 164쪽)을 읽을 때 계속해서 웃고 있을 수만은 없을 것이다. 이 대목에서조차 논문의 필자는 "투쟁"이나 "세계의 명암"과 같은 과장된 표현을 추가해서 끝까지 자신의 논문을 진지하게 읽는 것을 방해하고 있지만, 그렇다고 하더라도 이 우스꽝스러운 논문의 저자가 끊임없이 기존의 해석을 의심하고 재서술해야 하며 그러한 재서술에 따라 무엇이든 "좋거나 나쁘게, 중요하거나 중요하지 않게, 유용하거나 쓸모없게 될 수 있다는"[6] 아이러니스트로서의 신념에 충실하다는 사실을 비웃기가 어려워지기 때문이다. 우리가 만약 이 마지막 대목을 진지하게 읽기로 한다면, 이 소설은 어떤 의미에서 아이러니스트 선언에 해당하는 것이고, 그럼에도 이 아이러니스트 선언이 너무 진지해지는 바람

6) 리처드 로티, 같은 책, 36쪽.

에 형이상학화되는 일을 방지하기 위해 끊임없이 자기 자신을 희화화하고 있는 것이라고 이해할 수도 있겠다.

요점은 「「사랑손님과 어머니」의 음란성 연구—'달걀'을 중심으로」가 한편으로는 모든 진지한 접근을 무색하게 만드는 우스꽝스러움을 잔뜩 충전하고 있으면서도 동시에 다른 한편으로는 그것을 가볍게 즐기기만 할 수 없게 만드는 진지한 요소 또한 포함하고 있다는 것이다. 이것은 단지 웃게 하는 텍스트보다 진지한 면모를 갖춘 텍스트가 더 가치 있다는 점을 전제하는 것이 아니고, 박형서의 소설 텍스트 내부에 어떤 차이가 새겨져 있고 그것이 이 텍스트에 대한 독해 안에 긴장과 갈등을 일으키고 있으며 바로 이 점이 박형서 텍스트의 운동 방식이라는 점을 강조하는 것이다. 앞에서 "박형서의 개별 작품들 사이의 패턴화되지 않는 '차이'가 아니라 각각의 텍스트 안에서 긴장과 갈등을 일으키는 '내적 차이'"라고 말한 것이 바로 이런 장면들을 겨냥한 것이다. 이 내적 차이에서 비롯되는 텍스트의 운동 때문에 독자들은 박형서의 텍스트를 간단히 정리할 수 없고 독해를 손쉽게 마무리할 수 없다. 과감하게 말해서 이 내적 차이는 텍스트에 대한 재서술 그리고 재서술의 재서술을 요청하는 것처럼 보인다.

(이런 식으로 '박형서 스타일'이라고 할 만한 것을 찾아내려는 시도 자체가 정작 아이러니스트 작가에게는 불만족스러운 것이겠지만) 비슷한 사례를 조금 더 확인해보자. 나는 앞에서 「나는 『부티의 천 년』을 이렇게 쓸 것이다」를 이렇게 요약했다. '기존의 유명한 작품들이 사실 머릿속에 구상만 하고 있던 자신의 아이디어를 다른 작가들이 훔쳐내 먼저 써버린 것이라고 믿고 있는 편집증자가 이번에는 자신의 아이디어를 누가 훔쳐가지 못하도록 이러저러한 내용의 대작을 쓸 것

이라고 허풍 떠는 광고.' 말하자면 이런 것이다.

> 바로 이 순간부터 유럽에 닿기까지 이백 년에 걸친 기나긴 여정이 시작된다. 궁금하면 내년이나 내후년에 나올 내 책 『부티의 천 년』을 참고하시라. 깜짝 놀랄 만큼 재미있을 예정이다. 전봇대로 이를 쑤시는 괴물과 맞닥뜨리고, 중동의 사막에서는 수압저울을 발명해 부자가 되기도 한다. 성인 독자를 위해 반쯤 벗은 아낙네들도 등장시킬 작정인데 특히 이 부분에는 스즈키 하루노부풍의 우키요에를 손수 그려 넣을 참이니 조금만 기다렸다가 꼭 사 읽으시기 바란다. 최고급 스포츠카들의 폭풍 추격신도 고려했지만 때는 12세기였다.(『핸드메이드 픽션』, 155쪽)

다르게 말하자면 이런 것이다. 어느 새벽 '한분태 뼈다귀 해장국집'에서 친구와 함께 잔뜩 취해 술을 마시던 서술자는 해장국집 주인이 누더기 같은 걸 뒤집어쓰고는 의자에 걸터앉아 잠이 든 것을 발견했는데, 그의 허벅지 위에 시커먼 시궁쥐 한 마리가 웅크리고 있는 걸 본 순간 「피리 부는 사나이」에서 누락된 길고 긴 이야기가 떠올랐고, 자신의 놀라운 착상에 놀란 나머지 휘청거리다 소주병을 깨뜨리며 요란한 소리를 냈는데 그 소리를 듣고 잠에서 깬 해장국집 주인은 "뭐야" 하고 중얼거리곤 훌쩍훌쩍 울기 시작했다. 시궁쥐와 누더기의 조합에서 「피리 부는 사나이」를 떠올리고 그 옛날 독일 전설의 주인공이 어떻게 오늘날 한국의 해장국집 주인이 되었는가를 해명하느라 한분태라는 이름을 중국식 이름 한펀팅으로 그것을 다시 독일식 이름 한스 뷘팅으로 그것을 다시 인도식 이름 하루디 부티로 장난스럽게 변주하는 가운데, 카르니지 여신과 쥐의 형상을 한 신화적 존재 무시카를 찬양하는 인도의 음유시인 하루디 부티가 불사不死의 운명을 부여받아 전 세계를 떠돌다가 독일에서 한때 피리 부는 사나이 한스 뷘팅으로 알려졌고 중국에서는 노비를 거쳐 건어물 사업가 한편팅으로 알려졌으며 드디어 한국으로 흘러들어 해장국집 주인 한분태가 된다는 이야기가 만들어진다. 한편 해장국집 주인이 무심결에 내뱉은 "뭐야"는 오래전 피리 부는 사나이가 사랑했으나 모험 도중 죽음을 맞이한 암컷 쥐의 이름 '마야'가 된다. 간단히 말해서, 이 소설의 서술자가 쓰리라 다짐하고 있는 장편소설 『부티의 천 년』은 말장난에서 시작된 장광설에 지나지 않고, 그 장편소설에 대한 서술자의 기대나 작가로서의 야심도 우스울 따름이다("장엄한 전쟁 이야기는 내년이나 내후년에 나올 희대의 명작 『부티의 천 년』에 상세히 기록되어 있으니 직접 사서 읽어보시라. 일단 사고 난 후에는 읽지 않아도 무방하지만, (……) 오금이 저릴 정도로 재미있을 예정이다", 172쪽).

이런 식으로 「나는 『부티의 천 년』을 이렇게 쓸 것이다」는 끊임없이 스스로를 장난스러운 글쓰기로 읽어주기를 강요하고 있지만 그렇게 읽기가 쉽지 않다. 장난스러운 천 년의 모험담을 읽어나가는 와중에, 왜 카르니지 여신은 다른 누구도 아닌 하루디 부티에게 불사의 운명을 선물했는지, 왜 하루디 부티는 불사의 운명을 선물받고도 누구보다 고통스러운 삶을 살게 되며 어찌해서 울음을 울 수 없게 되었는지 하는 진지한 질문이 계속해서 제기되기 때문이다. 여기서 「「사랑손님과 어머니」의 음란성 연구—'달걀'을 중심으로」에서의 우리의 요점을 순서를 바꿔 반복해야 할 것 같다. 한편으로는 삶에 대한 진지하고 심오한 성찰을 함축하고 있으면서도 동시에 다른 한편으로는 그것이 결코 진지하거나 심오한 것일 수 없다는 듯 자신의 모든 것을 희화화하는 제스처를 반복하고 있다는 것. 「나는 『부티의 천 년』을 이렇게 쓸 것이다」 내부의 이 긴장과 갈등이, 독자들로 하여금 이 소설이 제시하는 인생론을 형이상학화하지 않으면서도 흥미롭게 경청할 수 있도록 도와준다.[7)]

너무 진지하게 받아들이지는 말라고, 이것은 「피리 부는 사나이」에 대한 우스꽝스러운 재서술 가운데 하나일 뿐이며 이것 또한 독자에 의해 재서술될 수 있고 재서술되어야만 한다고 암시하며 전달되고 있는 인생론은 이런 것이다. 하루디 부티는 처음에는 불사의 운명에 휘둘리는 바람에, 나중에는 자신에게 불사의 운명을 부여한 초월적인 여신의 뜻이 무엇인지를 생각하느라 자신에게 주어진 덧없고 우연한 순간들을 무의미하게 흘려보내고 말았다. '불사의 운명'에 비하면 '덧없고 우연한 순간들'은 잃어버려도 무방한 것처럼 생각되었다. 영원과는 무관한 바로 그 순간들만이 돌이킬 수 없게 사라져버린다는 바로 그 이유 때문에 삶을 생생하고 절실한 어떤 것으로 만들어주는 것인데도. "삶에서 정말로 깨달아야 하는 건 다른 누군가의 뜻이 아니라 매순간 다가오는 생의 느낌, 그 자체일지 모른다"(187쪽)는 바로 그

---

7) 이 점에서 생각해보면 『핸드메이드 픽션』의 해설(권혁웅, 「박형서 프로젝트」)과 『자정의 픽션』의 해설(김형중, 「소설 이전, 혹은 이후의 소설」)은 제각각 박형서 소설의 어떤 특징들을 적절하게 짚어내고 있지만 서로를 보충해줄 필요가 있는 것 같다. 박형서 소설을 두고 전자는 너무 무겁고 진지하게 후자는 너무 가볍고 유쾌하게 서술하고 있다. 이 두 서술이 충돌하는 지점에서 박형서의 소설이 요동치고 있다고, 이 글은 주장하는 것이다. 하지만 권혁웅이 "아무리 거창하게 말해도 그의 패관문학적 서술에는 미치지 못할 것이다. 그는 이 모든 것을 진지한 농담과 우스꽝스러운 비애의 어조에 실어 말한다. 이를 진농(眞弄)과 소애(笑哀)의 문학이라 부르면 될까?"(289쪽)라고 쓸 때 이미 이 글의 일부를 어느 정도 예감하고 있었던 것도 사실이다.

깨달음과 함께 불사의 하루디 부터는 드디어 영원이라는 미혹으로부터 풀려나 늙어 죽을 운명인 한분태가 되고 "슬픔이며 동시에 몸의 구석구석을 섬세하게 자극하는 황홀"(같은 쪽)을 느끼며 그 때문에 불사의 몸일 때는 불가능했던 울음을 울 수 있게 된다. 다시 정리하자면, 초월적인 실재에 도달하고자 하는 형이상학적 충동에 대해 우연과 덧없음을 수락하는 아이러니스트의 충동이 승리할 때, 영생보다 더한 순간으로서의 삶을 살아갈 수 있다는 것이다. 더 간단히 말하자면, 이 소설이 설득하고자 하는 인생론이 있다면 그것은 '살아갈 만한 삶이라는 것은 아이러니스트에게만 주어진다'는 것이다.

## 3. 아이러니의 아이러니

아이러니스트의 글쓰기로 되어 있는 박형서의 텍스트에는 내적 차이라는 형식과 함께, 형이상학적 충동에 대한 거부와 아이러니에 대한 옹호의 내용이 반복된다고도 할 수 있겠다.

'전문적인 수학 용어들을 다수 동원해가며, 알려지지 않은 어느 수학자의 노트를 통해 그녀가 진리에 도달하기 위해 어떤 과정을 거쳤고 어떻게 실패했는지를 보여주는 독특한 전기'인 「Q.E.D.」를 살펴보자. 알려지지 않은 수학자가 대학생 시절 "소수점 이하 몇백만 자리까지 나아가도 전혀 규칙성이 발견되지 않는 파이에 대한 호기심과 애정, 그리고 경외감"(『끄라비』, 173쪽)을 느끼고 그것을 자기 노트에 표현한다. 그런데 대학에 입학하던 해 그녀의 부모는 교통사고로 사망했고, 그런 탓에 "저 영원히 반복되지 않는 숫자의 행진이 고아가 된 그녀의 마음 한쪽 결을 자극했을 때, 방황하는 숫자들이 부모의 패턴을 찾아달라고 출렁거렸을 때, 여자는 망설이지 않고 고개를 끄덕였다"(174쪽). 말하자면 이런 것이다. 끊임없는 변화와 생성의 수학적 표현처럼 보이는 저 원주율이 한편으로는 호기심과 애정과 경외감을 불러일으키지만, 그것이 조화로운 질서 안에서 평화롭게 안착하지 못하는 외롭고 고통스러운 방황으로 은유 혹은 재서술될 때, 그 방황을 중단시킬 진리를 향한 형이상학적 충동이 강렬해진다. 그것이 이 수학자의 학문적 여정의 출발이다. 그렇기 때문에 이 수학자는 "모든 수학적 난제를 해결할 수 있는 궁극의 방정식"을 원했고 "파이와 같은 무리수는 끝없이 변주되는 패턴이 아니라 특이점으로 회귀하는 명확한 공식에 포섭되어야 한다"고 믿었다. 그렇게 되면 "우주의 조화가 한눈에 들어올 것"(182쪽)이라고도 믿었다. 그것은 "명료하지 않다는 건 불결하다는 뜻"(175쪽)이라는 생각과도 크게 다르지 않았다. 「Q.E.D.」는 형이상학적 충동에 시달리는 주인공이 어떤 모험을 감행했고 무엇을 성취했고 무엇에 실패했는지 수학적인 엄밀성을 포기하지 않은 채 설명하는 데 많은 지면을 할애한다. 그런데 그 엄밀함을 고수하면 고수할수록 우주에서 '우연'과 '결정 불가능성'을 제거하기가 불가능하다는 사실만이 점점 더 분명해질 때 독자들은 숭고한 체념 같은 것을 느끼게 된다. Q.E.D., 그러니까 만약 그녀의 수학 노트에서 증명해낸 것이 있다면, 그것은 "만물에 적용할 수 있는 궁극의 방정식이란 영원히 불가능하다"는 것이고 "만물을 포괄하는 절대 규칙이란 없다. 사소한 것을 정의하는 특수 규칙도 없다. 모든 규칙은 관점이며 편의에 불과하다"(206쪽)는 것이다. 형이상학적 충동의 실현 불가능성에 대한 수학적 증명, 그것이 저 알려지지 않은 수학자가 평생에 걸쳐 해낸 것이다.

어떤 고정된 패턴도 거부하고 모든 것을 끊임없이 변주하며 새롭고 독특한 것들을 생성하기를 원하는 아이러니스트의 이면은 외롭고 고통스러운 방황일지도 모른다. 그 때문에 아이러니스트의 방황을 끝내고 그 혼돈을 안정화하고 질서화하려는 형이상학적 충동이 일어날 수 있다. 신에 대한 열정, (전통적인 의미에서의) 철학에 대한 열정, 과학에 대한 열정이 형이상학적 충동의 다양한 양상들이다. 「열한시 방향으로 곧게 뻗은 구 미터가량의 파란 점선」(『핸드메이드 픽션』) 이후 박형서의 소설에서 점점 더 과학에 대한 열정이 활성화되는 것은(「Q.E.D.」 외에도 이 계열의 소설로 「티마이오스」(『끄라비』), 「권태」 「외톨이」 「거기 있나요」(이상 『낭만주의』)가 있다) 박형서의 아이러니스트적 글쓰기가 내적 차이를 구축하기 위해 그 자신과 충돌하는 형이상학적 충동을 적극적으로 활성화하는 것이기도 하고 다른 한편으로는 그것과 대결하고 그것에 저항하려는 시도이기도 한 것으로 보인다.

「Q.E.D.」는 이 수학자가 형이상학적 충동 때문에 '궁극의 방정식'이라는 미망에 홀려버렸고 그 때문에 정작 소중하게 다뤘어야 할 사소하고 하찮지만 제각각으로 아름답고 절실한 순간들을 잃어버리고 말았다고 주장하는 것처럼 보인다(이렇게 놓고 보면, 「나는 『부티의 천 년』을 이렇게 쓸 것이다」가 암시하고 있는 '영원과 순간에 대한 인생론을 함축하고 있는 이 소설을 진리의 가르침으로 진지하게 받아들이는 대신 독자들이 저마다 재서술할 수 있고 재서술해야 한다'는 요청을 작가 자신이 「Q.E.D.」에서 실천하고 있는 것처럼 보이기도 한다. 「Q.E.D.」가 「나는 『부티의 천 년』을 이렇게 쓸 것이다」에 대한 한층 정교해진 재서술이기도 하다는 말이다. 아래 인용하는 수학자의 전회轉回와 한분태의 전회에는 서로 통하는 면이 많다). 예컨대 다음과 같은 장면은, '궁극의 방정식'에 대한 미망에서 깨어나기 전에는 수학자가 알지 못하는 세계였다.

> 삶의 사소한 감각 (……) 거기에는 세상에 존재하는 색채와 음정과 감촉에 대한 경탄이 어지럽게 교차하고 있다. (……) 새벽에 해가 뜨고 밤에는 해가 졌다. 해가 있을 땐 따뜻했고 해가 지면 싸늘해졌다. 그럴 것이라 짐작은 했었지만, 정말로 그렇다는 걸 확인하고는 전율에 휩싸였다. 손가락 두 개가 들어가면 꽉 찰 만큼 앙증맞은 아기 양말에 현혹되어 색색별로 스무 켤레 넘게 사 모았고, '하루'라는 단어가 마음에 든 나머지 그 단어가 들어간 문장을 세 페이지가량 나열했다.(210쪽)

이 소설의 마지막 문장은 "앞선 스물아홉 권의 노트는 그렇지 않지만, 여자의 마지막 노트엔 증명이 담겨 있다"(211~212쪽)인데, 그것을 형이상학적 충동을 포기한 자가 얻게 되는 '삶의 충만함'에 대한 증명이 성립했다고도 읽을 수 있겠다.

그러나 지금까지의 논의가 아이러니와 형이상학 가운데 전자를 찬미하며 후자를 비난하는 방식으로 정리된다면 박형서 소설의 아이러니가 보여주는 복잡성에 비해 지나치게 단순한 글이 될 것 같다. 박형서 소설에 형이상학적 충동에 대해 저항하고 거절하는 측면이 분명히 있는 만큼, 아이러니가 자신의 내부에 차이를 만들어내느라 그 자신과 충돌하는 형이상학적 충동을 적극적으로 활성화하는 면 또한 있기 때문이다.[8] 좀더 분명하게 말하자면, 박형서의 글쓰기에서 아이

8) 전혀 다른 시각을 만들어내는 이 '충돌'이 나중에 '개기일식'의 이미지로 초점화되는 것 같다. 이에 대해서는 이 글의 후반에서 「개기일식」(『낭만주의』)을 다루며 다시 언급할 것이다.

러니와 형이상학은 분명 대립하는 것이지만 그럼에도 서로에게 의존하는 면이 있다. 「Q.E.D.」의 다음과 같은 대목을 눈여겨보자.

> 여자는 81세의 나이에 급성폐렴으로 숨졌다. 영혼이 마침내 육신을 벗고 떠나가는 최후의 순간까지도 성실히 수식을 검토하는 한편, 일상에서 끌어올린 감각을 섬세하고 풍요롭게 묘사함으로써 방정식에 부족한 부분을 채워 넣었다. 그것들은 인간의 삶을 정의하는 두 종류의 상호 보충적인 근이 되었다. 앞선 스물아홉 권의 노트는 그렇지 않지만, 여자의 마지막 노트엔 증명이 담겨 있다.(211~212쪽)

물론 여기서 내가 강조하고 싶은 구절은 "인간의 삶을 정의하는 두 종류의 상호 보충적인 근"이다. '궁극의 방정식'을 추적하는 평생에 걸친 여정과 그 때문에 놓치고 만 섬세하고 풍요로운 삶의 감각들, 이 두 요소가 서로를 보충해야만 인간의 삶이 정의될 수 있다는 것이다. 그러고 보면 이 수학자가 '궁극의 방정식'에 대한 미망과 완전히 결별할 수 있었던 이유는 그녀가 그 누구보다 집요하게 '궁극의 방정식'을 추구했던 탓이다. 나는 앞에서 형이상학적 충동에 충실한 수학적 모험 때문에 그녀가 일상적 삶의 감각을 다 잃어버리고 말았다고 썼지만, 그녀가 생애 후반부에 사소하고 하찮은 순간들에서조차 전율을 느낄 수 있게 된 것은 그녀 생의 대부분을 차지한 형이상학적 모험 없이는 불가능했을 것이다. 형이상학적 모험의 극한에 이르러보지 못한 사람, 단지 일상에만 머물러 있던 사람에게는 다음의 순간이 찾아오기 어려울 것이다.

여자는 배가 몹시 고팠기에 귤을 하나 집어 들었다. 그리고 껍질을 깠다. 날카로운 향이 터져 나와 어두침침한 방에 가득 찼다. 여자는 귤을 입에 넣었다. 달고 시었다. 짜릿할 정도로 놀라운 맛이었다. 처음은 아니지만 굉장히 오래 묵혀두었던 감각이었다. 이게 귤이구나, 하고 여자는 쫓기듯 생각했다. 노랗고 따끔따끔한 과즙이 입술을 타고 흘러내렸다. 허겁지겁 서너 개를 더 까서 입에 넣었다. 몸이 저려올 정도로 황홀한 기분이었다. 다른 사람들이 어떻게 사는지 몽땅 알 것 같은 기분이었다. 다들 이렇게 사는구나. 이런 걸 먹고, 이런 느낌 속에서.(197쪽)

이렇게 놓고 본다면 비록 '궁극의 방정식'을 찾아내는 데는 실패했지만 형이상학적 모험의 매 순간의 집요함과 격렬함 때문에 그 순간들은 다시 전율케 하는 생의 감각에 가까운 무엇인가로 재서술될 여지가 생긴다고도 할 수 있다. 이 때문에 그녀의 서른번째 노트에는 종교적 깨달음에 도달한 자의 평정심 같은 것, 자신의 삶에 대한 부드럽지만 거대한 사랑 같은 것이 읽히기도 한다.

그러는 동안 [증명 불가능성을 인정한 뒤 그간 작성한 스물아홉 권의 노트를 정리하는 서른번째 노트를 집필하는 동안—인용자, 이하 동일] 여자는 아무것도 합리화하지 않고 아무것도 반성하지 않았다. 마침내 극한에 다다른 여자의 이지력은 위대한 용기의 다른 얼굴이어서, 평생에 걸친 노력이 무위로 돌아갔음을 깨끗이 수긍하도록 격려하는 한편으로 그간 소요된 매 순간에다가 무너뜨릴 수 없는 자부심을 입혔다. 최선을 다했던 작업에 대해 반성한다는 것은 결과와 보상에 과도한 의미를 부여하는 행위고, 스스로의 선택을 폄훼하는 수작이며, 어설픈 자기 연민으로 몰아 시간을 허비하게 만드는 일이다. (……) 가끔 옛 노트에서 뚱딴지같은 오류를 발견하고는 수정하여 옮겨 적기도 했는데, 그러할 때조차 괜한 헛웃음을 짓거나 자책하는 법이 없었다. 그건 젊음이 지불했던 세금인 동시에 그것대로 최선이었다. (……) 그것은 초기 노트에 담겨 있는 낙서와 비슷하지만, 짜증스럽게 막막함을 호소하는 당시의 문장들에 비해 훨씬 부드럽고 잔잔하다. 이는 두 문장 사이에 일생을 휘감은 치열한 사랑이 놓여 있어, 그 성취에서 비롯된 마음의 평화가 그녀의 시간을 째깍거리는 초침 소리로부터 멀찌감치 떨어진 어느 높은 곳으로 인도해주었기 때문이다.(209~211쪽)

이러한 깨달음에는 감동적인 구석이 있지만, 이 글에서 강조하고 싶은 것은 수학자가 도달한 깨달음 자체가 아니라 그러한 깨달음에 도달하기 위해, 형이상학적 충동에 대한 거부를 끝내 완수하기 위해서라도 아이러니스트의 충동이 형이상학적 충동에 의존해야만 했다는 것이다. 이것을 '아이러니의 아이러니'라고 부를 수 있을까.

'어느 날 밤 육수용 멸치가 없어 국수를 끓이지 못하는 가난한 커플이 허기를 채우는 대신 멸치의 행방에 관한 이야기를 지어내며 다정하게 잠드는 이야기 속 이야기의 순환'으로 요약할 수 있는 「자정의 픽션」을 두고서도 '아이러니의 아이러니'를 이야기해볼 수 있을 것 같다. 소설 속에서 픽션화되는 멸치의 행방은 결국 냉동된 멸치들이 하수관을 타고 바다로 돌아가는 모험담으로 귀결되는데, 이 모험 중 가장 영웅적인 역할을 맡은 멸치가 부상을 당하자 그 상처 입은 영웅 멸치가 기운을 차릴 수 있도록 동료 멸치들이 흥미로운 이야기를 지어낸다. 이야기 속 이야기 속의 이야기의 내용은 이런 것이다. "옛날 옛적 어느 임대연립주택에 가난한 연인이 살았대. 하루는 아가씨가 직장에서 돌아와 허기진 배를 수제비로 채우려 했지. 물을 한 냄비 받아 가스레인지 위에 올려놓고는 냉장고를 열었더니, 아 글쎄……"(『핸드메이드 픽션』, 212쪽) 분명히 있는 줄로만 알았던 육수용 멸치가 없어진 탓에 허기를 채우는 대신 그 멸치의 행방에 관한 이야기를 지어내게 됐다는 것. 그렇게 해서 이야기 속 이야기가 기묘하게 순환되는 가운데 이야기 속의 멸치들이 바다를 향해 나란히 헤엄쳐가는 것처럼 이야기 밖의 가난한 커플은 부드럽고 평화로운 밤의 시간을 헤엄치며 잠이 든다. 「자정의 픽션」에서 '이야기'라는 것은 삶의 불가해한 지점('대체 꽝꽝 얼려진 멸치가 어디로 간 거야?')을 투명하게 밝혀주거나 그것을 해소할 수는 없는, 다만 그 위에 장난스럽게 덧씌워진 스크린에 불과하지만, 그 장난스럽게 덧씌워진 스크린이 삶이라는 바다를 헤엄쳐나가는 데 결정적인 기여를 한다. 형이상학적 충동으로부터 자유로운 '재서술'의 증식 혹은 끊임없는 재서술의 재서술이 삶을 살아가게 하는 힘이며 이어지고 있는 삶 그 자체를 구성한다는 아이러니스트의 신념이 이 소설에는 픽션화되어 있는 것이다.

그러나 이 소박하지만 아름답고 감동적인 아이러니스트의 글쓰기가 출발하기 위해서는 '대체 그 멸치가 어디로 갔는가?'의 정답을 찾으려는 욕구가 먼저 있어야 하고, 그 욕구에 응답하느라 제출되는 시나리오들을 더 그럴싸하고 더 매력적인 시나리오로 교체하려는 욕망이 지속되는 한에서만 「자정의 픽션」은 다양한 시나리오를 거쳐 '이야기 속 이야기의 순환'이라는 구조와 아이러니스트의 신념의 픽션화를 동시에 완성하게 된다. 간단하게 말해서, 「자정의 픽션」이 분명하게 보여주는 아이러니에 대한 옹호('삶의 불가해한 지점 위에 장난스럽게 덧씌워진 스크린 즉 아이러니스트의 재서술이야말로 삶을 살아가게 하는 힘이며 삶 그 자체다')의 한가운데에는 삶의 불가해한 지점을 해소하고자 하는 형이상학적 충동이 은밀하게 새겨져 있다는 것이다.

이 글은 박형서의 텍스트를 아이러니스트의 글쓰기로 규정하고 있지만, 정작 박형서의 소설 가운데는 아이러니에 대한 경고를 함축하는 작품이 종종 눈에 띈다. 지루한 삶을 견디지 못하고 무엇인가 낯설고 새로운 사건이 벌어지기를 갈망(아이러니스트의 갈망이다)하는 「너와 마을과 지루하지 않은 꿈」의 주인공과 마을 주민들은 바로 그 갈망 때문에 잔인해지거나 그 자신이 잔인한 사건의 희생양이 된다.

> 어떠한 인간도 진심으로 타인의 불행을 바라지는 않는다. (……) 하지만 이방인의 죽음으로 인해 네가 살았던 마을은 이제 막 기나긴 잠에서 깨어난 듯 활기를 띠었다. 주민들이 그걸 즐겼다는 말이 아니다. 그러나 우리 눈엔 별반 다를 것도 없어 보였다. (……) 이방인의 죽음이 불러온 적당한 소란과 적당한 반목과 적당한 흥분으로 그들은 이제껏 경험해보지 못한 팽팽한 삶을 살아가는 중이었다. 아무 일도 없었다는 듯 저 느슨하고 맥 빠진 일상으로 돌아가고 싶어하지 않았다.(『핸드메이드 픽션』, 16~18쪽)

> 너는 또 사건이 발생했다는 생각에 너무 흥분한 나머지 아찔한 현기증을 느꼈다. 현장에 도착해 이장의 몸부림을 보는 순간에는, 심장

이 무섭게 뛰면서 숨조차 제대로 쉴 수가 없었다.

끔찍한 광경이었다. 손톱은 죄다 빠졌고, 돌비늘에 갈린 손가락 끝으로 새하얀 뼈가 드러나 있었다. (……) 네 몸에서 식은땀이 흘렀다. 전신이 부들부들 떨렸고 입안은 바싹 타들어갔다. 독한 몸살을 앓을 때와 비슷한 느낌이었지만, 그보다는 훨씬 황홀하고 짜릿했다.(20~21쪽)

혹은 「권태」(『낭만주의』)에서 아이러니에 대한 아이러니스트의 보다 인상적인 경고를 확인할 수도 있을 것이다. 이 소설에서 삶이 너무 지루하고 뻔하다고 느끼는 종희에게는 권태보다 끔찍한 것은 없으므로 그녀는 차라리 미국 전체를 불태우는 악마적인 화염의 비극을 계속해서 관람할 수 있기를, 그리고 거기서 어떤 자극을 느낄 수 있기를 바란다.

황홀하고 황홀해서 넋이 그만 달아날 지경이었다. (……) 텔레비전에서 똑같은 말이 반복되고 있었다. 똑같은 말, 계속해서 똑같은 말이었다.

〔로키산맥 서편 전체를 불태워버린 뒤 진화되는 과정이라고 믿었던 악마화된 대화재〕 아임이 돌아왔다.(86쪽)

처참하게 불타는 도시를 볼 때마다 심장에서 피어오르는 예리한 통증은 마치 생의 숨가쁜 맥동과 흡사했다. 태평양 건너의 저 수많은 죽음을 환영한 건 아니었다. 절대로 아니었다. 불에 타 죽어도 좋을 만큼 덧없는 존재란 이 세상에 없다. 붉은 피가 흐르는 동료 인간으로서 진심으로 탄식하고 애도했다. 어떤 사연은 너무 슬픈 나머지 가슴이 마구 찢기는 것처럼 아팠다. 그런데 찢기는 듯한 그 아픔이, 그 예리한 통증이 끝 모를 권태에 젖은 종희에겐 몹시 요긴한 것이었다. 아임이 후벼파내는 상처가 절실히 필요했다. 그렇다고 아임을 응원했단 뜻은 아니다. 아니 그게 도대체 무슨 말도 안 되는 소리냐 하고 따져 물어도 어쩔 수 없다.(84쪽)

진리 대신에 낯설고 새롭고 흥미로운 것을 추구하는 아이러니스트의 자기 경고는, 아이러니가 내적 차이 속에서 삶의 진실에 진지해지고자 하는 형이상학적 충동과 모종의 관계 맺기에 실패했을 때, 아이러니의 아이러니에 도달하는 데 실패했을 때, 아이러니가 자기 자신의 독毒에 의해 변질되어 파괴적 충동이 되리라는 경고가 아닐까(그러나 앞에서 반복해서 말한 것처럼, 박형서의 텍스트가 '경고'로 간단히 요약되고 끝나지는 않는다. 그 파괴적 충동은 경고라고 하기에는 지나치게 흥미진진하거나 매력적인 것으로 그려지기 때문이다).

## 4. 아이러니와 아날로지의 중첩

그러므로 박형서의 텍스트를 그저 아이러니스트의 글쓰기로만 규정할 수는 없을 것 같다. 박형서의 텍스트에서 아이러니는 형이상학적 충동과 대립하면서도 아이러니와 형이상학이 서로에게 의지하게 만들면서 삶의 진실에 대해 진지해지게끔 한다. 아이러니와 형이상학의 상호 의존 속에서 아이러니는 더이상 아이러니이기만 할 수 없고 형이상학은 더이상 형이상학이기만 할 수는 없다. 이때 아이러니와 형이상학의 대립쌍은 아이러니와 아날로지의 중첩으로 변형되는 것 같다.

아날로지, 그러니까 우주적 상응이 아이러니라는 상처를 자신의 중심 원리로 갖고 있지 않을 때, 아날로지는 부분과 전체의 조화 혹은 회귀하는 자기동일성 혹은 자기동일성으로 회귀하는 운동을 주관하는 초월적인 원리로 이어지며 너무 쉽게 형이상학화된다. 하지만 아날로지의 우주는 아이러니라는 피 흘리는 상처 때문에 그 중심이 텅 비어 있고 그 때문에 자기동일성으로 회귀하는 것이 불가능해지고 무수한 모순과 차이의 생산을 수용하게 된다. 반대로 아이러니의 한가운데에는 아날로지의 꿈이 새겨져 있기 때문에 모순되는 것과 차이 나는 것은 서로에게 무관한 것이 되어 장난스러운 무의미로 흩어져버리거나 파괴적 충동으로 변질되기만 하는 것이 아니라 서로의 차이를 즐기면서 엮이고 갈라지기를 반복하는 풍요로운 생성의 운동이 된다. 말하자면 아이러니와 아날로지가 중첩된 우주는 무한한 텍스트이며 각 페이지가 다른 페이지를 번역하고 변형시키고 은유하며 확장되는 텍스트의 더미가 된다. 이 텍스트 내부에서 아이러니는 "만일 우주가 문자라면 그 문자에 대한 각각의 해석은 상이하다는 것과 〔자기동일성으로 회귀하는〕 상호 교감의 합창은 바벨탑의 헛소리에 지나지 않는다"[9]는 것을 지속해서 환기시키는 바람에 아날로지의 우주가 요동치며 확장되게끔 한다. 이 은유를 밀고 나가면 이렇게 된다. "세상은 사물들의 총체가 아니라 기호들의 총체다. 우리가 사물이라고 부르는 것들은 사실은 언어들이다. 산도 하나의 말이고, 강도 하나의 말이며, 풍경은 하나의 문장이다. 그리고 이 문장들은 계속해서 변화하고 있다. 우주적 상응은 모든 사물들의 계속적인 변형을 의

9) 옥타비오 파스, 『흙의 자식들 외—낭만주의에서 전위주의까지』(옥타비오 파스 전집 2—시론), 김은중 옮김, 솔, 1999, 97쪽.

미한다."[10] 그러므로 모든 것은 재서술될 수 있고 재서술되어야 한다. 끄라비의 아름다운 강을 바라보며 그것을 "왼쪽에서 시작되어 오른쪽으로 이어지는 한 줄짜리 시처럼"(「끄라비」, 『끄라비』, 11쪽) 느끼는 것이, 아날로지의 우주에서는 단순한 은유가 아닌 것이다. 그리고 이 은유는 아이러니의 우주에서는 시적 절정을 맞이하여 멈추는 대신 끊임없는 재서술 속에서 변형되며 확장된다.

박형서의 근작 『낭만주의』에 수록된 작품들이 아이러니에 아날로지가 중첩된 우주를 전제로 하고 있다고 읽어야 하지 않을까. 「권태」에서 세밀하게 묘사되는, 미국 전역을 삼십일 년간 불태운 악마적인 대화재 아임과 아임에 맞선 인간들의 처절한 저항에 대한 서사시는, 그대로 35.4°C의 체온으로 태어난 탓에 다른 사람들이 보통 갖게 되는 열정을 완전히 결여한 종희의 황폐한 내면에 대한 클로즈업이다. 「권태」에 종희의 권태에 대한 직접적 묘사는 많지 않지만 삼십일 년간의 아임의 대서사시를 읽으며 그것이 종희의 영혼의 세목들에 대한 아날로지임을 의심할 수 없다. 그리고 이 아날로지의 성립은 저 볼품없이 왜소한 인간들 내부에 대륙에 맞먹는 거대한 영혼의 지평이 있을 수 있다는 강한 암시이기도 하다. 우리가 이 소설에서 강렬한 인상을 받게 되는 이유는, 아날로지를 통해 우리가 종희의 영혼의 세목들에 대한 풍부한 번역과 은유를 얻게 된 것 그리고 종희의 황폐하지만 거대한 내면을 관찰하는 동안 종희의 영혼뿐만 아니라 인간의 영혼에 대한 모종의 진실에 접근해가고 있다고 느끼게 되기 때문일 것이다. 말하자면 "우리의 본성에 관해 의미심장"(「개기일식」, 『낭만주

10) 같은 책, 94쪽.

의』, 52쪽)한 텍스트가 전달하는 감동 같은 것이 이 소설에는 있는 것이다(앞에서 '아이러니스트의 자기 경고'라는 차원에서 「너와 마을과 지루하지 않은 꿈」을 「권태」와 유사한 것처럼 설명하기도 했지만, '아이러니와 아날로지의 중첩'이라는 차원에서 보면 이 두 텍스트는 확실히 구분되어야 한다. 한편 「권태」에 아이러니스트의 충동이 내장되어 있다는 점은 앞 장의 마지막 부분에서 지적한 바 있다). 스노클링 도중 불의의 사고로 아내를 잃은 성범수가 바다에 복수하기 위해 첨단 과학을 연구한 끝에 지구상의 모든 바닷물을 산소와 수소로 찢어버린다는 「외톨이」도 같은 방식으로 읽을 수 있다. 일상적으로 겪는 만남과 헤어짐이 우리에게 주는 절망은 때로 '멸망'과도 같은 위력을 갖고 있기 때문에 그 규모 면에서 장엄한 바다에 맞먹는 것이라는, 인간과 자연 사이의 모종의 아날로지. 그 아날로지를 경유한 성범수 혹은 인간의 영혼에 대한 클로즈업. 그 아날로지의 한가운데 새겨져 있는 "우리는 모두 눈앞의 평화를 파괴할 절묘한 아이디어를 하나씩 품고 있다. 예나 지금이나 여기가 바로 지옥"(190쪽)이라는 아이러니. 그러므로 "성범수의 생애에 기상천외한 낭만과 터무니없는 신비를 덧씌우"(같은 쪽)며 아이러니 없는 아날로지로 이 소설을 요약해서는 안 된다는 주의 사항.

반복하는 말이 될 뿐이겠지만, 「거기 있나요」와 「개기일식」에 대해서도 마저 이야기하기로 하자. 「거기 있나요」가 특히 우리의 흥미를 끄는 대목은, 근미래의 첨단 실험실에서 만들어낸 소우주 내부에서 벌어지는 진화의 과정이 곧 인류의 역사에 대한 아날로지이기 때문이다. 하지만 그 흥미가 장엄해지는 대목은 아이러니에 있다. 소우주의 관점에서 볼 때 초월적 존재인 실험자는 광자 조작을 통해 소우주 내부의 존재들을 굴복시키고 그들은 초월적 존재를 신성시하게 된다. 하지만 진화 과정에서 언제나 돌연변이가 발생하는 것처럼 소우주 내부 존재들 가운데 광자 조작에 굴복하는 대신 자율적인 사고 체계와 언어를 발달시키며 초월적 존재 이외의 것들에 대한 호기심을 충족시키려는 돌연변이 불신자 무리가 생겨난다. 그들은 갈수록 잔인해지는 실험자의 광자 조작에 끝까지 굴복하지 않고 자신들의 자율성을 밀고 나간다. 그들은 초월적 존재가 강요하는 주의력 조작을 수용하는 대신 그들만의 우주를 재서술하고 싶어한다. 그러한 탐구의 끝에 그들은 초월적 존재에게 불복하고 재서술의 욕망을 포기해버린 다른 무리들의 광신과 비교할 수 없는 명철한 인식 속에서 자신들을 만들어내고 조작하며 관찰하고 있는 실험자의 존재에 대한 분명한 이해와 믿음에 도달하게 된다. 모든 실험이 종료되고 그간의 데이터들을 재검토하는 중에 이 돌연변이 불신자 무리들이 끊임없이 암송했던 그들만의 표현이 초월적 실험자를 향한 "이봐요, 거기 있어요?"(255쪽)였음이 밝혀진다. 불신자만이 진정한 믿음에 도달할 수 있다는, 아이러니스트만이 형이상학적 진실에 접근해가는 생생한 삶을 살아낼 수 있다는 아이러니가 「거기 있나요」의 아날로지에 중첩되어 있는 것이다. 「개기일식」은 글쓰기의 진행이 곧 세계의 역사 그 자체라는 설정으로 되어 있다. 이 글쓰기와 세계 사이의 아날로지에도 물론 아이러니가 새겨져 있다. 성범수의 글쓰기가 세계에 구현한 첫 번째 에피파니는 개기일식이었다. "하늘 꼭대기에서 아주 거대한 것과 다른 거대한 것이 포개지는 중이었다. 팽팽하게 맞선 두 거대함이 나란히 겹쳐지면서 그로부터 불어온 폭풍이 도시의 일상에 깊고 날카로운 균열을 내고 있었다."(30쪽) 그런데 이 이미지는 무엇에 대한 아날로지인가.

그러고 보니 하나의 거대한 것이 다른 하나의 거대한 것과 겹쳐지는 풍경에는 관점의 동등함〔성범수의 첫번째 에피파니는 리얼리즘 문학론과 모더니즘 문학론 모두를 존중하면서도 갱신하고자 하는 절망적인 시도 속에 도착한다〕에 대한 은유 이상의 어떤 말랑말랑한 정서가 담겼을지도 모른단 생각이 들었던 것이다. 그것은 아마도 미래에 대한 불가항력적인 긴장, 저보다 월등한 지성에 대한 두려움 같은 것일 수 있다. 또 아마도 그것은 완전히 똑같은 형태, 똑같은 질량을 가진 자기애와 자기혐오일 수도 있다. 아마도 어쩌면 그것은 또한 20대 특유의 막연한 불안일 수도 있다. 이것일 수도 있고, 저것일 수도 있다.

모두 그 〔개기일식의〕 풍경 속에 담겨 있었다.(47쪽)

확신하지 말게, 라고 다슬기〔성범수가 존경했던 두 교수 가운데 한 사람〕가 속삭였다. 이야기를 만들 때 우리는 단어 하나마다, 문장 한 줄마다 선택을 하게 된다네. 그런데 그 결정이 옳았는지 틀렸는지는 알 수가 없지. 옳으면 기쁘겠지만, 영원히 알 수가 없어. 옳기를 바랄 뿐이지. 내 선택이 최선이기를 단지 바랄 뿐일세. (……)

확신에 찬 이야기는 믿지 말게나. 이야기란 본디 세계에 대답하는 장르가 아니라 질문하는 장르라네.

(……)

다슬기의 조언은 일종의 구원이었다. 왜냐하면 당시의 성범수는 자신에게 너무 실망한 나머지 더이상 아무것도 믿을 수 없던 참이기 때문이었다. 그러한 성범수에게 '믿지 말라'는 말은 그 자신이 현재 상처

를 입고 체념한 상태가 아니라 모종의 깨달음에 도달한 상태라고 간주할 만한 여지를 주었다.(34~35쪽)

이 두 인용문을 요약하면서 종합하자면 이렇게 될 것이다. 개기일식의 에피파니는 단일한 의미를 갖지 않는다. 그것은 모든 가설들의 성립 가능성을 함축하느라 거대한 풍경이 되었고 결정 불가능성을 표현하느라 충돌하는 풍경이 되었다. '이것일 수도 있고 저것일 수도 있는' 개기일식의 풍경은 그저 끊임없는 재서술을 요구한다. 매번 이것이 최선이기를 바라며 해석하고 재서술해야 하지만 그것을 최선이라고 확신하는 순간 이야기는 무너진다. 이것이야말로 한가운데가 비어 있는 아날로지의 깨달음이고 아날로지의 한가운데 새겨져 있는 아이러니의 깨달음이다. '우리의 본성에 관해 의미심장해야 한다'는 원칙이 이 두 원리의 중첩, 그러니까 개기일식의 이미지 속에서만 지켜질 수 있다는 것이 박형서 소설의 가르침이다.

(2018)

# 나, 문학권력은 이렇게 말했다[1)]

2015년 여름 이응준 작가는 "한국문학의 참담한 타락"에 대해 문제제기했다. 문제제기의 요점은 신경숙의 「전설」이 미시마 유키오의 「우국憂國」에 대한 표절이라는 것, 그리고 책이 많이 팔린다거나 그것과 음으로 양으로 연관된 문단권력의 비호가 있기 때문에 설혹 표절 문제가 제기된다고 하더라도 그저 약간의 소란 아닌 소란을 거쳐 다시 납득할 수 없는 평온으로 되돌아갈 뿐이라는 것이다. 이응준 작가는 한국문학의 참담한 타락에 저항하지 못한 한국 문인들은 신경숙의 표절 사실을 알건 모르건 간에 어쨌든 '침묵의 공범'으로 전락하고 말았다고 쓰고, 일련의 사태가 불러일으킨 "악취" 그리고 "치욕"과 "수치심"[2)]에 대해서도 썼다. 이후 문단 안팎에서는 자성과 비판의

---

1) 이 글은 신경숙 작가의 「전설」이 미시마 유키오의 「우국」의 표절이라는 문제제기와 '문학권력'에 대한 비판이 비등했던 2015년 여름 이에 답하여 발표된 「눈동자 속의 불안」을 일부 수정한 것이다.

2) 〈우상의 어둠, 문학의 타락〉, 허핑턴포스트 코리아, 2015. 6. 16.(http://www.huffingtonpost.kr/eungjun-lee/story_b_7583798.html)

목소리가 높았다.

신경숙의 「전설」이 미시마 유키오의 「우국」의 표절작이라는 문제 제기는 이미 십오 년 앞서 한 차례 있었다.[3] 비록 정문순 평론가의 글이 증거를 제시하지 않은 채 "십여 개의 비슷하거나 거의 동일한 문구"가 있다고만 단정하고 있어 설득력이 부족한 것처럼 보였다 해도, 한번 제기된 문제를 소홀히 넘긴 것에 대해서 평론가의 한 사람으로서 나 또한 그 책임에서 자유로울 수 없다. 늦었지만 지금이라도 이 문제제기를 진지하게 검토하고자 한다.

*

「우국」과 「전설」 모두에서 다음의 사항이 공통적으로 발견된다는 사실은 이미 지적된 바 있으며 이것이 표절 시비의 근거로 활용되기도 했다. 이제 막 결혼생활을 시작한 커플을 주요 등장인물로 내세웠다는 것, 그 커플이 전쟁 혹은 쿠데타의 상황 아래 '사랑하는 사람에게 충실할 것인가' 아니면 '국가 혹은 역사에 충실할 것인가' 사이의 갈등에서 모종의 결단을 내리고 있다는 것.[4] 그런데 바로 이 공통적인 소재와 구성이 두 작품의 구체적인 이야기의 흐름 속에서 대립되는 질감과 주제의식을 빚어내고 있다는 점에 대해서는 별다른 지적이 없는 것 같다.[5]

---

3) 정문순, 「통념의 내면화, 자기 위안의 글쓰기」, 『문예중앙』 2000년 가을호.

4) 정문순, 같은 글; CBS 라디오 〈시사자키 전광용입니다〉(방송일: 2015. 6. 19)에 출연한 최재봉 기자의 인터뷰(http://www.nocutnews.co.kr/news/4431586).

5) 윤지관 교수가 한국작가회의 인터넷 홈페이지 게시판에 쓴 〈문학의 법정과 비

미시마 유키오의 「우국」은 개인적인 것을 불충분하고 협소하고 덧없는 것으로 판정하고, 그런 한계를 넘어서기 위해 지향해야 하는 것으로 '대의大義(이 작품에서는 우국憂國, 즉 국가를 위한 마음이며 다케야마 신지 중위가 황군皇軍의 분열에 항의하며 할복하는 것도 이 마음에서 비롯됨)'를 내세우고 있다. 하지만 신경숙의 「전설」은 반대로 '대의(이 작품에서는 전쟁에 참여하는 것)'가 얼마나 허망하고 껍데기와 같은 것인지 그리고 작고 보잘것없어 보이는 개인적인 것이야말로 얼마나 소중하고 절실하며 이미 그 자체로 충분한 것인지에 대해 설득하고자 한다. 이 설득이 어느 정도 성공했는가에 대해서는 평가가 엇갈릴 수 있겠지만, 「전설」이 「우국」과 완전히 반대되는 방향을 가리키고 있다는 점은 분명해 보인다.

'사랑하는 사람에게 충실할 것인가' '국가 혹은 역사에 충실할 것인가' 사이의 갈등은 「우국」에서 손쉽게 해소된다. 아내의 경우 사랑하는 남편의 뜻을 따라 본인도 대의를 따르고자 하며, 남편의 경우 그가 사랑하는 것은 자신의 행위를 지켜보고 격려하는 초월적인 존재인 국가인데 그것이 아름다운 모습으로 인격화한 것이 곧 대의를 따르는 아내로 나타나니("중위는 눈앞에 있는, 신부같이 순결한 순백의 아름다운 아내 모습에서 자기가 그토록 사랑해왔고 그것을 위해 몸을 바

---

판의 윤리—신경숙을 위한 변론 3-1〉(http://www.hanjak.or.kr/2012/idx.html?Qy=board&nid=1842&page=2, 최종 검색일 2015. 8. 11) 정도가 거의 유일한 예외로 보인다. 이 글에서 윤지관 교수는 「우국」을 다음과 같이 요약한다. 할복자살 장면 묘사의 '사실성'에 초점을 맞춘 '동물적' 소설. 이에 비해 「전설」은 제목에 내세워져 있듯 '전설' 같은 분위기에 초점을 맞추느라 사실적 묘사보다는 '시적인 이야기투'로 되어 있으며 동반자살의 강렬함 대신에 떠난 사람에 대한 그리움의 정서와 폭력에 대한 항의로 채워져 있어 '식물적' 소설에 해당한다는 것이다. 이를 근거로 윤지관 교수는 「우국」과 「전설」을 "전혀 다른 작품"이라고 결론 내린다.

쳐온 황실이나 국가, 군기 등 그것들 모두가 꽃처럼 현란한 환상을 보는 듯 느껴졌다. 그것들은 눈앞의 아내와 마찬가지로 어디에서도, 아무리 먼 곳에서라도 끊임없이 맑은 눈빛으로 자기를 지켜보아주는 존재였다"[6]), '사랑하는 사람에게 충실할 것인가'는 곧 '국가 혹은 역사에 충실할 것인가' 속으로 녹아 없어진다. 「전설」에서 이 갈등은 끝까지 해소되지 않는다. 남자는 둘 가운데 '국가 혹은 역사에 충실하기'를 선택하며 나머지 하나를 버린다. 그 결과 두 사람의 삶은 모두 파괴된다. 남은 여자는 '사랑하는 사람에게 충실하기'야말로 삶의 본체라고 항변하고, 떠난 남자를 그리워하며 그러한 충실하기를 실천한다. 「우국」은 대의를 위해 바쳐지는 두 사람의 자살, 즉 '사랑하는 사람에게 충실하기'를 자기 안에서 해소시키는 '국가 혹은 역사에 충실하기'가 얼마나 아름답고 숭고한 것인지를 이미지화(순결한 여자의 새하얀 피부와 옷 위로 끼얹어진 늠름한 남자의 붉은 피)하기 위해 상당한 공을 들이고, 「전설」은 국가와 역사의 일이라는 것이 개인의 삶을 얼마나 피폐하게 만들고 있는지 암시하면서도, 파괴된 삶이나마 이어나가게끔 하는 비국가적이고 비역사적인 어떤 힘[7]을 상상하기 위해 상당한

6) 미시마 유키오, 「우국」, 『금각사 · 우국 · 연회는 끝나고』, 김후란 옮김, 주우, 1984, 246~247쪽, 이하 강조는 인용자.

7) 작품을 읽어보면 손쉽게 드러나는 대목이지만 「전설」에는 반복의 원환 구조가 있다. 여자의 아버지는 오래전 독립운동을 위해 어머니를 버리고 만주로 떠났고 여자의 남편은 얼마 전 한국전쟁에 참전하기 위해 여자를 버리고 전선으로 떠났으며 전쟁통에 여자가 맡아 기른 여자아이의 아버지 또한 전쟁 때문에 집을 떠났는데 이 아이도 여자가 그랬듯 미래에 남편을 잃게 될 것만 같다(휴전 뒤 여자는 어린 시절 여자를 길러준 유모와 재회하는데, 여자가 데려온 갓난아이가 누구냐고 유모가 묻자 이렇게 답한다. "나예요, 유모, 기억 안 나요?"(신경숙, 「전설」, 『오래전 집을 떠날 때』, 창작과비평사, 1996, 263쪽)). 남자들의 떠남이 세대를 이어 반복되듯이, 개인들이 감당해

공을 들인다. 대의에 순종하는 「우국」의 레이코와, 대의를 반박하는 「전설」의 아내의 목소리를 비교해보자.

레이코는 눈 오는 아침, 아무 말 없이 달려나간 중위의 얼굴에서 이미 죽음의 결의를 읽었던 것이다. 남편이 이대로 살아서 돌아오지 않을 경우에는 뒤를 따를 각오가 되어 있었다. 그녀는 소리없이 주변을 챙겼다. (……) 라디오 곁에는 도자기로 만든 앙증스런 개와 토끼, 다람쥐, 곰, 여우 등이 놓여 있었다. (……) 레이코는 그중에서 다람쥐를 하나 손에 들어보면서, 이런 자신의 어린애 같은 애착심 너머 저편에 남편이 보여주고 있는 태양과 같은 대의大義를 올려다보았다. (……) 뇌리에 떠오르는 죽음은 조금도 겁나지 않았다.(미시마 유키오, 「우국」, 234~235쪽)

"정말 전쟁이 터진다면 우리는 어떻게 되나요?"

"우리는 변함없어. 우리는 함께 있을 거야."

여자는 겨우 안심이다. 이젠 무엇도 잃어서는 안 된다고 여자는 생각한다. 아니, 잃지 않겠다고.

---

야 하는 상실 또한 반복되며, 그것을 벌충하기 위해서라는 듯, 여자들이 잘못된 선택을 한 남자들을 대신해서 집을 지키고 그들을 헛되이 기다리는 일 또한 반복된다. 한편 여자는 어린 시절 아버지의 사진이 들어 있는 목걸이를 잃어버린 적이 있었는데, 휴전 뒤에야 남편과의 추억이 간직된 사과나무 아래에서 그 목걸이를 되찾게 된다. 그런데 목걸이의 장식 부분을 열자 그 속에는 아버지가 아니라 전쟁중에 실종된 남편의 사진이 들어 있다. 영원히 돌아올 수 없는 남자들의 어떤 마음이 이 신비한 이야기(전설)에 담겨 기다리는 여자들의 마음에 호응하며 앞서 지적한 상실과 기다림의 반복을 부드럽게 감싸고 있다. 「전설」에는 이 마음의 힘에 대한 공감이 표시되어 있는데, 「우국」의 관점에서 보자면 이는 한낱 "어린애 같은 애착심"에 불과하다.

(……)〔남편이 약속을 깨뜨리고 여자를 남겨둔 채 참전한 후—인용자〕 여자는 부재하는 남자를 향해 격렬한 비난을 퍼붓는다. (……) 남자로서의 할 일이란 여자를 위험 속에 남겨두고 집 바깥으로 나가는 일들인가요? 오랜 옛날부터 전쟁은 다 남자들이 일으켰을걸요. 남자로서의 할 일이란 적의 머리 껍질을 벗기고 칼로 찌르고 거리를 폐허로 만들고 강물 위에 놓인 다리를 부서뜨리고 불을 지르고 총을 쏘아 어린 병사를 죽이는 그런 것들인가요. 당신은 가고 싶어서 간 게 아니라 여자와 함께 집에 남아 있는 걸 친구들이 알게 될까봐서 간 거예요. 집에서 여자와 함께 숨어 있었다고 할까봐, 그건 남자로서의 할 일이 아니라고 생각하니까."(신경숙, 「전설」, 235, 248~249쪽)

「우국」의 남편은, 대의를 태양과 같이 위대한 것으로, 개인적인 것을 어린애의 애착심과 같이 사소하고 쓸모없고 극복해야 하는 유치한 단계로 간주한다. 그리고 아내는 남편의 생각을 그대로 따르고 있다. 「전설」의 아내는 '대의' 운운하는 남자들의 말에 그들의 선택이 실제로는 단지 다른 사람들의 비난을 두려워한 탓에 진정으로 소중한 것을 내팽개치는 것일 뿐이라고 반박하고 있다. 대의에 대한 헛된 믿음 때문에 더 이상 삶을 잃어서는 안 된다, 잃지 않을 것이다, 라는 요구와 다짐 같은 것이 「전설」에는 표현되어 있다.

심지어 세부적인 표현과 구체적인 내용까지 상당히 유사한, 이제는 유명해진 문제의 그 구절들에조차 차이가 있다.

두 사람 다 실로 건강한 젊은 육체의 소유자였던 탓으로 그들의 밤은 격렬했다. 밤뿐 아니라 훈련을 마치고 흙먼지투성이의 군복을 벗는 동안마저 안타까와하면서 집에 오자마자 아내를 그 자리에 쓰러뜨리는 일이 한두 번이 아니었다. 레이코도 잘 응했다. 첫날밤을 지낸 지 한 달이 넘었을까 말까 할 때 벌써 레이코는 기쁨을 아는 몸이 되었고, 중위도 그런 레이코의 변화를 기뻐하였다.(「우국」, 233쪽)

두 사람 다 건강한 육체의 주인들이었다. 그들의 밤은 격렬하였다. 남자는 바깥에서 돌아와 흙먼지 묻은 얼굴을 씻다가도 뭔가를 안타까워하며 서둘러 여자를 쓰러뜨리는 일이 매번이었다. 첫날밤을 가진 뒤 두 달 남짓, 여자는 벌써 기쁨을 아는 몸이 되어 있었다. 여자의 청일한 아름다움 속으로 관능은 향기롭고 풍요롭게 배어들었다. 그 무르익음은 노래를 부르는 여자의 목소리 속으로도 기름지게 스며들어 이젠 여자가 노래를 부르는 게 아니라 노래가 여자에게 빨려오는 듯했다. 여자의 변화를 가장 기뻐한 건 물론 남자였다.(「전설」, 240~241)

다시 읽어도 두 인용문이 너무 유사하기 때문에 신경숙 작가가 「전설」을 집필하기 전에 「우국」을 읽은 바 있고, 그 가운데 일부 문장을 차용한 것은 분명해 보인다. 그런데 이 대목에서도 '안타까움'의 질감에는 차이가 있다. 「우국」의 신혼부부는 옷을 벗는 시간조차도 아깝다. 서둘러 사랑을 나누고 싶기 때문이다. 여기서 안타까움은 이 관능적인 장면을 더 조바심 나고 더 격렬하게 만드는 데 기여하고 있다. 그런데 「전설」의 신혼부부가 안타까워하는 장면은 서둘러 사랑을 나누고 싶은 탓에 얼굴을 씻는 시간마저도 아깝다는 것으로는 읽히지 않는다. 얼굴을 씻는 것이 아닌 "뭔가를" 안타까워하고 있기 때문인데, 그것은 위의 인용문의 앞뒤로 흩어져 있는 불안과 연결된다. 그것은 「전설」의 여자가 느꼈던 "불안의 공"(239쪽), "자신의 내부라고 생각되지 않는 가슴속 깊은 데서 격렬한 아픔같이 솟구쳐오르더니 흰 배구공이 튀어올라와 통통거렸"(234쪽)던 불길한 느낌, 이 커플을 보면서 남편의 아버지와 유모가 예감한 "어떤 쓰라림이 그들 사이에 끼어들지나 않을까" 하는 "불길함"(238쪽)과 연결된다. 간단히 말해서 「우국」의 안타까움은 관능적인 분위기를 표현하기 위해 동원된 감정이지만 「전설」의 안타까움은 이 부부가 행복의 순간으로부터 굴러떨어져 앞으로 겪게 될 이별과 상실의 슬픔에 대한 예감이 되고 그 예감은 나중에 전쟁으로 실현된다. 「우국」과 「전설」이 서로 다른 주제를 갖고 있고 서로 다른 감정들을 다루기 때문에 그것이 이 유사한 구절들조차 미묘하게 바꿔놓고 있는 것이다.

저 명백하게 유사한 인용문들에 독자들이 분노하고 항의하는 것은 당연하다. 그러나 비평가들이 이 명백한 차이에 대해 고려하지 않거나 말하지 않는 것은 자연스러운 일이 아니다.

*

제법 긴 이야기들을 늘어놓았지만 아직 해야 할 말이 남아 있다. 「전설」이 「우국」과는 다른 주제의식을 갖고 있다고 해서, 표절의 증거로 동원된 문장들에서조차 '안타까움'의 질감에 차이가 있다고 해서, 이응준 작가가 적시한 저 인용문들의 유사성이 사라지는 것은 아니다. 더 분명히 말하자면, 「전설」은 「우국」의 표절이다. 「우국」의 일부 문장들을 별다른 표시 없이 거의 그대로 차용한 것, 그리고 이에 대한 문제제기를 제대로 검토해보지도 않고 즉각 반발한 것은 분명 잘못된 일이었다. 나중에 신경숙 작가가 경향신문과의 인터뷰에서 밝힌 것들[8], 표절 문제제기를 수용하고 독자에게 사과하고 「전설」을 작품집에서 빼고 문학상 심사위원을 비롯한 모든 것을 내려놓겠다고 한 것은 모두 그 잘못을 인정하고 바로잡고자 한 것으로 보인다.

이것으로 지난여름의 떠들썩함이 어느 정도 정리될 수 있을까? 별로 그런 것 같지 않다. 우리가 주목하는 것은 신경숙 작가 개인의 잘못이 아니라 "문학의 타락"이기 때문이다. 이응준 작가는 이 표현으로 문단과 출판 시스템의 구조적 문제를 고발하고 싶었던 것 같고, 이를 문학권력 비판론자들이 이어받았다.

*

표절의 이면에는 '문학권력'의 문제가 깔려 있다는 비판이 많았다. 다양한 각도에서 제출된 여러 의견들이 간단히 요약될 수는 없겠지만, 큰 틀에서 보자면 문학권력 비판론을 대략 아래와 같이 정리해볼 수 있을 것 같다.

① '문학권력'은 '문학적인 것'을 포기하고 대신에 '상업성'을 추구해왔다. 그 결과가 '작가중심주의'이며 신경숙과 같은 베스트셀러 작가에 대한 무비판적 옹호다. 이 무비판적 옹호를 '주례사 비평'이라 부르는데 이것이 상업성을 문학성으로 거짓되게 포장하는 역할을 담당

8) 〈신경숙 "표절 지적 맞다는 생각… 독자들께 사과"〉 및 〈"문학이란 땅에서 넘어졌으니까 그 땅을 짚고 일어나겠다"〉, 2015. 6. 23.(http://news.khan.co.kr/kh_news/khan_art_view.html?artid=201506230600035&code=960100)

한다. 다시 그 결과가 표절작 양산이다.

② '문학권력'은 시장과 독자 대중의 의견을 무시하고 자기들끼리 만 통하는 '문학적인 것'을 고집해왔으며 작가들에게도 그것을 따를 것을 강요했다. 이 '비평중심주의'가 문학적 상상력과 다양성을 위축시키고 창작의 토양 전반을 황폐화시켰다. 그래서 표절 작가가 득세하는 지경에 이른 것이다.

이른바 '메이저 문예지'의 편집위원인 내가, 그러니까 문학권력의 도당으로 지목된 내가 도대체 그런 식의 음모론적 권력행사가 어디에 있었느냐고 항변해봐야 거기에 어떤 의미나 설득력이 있기 어렵다. 문학권력의 실체 혹은 문학권력 비판론자들의 실체에 대한 평가는 현재의 상황으로부터 어느 정도 거리를 확보한, 직접적인 이해관계로부터 자유로운 다음 세대의 문학사가들의 몫일 것이다. 내가 여기서 해명하거나 비판할 수 있는 것은 문학권력이나 문학권력 비판론이 아니라, 문학권력 비판론이 전제하고 있는 문학 이미지와 독자 이미지 그리고 나의 문학 이미지와 독자 이미지일 뿐이다.

우선 ①과 ②가 양립할 수 없다는 점을 지적해야겠다. 아무리 문학권력의 위세가 대단하다고 하더라도, '작가중심주의'이면서 동시에 '비평중심주의'일 수 없다. '상업성'을 추구하면서 동시에 '시장과 독자 대중을 무시'할 수 없고, '문학적인 것'을 포기하면서 동시에 '문학적인 것'을 강요할 수는 없다. 양립할 수 없는 두 방향의 비판이 동시에 제기되었다는 바로 그 점이 '문학권력'으로 지목된 자들이 지향하는 문학 이미지 또는 독자 이미지의 위상을 잘 보여주는 것일지도 모른다. 이 위상에 대해 말하기 위해, 조금 멀리 돌아가보기로 하자.

*

대학에서 비평이론을 연구하지 않았더라도, 동서양 고전 목록을 두루 섭렵하는 훈련을 거치지 않았다 하더라도, 문학작품의 독자는 저마다의 시각으로 '문학적인 것'에 대해서 말할 수 있고 저마다의 관점에서 그 작품이 주는 체험에 접속할 수 있다. 그러한 체험들, 그리고 그 체험들 속에서 각자가 매번 다시 발견하는 문학적인 것은 대체로 넓게 흩어져 있어 서로 간에 미묘한 차이를 만들어낸다. 여기서 하나의 작품 혹은 문학적인 것의 의미나 가치에 대한 '최종 답안'이란 존재할 수 없고 그 미묘한 차이들을 더욱 풍부하게 만드는 서로 다른 시각들 사이의 '대화'만이 존재할 수 있다. 문학작품이 주는 모든 체험은 그것이 복잡한 인식을 강요하는 경우라도 혹은 거기에 비탄과 분노 또는 불안과 절망이 포함되어 있을지라도 근본적으로는 기쁨의 영역에 속하는데, 이 '대화'는 그러한 기쁨을 음미하며 배가시키는 행위다. 비평은 저 혼자서 별스럽게 권위 있고 높은 자리에 올라서서 독서 체험 이전에 미리 존재하는 어떤 기준을 가지고 작품을 심판할 수 있는 것이 아니다. 오직 이 대화에 참여하며 그 기쁨을 나눠 갖거나 전달하거나 증폭시킬 수 있을 뿐이다. 혹은 그러한 기쁨을 방해하는 잘못된 방향의 읽기와 쓰기에 항의하거나 기쁨을 풍부하게 만드는 읽기와 쓰기에 응답하며 끝낼 수 없는 읽기와 쓰기를 이어나갈 수 있을 뿐이다.

온라인 서점 등에서 짧은 서평을 쓰고 별점을 매기는 일반 독자들의 행위 또한 어떤 의미에서는 비평적 대화에 참여하는 것이다. 여기에 무수한 실패와 혼란이 있겠지만, 그러한 사정은 비평에서도 마찬가지다. 첨단의 이론을 적용하고 방대한 고전들을 인용한 글이라고 하더라도 비평적 대화에 참여하고 있다는 사실을 망각하고 나면, 비평가 자신이 기본적으로 독자의 한 사람이며 앞선 글쓰기로부터 또 다른 글쓰기를 향해 촉발되고 있는 잠재적 필자의 한 사람이라는 사실을 망각하고 나면, 그것은 오히려 대화를 방해하는 맥락 없는 독백이 되기 쉽고 애초의 문학 텍스트 혹은 그것이 쓰여지게 만든 힘으로부터도 멀어지게 된다. 하나의 문학작품은 그 자체로 완결되지 않고 거기에서 어떤 기쁨을 찾아내고자 하는 독해를 불러일으키는 동안에만 그 존재가 지속된다. 어떤 독해도 하나의 문학작품이 함축하는 모든 가능성을 모조리 소진시킬 수는 없으므로 하나의 독해는 또다른 독해를 부르며 다른 독해는 동일한 문학작품의 다른 부분을 다른 질감으로 끄집어낸다. 이런 식으로 비평적 대화는 이어질 수 있고 그 안에서 하나의 문학작품은 스스로를 전개하며 움직인다.

좋은 작품은 이 대화가 끊임없이 이어지고 끊어졌다가도 예기치 않은 곳에서 되살아나게끔 만들지만, 나쁜 작품은 손쉬운 합의를 이끌어내고 대화가 너무 빨리 끝나게 만든다. 좋은 비평은 문학작품에 대한 거의 다시 쓰기에 가까운 그러나 문학작품의 본래의 골격을 해치지 않는 독해를 제시하며 아직 제출되지 않은 또다른 독해를 자극하지만, 나쁜 비평은 긍정적인 평가든 부정적인 평가든 문학작품이 함축하는 모든 의미와 가치와 체험을 자신이 독점할 수 있다고 여기면서 혹은 기존의 독점에 자발적으로 굴복하고 그것을 공고하게 하는 데 기여하면서 다른 독해들이 시작되려는 기미를 억압한다. 성실한 비평은 이해 불가능하고 전달 불가능한 영역에 육박해 들어가는 고유한 문학적 체험을, 그러나 함께 그 작품을 읽은 독자들이라면 누구나 어렴풋하게라도 느낄 수는 있었을 그 체험을, 이해 가능하고 전달 가능한 문장과 담론으로 번역하기를 시도한다. 이때 비평은 이해 불가능하고 전달 불가능한 체험 쪽에 다가가는 한에서 그 자신이 문학작품에 가까워지고, 그것을 이해 가능하고 전달 가능한 문장과 담론으로 번역하는 한에서 철학에 가까워진다. 정확히 그 사이에서의 진동 위로 비평은 걷고 있는 것이다.

비평은 언제나 비평적 대화 속에 존재하므로, '문학적인 것'은 어느 한 시각에 의해 독점될 수 없으며 비평적 대화 속에서 점점 더 다양한 방식으로 음미되어 분열·변이·전개되는 것이다. 그러므로 '비평중심주의'가 문학적인 것에 대한 특정한 견해만을 강요하는 것이라면, 비평중심주의만큼 비평으로부터 그리고 문학으로부터 멀리 떨어져 있는 것은 없게 된다. 그런 식으로 문학과 비평으로부터 가장 멀리 벗어나 있는 문학비평가는 누구인가? 기존의 독해들을 자신의 새로운 독해로 다시 쓰거나 넘어서면서 새로운 글쓰기를 자극하려 시도하는 대신에 자신과 다른 독해는 곧 상업성을 문학성이라고 거짓되게 포장한 것일 뿐이라고 비난하고 억압하는 사람들, 일반 독자들 저마다의 독서 체험과 호응에 대해 제대로 따져보지도 않고 '베스트셀러'일 뿐이라고 낙인찍고 폄하하려는 사람들, 그 자신은 순수하게 문학적인 판단을 내리고 있지만 자신과 다른 견해를 제출한 자들은 오염되고 불순한 의도를 가지고 있다고 확신하는 사람들, 그러니까 어디서나 악마와도 같은 '문학권력-상업주의'를 발견하려는 사람들이야말로 '비평중심주의'자들이 아닌가.

그러나 사실을 말하자면 그들만이 비평중심주의자인 것은 아니다. 낯설고 새로운 관점들과 대화하면서 자신의 관점을 지속해서 분열·

변이·전개하게 만들지 않는 한, 타성에 젖은 완고함과 문학적 엄정함을 혼동하면서, 누구라도 자신의 관점을 단일한 최종 진리로 선언하고 싶은 유혹에 빠져 문학적인 것을 독점하려 들게 되고 자신의 기준에서 벗어나 있는 것들을 문학이 아닌 것이라고 생각하게 될 가능성이 있다. 비평중심주의는 문단의 특정 부류의 속성을 가리키는 말이 아니고, 차라리 모든 비평가들에게서 근절시킬 수 없는 치명적인 덫인 '형이상학'[9]에 대해 다소 부적절하게 붙여진 이름이다.

2015년 발표된 원고를 육 년이 지난 지금 수정하기 전까지 나는 문학권력-비평중심주의 비판론자들이 완전히 틀렸다고 생각해왔다. 내가 가지고 있는 작가 이미지는 다음과 같은 것이었기 때문이다. 자신의 글쓰기가 과연 어떤 지점에 도달했는가 혹은 그 지점을 돌파했는가 하는 문제에 온통 매달려 있기 때문에 타인의 인정을 필요로 하면서도(내가 정말 '그것'을 쓴 게 맞나요? 내가 쓴 '그것'을 당신들이 정말 알아보고 있나요?) 그에 얽매이는 것을 두려워하는 자들(그러나 내가 저들의 박수갈채에 굴복할 수 없는 것처럼 그들의 냉소와 무관심에도 굴복해서는 안 된다), 혹은 자신의 도달과 돌파 그 자체가 타인의 인정과 조화를 이루기 어렵다는 점을 모르지 않는 자들, 그보다는 현재의 타인들에게 인정받지 못하기 때문에 미래의 타인들을 기다리는 자들. 차라리 미래의 타인들이 거저 얻어지는 것이 아니기 때문에 스스로 미래의 타인들을 길러내기 위한 글을 쓰는 자들. 그런데도 불순한 문학권력이 문학적인 것을 독점한 탓에 자신의 문학이 인정받지 못하는 것이라고 주장하는 작가가 있다면, 도대체가 독자들의 독해를

9) 여기서의 '형이상학'은 리처드 로티의 용례를 따랐다. 이 책에 실린 「아이러니와 아날로지」 171쪽을 참고할 것.

통제하는 비평권력이 존재할 수 있는지 독자들이 그렇게까지 무비판적이고 수동적인 존재인지 왜 비평'들'이 아니라 단일한 비평만이 존재한다고 전제하는지 등도 모두 의문이지만, 그 작가의 문학이 인정받지 못하는 이유에 대해 훨씬 간결하고 설득력 있는 다른 설명이 있는데도 그 작가는 왜 그것에 대해서는 생각해보지 않는 것인지에 대해 먼저 생각하게 됐던 것이다.

하지만 지금에 와서는 문학권력-비평중심주의 비판론자들이 설혹 완전히 틀렸다고 하더라도 나는 그들의 비판을 숙고해야 할 것 같다. 그 이유는 앞에서 이미 썼다. 비평중심주의는 문단의 특정 부류의 속성을 가리키는 말이 아니고, 차라리 모든 비평가들에게서 근절시킬 수 없는 치명적인 덫 같은 것이다. 그런 점에서 나 스스로가 비평중심주의에서 자유롭다고 말하는 것은 불가능하다.

마찬가지로 나는 지금까지 문학권력-상업주의 비판론자들이 완전히 틀렸다고 생각해왔다. 문학권력이 단지 잘 팔리는 문학 그러니까 문학 아닌 것을 참된 문학이라고 거짓으로 포장하고 있다는 주장 안에는 일반 독자들은 문학적인 것을 알아볼 능력이 없다는 생각, 일반 독자들은 비평가의 판정을 무비판적으로 수용한다는 생각, 그러므로 비평가들이 문학적 기준을 올바르게 적용하는 염결성을 갖추면 한국문학의 여러 문제들(?)이 해결된다는 생각, 다양한 문학작품들에 일관되게 적용할 수 있는 올바르고 참된 문학적 기준이 존재한다는 생각, 그런 기준을 다른 사람들은 몰라도 나는 알고 있다는 생각 등, 이 모든 잘못된 생각들이 전제되어 있기 때문이다. 하지만 이 글을 고쳐 쓰고 있는 지금에 와서는 문학권력-상업주의 비판론자들이 설혹 완전히 틀렸다고 하더라도 나는 그들의 비판을 숙고해야 할 것 같다.

나 스스로가 비평중심주의(형이상학)에서 완전히 자유롭다고 말하는 것이 불가능하다면, 그래서 내가 특정한 관점에 머무르면서 그것만이 진실이라고 주장하려는 유혹에서 충분히 벗어날 수 없는 때가 (당연하게도) 너무 많다면, 그런데 내가 그 유혹에 굴복하는 이유가 바로 그 관점이 동료 비평가들이나 독자들 사이에서 이미 수용되었거나 유행하는 담론에 편안하게 합류하는 길이었기 때문이라면, '상업주의'라는 낙인을 찍는 것이 극히 부적절하다고 하더라도 그것은 지금까지 내가 강조해온 문학 이미지(낯설고 새로운 관점들과 대화하면서 자신의 관점을 지속해서 분열 · 변이 · 전개하기)를 배반하는 것이 되기 때문이다. 내가 이 배반의 가능성에서 자유롭다고 말하는 것은 완전히 불가능하다.

그렇다면 결국 문학권력 비판론자들이 옳았던 것일까? 그럴 리가. 한번 더 사실을 말하자면, 내가 이와 같은 방식으로 문학권력 비판론자들의 견해를 생산적으로 왜곡하는 것, 다시 말해서 그들이 실제로 말한 것보다 훨씬 더 탁월하게 해석하는 것은 그들의 잘못된 주장을 인정하거나 정당화하는 것이 아니다. 자신의 문학이 인정받지 못하는 것이 타락한 문학권력 탓이라는 주장은 설령 그런 문학권력이 존재하는 경우라고 하더라도 자신의 글쓰기가 도달하거나 돌파해야 할 지점을 직시해야 하는 무서운 부담을 회피하려는 게으른 목표에 부합한다. 자신과 다른 의견을 가진 사람들에게는 불순한 의도가 있지만 자신은 그렇지 않으니 그의 문학적 판결을 뺀 나머지 의견들은 쓰레기통에 처넣어야 한다는 주장이야말로 존재하지 않는 '문학권력'을 움켜쥐고자 하는 헛된 소망의 표현일 뿐이다.

*

만약 문학권력이라는 말이 성립할 수 있다면, 그것은 문학 그 자체의 힘이라는 뜻일 것이다. 작가의 글쓰기에는 이런저런 계산 끝에 세공품을 만들듯 한 작품을 완성시키는 차원만 있는 것이 아니다. 글쓰기에는 그것을 쓰기 시작할 수밖에 없는 차원이 있고, 일단 시작해버렸지만 도무지 완결시킬 수 없는 차원이 있다. 완결시킬 수 없으리라는 절망감 속에서도 계속해서 밀고 나가지 않을 수 없는 차원이 있고, 그 미완의 지점으로부터 누군가가 응답하거나 이어 쓰고 싶어하게끔 만드는 차원이 있다. 문학에는 그런 것들을 강제하는 힘이 있다. 그런 것들을 강제하는 힘이 문학을 성립시킨다.

문학 그 자체의 힘에 충실하면서 비평적 대화를 이어나가려는 시도가 그저 독자들에게 사랑받기만을 원하는 쪽에서 보면 '비평중심주의'이고 '자기들끼리만 통하는 문학적인 것에 대한 고집'으로 비춰질지도 모르겠다. 문학 심판관의 권력을 꿈꾸는 쪽에서 보면 그것은 '작가중심주의'이고 '대중들에 영합하는 상업성의 추구'로 비춰질지도 모르겠다. 정확히 저 두 입장 사이에서 양쪽 모두를 비껴가는 것, 그것이 내가 아는 문학이고 문학비평이다.

(2015)

# 제로
## —『문학동네』 100호를 펴내며

계간 『문학동네』 1996년 여름호에는 1998년 가을호까지 10회에 걸쳐 연재될 '김윤식 칼럼'의 첫번째 글 「역사의 종언과 소설의 운명」이 실려 있다. 고故 김윤식 교수가 『문학동네』의 편집에 관여했다거나 모종의 방식으로 『문학동네』를 대표하는 필자는 아니었겠지만, 지금에 와서 돌이켜보면 이 글은 문학동네적인 어떤 것, 그리고 어쩌면 90년대적인 어떤 것을 이해하는 데 도움을 주는 것 같다.

이 글은 현장비평과 문학사 연구를 겸하던 원로 교수의 사적인 고백으로 시작하고 있는데, 특유의 과장되고 위악적인 어투로 그는 묻고 답한다. 시나 희곡에 비하면 소설에는 불순물이 많이 끼어 있고 그래서 저급의 오락물에 가까운 것인데 나는 왜 소설을, 그것도 심각하게, 읽는 것인가. 왈, 물론 나도 시 연구에서 출발했다. 그쪽이 말하자면 순수예술에 가깝고 그러므로 학문적 연구 대상으로 삼을 만했기 때문에. 그러나 이론이야말로 해볼 만한 학문이라고 믿었던 탓에 얼마 안 가 평론으로 관심을 옮겼고 KAPF 문학 연구에 몰두했다. 이 연구에서 많은 부산물을 얻었는데 그중에는 『소설의 이론』(1916)의 저자 루카치도 있었다. 루카치는 말한다. 개인과 세계 사이의 조화로운 관계가 불가능해지고 이제 세계 안에서 한 개인이 영혼으로부터 동의할 수 있는 의미를 찾아내는 것이 절대로 불가능해진 시대에 그럼에도 불구하고 절대로 의미를 찾아내고자 하는 개인의 모험 및 탐색 그리고 그것의 처절한 실패 혹은 부분적이고 잠정적인 성공에 대한 예감을 표현하는 예술 장르가 곧 소설이라고. 다시 말해서 소설이란 고대 그리스의 서사시가 시민사회 혹은 자본주의에 이르러 몸을 바꾼 것이고 인류사가 시민사회의 다음 단계로 나아갈 때 또 한번 몸을 바꾸게 되리라는 것. 간단히 말해서 소설은 인류사와 운명을 같이한다는 것. 가슴 떨며 『소설의 이론』을 읽던 젊은 시절의 원로 교수는 생각했다. "이 소설 장르를 공부함 없이 어찌 자본주의사회의 본질이라든가, 그다음에 올 사회주의사회를 알아낼 수 있을까보냐."[1)]

이 저명한 원로 교수가 왜 저급의 오락물을 그토록 진지하게 읽을 수밖에 없었는지에 대한 해명은 여기서 일단락된 것 같다. 그런데 아직 더 중요한 이야기가 남았다. 소설이 인류사와 운명을 같이한다면, 인류사가 시민사회 혹은 자본주의의 다음 단계로 나아가려 할 때 소설에는 무슨 일이 벌어지는 것일까? 혹은 반대로 소설이라는 장르 자체에 모종의 변화가 감지될 때, 그것은 역사 이후의 인류사에 대한 예감에 직결되는 것이 아닐까? 90년대라는 시기는 이 점에 특히 예민할 수밖에 없지 않았을까. 역사가 자유의 전개라는 자기 목적을 달성하는 시점이 곧 역사의 종언이 선언되는 순간인 탓에, 프랑스혁명에

1) 김윤식, 「역사의 종언과 소설의 운명」, 『문학동네』 1996년 여름호, 403쪽.

의해 세워진 자유민주주의 원리의 확산 및 세계 제패라는 측면에서 나폴레옹이 예나를 점령했을 때 헤겔은 역사의 종언을 선언했고, 제2차세계대전이 끝났을 때 코제브는 역사의 종언을 보았으며, 냉전체제의 종언에서 후쿠야마는 역사의 종언을 보았고 이러한 종언 선언이 당시에 큰 반응을 일으켰으니까(후쿠야마가 「역사의 종언」을 발표한 것이 1989년, 구소련의 붕괴가 1991년, 후쿠야마가 「역사의 종언」을 바탕으로 단행본 저술을 출간한 것이 1992년이다. 이 책은 같은 해 우리말로도 번역되었다).

자유의 전개로서의 역사는 정말 지난 세기 말 끝장난 것일까. 그렇게 해서 인류는 이미 역사 이후를 살아가며 동물화되거나 속물화되고 만 것인가(후쿠야마에 앞서 역사의 종언을 선언한 코제브는 1950년대 미국에서 "'자기와 세기를 이해한다'는 사변적 필요성을 갖지 않은 동물적 물질적 사회"[2]를, 그러니까 지금까지와는 전혀 다른 삶의 형식에 진입한 인류를 보았다). 오늘날 우리가 이렇게 엉망인 세계를 사는 것의 가장 가까운 기원이 바로 거기에 있었던가. 이것이 각별히 중요한 문제가 아닌 것은 아니지만, 지금 우리의 관심사는 조금 다른 데 있다. 이 '전환기'에 대한 강렬한 역사철학적 인식 그리고 그러한 인식을 더욱 부추겼을 87년 체제 이후의 한국사회의 변화된 삶(일반적으로 탈정치적 혹은 속물적이라고 이해되어온)에 대한 실감이 90년대적인 것의 토양이 되었다는 것, 바로 그 토양(역사의 종언)을 「역사의 종언과 소설의 운명」이 제목에서 이미 요약하고 있듯 '소설의 운명'에 직결시켰다는 것, 그런데 그것이 역사가 끝장난 탓에 소설 또한 끝장

2) 같은 글, 407쪽.

나고 말았다는 비관적이지만 편리한 반영론이 아니었다는 것, 오히려 새로운 역사의 융기를 이해하기 위해서라도 소설의 몸 바꾸기와 그 의미를 예민하고도 집요하게 관찰하려는 의지를 드러냈다는 것, 여기서는 그 점을 강조하고 싶다. 「역사의 종언과 소설의 운명」에 따르면, 이 전환기에는 소설에 앞서는 이념이나 논리가 따로 있을 이치가 없다. 차라리 아직 해석되지 않은 채로 어떤 불투명함을 지닌 채 소설이 역사의 변화를 예민하게 감지하면서 그것을 자기 몸에 새길 때, 그러한 변화의 징후에 밀착해 그것을 해석해내는 과정에서 새로운 이념이나 논리가 산출될 가능성이 있다. 그러므로 이 진지한 문학사가는 어떤 근대문학사 자료들 못지않게 바로 지금 여기에서 분출되고 있는 온갖 소설들을, 그것들의 미묘한 변화의 기미들을 읽어내고자 안간힘을 써야만 했던 것이다. 그의 퇴임 기념 고별 강연에서 이 대목은 좀더 분명하게 다시 말해진다. "이때부터 저는 문단에서 발표되는 중요 작품을 거의 모조리 읽는 데 힘을 기울였지요. (……) 길찾기였던 만큼 필사적일 수밖에요. 어째서 그러해야 했던가. 이 물음은 문학작품, 그 속에 해답이 들어 있습니다. 작품이란 무엇이겠는가. (……) 시대적 무의식의 반영이 (……) 아닐 수 없지요."[3)]

그는 다른 글에서 스스로 비평가와 문학사가로 분열하여 이렇게 쓰기도 했다.

**비평가** 역사의 끝장 이후에 전개되는 세계(역사 이후)에서는 욕망이 없는 인간의 삶이 펼쳐지지 않겠습니까. 욕망 없는 인간이란 종래의

---

3) 김윤식, 「갈 수 있고, 가야 할 길, 가버린 길—어느 저능아의 심경 고백」, 『문학동네』 2001년 겨울호, 30쪽.

인간이 아니라 일종의 '동물'이겠는데요. (……) 이 장면에서 근대가 끝장났을 뿐 아니라 '근대문학'이 끝장났겠군요. 이제 알 만합니다. 선생이 신인 윤대녕의 『은어낚시통신』(1994)을 두고 그토록 흥분한 사실 말입니다. '인간은 벌레다, 메뚜기다, 연어다'라는 명제의 등장이 그것이겠는데요.

**문학사가** 잠깐. 그보다 먼저 할 일이 있지요. 이 나라 근대문학의 경우 1930년대가 아주 중요하다는 점에 대한 성찰.

**비평가** 선생은 시방 이 나라 국문과 대학원 석·박사 논문의 30년대 편중 현상에 대해 적극적으로 비판하고 있군요.

**문학사가** 이 나라 근대문학 연구판에서라면, 30년대란 거대담론이 지배하던 시기임에도 가장 쟁점적이자 생산적이었고, 해체주의가 판을 치는 90년대 이후에도 여전히 그러하다는 사실은 당분간 강조되어도 지나치지 않을 것입니다. (……) 비약일지 모르나 '이성의 힘으로 세계를 바람직한 방향으로 바꿀 수 있다'는 명제와 근대란 거의 일치하는 개념이 아니었던가. 그러한 이미지를 지닌 마르크스주의가 전면적은 아닐지라도 끝장났다고 인식되기 시작한, 그러한 위기의식이 팽배한 것이 30년대라면 어떻게 될까. (……)

**비평가** 이른바 리얼리즘(운동권)이 90년대에 겪은 역사의 끝장을, 30년대 문학이 이미 경험하고 있었다는 논법이겠는데요.

**문학사가** 그렇소. 문학 연구도 학문인 이상 연구자의 위기의식을 떠날 수 없지요. 문제의식 없이 연구란 불가능한 법이니까. 90년대 이후의 위기의식이 30년대에 투사되었을 때 비로소 살아 있는 연구가 가능한 것이니까.

**비평가** 말하자면 30년대란 제로 지점이랄까 역사가 다시 갓 태어나 새로이 시작되는 그런 장면이란 논법인데요. (……)

**문학사가** 제로 지점 혹은 공백기라는 비유는 새로 시작되는 역사의 방향성을 아직 잡지 못한, 열려 있는 공간이라 할 수 있지요.[4)]

이 인용문의 핵심은 "제로 지점"이다. 90년대에 들어서면서 한국인들이 겪은 일상과 정치의 심대한 변화(소비자본주의의 분출, 민중해방운동의 시세 하락), 전 세계가 동시에 겪은 체제 변화(현실사회주의의 몰락, 전지구적 자본주의의 제패)가 그저 어떤 위대한 가치들의 죽음이거나 타락이기만 한 것이 아니라 "역사가 다시 갓 태어나 새로이 시작되는 그런 장면"이라는 것, 그러므로 저 "열려 있는 공간" 안에서 인간과 세계를 재구성하려는 치열한 지적 투쟁이랄까 사상 충돌이 없을 수 없다는 암시가 이 인용문에는 들어 있다. 그것이 '제로 지점'의 의미이다. 한국인들은 그것을 30년대 마르크스주의의 몰락을 통해서 이미 경험한 바 있고, 30년대 문학이 그토록 논쟁적이며 생산적일 수 있었던 것도 그 때문이다. 90년대의 젊은 문학 연구자들이 30년대 문학에 특히 민감하게 반응했던 것은 한편으로 90년대적인 자의식 혹은 위기의식이 30년대적인 것 안에서 그 자신의 가능성이랄까 한계 같은 것을 예감했던 탓이기도 하다.

'제로 지점'을 정면으로 응시하려는, 대몰락의 시대에서 희미하게 돋아나오는 어떤 가능성들을 기성의 이념이나 논리로 환원해버리지 않으려는, 여러 갈래의 모색과 다양한 의견들의 부딪침 속에서 그 가능성들을 활성화하려는 의지와 열정이 90년대 문학 혹은 90년대의

---

4) 김윤식, 「체험으로서의 한국 근대문학사론—근대문학의 기원과 문학사의 원환 구조」, 『문학동네』 1998년 겨울호, 138~139쪽.

지성사를 감싸고 있었다고 해야 하지 않을까. '인류사'나 '역사의 끝장' 혹은 '위기의식'과 같은 거대하고 심각한 어조가 희석되어 있기는 하지만 계간 『문학동네』 창간사가 「역사의 종언과 소설의 운명」과 공유하는 부분이 적지 않다고 본다면 어떨까.

> 『문학동네』는 어떤 새로운 문학적 이념이나 논리를 표방하지는 않으려고 한다. 대신 현존하는 여러 갈래의 문학적 입장들 사이의 소통을 촉진하고, 특정한 이념에 구애됨이 없이 문학의 다양성이 충분히 존중되는 공간이 되고자 한다. 또한 변화하는 정치·사회·문화의 기류에 성실하고 책임 있게 대응하면서 문학 본연의 사명을 다하는 문학인들에게 신뢰할 만한 자기표현의 자리를 제공하고자 한다. 특히 기성의 관행에 안주하지 않는 젊은 문학인들의 모험과 시도를 폭넓게 수용하여 우리 문학의 활력을 높이는 데 기여하고자 한다. 형해만 남긴 채 실체는 사라진 문학정신의 회복을 추구하고 모든 교조적 사고방식 및 허위의식에 맞서 싸워나간다는 전제에만 동의한다면 『문학동네』는 그 누구에게나 그 문을 활짝 열 것이다.[5)]

어떤 이념이나 논리도 지금 막 분출되고 있는 문학에 앞설 수 없다고 선언한 셈이니까. 다양한 입장들이 소통하는 가운데 기성의 관행에 안주하지 않는, 교조적 사고방식 및 허위의식에 맞서 싸우는 모험과 시도로서의 문학인들 각자의 자기표현을 위한 공간을 앞세우고 있으니까. 변화하는 정치·사회·문화의 기류에 대한 성실하고 책임

5) 「계간 『문학동네』를 창간하며」, 『문학동네』 1994년 겨울호, 16쪽.

있는 대응을 강조하기를 잊지 않았으니까. 그런 것이 '문학정신의 회복'이라면, '문학정신'이란 실상 저 '제로 지점' 한복판에만 살아 있는 것이니까.

그런데 '문학정신'이라는 용어가 엄밀한 개념어가 아니었던 탓인지 『문학동네』가 문학적인 것을 낭만화하거나 신화화하면서 문학을 여타의 정치적 담론이나 철학적 담론과 분리시키려 드는 '문학주의'의 본거지라는 오해들도 쌓여 있는 것 같다. 하지만 『문학동네』에 자각적인 프로그램이 있었다면 그것은 문학의 자기 갱신에 대한 신뢰를 바탕으로 문학의 새로운 표현을 '기존의' 사회적이고 정치적인 것으로 서둘러 환원하는 바람에 문학이 포착한 새로운 삶과 역사에 대한 인식 및 상상을 놓치는 것을 경계하면서 문학을 역사적 변화의 지진계로 작동시키려는 참을성 있는 시도였을 것이다. '문학정신'이라는 용어가 『문학동네』의 창간 당시부터 오해를 불러일으켰던 것인지, 그다음 호의 권두언이 아래와 같은 문장을 서둘러 덧붙이고 있는 것도 눈에 띈다.

> 그러나 문학의 실체론적 옹호, 혹은 '문학주의'는 우리가 지향하는 문학의 갱생과는 아무런 관계가 없다. 문학의 어떤 속성을 자명한 것인 양 실체화함으로써 어떻게 문학의 권력화에 봉사하게 되는가는 굳이 문학의 정치학을 들추지 않더라도 지금까지 우리가 겪어온 문학사의 사실들을 통해서 누구나 익히 아는 일이다. (……) 『문학동네』가 원하는 것은 우리 문학의 현실을 구성하는 다종다양한 생각들이 서로 부딪치고 넘나들며 반성하는 자리이다.
>
> 우리가 회복을 바라는 문학정신의 핵심은 바로 스스로를 반성하는

> 문학의 능력에 있다. 문학이 현금의 위기적 상황을 돌파하는 가장 현명한 길은 어떤 가공의 새로움을 추구하는 데에 있는 것이 아니라 문학을 둘러싸고 있는 가정과 통념들을 의식의 표면으로 떠올리고 그것에 대한 반성적 사유를 촉진하는 데에 있다는 것이 우리의 생각이다.[6]

문학이 어떤 실체적 속성에 안주하고 고정화되는 데에 저항하면서, 상품 미학과 너무 쉽게 뒤섞여버리는 '가공의 새로움'을 경계하는 가운데, 문학이 이미 자신의 한복판에 품고 있는 자기비판 능력, 자기 갱신 능력을 촉진하기. 그로써 이미 몸을 바꾸고 있는 문학의 그 유동성을 활성화하고 의미화하기. 때때로 이 프로그램이 실패하거나 긴장을 잃을 때가 없지 않았겠지만, 문학 그 자체의 유동성과 그에 대한 확고한 신뢰야말로 100호에 이르기까지 『문학동네』의 동력원이었음은 부정할 수 없다고 말하고 싶다. 스스로 반성하며 끊임없이 몸을 바꾸는 문학의 유동성에 대한 확고한 믿음이 새로운 표현과 사상을 낚아채려는 의지와 열정과 다르지 않다는 점, 그리고 모든 종류의 억압으로부터의 해방에 대한 염원과도 멀지 않다는 점도 덧붙이고 싶다.

문학의 유동성 혹은 자기 갱신 능력을 '살아 있는 혼돈'이라고 바꿔 부를 수도 있겠다. 그리고 문학이 살아 있는 혼돈이기를 포기하지 않는 한에서만 문학은 살아 있는 혼돈 그 자체인 삶과 공명하면서 역사적 변화의 지진계로 작동할 수 있다고도 말할 수 있겠다. 혹은 반대로 '(유동성의) 문학의 옹호'를 통해 저 심연에서 일렁이며 역사를 움직이는 거대한 삶의 파동들을 알아보고 체험하고 그에 동참할 수 있

6) 「1995년 봄호를 펴내며」, 『문학동네』 1995년 봄호, 15쪽.

는 가능성이 열린다고 해야 할까. 『문학동네』 2001년 봄호 특집 '지금 여기, 문학의 자리'와 『문학동네』 2001년 겨울호 특집 '문학과 정치'에 실린 두 편의 글 「문학의 옹호」와 「살아 있는 혼돈을 위하여」를 조금 보이기로 하자. 인용문이 다소 길지만 이 자리에서 다시 읽을 가치가 있다.

> 문학이, 탁월한 의미에서의 문학이 제공하는 말은 단지 이데올로기에서 분비된 말, 이론적 담론으로 평정되는 말이 아니라 개인이 자신의 삶을 내부로부터 느끼고 변화시키는 데에 기여하는 말이다. 문학의 말은 개인으로 하여금 그를 기율하고 통제하는 모든 언어적 관성으로부터 깨어나 그의 삶과 함께 약동하는 말을 체험하게 한다. 문학의 체험은 개인 각자에게 자신의 제약된 존재를 발견하고, 자기 내부의 욕망과 자유를 느끼고, 지금과는 다른 자신을 상상하는 데에 필요한 언어를 선사한다. (……) 삶의 정체화停滯化, 고정화, 일반화와 싸우는 문학의 효용은 변함없이 살아 있다.[7)]

> 90년대 주류 문학이 탈정치적이라는 것은 (……) 80년대 문학과 90년대 문학을 대조하기 위해서라면 몰라도, 90년대 문학 자체를 묘사하기 위해서 하는 말이라면 전혀 정확한 것이 아니다. 90년대 문학은 그 나름대로 정치적이다. 민족통일운동이나 민중해방운동 같은 정치적 중심을 상정하지 않았을 뿐이지 개인과 사회를 지배하는 권력과의 싸움을 수행했다. 일상, 신체, 욕망, 성, 가족, 생태 등의 테마를 다

7) 황종연, 「문학의 옹호—오늘의 비평에 거슬러서」, 『문학동네』 2001년 봄호, 404~405쪽.

룬 90년대 시와 소설에서 바로 그 삶의 영역에서 작동하는 권력을 의식하거나 그 권력에 대한 반란을 꿈꾸는 언어를 만나기란 극히 용이한 일이다. 90년대 작가들은 (……) 일상의 기율과 통제에 길들여진 개인 자신을 해체하려는 시도를 선보였다. 90년대에 들어 '신세대 작가'의 선봉으로 주목을 받은 김영하의 소설 『나는 나를 파괴할 권리가 있다』는 제목에서부터 90년대적 정치감각을 예시한다. 90년대의 문학적 상상력에서 권력은 제국주의 미국이나 청와대의 권좌에 있다기보다는 나를 복속시키는 삶의 모든 관계 속에 그 관계를 편안하게 느끼는 나 자신 속에 있으며, 따라서 권력과의 진정한 싸움의 단초는 나를 자기부정의 매질 앞에 방치하는 마조히즘, 나 자신을 비루하게 만드는 난동, 나의 정체성의 경계를 가로지르는 탈주에 있다. 90년대 주류 문학의 정치의식은 접수하기가 몹시 불편하다. 그것이 담고 있는 삶의 압도적인 이미지는 종래의 규범, 체제, 역사가 사라지고 대신에 정체 모를 욕망, 정념, 환상이 일렁이는 혼돈이기 때문이다. (……) 한국문학의 (……) 길은 언제나 한 방향으로 하염없이 뻗어 있는 길이 아니라 때로는 이어지고 때로는 갈라지고 때로는 끊어지는 길이다. 나는 그 지상의 새로운 길이 수많은 사람들이 안심하고 지나다닌 길이 아니라 그것이 사라진 저 살아 있는 혼돈으로부터 생겨나리라 믿는다.[8]

90년대 문학이 전면적으로 수행한 것으로 널리 인정되는 '개인 주체에 대한 탐구'는 흔히 오해되는 것처럼 '공적인 것/사적인 것' 혹은 '사회적인 것/개인적인 것' 혹은 '정치적인 것/탈정치적인 것'의 대립

---

8) 황종연, 「살아 있는 혼돈을 위하여—최원식 평론집 『문학의 귀환』을 읽고」, 『문학동네』 2001년 겨울호, 460~461쪽.

쌍들 가운데 전자를 폄하하고 후자를 치켜세우는 것이 아니다. 90년대 문학을 해명하기 위해 '내면' '진정성' '욕망' 등의 개념이 빈번하게 동원될 때, 그러한 개념들의 강조가 '개인성의 신화'를 강화하고 문학의 탈정치화를 방관하거나 촉진했다고 평가하는 것은 정당하지 않다. 개인 주체에 대한 탐구는 개인 주체를 개인 주체가 아니게 하는 온갖 층위에서의 규율에 대한 탐구와 저항을 바탕으로 한다는 점에서, 그리고 개인을 둘러싸고 있는 다양한 맥락들과의 관계 (재)설정을 통과하지 않을 수 없다는 점에서, 앞에서 제시한 일련의 쌍들은 단순히 대립적인 관계이거나 둘 가운데 어느 하나를 선택해야 하는 문제가 아닌 것이다. 차라리 기존의 '정치적인 것'으로부터 이탈한 장소에서 새로운 정치성을 발견하는 것, '개인적인 것'을 새롭게 구축하는 가운데 그러한 구축을 방해하는 기존의 '사회적인 것'에 이의를 제기하는 것, '사적인 것'의 가장 깊은 영역에서 개인 주체의 균열을 포착하고 그 균열의 자리에서 '공적인 것'의 새로운 지평을 혹은 그 너머를 꿈꾸는 것, 그것이 90년대 문학이 수행한 것 혹은 『문학동네』가 90년대 문학에서 읽어내려 했던 것이 아닐까.

앞에서 인용한 저 두 글의 필자는 다른 글에서 '기나긴 1990년대'라는 소제목 아래 "한국문학의 90년대는 아직 끝나지 않았다"[9)]라는 문장으로 그 글을 끝마쳤다. 한국문학의 90년대가 아직 끝나지 않았다는 것은, 지난 세기 말 어느 순간 열린 것으로 생각되는 저 '제로 지점'으로부터 우리 문학의 살아 있는 혼돈이 포착되었다는 것, 그 혼돈의 불연속적이고 복잡한 궤적들이 현재까지 이어지고 있다는 것,

9) 황종연, 「『늪을 건너는 법』 혹은 포스트모던 로맨스-소설의 탄생—한국문학의 1990년대를 보는 한 관점」, 『문학동네』 2016년 겨울호, 365쪽.

여기서 발견된 다양한 문학적 미션들이 아직 그 끝 혹은 임계에 도달하지 못했다는 것, 다시 말해서 우리는 여전히 '제로 지점'을 통과하고 있다는 것을 의미할 것이다. 그러니까 한국문학의 90년대가 아직 끝나지 않았다는 것은, 90년대 문학을 특권화하면서 2000년대 그리고 2010년대 문학의 새로운 성과들을 경시하는 것과는 다르다. 그럼에도 90년대 문학의 특권화 혹은 90년대 문학에 의한 우리 문학의 정체화, 고정화, 일반화를 경계하고자 한다면, 차라리 '90년대 문학은 없다'고 말해도 좋을 것이다. 중요한 것은 문학의 자기비판 능력에 대한 신뢰를 포기하지 않는 것, 자기비판 능력에 의해 끊임없이 몸을 바꾸는 문학의 저 살아 있는 혼돈을 끈질기게 마주하고 그것으로부터 삶과 역사의 진실을 발견해내고 그것에 동참하고 때로는 그것을 가속화하는 것이기 때문이다. "우리의 기약할 수 없는 항해를 가능하게 하는 것은, 문학이란 관습화된 육체 속에 그것을 넘어서는 그 어떤 초월성을 스스로 지니고 있다는 사실에 대한 믿음, 문학의 자기 조절 능력에 관한 오랜 신뢰뿐이다. 지금은 그것이 바로 우리 문학의 유일한 실존적 특성이 아닐까 의심해보아야 할 때다. 다시, 출발할 때인 것이다."[10)]

100호에 이르기까지 동료 문인들과 독자들의 많은 성원과 격려도 있었지만 때로는 격렬한 비판도 있었다. 그 가운데는 오해와 편견에서 비롯된 것처럼 보이는 것도 있었지만, 지금 필요한 것이 우리 자신을 방어하는 일은 아닐 것이다. 제로 지점에서의 지적 투쟁 혹은 살아 있는 혼돈을 위한 문학의 옹호가 느슨해지거나 실패할 때가 우리

---

10) 신수정, 「다시 문학이란 무엇인가(특집 좌담 발제문)」, 『문학동네』 2000년 봄호, 372쪽. 십구 년 전에 제출된 이 재출발 선언은 지금도 여전히 유효하다.

에게 분명히 있었을 것이고 바로 그 대목이 거부할 수 없는 비판의 근거가 되었을 것이기 때문이다. 그 점에서 생각해보면 최근 몇 년 동안 페미니즘 혹은 성정치의 관점에서 한국문학 전체의 임계를 측정하고자 하는 다양한 시도들에 대해 『문학동네』가 충분히 호응했는지 혹은 응전했는지에 대해 확신하기 어렵다는 점도 "다시, 출발할 때인" 우리에게는 각별히 주의해야 할 대목일 것이다. 앞으로도 계속 한국문학과 함께 살아 있는 혼돈의 한가운데로 걸어들어가겠다고 다시 약속하는 것, 그 약속에 충실해지는 것이 지금까지의 동료 문인들과 독자들의 성원과 격려와 비판에 대한 성실한 감사 인사가 될 것으로 믿는다.

(2019)

# 3부

# 소설은 사랑을 무엇이라고 생각하는 걸까?

'90년대 후반 우리 소설의 새로운 기상도'라는 기획 아래 발표된 황종연의 평론 「이졸데의 손녀들, 그들의 불륜의 소설—서하진, 전경린의 소설에 관하여」는 분석의 대상이 되고 있는 소설들에서 '열정으로서의 사랑'이 '자유를 향한 열정'으로 실천되고 있음을 보여준다. 열정으로서의 사랑에 시달리는 개인은 안온한 일상과 사회적 관습을 위협하거나 넘어서는 개인적 욕망에 충실하게 되는데 그것은 한편으로는 경험적 현실의 허위를 인식하게 하며 다른 한편으로는 삶을 자유의 깊은 전율로 채워넣게 된다는 것이다. 여기에는 이런 설명이 덧붙여져 있다. "이러한 인식과 열망은 넓게 보면 그들의 소설이 90년대 지금의 삶의 상황과 진지하게 대결하고 있다는 증거이기도 하다. 일상의 감옥에 갇혀 있는 존재의 고통을 폭로하고, 일상적 삶의 모든 관계들이 무서운 통제와 억압 아래 있음을 고민하는 것은 90년대 소설의 기본적인 소명이 아니던가."[1)]

이 논평은 한때 번성한 불륜 소설에서 우리 문학의 90년대적 풍경

('개인적인 것에 대한 옹호 혹은 개인이 그보다 거대한 것에 굴복하지 않을 수 있는 동력원을 발견해내려는 탐구')를 포착하는 것처럼 보이지만, '사랑' 혹은 '성적 욕망'이 기존의 현실을 통제와 억압으로 인식하게 하고 이로부터 벗어나기를 갈망하게끔 부추기는 것으로 혹은 인간이 스스로를 지금까지의 자신과는 다른 존재라고 믿게끔 부추기는 것으로 상상되는 것이 90년대 한국문학에 한정되는 것은 아닌 것 같다. 예컨대 스위스의 문학 연구자이자 정치사상가인 드니 드 루즈몽은 1938년에 출간된 저서에서 '서구 천년의 정념의 역사'(이것이 그의 저서 『사랑과 서구문명』에 한국어 번역자가 붙인 부제이다)를 '다른 세상을 꿈꾸는 것'으로 실천되는 '사랑'의 역사로 분석한다.

그런데 드니 드 루즈몽의 연구에서 분석 대상 가운데 상당 부분이 소설(정확히 말하자면 신화로부터 영화에 걸쳐진, 이야기를 포함한 오랜 기간 동안의 문학)이라는 점, 사랑 그 자체가 아니라 소설 속에 재현된 사랑이라는 점을 생각해보면 어떨까. 한 사회의 일반적인 관습과 사고가 자연스럽게 소설을 통해 표현되는 것 못지않게 소설이 그것을 특정한 방향으로 굴절시킬 수 있다는 점을 생각해보면, 사랑(혹은 성적충동)이 본래 '자유를 향한 열정'이나 '다른 세상을 꿈꾸는 것'과 일치하는 것이 아니라, 소설이라는 장르의 정치적 무의식이 사회적이고 역사적인 변화 가능성을 토대로 하며 그 가능성을 활성화하는 방식으로 자기 안의 이야기를 작동시킨다는 조건에서, 소설이(작가의 의식과 사고를 넘어서, 소설 그 자체의 정치적 무의식이) 사랑을

1) 황종연, 「이졸데의 손녀들, 그들의 불륜의 소설—서하진, 전경린의 소설에 관하여」, 『문학동네』 1996년 겨울호, 297쪽.

그와 같은 것으로 생각하게 된다고 가정해볼 수 있다.[2)]

이 가설을 조금 더 밀고 나가면 이런 질문을 떠올릴 수 있다. 소설이라는 장르의 정치적 무의식이 사회적이고 역사적인 변화 가능성을 토대로 하며 그 가능성을 활성화하는 것이 특정한 단계에 국한되는 것이라고 한다면[3)], 소설이 상대적으로 사회적이고 역사적인 변화 가능성에 덜 의존하게 되는 시대의 소설 말하자면 오늘날의 한국 소

---

2) 쥘리아 크리스테바의 논평(「사랑의 예찬」, 『사랑의 역사』, 김인환 옮김, 민음사, 2008)으로부터 다음과 같은 설명 모델을 이끌어낼 수 있을지도 모르겠다. 문학이 사랑에 관한 이야기를 무수히 다뤄온 이유가 독자들에게 인기를 끌 수 있는 연애담을 작가들이 소설의 내용으로 빈번히 채택했기 때문이 아니라, 사랑이라는 것이 곧 서로 다른 존재들 사이의 이끌림이자 접속을 향한 열망인데 문학은 곧 은유이며 은유란 곧 서로 다른 존재들 사이의 이끌림이자 접속이므로, 문학이라는 형식 그 자체가 사랑에 관한 내용을 전개할 수밖에 없었던 탓이다. 우리의 가설은 이러한 설명 모델을 뒤집어 보게끔 유도한다. 서로 다른 존재들 사이의 이끌림이자 접속의 형식으로 되어 있는 문학이 마찬가지의 형식을 속성으로 하는 사랑을 내용으로 삼아 전개하는 것이 아니라, 그와 같은 형식으로 되어 있는 문학이 사랑을 서로 다른 존재들 사이의 이끌림이자 접속이라고 생각하며 서사를 구성하고 등장인물들의 감정과 행위를 조절하는 것이다. 그렇다면 문학이 다른 형식으로 나아갈 때 문학이 다루는 사랑도 다른 내용이 될 것이다. 우리가 지금 하고 있는 사고-작업은 사랑과 문학에 대한 본질주의적 접근을 사랑과 문학 각각에 대하여 조건화하고 제한하는 것이다.

3) "〔일련의 혁명을 거친 뒤 19세기의 소설가들은—인용자, 이하 동일〕 정치적 격변이 해방시킨 에너지가 사회의 패턴과 인간 자신의 이미지를 재조형하는 과정을 보여주려 했다." "〔그러나 1860년 이후 사회의 변화가능성이 현저히 위축된 뒤에도〕 현실이 더 이상 재창조될 만한 가치가 없는데 소설가는 여전히 박진성을 추구하고 현실을 재창조해야 하는가? (……) 플로베르의 천재는 이 질문으로 인해 짓찢겼다."(조지 스타이너, 『톨스토이냐 도스토예프스키냐』, 윤지관 옮김, 서커스, 2019, 54~55쪽) 그런데 조지 스타이너가 유럽의 소설과 러시아의 소설을 대질시키는 가운데 근대소설이 뿌리를 대고 있는 사회적 변화 가능성(나폴레옹으로 대표되는)이 이미 닫혀버렸으며 그에 따라 소설 또한 다른 종류의 것이 되지 않으면 안 됐다는 식으로 설명하는 이 19세기적 상황을 지난 십수 년간 한국문학은 다른 버전으로 체험하고 있는 것이 아닐까. 이어지는 각주4를 볼 것.

설[4]은 사랑을 무엇이라고 생각하게 되는 것일까?

*

이 글이 제시하고 있는 가설과 그 가설에 이어지는 질문에 어느 정도 타당한 점이 있다면 이런 질문에까지 한번 더 나아갈 수 있다. 한국 소설에 한정할 때, 사회적 변화 가능성에 대한 의존이 현저하게 줄어들게 된 시기를 언제쯤으로 볼 수 있을까? 그것을 거꾸로 소설 속에 나타난 사랑의 변화의 시기와 관련하여 측정해볼 수 있을까? 소설이 사랑을 더이상 '자유를 향한 열정'이나 '다른 세상을 꿈꾸는 것'과 일치시킬 수 없을 때, 그것은 변화 가능성이 희박해진 사회에 대한 소설의 무의식적 인식과 함께 가는 현상이 아닐까?

이 글은 극히 적은 사례밖에는 제시하지 못하고 있지만, 또한 변화 가능성에 대한 소설의 의존도는 일정한 상승 혹은 하강 곡선을 그리

---

4) "미래 없음의 의미를 절실하게 느끼고 절망하는 세대" "우리는 이 최후의 세대의 무기력증, 무기력을 본질로 하는, 무기력(포기, 좌절, 비관)에 대한 긍정으로 특징지어지는 삶의 태도를, 새로운 환경에 적응하기 위해 고안해낸 하나의 사상으로 간주해야 할 필요가 있다." "〔박솔뫼의 소설은〕 '열심히'의 이념이 가하는 억압에 지치고, 그 꿈으로부터 환멸적으로 깨어난 이들은, '미래'라는 공통의 자원이 고갈되었음을, 미래를 과거의 청년 세대들과 같은 방식으로 살 수 없으며, 희망할 수 없으며, 신뢰할 수 없음을, 그런 삶을 가능하게 하는 어떤 토대가 소실되었음을 간파하고, 치욕스런 존재의 연속성으로부터 스스로를 거두어들이는 것이 유일한 삶의 방식이라고 강변하는 듯하다."(김홍중, 「탈존주의(脫存主義)의 극장」, 『문학동네』 2014년 여름호, 100, 105쪽) 이러한 관점을 적용해서 다음과 같은 문학사적 논평을 제시할 수도 있겠다. 2010년을 전후한 시기, 한국사회의 폐색증을 기존의 소설 형식 안에서 내용으로 다룰 때 장강명의 『표백』(한겨레출판, 2011)이 나오고 동일한 내용에 의해 글쓰기의 새로운 스타일이 모색될 때 박솔뫼의 소설이 나온다.

기보다 시대에 따라 복잡한 파동 곡선을 그리기 때문에 변화 가능성에 대한 의존이 현저하게 줄어들게 된 시기를 일괄적으로 말하기 어렵지만, 20세기 이후 한국문학에서 2010년을 전후한 어떤 시기는 확실히 이에 해당하는 것 같다. 2010년의 한 조사에서 2000년대 최고의 중단편 소설로 꼽히기도 했던 김연수의 「다시 한달을 가서 설산을 넘으면」(이하 「설산」, 『문학수첩』 2005년 봄호 초출 게재)[5]과 김연수의 최근작 『일곱 해의 마지막』(문학동네, 2020)을 비교해보는 것이, 그러한 추정에 대한 하나일 뿐이지만 상징적인 사례가 될 수도 있겠다.

「설산」에는 1986년 유서를 남기고 한강에 투신한 어떤 대학생에 관한 삽화가 포함되어 있다. 유서는 다음의 네 문장으로 되어 있다. "부모님, 그리고 학우 여러분! 용기가 없는 저를 용서해주십시오. 야만의 시대에 더이상 회색인이나 방관자로 살아갈 수는 없었습니다. 후회는 없어."[6] 앞의 세 문장에 유의하며 80년대의 시대적 상황으로 그녀의 죽음을 해명하는 것도 물론 가능하다. 그러나 부모와 학우들에게 "살아갈 수는 없었습니다"라고 말한 뒤 갑작스럽게 출현한 "후회는 없어"는 대체 누구에게 하는 말이며 또 무엇을 가리키는 것일까. 높임말에서 낮춤말로 하강하는 저 틈새에는 무엇이 숨겨져 있는 것일까. 왜 그녀는 남자친구인 '그'에 대해서는 아무런 언급이 없었

5) 이것은 문학평론가·문학 전문기자·서점 MD들을 대상으로 설문을 통해 조사하고 발표한 것이다(「지난 10년, 문학은 이들 때문에 행복하였노라」, 『한겨레21』(제826호), 2010. 9. 3). 이하 「설산」에 대한 논평은 『한겨레21』의 설문 결과 발표와 같은 지면에 실린 졸고 「이해할 수 없는 뻥 뚫린 구멍」을 이 글의 논지에 맞게 재정리하고 보완한 것이다.

6) 김연수, 「다시 한달을 가서 설산을 넘으면」, 『나는 유령작가입니다』, 창비, 2005, 143쪽.

을까. 그가 그녀의 죽음을 전혀 감지하지 못하고 또 그녀 삶의 마지막 장면에 아무런 흔적을 남기지 못했다면, 그와 그녀 사이에 지속됐다고 생각했던 감정들은 대체 무엇이 되는 것일까. 그러니까 '그'에게는, 그녀를 사랑했고 또 그녀가 자신을 사랑했었다고 믿고 있는 '그'에게는, 저 유서가 '시대적 아픔' 운운하는 맥락으로 이해되거나 그저 의미가 불분명한 문장으로 받아들여질 수 없다. 그것은 절대로 이해해야 하지만 절대로 이해할 수 없는 '기호'가 된다.

어떤 대상에 대한 인식을 언제나 불충분하기만 한 것으로 절감하게 만드는 정신적 상황, 그래서 기존의 인식에 멈춰 있지 못하게 하고 해석과 상상을 덧붙이며 인식의 대상 및 주체를 둘러싼 새로운 의미화 작용을 작동시키기를 멈출 수 없게 하는 정신적 상황, 다시 말해서 하나의 대상을 '기호'로 재출현시키는 정신적 상황, 이 소설은 그녀에 대한 그의 감정 즉 사랑을 그와 같은 정신적 상황으로서 전개시킨다.[7] 다시 말해서 「설산」은, 누군가에게는 이해되었을 저 문장들 혹은 다소 이해할 수 없는 부분들이 있더라도 대수롭지 않게 넘겨버릴 수 있었을 저 문장들이 기호로 재출현하는 바람에 '그'로 하여금 '기호'를 이해해야만 한다는 불가능한 의무에 매달려 모든 것을 총동원하게끔 만드는 것으로 그리하여 모든 것들을 새롭게 의미화하는 과정들을 통과하게끔 만드는 것으로 '사랑'을 이해한다.

사랑이 그런 것이므로, 사랑은 그의 삶을 이어서 소개할 다음과 같

---

7) '기호'의 개념을 이와 같은 의미로 규정하면서 사랑과 연결시키는 것, 그리고 사랑이 거대한 상상계 및 의미화 작용을 작동시킨다는 점에 대한 예증은 『프루스트와 기호들』 2장 「기호와 진실」(질 들뢰즈, 서동욱 · 이충민 옮김, 민음사, 1997) 및 『사랑의 단상』(롤랑 바르트, 김희영 옮김, 동문선, 2004) 특히 「아토포스」 「말로 표현할 수 없는 사랑」 「알 수 없는 것」 참조.

은 사건들을 향해 밀어붙이면서 그 끝이 비록 죽음이라고 하더라도 그의 삶을 강력하게 살아 있는 것으로 바꿔놓는다. 그는 이해할 수 없는 것을 이해할 수 있게 되기를 바라며 도서관의 책들을 닥치는 대로 읽어나가다가 H(「설산」의 서술자)가 쓴 혜초의 『왕오천축국전』의 주석서를 발견한다. 투신하기 며칠 전 그의 연인이 그 책을 대출해서 여기저기 밑줄 쳐가며 읽었다는 사실을 알게 된 탓에 그는 거기에 이해의 실마리가 있으리라고 절망적으로 믿으며 그것을 필사적으로 읽어나갔지만 거기서 어떤 이해에 도달할 수는 없었다. 그는 맹렬한 책 읽기를 멈추고 연인과 자신에 관한 기억을 토대로 소설을 쓰면서 무엇인가를 이해하고자 했지만 역시 별다른 소득이 없었다. 그래서 그는 급기야 연인이 생의 말미에 읽은 혜초의 기록을 좇아가면 뭔가를 알 수 있으리라고 생각해 혜초가 올랐던 낭가파르바트에 올랐고, 그곳에서 죽었다.

그가 아무리 강렬한 제스처를 보여줬다고 하더라도 그의 일련의 행위들은 결국 허망한 죽음으로 끝나고 만 것이 아닐까? 하지만 반대로 그가 때 이르게 죽고 말았지만 그의 강렬한 제스처 덕분에 죽음조차도 그의 생을 허망한 것으로 폄하하고 굴욕을 줄 수 없게 되는 것이 아닐까? 게다가 그 강렬한 제스처 덕분에 그전에는 도저히 전개할 수 없었던 수많은 삶의 의미들을 그가 짧은 인생에서 거쳐갈 수 있었던 것이 아닐까? 그러니까 사랑에 의해서?

하지만 사랑에 대한 이런 낭만적 해석보다 더 중요한 것은 이 소설이 '주석'의 형태로 되어 있다는 점이다. '기호'의 출현에 따라, 다시 말해서 사랑에 의한 의미 확정의 불가능성과 의미의 무한한 확장 가능성에 시달리면서, 그는 무수한 문장들을 읽고 쓰며 무수한 의미와 해석들을 생산했다. 그 가운데 일부를 그는 소설로 묶었고, 자신은 소설을 쓰고서도 도달하지 못한 어떤 이해(예컨대 여자친구가 거기서 뭔가를 엿본 게 틀림없다고 그가 믿고 있는 혜초의 마음에 대한 어떤 이해)에 도달했다고 믿고 싶은 『왕오천축국전』의 주석가 H에게 소설을 보낸다. 이 활성화된 기호의 운동에 자극받은 H가 이번에는 '그'와 사랑에 빠지고 이번에는 이해할 수 없는 그의 죽음에 대한 필사적인 주석을 달고 있고 바로 그 주석이 우리가 읽고 있는 「설산」인 것이다. 그리고 다시, 결혼한 몸으로 스물네 살의 청년을 사랑한 여교수의 내면에 활성화된 기호의 운동을 목격하면서, 자신을 남겨두고 다른 여자를 떠올리며 낭가파르바트에서 죽음을 맞이한 남자를 이해하기 위해 그 남자의 죽음에 주석을 달고 있는 H의 문장들을 읽으면서, 독자들은 다시 H를 향해 주석을 달고 불가능한 이해에 도달해야만 한다는 요구에 동참하고 싶은 유혹을 느낄 수밖에 없다.

이렇게 해서 「설산」의 사랑은 그와 그녀 사이에서 생겨난 달콤하거나 비극적인 연애 감정이 아니고 타인을 이해하기라는 불가능한 미션에 열정적으로 매달리느라 삶 전체에 대한 거대한 의미화 작용을 작동시키고 그 작용을 연인 관계 바깥으로 번져나가게 한다. 타인의 삶을 향해 방향 지어진 주석 달기가 복잡하게 얽혀들면서 삶의 각 부분들이 서로 관계 맺고 서로를 풍부하게 의미화하면서 그들 자신이 이전과 달라지게 만드는(평범한 대학생을 신인 작가로, 죽은 연인에 대한 생각 때문에 절망에 빠져 무기력해진 사람을 낯선 사람과 사랑에 빠져 활력이 넘치는 사람으로, 객관적 사실을 바탕으로 사료史料 해석에 충실한 주석가를 학생과 사랑에 빠진 무분별한 기혼 교수이자 타인의 내면에 대한 집착과 상상을 멈출 수 없는 에세이스트로) 사랑이 「설산」의 토대인 것이다. 「설산」에 따르면 우리 삶에 숨겨진 의미 같은 것이 따로 주어져 있을 리 없지만 사랑의 모험 속에서 저마다 생산하는 다양한 삶의 의미들이 있으며 바로 그런 의미 생산의 과정 속에서 우리가 저마다 자기 자신 이상이 되며 바로 이 일련의 과정들만이 우리의 삶을 의미심장하고 살아 있는 것으로 만드는 것이다. 혹은 「설산」의 정치적 무의식이 개인 주체의 항구적이고 활발한 의미 생산과 이를 통한 삶의 변화 가능성을 전제하고 있기 때문에 이 소설은 사랑을 그와 같은 것이라고 이해할 수 있었던 것이다.

「설산」에 비할 때, 『일곱 해의 마지막』에서 '사랑'에 대해 말하는 것은 불가능하다. 소련의 시인 벨라와 그녀의 연인 빅토르 사이에는 결혼과 출산이라는 관습적 단계들을 제외하면 아무런 움직임이 발생하지 않고 의미화 작용의 활성화도 일어나지 않는다. 백석과 천희 사이에도, 소련에서 백석의 조선어 시를 입수한 리진선과 그의 연인 강옥심(라리사) 사이에도 사랑에서 기인한 움직임과 활성화는 발생하지 않는다. 그것은 『일곱 해의 마지막』의 배경이 되고 있는, 당과 수령이 모든 생각과 문장들이 '하나의 세계관'에 복무하기를 명령한(것으로 이해되는) 1960년을 전후한 북한의 체제에서 '자유를 향한 열정'이나 '다른 세계를 꿈꾸는 것'이 현실화될 가능성이 극도로 위축되는 것과 비례하는 현상이다. 이 소설에서 사건의 배경이 되고 있는 사회라는 것은 다음과 같이 이해되는 것이다.

> 수령이 문학에서 낡은 사상 잔재를 반대하는 투쟁에 나서라고 교시를 내린 뒤, 전국의 도서관과 도서실은 물론이거니와 개인이 소장중인 책들 가운데 반당 반혁명 작가의 책들을 회수해 공개적으로 불태우는

일이 곳곳에서 벌어졌다. 거기서 불타는 한 권 한 권은 저마다 하나의 세계였다. 당연히 서로의 주장은 엇갈리고, 지향점은 다르고, 문체는 제각각이다. 그렇게 세계는 하나가 아니라 여러 개이고, 현실은 그 무수한 세계가 결합된 것이다. 거기에는 아름다운 세계가 있고, 또 추악한 세계가 있다. (……) 이 모든 세계가 모여 다채롭고도 영롱하게 반짝이는 빛을 발하면 그것이 바로 완전한 현실이 되는 것이다. 그러므로 책 한 권이 불타 없어지는 것이 아니다. 시인 한 명이 사라지는 게 아니다. 현실 전체가 몰락하는 것이다. 당과 수령, 그리고 그들의 충실한 대리인인 병도는 자신들이 조립한 언어의 세계만이 리얼하다고 말하지만, 수많은 세계를 불태우고 남은 단 하나의 세계라는 점에서 그들의 현실은 한없이 쪼그라들다가 스스로 멸망하리라.(『일곱 해의 마지막』, 190~191쪽)

그러므로 『일곱 해의 마지막』이 그리고 있는 세계에서는 개인 주체의 항구적이고 활발한 의미 생산과 이를 통한 삶의 변화 가능성을 전제할 수 없고 그러므로 사랑이 「설산」과 같은 방식으로는 전혀 생각될 수 없다.

이 소설에서 다양한 해석들이 활발히 교차되는 가운데 무엇인가 변화하는 서사를 다루는 '소설'이 아니라 연약하고 아름다운 것들과 그것들의 이름을 다루는 '시'가 내세워지는 것도, 사랑의 '쇠퇴'와 관련이 있는 것으로 보인다. 『일곱 해의 마지막』에서 시쓰기라는 것은 경험적 현실 안에서 사라지고 없거나 전혀 다른 사물로 변해버린 "가무락조개, 나줏손, 귀신불, 이랑 같은 것들"(160쪽)의 이름을 나열하는 것 이상이 될 수 없다. "결국 아무런 구원이 되지 못한, 그 연약하고 순수한 말들"(235쪽)이 기록되고 전달될 때 먼 미래에 그 이름들이 다시 서로 얽혀들며 무엇인가를 작동시키고 생산하고 변화시킬지 모르겠지만, 그러나 그것이 지금 여기의 일은 아니다. 말하자면,

> 시대의 눈보라 앞에서 시는 그저 나약한 촛불에 지나지 않는다. 눈보라는 산문이며, 산문은 교시하는 것이다. 당과 수령의 말은 눈보라처럼 휘몰아치는 산문이다. 준엄하고 매섭고 치밀하다. 하지만 시는 말하지 않는다. 시의 할일은 눈보라 속에서도 그 불꽃을 피워 올리는 데까지다. 잠시나마 타오르는 불꽃을 통해 시의 언어는 먼 미래의 독자에게 옮겨붙는다.(같은 책, 81쪽)[8)]

게다가 『일곱 해의 마지막』은 이런 소극적인 의미에서의 미래를 위한 시쓰기조차 불가능해진 상황에 대해 서술한다. 변화 가능성이 극도로 희박한 세계에서의 글쓰기가 그런 것이라면, 그런 글쓰기가 「설산」과 같이 무엇인가를 움직이게 하고 변화하게 하는 사랑과 함께 갈 수 있을 리 없다. 거꾸로 말해도 마찬가지다. 무엇인가를 움직이게 하고 변화하게 하는 사랑에 대해 말하는 것이 불가능해진 『일곱 해의 마지막』이 2020년 한국사회의 변화 가능성을 믿고 실천할 수 있을 리 없다.

그런데 혹시 이 소설은 그저 경직된 시대를 배경이자 주제로 다루고 있기 때문에 변화 가능성을 전제할 수 없었고 동시에 사랑에 대해

---

8) 이 소설이 백석의 시와 시론을 이와 같이 이해하는 대목에 대해서는 별도의 분석과 비판이 필요하다. 여기서 긴 논의를 이어갈 수는 없지만, 백석의 시는 아마도 이름의 나열을 초과하며 먼 미래의 독자를 위해서만 쓰여진 것은 아닌 듯하다고 말해두고 싶다.

말할 수 없게 된 것이 아닐까? 소설의 정치적 무의식에서의 차이가 아니라 단지 소재나 주제가 달라졌기 때문에? 아마 그런 식으로는 생각하기 어려울 것 같다. 1930년대 만주에서 벌어진 '민생단 사건'을 다루고 있는, 「설산」과 비슷한 시기 발표된 『밤은 노래한다』(『파라21』 2004년 봄호에서 겨울호까지 연재)에서는 정치적으로 경직된 어떤 장면을 배경으로 깔고 있는데도 사정이 전혀 다르기 때문이다. 이를테면 이런 식이다.

> 하지만 혁명의 도리는 거기[이데올로기와 그 교육—인용자, 이하 동일]에 있지 않았다. 혁명의 도리는 자신[여옥]을 향해 온 관심을 쏟아 붓던 야학 교사의 눈과 귀에 있었다. (……) 그때까지 누구도 여옥이의 얼굴과 몸을 그토록 뚫어져라 쳐다본 사람은 없었다. 그 시선과 귀 기울임 속에서 여옥이는 비로소 자신도 하나의 인간이라는 것을 깨닫게 됐다. 그렇게 혁명의 도리를 깨치게 됐다. 새로운 계급의 새로운 인생관이란, 다른 사람을 향한 시선과 귀 기울임에 있다는 사실을 깨치게 됐다. (……) 인간은 짐승이 아니라는 것. 제가끔 고귀하다는 것.(『밤은 노래한다』, 문학과지성사, 2008, 114~115쪽)

그러므로 어떤 인간은 민족과 계급의 모순에 대해 무엇인가를 인식하고 결단했기 때문이 아니라, 단지 한 사람을 사랑했고 사랑한 사람이 기호로 재출현했다는 이유로 죽은 연인을 이해하기 위해 그녀의 행적을 추적하는 가운데 만주철도 직원 신분을 버리고 항일 유격대에 투신하게 되며 그렇게 해서 역사적인 격동의 한 장면에 출연하게 되는 것이다.

다른 무엇보다 「설산」 자체가 80년대를 배경으로 하고 있다는 점에서 『일곱 해의 마지막』 못지않게 사랑을 거론할 수도 없는 경직된 분위기로 그려내는 일이 얼마든지 가능하지만 김연수는 그렇게 하지 않았다. 왜 김연수는 「설산」에서 했던 것을 『일곱 해의 마지막』에서는 하지 않고 동시에 자신의 소설 속에서 사랑을 지워버린 것일까. 그것은 작가 개인의 선택이라기보다 2010년을 전후한 어떤 경계선 저편에서는 소설이 할 수 있었던 일이 이후에는 불가능해졌다는 한국 소설 전반의 무의식적 인식과 관련된 것이 아닐까.

*

이렇게 과감한 가설을 세울 수 있었던 것은 최근 소설에서 '사랑'을 중심 소재로 다루는 경우를 좀처럼 발견하기 어려울 뿐더러 연애가 주요 사건으로 제시되는 경우에도 사랑의 부정성이 현저히 약화되고 반대로 사랑을 적극적으로 무효화하거나 제거하는 것처럼 보이는 경우까지도 드물지 않기 때문이다. 최근 한국 소설이 생각하는 사랑의 힘이 쇠약해졌달까.

몇 가지 사례를 제시해볼 수도 있겠다. 최은영의 「그 여름」(『21세기문학』 2016년 겨울호)에는 애틋한 사랑의 감정에 대한 섬세한 포착이 있지만 그 감정은 결코 계급의 차이를 넘지 못하고 계급적 질서의 공고함에 대한 아무런 도전도 부추기지 않는다. 이 넘어설 수 없음에 대해 이 소설이나 이 소설의 등장인물들은 별다른 거부감 없이 수긍하는 것처럼 보이고, 바로 이 점이 이 소설의 애틋함을 강화하는 것처럼 보이기까지 한다.

정영수의 「우리들」(『21세기문학』 2018년 가을호)에 등장하는 정은-현수 커플은 자신들의 관계에 대해 글을 쓰고 싶어하지만 그것은 풍부한 의미화 작용을 작동시키는 일과는 별 관련이 없고 그저 그들이 각자의 결혼생활을 따로 갖고 있기 때문에 그들의 관계를 인정받을 수도 공개할 수도 없는 탓에 글쓰기의 공간에서라도 자신들을 다정하게 바라봐주고 이해해줄 시선을 확보하고자 했기 때문이다. 이 커플의 사랑은 그들의 글쓰기 안에 숨어서 현실의 거의 아무것도 바꿔놓지 않은 채로 끝나고 그렇게 해서 그 글쓰기도 끝을 보지 못한다. 그후로 두 사람이 별일 없이 각자의 가정으로 돌아가는 것은 당연한 수순이다. 이 커플을 관찰하고 있는 편집자이자 이 소설의 서술자가 정은-현수 커플의 글쓰기에 자극받았다는 듯이 자신과 연경에 관한 이야기를 계속해서 다시 쓰고 있기는 하지만 이 다시쓰기는 다양한 의미들을 생산하는 능동적인 장치가 아니고 그저 정확히 이해하는 데 실패했다는 수동적인 패배 선언의 반복일 뿐이어서, 의도치 않게 「설산」에 대한 기묘한 패러디가 되고 말았다.

강화길의 「음복」(『문학동네』 2019년 가을호)은 가족관계 내부의 온갖 세세한 곳까지 장악하고 있는 성 기율 혹은 젠더 분배를 묘사하며 남성 지배의 단면을 폭로하는 가운데 그러한 지배의 최대 수혜자인 남편, 상황이 이 지경인데도 최대 수혜자이기 때문에 아무것도 몰라도 되는 "모든 그늘이 사라진 얼굴"을 하고 있어 독자에게는 밉살스럽게 보이는 남편을 두고 서술자인 나는 엉뚱하게도 "그래서 나는 너를 사랑했다. 지금도 사랑한다"고 말한다. 여기서의 사랑은 이러저러한 통념들을 전복하는 에너지와는 아무런 관련이 없다. 그 사랑은 여성이 여성의 조건을 인식하고 그것과 싸우는 데 다소 거추장스러운 잘못된 취향과도 같은 것이거나, 그것은 사실 사랑이 아니라 그 모든 억압적 젠더 분배에 대해 몰라도 되는 남성적 권력에 대한 욕망일 뿐이다.[9] 남성 지배와 공모하고 있는 사랑에 대한 낭만적 신화의 허구성을 폭로하는 여성 소설에 대해서라면 그 사례를 보다 더 먼 과거로 거슬러올라가 찾아볼 수도 있겠지만[10] 이전의 소설에서 반낭만적으로 처리되는 사랑조차도 등장인물들에게 각별히 중요하고 심각하게 다뤄진 것에 비할 때 「음복」이 그것을 얼마나 난데없거나 사소한 것으로 취급하는가 하는 점은 특기할 만하다.

아마도 이런 계열의 사례들 가운데 가장 특이하고 인상적인 것은 이현석의 경우인 것 같다. 임신 중지와 재생산권에 대한 진지한 고찰이 담겨 있는 「다른 세계에서도」(『문학동네』 2019년 겨울호)의 마지막 장면이 내게는 도저히 이해할 수 없는 것처럼 읽힌다.

> 다만 확실한 것은 당신[태어날 조카를 지칭]을 처음 본 순간부터 내가 당신을 사랑하게 되리라는 사실. 꼬물거리는 손으로 당신이 내 손가락을 잡자마자 나는 당신에게 속수무책으로 빠져들게 되겠지요.
>
> 하지만 나는 또한,
>
> 당신이 없는 지금 이곳을 상상합니다. 당신의 어머니, 그러니까 나의 동생 해수가 나와 함께 정동길을 걸으며 서로가 꿈꾸었던 미래를 이야기하던 그때와 다름없이, 우리가 나란히 각자의 두 발로 자기만의

9) 오은교, 「여성주의 가족 스릴러」, 강화길, 「음복」 해설, 강화길 외, 『2020 제11회 젊은작가상 수상작품집』, 문학동네, 2020, 49~50쪽.

10) 예컨대 전경린의 90년대 소설에서. 황종연, 「사랑이 상상의 베일을 벗을 때—전경린, 「꽃들은 모두 어디로 갔나」」, 『현대문학』 2019년 5월호 참조.

길을 걸어가는 모습을 말입니다. 당신이 없는 그곳에서도 당신에 대한 나의 사랑은 다르지 않으리라는 것을, 그 다른 세계에서도 당신에 대한 나의 사랑은 분명 굳건할 것임을,

당신이 이해하는 날이 오기를.(322~323쪽)

임신과 출산에 관한 낭만화된 관념을 근거로 임신중지를 범죄화하고 여성의 재생산권을 인정하지 않으려는 지금까지의 통념을 비판하는 이 소설의 논평들은 모두 수긍할 만한 것이지만, 그러므로 출산을 결심한 지금의 이 세계의 어떤 장면이 조건 없이 인정받고 축복되어야 하는 것 못지않게 임신 중지를 결심한 '다른 세계'의 어떤 장면 역시 조건 없이 인정받고 축복되어야 한다는 관념 역시 설득력이 있지만, "당신이 없는 그곳에서도 당신에 대한 나의 사랑은 다르지 않"고 "그 다른 세계에서도 당신에 대한 나의 사랑은 분명 굳건"하다는 것을 어떻게 이해해야 할까? 그 다른 세계에서, 존재할 수 없고, 존재할 수 없기 때문에 어떤 경험도 주고받을 수 없는 당신에 대한 '나의 사랑'이라는 것은 대체 무엇일까. 상상하기 어렵지만 그런 사랑이 가능하다고 하더라도, 그것이 어떻게 다른 누구와도 대체될 수 없는 고유한 한 사람(이 경우 조카)의 그 특이성에 반응하며 나의 특이성으로 화답하는 이 세계에서의 사랑과 일치할 수 있을까. 나의 그 이해할 수 없음을 미리서 다 헤아리고 있다는 듯이 "당신〔물론 여기서의 당신은 조카를 가리키는 말이지만〕이 이해하는 날이 오기를"로 끝맺고 있는 이 소설은 도대체 사랑을 무엇이라고 생각하는 것일까?

*

나는 하나의 질문을 던지면서 이 글을 시작했다. 소설이라는 장르의 정치적 무의식이 사회적이고 역사적인 변화 가능성을 전제하고 또 그 가능성을 활성화하고자 할 뿐만 아니라 그렇기 때문에 사랑을 '자유를 향한 열정'이나 '다른 세상을 꿈꾸는 것'으로 이해하게 된다고 볼 수 있지만, 그것이 소설과 사랑의 항구적 본질이 아니라 특정 시기에 발현되는 제한적 속성일 뿐이라면, 소설이 상대적으로 사회적이고 역사적인 변화 가능성에 덜 의존하게 되는 시대의 소설 말하자면 오늘날의 한국 소설은 사랑을 무엇이라고 생각하게 되는 것일까?

이 글은 답에 이르지 못하고 질문 자체를 예증하며 반복하는 데 그치고 말았다. 2010년을 전후한 어떤 경계선 이후로 소설은 사랑에 대해 거의 생각하지 않거나 기존의 방식으로 생각된 사랑을 몰아내고 있다는 것은 비교적 분명한 사실처럼 보이지만 사랑에 대한 새로운 생각은 좀처럼 포착되지 않은 것 같다. 아니면 최근 소설의 사랑에 대한 숙고가 아직 계속되고 있다고 해야 할까.

제시된 질문의 답은 아니고 또 결론이라고 할 수도 없지만 여기에 두 가지 메모를 덧붙이고 싶다. 최근 소설이 지속하고 있는 사랑에 대한 숙고 혹은 사랑에 대한 무관심은 2016년을 전후한 페미니즘 리부트와 깊이 연관되어 있는 것 같다. 그리고 그것을 이 글의 논지와 다시 연관시키면 이렇게 될 것 같다. 페미니즘의 통찰에 힘입어 남성 지배와 공모하는 낭만화된 사랑을 몰아낼 수 있었던 것은 분명하지만, 변화 가능성에 더이상 의지할 수 없게 된 소설이 사랑을 이미 다른 방식으로 생각해야만 했기 때문에 사랑에 대한 기존의 이해가 은폐했던 성적 차이가 보다 분명히 인식될 토양, 페미니즘의 통찰이 보다 손쉽고 폭넓게 수용될 환경이 준비되고 있었던 것인지도 모른다.

사랑에 대한 최근의 소설들의 숙고는 어쩌면 최은미의 소설에서 먼저 가시화될지도 모르겠다. 최은미의 경우 '사랑'은 사회적인 것과 개인적인 것 혹은 기존의 것과 새로운 것 사이의 분할선에서 발생하는 것이 아니고 인간적인 것과 자연적인 것 사이의 분할선에서 발생한다. 이 분할선의 변경 때문에 소설적 공간을 마련하는 변화 가능성 또한 변경되는 것이 아닐까? 이 글은 새로운 최은미론으로 보충될 때 결론에 이를 수 있을지도 모르겠다.

부기

나는 결국 새로운 최은미론을 쓰지 못했지만 다음과 같은 메모를 쓸 기회를 얻은 적이 있다.[11]

최은미 소설만큼 위태롭고 뜨거운 정념을 여실하게 표현해낸 사례를 찾아내는 것은 쉽지 않은 일이다. 정념情念이 아니라 정염情炎이라고 해야 할까? 그러나 『어제는 봄』이나 『아홉번째 파도』 그리고 『눈으로 만든 사람』에 수록된 「보내는 이」 혹은 「운내」 등에서 얼른 눈에 띄는, 사랑과 뒤엉켜 있는 육체적 충동과 그것이 초래하는 일련의 사건들이 얼마나 강렬한 것인지를 환기하는 것만으로는 불충분하다. 최은미의 소설이 하는 일은 성과 사랑의 황홀을 찬미하면서 그러한 체험이 일상적 억압과 구속으로부터 우리를 구원해주는 특별한 힘을

11) 이 부기는 2021년에 발표된 한국일보문학상 심사평을 수정, 보완한 것이다.

지니고 있다는 식으로 성과 사랑을 신비화하는 것과는 거리가 멀다. 최은미의 소설은 반대로 그런 것들을 신비화하며 믿고 싶어하는 우리의 허약한 마음이 일상의 세목들에서 얼마나 실현불가능한지 그것들이 어떻게 망쳐지고 여기에 크고 작은 폭력이 얼마나 끈질기게 개입하는지를 묘사한다. 그렇게 해서 "남편이랑은 이제 못하는 거. 남편 때문에 다른 사람이랑도 못하게 된 거. 그걸 나랑 하자"(「보내는 이」)는 속엣말을 끝내 발설할 수 없는 사람과 "몸안의 모든 수분, 모든 피를 빼내고, 모든 습기를 말리고, 비틀고, 보이지 않는 입자가 될 때까지 갈고 갈아서, 완전히 부수어서, 이 세상에서 완벽하게 없애버리는 것. 몸을 없애는 것. 이 지긋지긋한 몸을 없애는 것. 이해받지 못하는 몸을 없애는 것"(「내게 내가 나일 그때」) 그런 것을 오랫동안 원하게 된 사람의 혼란과 동요를 정밀하게 표현해내는 데 성공한다.

그럼에도 최은미의 소설은 그러한 인물들에게서 고통 속에 자신을 방치하지 않고 소멸을 향한 욕망에 끝까지 저항하는 힘을 발견해낸다. 그녀들을 패배자나 희생자 혹은 자기혐오자로 만드는 힘이 존재한다는 엄연한 사실을 정면으로 바라보면서도 그러나 그녀들은 그런 역할을 순순히 수락하지 않는다. 그녀들은 자신의 몸과 삶에 대해 정직했기 때문에 혼란과 동요의 끝까지 갈 수 있었고 같은 힘에 의지해서 혼란과 동요를 뚫고 자신을 있는 그대로 받아들이고 사랑할 수 있는 순간, '내게 내가 나일 그때'를 향해 나아가기를 포기하지 않는다. 최은미의 정념의 불꽃은 성적 쾌락이 아니라 바로 이 대목에서 타오른다. 자신과 자신의 욕망에 대한 수긍과 사랑을 갈망할 때. 그러한 갈망 때문에 '내게 내가 나일 그때'를 비춰주는 거울이 되어주는 사랑의 대상을 찾아내는 동시에 누군가에게 그러한 대상이 되어

줄 때. 그러니까 위태롭게 흔들리는 나르시시즘들이 서로를 끌어당기며 뒤엉켜 더이상 간단히 폄하되는 자기애에 머무르는 것이 아니게 될 때. 그때 독자들의 무엇인가가 함께 흔들리며 타오른다.

(2020)

# 김남숙 소설어 작은 사전, 혹은 불가능한 사랑
## —김남숙의 『아이젠』

**몸**: 이야기의 그물이 삶을 어떻게 이해하고 계획하며 실천하는가와 무관하게 언제나 거기 있는 삶 자체의 물질성(☞ 이 글의 **이야기** 항목을 볼 것). 이 물질성의 번다함과 분주함이 이야기의 그물을 찢어버리고 삶이 이야기를 초과하는 것임을 표현할 가능성이 있지만, 반대로 이야기의 그물이 삶을 포획하고 경직되게 할 때 삶의 물질성은 지나치게 빈약하거나 혹은 공허하게 비대한 것으로 표현된다. 어떤 경우든 삶과 이야기의 관계 맺기가 곤란해질 때, 그 곤란은 몸에 대한 표현을 빈번하게 만든다.

아래의 두 인용문은 얼핏 서로 반대되는 것처럼 보인다.

> 두치는 내가 몹시 빠르게 살이 빠지고 있는 것 같다고 말했다.
>
> (……)
>
> 나는 될 수 있으면 몸피를 줄이고 싶어졌다. 이십 킬로그램가량 몸무게를 줄이고 앙상한 나신으로 눈밭을 걸어보았으면 좋겠다고 생각했

다.(「아이젠」[1], 20~21쪽, 이하 강조는 인용자)

> 이유는 잘 알 수 없지만 나는 음식을 먹지 않아도 자꾸만 **몸이 풍선처럼 불어났다**. 정말로 금방이라도 곧 배가 **터져버릴 것처럼**. (……) 동네 사람들은 **내가 살이 엄청난 속도로 찌고** 있는 것이 내가 미쳐가고 있다는 증거라고 말했다.(「귀」, 199쪽)

그러나 「아이젠」과 「귀」 각각의 구도 속에서 이 인용문들을 이해하기로 하자면, 살이 빠져나가는가 불어나는가에는 아무런 차이가 없다. 둘 모두 삶 자체의 물질성이 사라져가는 과정이라는 점에서는 같기 때문이다. 한쪽에서는 몸피가 점점 줄어들고 앙상해지다가 사라질 것이고, 다른 한쪽에서는 지나치게 부풀어올라 풍선처럼 속이 비어가다가 결국에는 터져버리는 바람에 사라질 것이다(「아이젠」과 「귀」를 포함해서 이 소설집의 거의 모든 소설들이 항상 누군가가 사라지거나 사라진 사람을 체념적으로 기다리는 구도라는 것이 저 '사라져가는 몸'과 호응하고 있다는 점을 환기해볼 수도 있겠다. ☞ 이 글의 **커플** 항목을 볼 것).

감각적으로 표현하거나 세부적인 데까지 묘사하지 않으면서도 김남숙 소설이 이렇게 자주 몸에 대한 관심을 표시하는 것도, 정확히 말해서 몸 그 자체에 대한 관심 때문이라기보다 그것의 늘어나거나 줄어드는 급격한 변화를 통해 '물질성의 사라짐'이 감각되기 때문이다. 그렇다면 겉보기와 달리, 앞의 인용문과 다음의 인용문은 같은 흐름

---

1) 김남숙, 『아이젠』, 문학동네, 2020. 이하 이 책에서 인용할 경우 본문에 작품 제목과 쪽수만을 표기한다.

속에 있는 것이 된다.

지독한 소독약 냄새가 났다. 나는 그게 좋았다. 이곳은 아무런 향기도 흔적도 없는 곳 같았다.(「파수」, 56쪽)

락스 냄새가 진동을 했다. 나는 이 냄새를 좋아했다. 내 몸에서 이런 냄새가 나면 어쩐지 무균의 깨끗한 사람이 된 것 같은 기분이 들었다.

(……)

그렇게 한참 동안 락스 물에 몸을 담그고 있다보면 나에게서 나는 악취도 모두 사라지는 것만 같은 기분이 들었다.(「제수」, 68, 70쪽)

냄새와 같은, 미세하지만 너무나 확실하게 감각되는 삶의 물질성의 흔적을 지우기, 혹은 사라지게 하기. 그것은 물질성을 다소 추상화해서 기억을 지우기 혹은 사라지게 하기의 형태로도 반복된다.

요즘에는 열이 오르고 나면 기억이 한줌씩 머리카락처럼 빠지는 것 같았다.(「자두」, 146쪽)[2)]

나는 매일 조금씩 잊어버렸다. 이백 살은 거뜬히 먹은 치매 노인처

2) 「자두」에서 화자가 읽고 있는 제목이 드러나지 않은 소설은 아마도 모니카 마론의 『슬픈 짐승』일 텐데, 『슬픈 짐승』의 형식을 결정하는 중요한 요소는 화자의 기억의 혼란과 망각이어서, 「자두」의 화자의 상태에 호응한다. 그들의 기억에서는 뭔가가 빠져나가 사라져버리는 것이다.

럼. 물론 이전에 내가 어떻게 지냈는지도 잘 기억나지는 않았다.(「염소와 나」, 193쪽)

나는 그전에 있었던 일들을 모두 잊어버리기로 했다. 사실 잊어버리기로 했다기보다 기억이 잘 나지 않았다.(「귀」, 229쪽)

사라짐을 표시하는 이 모든 요소들(줄어들거나 커지는 몸, 소독, 망각)은 아마도 텅 빈 구멍, 자라나는 구멍, 자라날수록 점점 더 무화無化시키는 구멍의 이미지로 집약되는 것 같다.

나는 개미가 덕지덕지 붙어 있는 각설탕을 우걱우걱 씹었다. 죽지 않는 개미들이 내 몸에 커다란 개미집이라도 지었으면 좋겠다고 생각했다.

(……)

혈관 속으로 개미가 기어가는 것처럼 온몸이 저릿저릿한 기분이 들었다.(「제수」, 87~88, 97쪽)

수시로 각설탕을 씹어먹는 여자의 몸은 점점 부풀어오르겠지만, 그것은 사실 개미집의 증식, 속이 비어 있는 관管들의 증식, 여자에게 주어진 삶의 물질성을 갉아먹는 무無의 증식이다. 이 관들이 「제수」의 여러 장면에서 음울한 관악기라도 되는 듯 물질성이 제거된 이상하고 기분 나쁜 소리를 낸다.

언니는 날이 갈수록 볼이 패고 점점 앙상해졌다. 언니는 멀리서 보면 꼭 살아 있는 해골 같았다. 바람이라도 심하게 부는 날이면 나는 언니의 텅 빈 갈비뼈 사이에서 조율되는 바람소리를 떠올렸다. 바람을 몸안에 가두고 걷는 언니. 음침하고 슬픈 소리. 몸이 내는 기분 나쁜 소리.(72쪽)

슬프거나 우울한 기분은 아니었다. 그저 몸에 난 실 크기만한 구멍을 바람이 가만히 통과하는 기분이었다. 음침하고 슬픈 소리. 몸이 만드는 가장 기분 나쁜 소리……(83쪽)

나는 각설탕을 씹으면서 속으로 이상한 소리를 냈다. 새소리도 아니고 바람소리도 아닌, 그저 기분 나쁜 울음소리 같은 것.(88쪽)

몸속 구멍이 내는 이 기분 나쁜 소리를, 사라져가는 삶의 물질성에 부치는 김남숙의 음악이라고 부를 수 있을까? (☞ 이 글의 **소리** 항목을 볼 것).

*

**병신**: 특정한 삶의 방식을 채택하고 있는 인간에 대해 부정적으로 평가할 때 사용하는 말. 씨발년, 씨발놈들, 미친년, 미친놈, 개 같은 년, 좆밥, 바보, 겁쟁이 등과도 호환된다. 보다 점잖게 불구라고도 쓴다. 그런데 이 욕설 혹은 멸칭으로 이루어지는 평가에는 역동적인 측면이 있다. 왜냐하면 평가는 그 평가가 전제하는 가치척도 등을 환기하는 탓에, 가치척도에 의해 어떤 대상을 긍정적으로 또는 부정적으로 평가할 뿐만 아니라, 가치척도 그 자체를 평가의 대상으로 제공하기도 하기 때문이다. 다

시 말해서 우리가 누군가를 병신이라고 부를 때, 비하하는 표현의 윤리적 정당성과는 별개로 그를 병신이라고 평가하게 되는 가치척도 그 자체를 다시 평가할 가능성이 열리며, 결국에는 누군가를 병신이라고 부르는 바로 그 사람이야말로 병신이라는 사실이 드러날 가능성이 함께 열리는 것이다. 그러므로 평가라는 것은 그것을 어떻게 표현하고 배치하느냐에 따라 '가치 전도'로 기능할 가능성이 있다.

김남숙 소설에는 병신 등등의 욕설 혹은 멸칭이 비교적 자주 나타나지만, 그것은 그저 무엇인가를 거칠게 표현하는 것만은 아니고, 거의 언제나 가치 전도로 배치되어 있다. 씨발놈들이라고 불리는 사람들이 정말로 씨발놈들인 것이 아니라 누군가를 씨발놈이라고 욕하는 자들이야말로 씨발놈들이다. 귀머거리라고 불리는 사람이 정말로 뭔가를 듣지 못하는 것이 아니라 누군가를 귀머거리라며 불쌍히 여기는 자들이야말로 귀머거리들이다.

> 걸레 같은 년, 죽어버려. 지옥에나 가버려라. 사람들은 늘 언니에게 그런 욕을 하곤 했다. 잘 알지도 못하면서.
>
> (……)
>
> 씨발놈들. 잘 알지도 못하면서.(「염소와 나」, 174, 186쪽)

> 사람들의 말을 빌리자면 나는 굉장히 뚱뚱한 거구에 귀머거리였다.
>
> (……)
>
> 나는 누구보다 귀가 밝았다. (……) 정작 나에게 운이 없다고 말하는 이들은 멍청하게 어떤 소리의 반밖에 듣지 못한다는 것을 나는

알았다. 진짜 귀머거리들, 쓸데없이 당나귀처럼 귀만 커다란 것들.(「귀」, 198~199쪽)

이 개새끼, 씨발놈.

제수가 갑자기 욕을 뱉었다. (……) 나는 참을 수 없이 짜증이 났다. (……)

뭐가 무섭냐. 이 겁쟁이. 이 개새끼. 씨발놈아〔겁이 나는 바람에 길가에 잠들어 있는 취객에게 개새끼 씨발놈이라고 욕을 하는 제수를 가리키는 말—인용자, 이하 동일〕. 그냥 취한 병신〔아무데서나 자고 있는 취객을 가리키는 말〕인데.(「제수」, 90~91쪽)

이런 가치 전도 아래에는 다음과 같은 질문들이 은밀하게 깔려 있는 것 같다. 씨발놈이 사실 씨발놈이 아니고 귀머거리가 사실 귀머거리가 아니며 이른바 정상인들이야말로 사실은 병신이었다면 병신이라고 불렸던 자들의 진실은 어떤 것일까? 혹은 반대로 스스로 정상이라고 자부하던 자들의 진실은 어떤 것일까? 그러니까 김남숙 소설에서 병신 등등의 욕설과 멸칭은 사실상 가치 전도와 관련된 질문으로 활용되기를 기다리고 있다고도 말할 수 있다. 혹은 김남숙 소설에 나오는, 병신 등등으로 불리며 정상적인 삶을 살아가는 데 실패하는 불구자들은 불구자로서 그려지고 있기보다 그들을 불구라고 평가하는 정상성에 대한 질문 그 자체를 살아가며 어떤 고난을 견디고 있는 것처럼 보이기까지 한다.

이 점에서 어딘가 정신적인 문제를 겪고 있는 것처럼 보이는 「캐치볼」의 화자('숙')와 그녀의 부모들의 관계를 생각해보면 어떨까. 숙의 부모는 아무런 활력도 느낄 수 없이 매일 똑같이 반복되는 생활을 당연하게 받아들이고 심지어 거기에서 모종의 기쁨을 느낀다. 숙은 그들의 모습에서 역겨움을 느끼지만, 그런 생활에 동참할 수 없다는 점에서 숙은 부모에게 짐이고 불구처럼 여겨지며 그들은 숙이 그들의 삶으로부터 사라져주길 바라는 것 같다. 그런데 여기서 대체 누가 불구인가. 「캐치볼」의 전반부를 읽을 때까지 우리들은 숙의 정신이 어딘가 미숙하거나 이상하고 불건전하다고 생각하게 되는데, 거의 같은 판단을 내리는 숙의 부모들을 보면서는 점점 다르게 생각할 수밖에 없다. 저렇게까지 무의미한 반복을 당연하게 받아들이고 심지어 환호성까지 질러대는 저들이야말로 불구가 아닐까. 그런 무의미한 삶을 기뻐하며 받아들이는 부모들이야말로 "엄청난 생명력, 그런 걸 가진 불구"(122쪽)가 아닐까. 그렇다면 그런 그들이 불구라고 판정을 내린 숙은 불구가 아닌 게 아닐까.

그렇다는 것은 혹시, 숙의 존재는 정상성으로부터 핍박받는, 정상보다 더 우월한 엄청난 생명력과 같은 것일까. 김남숙 소설은 불구와 정상 사이에 대한 가치 전도를 포함하고 있기는 하지만 그렇다고 '불구라고 판정되는 자가 느끼는 엄청난 생명력'과 같은 낭만적 비전을 허락하지 않는다. 숙은 자신을 불구라고 지목하려는 정상성에 굴복하지는 않지만, 정상성으로 양식화된 삶 너머 어딘가에 날것으로서의 엄청난 생명력 같은 것이 따로 있으리라고 믿지도 않는다. 차라리 김남숙 소설에서의 선택지는, 자신이 정상이라고 생각하는 불구와 타인에게 불구로 인식되는 불구로 좁혀져 있는 것처럼 보인다. 말하자면, 누군가를 병신이라고 부르는 자들이야말로 병신이지만, 그렇다고 병신이라고 불리는 자들이 병신이 아닌 것은 아니게 된다. 김남숙 소설의 인물들은 사라져가고 희박해지는 삶에 시달리느라 그들 자신이 어딘가 비틀린 존재가 되어 있다는 사실을 모르지 않게 되기도 한다(☞ 이 글의 **몸** 항목을 볼 것). 그런 점에서 병신 등등의 욕설과 멸칭은 가치 전도의 질문으로 기능하는 것을 넘어서 자신에게 주어진 삶과 자기 자신에 대한 비관적인 인식이 되기도 한다(☞ 이 글의 **삶** 항목을 볼 것).

*

**삶**: 살아 있게 하는 힘, 혹은 그 힘에 의해 살아 있는 것. 삶은 분열하고 증식하며 생성하고 변화하는 것이지만, 그것이 반드시 활력 넘치는 풍요로움으로 경험되거나 표현되는 것은 아니다. 그것은 오히려 무분별하고 혼란스러운 고통으로 경험되거나 표현될 가능성이 있다. 혹은 그것이 활력 넘치는 풍요로운 것으로 기대되면서도 그 기대가 전혀 실현될 가능성이 없는 것으로 인식된 탓에 무의미하고 무감동적인 것으로 표현될 가능성이 있다. 이 경우 삶은 죽음을 갈망하게 하는 것인 동시에 죽음에 이르는 길을 유예시키는 거추장스러운 것으로 이해되기도 한다.

김남숙 소설에서 삶은 정상으로 불리건 병신으로 불리건 간에 살아 있는 자들에게 고통을 줄 뿐인 것으로 전제되는 것처럼 보인다. 김남숙 소설은 삶의 기쁨 같은 것에는 아무런 관심도 없고 차라리 모든 것이 끝장나기를 바라는 자살 충동과 같은 것을 자주 드러낼 뿐이다.

그냥 죽어버리는 거야. 그건 아무것도 아니야.(「파수」, 62쪽)

나는 모두가 다 죽어버렸으면 좋겠다고 생각했다.

(……)

살아 있다는 게 분해.(「귀」, 227~228쪽)

좋겠다, 일찍 죽어버려서.(「이상한 소설」, 259쪽)

그러나 여기서도 가치 전도가 계속해서 작동하고 있다는 점을 한 번 더 고려해본다면 어떨까(☞ 이 글의 **병신** 항목을 볼 것). 삶이 뒤집혀 죽음과 같은 것이 되는 바람에 살아간다는 것이 곧 자살 충동에 시달리게 되는 것으로 끝나는 게 아니라, 차라리 죽기를 바라는 저 병신 같은 삶들이 한번 더 뒤집혀 자살 충동 안에 삶을 향한 어떤 의지가 포함되어 있다는 사실이 밝혀지는 것이라면?

「이상한 소설」을 그런 식으로 읽을 수 있을 것 같다. '종수'가 보기에 '영주'의 머릿속에는 뭔가 이상한 게 들어 있지만, 영주가 보기에 종수는 병신이다. 종수는 이러저러한 시시한 방법을 통해 더 나은 삶이 가능하리라고 믿는 멍청이에 불과하기 때문이다. 종수는 대체 왜 모르는 것일까. 삶이 더 나아지는 것은 불가능하며, 그것은 그저 견디며 받아들여야 할 대상일 뿐이라는 것을. "나는 이것이 최선이라는 것을 알고 있었다."(250쪽) 그런데 더 나은 삶에 대한 종수의 망상, 실현 불가능한 시나리오야말로 그것이 설사 멍청하고 병신스러운 것이라고 하더라도 삶에 대한 의욕을 불러일으키며 종수의 삶을 살아 있게 하는 것이 아닐까. 반대로 삶의 진실에 대한 영주의 냉소적인 인식이야말로 삶에 대해 무감각하게 만들고 삶을 그저 견디며 받아들여야 할 대상으로 만든다는 점에서 영주의 삶을 이미 죽어 있게 한다고 할 수 있다. 그러므로 영주는 어떤 의미에서 자살 충동을 느낄 필요가 없다. 영주의 삶은 이미 죽어 있으니까. 영주는 잠든 종수에게 "살았니. 죽었니"(254쪽) 하고 묻지만 이 질문에 답해야 하는 사람은 영주 자신인지도 모른다. 이런 맥락에서 다음 두 장면을 우리는 섬세하게 구분해볼 수도 있다.

(A) 멍청한 종수. 잘 알지도 못하면서. 넌 정말 하나도 모르는구나.

(……)

아무런 감정도 없이 페달이나 밟다가 죽어버려도 기분좋을 텐데, (……) 나는 일상의 평화라도 도모하는 척 자전거를 타고 있었지만 속으로는 항상 그런 생각에 몰두해 있었다. 말하자면 내 머릿속에서 그리는 진짜 평화란 늘 그런 쪽에 더 가까웠다.(238쪽)

(B) 나는 일이 끝나자마자 자전거를 타고 집으로 달렸다. 모든 게 지겨웠다. (……) 그리고 이런 생각이 드는 것이 다 종수 탓인 것 같은 기분이 들었다. 종수가 쓸데없는 이야기를 해서, 종수의 표정을 보면 그 이야기가 꼭 가짜 소설이 아니라 진짜 같은 기분이 들어서. 진짜로 이 년만 기다리면 무언가 달라질까. 나는 잠깐 우스운 생각을 했다.

(……)

계속해서 페달을 밟았다. 몸에 공기라도 가득차서 폐가 터져버렸으면 좋겠다고 생각했다.(257쪽)

(A) 삶에 대해 자신은 뭔가를 알고 종수는 아무것도 모르는 병신이

라고 생각할 때, 영주에게 죽음은 기분좋은 어떤 것이고 평화로운 어떤 것이다. 그것은 이미 영주의 무감각한 삶과 구분되지 않는다. 그러므로 죽음에 이르는 과정이 특별히 극적이지도 폭력적이지도 않으며 거의 묘사되지도 않는다. (B) 그러나 실은 종수가 그저 병신인 것만은 아니라는 생각이 들 때, 종수의 망상 속에 삶을 향한 의지에 관계하고 있는 모종의 진실이 포함되어 있다는 생각이 어렴풋이 들 때, 삶을 낙관하는 종수의 이야기가 진짜라는 기분이 들고, 이제 영주는 삶에 대해 무감각한 상태로 있을 수 없게 된다. 그런 이유로 영주는 '죽어 있는 삶이 최선'이라는 앎을 유지할 수 없고, 그런 종류의 삶을 견딜 수 없어져, 그것을 터뜨리며 죽어버리고 싶어진다. (B)에서 (A)의 평화로움과는 차이 나는 약간은 격렬한 자살 충동이 일어나는 것은 (B)가 더 죽음을 격렬히 원해서가 아니다. (B)의 자살 충동 안에 더 나은 삶을 향한 의지 같은 것이 들어와 있는 탓에 '죽어 있는 현재의 삶'을 죽여버리고 '다르게 살고자' 하는 욕망이 분출하기 때문이다.

*

**섹스**: 연인들끼리 나눌 수 있는 최고의 사랑의 표현으로서 서로에게 최대한의 기쁨을 선물하는 것으로 상상되는 것. 실제로는 거의 언제나 사랑과 무관하게 이뤄지는, 자신의 감각적 쾌락을 기대하며 상대방을 이용하는 마스터베이션. 그렇기 때문에 이용되는 자와 이용하는 자 사이에 폭력과 착취가 개입할 때가 있고, 그렇지 않더라도 그 둘은 적어도 불평등한 관계이기 쉽다. 섹스가 이런 식으로 이해되고 묘사되는 한에서, 섹스는 사랑의 불가능성을 표시하는 방식처럼 보이기도 한다.

김남숙 소설은 사랑과 일치하는 섹스라는 환상에 대해 냉담하다. 이 냉담은 김남숙 소설에 등장하는 커플들이 언제나 겪는 실패와도 밀접한 관련을 맺고 있는 것처럼 보인다. 「김남숙 소설어 작은 사전」에 등재된 어휘들은 모두 김남숙 소설에서 자주 발견되지만, 이 냉담의 톤으로 그려진 섹스 장면들의 빈도는 유독 두드러지는 것 같다. 그 장면들에서 섹스는, 연인들 사이에서는 납득할 수 없는 이유로 이뤄지지 않거나 폭력적인 방식으로 무감동하게 이뤄지거나 연인이 아닌 자들 사이에서 성매매의 방식으로만 이뤄진다.

[연인인 '두치'에게 화자인 '영'이 하는 말:] 오늘도 안 할 거지?

[영에 대한 두치의 답:] 할 수 있어. 그치만 안 하는 거다.(「아이젠」, 14쪽)

나는 뚱보와 여관에 갔다. 뚱보가 먼저 돈을 줬다. (……) 나는 그 돈을 주머니에 넣음과 동시에 옷을 벗었다.(「아이젠」, 24쪽)

그는 어떨 때는 나를 벌세우듯이 벽에 세워놓고 나를 박아댔다. (……) 그가 나를 그렇게 다루는 것이 느껴질 때마다 완전하고 무감동한 창녀가 되어가고 있다고 생각했다. (……) 아무런 마음을 지니지 않게 될 때까지 그가 나를 패주었으면 좋겠다고 생각하기도 했다.(「파수」, 55쪽)

멍청한 바보, 못된 것만 배워서는. 나는 속으로 중얼거렸다. 제수가 나에게 하는 것은 매번 비슷했다. 힘으로 온몸을 밀어붙이는 느낌.(「제수」, 75쪽)

얼마든지 더 많은 사례들을 거론할 수 있지만, 인용문의 나열은 여기서 그치기로 하자. 이 모든 장면들은 사랑과 일치하는 섹스라는 불가능한 환상, 그런 환상에 의해 지지받고 있는 사랑 그 자체에 대한 환상을 집요하게 거부하면서 어떤 어긋남을 인정하라고 반복해서 요구하는 것처럼 보이기까지 한다. 김남숙 소설에서 섹스는 오로지 그런 어긋남을 표시하기 위해서, 그리고 그 어긋남으로부터 무엇인가를 생각해야 한다는 점을 강조하기 위해서라는 듯 빈번하게 장면화된다(☞ 이 글의 **커플** 항목을 볼 것).

*

**소리**: 의미화하고 해석하고 평가하는 모든 언어적인 것에 미달하거나 초과하는 것. 그렇기 때문에 그것을 듣고 있는 한 우리가 언어적인 것의 의미와 해석과 평가에 관통당하지 않도록 도와줄 수 있는 것. 정확히 같은 이유에서 삶을 이해하고 설계하며 실천하는 것을 방해하는 바람에 삶을 고통스럽게 하는 것(☞ 이 글의 **이야기** 항목을 볼 것).

김남숙 소설에서 몸은 희박해져가는 삶 자체의 물질성을 표현하는 가운데 자기 안의 어떤 구멍들, 굴들을 느끼며 텅 빈 관을 통과하는 기분 나쁜 소리를 경험한다. 혹은 그 소리들이 삶에 대한 낙관적인 시나리오들을 받아들이는 것을 방해한다(☞ 이 글의 **몸**과 **삶** 항목을 볼 것). 예컨대 「아이젠」에서 영이 두치의 엉터리 같은 이야기를 들어줘야 할 때, 그 이야기를 들어주기는 하지만 곧이듣지는 않는 영이 정작 귀기울여 듣는 것은 바람소리다. 「파수」에서 화자가 자살한 '성아'를 고통스럽게 회상할 때마다 간헐적으로 피아노 소리가 들려오는데, 그것은 화자의 회상이 끝나는 시점에서(성아의 죽음을 어떤 식으로든 인정하고 화자가 자신의 삶을 살기로 한 시점에서) 함께 그친다. 「염소와 나」에서 화자가 '석이'를 위해 만들던 이야기와는 '다른 종류의' 이야기를 어린 여자애에게 전달하려고 할 때, 정작 화자의 입에서 나오는 것은 갸릉거리는 염소의 울음소리다.

*

**이야기**: 삶을 이해하고 설계하며 실천하기 위해 필수적으로 요청되는 삶에 대한 언어-시나리오. 이것 없이 삶이 가능하다고 상상하기 어렵다. 하지만 아무리 정직한 이야기라고 하더라도 이야기가 삶과 완전히 일치하는 것은 불가능하다. 이야기는 언제나 삶 그 자체를 왜곡하고 결국에는 억압할 가능성을 포함하게 된다. 그래서 삶에 대해 정직하고 성실한 자들은 이야기를 의심하거나 상대화하기를 게을리하지 않고, 이야기와는 다른 종류의 언어-시나리오를 찾고자 하며, 시나리오처럼 조직화될 수 없는 비언어에 이끌리기도 한다. 그러므로 '이야기'와 대립하는 '말'(이야기와는 다른 종류의 언어-시나리오), 그리고 그 대립을 넘어서는 '소리'(시나리오처럼 조직화될 수 없는 비언어)를 상정해볼 수도 있다(☞ 이 글의 **소리** 항목을 볼 것).

김남숙의 데뷔작 「아이젠」에는 불안정하고 모호하지만 흥미로운 대립이 하나 숨겨져 있다. 그것을 우선은 '이야기'와 '말'의 대립으로 생각해볼 수 있을 것 같다.

> 나는 가만히 두치의 이야기를 듣고 있었다. (……) 두치는 그런 것도 질서라고 이야기했다. (……) 두치는 머리를 긁적이려다 말고 자신도 재미없어하는 이야기에 대해 계속 떠들었다. 두치가 진짜 하고 싶어하는 이야기가 그게 아니라는 것쯤은 알고 있었다.(9쪽)

> 바람 불 때 좋은 소리가 난다, 나는 하마터면 그 말을 두치가 있는 앞에서 진짜로 뱉을 뻔했다. (……) 이제 두치가 하고 싶은 진짜 이야기를 하면 되었다.(10~11쪽)

> 나는 계속 새우나 조개 그리고 물고기가 먹고 싶다고 말했다. 두치는 군복을 침대 위에 벗어두고 산에 관한 이야기를 시작했다.(11쪽)

> 나는 말을 툭툭 던지며 웃었다.(14쪽)

> 무의식적으로 튀어나온 그 말에 스스로 조금 놀랐지만 내색하지 않으려고 나는 문짝을 잡은 손끝에 힘을 줬다.(19쪽)

두치는 '이야기'하고 영은 '말'한다. 두치의 이야기는 '하는 것'이고 영의 말은 '뱉거나 던지거나 튀어나오는 것'이다.[3] 이 대립을 어떻

3) 그러나 이 대립이 일관된 것은 아니다. "나는 조용히 두치의 말을 들어주었다"(22쪽)처럼, 이 대립이 흐려지는 대목들도 없지 않다. 하지만 전체적으로 보면 「아이젠」에 이 대립이 산재해 있으며 약간은 끈질기게 작동하고 있다는 점이 인정되어야 할 것

게 읽어야 할까? 그것은 「아이젠」의 내용과 어떤 관계가 있을까?

두치의 이야기는 '질서'에 대한 강박으로 오염되어 있는 것처럼 보이고("두치는 그런 것도 질서라고 이야기했다."(9쪽), "그냥 모든 게 괜찮았어. 그런 게 질서라니까."(12쪽), "하청업체에 들어가서 열심히 일할 거야. 돈도 벌고 누구든 오더만 내리면 그 오더대로 흠씬 두들겨패줄 거다. 그게 질서니까."(23쪽)) 그것은 언제나 두치가 정말 하고 싶어하는 이야기는 아니다. 정말 하고 싶어하는 이야기에 가까워질 때 두치는 어딘가 소심하면서도 발작적이 된다. 영과 여관방에 들어가 "나니 껄 좀 보고 싶어"(13쪽), "그냥 보기만이야 (……) 할 수 있어. 그치만 안 하는 거다. 일단…… 그 장교 새끼 죽여버린 다음에…… 이런 게 진짜야 영아"(14쪽)라고 말하는 식으로.

그러니까 이렇게 정리해볼 수 있을 것이다. '이야기'는 '질서' 잡힌 말이다. 여기서의 '질서'는 지위의 높고 낮음과 그에 따른 지시와 기능의 체계와 다르지 않다(그래서 두치는 군인으로 등장하는 걸까?). 그

---

같다. 두치가 말을 하는 경우도 종종 있지만, '두치가 이야기한다'는 문형이 두드러지게 많고, 「아이젠」에서 '이야기한다'고 표현되는 사람은 두치 외에 아무도 없기 때문이다. 「아이젠」만큼 분명하지는 않지만 「제수」와 「이상한 소설」에서도 각각 언니 혹은 '제수' 그리고 종수 혹은 원장이 이야기하는 사람의 역할을 차지하며 비슷한 구도를 반복한다. "언니는 거짓말을 쉬지 않았다. (……) 언니는 여전히 이야기 속에서 살았다."(80쪽) "제수는 신이 난 채 먼 미래와 부자가 됐을 때의 이야기(……)를 다시금 늘어놓았다. (……) 멍청한 희망, 멍청한 상상, 그런 것들에 쉽게 자기를 내어주는 것 같았다."(89~90쪽) "나는 원장이 하나같이 재미없고 하나같이 변함없는 그 얘기를 왜 하는지 알 수 없었다. 하지만 원장은 그걸 좋아했다."(241쪽) "종수는 요즘따라 망상에 빠진 사람이 할 것 같은 얘기들을 자주 늘어놓곤 했다. 대부분 주유소와 소장에 대한 얘기였다."(241~242쪽) 그리고 그들의 이야기를 듣던 영주는 말한다. "자기 얘기만 떠들고, (……) 이기적인, 씨발놈들. 나는 중얼거렸다. 나는 아무리 생각해도 남들에게 할 이야기가 없었다."(252~253쪽)

러므로 그것은 폭력적 지배와 구분하기 어려워지고, 그렇게 해서 '죽여버리고 싶은 장교 새끼'로 인격화된다. 인격화된 폭력적 지배를 죽이고 싶어하는 마음에도 어떤 정당성이 있겠지만, 두치가 "내가 언젠가 그 장교 새끼 죽여버린다"(12쪽)는 생각에서 벗어나지 못하는 한 두치의 이야기 속에 장교 혹은 폭력적 지배가 이미 들어와 있다는 점도 간과할 수 없다. 그런 점에서 두치는 이야기(장교)를 하면서 이야기(장교)에 먹히고 있는 것인지도 모른다. 이야기(장교)는 어떤 이들의 삶에 질서를 주입하는 거대한 그물 같은 것이고 그 그물은 무수한 사람들을 옭아맨다. 사람들은 그 그물 속에 잡혀 있는 한, 자신이 진짜 하고 싶은 이야기 그러니까 더이상 이야기가 아닌 '말'을 할 수 없게 된다. 그러니까 두치가 영과 (섹스를) '할' 수 없는 것은 그가 '이야기를 하기' 때문이다. 말하자면 그것이 두치의 질서이고, 여기서의 질서란 본질적으로 삶과 욕망을 금지하는 것이다. 장교를 죽인 뒤에야 영과 할 수 있을 것이라는 두치의 사리에 닿지 않는 말은 그런 의미에서 논리정연한 것이다. (그런데 두치가 정말 하고 싶어하는 이야기, 더이상 이야기가 아닌 말은 벗은 몸을 보고 싶다는 것일까? 아마 그렇게 단정하기는 어려울 것이다. 차라리 두치가 이야기에 붙들려 있기 때문에 자신이 진정으로 원하는 것을 잘못 이해한다고 말해야 할 것이다.)

'말'은 그런 이야기의 그물로부터 벗어나 있는 것, 그러나 질서 잡혀 있지 않기 때문에 조각나 있는 것이라고 생각되는 어떤 것이다. 그런 탓에 이야기는 '하는' 것으로 되어 있지만, 말은 조각난 작은 덩어리처럼 '뱉거나 던지거나 튀어나오는 것'으로 물질화된다.

그러므로 말하는 영과 이야기하는 두치는 서로 말이 통하지 않고 둘의 대화는 이야기가 되지 않는다. 그것이 「아이젠」의, 말하자면 '구조'인 셈이다. 그것이 내용으로 전환되면, 두치는 면회 와달라고 간청하지만 영은 면회 가지 않고, 영은 손꼽아 기다려온 두치의 전역날 성장盛裝을 하고 두치의 전화를 기다리지만 두치는 전화하지 않으며, 영은 다른 남자와 돈을 받고 섹스를 하려던 중 두치가 자살했다는 소식을 듣게 되는 것이 「아이젠」의 줄거리가 된다. 이런 식으로 어떤 커플이 등장하지만 둘 사이에서 뭔가가 어긋나거나 실패하고 회복되지 못하는 것이 김남숙 소설의 기본 구도이기도 하다(☞ 이 글의 **커플** 항목을 볼 것). 앞에서 정리한 줄거리가 아니라, 이 구도 즉 이야기와 말의 대립 그리고 그 대립 때문에 빚어지는 난처함이야말로 「아이젠」이 진정으로 표현하고자 했던 것인지도 모른다.

*

**커플**: 혼자만의 힘으로는 우리가 병신 같은 우리 자신을 참을 수 없기 때문에 누군가를 필요로 한다는 점에서 요청되는 최소 관계. 우리에게는 이 최소 관계가 꼭 필요하지만 그것은 우리에게 거의 주어지지 않으므로, 커플은 언제나 회상 속에서만 혹은 실패하고 어긋나고 사라진 것으로서만 표현될 수 있다.

> 나는 주기적으로 악취가 나는 사람 (……) 제수는 이 냄새를 참을 수 있는 유일한 사람 (……) 그렇기에 나는 제수를 좋아했다. 제수가 좋은지, 이 냄새를 참을 수 있다는 것이 좋은지는 아직 잘 알 수 없었다.
>
> (……)
>
> 너한테서 좋은 냄새가 나.

(……)

거짓말.

나는 제수에게 말했다.

아니야, 진짜야. 이건 나만 맡을 수 있는 니 냄새야. 남들은 바보라서 이걸 못 맡는 거야.

제수가 말했다.(「제수」, 68~69, 74~75쪽)

상대방을 참을 수 있는 능력, 이것이 한 커플이 맺어지는 이상하고 예외적인 조건이 아니라 오히려 반드시 요청되는 필수조건이라고 한다면 어떨까. 「파수」를 그런 방식으로 읽어야 할 것 같다. 자살한 성아에 대해 고통스럽게 회상하고 있는 이 소설에는 어쩌면 성아가 자살을 실행하기로 결심했을 어느 밤의 말다툼이 자세히 묘사되어 있다. 그것은 처음에는 사랑의 대화처럼 시작된다. "너는 나를 정말로 좋아해?"(50쪽) 성아가 그렇게 물었을 때, 그것은 상대방에게 사랑의 고백을 강요하는 흔한 전략처럼 보인다. 화자는 그 전략에 호응하며 답한다. 좋다고, 우리는 뭔가가 좀 비슷한 것 같고 그래서 좋다고. 이유 같은 것이 있어서 좋아했던 것은 아니지만, 성아가 이유를 물어왔기 때문에 화자는 그렇게 답했다. 그런데 성아는 이 사랑의 고백에 격렬하게 저항한다.

아니, 달라. 난 너랑 달라. 나랑 같다고 이야기하지 마.

(……)

징그러워. 나는 니가 가끔 징그러워.

(……)

넌 사람들이 우릴 어떻게 생각하는지 생각이나 해봤어? 넌 이상해. 이런 것에 대해 아무런 말도 안 해. 니가 밤마다 여기 올 때 사람들이 이상하게 쳐다보는 거, 모르는 거 아니잖아. [두 사람은 레즈비언 커플이다] 근데 넌 그런 거엔 도무지 관심이 없어. 머리가 반쪽은 떨어져나간 사람같이……(51~52쪽)

화자도 거칠게 대꾸한다.

내가 왜 이상해? 나는 하나도 안 이상해. 정말로 이상한 건 이런 질문이나 하고 있는 너야. 니가 날 찾은 거야. 내가 널 찾은 적 없어. 니가 맨날 죽는다면서 운이나 시험하는 거, 그거. 그게 이상한 거야. 정말로 죽고 싶으면 아무 말 없이 죽어버리면 되잖아. 밤만 되면 옆에 있어달라고 징징대는 건 너였어. 누가 만져줘야만 잠드는 거, 그게 징그럽지.(53쪽)

왜 이 커플이 사랑의 고백으로 시작한 대화를 말다툼으로 끝낸 뒤 한쪽이 자살해야 했는가 하는 전후 맥락은 이 소설에 제시되어 있지 않다. 하지만 이 장면 안에는 전후 맥락과 상관없이 모든 커플이 가질 수밖에 없는 어떤 어긋남이 들어 있다.

화자에게 '넌 이상하고 징그럽다'고 말할 때, 성아가 생각하고 있었던 것은 아마 자신이었을 것이다. 화자가 뒤에 받아치는 말들, 늘 죽어버리겠다고 이상한 으름장을 놓고 레즈비언 커플에 대한 사람들의 시선을 모르는 것은 아니지만 그럼에도 늘 화자에게 찾아와달라고 만져달라고 부탁하는 자신이 이상하고 징그럽다는 것을, 성아가 먼저 느끼고 있었을 것이다. 그래서 자신의 그 이상하고 징그러운 면을 혼자서는 견디기 어려워 화자에게 도움을 청하고 싶었을 것이다. 그것이 커플의 성립조건이니까. 그래서 이 대화는 "너는 나를 정말로 좋아해?"로 시작될 수밖에 없었을 것이다. 나는 네가 좋아, 너의 이러저러한 것들은 하나도 이상하지 않고 징그럽지 않아, 같은 말들을 성아는 듣고 싶었을 것이다. 성아가 늘 화자 앞에서 이상한 내기를 걸고 그 내기에 실패하면 죽어버리겠다고 으름장을 놓는 것은, 한편으로는 성아가 스스로를 견디기 어려워한다는 표현이었을 것이고 동시에 그 내기를 지켜봐주는 화자 곁에서라면 계속 살고 싶기 때문에 그 내기에 최선을 다해 성공하고서 실패하지 않았으니 어쩔 수 없다는 듯 삶을 유지하겠다는 표현이었을 것이다. 내기를 지켜보고 성아의 방으로 찾아오는 화자의 행위 속에는 이미 이상하고 징그러운 성아를 이상하지 않고 징그럽지 않다는 듯 대하는 태도가 포함되어 있지만, 성아는 그것을 한번 더 말로 확인받고 싶었을 것이다. 화자가 '우리는 서로 비슷하기 때문에 좋아한다'고 답했을 때, 성아는 비슷한 점 말고 자신의 그 견딜 수 없는 어떤 것들에 대한 논평이 듣고 싶었을 것이고 그것을 화자에게 투사하며 '넌 이상하고 징그럽다'고 말해버린 것일 터이다.

만약 화자에게 잘못이 있다면 그것은 화자가 '정말로 죽고 싶으면 아무 말 없이 죽어버리면 된다'고 말했다는 점이 아니라, 성아가 '넌 이상하고 징그럽다'고 자신의 마음을 왜곡해서 내뱉었을 때 '성아 너는 이상하지 않고 징그럽지 않다'는 화자의 속마음을 제대로 표현하지 못하고 '이상하고 징그러운 건 바로 너'라고 잘못 말했다는 점일 것이다.

커플의 성립 가능성은, 이상하고 징그러운 상대방의 삶을 서로 받아들이며, 악취를 '바보들은 맡을 수 없는 좋은 냄새'로 바꿀 수 있는가 하는, 결국 상대방이 자기 자신을 견딜 수 있도록 도와줄 수 있는가 하는 문제에 달려 있다. 그런데 우리들은 우리 자신조차 제대로 견딜 수 없기 때문에 상대방의 삶을 받아들이는 데 너무 자주 실패한다. 이것이 커플이라는 구조에 언제나 끼어드는 어긋남이다.

*

**파수**: 경계하여 지킨다는 말把守을 뒤집어놓은 것.

「파수」의 도입부에서 성아는 목숨을 거는 이상한 내기를 제시한다. "담벼락 위에 깨진 유리병으로 파수를 세운 집"(38쪽)까지 십 초 안에 도달하기. 그렇게 할 수 있으면 살고, 그럴 수 없으면 그냥 죽어버리기. 성아가 이런 내기를 제시할 때 성아는 한편으로 죽음을 바라는 투로 말하지만, 정작 언제나 내기에 최선을 다하기 때문에 항상 십 초 안에 도달하고 살아남기를 택한다. 그런데 이 장면이 거의 싱겁다고 말해도 될 만한 내용으로 되어 있음에도 우리의 마음을 강렬하게 어지럽히고 있는 것은 왜일까? 그것은 이 장면의 구도 혹은 이미지가 자꾸만 무엇인가와 연결되거나 뒤얽히면서 혹은 갈라놓거나 밀쳐내면서 격렬히 움직이고 있기 때문이 아닐까.

이 장면에서 담장의 안과 밖이라는 구도는, 이 내기에 목숨이 걸려 있기 때문에 삶의 안과 밖이라는 구도와 혼동되는데, 성아가 살아남고 싶은 것인지 죽고 싶은 것인지 불분명하기 때문에 그것은 다시 죽음의 안과 밖이라는 구도와 혼동되면서 그 안쪽으로 들어가고 싶은 마음과 바깥에 머물고 싶은 마음이 서로 뒤엉키고 있다는 인상을 준다. 파수로 세워진 깨진 유리병은 그 실제적인 날카로움 때문에, 이 집에 침입하려고 담장에 기어오르는 자의 손가락을 자르고 피부를 찢어 온통 피범벅으로 만들어버리겠다는 위협적이고도 과시적인 기능 때문에 우리가 그것을 쳐다보는 것조차 두렵게 하지만, 그것은 동시에 저마다 독특한 색과 형태로 깨져나간 그 투명한 날카로움 그리고 그것을 반영하면서 반짝거리는 반사광의 아름다움 때문에 우리의 눈을 잡아챈다. 그렇다면 파수는 경계하여 지키고 침입자를 밀쳐내는 것일까, 아니면 누군가를 유혹해서 기어이 침입자로 만드는 것일까? 삶 혹은 죽음의 안과 밖을 갈라놓고 있는 담장, 그 갈라놓음을 더욱 날카롭고 격렬하게 만들고 있는 깨진 유릿조각의 위태롭고도 화려한 이미지는 동시에 그 갈라놓음을 무효화하고 무엇인가가 침입하도록 유도하는 것 같기도 하다. 이 이상한 담장은 소설이 진행됨에 따라 점차 성아와 나를 갈라놓으면서도 이상한 방식으로 강하게 다시 연결하는 것처럼 읽힌다.

나는 "담벼락 위에 깨진 유리병으로 파수를 세운 집"의 구도 혹은 이미지가 보여주는 혼돈스러운 움직임을 좀더 밀고 가보고 싶다. 그런데 삶과 죽음의 경계선을 어지럽히고 있는 저 위협적이면서 매혹적인 유릿조각의 이미지는 「파수」를 넘어 김남숙 소설 전체에 걸쳐져 있는 것이 아닐까. 단지 이 아름답고 위험한 깨진 유리병의 이미지가 김남숙의 데뷔작에서도 발견된다는 것을 지적하려는 것이 아니다("옆에서 드링크를 마시고 있던 두치가 나를 노려보며 드링크 병을 바닥에 던졌다. 드링크 병이 깨졌고 나는 헬기장에서 본 콜라 병이 이상하게 아름다워 보였다던 두치의 말을 떠올렸다."(「아이젠」, 15쪽) 그것은 유리처럼 단단한 얼음을 뚫고 들어가는 아이젠의 스파이크의 이미지로 변주되기도 한다). 김남숙 소설에서는 뭔가 뾰족하고 날카로운 것이 뚫고 들어왔다는 듯이, 그것 때문에 구멍이 뚫려버렸다는 듯이 '몸' 속에서 기분 나쁜 '소리'가 들려오지 않는가. 그 기분 나쁜 소리는 '삶'에 대한 순진하고 낙관적인 '이야기'들에 대해 '병신!'이라고 외치는 셈이 아닌가. 그런데 김남숙 소설에서 '섹스'야말로 삶에 대한 순진하고 낙관적인 이야기들과는 무관한, 날카롭고 뾰족한 것으로 몸에 구멍을 뚫는 일처럼 여겨지고[4] 그렇기 때문에 사랑과는 아무 관련도 없는 무감각하고 폭력적인 행위로 그려지는 것이 아닌가. 섹스가 사랑으로부터 떨어져나간 것처럼, 파수가 담장의 안과 밖을 갈라놓은 것처럼, '커플'은 언제나 결합에 실패하지 않는가. 이 모든 구도와 이미지들의 뒤얽힘 속에서 매번 위험하고 아름다운 깨진 유리병들이 우리의 마음을 찔러대고 있지 않은가.

이 이미지들의 뒤얽힘을 좀더 어지럽게 밀고 나갈 수도 있을 것이다. 구멍을 내 뚫고 들어가는 날카로운 '소리'가 깨진 유리병으로 파수를 세운 저 담장을 뚫을 수 있을까. 그렇다면 어떤 희미한 통로를 통해 커플이 성립 불가능한 것만은 아니게 되는 것일까. 그때 섹스와 사랑 사이에 아주 협소한 공통의 영역이 생겨날 수 있을까. 그렇다면

---

4) 「염소와 나」에는 화자가 하천에서 목욕하는 장면을 물의 관능적인 애무처럼 묘사하는 가운데 불길한 섹스의 순간을 떠올리게 하는 구절이 나온다. 영화 〈에일리언〉처럼 무엇인가 작고 날카로운 것이 몸을 뚫고 들어와 내 안에 기생하다가 결국 나를 파괴할 것만 같은 불길한.

"온몸의 구멍으로 물줄기가 파고드는 것 같았다.
(……)
몸에 난 구멍으로 무언가 계속 넘실넘실 들어오는 기분. (……) 등에 무언가 뾰족한 것이 파고든 느낌이 들었지만 그냥 내버려두었다."(184~185쪽)

소리와 이야기 사이의 중간 지대가 발견될 수 있을까(「염소와 나」에서 화자가 쓰고 싶어하는 시, 이야기는 아니지만 염소 울음소리도 아니면서 염소 울음소리에 관해 말하는 그것이 어쩌면 소리와 이야기 사이의 중간 지대인지도 모르겠다). 그렇다면 자살 충동 안에 이미 들어 있는 삶을 향한 의지를 조금 더 분명하게 끄집어낼 수 있지 않을까(☞ 이 글의 **삶** 항목을 볼 것). 그러니까 저 구멍이 삶의 물질성을 갉아먹는 것만이 아니고 우리를 어딘가 도착할 수 있게 해주는 터널이 되기도 하는 것이 아닐까. 그러니까 다음의 목소리는 그저 가스를 잘못 마시고 정신이 나가버린 병신의 헛소리가 아닌 것이 아닐까.

> 지금 터널을 지나고 있어서 잘 안 들려요, 금방 갈게요. 네. 지금은 터널을 지나고 있어서. 네. 터널이요.(「아이젠」, 18쪽)

그러나 이렇게까지 써버리는 것은 『아이젠』이 힘겹게 지켜내고 있는 어떤 고통스러운 자리를 너무 쉽게 감당할 만한 화사한 것으로 왜곡시키는 것이리라. 하지만 김남숙 소설은 삶에 대해 비관적이고 냉담한 자만이 볼 수 있는 진실을 포착하면서도, 저 이미지들의 어지러운 뒤얽힘 속에 완전한 체념, 무분별한 파괴욕, 정적인 죽음으로 가라앉지 않을 수 있는 힘을 간직하고 있다. 음울하게 가라앉아 있는 것처럼 보이는 김남숙의 소설을 읽고도 우리 마음이 함께 가라앉는 대신 어딘가 뒤흔들리는 것은 바로 이 때문인지도 모른다. 날카로운 유릿조각의 매혹과 공포가 다른 이미지들과 함께 어지럽게 얽혀들며 우리 마음속에도 어떤 힘을 간직하게 하기 때문에.

(2020)

# 한낮의 우울[1)]
## —이주란의 『한 사람을 위한 마음』

이주란의 소설을 읽고 우리가 이야기해야 하는 것은 아마도 이런 것일 테다. '없는 자들無産者의 삶'을 표현하기. 그것을 사회적 배경으로 함부로 환원해버리지 않고 그렇다고 분노나 원한으로 덧칠해버리지도 않기. 너무나 사소해서 거기에 어떤 의미나 가치가 있을까 싶은 없는 자들의 삶의 순간들을 담담하고 무심한 체하면서도 구체적이고 섬세하게 묘사해내는 바람에 그것을 독자인 우리들이 더이상 심상하게 넘겨버릴 수 없는 나름의 절박하고 소중한 순간들로 제자리를 찾게 해주기. 그러한 순간들로 빼곡하게 채워져 있기 때문에 '(있는 자들을 위한) 세상의 이치'의 위협과 그것이 요구하는 것들에 너무 쉽게 굴복하지 않는 삶을 그리기. 그러한 순간들로 빼곡하게 채워져 있는 타인의 삶을 우리가 완전히 공감하거나 이해할 수는 없다고 하더라도 함부로 규정하거나 판단해버리지 않도록 도와주기. 굴욕감과 수

---

1) 우울증에 관한 앤드루 솔로몬의 책 『한낮의 우울』(민승남 옮김, 민음사, 2004)에서 제목을 따왔다.

치심 그리고 혐오와 죄책감 속으로 숨어들지 않는 삶을 표현하기. 이미 처음에 지적한 것이지만 이 모든 일들을 '없는 자들의 삶'이라는 구체적 현실 속에 머물면서, 추상화되기 쉽고 그러는 바람에 몽롱한 아름다움에 머무를 위험이 있는 '인간적인 것'으로 너무 쉽게 날아오르지 않기. 지금까지 제출된 이주란 소설에 대한 여러 평문들이 이미 이 점을 정당하게 지적하거나 암시했고[2] 이 글도 마땅히 이 방향의 이야기들에 합류해야 옳을 것이다. 물론 그것이 옳겠지만,

어쩐 일인지 나는 그 정당한 이야기들의 대열에 합류하는 데 실패하고 말았다. 내가 이주란의 소설을 잘못 읽은 탓일 텐데, 소설을 잘못 읽고 떠오른 단상들을 '해설'이라는 이름으로 소설집에 함께 실어도 되는 것일까? 그래서는 안 되겠지만,

*

이주란의 소설을 읽다보면 무엇인가가 메아리치고 있다는 인상을 받게 된다. 「멀리 떨어진 곳의 이야기」의 어떤 구절을 「H에게」가 이어받고 있는 장면[3]이나 아픈 강아지의 냄새, 미국 여행 에피소드, 연

---

2) 백지은, 「차갑고 치열한 심정으로」, 『모두 다른 아버지』, 민음사, 2017; 이지은, 「'헛' 같은 내 인생」, 『문학동네』 2018년 여름호; 김대성, 「아무도 아닌 단 한 사람」, 『21세기문학』 2018년 가을호.

3) 「멀리 떨어진 곳의 이야기」는 다음과 같은 문장들로 끝난다. "어떤 소설가는 한때 멀리 떨어진 곳에 대한 이야기를 듣는 걸 병적으로 좋아했다고 한다. 그를 만나게 된다면 농담을 절반쯤 섞어 내가 태어나고 자란 곳에 대해 얘기하고 싶다. 지금도 그가 그런 이야기를 좋아할지는 모르겠지만."(116쪽). 「H에게」의 초반에는 이런 문장들이

인(이 되어가는) M과의 만남, 각별한 모녀 혹은 자매 관계, 나를 위해주는 것인지 나에게 위해를 가하는지 알 수 없는 교회 다니는 친구, 나에게 "그렇게 살지 말라"고 말하는 사람, 시끄럽다며 문을 두드리는 아래층 사람 등이 여러 단편에서 반복해서 발견된다는 사실[4]도 물

---

있어 곧바로 「멀리 떨어진 곳의 이야기」를 떠올리게 한다. "제가 유년기를 보낸 곳은 경기 북부의 한 농촌마을이었습니다. (……) 언급한 적은 몇 번 있지만 그곳에 대해 열심히 말하고자 하는 것은 이번이 처음입니다. 당신이 지금도 멀리 떨어진 곳의 이야기를 듣는 것을 좋아하는지는 모르겠습니다만……"(250~251쪽). 한편, 여기서 언급되는 "어떤 소설가" 혹은 "H"는 무라카미 하루키, 좀더 정확히는 그의 초기작 「1973년의 핀볼」 속 소설가 화자를 가리키는 것으로 보인다. 무라카미 하루키는 이렇게 썼다. "나는 낯선 고장에 대한 이야기를 듣는 걸 병적이라고 할 만큼 좋아했다. (……) 한때는 닥치는 대로 주변 사람들을 붙잡고 태어난 고향이나 자란 고장에 관한 이야기를 물으며 돌아다닌 적이 있다."(『바람의 노래를 들어라/1973년의 핀볼』, 윤성원 옮김, 문학사상사, 1996, 129쪽) 그러나 이 소설이 이주란의 소설과 특별한 의미 연관을 맺는 것 같지는 않다. 다만 이 글의 본문에서 이어질 내용과 관련해 「1973년의 핀볼」에서 작중인물인 소설가가 사랑했던 나오코의 죽음이 스치듯 언급되면서도 전체 분위기의 중요한 토대가 되고 있다는 사실은 지적해볼 수 있겠다.

4) 중요한 사항은 아니지만 사실관계를 확인하고 싶어할 독자들의 수고를 덜기 위해 반복되는 요소들을 나열해보면 아래와 같다. ① 아픈 강아지의 냄새: "자고 있던 강아지가 나와 M을 탐색했다. (……) 냄새가 심하다. 아파서 그래.", 「멀리 떨어진 곳의 이야기」, 99쪽, "조지영은 (……) 눈을 감고 어릴 적 키우던 강아지의 아픈 냄새를 떠올렸다." 「사라진 것들 그리고 사라질 것들」, 178쪽, "생각을 하느라고 눈을 감으면 여름이의 냄새를 맡을 수 있기 때문이다. 오래 아팠기 때문에 옥수수처럼 고소하거나 그런 냄새가 아니긴 한데", 「준과 나의 여름」, 189쪽. ② 미국 여행 에피소드: "샌프란시스코 해변가의 동물원에서 수진은 회전목마를 타고 싶어했다.", 「나 어떡해」, 242쪽, "어느새 연말이 다가왔고 M과 나는 샌프란시스코행 비행기에 올랐다." 「일상생활」, 131쪽, "연말에는 내가 메시지를 보냈었는데 여행중이라고 했다. (……) 수연은 미국엘 다녀왔다고 했는데 내가 어땠느냐고 묻자 그냥 좋았다고 대답했다." 「그냥, 수연」, 221쪽. ③ 연인(이 되어가는) M과의 만남: "M은 (……) 늘 한결같은 시선으로 나를 바라봐준다.", 「넌 쉽게 말했지만」, 59쪽, "M과 나는 어떤 사이인가.", 「멀리 떨어진 곳의 이야기」, 103쪽, "혹시 M이 나를 떠나진 않을까, 그런 생각도 든다.", 「일상생활」, 120쪽, 그리고 아마도 「나 어떡해」의 재호와 「그냥, 수연」의 수연의 남자친구.

론 이런 인상을 만들어내는 데 기여한다. 이주란의 단편들은 서로가 서로를 부르고 대답한다는, 그 과정에서 조금씩 변주되며 동일한 무엇인가가 반복되거나 이어진다는.

하지만 이 인상의 핵심이, 이주란의 소설들 사이에는 언제나 자기 반영적인 요소가 있다거나, 그런 식으로 이주란의 소설들을 연달아 읽어낼 때 숨겨진 닮은꼴 그림들을 찾아내는 재미가 있다거나, 그런 닮은꼴 그림들을 중심으로 이주란의 소설세계를 재구성해서 독특한 연작의 형식으로 읽어볼 수도 있다는 점에 있는 것 같지는 않다. 이주란의 소설에서 메아리치고 있는 '그것'에 대해 말하기 위해 「한 사람을 위한 마음」(①)과 「멀리 떨어진 곳의 이야기」(②) 그리고 「사라진 것들 그리고 사라질 것들」(③)을 겹쳐 읽어보면 어떨까.

---

④ 각별한 모녀 혹은 자매 관계: 「한 사람을 위한 마음」, 「넌 쉽게 말했지만」, 「멀리 떨어진 곳의 이야기」, 「일상생활」, 「사라진 것들 그리고 사라질 것들」, 「준과 나의 여름」, 「H에게」. ⑤ 나를 위해주는 것인지 나에게 위해를 가하는지 알 수 없는 크리스천 친구: "〔잘 들어갔니? 나 사실 네 기도 매일 해. 또 보자.〕 (……) 〔난 괜찮으니까 네 기도를 많이 해. 잘 자! ^^〕", 「한 사람을 위한 마음」, 25쪽, "조지영은 그런 안정아를 개독이라고 욕하면서 연락이 와도 답장을 하지 않았다.", 「사라진 것들 그리고 사라질 것들」, 166쪽, "믿음은 없었지만 Y를 따라다니던 교회에서 또 한번의 사건이 있었습니다.", 「H에게」, 263쪽. ⑥ '그렇게 살지 말라'고 말하는 누군가: "씨발 너 진짜 인생 그렇게 살지 마라.", 「넌 쉽게 말했지만」, 80쪽, "나는 몇 년 전에 후배에게 '그렇게 살지 말라'는 말을 들은 적이 있다.", 「일상생활」, 122쪽, "문자메시지의 요지가 '조선생님 어제 너무 우스웠고 앞으로는 그렇게 살지 말라'는 것이었기 때문이다.", 「사라진 것들 그리고 사라질 것들」, 167쪽, "우리는 결국 서로를 향해 '그렇게 살지 말라'고 말한 뒤 헤어졌다.", 「그냥, 수연」, 225쪽. ⑦ 시끄럽다며 문을 두드리는 아랫집 사람: "볼륨 좀 줄여. (……) 말했잖아, 아랫집 아저씨. (……) 그래도 무섭단 말이야.", 「멀리 떨어진 곳의 이야기」, 111쪽, "아랫집 아저씨에 대한 공포 (……) 아랫집 아저씨는 새벽에 찾아와 문을 두드리며 욕을 한다.", 「일상생활」, 121쪽, "누군가가 문을 두드리며 뭐라고 말했다. (……) 시끄럽다는 이유로 아래층에서 경찰에 신고를 했다고 했다.", 「사라진 것들 그리고 사라질 것들」, 152쪽.

이 세 단편이 포함하고 있는 이야기들을 순서대로 정리해보면 이렇게 된다. ① 나(조지영)는 학원에서 아이들을 가르치는 일을 그만둔 뒤로 동네서점에서 일하게 되었고 사장 부부의 신임을 얻어 고교참고서 위주의 한적한 서점에 내가 좋아하는 새책들을 들여놓기로 했으며 이 일을 계기로 내일을 기다리는 설레는 기분을 알게 됐다. 비슷한 시기에 옆 가게에서 파스타를 파는 준호씨와 모종의 관계가 시작되려는 참이기도 하다. 한편 나는 언니가 죽은 뒤로 엄마와 함께 언니의 딸 송이를 보살펴야 했는데, 이 여성 삼대는 이제는 세상에 없게 된 한 사람을 함께 그리워하면서 서로를 사랑하고 서로가 살아갈 수 있게 만들어준다. 그러는 와중에 조카 송이는 어버이날을 기념한 저녁식사 자리에서 성을 바꿔 '조송이'로 개명하고 싶다고 말한다. 왜? "이모〔조지영—인용자, 이하 동일〕가 좋으니까."(42쪽) ② 예나 지금이나 가난했고 앞으로도 가난할 것이 확실한 '나'는 스웨덴으로 떠나버린 '그'가 돌아올 것으로 믿(는 체하)고 있으면서도 다른 남자 M과 모종의 관계를 시작하려 했지만 M의 옛 연인 E가 돌아오는 바람에 혼자 남겨진다. 이런 상황 속에서 나는 언니가 자꾸만 맡기려 드는 조카 류서를 돌보기도 해야 했는데, 류서는 여느 아이들이 그렇듯 때때로 심술궂게 굴어 내 신경을 긁고 나도 특별히 다정한 이모는 아니다. "그 계집애가 어디를 뒤졌는지 내가 써둔 유서를 들고 나와 이모가 자기한테 편지를 썼다면서 내 이름은 유서가 아니고 류서라고 말"(84쪽)한 적도 있다. 또 류서는 "이모, 이모는 가난하지?"(102쪽)라고 도발한 적이 있고 그때 뭐라고 대답했으면 좋았을지 생각하다가 "너 어디 커서 나만큼 사나보자"(114쪽)고도 나는 생각한다. ③ 언니 조수영은 동생 조지영이 죽었다는 연락을 받고 장례를 치른 뒤 동생이 살던 방을 찾아가 유품들을 정리하다가 동생의 일기장을 읽으며 동생 조지영의 어떤 순간들을 생각한다. 그렇다고 해서 동생이 왜 스스로 목숨을 끊었는지 이해할 수 있게 된 것은 아니지만, 생각하고 또 생각한다.

이 세 겹의 이야기에서 죽음이 혹은 죽음을 향한 충동이 메아리치고 있다고 말할 수는 없을까. 「사라진 것들 그리고 사라질 것들」에서 남겨진 언니 조수영이 자살한 동생 조지영을 기억하게 했던 것을 「한 사람을 위한 마음」에서는 역할을 바꿔 남겨진 동생 조지영이 죽은 언니를 기억하게 한 것이니까. 죽은 언니[5]에 대한 기억을 더 강렬하게 슬픈 것으로 바꿔놓는 동시에 그 감정의 동요를 삶에 대한 의욕으로 바꿔놓는 데 기여하는 것처럼 보이는 「한 사람을 위한 마음」의 사랑스러운 조카 송이의 모습을 「멀리 떨어진 곳의 이야기」에서는 약간은 철없고 심술궂은 조카 류서로 바꿔놓고 언니와 동생 모두를 살아 있게 하는 대신 동생으로 하여금 유서를 쓰게 만들고 그것을 조카 류서가 발견하게 만들고 있으니까. 엄마가 있기도 하고 없기도 하고, 조카의 표정과 집안의 분위기가 달라지며, 언니와 동생이 역할을 바꾸거나 죽음이 유서로 대체되기도 하지만, 이 모든 변주들 아래 죽음 혹은 죽음을 향한 충동이 놓여 있는 것은 분명해 보인다.

(따지고 보면, 이주란의 데뷔작 「선물」은 엄마의 자살을 배경으로 언니와 동생의 임박한 자살을 그로테스크하게 그리고 있는 것이기도 하

---

5) 「한 사람을 위한 마음」에서 언니가 어떻게 죽음에 이르렀는지 표현되어 있지는 않다. 하지만 조지영이 "언니와의 마지막 기억"(11쪽)에 각별한 슬픔과 고통을 느끼는 장면에서 어쩌면 그것이 자살이었을지도 모른다는 막연한 추측을 하게 된다. 게다가 이 단편이 시작하는 장면에서 "고교 시절 함께 절친했던 선배가 자살"(10쪽)한 사연이 스치듯 언급되는 것도 우연은 아닌 것 같다.

다.「선물」의 마지막 세 문장은 이런 것이다. "식칼을 든 언니의 손이 움직인다. 나는 가만히 눈을 감고 생각한다. 이것[자살의 가능성?]이야말로…… 이것이야말로 신이 우리에게 주신 작지만 가장 뛰어난 선물이다."(『모두 다른 아버지』, 민음사, 2017, 159쪽) 첫 소설집 『모두 다른 아버지』에서 가장 인상적인 세 편의 소설「누나에 따르면」「윤희의 휴일」「몇 개의 선」도 각각 자살미수 사건을 배경으로 깔고 있거나 윤희가 자살에 이르기까지의 시간들을 따라가거나 자살한 그와 연관되는 글쓰기로 되어 있다. 많이 완화된 형태이기는 하지만 이 소설집 『한 사람을 위한 마음』에 실린「넌 쉽게 말했지만」의 "이삿짐을 싸던 날 역시 나는 많이 울었는데 그간의 눈물과는 좀 다른 느낌이었다. 아, 이제 살았다, 뭐 그런 생각도 조금 들었던 것 같다."(64쪽) "마지막엔 정말이지 뛰어내리고 싶었다."(79쪽)나「일상생활」의 "나는 매주 유서를 쓰기로 결심했다."(122쪽) "점차 심해지는 증상들 때문에 일상생활이 불가능할 정도였다. 나는 매일 울었고 매일 죽고 싶었다."(133쪽)와 같은 표현들도 심상히 넘겨지지 않는다.)

*

그러니까 이제 '죽음'에 대해 말할 차례다. 이주란 소설 속 인물들은 왜 자살하거나 자살하고 싶어하는가? 혹은 왜 그렇게 자살에 근접해 있는가?

그런데 그전에 '밝혀지지 않는 그 일'에 대해서 먼저 짚어봐야 할 것 같다. 다음의 인용문을 읽기로 하자.

M은 최근 몇 년간의 나를 잘 견뎌주고 있었다.

아직도 **그 일** 때문에 미안해하고 있어?

M은 대답이 없었고, 내가 재차 묻자,

견디거나 그런 건 난 못해.

한마디를 들을 수 있었다. 나는 그의 그런 태도가 진심이었으면 좋겠다고 생각하고 수행이 필요한 사람도 M이 아니라 나라고 생각한다.(「넌 쉽게 말했지만」[6], 76~77쪽, 이하 강조는 인용자)

M과 나는 **어떤 일**을 함께 겪게 되었다. 겪은 것이 아니고 겪게 된 것이었다.

(……)

**그 일**이 각색되어 퍼진 뒤, 병원에 다니게 되었다. 의사는 내게 왜 그 일을 K나 가족에게 비밀로 하느냐고 물었고 나는 "창피하기도 하고…… 미안해서요"라고 대답했다.

어쩌면 우리는 이미 닫힌 마음을 **그 일**로 인해 다시 열고 있는 것인지도 몰랐다.

(……)

나는 사실 M에게 많이 미안했다. 눈앞에 **그날의 기억**이 스칠 때마다 그러니까 하루에도 수십 번씩 M에게 미안했다.(「일상생활」, 127~128쪽, 142~143쪽)

6) 이주란, 『한 사람을 위한 마음』, 2019, 문학동네. 이하 이 책에서 인용할 경우 본문에 작품 제목과 쪽수만을 표기한다.

작년 여름에 수연이 겪은 일은 가을쯤 들었는데 나는 그저 이젠 이겨냈겠지, 하고 대수롭지 않게 생각해오고 있었다. 그러고 보니 아까 내가 느낀 수연의 여유랄지 하는 것들이 어쩌면 체념 같은 것이 아니었을까 생각이 들기도 한다.(「그냥, 수연」, 221쪽)

나는 그 일 이후에 단 한 번도 그 일과 관련된 말을 입밖으로 꺼낸 적이 없다. 없던 일로 하고 싶은 나의 유일한 노력이다. 가끔 불행 속으로 스스로 걸어들어가는 사람을 볼 때가 있다. 슬프지만 수진도 그런 사람 중 하나였다.(「나 어떡해」, 241쪽)

위의 인용문과 같은 대목을 읽을 때 우리 독자들은 '그 일'에 주의를 기울일 수밖에 없다. '그 일'이 작중인물들의 마음과 행위에 중대한 영향을 끼치고 있음이 분명하기 때문이다. '그 일'을 다각도로 조명해보는 것이 소설을 이해해보려는 이들에게 요구되는 일이기도 할 것이고, 이 소설의 내러티브가 결국 '그 일'을 둘러싼 탐색이 되리라고 예측해볼 수도 있을 것이다. 그러나 이주란의 소설은 '그 일'에 대해 밝히기를 끝내 거절한다. 이 소설들이 다루고 있는 사건의 실상이나 작중인물들의 마음에 대해 이해해보려는 시도는 그래서 벽에 부딪히고 만다. 그런데 '밝혀지지 않는 그 일'이 이주란의 소설에서 자주 반복되기 때문에 이것이 내러티브상의 결함이라기보다 이주란의 글쓰기에서 의식적으로 특별한 기능을 수행하도록 고안된 것처럼 보이기까지 한다.

어떤 기능? 사건들 사이에서 인과관계를 밝혀내고 이를 통해 무엇인가를 가시화하거나 의미화하는 일에 대한 모종의 불신을 실천하는 것? '밝혀지지 않는 그 일'을 끝내 밝히지 않고 그것을 함부로 언어화하려다가 무엇인가가 휘발되거나 오해되지 않도록 하면서도, 밝혀지지 않는 무엇인가가 이 소설 아래에서 그리고 작중인물들의 마음 한가운데서 끊임없이 꿈틀거리고 있다는 사실을 환기시키는 것?

그런데 '밝혀지지 않는 그 일'이, 비교적 분명히 죽음이나 죽음을 향한 충동을 드러내고 있는 세 편의 소설 「한 사람을 위한 마음」 「멀리 떨어진 곳의 이야기」 「사라진 것들 그리고 사라질 것들」에는 표시되어 있지 않다는 사실에 어떤 의미가 있다면 그것은 무엇일까? '밝혀지지 않은 그 일'이 세 편의 소설에는 '자살'로 밝혀져 있기 때문에 따로 표시할 필요가 없었던 것이 아닐까?

*

새롭게 제기된 질문에 답을 시도하기 전에, 한 번만 더 우회하기로 하자. 우울증에 관한 어떤 이야기를 향해서.[7)]

사랑하는 사람이나 소중한 물건을 잃고 나면 누구나 슬픔에 잠긴다. 그러나 그런 방식으로 슬픔에 잠긴 모든 사람이 우울증자는 아니다. 너무 많이 슬퍼하는 사람, 과도한 슬픔에 잠긴 나머지 스스로를 해치는 사람이라는 식으로 우울증자를 설명하는 것도 불충분하다. 우울증을 여타의 슬픔의 범람과 구분하는 것은 메아리 혹은 그림자다.

우울증자가 어떤 일을 겪고 슬픔에 잠길 때, 그녀는 현재 겪고 있

---

7) 우울증에 관한 이하의 내용은 쥘리아 크리스테바의 『검은 태양-우울증과 멜랑콜리』(김인환 옮김, 동문선, 2004)의 1장과 2장 가운데 일부를 이 글의 취지에 맞게 정리한 것이다.

는 그 일에서 오는 낙담에서 멈추는 것이 아니고, 그러한 낙담에 선행하는 근본적인 트라우마가 메아리치게 하고 또 그것을 면밀히 검토하는 것처럼 보인다. 그녀는 사랑하는 사람이 자신을 떠나갔을 때, 깊은 슬픔에 빠져, 현재의 상실에 선행하는 상실을 찾아낼 수 있게 된다. 우울증자는 아직 이별하지도 않은 그녀에게 헌신하는 현재의 연인에게서 언뜻 그 옛날에 잃어버린 사랑의 대상의 그림자를 발견하게 되면서 커다란 슬픔에 빠지기까지 한다. 그녀의 우울증은 그녀가 상실(을 완료)할 줄 모른다는 것을, 그녀가 삶에서 겪게 되는 상실의 순간마다 그녀에게서 가장 값진 부분을 끊임없이 다시 빼앗긴다는 점을 가리켜 보인다.

반대로 말해보는 것도 가능하리라. 사랑에 빠지지 않는다면, 결코 빼앗길 수 없다고 느끼는, 그러나 이미 빼앗겼고 반복해서 빼앗기는 '그것'에 대한 체험에 접근할 수 없다. 사랑에 빠지는 경우에만, 그 모든 현실에서의 상실에 선행하는, 너무나 간절히 사랑했으나 이미 빼앗겼고 끊임없이 다시 빼앗기는 바로 '그것'의 상실에 다가갈 수 있다. 그런데 어떤 작가에게는 글쓰기란 바로 '그것'의 상실에 다가감 이외에 아무것도 아니다. 그렇다는 것은, 어떤 글쓰기가 사랑을 통과하면서 원초적인 상실 혹은 상실된 원초적인 것에 접근해가는 작업으로써, 우울증을 대체하는 것이라고도 할 수 있다.

우울증에 걸린 사람이 그 침울한 기질 때문에 다른 무슨 건강한 일을 할 수 없게 된 탓에 골방에 앉아 어둡고 무거운 이야기들을 쓰게 된다는 뜻이 전혀 아니다. 반대로, 사랑을 통과하면서(!) 그러나 동시에 우울증만이 가리켜 보일 수 있는 어떤 통로를 지나가면서 다시 그러나 동시에 우울증이 예고하는 소멸(극심한 무기력, 그리고 어쩌면 죽음)에 맞서 싸우면서, 글쓰기는 이뤄지는 것이다. 우울증자가 작가가 되는 것이 아니라 우울증에 저항하는 자만이 작가가 된다.

그런데 우울증자가 언제나 다시 빼앗기는 '그것', 저 원초적인 상실 혹은 상실된 원초적인 것이란 무엇일까? 그것은 우리가 '말하는 존재'가 되면서 잃어버린, 좀더 정확하게 말하자면 우리가 배신한 어떤 상태(언어 이전의 날것으로서의 생명?)다. '그것'은 언어 이전, 표현 이전에 있는 것이라는 점에서 명명될 수 없고 표상될 수 없는 것이다. 그 점에서 '그것'은 현실의 말하는 존재들에게는 기억될 수도 의식될 수도 없다. 그 점에서 '그것'은 무無와 다름없다. 그런데도 우울증자는 '그것'을 상실할 줄 모르는 것이다. 동시에 그럼에도 우울증자 역시 말하는 존재이기 때문에 '그것'과 연결되어 있을 수는 없는 것이다. 우리가 말하는 존재이기 때문에 '그것'을 배신했다는 사실이, 그리고 그 때문에 '그것'과는 이제 더이상 연결되어 있을 수 없다는 사실이, 게다가 그것과의 새로운 연결 통로의 개척이 우리 말하는 인간들에게는 언제나 '언어화'의 과정이기 때문에 그러한 개척이 결국 새로운 배신일 뿐이라는 사실이, 그렇지만 '그것'이야말로 우리의 삶의 근거이며 간절히 사랑했던 원초적인 것이라는 사실이, 우울증자들의 치명적인 곤혹이다.

'그것'을 배신한 뒤에 이루어진 정상적인 삶이라는 것, 그 언어화되고 의미화된 삶이라는 것이 어떤 의미에서 '그것'을 죽여버린 뒤에만 가능해진다는 점에서 우울증자는 자신의 삶과 언어를 텅 비어버린 것으로 혹은 죽어 있는 것으로 느낀다. 그래서 우울증자는 때때로 정상적인 삶을 살아가는 사람들 사이에서 자신을 유령이라고 느끼거나 자신의 진짜 삶은 어딘가 다른 곳에 있으며 그곳에 나 있는 창을 통해 지금 이곳의 죽어 있는 현실을 바라보고 있다고 느낀다. 혹은 그녀는 자신이 산 채로 매장되어 있다고 느끼기도 한다. 이것이 우울증자를 극단적인 무기력으로 이끌고 간다. 이 때문에 우울증자는 때때로 자신이 쓰는 말이 죽어 있다는 사실을 표시하려는 듯이 무기력하거나 파괴된 말을 쓰거나, 자신의 삶이 텅 비어 있다는 사실을 표시하려는 듯이…… 스스로를 파괴하려 들 때가 있다. 그럼에도 우울증자의 관건은 자살에 있지 않고 '그것'에 있다.

*

이 길고 긴 우회로들을 거쳐 다시 이주란의 소설 그리고 그 소설을 읽으며 떠올린 우리의 질문들로 돌아와보자.

「한 사람을 위한 마음」「멀리 떨어진 곳의 이야기」「사라진 것들 그리고 사라질 것들」을 겹쳐 읽을 때 우리는 거기에서 무엇인가가 메아리치고 있다는 인상을 받게 된다. 그리고 그것은 표면적으로 죽음이나 죽음을 향한 충동의 메아리라고 읽히기도 한다. 하지만 이 메아리의 초점은 그것이 아니다. 그것의 심층에는 원초적인 상실 혹은 상실된 원초적인 것이 놓여 있다. '그것'이 메아리치는 것이다. 이 메아리는 삶과 언어를 텅 빈 것으로 혹은 이미 죽어 있는 것으로 느끼게 하는 메아리이므로 이것은 때때로 죽음이나 죽음을 향한 충동과 혼동되기도 한다. 하지만 그런 혼동의 와중에도 이 메아리는 때때로 언어화하는 것이 불가능한 상실한 '그것'을 어떤 방식으로든 되찾고 '그것'과 다시 연결되고자 하는 힘겹고 불가능한 시도가 되기도 한다.

그러므로 한편에서 이주란의 소설은 그것을 함부로 언어화하려다가 무엇인가가 휘발되거나 오해되지 않도록 하면서도, 무엇인가가 이 소설 아래에서 그리고 이 소설 속 사건들과 인물들의 마음 한가운데서 끊임없이 꿈틀거리고 있다는 사실을 환기시키는 '밝혀지지 않는(언어화하는 한 배신하게 될) 그것'을 꾸준히 표시한다. 다른 한편으로는 이주란의 소설은 '그것'이 메아리치게 하고 그 메아리에 귀기울이며 치명적인 소멸과 상실 그러니까 죽음 가까이 내려가 잃어버린 것 사라진 것 멀리 떨어져 있는 것과의 접촉을 시도한다. 그러니까 앞에서 내가 '이주란 소설 속 인물들은 왜 자살하거나 자살하고 싶어하는가? 혹은 왜 그렇게 자살에 근접해 있는가?' 하고 물은 것은 초점을 잘못 맞춘 것이다. 그 인물들이 근접해 있는 것도 죽음이나 자살이기보다는 '상실'인 것이다.

*

이 점에서 생각해보면 강조되어야 할 것은 다음과 같은 표현의 반복과 변주다.

> 지난날들이 다시 오지 않는다는 것에 가슴을 쓸어내리는 밤. 그날들은 지나갔고 다른 날들이 온다는 것을 잘 알고 있다. 나는 모든 것은 지나간다는 사실에 잠시 안도했던 적이 있었으나 어쩌면 그 사실이 싫었던 건지도 모르겠다.[8](「한 사람을 위한 마음」, 38쪽)

---

8) 이 구절은 첫 소설집 『모두 다른 아버지』의 '작가의 말'을 연상시킨다. "우리는 모두 하나뿐인데 어떤 것이 내게 하나뿐이라고 생각하니 어쩔 줄을 모르겠다."(255쪽) 이것은 작중인물이 떠올리는 수많은 생각 가운데 하나가 아니라 이주란 소설의 테마인

어떤 순간이 한 번뿐이라고 생각하면 어쩔 줄을 모르겠다.(「멀리 떨어진 곳의 이야기」, 87쪽)

우리가 겪는 매 순간들은 이미 사라지고 있는 순간들이고 그렇게 우리의 삶이란 사라진 것들 그리고 사라질 것들로만 되어 있다는 생각 때문에 어찌할 바를 모르는 사람들, 그러니까 상실할 줄 모르기 때문에 끊임없이 다시 빼앗기는 우울증자들의 마음과 그 곤혹 같은 것이 이주란 소설의 토양이다. 이 곤혹이 이주란의 소설이 감당해야 하는 고통인데, 이 곤혹은 동시에 사라진 것들 그리고 사라질 것들을 붙들고 표현해내고자 하는 의지의 발화점이기도 하다.

「사라진 것들 그리고 사라질 것들」에서 조지영이 작은 물건조차도 못 버리게 된 것, 그것이 그녀의 삶을 힘들게 했지만 그런데도 끝내 그 습관을 고칠 수 없었던 것도 같은 맥락에서 이해될 수 있다. 그 작은 물건들이 사라질 것들이라는 사실, 결국 사라진 것이 될 것이라는 사실을 견딜 수 없었기 때문에 그녀는 그 물건들을 도무지 정리해버릴 수 없었을 것이다. 그녀가 일기 쓰기에 실패하는 것도 마찬가지이리라. 그녀는 그녀의 공간을 점령하고 어지럽히는 물건들은 버리고 그 물건들의 기억만을 일기 안에 남겨두려 했지만 그 기억들을 정리하려 하자마자 그녀의 글쓰기 속에서 무엇인가가 선택되고 기록되는 이상으로 무엇인가가 누락되어야만 한다는 사실에 직면해야 하기 때문이다. 그러므로 그녀의 일기는 아마도 간단한 메모로 정리될 수 없

---

것이다.

었을 것이고 며칠이 지난 뒤에 다시 떠오르는 기억들을 추가로 기입해야 했을 것이고 결국 그녀의 일기장은 그녀의 방처럼 복잡하게 어질러지게 되었을 것이다(「멀리 떨어진 곳의 이야기」가 날짜의 순서대로 정리될 수 없었던 것도 이와 같은 사정 때문이었을 것이다). 다시 한번, 그녀가 근접해 있는 것은 죽음이나 자살이기보다는 '상실'인 것이다.

「사라진 것들 그리고 사라질 것들」의 조지영에 한정해서 말하자면, 그녀는 상실을 수습하거나 회복하는 데 실패했다고 말해야 할지도 모른다. 하지만 그것은 그녀 개인의 정신적 결함 때문이 아니다. 차라리 그녀는 상실에 둔감해지는 정상적 삶에 유용한 결함이 없었기 때문에 상실의 메아리에 예민하게 노출되었던 것이라고 말해야 할 것이다. 그것이 그녀의 감당하기 어려운 죽음에 가까운 고통의 근원이었고 동시에 그녀의 감당하기 어려운 삶과 표현에 대한 애착의 근원이었다. 조지영에 대해 생각하고 생각한 끝에 조수영 또한 그 메아리를 들으며 상실에 접근했던 것 같다. 조수영 또한 애초의 계획과 달리 조지영의 유품 정리를 포기하게 되는 것이다. 지금까지의 논의에서 분명해졌기를 바라건대, 여기서 '정리'를 포기한다는 것은 실제로는 '그것'에 대하여 포기하지 않는다는 말과도 같다. 조수영이 조지영에 대해 생각하느라 조지영의 방에서 (아래층 남자 때문에 불안에 떨면서도) 사흘을 살았던 것처럼, '그것'에 접근해 들어가며 사라진 것들 그리고 사라질 것들을 붙들고 표현해내고자 하는 의지가 (언제나 성공한다고 낙관할 수는 없지만) 결국 죽음과 자주 혼동되는 상실의 메아리 위에서도 조수영을 살아 있게 할 것이다.

「준과 나의 여름」의 그 사랑스러운 커플이 마지막에 가서 모르는 사람의 방치된 무덤 위의 풀을 깎는 단순하지만 감동적인 그 장면이 우리에게 특별한 인상을 남기는 것은, 그 커플의 선한 행동 때문만은 아닌 것 같다. 그들의 생각과 행동과 대화가 그리고 그것을 포착하는 이주란의 문장들이 이미 사라진 것들 그리고 사라질 것들을 어루만져왔기 때문에 모르는 사람의 방치된 무덤 위의 풀 깎기는 그러한 어루만짐을 종합하고 가시화하는 표현이 되는 것이지, 그 앞의 어떤 사건들 뒤에 갑작스럽게 혹은 우연히 덧붙여진 독립된 선한 행동은 아닌 것이다. 그들이 풀 깎기로 한나절을 보냈듯 사라진/질 것들을 어루만지는 일이 결국 그들을 살게 하고 상실의 메아리와 우리가 자주 혼동하게 되는 죽음 혹은 죽음을 향한 충동에 너무 쉽게 굴복하지 않도록 도와주기도 할 것이다.

*

아마도 이렇게 정리할 수 있을 것이다. 이 글을 시작하면서 쓴 말을 반복하자면, 이주란의 소설은 너무나 사소해서 거기에 어떤 의미나 가치가 있을까 싶은 없는 자들의 삶의 순간들을 담담하고 무심한 체하면서도 구체적이고 섬세하게 묘사해내는 바람에 그것을 독자인 우리들이 더이상 심상하게 넘겨버릴 수 없는 나름의 절박하고 소중한 순간들로 제자리를 찾게 해준다. 다시 반복하는 말이지만, 그리고 그것은 우리가 겪는 매 순간들이 이미 사라지고 있는 순간들이고 그렇게 우리의 삶이란 사라진 것들 그리고 사라질 것들로만 되어 있다는 생각 때문에 어찌할 바를 모르는 사람들, 그러니까 상실할 줄 모르기 때문에 끊임없이 다시 빼앗기는 우울증자들의 마음과 그 곤혹 같은 것에서 비롯된다. 사라진 것들 그리고 사라질 것들을 그것들의 사라짐으로부터 건져내서 표현해내려는 시도, 하지만 그 건져냄이라는 것이 반드시 실패하고 말리라는 사실에 대한 우울하고도 정직한 인정을 포함하기 때문에 더욱 섬세하고 예민해지는 시도, 그러한 시도 속에서 결국 자기 자신을 살게 하는 시도. 이주란의 소설을 읽는다는 것은 이 시도들에 동참한다는 것이 아닐까.

(2019)

# 미뤄지지 않는 것
## —김금희의 『나의 사랑, 매기』

### 1. 인간은 사랑을 필요로 한다.

사랑에 대한 하나의 가설: 인간은 사랑을 필요로 한다. 그러나 이 가설을 감상적으로 읽을 필요는 없다. 이 가설이 말하고자 하는 바는 다음과 같은 것이기 때문이다. 사랑은 인간 존재가 양립 불가능한 것은 아닐지라도 화해하기 어려운 두 양식을 동시에 요구하기 때문에(다시 말해서 인간이 한편으로는 사회적 존재이고자 하면서도 다른 한편으로는 개별적 존재이고자 하기 때문에) 빚어지는 혼란을 정상화하려는 시도 가운데 하나이다.[1)]

인간은 물론 사회적 기능과 역할로 환원될 수 없는 자기 자신(개별적 존재)이고자 한다. 하지만 외부 세계로부터 참조할 만한 의미나 가치들을 공급받지 못한다면 누구도 자기 자신이 되어가는 일련의 과정들을 진행시킬 수 없으며 그가 그 자신으로 존재하고 있다는 점을

1) 사랑에 대한 이와 같은 이해에 대해서는 니클라스 루만, 『열정으로서의 사랑』, 권기돈 · 조형준 · 조성훈 옮김, 새물결, 2009 참조.

인정하고 승인해줄 외부 세계로부터의 고립을 항구적으로 감당하기도 어렵다. 그런 점에서 인간은 개별적 존재이고자 하지만, 개별적 존재이고자 하기 때문에, 사회적 존재이고자 한다고도 말할 수 있다. 그런데 만일 사회라는 것이 다양한 요소들을 서로 연결하는 가운데 자기 규칙들을 만들어나가는 열린 체계의 움직이는 형성물이라면, 사회는 그 내부에서 서로 떨어져 있는 차이 나는 요소들을 지속적으로 발견해내는 한에서만 그것들을 새롭게 연결해나가며 스스로를 갱신해 살아 움직일 수 있다. 그렇다면 사회는 자신의 안정화를 위해 개인들에게 기존의 체계에 맞춤하게 편입해 있는 기능이나 역할에 머물러 있기를 요구하는 것만큼이나 기존의 체계에 들어맞지 않는 독특하고 차이 나는 개인이 되기를 요구하며 그러한 개인들을 통해 새로운 연결을 창출하여 사회 자신이 활성화되기를 기대할 것이다. 그러므로 인간은 사회적 존재이고자 하지만, 오히려 사회적 존재이고자 하기 때문에, 개별적 존재여야만 한다고도 말할 수 있다.

결국 인간은 개별적인 동시에 사회적이다. 그러나 개별적인 것과 사회적인 것을 '동시에'로 나란히 놓고 기술記述하는 것은 간단하지만, 그 두 양식을 '동시에' 실천하는 과정은 복잡하고 까다롭다. 여기서의 '동시에'는 대단히 위태롭고 혼란에 빠지거나 결렬되기 쉽다. 그가 다른 누구도 아닌 그인 한에서 그는 사회적 의미·가치·기능으로부터 빠져나오는 경향이 있고, 그가 하나의 구성 요소로서 어떤 사회에 강하게 참여하는 한에서 그는 더이상 자기 자신이 아니기 쉬운 것이다.

'사랑'은 이 위태롭고 혼란스러운 '동시에'의 영역에서 작동한다. 사랑에 대하여 우리가 믿고 싶어하는 강력한 환상에 대해 생각해보

자. 우리가 누군가와 사랑에 빠지는 것은 상대방이 사회적으로 권장되는 미덕들을 두루 갖췄기 때문이 아니라 우리가 상대방에게서 다른 누구에게도 없는 사소할지라도 독특한 무엇인가를 발견하고 그 독특함에 사로잡혔기 때문이다. 말하자면 사랑은 상대방을 다른 누구도 아닌 바로 그로서 발견하고 긍정하는 것을 그 출발점으로 삼는다. 또한 사랑의 실천 속에서 우리는 끊임없이 사랑의 파트너를 고려하고자 한다. 사회적으로 공인받는 척도를 대신해서 오직 사랑의 파트너를 위한 관점으로 매 순간 모든 상황을 이해하고 평가하고자 한다(사랑에 빠진 자에게, 사랑은 다른 모든 사회적으로 공인된 덕보다 우월한 덕으로 받아들여지기 때문에, 이 무모한 이해와 평가를 정당화하는 것이 어려운 일이 아닐뿐더러 그 무모함이 부추겨지기까지 한다). 그 결과 우리 자신이 새로운 관점과 그 실천에 의해 새로운 자아로 다시 깨어나기에 이른다. 그러므로 사랑하는 인간은 사회적 존재로부터 이탈하면서 더이상 사회적 존재로 환원될 수 없는 개별적 존재가 된다.

그러나 저 새롭고 개별적인 자아는 사랑의 파트너와의 '연결'이 없었더라면 깨어날 수 없었을 것이다. 또한 사랑의 파트너를 위한 관점으로 매 순간 모든 상황을 이해하고 평가한다는 것은 이 개별적 존재가 어떤 고립 혹은 둘만의 관계 속에 함몰되는 대신 (비록 그것이 왜곡된 것이라 할지라도 사랑의 파트너를 중심으로 새롭게 구축된) 외부 세계에 강하게 참여한다는 것을 의미한다. 게다가 사랑은 사랑보다 더 통제하기 까다롭고 무질서해지기 쉬운 섹슈얼리티를 순화시켜 문명화하는 경향이 있고, 우정과 같은 사회적인 결속과 빈번히 뒤섞이며, 별다른 저항 없이 결혼과 같은 사회제도와도 결합하는 방식으로, 우리가 사회적 존재가 되는 데 기여한다.

다시 말하지만 사랑은 사회적 존재가 되고자 하는 경향과 개별적 존재가 되고자 하는 경향이 위태롭고 혼란스럽게 교차하는 지점에서 그 둘의 교차를 정상화하기 위해 요청되는 감정이다. 사랑에 대한 환상을 믿기로 한다면, 사랑과 함께 우리는 다른 무엇보다 우리 자신이 되지만 이때의 우리는 결코 홀로 있지 않는 것이다. 그러나 이 정상화의 시도가 성공하는 경우는 드물다. 사랑이 우리를 사회적 존재이며 동시에 개별적 존재가 될 수 있게 해주기는커녕, 사랑이 우리를 사회로부터 이탈시키는 동시에 우리 자신을 잃게 하는 경우가 더 많은 것이다. 사랑은 조화될 수 없는 두 경향이 교차하는 위태롭고 혼란스러운 상황을 정상화하기보다 그런 상황에 감염되어 사랑 그 자체가 위태롭고 혼란스러운 것이 된다.

그러나 이것이 곧바로 사랑에 대한 더 많은 지혜로운 조언과 그에 따른 수정과 보완이 추가로 필요하다는 것을 뜻하지는 않는다. 그것은 차라리 사랑처럼 오래 실천된 신비화된 전략으로도 정상화할 수 없는, 위태롭고 혼란스러운 방황이야말로 인간의 조건이라는 점을 의미할지도 모른다. 비록 그것이 고통스러운 혼란으로 경험된다고 할지라도, 바로 그 방황이 거치게 되는 복잡하고 다양한 경로 위에서 자신과 타인을 변화시키고 다양한 감정과 의미를 산출하는 가운데 무엇인가를 연결하거나 분리하는 과정이야말로 개별적이고도 사회적인 인간의 생 그 자체인지도 모른다. 바로 그 생을 충분히 겪어내기 위해서라도 인간은 사랑을 필요로 하는 것이다.

### 2. 사랑은 실패한다.

그런 점에서 『나의 사랑, 매기』(현대문학, 2018)의 안재훈과 매기의 사랑이 두 방향으로 교차하는 어떤 경향들이 서로를 간섭하거나 훼방하는 방식으로 경험되는 것은 어쩌면 당연한 것인지도 모른다. 서로를 간섭하거나 훼방하는, '지극히 사적이고 내밀한 공간으로 숨어들어 소통 불가능한 것을 향유하려는 경향'과 '어딘가의 안쪽에 숨겨져 있는 특이한 것을 평범하고 일상적인 것들 사이로 끄집어내어 소통 가능한 것으로 바꿔놓으려는 경향'.

예컨대 이런 식이다. 안재훈과 매기의 섹스를 방해하는 것은, 매기가 다른 남자와 결혼 관계에 있다는 사실에서 오는 제약이나 죄책감이 아니라, 그들이 섹스하고 있는 방 아래의 닭집에서 올라오는 닭기름 냄새다.

> 그 고소고소하고 촉촉한 튀김 가루에 마늘 가루와 후추를 넣어 염지한 닭의 몸통 같은 것이 어려서부터 친숙하고 어딘가 가족과 화평한 주말, 개키지 않은 이불과 아빠의 다 늘어난 러닝셔츠와 까무룩 잠이 드는 강아지와 녹이 슬고 있는 아파트 현관의 철제문, 뻐꾸기시계 등을 떠올리게 하는 닭의 그 환기의 힘 덕분에 우리의 섹스는 점점 더 순해졌다, 건전한 여가의 운동이 되고 격려의 악수가 되었다가 이윽고 뒤척임이 되었다. 파도처럼, 자연스럽게 밀려들어왔다가 다시 반동으로 밀려나가는, 그런 오고 감은 자연스럽고 무해한 것이다. 무해하다, 레이디치킨의 기름냄새처럼, 나는 자주 이런 생각을 했다.(12쪽)

단지 식욕을 자극하는 냄새가 관능적인 분위기를 깨뜨렸다는 것이 아니다. 많은 사람들이 공유하는 일반적인 삶 혹은 개방적이고 일상적인 관계를 의식하게 만드는 힘이 이 커플을 지극히 사적이고 내밀한 관계로부터 끄집어내기 때문에 그들의 섹스는 방해받는다. 서로의 육체에 집중하는 가운데 어느 순간 감각 그 자체에 완전히 몰두하며 외부 세계를 망각해야 할 섹스에, "그 고소고소하고 촉촉한 튀김가루에 마늘 가루와 후추를 넣어 염지한 닭"이라든가 "개키지 않은 이불과 아빠의 다 늘어난 러닝셔츠"와 같은 것들이 구체적이고 세세하게 환기되며 밀고 들어온다. 그 평범하고 일상적이며 개방적인 것에 의해 주의가 흐트러지고 그런 것들 사이에 놓이고 나면 "아주 위험하고 격정적이며—여러 의미에서의—파괴의 행위"라고 할 만한 섹스는 온순해지고 악수가 되었다가 뒤척임에 불과한 것이 된다.

하지만 그들이 기름냄새가 들어오는 그 방에만 머물러 있어야 했던 것은, 말하자면 그들은 정상적인 커플이 아니었으므로(매기에게는 남편이 있었으므로), 타인의 눈을 피하느라 사적이고 내밀한 공간 바깥으로는 나갈 수 없었던 탓이다. 이 커플은 한편으로는 사회로부터 물러서고(이 커플이 정상적으로 허용되는 결혼 관계 바깥에서 만나고 있다는 것이 이미 사회로부터 물러서는 것이다) 그들만의 공간으로 숨어들고자 했지만 바로 그 조건 때문에 냄새처럼 스며들어 그들의 내밀함을 깨뜨리는 평범하고 일상적이고 개방적인 것을 피할 수 없었다.

교차하는 두 경향이 서로 충돌하고 방해하는 사례를 그럼에도 서로를 필요로 하는 사례를 더 생각해볼 수도 있겠다. 재훈은 "광장에 나가 누군가들과 공유할 수" 없는 "한없이 사소하고 한없이 개인적인, 아주 축소된 채로 있어야 유지가 가능한" 어떤 마음 때문에 2016년 가을 광화문으로 모여드는 시민들의 틈에 함께 있을 수 없었다(재훈이 동료들과 광화문에 나가기 시작한 것은, 매기의 말에 온도 같은 것이 사라진 탓에 "아주 확실히 절망"한 뒤 그러니까 둘 사이의 내밀한 관계의 끝에 대한 확실한 예감 뒤이다). 그런 마음은 "바닥을 기면서 그 무던함과 성실함으로 바글거리며 한 입 한 입 물어다 겨우 개미 공동체를 유지하는 데 사명을 걸고 어느 선택된 여왕개미의 다산을 위해 복종하면서 아둔하게 살아가는" 것을 두고 "무언가 인생이 참 허망하다"고 생각하는 것 그리고 "친숙하고 일상적인 것, 끈질기게 삶을 운용하는 어떤 대상에 대한 알 수 없는 적의" 같은 것과도 서로 통한다. 그런 마음은 '정육점'처럼 '일반적으로' 통용되는 '평범한' 말 속에서 자신만이 알아볼 수 있는 비밀스러운 무엇인가(고기를 정미精美한다는 말에는 고기를 먹어치우는 식육 행위를 미화하는 음모가 숨겨져 있다!)를 찾아내는 사람이었기 때문에 매기에게 사로잡히는("나를 빽가게 했다") 재훈의 마음의 뒷면이기도 하다. 말하자면 내밀한 것을 향해 파고드는 어떤 경향이 평범하고 일상적이고 개방적인 것을 방해한다.

하지만 재훈은 동시에 누구라도 그렇듯 "사랑이라는 것이 마땅히 갖추어야 할 '쇼잉'의 기쁨을 마음껏 누리"고 싶어했고 매기가 제시하는 "규칙들 속에 이 관계에 대한 은폐의 기도가 온통 들어가 있다는 사실에 창백하게 질려가고 있었다." 말하자면 재훈은 자신의 가장 내밀한 것이 평범하고 일상적이고 개방적인 것과 교차하기를 원했다. 재훈 애인의 애칭이 '매기'가 된 이유도 그런 것이다. 두 사람을 향해 예쁘다고 말해준 유일한 사람이 주방에서 〈메기의 추억〉을 흥얼거리며 양파를 썰던 순댓국집 아줌마였으므로 재훈은 애인의 애칭을 여기서 따온 것이다. 두 사람의 비밀스러운 관계는 그것을 인정하고 승인해줄 타인의 시선을 필요로 했다.

그러니까 재훈이 "사랑은 프라이빗한 것이지만 쇼잉이기도 하다"고 말할 때, 우리는 그것을 일반적인 커플들이 자신들의 기쁨을 타인들에게 과시하고 싶어한다는 정도로 읽는 데서 멈추지 않고, 사랑이 작동하고 있는 저 '교차'의 장소를 떠올려야 할지도 모른다. 그 교차의 형식은 재훈이 매기와의 추억을 기록하는 가운데 (내밀한 지점으로 집중되는) 은폐와 (사회적으로 개방하는) 노출의 변증법으로 재진술되기도 한다. "그러면 매기와 내가 나눴던 어느 여름의 대화가 숨겨진 채 전달되는 것이겠지, 어느 정도 감춰지고 어느 정도는 노출될 수 있는 것이겠지." 하지만 우리는 이 은폐와 노출의 교차가 재훈이 바라는 것처럼 조화롭게 이뤄질 수 없고 충돌하며 서로를 방해한다는 사실을 안다. 개방적인 것과 내밀한 것은 서로를 필요로 하면서도 서로를 파괴한다. 『나의 사랑, 매기』가 포함하는 에피소드 대부분은 이 혼란을 표현하고 있다.

이 혼란과 관련해서 재훈의 회상에는 흥미로운 착오가 하나 있다. 재훈은 매기와 왜 그렇게까지 길고 긴 산책을 할 수밖에 없었는가에 대해 심리적 설명을 두 차례 제공하는데 이 두 설명은 서로 어울리지 않는다.

> 매기를 14년 만에 다시 안았을 때, 손을 잡고 입술을 가져다댔을 때 나는 우리가 왜 그렇게 온 힘을 다해 진을 빼듯이 걷고 있었는가를 깨달았다. 우리는 우리 내면의 어떤 것이 기진맥진해져서 완전히 투항하기를 바라면서 무언가와 싸우듯이 걷고 있었던 것이었다. 어떤 날에는 걷고 걸어 무사히 우리의 리비도를 이겼지만 그러면 다시 열흘이나 일주일쯤 뒤에 약속을 잡아 아무렇지 않은 척, 그냥 우리는 어떤 다른 사이도 아니라 동기 동창, (……) 서로의 우애를 확인하는 그런 사이인 척 밥을 먹고 차를 마시다가 다시 걸었다. (……) 다정함의 목줄

을 단단히 죄고 있던 어느 날에 매기는 나 이제 더이상 못 걷겠어, 하고 강변 벤치에 앉았고 그때쯤에는 나도 더이상은 어떻게 해서도, 무슨 이유를 대도 더이상은 걸을 수가 없어서 매기 옆에 앉아 침묵하다가 손을 뻗어 매기의 뺨을 어루만졌다. 우리는 완전히 무언가에 진 기분이었고 동시에 너무 져버려서 어떤 것에도 저항할 필요가 없게 느껴졌다.(18~19쪽)

신경쓸 필요가 없는데도 매기는 나와 함께 있다는 사실 자체를 지나치게 조심했다. (……) 내가 보기에 매기는 그러한 조심을 통해 궁극적으로 이루려고 하는 목적이 있는 것이 아니라, 그저 자기가 그렇게 조심하고 있다는 것, 그런 조심의 상태가 중요한 듯 보였다. 우리가 4킬로미터쯤은 걷고 걸어 초자아를 녹다운시켜야 겨우 속마음을 말할 수 있는 관계라는 것을 적어도 이 관계를 시작한 마당에 서로에게 내색해서는 안 된다고 생각했던 나와는 정반대의 태도였다.(31쪽)

그들은 왜 그렇게 녹초가 될 때까지 걸어야 했는가. 첫번째 인용문에 따르면 이렇다. 재훈과 매기는 그들의 내면에서 들끓는 감정과 충동을 감지했지만 그것이 사회적으로 허락되지 않는다는 것을 잘 알고 있었다. 그들은 그 감정과 충동을 완전히 무시할 수 없었지만 그것이 실현되는 것도 바라지 않았다. 그들은 무의식적으로 사회적 금기의 편에 서서 자신들의 감정과 충동에 맞섰다. 그들은 싸우듯 걸으며 자신들의 육체를 기진맥진하게 만들었고 그 기진맥진한 육체 속에서 감정과 충동도 잦아들기를 바랐다. 그러나 그들은 감정과 충동을 이길 수 없었다. 그렇게 해서 감정과 충동에 사로잡힌 두 사람은 사회적으로 허락되지 않는 새로운 관계를 시작하게 된 것이다. 하지만 두 번째 인용문에 따르면 사정이 다르다. 그들은 기다렸던 것이다. 길고 긴 산책 끝에 사회적 금기를 대리하는 그들의 초자아가(감정과 충동이 아니라!) 녹다운되기를, 그렇게 해서 그들의 자제력이 부식되기를. 그들은 무의식적으로 자신들의 감정과 충동에 은근히 복종하며 초자아와 장기전을 벌였고, 길고 긴 산책의 피로 때문에 그들이 녹초가 되었을 때 그들의 초자아 또한 제대로 작동할 수 없었고, 그렇게 해서 두 사람의 감정과 충동이 현실화되기 시작한 것이다.

두 인용문 가운데 어느 쪽이 옳은 것일까? 아마 둘 중에 하나를 고를 필요가 없을 것이다. 그들의 문제는 감정과 충동의 편에 설 것인가, 초자아의 편에 설 것인가가 아니라, 그 두 항목이 서로 싸우고 있다는 데 있으니까.

만일 재훈과 매기의 사랑이 실패한 것이라면 그 원인은 사랑 안에 이미 내재해 있는 극복 불가능해 보이는 저 갈등과 혼란일 것이다. 매기가 이미 결혼했다는 사실은 저 갈등과 혼란을 극대화하는 조건일 뿐 근본적이거나 결정적인 원인이 될 수 없다(우리 가운데 누군가는 결혼의 바깥에서 사랑을 실천한다는 바로 그 점이, 사회제도로서의 결혼이 사랑을 완전히 포괄할 수 없다는 바로 그 점이, 사랑 안에 이미 내재해 있는 저 갈등과 혼란에서 비롯되는 것이다). 그러니까 재훈과 매기 커플 앞에 놓인 장애물이 그들이 재회하기에 앞서 매기가 이미 다른 남자와 결혼했다는 사실이라고만 말하는 것은 불충분하다. 그런 조건이 아니라고 하더라도 사랑은 언제나 위태롭고 혼란스러운 방황으로 작동하기 때문이다. 그러니까 사랑은 본래 실패하도록 되어 있는 것인지도 모른다. 재훈과 매기의 손목에 새겨지는 X자 표시는, 서로에게 안 된다고 말하는 것이기에 앞서, 사랑의 본래적인 실패를 암시하는 것인지도 모른다.

### 3. 그것은 누구의 잘못도 아니다.

그러나 앞에서 이미 말한 것이지만, 이것이 곧바로 사랑에 대한 더 많은 지혜로운 조언과 그에 따른 수정과 보완이 추가로 필요하다는 것을 뜻하지는 않는다. 그것은 차라리 사랑처럼 오래 실천된 신비화된 전략으로도 정상화할 수 없는, 위태롭고 혼란스러운 방황이야말로 인간의 조건이라는 점을 의미할지도 모른다. 비록 그것이 고통스러운 혼란으로 경험된다고 할지라도, 바로 그 방황이 거치게 되는 복잡하고 다양한 경로 위에서 자신과 타인을 변화시키고 다양한 감정과 의미를 산출하는 가운데 무엇인가를 연결하거나 분리하는 과정이야말로 개별적이고도 사회적인 인간의 생 그 자체인지도 모른다. 바로 그 생을 충분히 겪어내기 위해서라도 인간은 사랑을 필요로 하는 것이다. 그렇다면 관건은 어떻게 하면 방황과 혼란을 피할 수 있는가가 아니고, 피할 수 없는 방황과 혼란을 어떻게 감당하고 자신의 삶으로 만드느냐는 것이다.

그렇게 본다면 사랑의 실패와 성공에 대해 따지는 것은 무의미하다. 안정된 결합 관계 속에서 행복한 결말에 도달한 것처럼 보이는 사랑이 위태롭고 혼란스러운 방황에 충실하지 못한 탓에 체험의 폭을 줄여놓은 것일 수 있고, 후회와 고통밖에는 남은 것이 없는 것처럼 보이는 사랑이 위태롭고 혼란스러운 방황을 통해 우리에게 어떤 체험을 풍부하게 선물한 것일 수도 있다. 그러니까 재훈과 매기의 관계가 "자꾸 어긋나고 상대를 향한 모멸의 흔적을 남기게 된 건 누구의 잘못도 아니었다"고 말할 수 있다. 그들이 "덜 사랑하거나 더 사랑했어야 하는 것"은 아니었다고도 말할 수 있다.

왜 재훈과 매기가 실패했는지를 따져보는 일만큼은 피해야 한다. 매기가 재훈과 재회하기 전에 다른 남자와 결혼해버렸기 때문에? 매기가 그 결혼을 포기하지 않았기 때문에? 재훈이 매기의 조건을 완전히 수용할 수는 없었기 때문에? 그 모든 장애물들을 미리 알고 염려했음에도 초자아를 이겨버리는 불가항력적인 충동 때문에? 사랑이 본래 실패하도록 되어 있는 것이기 때문에? 어떤 답을 고르더라도, 그 답이 나름대로 타당한 면이 있겠지만, 그것은 재훈과 매기가 겪은 것들을 있는 그대로 감당하며 자신들의 삶으로 살아내는 대신 누군가 혹은 무엇인가를 탓하며 자신들이 감당해야 할 것을 누군가 혹은 무엇인가에게 미뤄버리는 것이 되기 쉽다. 사랑을 통해 겪어낸 그것들을 다른 누구 다른 무엇에도 미루지 않고 감당하며 우리 삶의 함량을 증가시키는 것, 그것이 사랑이 우리에게 요구하는 것인지도 모른다.

적어도 사랑의 끝에서 재훈은 그렇게 생각했던 것 같다. 그것이 이 소설의 마지막 장면이기도 하다. 사람들이 저마다 장바구니에 담긴 것들의 무게를 가늠하며 집으로 돌아가는 풍경을 오래 지켜보며 재훈은 생각했다. 모두들 그렇게 어떤 무게를 감당하며 일상으로 돌아가 자신의 삶을 살아낸다고. 그때 재훈이 보는 것은 요리의 재료가 되어줄 당근이 아니라 우리가 무엇인가를 감당하려 할 때의 그 단단하고 묵직한 저항감 그 자체이다. 그 단단하고 묵직한 저항감만이 무엇인가의 실존을 표현한다. 실존, 그러니까 무엇인가를 감당하느라 얻게 된 함량이며 무게. "비닐봉지를 묵직하게 누르는 야채의 부피감이 느껴질 때마다 나는 그런 것들에 대해 생각했다. 심지어 당근도 자기 삶을 감당하고 있다고. (……) 그건 어디에도 미뤄지지가 않는 것이었다." 내밀하고 독특하며 소통 불가능한 것도 없이 서로에게 열려 있는 것처럼 보이는 저 평범하고 일상적인 것들의 삶이라는 것도, 실은 저마다의 혼란과 방황으로 겪어낸 어디에도 미뤄지지 않는 어떤 것을 감당하느라 단단하고 묵직해져 있는 것이다. 그러니까 사랑은 실패하는 것이지만, 사랑에 실패한 탓에 어쩔 수 없이 사랑으로부터 물러서서 사랑을 잊고 무엇인가가 사라진 채로 일상으로 돌아가야 하는 것이 아니다. 실패하는 사랑의 요구에 응답하여 방황과 혼란의 진폭 속에서 어디에도 미룰 수 없고 미뤄지지 않는 것을 찾아내고 간직해 삶의 함량을 증가시켜야 하는 것이다.

(2018)

# 욕망의 글쓰기

문학에도 반대말이 있다면 그것은 무엇일까?

현실의 삶?

억압과 폭력?

여기에 '인지상정'을 추가해본다면 어떨까?

*

인지상정, '사람이라면 누구나 가지는 감정이나 생각'이라는 관념은 그 자체로 '인간'이라는 표준 모델, 기본형, 보편 이념과 같은 것을 전제하거나 승인한다. 그렇기 때문에 이 관념은 한편으로 다양한 부류의 인간들 상호 간의 이해와 수평적 관계 맺음을 북돋는 면이 있지만, 다른 한편으로는 인간적인 것 내부에 너무나 다채로운 감정과 생각의 스펙트럼이 분포할 수 있고 그런 탓에 인간들 사이에 소통 불가능하거나 화해 불가능한 순간들이 빈번히 생겨난다는 점, 인간의 세계 이해와 자기 이해는 저마다 크고 작게 다를 뿐 아니라 그것들 각각이 시대와 지역에 따라 혹은 그것에 거슬러 끊임없이 변화/분화할 수 있고 하고 있다는 점, 개념이나 명명의 수준에서는 동일한 것처럼 보이는 장면에서도 지각과 감각의 민감도에 따라 거의 언제나 미묘한 차이가 감지될 수 있으며 때로는 이 미묘한 차이가 결정적이거나 절대적일 수 있다는 점 등을 받아들이게 하는 데는 취약하다.

'사람이라면 누구나 가지는 감정이나 생각'은 인간적인 것 내부의 다채롭고 낯선 것들을 공통적인 것으로 번역해내고 이를 통해 서로 다른 요소들을 공통의 연락망 안으로 끌어들이고자 하지만, 번역되어 공통의 연락망으로 포섭되느라 은폐, 억압, 왜곡된 차이들, 독특성들, 고유성들은 결코 말끔하게 지워지지 않으며 공통의 연락망 외에 다른 경로를 통해서라도 자신을 표현하고 증식시키고자 한다.

문학은 이 '다른 한편으로'와 '다른 경로'에 속한다. 그런 점에서 '인지상정'은 문학의 반대말이다. 문학은 인간의 보편적인 지혜나 공통의 이해에 이르는 길이 아니고, 그 크고 넓은 길에서 빠져나가는 비밀스러운 오솔길이거나 그런 오솔길로 빠져들어 길을 잃도록 유혹하는 몸짓이다. 혹은 얼핏 공통의 대로를 함께 걸으며 거기서 거기인 형태의 삶을 살고 있는 것처럼 보일지라도 그 안에 작지만 결정적으로 차이 나는 뉘앙스들이 이미 포함되어 있다는 사실을 입증하고자 하는 의지, 그 차이들이야말로 살아 있다는 느낌의 원천이며 때로는 그러한 차이들이 삶의 분화, 전개, 변화의 원천임을 입증하고자 하는 의

지이다. 혹은 너무 흔하게 인식되지 않거나 비하되는 그 작은 차이들이 거창한 의미와 가치로 스스로를 꾸미지 않으면서도 정당화되거나 축성祝聖되기를 바라는 소망이다. 혹은 그러한 차이들이 너무 빼곡한 나머지 이해할 수 없고 화해할 수 없는 역설들로 가득찬 삶 그 자체를 견디고 받아들이게끔 하는 연습이다.

*

우리의 논의에 꼭 들어맞는 것은 아니지만, 여기서 떠오르는 한 소설 속 인물의 독백.

> 어느 날 나는 '인지상정'이란 말을 흰 한글 창에 치고 그 말을 쳐다보았다. '사람이라면 누구나 가지는 보통의 정서' '누구나 느끼는 감정'이라는 풀이 글을 쳐다보았다. '고통받는 이웃을 보면 나서서 돕고 싶은 것이 인지상정이다'라는 예문을 쳐다보았다.
>
> 그러면서 생각했다. 얘기 나누다보면 얼굴 보고 싶어지고 자꾸 얼굴 보다보면 자고 싶어지는 게 인지상정 아닌가. 그러자 나는 인지상정이란 말이 역겹게 느껴졌다.(최은미, 『어제는 봄』, 현대문학, 2019, 86쪽)

자신의 삶의 어떤 대목에서만이라도(여기서는 사랑의 순간만이라도) 자신만의 감정과 생각으로 무엇인가를 고유하고 독특하게 겪어나간 것이기를 바라는 간절함, '인간존재'라는 공통 프로그램에 따라 사람이라면 누구나 가지는 감정이나 생각을 지닌 채 살아가는 혹은 살아'지'는 것에 대한 거부감이 이 인용문에서 발화하고 있는 인물을 형성하는 질료이다.

이 질료 없이 문학이 성립할 수 없으며, 삶 또한 같은 성분의 질료로 이루어져 있다는 것이 나의 고질적인 편견이다.

*

개별적인 것들의 다양성과 무질서를 보편적이고 공통적인 것들의 체계로 환원하려는 경향을 거스르는 문학 특히 소설은 대체로 구체적이고 세밀하며 특유한 것들에 대한 포착에서 출발해서 그것들을 보다 보편적인 맥락과 그에 따른 이해 속에 해소하지 않으려는 노력을 계속한다.

(이 점에서 보면 소설을 해석해내려는 의지야말로 경계해야 할 유혹인지도 모른다. 왜냐하면 그 소설이 포착하고 표현해낸 것은 다른 무엇인가를 의미하고자 혹은 다른 무엇인가에 봉사하고자 동원된 것이 아니며 의미화 자체가 개별적인 것에 보편적이거나 공통적인 요소를 덧씌우는 일이 되기 쉽기 때문이다. 소설이 포착하고 표현해내는 것은 구체적이고 세밀하며 특유한 것들 그 자체 이외에 아무것도 아니다. 비평의 곤혹은 여기에 있다. 비평은 그것이 비평인 한 의미화와 가치평가를 수행할 수밖에 없는데, 소설은 의미화를 필요로 하지 않을 뿐만 아니라 어떤 의미에서는 그러한 의미화에 저항한다. 비평은 그 자체로 이미 기생적인 것이다. 그러나 이런 생각의 결론이 곧장 비평의 종말을 가리키는 것은 아니다. 이는 다만 의미화와 가치평가를 초과하는 비평을 요구할 뿐이다. 작품으로서의 비평은 이러한 요구에 따른 응답일 수 있다.)

*

권여선의 단편소설 「모르는 영역」(『아직 멀었다는 말』, 문학동네, 2020)에는 다음과 같은 삽화가 들어 있다.

마당 한쪽에서 펜션 주인으로 보이는 남자가 흰 개를 나무라고 있었다. 시무룩하게 야단을 맞고 있는 개는 아까 명덕을 향해 뛰어오다 공연히 기겁을 하여 도망친 작은 개였다. 남자가 뭐라 뭐라 추궁하는 소리가 들렸지만 뭐라고 하는지 알아들을 수 없었다. 남자가 두리번거리며 마당을 한 바퀴 돌더니 명덕을 향해 다가왔다.

"선생님, 안녕하십니까? 어서 오십시오. 그런데 혹시 여기 어디서 빨간 신발 한 짝 못 보셨습니까?"

그가 못 봤다고 대답했다.

"이놈의 개가 빨간 신발 한 짝을 물고 가서 어디다 놔뒀는지 찾지를 못하겠네요."

"개가 신을 물어갔습니까?"

"네, 빨간 신발을 한 짝만. 큰일났네 이거."

잠깐 뿌린 세찬 비로 흙 마당은 젖어 있었다. (……) 어디에 숨겼건 신은 엉망이 되었을 터였다.

"신발이 한 짝밖에 없으면 그걸 어쩝니까?"

남자가 끌탕을 했다. 그의 생각에도 한 짝만 남은 신은 아무 쓸모가 없겠다 싶었다. 남자가 무척 아끼던 신인가보았다.

"비싼 건 아니어도 그래도……"

남자가 중얼거리다 말고 그의 눈치를 살폈고 그는 딱히 할말이 없어 잠자코 고개를 끄덕였다. 비싼 건 아니어도 무척 아끼던 신이면……

"물어드려야겠지요?"

"네?"

"못 찾으면 물어드리긴 해야겠지만 참 그걸 한 짝만 물어갔다고 한 짝만 물어드릴 수도 없고."

그는 갑자기 흥미를 느끼고 물었다.

"사장님 게 아니고 손님 걸 물어간 겁니까, 개가?"

"그럼요. 손님 신발을 물어갔으니까 지금 큰일났다는 거지요."

그의 입에서 아이고 소리가 절로 나왔다.

"난감하시겠습니다."

"이거 참 보통 난감한 게 아닙니다. 저놈의 개가 어디다 물어놨는지 말을 안 하니, 아니, 못하니……"

그는 웃음을 참느라 고개를 숙였다.

"찾아보시다 정 안 되면 손님께 잘 말씀드려보세요."

(……)

"그러니까 선생님이 이게 누구 신발인지 먼저 물어보셔가지고 말씀 좀 잘해주시면 고맙겠습니다. 제가 열심히는 찾아보겠습니다만 만에 하나 못 찾으면……"(16~18쪽)

「모르는 영역」에는 그다지 사이가 좋아 보이지 않는 부녀가 식당을 겸하는 펜션에서 딸의 동료들과 함께 저녁식사를 하고 다음날 아침 헤어지기까지의 소소한 이야기가 담겨 있다. 위의 인용문은 저녁 식사 전 담배를 피우느라 잠시 밖에 나온 명덕(부녀 가운데 아버지)이 펜션 주인과 잃어버린 신발을 두고 대화하는 장면이다. 뭐라 설명할 필요도 없이 분명하게 드러나 있듯 펜션에서 기르는 강아지가 손님의 신발 한 짝을 물어간 모양이고 그걸 물어줄 생각에 펜션 주인은 난감하다.

그런데 자세히 보면 이 인용문에는 마음의 파동이라고 할 만한 것들이 미묘하게 다른 방향으로 퍼져나가며 조금씩 뒤엉키고 있다. 신발 한 짝이 없어져서 큰일이라고 반복해서 말하는 펜션 주인이 말 못하는 강아지에게 그걸 어디에 숨겼느냐고 묻고 혼내는 것을 보며 명덕은 펜션 주인이 잃어버린 그 신발을 무척 아꼈던 모양이라고 짐작하는데 이때까지 그의 마음은 어느 정도는 무신경하고 담담하다. 그러다 펜션 주인이 "물어드려야겠죠?"라고 물으면서 명덕의 호기심이 동한다. 잃어버린 신발이 펜션 주인의 것이 아니었단 말인가? 그러고 보니 "신발이 한 짝밖에 없으면 그걸 어쩝니까?"라던 앞선 말의 의미가 다시 새겨지고 펜션 주인의 이어지는 말에서도 그 의미가 확인된다. 그 신발이 너무 소중했기 때문에 한 짝만 남아서 안타깝다는 것이 아니라, 자기가 기르는 개가 숨겨놓은 것은 한 짝뿐이니 그 한 짝 값만을 물어주어도 계산이 맞을 것 같은데 한 짝만 남은 신발이란 아무 소용도 없으니 결국 한 켤레 값을 모두 물어주어야 한다는 사실을 모르지 않으면서도, 앞선 계산법(잃어버린 것은 한 짝뿐)이 자꾸만 마음에 남아 펜션 주인은 어딘가 억울한 데가 있는 것 같다. 그렇다고 해서 펜션 주인이 경우를 모르는 사람은 아니어서 개가 한 일이니 자기는 모른다는 식으로 잡아떼거나 하지는 않고, 다만 이 모든 사정(잃어버린 것은 한 짝뿐이고, 이것은 말도 하지 못하는 개가 벌인 짓이며, 그 개를 주인인 내가 따끔하게 혼내줬다는)을 신발 주인이 헤아려준다면 물어주어야 할 값을 낮춰볼 수도 있으리라는 기대를 하면서 명덕에게 말을 걸고 있으되, 자신의 부탁이 어딘가 염치없는 데가 있다고 느끼는지 곧장 본론을 말하지 못하고 공연히 강아지를 타박하며 말을 빙빙 돌리다가 명덕이 먼저 손님께 잘 말해보시라고 제안하자 그렇다면 명덕이 대신 말해달라고 냉큼 부탁한다. 펜션 주인의 계산속은 어떻게 보면 지극히 사소하고 소심한 면이 있지만, 「모르는 영역」은 세상살이의 평균적인 상식과 제 나름의 억울함이 오락가락하며 버무려져 있는 이 미묘한 순간을 허투루 보지 않고 함부로 요약하거나 평가하지도 않으면서 선명한 해상도로 표현하고 있기 때문에 그 사소하고 소심한 마음의 파동이 함부로 무시할 수 없는 독특한 질감으로 느껴지는 듯하다.

이어지는 장면에서 명덕은 펜션 주인의 요청에 따라 딸의 동료 가운데 한 사람인 동수에게 "그쪽 신을 개가 한 짝 물어갔다는데" "그래서 신이 한 짝밖에 없답니다"라고 말을 꺼낸다. 젊은 사람들은 다들 웃어대며 "어머, 개가 물어갔대, 개 불쌍해, 개 억울해, 하며 깔깔거렸다" "그는 무슨 영문인지 알 수 없었고 졸지에 늙은 어릿광대가 된 기분이었다." 알고 보니 한쪽 다리가 불편한 동수는 그 다리에 깁스를 하고 있었기 때문에 애초에 빨간 신발은 한 짝만 신고 왔던 것이다. 신발장에 한 짝만 놓여 있는 신발을 보고는 펜션 주인이 지레짐작으로 흰 개를 신발 도둑으로 몰았던 모양인데, 명덕이 그 사정을 어떻게 다 알 수 있었겠는가. 그저 난처해하는 펜션 주인의 말을 전했을 뿐인데 왜 이 젊은 사람들은 그를 비웃듯이 놀려대는가. 장애가 있는 동수의 사정을 몰랐기 때문에 말실수를 한 것인데 딸은 왜 그를 나무라듯 바라보는가. 이제 억울한 것은 펜션 주인이 아니라 흰 개와 명덕이다. 이제는 명덕의 미묘한 마음의 파동이 다시 다른 방향으로 전개된다. 그 흰 개는 명덕을 처음 봤을 때 대체 명덕이 뭘 어쨌다고 기겁하며 도망쳤을까. 펜션 주인은 흰 개가 뭘 어쨌다고 그 개를 신발 도둑으로 몰았으며, 딸과 딸의 동료들은 명덕이 뭘 어쨌다고 명덕을 죄지은 어릿광대로 만들어버린 것일까. 말하자면 (흰 개와 함께) 사람들은 '모르는 영역'이 있다는 것을 자꾸만 잊고 뭔가를 짐작하고 그 짐작들 때문에 뭔가가 얼크러진다. 이 얼크러짐은 유쾌하게 풀리기도 하고 풀 수 없게 꼬여 인생의 골칫거리가 되기도 한다. 그뒤로 이어지는 장면들에서 명덕과 다영 부녀는 그들만의 얼크러짐을 풀기도 하고 더 엮기도 하다가 다음날 아침이 되어서야 헤어진다. 앞의 인용문은 독립적이고 부수적인 삽화가 아니고 이날 치의 얼크러짐에 단단히 물려 있는 작은 얼크러짐의 첫 단추쯤 되는 것이다. 「모르는 영역」은 그 얼크러짐의 세목들이 손에 잡힐 듯 상세해 서운한 마음과 분노, 기쁨과 감동, 걱정과 타박을 다양하고 절실하게 오르내린다.

만약 「모르는 영역」이 사람들은 각자의 모르는 영역에 대해 함부로 짐작하며 오해해버리는 것이 인지상정이지만 그런 오해 너머에는 각자의 사정이라는 것이 있으며 그 사정에 대해 솔직하게 대화할 수 있는 한 관계를 회복할 수 있다는 식의 고루한 지혜를 설파하고자 했더라면, 이 소설은 너무나 지루하고 진부한 관념의 덩어리에 멈추고 말았을 것이다. 물론 「모르는 영역」은 그런 식의 이야기가 전혀 아니다. 오히려 「모르는 영역」은 저마다 독특한 얼크러짐과 풀림의 질감 그 자체, 그것들이 맞물려 들어가는 기이하면서도 매끄러운 방식, 그 모든 것들을 가득 채우고 있는 마음의 파동이라는 질료의 세밀한 무늬들이 '사건'이나 '관념' 안에서 흩어지거나 탈락해버리지 않게 붙들고 표현해내는 데 각별한 주의를 기울이고 있다. 마치 그 미묘하고 미세한 것들의 표현이 소설의 최우선 과제이고 삶의 진실에 충실할 수 있는 가장 효과적인 방법이라는 듯이. 제목 '모르는 영역'으로 요약될 만한 어떤 주제는 부수적으로 딸려 나왔을 뿐이라는 듯이. 그렇게 해서 대단하거나 특별할 것 없는 일상의 순간들이 「모르는 영역」의 서술 스타일 속에서는 의미심장한 질감과 파동으로 충만해지고 함부로 요약하거나 평가할 수 없는 것이 된다. 너무 흔하게 인식되지 않거나 비하되는 일상의 미묘한 순간들을 거창한 의미와 가치로 치장하지 않으면서도 정당화하거나 축성할 수 있도록, '그저' 평범해 보이는 일상으로부터 엄청난 것일지도 모를 뭔가를 끄집어낼 수 있도록 권여선의 글쓰기가 돕고 있다고 말해야 하지 않을까. 그러니까 그림을 그리는 명덕이 해질 무렵 저수지를 보며 아래의 인용문과 같이 명상할 때 이것이 일상보다 더 높은 차원에 있는 예술적인 심오함이라고 읽을 것이 아니라, 차라리 예술적인 것 혹은 문학적 글쓰기가 일상과 어떤 식으로 관계해야 하는가에 대한 명덕의 무의식적 깨달음이자 권여선 작가의 암시라고 읽어야 할지도 모른다.

어디선가 새가 날아와 나뭇가지에 내려앉았다. 날갯짓의 급격한 감속, 날개를 접고 사뿐히 가지에 착지하는 모습, 가지의 흔들림과 정지…… 그런 정물적인 상태가 얼마나 지속되었을까, 새는 돌연 가지를 박차고 날아갔고 그 바람에 연한 잎을 소복하게 매단 나뭇가지는 다시 흔들리다 멈추었다. 멍하니 서서 새가 몰고 온 작은 파문과 고요의 회복을 지켜보던 그는 지금 무언가 자신의 내부에서 엄청난 것이 살짝 벌어졌다 다물렸다는 걸 깨달았다. 그는 새가 날아와 앉는 순간부터 나뭇가지가 느꼈을 흥분과 불길한 예감을 고스란히 맛보았다. 새여, 너의 작은 고리 같은 두 발이 나를 움켜잡는 착지로 이만큼 흔들렸으니 네가 나를 놓고 떠나는 순간 나는 또 그만큼 흔들려야 하리. 그 찰나의 감정이 비현실적일 정도로 생생해 그는 거의 고통스러울 지경이었다.

한참 만에 주위를 돌아보니 **그저** 저수지였다.(28~29쪽, 이하 강조는 인용자)

*

작가가 그 점을 표나게 내세우고 있지는 않지만 권여선의 서술 스타일은 '삶 그 자체를 향한 열정 혹은 욕망'을 밑바탕에 깔고 있는 것 같다. 누구나 욕망할 만한 특별한 삶의 특별한 순간들을 선별해서 그것이 얼마나 드라마틱하고 의미심장한가에 대해 쓰는 것이 아니라, 너무나 일상적이기 때문에 특별할 것 없고 무의미해 보이는 장면들까지도 글쓰기를 통해 천천히 음미하고 세밀하게 펼쳐 보이는 바람에 결국에는 거기서 미묘하고 독특한 질감이 발생하고, 그런 탓에 그 평범한 삶을 더이상 간단하게 요약하거나 무시해버릴 수 없는 고유한 삶으로, 더 나아가서는 욕망할 만한 특별한 삶으로 재탄생시키기 때문이다. 그것이 대단한 삶이기 때문에 그러한 삶을 욕망하는 것이 아니라 바로 그 삶을 욕망했기 때문에 그것이 드디어 욕망할 만한 삶으로 재탄생하는 것이고, 글로 옮겨 적을 만한 특별한 소재가 따로 있는 것이 아니라 글쓰기를 통해 평범한 소재가 글로 옮겨 적을 만한 특별한 소재로 재탄생하는 것이다(욕망과 삶과 글쓰기가 뒤엉키는 이 패턴을 나는 김성중의 소설과 함께 뒤에서 조금 다르게 반복할 것이다). 그렇다면 이 모든 과정들을 출발시키고 지탱하는 것을 '삶 그 자체를 향한 열정 혹은 욕망'이라고 해야 하지 않을까. 이것 없이 권여선의 소설이 그 소설의 문장들을 통과하기 전에는 그저 사소하고 평범해 보였을 장면들에 어떻게 그렇게 각별한 주의를 기울일 수 있었을까. 삶 그 자체를 향한 열정 혹은 욕망 없이. 가장 일상적이고 구체적인 장면에서 미묘한 감정의 파동과 그 얼크러짐과 풀림을 발굴하고 활성화하려는 권여선 작가의 열정 혹은 욕망 없이. 이것이 희박해질 때 우리는 스펙터클을 요구하고 그것에 열광하는 것이 아닐까.

이 점에서 「희박한 마음」 가운데 다음 장면은, 이 소설 안에서도 각별하지만 권여선 소설 전체를 설명하는 데 기여하는 바가 있는 것처럼 보인다.

> 데런은 찬물을 뒤집어쓴 듯 오싹하면서도 불구덩이에 들어앉은 듯 후끈한 기운을 느꼈다. **끄라고!** 데런은 그때였다고 생각한다. 디엔의 꿈속에서 오래전에 죽은 걸로 등장한 자신이 오래전에 죽은 순간은 바로 그때였을 거라고. **끄라고!** (……) 그 주문은 담뱃불을 향한 것이 아니라 그들의 영혼, 그들[레즈비언 커플인 데런과 디엔—인용자, 이하 동일]의 사랑을 향한 것이었다고. **끄라고!** 그때 아무것도 하지 않고 가만히 앉아 있던 자신의 내부에서 고요히 작열하던 무력감이 정신의 어떤 연결 퓨즈를 태워버렸을 거라고. **끄라고!** 그 분노와 절망과 공포가 그들의 삶을 돌이킬 수 없이 응결시켰으리라고. **끄라고!** 못 끄

겠다고 말한 건 디엔이었지만 아직도 꺼지지 않는 잉걸이 자신의 내부에 남아 있다고. 끄라고! 끄라고! 끄라고! 꺼지지 않는 그것이 어둠 속에서 발을 구르고 소리를 지르고 팔을 휘두르는 거라고!(108~109쪽)

데런의 생각을 표현하는 가운데 끊임없이 "끄라고!" 하는 억압적이고 폭력적인 명령이 난입한다. 그것은 데런과 디엔 커플에게 가해진 여성혐오와 동성애 혐오를 요약하면서 대표하는, 어떤 의미에서는 너무나 진부하지만 그만큼 끈질기고 생생하고 잔인한 말이다. 데런이 돌이켜보기에 그 명령은 담뱃불을 끄라는 것이 아니라 그들의 사랑을 끄라는 것이었다. 그 사랑은 외부의 억압이 가져오는 분노와 절망과 공포 때문에 어떤 면에서는 응결돼버렸지만 완전히 사라진 것은 아니어서 데런의 내부에 남아 불타오르면서 데런의 정신 어딘가를 태워버렸으며 그 때문에 데런 자신이 때때로 폭력적이 되고 그것이 데런과 디엔 커플에게는 재앙과도 같았다는 것을 데런은 아프게 회상하고 있다. 그런데 내가 이 인용문에서 눈여겨보고 싶은 것은 이런 것이다. 도무지 근절되지 않는 저 억압적이고 폭력적인 명령 "끄라고!"가 반복되는 가운데서도 비록 그것이 비틀린 방식이라고 해도 데런의 불은 끝내 꺼지지 않았다. 그것이 데런과 디엔이 겪어야 했던 불화의 원천이기도 했지만 두 사람이 끝까지 사랑하게 했던 원천이기도 했다. 데런의 회상 속에서 그 사랑의 세부들을 끝까지 간직할 수 있게 해준 원천이기도 했다. 저 잉걸이 「희박한 마음」뿐 아니라 권여선의 글쓰기 한가운데 자리잡고 그 모든 세부들을 정력적으로 음미하고 표현해낼 수 있게 해주는 동력원이 되어준 것이 아닐까. 우리가 권여선의 소설을 읽고 무엇인가 강렬한 인상을 받을 수 있었다면 그것은 저 잉걸을 은은하게 느끼며 나눠 받았기 때문이 아닐까.

*

작가의 서술 스타일이 지닌 높은 해상도와 그 한가운데 자리잡고 있는 삶을 향한 뜨거운 욕망이나 열정이라는 관점에서 백수린의 소설(『여름의 빌라』, 문학동네, 2020)을 읽는다면 어떨까.

> 언니가 나에게 말을 건 날에는 비가 흩뿌렸다. (……) 언니와 나는 그날 수업이 끝나고 우산을 각자 쓴 채 나란히 걸었다. 가랑비는 그칠 듯 말 듯 계속 내렸고, 밤이 내린 도시는 온통 습기로 가득했다.(「시간의 궤적」, 9, 11쪽)

> 오랜 시간이 흐른 후, 우리의 밤을 기억하면 내게 가장 먼저 떠오르는 것은 습기였다. 세 달 남짓한 여름밤을 제외하면 거의 언제나 곧이라도 빗방울을 떨어뜨릴 것만 같은 대기가 얇고 부드러운 껍질처럼 우리를 감쌌고, 나는 그 안에서 우리가 안전하다고 느꼈다.(같은 글, 18쪽)

> 다시 봄이 오자 안개비가 시도 때도 없이 내렸고, 한낮에도 하늘은 납빛으로 어두웠다. 집안에 언제나 떠다니던 차고 습한 기운이 나를 짓눌렀다. (……) 어쩌다 언니와 전화통화를 할 때면 우리는 한국의 소나기가 그립다고 말했다. "비가 올 거라면 시원하게 왔으면 좋겠어."(같은 글, 27쪽)

「시간의 궤적」을 주의깊게 읽은 독자라면 누구나 쉽게 간파할 수 있는 것이지만, 파리의 습한 날씨는 화자의 상황과 마음의 상태에 따라 중립적으로, 포근하게 화자를 감싸는 무엇으로, 답답하게 짓누르는 무엇으로, 조금씩 다르게 나타난다. 동일한 것이면서도 화자의 눈에는 미묘하게 달라지고 있는 이 날씨 안에서, 자신의 삶을 바꾸기 위해 한국을 떠나 파리로 날아온 여자의 마음은 자유와 불안, 질투와 선망, 우정과 복수로 다채롭게 분절된다. 다채롭게 분절되는 마음의 풍경이 구체적이고 세밀하게 포착되고 있기 때문에 이 소설은 불가피하게 잃어버리고 망가뜨린 것, 돌이킬 수 없는 것에 대한 쓰라린 통찰을 추상적이고 일반적인 관념에서 끌어내려 독특하고 생생한 것으로 만든다. 백수린의 소설이 우아하고 아름다우면서도 삶의 진실을 포착하고 있다는 인상을 주는 것은 이런 사정 때문일 것이다.

그런데 이 소설이 과거를 '회상'하는 방식은 다소 특이하다. 소설이 과거를 회상하는 형식을 취하는 것은 극히 보편적인 것이지만, 백수린의 서술 스타일은 서술 대상이 현재와는 동떨어져 있는 과거, 회상되고 있을 뿐 현재와는 구별되는 시간이라는 점을 약간은 지나치게 강조하는 것처럼 보인다.

> 언니가 내게 말을 걸어온 것은 부활절 방학이 시작되기 전의 어느 수요일이었다. (……) **나는 이다음 장면을 회상할 때면 언제나** (……) 떠오른다. (……) **지금도 그날을 추억하면** 빗속을 뛰어가는 언니와 나의 모습은 손끝에 닿을 듯 생생하고, 그러면 나는 어김없이 울고 싶어진다.(「시간의 궤적」, 9, 36, 39쪽)

죽은 고양이를 처음 본 것은 내가 열여덟 살에서 열아홉 살로 넘어가던 겨울이었다. (……) 돌이켜보면 그것이 내 인생의 결정적인 한 장면은 아니었을까 하는 생각이 든다. (……) 그러나 내가 그 장면의 의미를 이해하게 된 것은 아주 먼 훗날의 일이고 (……)(「고요한 사건」, 75, 104쪽)

그녀가 열한 살이었을 때 엄마는 그녀를 떠났고, 모든 것이 바뀌었다. (……) 그녀가 엄마에 대한 이 모든 이야기들을 그에게 처음으로 털어놓은 것은 상서로운 눈이 내린다던 소설小雪의 밤이었다.(「폭설」, 109, 138쪽)

인용된 세 편 모두 소설의 서두에서 이것이 과거의 어떤 장면에 대한 회상이었음을 구체적인 시기와 함께 표시하고 소설의 후반부에 가서 이 모든 내용이 회상의 장면임을 다시 한번 강조하면서도 그것을 회상하고 있는 현재의 상황에 대한 서술은 거의 나오지 않는다. 세 편 이외의 소설들에서도 비슷한 패턴을 발견할 수 있는데 "그때는 미처 깨닫지 못했지만, 지금 생각해보면"(「아카시아 숲, 첫 입맞춤」, 260쪽)과 같은 표현들이 등장할 때, 독자들은 과거의 사건들을 활성화하며 현재의 시간처럼 몰입해서 읽다가 그것은 이미 지나가버렸고 되돌아갈 수 없으며 아무것도 바꿔놓을 수 없는 무엇인가를 시간의 간격 너머에서 회상하고 있을 뿐이라는 사실을 두드러지게 환기해야 한다. 그러니까 좀더 정확하게 말하자면 이런 식의 반복되는 패턴은 백수린의 소설이 '회상'의 형식으로 되어 있다는 점을 환기한다기보다 소설의 주요 내용을 이루고 있는 것은 과거에 완료되어 있고 그것을 회상하는 현재와 일정한 간격을 두고 떨어져 있다는 사실을 두드러지게 강조하는 셈이다.

그것은 이미 지나가버린 일이기 때문에 현재의 나를 어떤 방식으로도 위협할 수 없고 그런 이유로 세밀하게 음미되어 백수린 소설 특유의 안정감을 만들 수 있었던 것일까? 그런 이유로 이것이 '회상'이라는 점을 무의식적으로 강조하고 있는 것일까? 만약 그렇다면 그 세밀한 것들은 아무리 생생하게 회상되더라도 그저 완료된 것으로 더 이상 (그것이 소설 속에서라고 하더라도) 현재의 무엇인가와 연결되며 '다시 또는 다르게' 살아가게 할 수는 없는 것이 아닐까? 이것이 회상임을 강조하는 백수린의 서술 스타일에는 무엇인가가 현재화되고 활성화되는 것을 가로막는 장치가 포함되어 있는 것처럼 보인다. "돌이켜보면 그것이 내 인생의 결정적인 한 장면은 아니었을까 하는 생각이 든다. 앞으로 나는 평생 이렇게, 나가지 못하고 그저 문고리를 붙잡은 채 창밖을 기웃거리는 보잘것없는 삶을 살게 되리라는 사실을 암시하고 있었으니까"(「고요한 사건」, 104쪽)와 같은 문장이 작중화자가 스스로에 대해 냉철하게 성찰하는 데 그치는 것이 아니라, 시간의 간격 혹은 회상의 스크린 너머에서 이제는 아무런 위협도 될 수 없는 완료된 것들만을 음미하는 서술 스타일에 대한 백수린 소설 자신의 지나치게 가혹한 평가이기도 한 것은 아닐까. "어떤 기억들이 난폭한 침입자처럼 찾아와 '나'의 외벽을 부술 듯 두드릴 때마다, 이러다가는 내가 한순간 와르르 무너져내리는 것은 아닐까 두려우면서도 어쩌지 못하는 마음을 나는 경험으로 잘 알고 있었다"(「시간의 궤적」, 17쪽)고는 하지만 백수린의 소설에서 어떤 기억들이 찾아와 현재의 외벽을 부수는 일은 좀처럼 일어나지 않는다.

아마도 이 점에서 「아직 집에는 가지 않을래요」가 백수린의 글쓰기가 스스로 제기한 문제에 대한 흥미로운 자답으로 읽힐 수도 있을 것 같다. 이야기는 이렇다. 두 아이를 키우며 안온한 일상을 살아가는 여자는 동네 한쪽의 고급 주택가에서 눈여겨본 붉은 지붕의 집에 제 일상을 연장하는 꿈을 투사하다가 새집을 짓느라 그 집을 부수는 공사 현장을 보고 불안을 느낀다. 비슷한 시기에 여자는 친구의 레스토랑 개업식 겸 파티에 참석했다가 젊은 무용수로부터 예기치 않은 짧은 관심을 받게 되고 그것을 계기로 동요하기 시작한다. 성적인 욕망이 포함되어 있는 그 동요는 붉은 지붕 집을 부수는 인부의 육체와도 연결되고 나중에 가서는 그 집이 완전히 부서지고 그 자리에 새집이 더 근사하게 다시 지어진다는 사실에 대해서도 "이젠 상관없어"(167쪽)라고 말하게 된다.

> 그렇게 말하자 형언할 수 없는 고통과 기쁨이 동시에 그녀 안에 차올랐다. 그 순간, 그들의 삶의 각도가 미세하게 어긋났지만 남편은 아무것도 알아챌 수 없었으므로 그저 첫째 아이가 내미는 컵을 받아 쥐었다. 한순간이지만 엄마가 자신을 완벽히 잊을 수 있음을 알아버려 한나절 만에 조숙해진 둘째 아이만이 엄마의 평상시와 다른 아름다움이 낯설어 갑자기 울음을 터뜨렸다.(167~168쪽)

인용문이 암시하는 것은 여자의 모호한 욕망이 활성화되면서 붉은 지붕 집이 아닌 그녀의 안온한 일상을 지탱하는 무엇인가가 무너져 내린다는 것이다. 『여름의 빌라』 전체를 놓고 보자면 「고요한 사건」에서 외부의 소란으로부터 내부의 화자를 지켜주던 창문, 여러 단편들에서 공통적으로 발견되는 회상의 스크린이 여기서 깨뜨려지는 것 같다. 그것은 처음에는 불안한 동요였다가 나중에는 고통과 기쁨이자 평상시와는 다른 아름다움이 되며, 여자의 일상은 그 일상 아래 잠들어 있다가 깨어난 욕망(이것이 '데런의 잉걸'의 또다른 판본이 아닐까)에 의해 흔들리고 무너져내리다가 결국에는 '다른' 일상이 될 것 같다. 「아직 집에는 가지 않을래요」는 안온한 일상이 불안에 휩싸였다가 낯선 아름다움이 될 때까지의 동요와 긴장을 세밀하게 포착하고 있는데, 그것은 폭발적인 사건을 요구하는 대신 일상 안에 잠재해 있으면서 이미 다른 일상을 불러들이고 있는 흔들림을 발굴하고 활성화하려는 시도처럼 보인다. 이것이 백수린의 글쓰기의 새로운 방향을 암시하는 것일까? 이것이 결국 우리가 삶을 다른 방향에서 바라보고 다른 방식으로 욕망하고 결국에는 다르게 살아갈 수 있게 돕는 무엇인가가 될까? 그 흔들림을 독자들에게 나눠주면서?

*

폭발적인 사건 없이도 일상을 다른 방식으로 다시 살아가게 만드는 흔들림의 순간에 대해서라면 기준영의 소설은 독특하고 확고한 견해를 갖고 있는 것 같다. 이 점에서 「들소」(『사치와 고요』, 문학과지성사, 2020)의 마지막 장면이 기준영 소설 전체를 설명해주는 듯하다.

「들소」에는 대략 두 개의 이야기가 교차한다. 하나는 어떤 부유한 노부부가 어려운 처지가 된 '고푸름' 모녀를 위해 거의 공짜로 방 한 칸을 내주었는데 알고 보니 이 부부에게는 오래전 무용을 했던 둘째 딸을 잃어버린 아픔이 있었고 고푸름의 엄마가 그 둘째 딸을 닮았다는 것, 노부부가 첫 만남에 어린 고푸름에게 다짜고짜 무용을 배워 본 적이 있느냐고 묻고 그들의 둘째 딸이 스위스에 춤추러 갔다고 거짓말한 이유가 그것이었다는 것, 사랑스럽고 영특한 고푸름이 주인집 할머니를 위해 잃어버린 둘째 딸 '이에스더'가 되어 춤을 춘 적이 있다는 것. 다른 하나는 고푸름에게 '길우'라는 남자친구가 생겼는데 길우가 고푸름에게 애정의 증표로 자신의 행운석을 선물하고 얼마 지나지 않아 길우가 교통사고 후유증으로 쓰러지고 말아 그것이 마치 길우의 행운석을 선물받은 고푸름의 잘못인 것처럼 여겨졌다는 것, 학교 연극에서 고푸름은 나무 역할을 길우는 나무 주위를 맴도는 바람 역할을 하기로 되어 있었는데 이제 길우 없이 고푸름은 무대 위에 혼자 서 있는 나무가 되었다는 것. 이 두 갈래의 이야기가 마지막 장면에서 겹쳐지는 듯하다.

> 나는 이에스더가 되어본 적이 있었다. 할머니가 원하는 게 내가 원하는 것과 같다고 느꼈고, 그건 우리 둘만의 확신이었으니 둘 사이에만 묻어두었다. (……) 나는 무릎이 나온 하얀색 면바지와 분홍색 니트를 입고 있었지만, 동시에 무지갯빛 한복 속에 바스락거리는 속치마를 갖춰 입고 나풀거리는 다른 이의 환영이었다. (……) 북 없이 북춤을 추었다. 칼 없이 칼춤을, 부채 없이 부채춤을 추었다. 나는 생과 사 사이의 함정에 빠져버린 가련한 젊은 여자 에스더였지만, 들썩이며, 흔들리며, 벽장에서, 천장에서, 마당의 나무 그림자 뒤에서 튀어나와 춤을 추었다. 그때는 모든 순간이, 모든 감정이 완전하다고 느껴졌다.
>
> 나는 이제 나무 복장을 한 채로 길우가 되어본다. 길우만큼 어지럽고 눈앞이 깜깜해지고 싶다. 그러자 귓속이 윙윙 울리면서 발밑이 덜

컹거린다. (……) 나는 숨이 끊어지며 지상에서 완전히 길을 잃을 거야. 엄마는 나를 잃고 울겠지. (……) 감당할 수 없는 무언가가 어마어마한 진동을 내면서 저만치서 내게로 돌진해오는 듯하다.

또 한편으로는, 다행하고 무사한 길우와 내 미래를 본다. (……) 어느 한때 우리는 마흔세 살쯤이고, 하루가 저무는 속도로 하루를 잃는 보통의 어른이다. (……) 아름다움이라는 단어를 귀중하다는 표현과 나란히 붙여놓고 볼 수는 있으나 타인에게 쉽게 발설하지 않는 사람. 다만 우스워지지 않으려고 애쓰는 것만으로도 온몸에 진땀을 흘릴 만큼 힘을 들여야 하는 사람. 그리고 이 모든 연극에는 아직 알려지지 않은 배역이 하나 더 있다고, 나는 그게 들소라고 느낀다. 지금 저만치서 그게 오고 있다고.(219~220쪽)

인용문에서 고푸름은 인생을 이해하는 하나의 우화를 만들어내고 있다. 이 우화의 핵심은, 인생은 연극이며 그 연극에는 "아직 알려지지 않은 배역이 하나 더 있다"는 것이다. 길우에 대한 걱정과 자책이 뒤엉켜 고푸름은 지금 어지럼증을 느끼고 있으며 이 어지럼증 때문에 무엇인가 어마어마한 것이 모든 것을 뒤흔들면서 자신을 향해 돌진해오고 있다고 느끼고 그것은 마지막에 가서 '들소'의 이미지가 된다. 그것은 잠깐 동안 고푸름의 삶을 짓뭉개는 운명의 힘 같은 것으로 생각됐지만 거기서 끝나지는 않는다. 들소는 인생의 무대 전반을 뒤흔들고 있기 때문에 그 흔들림 속에서 모든 딱딱한 결론들이 무너지고 파국이 아닌 다른 가능성이 결론으로 튀어나올지도 모른다. 그런 막연한 기대 속에서 고푸름은 사십대가 된 자신과 길우의 모습을 상상한다. 그런 미결정의 가능성, 변화의 가능성은 들소처럼 무시무시한 운명의 신비한 힘 같은 것에서 오는 것이 아니라, 인생의 무대의 등장인물들이 모조리 확정된 것이 아니고 아직 알려지지 않은 배역이 적어도 하나 더 있다는 데서 기인한다. 아직 알려지지 않은 배역이 있다는 사실 혹은 그것이 사실이라는 믿음 자체가 들소처럼 인생을 뒤흔들 수 있다. 그 배역이 예기치 않게 무대 위로 난입하며 연극 전체가 달라지기 때문이다. 고푸름의 인생에 알려지지 않은 배역이었던 할머니가 등장하면서 무엇인가가 바뀌었던 것처럼, 길우가 등장하면서 무엇인가가 바뀌었던 것처럼, 할머니와 길우에게도 고푸름이 등장했기 때문에 무엇인가가 변했던 것처럼. 인용문에서 고푸름이 에스더와 겹쳐졌다가 길우와 겹쳐졌다가 하는 것은 무슨 신비한 일체감 같은 것이 물론 아니고, 들소가 만들어내는 진동 속에서 고푸름이 다른 사람의 인생-연극에서 알려지지 않은 배역을 맡게 되며 바로 그 배역으로 자신의 인생-연극을 새롭게 구성하고 또 그들을 자기 인생-연극의 알려지지 않은 배역으로 받아들이는 과정이다. 고푸름을 매개로 "생과 사 사이의 함정에 빠져버린" 에스더와 정신을 잃고 응급실에 실려간 탓에 고푸름의 걱정 속에서 생과 사 사이에 있다고 상상되는 길우가 겹쳐질 때, 에스더의 춤의 현기증과 길우의 어지럼증이 겹쳐질 때, 서로 독립되어 있던 두 개의 이야기 두 개의 연극은 이제 어떻게 얼크러지고 어떻게 배역들을 조정하며 다른 연극이 될 것인가.

일상을 다른 방식으로 다시 살아가게 만드는 흔들림의 순간이라는 것은 그러니까 아직 알려지지 않은 배역이 나타나고 그것을 받아들이는 계기가 되어줄 '우연'한 만남들이다. 그 우연에 열려 있지 않으면 알려지지 않은 배역은 등장하자마자 퇴장하게 될 것이고 흔들림도 발생하지 않을 것이다. 그러나 그 우연이 들소라는 점을 알아보고 그 흔들림을 자신의 인생에 적극적으로 끌어들이는 인물들, 우연히 자신의 인생에 끼어들어온 낯선 사람을 알려지지 않은 배역으로 받아들이고 그 자신이 낯선 사람의 인생에서 알려지지 않은 배역이 되기를 망설이지 않는 인물들이 『사치와 고요』에는 자주 등장한다. 아픈 어머니의 생일잔치에 새로운 남자친구를 데려가야 하는 '인주'를 위해 어느 날 오후 동안만 남자친구 역할을 맡기로 한 '이석'의 경우는 어땠나. "그렇게 예상치 못한 방식으로 하루가 저물어간 탓에, 이석은 무언가를 더 묻고 말고 할 타이밍을 놓쳐버린 채로 인주의 그 '복잡한 사정'의 일부가 됐다." "하루 한낮에 자기도 모르게 타인의 삶 깊숙이 발을 들여놓았다는 걸, 돌이킬 수 없게 돼버린 눈앞의 일들을 받아들였다."(「여기 없는 모든 것」, 44, 65쪽) 「여기 없는 모든 것」은 사랑에 빠진 역할을 연기하다가 정말로 사랑에 빠지고 말았다는 로맨틱 코미디의 단골 레퍼토리 같은 것이 아니다. "그 순간의 그의 내적 진실이 무엇인지 탐색하고자 두 사람이 함께 옷을 벗고 침대에 오르는 일은 일어나지 않았다."(62쪽) 이석이 인주의 복잡한 사정의 일부가 되어가고 친구도 연인도 아닌 독특한 친밀성을 만들면서 다시 그 복잡한 사정 안으로 인주의 조카인 '수진'을 끌어들이고 수진의 남자친구인 '최언'이 끌려들어올지 어떨지 알 수 없는 어떤 순간까지의 그 흔들림의 세부 사항들, 이들 연극이 이제 다른 연극으로 변화하게 되리라는 기미와 예감으로 이 소설은 가득차 있다. 엄마가 죽은 뒤 새엄마를 맞게 되고 바쁜 새엄마를 대신해 새엄마의 엄마의 손에 길러지면서도 "나하고 친한 척하지 마요. 감시하지도 말고요. 지친다고요."(「사치와 고요」, 87쪽)라고 앙칼지게 외치는 '계은'과 '훈' 남매에게 '미주'가 우연한 계기로 임시 보육교사로 나타나 이 아이들을 껴안으며 서로에게 특별한 순간들을 만들어주며 어두운 창밖의 미지의 존재들까지 초대하자고 제안하며 끝맺는 이 이야기에서 '들소'를 읽어내는 것은 손쉬운 일이다. 말하자면 미주는 우연에 열려 있는 사람, "쓰러져 주저앉게 된 곳에서 문단속을 하고 있느니 차라리 한데서 문제들이 저를 선택하도록 스스로를 열어 허락할 것이었다".(88쪽) 잃어버린 USB를 되찾으려다가 몇 가지 우연이 맞아떨어져 은퇴한 록 밴드의 키보드 연주자를 저녁식사에 초대하고 그 과정에서 불편했던 엄마와의 관계가 재조정되며 은퇴한 연주자가 자신의 삶을 정리하는 간단한 공연을 하게 해주는 이야기(「비둘기와 백합과 태양에게」)도 비슷한 방식으로 정리될 수 있을 것이다. "그 일로 가까운 사람과 먼 사람이 한데 얽혀들게 되리란 걸 그때는 전혀 알지 못했다. 그 생각을 하면 고양이처럼 얌전하고 신중해진다."(127쪽)

우연한 만남이 언제든 들소가 될 수 있다는 사실을 알기/믿기 때문에 서로가 서로에게 아직 알려지지 않은 배역으로 무대에 오를 수 있게 하는 이야기, 그런 식으로 서로를 끌어들이고 서로에게 얽혀들며 삶을 살아 움직이게 만드는 사람들의 이야기, 그런 식으로 삶이 변화하게 되는 것에 대한 예감과 불안과 기대와 예기치 않은 우연의 틈입으로 충만한 이야기. 「완전한 하루」에서는 이렇게 정리되고 있다. "어떻게 예감할 수 있었겠는가? 제 인생에 찾아든 진짜 드라마와 성공을 가져다준 가짜 드라마들이 모두 한 타래로 엉켜들어 저보다 한 발 앞서나가는 걸 목격하게 될 줄을. 거기서 아름다운 불청객으로서 그에게 질문을 던지는 사람이 있으리란 걸."(154쪽) 이와 같은 사례들을 『사치와 고요』의 거의 모든 단편에서 확인할 수 있지만 그 확인을 더이상 반복하는 것은 불필요할 것 같다. 다만 한 가지 지적해두고 싶은 것은, 기준영이 만들어내는 인물들에게는 주요인물이 아닐지라도 저마다 근사한 에피그램이 몇 가지씩 있고, 그들은 시의 한 구절처럼 보이는 그것들을 일상의 대화에서 아무렇지 않게 내뱉는다는 사실이다.

"너는 어려서부터 그게 문제였다. 물을 엎지르고 나서 그걸 불로 닦으려고 하지."(「여기 없는 모든 것」, 52쪽)

"조금 아는 사이가 세상에서 제일 무서운 거라오. 왜냐하면 그들은 적당히를 모르거든."(「사치와 고요」, 84쪽)

"민규씨, 제가 약혼했었다는 이야기는 못 들으셨죠? 그 사람한테 너무 치였어요. 삶이 무너진 데서 생활을 견뎌야 돼요."(「완전한 하루」, 145쪽)

"네 나이 때는 어른들이 사방에서 아주 골치를 썩이지. 거기 예외는 없단다. 백 퍼센트야."(「축복」, 184~185쪽)

"힘든데 비바람이 막 불어와. 그럼 시련이랑 비슷해. 시련의 뜻 궁금해했지?"
"네."
"근데 조금 더 비슷해지려면 거기에 마음을 하나 더해야 돼. 쓰러지지 말자, 하는 마음을 더하면, 힘껏 더하면, 그러면 조금 더 비슷해져,

시련의 뜻."

"……네."

"이제 일어날까? 일어날 수 있어?"(「망아지 제이슨」, 250쪽)

물론 이 에피그램들은 그 자체로 생각하게 하는 바가 있고 또 어떤 작은 진실들을 멋지게 요약해내고 있다. 하지만 내가 이것들을 강조하고 싶은 것은, 이 문장들이 밑줄 치고 간직할 만한 문장들이기 때문이 아니라(밑줄 치고 간직할 만한 문장들인 것은 사실이지만), 어디서나 들소를 느끼고 우연에 열려 있는 기준영의 인물들은 새로운 배역이 난입하는 바람에 자기 인생의 희곡을 자꾸만 고쳐 써야 했고 그러느라 저마다 자기 인생의 극작가가 되어야만 했으며 이 극작가들이 자기 인생의 어떤 부분들을 정련된 문장으로 포착하고 이해하고 재조정하는 연습을 반복해왔고 그 결과가 위의 인용문들 같은 에피그램이었으리라는 점 때문이다.

*

우연한 만남에 열려 있고 그것을 아직 알려지지 않은 하나의 배역으로 자신의 인생-연극에 적극적으로 끌어들이는 저 인물들의 밑바탕에 삶을 향한 욕망이 깔려 있다는 점에 대해서는 자세한 설명이 필요 없으리라. 언제나 '아직 알려지지 않은 하나의 배역'이 있는 인생-연극이라는 것은 삶을 욕망하는 하나의 방법론 혹은 실천 전략이고 '들소'는 삶을 향해 달려드는 욕망의 이미지이다. 그에 비하면 김성중의 소설은 방법론이나 실천 전략 혹은 이미지보다는 삶을 향한 욕망 그 자체에 대한 탐구에 초점을 맞추는 것 같다.

먼저 「상속」(『에디 혹은 애슐리』, 창비, 2020)을 보기로 하자. 췌장암이 재발하는 바람에 살날이 얼마 남지 않은 '기주'는 이제 삶을 정리하며 죽음을 맞이하려 한다. 그러던 중에 오래전 문학 아카데미에서 인연을 맺은 소설가 선생님의 유품인 책들을 어떻게 처리해야 할지 고민하다 같은 선생님께 소설쓰기를 배운 젊은 친구 '진영'에게 그 책들을 넘기기로 하고 그 많은 책들을 조금씩 일별하며 남아 있는 짧은 삶을 보내기로 한다. 특별한 상황에 처한 기주와 진영은 각자의 방식으로 습작생 시절 함께 나눴던 것들과 그 이후의 삶에 대해 회상한다. 이 소설의 제목은 한편으로 선생님으로부터 기주를 거쳐 진영에게 넘어오는 책 혹은 문학적 자산의 상속에 관한 것일 테지만, 다른 한편으로는 누군가의 가슴에 불을 지르며 삶을 향한 욕망을 상속시키는 일을 가리키는 것이기도 하다. 그렇기 때문에 선생님의 가르침은 이런 것이 된다.

> 선생은 '우선 감격하고, 그다음에 공부한다'는 대목은 힘을 주어 두 번 읽었다. (……) "소설은 일종의 번역입니다. 나의 인식이 더해진 세계에 대한 번역. 그런 인식은 차가운 지성으로 이루어지는 것이 아니에요. 완전히 압도당하고 사로잡혀 포로가 되는, 그런 경험이 필요해요. 우리에겐 격렬함이 필요해요. 플롯이니 문장이니 하는 건 집어치우고 이것부터 시작하자고요. 한 번이라도 이 뜨거움에 데이는 게 목표입니다. 그럴 수 있으면 좋겠군요. 그래야 저 스스로 사기꾼처럼 여겨지지 않을 테니까요."(174~175쪽)

저 자신이 열기에 휩싸여 있는 이 가르침이 학생들에게 그리고 아마 독자들에게도 전달하고자 하는 열기란 이런 것이다. 욕망할 만한 것이 먼저 있어 누군가 그것을 알아보고 그래서 그것을 욕망하게 되는 것이 아니다. 그런 식의 욕망에는 아무런 열기도 없다. 그런 것은 기호記號의 차가운 자동 반응 같은 것이다. 욕망은 욕망할 만한 대상을 향해 자동 반응하여 발산되는 것이 아니고 그런 조건들에 앞서 욕망했기 때문에 그 대상을 드디어 욕망할 만한 것으로 재탄생시키는 불길이다. 내가 무엇인가에 완전히 압도당하고 사로잡혀 포로가 되고 뜨거움에 델 때, 대상이 나를 변화시키는 것 이상으로 그렇게 뜨거워진 나에 의해 그 대상은 새롭게 번역되고 그 번역을 통해 새로운 대상으로 재탄생하는 것이다. 그러므로 어떤 대상을 탐구하고 공부하고 인식한 뒤에 모종의 평가를 거쳐 감격할 수 있거나 없거나 하는 것이 아니다. 순서를 바꿔야 한다. 우선 감격하고, 그다음에 공부한다. 이런 종류의 가르침은 중립적인 정보가 아니다. 이런 종류의 가르침은 그 열기에 감염되어 어느 정도 뜨거워진 독자들, 이미 유혹된 독자들에게 우선 감격된 뒤에 공부되는 것이다. 그러므로 이것은 아무에게나 열리는 가르침이 아니고 어떤 열기 속에서 이해하기도 전에 감격한 소수에게 나중에 이해되며 전승되는 것이다. 그것이 모두에게 열리는 것은 아닌 '상속'의 방식이다.

가족이라는 골칫거리와 생계에 찌들어 있던 기주가 책을 좋아했던 것, 남편이 죽고 딸이 떠나자 자유로운 몸이 되어 문학 아카데미에 등록한 것은 책 속으로 피신해 있을 때에야 너절하고 괴로운 현실에서 벗어날 수 있다는 느낌 때문인지도 모른다("바깥이 어떻게 돌아가든 책을 펼치고 문을 닫으면 보호받는 느낌이 들었어", 169쪽). 하지만 기주가 나중에 선생님으로부터 작가로 인정받을 수 있었던 것은 선생님의 그 뜨거움을 상속받은 기주가 문학과 삶의 관계를 '안과 밖'과는 다르게 받아들이게 됐기 때문일 것이다. 너절하고 괴로운 바깥의 현실의 삶과 그로부터 보호받는 세련된 문학적 내면세계의 구분을 대신해서, 삶을 욕망하기 때문에 현실의 삶을 다른 것으로 번역해 내면서 글을 쓰는 일과 글쓰기를 통해 삶이 얼마나 욕망할 만한 것인지를 스스로에게 입증해 보이며 욕망에 불을 지피는 일이 순환함으로써 삶과 욕망과 글쓰기가 뒤엉키는 어떤 지점을 기주가 엿볼 수 있었다는 것을 선생님은 알았을 것이다.

정작 작가로 데뷔한 것은 선생님으로부터 작가로 인정받았으나 생활의 문제 때문에 작가가 될 수 없었던 기주가 아닌 진영이었지만 진영은 좀처럼 자신감을 갖지 못하고 새로운 작품을 써내지도 못하고 있다. 진영에게는 그 욕망이 아직 타오르지 않았기 때문인지도 모른다. 이 소설의 상속의 과정을 통해 선생님으로부터 기주로 옮아온 그 열기가 서서히 진영에게도 전해지려는 찰나인지도 모른다. 그렇다면 아마도 이 소설이 끝난 뒤의 어떤 순간에 진영은 지금까지와는 다른 스타일의 작가로 다시 깨어날 것이다. 적어도 이어지는 기주의 생각에 등장하는 작가와는 다른 스타일의 작가로. "진영은 불행을 극복하기보다 거기에서 뭔가를 [이를테면 "그럴싸한 표현 하나"를] 얻어내려고 애쓰고 있었다. 빌어먹게도 작가인 것이다. 작가로 변해버린 것이다. 그애는 여전히 자신에게 몰두하는 일에서 벗어날 수 없었다."(165쪽) 선생님의 가르침에 비춰볼 때, 이런 종류의 작가는 삶을 욕망하고 그것에 감격해 그것을 자기만의 방식으로 번역하려 들지 않기 때문에 삶에 대해서도 문학에 대해서도 끝내 알지 못하게 되는 것이다. 이 상태로는 진영의 펜이 일으켜세워질 리 없다.

「에디 혹은 애슐리」 역시 삶을 향한 욕망에 대한 탐구로 읽힌다. 이야기는 이렇다. 자신이 남자가 아니라는 것을 알았지만 그렇다고 여자라고도 확신할 수 없었던 '에디' 혹은 '애슐리'는 정체성에 대한 불안 때문인지 불면증을 앓았는데 알 수 없는 이유로 시간이 정지한 백 년의 기간 동안 여한 없이 다양한 젠더를 체험하며 정체성 탐구를 지속할 수 있었다. 이 이야기를 다시 이런 식으로 정리해볼 수도 있겠다. 그/녀는 자신에게 주어진 젠더가 불만족스러웠다. "영혼과 육체의 핏감이 안 좋다, 이 몸이 내게 딱 맞지는 않다"(39쪽)고 해야 할까. 그래서 그/녀는 다른 젠더로 살아보기로 했으나 그 다른 젠더에서도 충분한 만족감을 얻을 수 없었기 때문에 또다른 젠더로 살아보기로 했고 그렇게 온갖 젠더들을 횡단하며 백 년을 살아온 것이다. 그러니까 그/녀의 문제는 수많은 젠더 중에 대체 어떤 젠더가 내 영혼에 꼭 들어맞는 슈트인지 알 수 없다는 것이고 그 많은 젠더를 경험했음에도 영혼에 꼭 들어맞는 것이 하나도 없다는 것이다. 그 때문에 에디 혹은 애슐리는 이 젠더로 살 때는 저 젠더로, 저 젠더로 살 때는 이 젠더로 살아보고 싶어지는 것이다. 이것은 영원히 만족할 수 없는 욕망의 악무한인 것일까? 이 악무한의 욕망으로 에디 혹은 애슐리가 다양한 젠더를 통해 그 각각의 젠더에서가 아니면 체험할 수 없는 것들을 두루 체험하면서 그/녀의 삶을 분열시키고 증식시키며 결국 풍요롭게 만든 것이라고 할 수도 있을 것이다. 더 많은 삶을 위해, 삶이 함축하는 가능성을 모조리 끌어내기 위해서 가능한 모든 젠더를 횡단할 필요가 있고 그/녀는 그렇게 했던 것이다. 하지만 그것으로는 충분하지 않다. 이 젠더도 저 젠더도 꼭 들어맞는 것은 아니기 때문에, 말하자면 결핍과 불만족 때문에 영원히 젠더들 사이를 떠도는 것이 아니라 이 젠더를 통해 깨어난 영혼이 만족스럽지만 저 젠더를 통해 깨어날 영혼 또한 충분히 만족스러울 것이기 때문에 젠더들 사이를 영원히 여행해나갈 수 있다는 식으로 에디 혹은 애슐리의 욕망이 변형됐을 때에야 그/녀의 불면증이 사라지고 멈춰졌던 시간도 다시 흐르기 시작한다. 그제야 에디 혹은 애슐리의 문제들은 해소되고 "태어날 때 영혼이 온전히 담길 몸을 지니지 못했지만 죽을 때에는 나 자신으로 눈을 감을 수 있을 것"(53쪽)이라고 말할 수 있게 된다. 욕망할 만한 특별한 대상이 먼저 주어지는 것(드디어 핏감이 살아 있는 젠더를 찾았어!)이 아니라 욕망을 통해 그 대상을 재탄생시키는 것(나는 이 젠더를 통해 깨어난 영혼의 상태에 감격했고 그렇게 해서 이 삶을 이러저러하게 이해하고 번역하고 살아낼 수 있었을 뿐 아니라, 저 젠더를 통해 깨어난 영혼의 상태에도……)이라는 관념 혹은 믿음이 여기서도 작동하는 것이다.

*

그런데 더 많은 삶을 원하는 이 뜨거운 욕망이 매번 만족할 만한 결과로 이어진다고 낙관할 수 있을까? 오히려 압도적으로 많은 경우 그 욕망은 현실의 어떤 힘들 앞에서 굴욕을 겪게 되는 것이 아닐까? 그렇게 해서 저 욕망의 불꽃은 결국 꺼트려지거나 권여선의 「희박한 마음」의 데런처럼 무엇인가가 일그러져 폭력적인 몸짓을 하게 되는 것이 아닐까? 아마도 그럴 것이다. 그래서 「에디 혹은 애슐리」는 욕망의 불꽃을 꺼트리는 현실의 힘들을 간단하게 생략하면서 욕망에 대한 탐구를 끝까지 밀어붙이느라 SF의 문법을 빌려와야 했던 것인지도 모른다. 「상속」에서 불꽃의 상속자이며 전수자인 선생님은 욕망의 굴욕을 피하기 위해서 요절할 필요가 있었던 것인지도 모른다. 하지만 김성중 작가에게는 그런 힘들을 인정하거나 관찰하는 대신에 그런 굴욕의 순간에도 욕망의 불꽃이 완전히 꺼지지 않게 하는 방편을 찾는 것이 더 중요했던 것 같다.

「레오니」에는 오 년마다 한 번씩 전 세계 각지에 흩어져 있는 친척들이 마닐라에 모여 시끌벅적한 잔치를 벌이는 거의 전설적이면서 슬프고도 흥성스러운 장면이 동화처럼 그려져 있다. 이 동화는 그 자체로 충만한 느낌을 주는데 이 소설의 화자 '레오니'는 친절하게도 이 동화의 사용법에 대해 발설한다.

> 그 밤이 내게 가르쳐준 것은 세상이 크다는 것, 그 커다란 세상에 내가 아는 사람들이 있다는 것입니다. 그것은 많은 용기를 줍니다. 도저히 용기를 낼 수 없을 때에도 위안이 됩니다. 최악의 경우 가족 나무가 있는 이 식탁 밑으로 돌아오면 된다는 생각 때문에 나는 많은 나라를 떠돌게 될 것입니다.(28쪽)

레오니가 어려서 겪었기에 동화의 형태로 간직할 수 있었던 충만감이 나중에 현실의 여러 힘들 앞에서 그녀의 욕망이 굴욕을 겪을 때 욕망을 포기하지 않을 수 있게 용기를 주거나 위안을 주거나 적어도 그 비참한 순간을 견뎌낼 수 있게 한다. 그것을 견뎌낼 수 있다고 믿었기 때문에 레오니는 나중에 많은 나라를 떠돌 수 있었고 그 많은 형태의 삶을 욕망할 수 있었다. 이 충만감을 주는 삽화, 욕망의 불꽃이 꺼지지 않도록 도와주는 장치가 「상속」의 기주와 진영에게는 선생님과의 인연과 수업에서의 몇몇 장면들 그리고 그를 통해 뜨거움을 느낄 수 있었을 위대한 작가들의 어떤 문장들이었을 것이고 「에디와 애슐리」의 그/녀에게는 "엄마, 난 사실 아들이 아니라 딸일지도 몰라요"라고 말하는 아들 혹은 딸에게 "알고 있어" "그걸 이제 알았니?"(34쪽) "엄마는 네가 원하는 삶으로 가봤으면 좋겠다"(36쪽)고 말할 수 있었던 엄마와의 추억이었을 것이다. 우리 독자들이 그것을 실제로 겪은 것은 아니지만 우리가 이 이야기들을 감격한 뒤에 공부하며 읽었다면 이 소설들이 다시 우리에게는 욕망의 불꽃이 꺼지지 않게 도와주는 작은 삽화가 될 수도 있을 것이다.

김성중 작가가 「상속」이나 「정상인」과 같은 정통적인 소설에 능숙한 작가이면서도 「레오니」뿐 아니라 「해마와 편도체」 「마젤」과 같이 어떤 의미에서는 동화라고 해도 좋을 소설들을 꾸준히 써야만 하는 이유도 이와 관련되어 있는 것 같다. 같은 이유로 김성중 작가는 일상적인 삶의 진실들로부터 자주 이탈하거나 비약하게 되고 해상도 높은 서술이나 미묘하고 섬세한 것들까지도 모조리 포착하고 표현해내겠다는 의욕에도 별다른 주의를 기울이지 않을 때가 많은 것 같다(「에디 혹은 애슐리」에서처럼 관념적인 탐구가 승할 때도 마찬가지의 결과에 이른다). 그런데 이것들을 지불하고 욕망의 불꽃을 꺼트리지 않게 도와줄 삽화들을 그려낼 수 있다면 이와 같은 이탈과 비약도 충분히 납득할 만한 것이라고 해야 하지 않을까.

*

느슨한 연상이기는 하지만 김멜라의 「호르몬을 춰줘요」 「적어도 두 번」(『적어도 두 번』, 자음과모음, 2020)과 같은 작품을 읽다보면 김성중의 「에디 혹은 애슐리」와 「상속」이 떠오른다. 자신이 남자인지 여자인지를 결정해줄 누군가를 찾아 이태원 일대를 헤매고 다니는 '구도림'(「호르몬을 춰줘요」)에게는 자신의 영혼에 꼭 맞는 젠더를 찾아 횡단하는 에디 혹은 애슐리가 겹쳐 보이고, 동성의 시각장애 학생을 성추행한 혐의를 받고 있는 과외교사가 자신을 가르치는 교수에게 보낸 편지 속에서 욕망에 대해 거론하는 대목(「적어도 두 번」)에서는 「상속」의 어떤 구도(기주와 함께 선생님에게 소설을 배운 진영은 작가로 데뷔한 뒤 현재 대학에서 강의를 하고 있다)를 기묘하게 패러디하고 있는 듯한 착각이 들기도 한다. 이런 내용들을 비교하지 않더라도 두 작가의 소설들이 보여주는 기본적인 '욕망의 열기'랄까 하는 것에서 공통점을 발견해볼 수도 있을 것이다.

그러나 물론 두 작가의 '욕망'은 엄연히 다르다. 이 점에 대해 설명하려면 「호르몬을 춰줘요」와 「적어도 두 번」 그리고 「물질계」를 한꺼번에 읽는 것이 편리하다. 「호르몬을 춰줘요」는 얼핏 보기에 인터섹스인 구도림이 정체성의 혼란을 느끼며 자신이 남자인지 여자인지를 결정해줄 누군가를 원하는 것처럼 보이고("난 물어볼 사람이 필요하다고요. 내가 남자인지, 여자인지", 32쪽) 호르몬이 젠더를 결정한다는 이론을 승인하는 것처럼 보이기도 한다("호르몬은 판화를 바꾸는 힘이 있어서 남자여도 여성호르몬이 나오면 뇌가 여자처럼 변하고 (……)" "나는 내 호르몬을 타고 나의 뇌에게로 가 말을 걸었다. (……) 이제 날 어디로 데려갈 거지?", 19~20, 42쪽). 하지만 조금만 주의를 기울이면 이 소설이 정반대 방향으로 움직이고 있다는 사실을 쉽게 확인할 수 있다. 처음에는 모호해 보였던 구도림의 진짜 욕망은 나중에 가서 이렇게 발설되기 때문이다. "로또가 되면 나는 나를 내버려두고 싶었다."(30쪽) 혹은 "차라리 인간 따윈 그만두고 로봇이 되는 것도 나쁘지 않다. 로봇은 남자 여자 구별 없이 그냥 로봇일 뿐이니까."(22쪽) 왜 내가 시스젠더 남자나 여자의 정체성 가운데 하나를 선택해야만 하는가. 그 두 개의 이름으로는 포착되지 않는, 이름이 없기 때문에 누군가에게는 모호하지만 스스로에게는 너무나 분명한 나 자신으로 남겠다는 것이 구도림의 진짜 욕망이다. 김완선의 1987년 발표곡 〈리듬 속의 그 춤을〉의 가사와 의미가 장난스럽게 변형되어 강조되는 것도 호르몬 결정론을 비결정론으로 바꿔놓는 것처럼 보인다. "순간 속에 보이는 너의 새로운 춤에 마음을 뺏긴다오. (……) 리듬을 춰줘요. 리듬을 춰줘요"라며 노래하고 춤출 때, '미스터X'가 가르쳐준 것처럼 김완선 또한 인터섹스이고 이 노래가 인터섹스를 위한 것이며 여기서의 리듬이 호르몬에 대한 은유라면, 이 노래의 메시지는 이런 것이 된다. 리듬(호르몬)에 맞춰 춤을 추는 것(젠더 정체성에 따라 살아가는 것)이 아니라, 순간 속에 보이는 너의 그 새로운 춤(규정되지 않는 너 자신)이 기존의 유형화되고 반복되는 몸짓들(기존의 이름들 안에서 포획되고 정체화된 존재들)을 뒤흔들고 변화시킬 때 거기서 새로운 리듬(호르몬)이 춰지는 것이고 새로운 리듬으로 춰지고 있는 바로 그 춤에 내 마음을 빼앗기는 것이다. (이 소설의 특이한 점 가운데 하나는 이름을 이름'들'로 바꿔놓는다는 것이다. 구도림은 그저 구도림이 아니고 9이고 머루이자 차콜그레이다. 박승보는 그저 박승보가 아니라 미스터X이고 미스터 찌찌이자 미스터 하마다. 기타 등등. 이 소설의 등장인물들은 너무 많은 이름으로 불리는 나머지 어느 하나의 이름에도 구속되지 않고 이름들의 물결 속에서 춤을 추듯 유영하는 것처럼 보이기도 한다. 이 이름'들'이 비결정화의 춤을 추게 하는 장치이기 때문에 김멜라의 소설은 때때로 은유 즉 '이름을 다른 이름으로 바꾸기'를 자주 도입하는 경향을 갖게 되는 것인지도 모른다. 「적어도 두 번」에서 선생님을 '유파고'로 바꿔 부르고 엄마를 '줄파추'로 바꿔 부르는 것처럼. 반대로 「홍이」에서는 억압과 폭력적인 사건들이 이어지는 것과 여러 존재들이 같은 이름을 이어받아 쓰는 것이 서로 밀접하게 연관된 것처럼 보인다. 소설 속에서 '홍이'는 화자의 사촌 동생이자 강아지들을 잔인하게 죽인 범죄자의 이름이지만 그 이름은 누군가가 자살한 바위의 이름이었다가 병아리의 이름이었다가 황구 새끼의 이름이었으며 병아리와 황구 새끼가 닭과 황구가 되어 사람들에게 잡아먹히고 한참 시간이 지나 드디어 개 농장 주인이자 개 도살자 주인의 아들인 홍이의 이름이 된 것이다.) 구도림의 욕망은 남자도 여자도 아닌 채로 자기 자신을 내버려두는 것이었고, 만약 구도림이 상상 속의 인터섹스 김완선을 이태원 클럽에서 만날 수 있었다면 김완선은 구도림을 남자나 여자 가운데 하나로 결정하기보다 너는 너의 춤을 추라고, 그것이 너 자신의 마음을 빼앗을 것이라고 말해줬을 것이다.[1)]

약간은 귀엽게 처리된 어린아이의 혼란스러운 마음은 이 소설 속에서 '비결정화의 춤'이라고 할 만한 것을 거쳐 자기 자신을 인정하고 사랑하는 것을 암시하면서 끝나는 것 같다. '비결정화의 춤'이라는 점에서 보면 「물질계」는 「호르몬을 춰줘요」와 통하는 데가 있다. 「물질계」의 화자가 이론물리학을 공부한 이유는 거기에 "내 마음 따

---

1) 세부적인 독해에서 이 글과 다소 차이가 있기는 하지만 김멜라의 소설에서 결정론에 대한 거부를 읽어내는 것은 『적어도 두 번』의 해설 「얼어붙은 결정론적 세계를 깨뜨리는 방정식」(김건형)이 소상하다.

위와는 상관없이 언제나 동일한 물리법칙이 작용"(120쪽)하는 세계가 있다고 생각했기 때문이다. 말하자면 화자는 서양의 결정론에 투신했던 것. 그러나 화자는 변변한 논문을 써내지 못하고 그 결정론의 세계에서 미끄러져 나오며 그러다 사주에 빠져든다. 말하자면 동양의 결정론에 투신하기로. 그러나 다시 한번 화자는 자신의 사주가 저주나 악담에 가깝다는 사실을 확인해야 했다. 하지만 화자가 사주 풀이를 맡겼다가 나중에 연인이 되는 '레사'에게 얻은 가르침은 이런 것이다. 사주팔자 명리학은 "그것의 해석이 해석자의 언어에 따라 달라"(121쪽)지며, 그것은 "자기에게 적용하는 성찰이고 수양"이므로 "하루하루 충실하게 살면, 그게 모여 사주팔자"(125쪽)가 되는 것이지 사주팔자가 삶에 앞서고 삶을 구속하는 결정론이 될 수는 없는 것이다. 이 소설의 화자는 레사를 만나 동서양의 결정론 모두에서 풀려나 사랑을 얻고 자기 자신과 화해하며 스스로 만들어나가는 자기 운명을 긍정하게 된다.

우리 독해의 요점은 김멜라의 소설이 결정하고 구속하는 힘들에 맞서는 힘을 이야기 안에서 구축하려 한다는 것이고 그것이 두 소설에서는 새로운 춤이거나 새로운 해석이거나 새로운 사랑으로 나타난다는 것이다. 또 바로 그 힘들을 구축한 결과로 김멜라 소설의 등장인물들이 비로소 자기 자신과 화해할 수 있으며 거기에는 미결정이면서도 구체적인 자신의 현존이 있다는 것이다. 김성중 소설의 욕망이 누군가 스스로 자신 이상임을 믿게 하고 낯설고 새로운 더 많은 상태들을 통과하도록 자극하는 면이 있다면, 김멜라 소설의 욕망은 누군가 미결정의 춤을 추면서 기존의 빈약한 이름들에 잘 들어맞지 않는 자기 자신과 화해하고 자신을 긍정함으로써 자신만의 일상을 일궈나

가게 한다.

표제작 「적어도 두 번」은 이 가운데 자신과의 화해와 자신에 대한 긍정에 집중한다. 화자의 고백을 그대로 믿기로 한다면 이야기는 이렇다. 화자는 과외 아르바이트로 만난 시각장애 학생 '이테'에게 자위를 가르쳐주었다. 왜? "전 그렇게 생각해요. 인간은 타인에게 악수를 건네기 전 자기 자신과 악수를 해야 한다고. 자기 자신과의 악수를 충실히 수행한 후에야 타인이 건넨 손을 맞잡을 수 있다고."(53쪽) 그런데 자위야말로 자기 자신과 악수하는 것이다. 그러므로 이테에게 자위를 가르친 것에는 아무런 문제가 없다. 문제는 그다음에 있다. 화자는 자신의 가르침에 따라 생애 최초의 자위를 즐기고 잠든 이테에게 동정심을 느끼고 이테의 클리토리스를 혀로 핥는다. 화자의 동정심에는 시각장애인 이테에 대한 일반인 화자의 우월의식이 포함되어 있었고 그러므로 그것은 이테의 자신과의 악수를 훼손하는 것이므로 그에 대해서는 화자가 부끄러움을 느껴야만 한다. 화자의 고백은 얼핏 궤변처럼 보일지라도 그 안에 자기 자신과의 악수에 관한, 자기 자신으로 남기에 대한 모종의 진실이 포함되어 있다는 점은 인정되어야 하지 않을까.

'언제나 자기 자신 이상이고자 하는 열정'으로 이해되는 욕망은 김멜라의 소설에서는 잘 통하지 않는다. 김멜라 소설의 욕망은 자기 자신으로 남는 것이기 때문이다. 그런데 자기 자신으로 남는 것이 반드시 빈약해지는 방향으로 작동하는 안정화나 고정화로 이어진다거나 변화와 생성에 저항하는 장애물인 것만은 아니라는 점을 김멜라의 소설은 예증한다. 자기 자신으로 남는다는 것은 기존의 이름들에 들어맞지 않는 그 고유하고 특이한 지점을 (그렇기 때문에 좀처럼 붙잡히지 않고 불안하게 하는 지점을) 떨며 견딘 끝에 차갑게 얼어붙은 결정론을 뚫고 저마다의 삶으로 피어나게 하는 것이기 때문이다. 말하자면,

난 더 깊이 갈 수 있었고 더 혼자일 수 있었다.(「호르몬을 줘줘요」, 14쪽)

유파고[선생님], 저는 압니다. 사람에겐 저마다 각자의 클리토리우스[클리토리스]가 있고 그것은 신화 속 이야기가 아니라는 것을요. 숨기고 감춰야 할 부끄러움도 아니고 참과 거짓의 방정식도 아닙니다. 저마다 열심히 문질러야 할 콩알일 뿐입니다. 만약 인류가 콩알을 숨기거나 학대하지 않고 자유롭게 문질렀다면 그것은 제크의 콩나무처럼 싹이 트고 줄기가 자라 하늘로 치솟을 만큼 그 지위('이 지위는 보이는 그대로의 지위')가 높아졌을지도 모릅니다. 혹은 식물의 그것처럼 색과 향기를 뿜으며 피어올랐을지도 모르죠. 식물이 저마다의 개성으로 꽃을 피우듯 여자들은 자기만의 클리토리우스를 밖으로 피워 올렸을 겁니다.

유파고, 이것이 저의 고백입니다. 저는 수천수만 개의 클리토리우스가 겨울나무의 눈처럼 봄을 기다리고 있다는 것을 알았습니다. 이테가 제게 알려주었고 유파고의 죽음이란 생각이 제게 보여주었습니다.(「적어도 두 번」, 83쪽)

(2020)

# 사랑의 글쓰기
## —김봉곤의 『여름, 스피드』

롤랑 바르트에게 소설은, 그것이 역사적으로 어떤 물건으로 정의되었건 간에, 언제나 사랑의 글쓰기이다. '소설의 준비'라는 제목으로 행해진 마지막 강의들 중에 바르트는 이렇게 말했다.

어떤 관점에서 보면 소설은 사랑의 행위(……)처럼 환상화됩니다. (……) 사랑하는 사람들에 대해 글을 쓰는 것은 우리가 알았고, 사랑했던 사람들을 정당하게 평가해주는 것, 다시 말해 그들을 위해 증언해주는 것!이자 그들을 불멸화하는 것입니다. "사랑하는 사람들을 그려라." 사드는 『사랑의 죄악』(……)에서 이렇게 말했습니다. "인간은 그의 실존에 결부되어 있고, 그의 실존을 특징짓는 두 가지 약점에 종속되어 있다. 모든 곳에서 그는 기도를 해야 한다. 모든 곳에서 그는 사랑을 해야 한다. 그리고 이것이 모든 소설의 바탕이다. 그는 자신이 **간청**한 존재들을 그리기 위해 소설을 썼고, 자신이 **사랑한** 사람들을 축성하기 위해 소설을 썼다."[1)]

인간은 저마다 제각각 하찮고 사소하기 때문에 혼자서는 스스로를 긍정하거나 찬탄할 수 없는지도 모른다. 그렇다면 우리에게 주어진 삶이라는 것도 무의미하고 덧없는 것인지도 모른다. 그 무의미와 덧없음을 최종 확인하느라 삶을 무無로 되돌리는 죽음이라는 굴욕이 거부할 수도 없이 찾아오는 것인지도 모른다. 하지만 때때로 어떤 대상이 위대하고 완벽한 것이어서 혹은 의미로 충만한 것이어서가 아니라, '제각각으로' 하찮고 사소한 것이라는 바로 그 이유로, 그것을 긍정하고 찬탄하게 될 때가 있다. 비유컨대 "가장 아름다운 도자기는 너무 구워졌거나 덜 구워져 비교할 수 없는 기묘한 색깔을 내는 도자기, 예상 외의 관능적인 흔적이 새겨진 도자기"(PR, 95쪽)인 것이다. 생生의 흘러넘치는 풍요로운 힘은 평범한 것들을 주눅들게 하는 압도적이고 우월한 대상을 통해 확인되는 것이 아니고, 다양한 하찮고 사소한 것들의 제각각임, 제각각인 것들을 서로 다른 것으로 체험하게 하는 미묘한 차이들의 풍성한 다양성을 통해 확인되는 것이다. 하찮고 사소하게만 보였던 대상들을, 기만적인 의미 부여를 통해 그 가치를 부풀리지 않고도 단지 미묘한 차이를 느끼며, 그 차이들의 풍부함을 긍정하고 찬탄하게 되는 동시에 생의 흘러넘치는 풍요로운 힘을 체험하게 되는 이런 순간들이 사랑의 시작이다("넌 다른 사람들과 달라!" "맙소사, 너는 너 자신과도 달라. 넌 대체 누구니?"). 만일 사랑이 이런 것이라면, 사회적으로 통용되는 의미나 가치와 무관하게, 어떤

---

1) 롤랑 바르트, 『롤랑 바르트, 마지막 강의』, 변광배 옮김, 민음사, 2015, 45~46쪽, 강조는 원문. 이하에서 이 책을 인용할 경우 본문에 바르트의 강의 제목인 '소설의 준비(*La Préparation du Roman*)'의 약자 PR로 표시하고 인용 쪽수를 병기한다.

대상이 거기에 있다는 사실 그 자체를 긍정하고 찬탄할 수 있게 한다는 점에서 그것은 신비주의적이고 종교적인 축성祝聖 행위와도 다르지 않다. 사드는 인간이 모든 곳에서 기도해야 하고 또 사랑해야 하는 '두' 가지 약점을 가지고 있다고 썼지만, 실은 이 두 가지는 같은 것이다. 사랑이 기도이고 기도가 사랑이다. 사랑의 기도, 기도하는 사랑 없이는 삶이 덧없고 무의미해지며 굴욕적인 죽음을 피할 수 없다는 '하나'의 약점. 이 약점이 소설의 바탕이다. 그러므로 소설은 사랑하는 사람들/것들에 대한 증언일 수밖에 없다. 그리고 이 사랑의 글쓰기가 단지 무엇인가를 사랑하고 있는 자기 모습에 대한 도취에 그치는 것이 아니라 삶의 풍요로운 힘 그 자체에 대한 체험에 이르는 것이라면 그것은 "우리 영혼이 허무나 무無로 여길 그 침투할 수 없는 절망적인 거대한 어둠 속에 우리가 알지 못하는 어떤 풍요로움이, 다양성이 감추어져 있는지 보여주는 데 기여"하는 셈이고, 그런 한에서 "죽음도 덜 비참하고, 덜 치욕스럽고, 어쩌면 덜 가능해지리라"라고 말하는 것까지도 가능하다.[2] 바르트가 "소설은 일종의 중요한 구제입니다. (……) 소설은 최고선으로 나타납니다"(PR, 45쪽)라고 약간은 과장해서 말할 수 있는 근거가 여기에 있다.

그러므로 소설이라는 이름의 사랑의 글쓰기는 다음과 같은 형식을 취할 수밖에 없다.

1. 글을 쓴다. 그를 쓴다. (「Auto」, 212쪽)
2. 난 너에 대한 글을 쓰고 있어. (같은 글, 214쪽)

2) 마르셀 프루스트, 「스완의 사랑」, 『잃어버린 시간을 찾아서 2—스완네 집 쪽으로 2』, 김희영 옮김, 민음사, 2012, 277~278쪽.

3. 언제나 문학과 남자로 수렴되고 마는 나의 편협함(……). (글 읽기/쓰기와 남자, 절대 끊을 수 없는 것.)(같은 글, 226쪽)

「Auto」로 데뷔한 김봉곤의 첫 소설집 『여름, 스피드』(문학동네, 2018)는 물론 '사랑의 글쓰기'의 실천이다. 강렬했던 사랑이 지나간 뒤에 그 사랑의 대상에 대해 쓰기, 허무하고 진부한 연애사건으로 (잘못) 기억될 뻔했던 것을 사랑으로 다시 쓰기로 요약될 만한 이 소설집은.(데뷔작 「Auto」의 후속편으로도 읽을 수 있는 「컬리지 포크」의 '김상'이 바르트에 대한 애정을 숨기지 않는 것, 바르트의 저작을 에하라 교수와의 소설 창작 수업 교재로 삼는 것, 그리고 「라스트 러브 송」에서 다시 한번 프루스트와 함께 바르트의 이름이 언급되는 것은 우연이 아니다.)

*

『여름, 스피드』가 사랑의 글쓰기이기 때문에 위의 형식 외에도 다음과 같은 추가적인 요소들을 필요로 한다. 혹은 사랑의 글쓰기의 형식이 다음과 같은 추가적인 요소들을 생산한다. 편의상 둘로 구분하고는 있지만 이 두 요소가 서로 분리해낼 수 없게 뒤엉켜 있음은 물론이다.

가. '보이지 않는 사람'
나. 끝낼 수 없음

가. '보이지 않는 사람'. 논의의 편의를 위해서 먼저 프루스트의 『잃어버린 시간을 찾아서』[3]에서 스완이 처음 등장하는 장면을 보이기로 하자.

저녁때 집 앞 커다란 마로니에 나무 아래 놓인 철제 탁자에 둘러앉았노라면 정원 한쪽 끝에서 종소리가 났다. (……) 손님이 오면 수줍게 울리는 금빛 타원형 종소리로, 그 소리가 두 번 들리면 우리는 곧 "손님이군, 누굴까?" 하고 물어보곤 했다. (……) 그러다 할아버지가 곧 "스완 목소리군" 하고 말씀하셨다. 사실 스완 씨임을 알 수 있는 것은 목소리뿐이었다. 모기가 꾀지 않게 뜰 안을 되도록 어둡게 해두었기 때문에 (……) 얼굴을 알아보기가 어려웠다.[4]

저녁마다 콩브레의 작은 뜰에 종소리가 두 번 망설이듯 울리면

3) 「라스트 러브 송」에서 보름 동안의 사랑이 이제 막 시작되려는 찰나, 김혁상으로부터 온 문자메시지를 확인한 직후 화자가 꺼내놓는 "플래그가 잔뜩 붙은 프루스트의 책"(127쪽)이 『잃어버린 시간을 찾아서』일 것이다. 「Auto」에서는 "올봄, 수업에서 읽기 시작한 『잃어버린 시간을 찾아서』"(230쪽)가 언급되기도 한다. 롤랑 바르트가 『밝은 방』(김봉곤의 소설 「밝은 방」의 제목이 여기에서 왔을)을 비롯한 여러 저작들에서 자주 중요하게 다루는 것이, 특히 바르트의 마지막 강의 「소설의 준비」에서 '사랑의 글쓰기'의 가장 중요한 사례로 다루는 것이 이 책 『잃어버린 시간을 찾아서』이기도 하다. 『여름, 스피드』에는 "일본 종이꽃 놀이"(143쪽)에 대한 한 차례 언급을 제외하면 『잃어버린 시간을 찾아서』의 어떤 구절이 직접 인용되어 있지는 않지만, 『잃어버린 시간을 찾아서』의 어떤 요소들(사랑의 글쓰기와 관련된)과 경쟁하려는 야심이 있다. 이런 야심은 때로 프루스트에 대한 존경과 사랑으로 때로는 "프루스트의 풍성함과는 판이한 췌사만 가득 늘어놓고선 지난날의 연애처럼 망했다"(129쪽)와 같은 낭패감으로 가장(假裝)되어 드러난다

4) 마르셀 프루스트, 「콩브레」, 『잃어버린 시간을 찾아서 1 — 스완네 집 쪽으로 1』, 김희영 옮김, 민음사, 2012, 34~35쪽.

(……) 짙은 어둠 속에서 나타나는 인물은, 목소리만으로 겨우 식별할 수 있는 어둡고도 모호한 인물이었다.[5]

여기서 스완을 감싸고 있는 '어둠'은 물리적인 의미에서의 빛의 부족, 시각적 어둠에 머물러 있지 않다. 두 개의 인용문 사이에서 화자인 마르셀이 환기하는 것은, 그 시절 마르셀의 가족들이 스완에 대해 아무것도 몰랐다는 것이다. 스완의 집안은 마르셀의 집안과 같이 부르주아 계층(귀족이 아니라!)이며 오랜 동안 친밀하게 교제해왔으므로 아들인 샤를 스완은 그저 친구인 증권중계업자의 순박한 아들 정도로 받아들여진다. 그때 샤를 스완이 파리 사교계에서도 최상위 그룹의 총아라는 것, 그러니까 그와 교제하던 사람들이 프랑스의 왕위 계승권을 가지고 있는 오를레앙가의 파리 백작이나 나중에 영국의 왕으로 즉위할 웨일스 공 등이라는 점을 마르셀 집안의 어느 누구도 알지 못했고 상상도 하지 못했다. 마르셀 집안 사람들은 스완이 그들의 집을 방문하고 선물을 하는 것을 당연하게 생각하다못해 약간은 함부로 대하기도 했다. 그들은 스완을 잘 안다고 생각했지만 실상 최상위 귀족 사회의 저명인사 스완이 자신의 본래 모습을 숨기고 익명으로 어느 부르주아의 저녁식사 자리에 숨어든 것이나 다름없었다. 그러니까 인용문의 말미에서 스완이 "어둡고도 모호한 인물"이었다는 것은 그저 시각적 어둠 속에서 그의 얼굴이 잘 보이지 않았다는 뜻이 아니고 마르셀 집안 사람들이 모른다는 사실조차도 전혀 몰랐던 지각知覺의 암점暗點이 그를 감싸고 있었다는 뜻이 된다.

5) 같은 책, 42쪽.

요점은 유명 인사가 겸손하게도 소탈한 신분을 가장했다는 데 있지 않고, 우리가 훤히 알고 있다고 생각하는 사람에게도 언제나 알려지지 않은 보이지 않는 어두운 부분이 남아 있다는 것이고, 우리가 누군가에게 관심을 기울인다거나 알아간다거나 하는 것은 항상 이 어둠 속으로 들어가 새로운 관계를 맺으면서도 끝내 다 밝힐 수 없는 어둠이 여전히 남아 있다는 사실을 인정하는 일이라는 것이다. 결함 많은 인간은 타인을 함부로 판단하고 규정하려 들지만, 인간에게는 언제나 그러한 판단과 규정이 미치지 못하는 암점이 있다는 것. 인간을 투명하고 명쾌한 인물과 어둡고도 모호한 인물로 나눌 수 있는 것이 아니고, 모든 인간은 충분한 관심과 이해 속에서 사실 항상 어둡고도 모호한 인물이라는 것. 이것이 『잃어버린 시간을 찾아서』를 구성하는 중요한 원리이기도 하다. 프루스트의 저 방대한 소설은 각 장면에서 다뤄지고 있는 인물이 어떤 종류의 인간인가 하는 점을 독자에게 이해시키는 듯하지만 얼마 지나지 않아 앞선 이해가 결코 닿을 수 없는 어둠으로부터 다른 얼굴, 다른 목소리를 끄집어낸다. 『잃어버린 시간을 찾아서』의 구성 원리는 마치 이렇게 말하는 것 같다. '모든 인간에게는 어둠으로 가려진 부분, 보이지 않는 부분이 있는데, 어둠의 장막을 열고 그 안에서 무엇인가를 발견하기를 멈추지 않는 데에 소설적 진실이 있다. 그것은 마치 표면의 안쪽으로 주름지고 말려들어가서 감춰진 부분들에 손을 집어넣어 주름들 하나하나를 만져보는 촉각적인 쾌락과도 같은 것이다. 소설적 진실은 인간에 대한 이해와 관심이 깊어질 때 우리가 느끼는 영혼의 쾌락과도 같은 것이다.'

우리의 요점은 『잃어버린 시간을 찾아서』의 한 대목을 해설하는 것이 아니고, 사랑의 글쓰기인 『여름, 스피드』가 필요로 하는 혹은 생산하는 '보이지 않는 사람'이라는 요소가 『잃어버린 시간을 찾아서』의 구성 원리 가운데 하나인 저 스완을 감싸고 있는 어둠과 유사한 측면이 있다는 것이다.

"보이지 않는 사람"이라는 표현은 「컬리지 포크」에 세 번에 걸쳐 나온다.

> 편집자는 **보이지 않는 사람**, 이라는 것이 그녀의 원칙이라고 했다. (……) **'보이지 않는 사람'**이란 말은 생각해볼 거리가 있다.(40~41쪽, 이하 강조는 인용자)

> 나는 소설을 쓸 것이다. (……) **'보이지 않는 사람'**이란 유비에 이끌려 편집자가 되어볼까 진지하게 고민도 한다.(49쪽)

교환학생 신분으로 교토조형예술대학의 여름 학기를 수강하고 있는 '나'는 현역 편집자인 시바타 교수의 출판 수업과 작가이자 번역가인 에하라 교수의 소설 창작 수업을 듣고 있다. 김봉곤이 데뷔작을 비롯한 몇몇 소설에서 작가 본인의 이름을 비롯한 몇몇 전기적 사실들을 작중 인물에게 부여하고 '이것은 나 자신에 대한 글쓰기'라고 말한다는 점을 생각해보면, 편집자가 될까 고민하는 이 장면에서 출판사 편집자로 근무하는 김봉곤 작가의 실제 모습이 떠오르기도 한다. 하지만 그가 실제로 편집자로 근무한다는 사실보다 더 중요한 것은, 그가 '보이지 않는 사람'이라는 표현에 끌리고 있다는 것, 그가 소설 속에서 편집자가 될까 고민하는 거의 유일한 근거가 바로 이 끌림이라는 것이다. 그는 왜 '보이지 않는 사람'에 끌리는 것일까?

다음의 인용문들과 함께 읽을 때 '보이지 않는 사람'에 대한 김봉곤의 끌림이 더 분명하게 이해될 것이다.

나는 그들의 돌려 말하기, 바꿔 말하기, 꾸며 말하기, 과장되거나 축소된 악의 없는 능청과 (거짓)행복 반응에 온통 마음을 빼앗겨버렸다.(「Auto」, 235쪽)

그렇다면 도대체 왜? (……) 영우의 메시지는 그가 친구를 신청한 것만큼이나 나를 혼란스럽게 했다. 사실은 다큐멘터리를 보다 내가 떠올라 회상에 젖었고 고마운 마음에 옛사람을 찾아 밥을 대접하고 싶었다, 그걸 액면 그대로 받아들일 수도 있었다. 어쩌면 그게 진실에 가까운 문장일지 몰랐으나 우리의 문법으로는 그걸 핑계로 재미나 한번 보자는 것으로도 충분히 해석할 여지가 있었다.(「여름, 스피드」, 68~69쪽)

에하라 선생님은 자신이 교토 토박이라고 했다. 은근한 자부심과 비하가 섞인 말. 그 말인즉슨 '저는 친절합니다, 하지만 저를 믿진 마세요' 혹은 '저는 음전합니다, 그리고 음흉하지요'라고 말하는 것처럼 들렸다.(「컬리지 포크」, 22쪽)

인용문들이 공통적으로 지시하는 것은, 어떤 사태의 표면이 그 표면 아래에 표면과는 또다른 무엇인가가 숨어 있다는 점을 암시하는 때가 있고, 이때가 그 표면을 찢고 그 안으로 들어오라고 손짓하는 '유혹'이 시작되는 순간이라는 점이다. 하찮고 사소한 표면 아래에 압도적이고 우월한 무엇인가가 있다는 것이 아니라, 하나의 대상이 그 자체로 어떤 차이를 만들어낼 때, 그 차이를 맛보라는 유혹이 시작된다. 돌려 말하고 바꿔 말하고 꾸며 말하는, 액면 그대로 받아들일 수 없는, 겉과 속이 다른, 차이의 유혹=어서 자신을 찢고 그 너머의 '보이지 않는 것'을 만져보라고 하늘거리며 손짓하는 베일의 유혹. 이런 유혹에 대한 예민함이 『여름, 스피드』 도처에서 발견되고, 바로 이것이 '보이지 않는 사람'에 대한 끌림을 발생시켰을 것이다. 스완의 겉모습이 전부라고 착각하는 순진함에서 벗어나 스완에게는 어떤 어둠이 있고 그 어둠 속으로 들어갈 때의 영혼의 쾌락이 있다는, 그러나 아무리 그 안으로 들어가도 항상 남는 어둠이 있다는 프루스트의 소설적 진실과도 같은 것. 그런 유혹, 쾌락, 진실이 부족할 때 김봉곤 소설 속 화자는 이렇게 요구하기까지 한다. "이번에는 다르겠지 또 속는다 속아본다 제발 좀 속여봐라."(「디스코 멜랑콜리아」, 103쪽) 표면 아래, 겉보기와는 다른, 보이지 않는, 속이는 무엇인가에 대한 요구.

김봉곤의 정식定式으로 다시 요약하면 이렇게 될 것이다.

> 하늘색 포스트잇을 한 장 뜯어 떠오르는 생각을 받아 적었다.
> —나는 모르겠다.
> —나는 알고 싶다.
> 딱 두 줄. 단순하고, 자명했다.(「컬리지 포크」, 50쪽)

그건 좋았다. 정말 좋았다. 그게 내 기쁨이었다. 매분 매초, 이제껏 나를 가려왔던—내가 가려왔던 베일을 벗고 선명하게 세상을 바라보는 것. 이면을 발견하고 조명하는 것. 그건 다시 한번 사는 것과 마찬가지였고 나는 언제나 더 많이 살고 싶어했으므로 그건 내게 축복이나 다름없었다.(「라스트 러브 송」, 132쪽)

'보이지 않는 사람'='모르겠다×알고 싶다'. '모르겠다→알고 싶다→알게 되었다→그럼에도 모르는 것이 남아 있다'의 진행 속에서 '이면을 발견하고 조명하는 것'=다시 사는 것=축복!

어떤 대상이 그 자체로 유혹적인 것으로 변화하고 그 대상의 표면을 찢고 그 안으로 파고들고자 하는 의욕을 느끼게 될 때, 바로 그때가 사랑이 시작되는 순간이 아니라면 무엇이라고 부를까. "차라리 변죽을 울려야 합니다"라고 말하는 에하라 교수 앞에서 이제 곧 그와 사귀게 될 「컬리지 포크」의 나는 이렇게 생각한다. "나는 그 은유의 막을 찢고 싶었다."(34쪽) 그렇게 해서 에하라 교수와 '나'의 사랑은 시작된다.

(이 '보이지 않는 사람'이라는 요소는 '남자를 사랑하는 남자'라는 작가의 그리고 작중 인물의 성적 지향성에 의해 더 강렬해지는 것 같다. 그들은 보수적인 사회 안에서는 자신의 정체를 숨겨야 하고 자신과 같이 숨겨져 있는 사랑의 대상을 찾아내야 하고 그 대상을 감싸고 있는 어둠의 베일/은유의 막을 찢어야 하기 때문이다. 이를테면 「컬리지 포크」에서 '보이지 않는'이라는 수식어구는 다음과 같은 경우에도 사용된다. "〔'나'와 에하라 교수의 마지막 데이트에서—인용자, 이하 동일〕 나는 (……) 간이 대피소로 그를 데려갔다. (……) 누군가에게 보이지 않기 위해 어두운 곳으로 왔지만, 이제는 누가 봐도 상관없었다. 누가 봐주었으면 하는 마음마저 들었다."(45~46쪽) 이 점을 생각하면서 다음의 구절을 읽으면 조금 더 의미심장하게 읽힌다. "사실 내가 그〔에하라 교수〕

에게 물어보고 나눠보고 싶었던 말은 가후의 뒷골목 유곽 탐험이 얼핏 퀴어들의 야행과 비슷하지 않은지, 내 추측이 쓸 만한지 아닌지 따위의 이야기들이었다."(「컬리지 포크」, 20쪽) 그 자신이 보이지 않는 사람이면서 또다른 보이지 않는 사람을 탐색해야 하는, 찢어야 할 어둠의 베일이 두 겹으로 되어 있는, '남자를 사랑하는 남자의 사랑의 글쓰기'로. 앞에서 인용한 '이면을 발견하고 조명하는, 더 많이 사는, 축복'에 대한 인식도 그가 자신이 게이라는 사실을 더이상 의심하지 않게 된 뒤에 찾아온 축복으로 되어 있다.)

나. 끝낼 수 없음. 논의의 편의를 위해서 다시 바르트로 돌아가기로 하자. 바르트에게 소설은 언제나 사랑의 글쓰기이고, 사랑의 글쓰기란 결국 사랑하는 사람들을 정당하게 평가하고 그들을 위해 증언하는 것이지만, 바르트가 죽었을 때 그의 타자기 위에는 스탕달에 대해 진행하던 연구의 원고 한 장이 끼어 있었고, 그 제목은 "인간은 항상 자기가 사랑하는 것에 대해 말하는 데 실패한다……"였다.(PR, 18쪽) 요약하자면, 사랑하는 사람에 대해 말해야 하지만 그것은 실패할 수밖에 없다는 것. 김봉곤의 데뷔작 「Auto」도 "난 너에 대한 글을 쓰고 있어"라고 말하고는 있지만, 「Auto」를 읽는다고 해서 '너'에 대한 이해가 더 깊어진다거나 하는 대목을 발견하는 것은 거의 불가능하다. 왜일까? 김봉곤은 스스로의 글쓰기에 부여한 과제를 완수하는 데 실패한 것일까? 아마도 여기에는 『여름, 스피드』의 사랑의 글쓰기라는 형식에 이미 포함되어 있는 어떤 곤란이 개입하는 것 같다. 다시, 바르트는 『사랑의 단상』에서 이렇게 쓰고 있다.

내가 사랑하고 또 나를 매혹시키는 그 사람은 아토포스이다. 나는 그를 분류할 수 없다. 왜냐하면 그는 내 욕망의 특이함에 기적적으로 부응하러 온 유일한, 독특한 이미지이기 때문이다. 그는 어떤 상투적인 것(타인들의 진실)에도 포함될 수 없는 내 진실의 형상이다.[6)]

분류될 수 없는 그 사람은 언어를 흔들리게 한다. 어느 누구도 그 사람에 대해, 그 사람에 관해 말할 수 없다. 모든 속사는 거짓이며 고통스럽고, 잘못된 것이며, 거추장스러운 것이다. 그 사람은 무어라 특징지을 수 없다(아마도 이것이 아토포스의 진짜 의미일지 모른다).(FDA, 57쪽)

사랑에 대해 쓰고자 하는 것은 언어의 진창과 대결하고자 함이다. 언어가 지나치게 많거나 적은, 또는 과장되거나(자아의 무한한 확대와 감정의 범람에 의해) 빈약한(그 약호에 의해 사랑이 언어를 축소시키고 낮추는) 그런 광란의 지역과.(같은 책, 132쪽)

어떤 대상이 단지 사회적으로 통용되는 의미와 가치의 체계 안에서만 자리잡고 있다면, 비록 그 의미와 가치가 대단한 것이라고 하더라도, 그것은 '타인들의 진실' 혹은 '상투적인 것'의 범주에 포함되며 그런 이유로 사랑의 대상이 될 수 없다. 반대로 어떤 대상이 그런 범주에서 빠져나갈 때, 그 대상의 독특함이 빛을 발하고 그때 나는 매혹되고 사랑에 빠진다. 사랑의 대상이 그와 같은 것이라면, 그것은 언

6) 롤랑 바르트, 『사랑의 단상』, 김희영 옮김, 문학과지성사, 1991, 55쪽. 이하 본문에서 인용할 경우 FDA(*Fragments d'un Discours Amoureux*)로 약칭하고 인용 쪽수를 병기한다.

제나 사회적으로 통용되는 의미와 가치의 체계로부터 빠져나가는 것이고, 그렇기 때문에 언어로 사랑의 대상을 포착하는 것(의미와 가치를 배당하고 전체 안으로 통합하기 위해 분류하는 것)은 불가능에 가까워진다. 어떤 언어로 어떻게 표현하든 사랑의 대상에 대해 그 표현은 얼마간 거짓이 되고, 그렇기 때문에 그 거짓된 언어의 표면 아래 어둠 속에 잠겨 있는 그 '보이지 않는 사람'을 향한 사랑의 운동이 사랑의 글쓰기 안에서 지속되는 것이다. 사랑의 글쓰기는 '보이지 않는 사람'을 향한 사랑의 운동 속에서 언제나 너무 말이 많아지지만 아무리 많이 말해도 언제나 아직 덜 말한 것이 남게 된다. 그런 점에서 사랑의 글쓰기는 "언어의 진창과 대결"하는 것이 된다.

『여름, 스피드』는 그런 곤란함을 무릅쓰고 어떻게든 사랑의 대상을 끝까지 추적하는 대신, 사랑의 글쓰기의 곤란함 그 자체를 드러내려는 것처럼 보일 때가 있는데 여기서 '끝낼 수 없음'이라는 요소가 요청되거나 생산되는 것 같다.[7] 예컨대 「Auto」의 다음과 같은 장면들에서.

---

7) 그러나 그것이 꼭 '대신'이어야 했을까. 그 둘 모두에 전념할 수는 없었을까. 아마 어느 엄격한 독자가 김봉곤의 소설에 어떤 아쉬움을 표시하려 한다면 바로 이 대목을 지적하게 될 것 같다. 어둠의 베일을 계속해서 들춰내며 사랑의 대상의 온갖 사소하고 하찮은 면모들이 얼마나 독특하게 아름답고 사랑스러운지를 표현해내는 산문적 욕망이 보다 강렬해지길 바라는 아쉬움 같은 것. 사랑의 글쓰기가 자기중심적 글쓰기와 가까워지는 위험으로부터 보다 확실히 구분되기를 바라는 아쉬움 같은 것. 이 지점에 대해 작가가 이미 의식하고 있는지도 모른다. 「Auto」의 후반부에 작가는 이렇게 쓰고 있다. "나의 시간과 타인의 시간이 만나 아예 새로운 시간과 과거는 탄생해버릴 수는 없나. 그러나 난 어째서 나인가, 나일 수밖에 없는가, 왜 난 고작 나이며, 나의 기억만을 할 수 있을까."(247쪽)

5월의 마지막 목요일 밤, 그와의 사랑이 끝났다. 그러나 나는 그것이 다가올 급작스러운 이별들의 시작처럼 느껴졌다.

는 문장을 끝으로, 이 글의 제목은 '여름의 시작'으로, 마무리지으려 했다. 그러나 또 이어진다.(213쪽)

끝이었을 뻔한 첫번째 기록.

비가 그쳤다. 봄은 오지 않았네. 봄이지만 봄을 기다려, (……) 지금은 2015년 4월 16일 오후 네시 삼십분이다.

끝이었을지도 모를 두번째 기록.

(……)

쓰일 수 없는 내가 있었지만, 정확하게 그것에 대해 써야 했다. (248~250쪽)

이 사랑의 글쓰기는 왜 이렇게 끝내지지 않나? 이 신인 작가에게 마지막 장면을 산뜻하게 처리하며 마무리하는 능력이 부족하기 때문에? 「여름, 스피드」 등을 생각해보면 아마도 그런 이유는 아닌 것 같다. 사랑하는 사람에 대해 말해야만 한다는 의무가 사랑하는 사람에 대해서는 정확하게 말하는 것이 불가능하다는 한계를 이미 포함하고 있다는 바로 그 조건 때문에, 언제나 이미 쓰인 것은 사랑의 글쓰기의 작가에게는 '아직 써야 할 것이 남아 있다'는 느낌을 준다. 사랑의 대상은 아무리 파고들어도 언제나 '보이지 않는 사람'으로서 어둠의 베일을 찢고 들어오기를 요구하기 때문에, 이미 쓰인 문장과 문장 사이에서 어둠에 가린 보이지 않는 아직 쓰이지 않은 문장을 발견하고 바로 그 문장을 추가로 덧씌워 기입하기를 요구하기 때문이다. 그래서 사랑의 글쓰기는 끝나지 않고 이미 쓰인 것 위에 덧쓰이며 스스로 자신의 중간으로부터 넓어지고 펼쳐지는 무한한 조각보처럼 확장된다. 작가 자신의 정식화에 따르면 이렇게 된다.

> 시간의 팔랭세스트palimpseste〔덧쓰기 혹은 덧쓰기 된 양피지〕
> 기억의 팔랭세스트
> 누더기가 되어가는 시간과 기억/새로운 시간과 기억의 탄생 (246~247쪽)

이 끝낼 수 없음이 변형된 이미지가 「Auto」와 「라스트 러브 송」에서 언급되는 '유년의 로터리' 그 안에서의 순환하는 이미지일 테고(무엇인가를 끝내고 분절하고 다음 단계로 넘어가는 대신 무한히 그 중간을 파고들며 제자리를 맴돌며 확장되는 팔랭세스트)[8], 「컬리지 포크」가 이 이미지를 구현한 형식을 암시한다고도 볼 수 있다. 소설 속 중심 사건이 '소설쓰기'라는 과제를 도출하고, 이 과제는 중심 사건에 대한 글쓰기로 진행되는 가운데 다시 한번 소설쓰기라는 과제에 도달하고, 이 순환 운동 속에서 기존에 쓰인 모든 문장들 사이에서 보이지 않는,

8) 그러나 이 순환과 반복이 어둠의 베일을 찢는 소설적 진실과 영혼의 쾌락을 잃을 때, 더이상 팔랭세스트가 아니게 될 때, 이 순환과 반복은 아무런 차이도 생산하지 못하는 경직된 코드가 된다. 김봉곤의 소설 속 화자가 이 경직된 코드를 만나면 이렇게 외친다. "어쩜 이렇게 매번 똑같냐."(「라스트 러브 송」, 133쪽) 하지만 「라스트 러브 송」은 코드화되고 경직된 순간 안에서 결코 똑같은 것이 아닌 독특한 것이 있었음을 확인하고 그로부터 강렬한 기쁨과 슬픔을 겪는 여정이다. 『여름, 스피드』는 어떤 점에서 코드화되는 경향과 차이를 생산하며 사랑을 활성화하는 경향 사이의 투쟁이기도 하다.

쓰이지 않은 문장을 발견하고 덧쓰기를 매번 다시 요구한다…… 글쓰기와 기억의 로터리. 결코 목적지에 도달할 수 없는, 순환과 반복. 순환하고 반복하는 사이에 점점 제자리에서 확장되기. 끝낼 수 없음의 강도強度가 그가 체험한 사랑의 강도를 표현할 뿐만 아니라, 차라리 그 끝낼 수 없는 사랑의 글쓰기 속에서 과거에는 미처 발견하지 못했던 장면들까지 새롭게 건드리고 긍정하고 찬탄하게 된다는 점에서('너에게는 이런 면도 있었지. 내가 왜 그걸 잊고 있었지?') 끝낼 수 없음의 강도가 그가 체험한 사랑의 강도를 증강시킨다. 그것은 이미 벌어진 일을 사후적으로 과장하고 의미를 부풀리는 거짓이 아니고, 과거에 미처 체험하지 못하고 함부로 흘려보낸 것들을 되찾으며 진실에 가까워지는 것이다. 「라스트 러브 송」에서 나와 김혁상이 처음 만났던 장소에서 재회해 첫 만남의 어떤 요소들을 회상하며 몰랐던 부분들을 추가하고 이제 곧 시작될 사랑의 예감에 떨고 있을 때, 김혁상의 장례식장을 찾아가는 지하철 안에서 김혁상과의 예기치 않은 재회의 계기가 되어준 문자메시지를 받았던 그 지하철 안에서의 경험과 무엇인가가 "똑같"다고 느끼고 "도돌이표를 만나 부딪혀 또다시 돌아가 시작"(127쪽)한다고 느끼며 고통스러워할 때, 화자는 한층 더 강렬해진 사랑의 기쁨과 고통으로 거의 감전된다. 바로 이 순환과 반복에 의해 더욱 강렬해지는 사랑이 『여름, 스피드』의 전체적인 모습에 대한 알레고리이며 동시에 사랑의 글쓰기의 동력원이기도 하다.

*

끝으로, 김봉곤의 소설에는 물론 외설적인 데가 있다는 점을 지적하고 싶다. 여기서 말하는 외설성은, 점잖지 못한 표현들을 동원해가며 남성들 사이의 성교 장면을 노골적으로 묘사하는 대목들이 종종 눈에 띈다는 점을 가리키지 않는다. 다시 한번 바르트를 인용해보자.

> 사랑의 삶을 통하여 사건의 짜임이란 믿기 어려울 정도로 하찮은 것이어서, 이 하찮음이 가장 심각한 것과 연결되면, 문자 그대로 그것은 외설적인 것이 된다. (……) "이 세상에는 아직도 수많은 사람들이 배고픔으로 죽어가고 있고, 또 많은 민족들이 그들의 해방을 위해 투쟁하고 있는데, 등등." 사랑하는 이가 단순히 부재의 표정을 지었다 해서 세상이 무너지는 것 같은 슬픔에 잠겨 있다면, 이보다 더 외설적인 주체가 어디 있단 말인가?(FDA, 240쪽)

정확히 이 맥락에서 김봉곤의 소설에는 외설적인 데가 있다. 말하자면 그가 사회적으로 정당하고 인정받는 말씀들에 귀기울일 줄 알았더라면 그에게는 신경써야 할 것들, 이해해야 할 것들이 더 많았을 것이고 그 자신의 감정의 동요에 대해서는 제어해야만 했을 것이다. 하지만 김봉곤의 소설은 그런 것들에 대해 전혀 알지 못하는 것처럼, 사랑의 글쓰기 이외에는 아무것도 중요하지 않은 것처럼, 그러니까 사랑에 미친 사람처럼, 무엇보다 사랑이라는 것이 제어 불가능하다는 것을 표현하는 것처럼 보인다. 제어 불가능한 바로 그것을 향한 충동이, 제어 가능하고 예측 가능하고 사회화된 의미와 가치의 체계의 표면 아래서 무엇인가를 발견해내고 그것에 전율하지 않는다면, 그런 사랑을 가속화하는 사랑의 글쓰기, 그것의 '보이지 않는 사람' '끝낼 수 없음'이라는 요소가 없다면, 우리가 삶의 흘러넘치는 풍요로움을 어디서 체험할 수 있을까. 이런 통로를 만들어두지 않는다면, 우리가 어떻게 죽음이라는 굴욕을 완화시킬 수 있을까. 감각적이고 감정적으로 우리를 전율케 하는 삶의 풍요로움이 없다면, 저 지혜롭고 찬란한 사회적 의미며 가치가 다 무슨 소용이란 말인가. "나는 이해하기 위해서 회상하는 것이 아니라, 불행 또는 행복해지기 위해서 회상한다."(FDA, 290쪽) 얄팍한 삶을 더 많은 삶으로 바꿔놓기 위해서는 우리에게는 더 많은 사랑의 글쓰기가 필요하고, 그 사랑의 글쓰기의 목록 어느 한 대목에는 이 외설적인 소설집 『여름, 스피드』가 이름을 올릴 법하다. 우리가 이미 인용했던 문장을 한번 더 떠올리면서 이 글을 마치기로 하자.

> 그건 좋았다. 정말 좋았다. 그게 내 기쁨이었다. 매분 매초, 이제껏 나를 가려왔던—내가 가려왔던 베일을 벗고 선명하게 세상을 바라보는 것. 이면을 발견하고 조명하는 것. 그건 다시 한번 사는 것과 마찬가지였고 나는 언제나 더 많이 살고 싶어했으므로 그건 내게 축복이나 다름없었다.(「라스트 러브 송」, 132쪽)

(2018)

# 4
# 부

# 한줌의 불

누구의 입김인가 이 안개는
살찐 死者들의 입김이지, 이 안개는
꼭꼭 숨어라 친구들이여
—정현종, 「거짓 희망을 쓰러트리는 우리들의 희망이」[1]

## 1. 허무주의 대행진—일베시대의 보편 정서

이 현란하고도 광대한 인터넷의 세기에, 언제 어디서든 접속해서 거의 아무런 제약도 받지 않고 별다른 책임도 지지 않으면서 '나'의 가면 가운데 하나를 준동시키거나 과시할 수 있는 것처럼 보이는 이 시대에, 우리는 얼마나 더 많은 말을 할 수 있게 된 것일까? 얼마나 더 우리 자신을 표현하고 사회적 담론의 흐름 속에 주체적으로 참여

1) 정현종, 『나는 별아저씨』, 문학과지성사, 1978, 29쪽.

할 수 있게 된 것일까? 물론, 그 답변은 비관적일 수밖에 없다. 겉보기와 달리 우리는 혼돈스러운 침묵의 시간을 살고 있으며 자아가 신기루처럼 사라져가는 시대를 통과해가고 있다.

단지 우리가 너무 많은 정보와 의견들의 홍수, 저 잡음어의 범람 속에 놓여 있다는 것만이 아니다. 가볍고 단편적인 정보들만을 다루는 인터넷 매체 때문에 말의 깊이가 사라졌다는 것만도 아니며, 인터넷 공간에서조차 검열과 감시는 물론 여론 조작이 횡행한다는 것만도 아니다. 저 비관적 답변은 거의 다음과 같은 예감에 근접해가고 있다. '이제 곧 우리들은 말하는 능력 자체를 포기해버릴 것만 같다.'

'일베(일간베스트저장소(www.ilbe.com)의 약칭)'만큼 이러한 예감을 견인하는 첨단의 현상은 없다. 일베 현상의 핵심은 그들이 정치적으로는 좌파와 여성을 혐오하며 도덕적으로는 패륜아처럼 보인다는 데 있는 것이 아니라(물론 일베에는 정치적으로 철저하게 잘못되었고 도덕적으로 처절하게 무능한 측면이 있지만), 그들이 말하고 있다고 착각하는 동안에 실상 어떤 인용문을 복사해서 재전송하는 사이보그 혹은 좀비가 될 뿐이라는 데 있다. 일베에는 여성 혐오와 특정 지역 비하, 정치적으로 올바르고자 하는 의지에 대한 조롱, 상식과 도덕에 대한 도발 내지 파괴, 객관적 진실에 대한 강박적 요구와 동시에 진행되는 허위 사실 유포가 흘러넘치는데, 그 방대한 양에 비하면 혐오 표현의 스타일과 논리에는 어떤 모델 혹은 패턴이 있는 것으로 보인다. 현란한 조롱과 혐오의 수사학 안에 들어 있는 것은, 여성들은 아무런 노력도 없이 성적 매력을 '판매'하는 방식으로 순진하고도 성실한 남자들을 속이거나 착취하고, 특정 지역 사람들은 도덕적으로 처절하게 무능하며, 정치적으로 올바른 것에 대해 말하기를 좋아하는 사람들일수록 음흉하고도 파괴적인 계획을 갖고 있는데 알고 보면 그런 사람들은 다 그 특정 지역 사람들이라는 단순하고 지독한 중상中傷. 그것은 새로운 현상들과 마주하면서 무엇인가를 발견해내고 기존의 판단들을 재검토하는 과정에서 사유를 이끌어내는 주체의 정신적 운동과는 아무런 관련이 없다. 일베의 패턴화된 스타일과 논리는 다양한 현상들을 포섭해서 단순하고 진부한 것으로 가공한 뒤 그 가공물을 다시 기존의 스타일과 논리의 근거로 활용한다. 일단 이 패턴에 갇히면 주체적 사고는 정지하고 일베의 그 패턴을 복사하고 전송하게 될 뿐이다. 다른 맥락에서 쓰인 것이지만, 패턴화된 사고에 의해 한 사람의 주체가 먹히는 장면을 표현한 듯한 최근의 한 소설의 일절을 인용하고 싶다. "내가 생각을 하고 있는 것이 아니고 생각이 나를 하고 있는 듯하다는 이상한 생각도 하게 된다. 그게 뭐야…… 생각이 나를 하고 있다면 생각은 나에 관해서는 만능인가? 생각이 나를 하고 있어. 생각이 나를 먹고 있어. 생각이 나를 짓누르고 있어. 생각이 나를 씹고 있어. 생각이 나를……"[2)]

패턴화된 사고가 자기 자신을 반복하는 가운데에도 새로운 면이 있다면 그것은 그 반복 증식 운동이 진행될수록 더 과격한 혐오감과 좀더 극단적인 비도덕성을 충전하게 된다는 것이다. 일베에서는 어떤 의견의 합리성 여부를 떠나 그 의견이 의견이라고 이름 붙이기에 민망할 정도로 저열한 것이라고 하더라도 과격한 것이라면 환영받는다. 과격함은 일반적으로는 허용되지 않는 것을 해버렸다는, 금기를 깨뜨렸다는 희열을 주기 때문이다. 그러한 희열은 종종 정의를 실현

2) 황정은, 「웃는 남자」, 『문학과사회』 2014년 가을호, 116쪽.

한다는 희열과도 혼동되는 것 같다. 일베의 게시물들은 겉으로는 '장난으로'라는 느낌이 있어서 진지한 태도가 면박을 당하기도 하지만, 안으로는 '그러나 이쪽이 진짜'라는 느낌이 있어서 그들이 상대하려는 가상의 적들이 얼마나 위선적인지를 지적하려 들 때 그들의 목소리에는 투사적인 분노가 섞여 있다.[3] '위선적이고 무능하며 허약한 것들은 결코 해내지 못하는 금기의 위반을 우리는 해냈다' '그러한 위반이야말로 (위험하고 부도덕한 것이 아니라) 진짜이며 옳은 것이다'. 이 이중의 희열을 즐길 때 그들은 스스로가 극단적으로 자유로운 표현자들인 것처럼 여기는 것 같다. 하지만 실상 그들은 과격함의 희열에 도취돼 판단이 마비된 채 '혐오 표현의 바이블'을 암송하고 있을 뿐이다. 이 점을 가장 예민하게 포착한 집단이 국정원이었고, 국정원의 예민함을 인정한 것이 법원이었다. 국정원은 18대 대선에서 특정 후보 및 정당에 대한 지지 혹은 반대 게시물을 일베에 지속적으로 올렸고, 이것이 여론을 조작하는 사례라고 판단한 서울고등법원은 2015년 2월 9일 원세훈 전 국정원장의 공직선거법 위반 혐의를 유죄로 판결했다. 이 판결에 비춰보면, 국정원은 18대 대선에 개입하기 위해 하나의 사고 모델 혹은 패턴을 지속적으로 복사하고 전파해서 증식시키는 자동기계로서 일베를 이용한 셈이다. 그것이 '국정원

---

3) 금기를 깨는 쾌감과 정의를 실현한다는 자부심의 혼동은 일베와 자주 비교되는 일본의 재특회에서도 발견된다. 2011년까지 재특회 간부였다는 삼십대 남성은 한 인터뷰에서 이렇게 밝혔다. "공격하기 쉬운 목표를 찾은 데 신이 났는지도 모르죠. 재일조선인은 불쌍한 약자이고 차별해서는 안 된다는 상식에 얽매여왔던 우리에겐 터부를 깨는 쾌감이 있었어요. 비뚤어진 생각일지 모르겠지만, 저 자신도 터부를 깨뜨림으로써 세상의 권위나 권력과 싸우고 있다는 생각을 했습니다."(야스다 고이치, 『거리로 나온 넷우익』, 김현욱 옮김, 후마니타스, 2013, 198쪽)

→ 일베 → 무차별 확산'이라는 식의 경로로 단순히 정리될 수는 없지만, 당시 현실 정치를 언급했던 그 방대한 분량의 공격적인 문구들에 일정한 패턴이 있었던 것은 사실이며, 그러한 패턴들이 활발히 점멸했던 곳 중의 하나가 일베였던 것도 사실이다.

일베는 가상의 적들을 '좀비'라고 부른다. 그들의 설명에 따르면 좌파들은 동일한 문구를 반복해서 외우고 있을 뿐인데, 왜냐하면 좌파들은 그 문구가 얼마나 부조리한지에 대해서 주체적으로 판단할 능력을 상실했기 때문이다. 그러므로 그들은 살아 있는 진짜 인간이라고 말할 수 없고 자신이 이미 죽었다는 사실을 모른 채 촛불을 들고 동일한 문구를 외우며 밤거리를 헤매는 좀비가 된다. 그러나 이것이야말로 일베에 대한 완벽한 정의가 아닐까? 주체적인 성찰의 스위치를 내리고 자신이 이미 성찰의 주체로서는 죽어버렸다는 사실도 모른 채, 명멸하는 모니터 스크린의 불빛에 의지해 '혐오 표현의 바이블'만을 외우며 무한한 인터넷의 세계를 서성거리는 좀비. 일베는 이런 식으로 거울에 비친 자신의 모습에 분개하면서 그것을 타인의 이미지 위에 덧씌우고 그것이야말로 가상의 적의 실상이라며 비난할 때가 많다. 좀비와 같은 자신의 모습을 좌파들에게서 발견하듯이, 도덕적으로 처절하게 무능한 자신의 모습을 특정 지역 출신들에게서 발견하고, 친밀한 관계를 맺을 능력을 잃었기 때문에 저열한 성적 관계와 비열한 권력관계 이외의 관계에 대해서는 상상하지 못하는 자신들의 빈곤함을 여성 일반에서 발견하고, 올바른 것을 판별하고 실천하려는 엄격함을 너무 간단히 포기하는 자신의 정치적 무책임함을 좌파들의 가상의 진심에서 발견하고, 자신을 포함한 모든 것의 존엄성을 파괴해서라도 어떤 이득을 얻어내려는 범죄적 충동을 파괴된 피해자들에게서 발견하고, 기타 등등.

정리하면 이렇다. 일베 현상의 기본 구조는 악마적인 영혼의 투사 거울이며 '혐오 표현 바이블'의 카피머신이다. 일베의 거울에는 우리 안에 잠재해 있는 악마적 요소들이 반영되는데, 이 악마적 이미지들을 변환해서 다른 가치의 이미지를 산출할 능력이 없기 때문에 그 악마적 이미지에 붙들린 채 그 이미지를 되풀이해서 복창하면서도, 그것이 자신의 모습이라는 점을 받아들이기 어렵기 때문에 자꾸만 그것을 타인의 실상이라고 우기고 혐오 표현을 증식시키는 것이다. 그렇게 해서 일베 현상의 핵심에는 반복해서 인용되는 '혐오 표현의 바이블'이 놓이게 되고, 일베 현상에 참여하는 사람들은 주체적 판단 없이 복사하고 전파하고 증식시키는 좀비-자동기계가 되어간다. 만일 일베 현상을 탈출하고자 한다면, 다시 말해서 나의 모습임이 분명한 악마적 이미지들을 변환시켜서 각자가 서로 다른 가치의 이미지를 만들어내려고 한다면, 그렇게까지 윤리적인 제스처를 취한다면, 그것은 '씹선비질(모든 종류의 진지한 발언, 그 가운데서도 특히 금기 위반에 가해지는 비판에 대한 멸칭)'일 뿐이다. 일베의 관점에서 볼 때, 더 괜찮은 존재가 되고자 하는 모든 욕망은 거짓된 겉껍질일 뿐이며, 그 안에는 비열한 욕망이 가득하다. 적어도 일베 현상에 참여하는 사람들은 비열한 욕망을 감추고 근사한 거짓의 겉모습으로 치장하려는 또다른 비열함을 추가하지는 않는다. 그러므로 우리가 더 옳다. 씹선비질은 꺼져라. 우리 모두가 비열한 욕망의 덩어리라는 사실을 인정하자, 제발. 그러한 욕망의 분출을 즐기도록 내버려둬라.

다시 한번 정리하자면 이렇게 된다. 일베 현상의 참여자들은 단지 그들 자신이 거울이자 카피머신이 되도록 허용했을 뿐 아니라, 다른 모든 사람들 또한 그렇게 되어야 한다고 요구한다. 그들이 유포시킨 다양한 일베의 유행어, 일베식 해석으로 오염된 구절들이 우리의 시야를 침식해왔을 뿐 아니라 그런 침식에 저항하면 별도의 타격이 가해지는 것이다. 거울-카피머신 혹은 좀비-자동기계가 되는 것은 일베의 시각에서 볼 때 짜릿한 쾌감을 줄 뿐 아니라 더 옳은 일이다. 더 나은 존재가 되려는 욕망 대신 권력과 협잡을 누리려는 욕망을 품고, 자기 자신을 표현하는 '말하는 주체'가 되는 대신에 '인용의 좀비'가 되고, 타인의 맨얼굴을 보는 대신에 열정적으로 거울에 비친 자신의 악마적 이미지를 숭배하기, 지금까지 우리가 인간적 존재의 양식이라고 믿어왔던 것으로부터의 전면적 철수, 그것이야말로 참되고도 즐거운 것이다. 인간적 존재로부터 물러서기, 자기 자신의 주체적 지위를 인용문에 양보하기, 결국 말하는 능력 그 자체의 포기. 그들은 심지어 자신이 일베 이용자라는 사실을 표시하는 은어들을 자신의 짧은 문장에 새겨넣으면서 이 문장에서 말하는 것은 자신이 아니라 사실은 '패턴화된 일베의 정신'이라는 점을 자랑스럽게 강조한다.

여기서 우리 시대의 보편 정서를 읽어낼 수도 있지 않을까? 일베가 한때 최대 규모의 유머 사이트였다고는 하지만 일베 이용자들이 인터넷 안에서 다수라고 말하기는 어렵고 또 앞에서 일베 현상이라고 지목한 것이 일베 사이트 안에서도 소수 과격파의 예외적 준동일 뿐이라는 반박이 가능하다. 하지만 이런 점을 생각해보면 어떨까. 인터넷 뉴스 게시판에 따라붙는 수많은 댓글들의 논쟁에서 보수적인 성향의 댓글들이 자주 받는 공격 가운데 하나는 '너 일베충(일베+벌레, 일베 이용자에 대한 멸칭)이지?'다. 그리고 이러한 질문에 대해 반복되는 답변은 '하여간 좌좀(좌파+좀비, 좌파적 성향을 가진 사람들에 대한 멸칭)들은 자기랑 의견이 다르면 다 일베충이래'다. 아마도 이런 답변을 하는 사람들 가운데 대부분은 실제로 일베 이용자가 아닐 것이다. 하지만 그들이 간과하는 것은 그들이 일베를 이용하지도 않으면서 일베 이용자들이 일베 외부에 퍼뜨리는 스타일과 논리의 패턴에 감염되었으며 결국 그 자신도 말하는 능력 그 자체를 포기한 악마적 영혼의 투사 거울이자 '혐오 표현의 바이블' 카피머신에 가까워지고 있다는 점이다. 어쩌면 이렇게도 덧붙일 수 있을지도 모르겠다. 어디서나 일베의 표현을 발견하고 일베의 스타일과 논리의 패턴과 유사한 방식으로 일베에 대한 혐오감을 표현하는 사람들에게도 이미 그러한 감염이 영향을 발휘하기 시작한 것이다. 또 2012년 10월에 있었던 '일베 인증 대란'도 곱씹어볼 만하다. 일베 초창기에 사람들은 일베 이용자들이 정신적으로 미성숙하고 치기 어린 청소년들이거나 열패감을 느낀 나머지 과격한 불만을 토로하는 실패자들일 것이라고 생각하면서 그들을 무시해왔다. 하지만 일베 이용자들은 자신의 학벌이나 직업 등을 '인증'하며 그들이 이른바 엘리트 집단이거나 적어도 중산층에 해당하는 사람들임을 확인시켜줬다. '일베 인증 대란'이 일베의 정신과 오늘날 우리 사회에서 '성공'으로 인정되는 것이 어느 정도 부합함을 암시한다고 한다면 지나친 해석일까? 우리 시대의 보편 정서를 일베 현상에서 읽어내는 것이 전혀 근거가 없는 일은 아닌 것 같다. 그렇다면 우리가 허무주의를 향한 대행진의 시대에 살고 있다고도 말할 수 있을 듯하다. 자발적으로 그리고 서로가 서로를 독려하면서 인간적 존재로부터 물러서고, 자기 자신의 주체적 지위를 권력과 협잡의 이데올로기에 양보하고, 결국 말하는 능력 그 자체를 포기할 때, 우리의 삶에 과연 삶이라고 할 만한 것이 남아 있는 것일까? 우리는 살아 있는 채로 삶이 없는 죽음을 향해 걸어들어가고 있는 것이 아닐까? 이것이 허무주의가 아니라면 무엇이란 말인가?

말하는 입 자체가 봉쇄되어가고 있는 이 허무주의의 시대에 소설을 쓴다는 것 혹은 소설을 읽는다는 것은 무엇일까? 그것이 도대체 지속될 수 있는 일일까? 그럴 가능성이 희미하게라도 남아 있다면 그 가능성이란 도대체 어떤 것인가?

## 2. 멜로드라마의 종말

첫번째 가능성은 소설이 '말하는 능력의 상실' '허무주의 대행진' 그 자체를 모방하는 것이다. 김이설의 소설이 이 범주의 대표적 사례로 꼽힐 만하다.

김이설의 소설은 대체로 멜로드라마로 읽히는 듯한데, 그것은 김이설의 소설이 "주로 불륜한 요소들을 삶의 소재로 채택"[4]하면서 "지나치다 싶을 정도로 주인공을 혹독한 경험들로 몰아넣"어 "고통의 과잉"[5]을 표현하고, "마치 한 편의 막장 드라마처럼 더한 절망과 자극적 쾌락으로만 내달려가는 서사의 유사한 패턴을 반복"하면서 "일종의 관음증을 자극"[6]하기 때문이다. 이러한 평가들은 대체로 멜로드라마의 특징들을 나열하면서도 멜로드라마라는 용어를 피해가

4) 김나영, 「전전반측, 반전의 윤리」, 『아무도 말하지 않는 것들』 해설, 문학과지성사, 2010, 257쪽.

5) 정실비, 「감염의 기술」, 김이설, 「부고」 해설, 손보미 외, 『2012 제3회 젊은작가상 수상작품집』, 문학동네, 2012, 160, 161쪽.

6) 송종원, '선정의 말', 김솔 외, 『제3회 웹진문지문학상 수상작품집』, 문학과지성사, 2013, 348쪽.

거나 드물게 "멜로드라마의 도식을 따른다"[7]고 규정해놓은 경우에는 마치 그러한 규정이 부당한 비난인 것처럼 서둘러 다른 설명을 덧붙이면서 멜로드라마라는 규정을 수정하려 드는데 어느 쪽이든지 김이설 소설이 함축하는 윤리적 태도가 두드러지게 강조된다. 요약하자면 김이설 소설은 멜로드라마에 불과하다는 약점을 지니기는 했지만 윤리적 태도 때문에 그러한 단점을 넘어선다는 것이다.

이런 식의 설명에는 조금 어색한 데가 있다. 윤리적인 것에 대한 요구는 멜로드라마의 바깥에서 주입되어 멜로드라마라는 단점을 보완하는 것이 아니라 멜로드라마의 본질이기 때문이다. 피터 브룩스는 『멜로드라마적 상상력』(소명출판, 2013)에서 19세기 연극과 발자크, 헨리 제임스의 멜로드라마적 요소들을 분석하면서 멜로드라마의 윤리적 충동을 설득력 있게 입증한다. 세속화의 시대를 사는 우리에게 더이상 규제적 질서에 대한 신뢰는 남아 있지 않다. 그리고 그러한 질서의 부재는 자유의 가능성이기도 하고 그것이야말로 근대적 정신의 토대이다. 하지만 자유의 가능성은 공허의 다른 이름이기도 하며 모든 것이 허용되는 조건은 동시에 모든 것을 무기력하고 무의미하게 만든다. 그러한 무기력과 무의미를 견딜 수 없을 때, 신성한 것이 사라진 세계에서도 여전히 어디엔가 의미와 가치가 숨겨진 채로 남아 있다는 믿음, 그 윤리적 실체를 발굴해내려는 시도들이 요구된다. 멜로드라마는 과잉된 사건들을 즐겨 다루면서 무의미하고 무기력해진 삶을 흥미진진한 드라마로 바꿔놓고 흩어져 있는 일상적 사건들을 선과 악의 충돌로 극화시키며 그러한 충돌의 윤리적 해결을 갈망하게 만든다. 멜로

7) 유준, '선정의 말', 김태용 외, 『제2회 웹진문지문학상 수상작품집』, 문학과지성사, 2012, 250쪽.

드라마는 그런 극적 충돌을 목격한 독자들이 일상의 표면 아래 윤리적 심연의 박동이 울리고 있다는 사실을 확인해내기를 강요한다. 멜로드라마를 읽는 동안에 독자들은 우리 삶 속에 아직 윤리적 힘이 작동하고 있다는 느낌을 받을 수 있고 그 때문에 멜로드라마를 읽는 것은 일종의 윤리학 연습이 될 수 있다. 윤리적 힘은 초월적으로 삶에 앞서 존재하고 있기 때문에 삶에 대해 어떤 효과를 발휘하는 것이 아니라, 우리가 그 힘의 박동을 진지하게 받아들이는 한에서 그 존재와 효과가 동시에 발생한다는 점에서 이러한 윤리 연습은 의미가 있다. 그러므로 김이설의 소설에 멜로드라마적 요소가 있다면 그것은 작가의 윤리적 충동과 동시적으로 발생하는 것이지 멜로드라마라는 단점을 극복하기 위해 멜로드라마의 외부에서 추가된 것이 아니다.

그런데 김이설 소설이 어떤 윤리적 충동을 드러낸다는 평가는 작품의 실상에 부합하지 않는 것 같다. 김이설의 소설은 일상적 표면 아래서 윤리적 충동이 박동하고 있는 것을 느끼게 해주지도 않고 과잉된 갈등의 윤리적 해결을 갈망하지도 않으며 오히려 그런 것이 이제 모두 사라졌으며 불가능하다고 체념하는 것처럼 보이기 때문이다. 김이설의 소설에서는 어떤 인물이 악을 만난 뒤에야 비로소 자신에게 숨겨져 있는 선을 향한 의지를 확인하는 것이 아니라, 어쩔 수 없다고 체념하며 순순히 악과 타협한다. 김이설의 소설이 확인시켜주는 것은 그러한 타협이 생존의 조건이라는 것이다.

김이설의 대표작이라 할 『환영』(자음과모음, 2011)을 일별해보는 것만으로도 이 점은 어느 정도 입증될 수 있다. 가족의 희망이었던 민영은 엄청난 속도로 몰락해가며 가족들에게 돈을 요구하거나 사기를 치고, 그런 요구에 응하거나 사기를 당하며 본래 가난했던 가족들 모두가 더 극심한 가난 속으로 곤두박질친다. 그러나 민영이 이 집안의 특별한 골칫거리는 아닌 것이 남동생 준영 또한 민영과 비슷한 방식으로 집안의 몰락을 가속화시키고 있고 아버지는 무능한데다 병을 얻어 치료비를 부담시키고 있으며 가족들은 노골적으로 아버지가 어서 빨리 죽기를 바랄 지경이다. 불행이 집중된 이 집안의 실질적 가장인 윤영이 『환영』의 화자이며 주인공인데, 윤영은 고시원에서 만난 남자와 새 출발을 꿈꿨지만 윤영의 남편은 공무원 시험을 준비한다고는 하지만 실제로는 아무것도 하지 않는 백수일 뿐이어서 윤영이 성매매로 벌어온 돈으로 살림을 꾸린다. 그는 나중에 사람 구실을 하겠다며 공장에 나가지만 그 과정에서 윤영은 직업소개소 사장에게 성폭행을 당해야 했고 윤영의 남편은 공장에 출근한 지 얼마 되지 않아 사고를 당해 윤영의 아버지와 같은 방식으로 집안의 몰락을 가속화시킨다. 한때 윤영의 모든 것이었던 어린 아이는 장애가 있는 것으로 판명되어 윤영의 짐을 더 무겁게 한다. 윤영이 취업한 '왕백숙집'은 식당과 성매매 알선을 겸하는 곳이었고 윤영은 수순이라는 듯이 그 길로 빠지며 성매매에 대한 도덕적인 판단 또한 빠르게 증발된다. 왕백숙집에도 이런 드라마는 이미 들어 있어서 이 식당이 유명해지기 전에 생존을 위해서 왕백숙집 사모 또한 성매매에 나섰다가 나중에 사업이 번창하자 남편의 멸시를 이기지 못하고 자살한 사연이 있다. 그런 사연의 한쪽을 담당했던 왕백숙집 사장은 여전히 식당에서 성매매를 하고 윤영도 변함없이 성적으로 착취하고 있다. 어머니의 저간의 사정을 알고 있는 왕백숙집 아들 태민은 아버지에게 복수한답시고 왕백숙집 사장의 여자가 된 윤영과 동침하며 그녀와 아버지를 동시에 모욕한다. 이 과잉된 갈등과 불행의 중첩이 중편 분량의

『환영』에 들어 있는데 그나마 아직 요약되지 않은 사건들이 남아 있다. 하지만 그 사건들을 이 이상 나열하는 것에 특별한 의미가 있는 것 같지는 않다. 이 빽빽한 과잉된 갈등과 불행의 중첩은 선과의 충돌을 일으키지 않고 다만 스스로의 밀도를 높여나가다가, 죽음을 통해서야 간신히 삶-고통에서 놓여나게 될 수 있으리라고 암시하는 듯하다. 삶은 단지 자신의 피와 타인의 정액으로 더럽혀지는 고통의 연속일 뿐이다. "우리에게도 희망이 있다. 희망이 있다는 사실이 희망이었다."[8] 이 문장은 희망이 아무런 내실이 없는 '환영幻影'이라는 점을 암시하는데, 그 내실 없는 환영이 얼마나 처절하게 깨뜨려지는지를 이 소설 전체가 집요하게 증명하려 들고 있다. 김이설의 소설은 모든 윤리적 힘들이 사라진, 피와 정액으로 얼룩진 동물화된 세계를 그리고 있으며 그 외부가 존재할 수 없다고 강조한다.

정리하자면 김이설의 소설은 선과 악의 충돌 및 그 충돌의 윤리적 해소를 강요하지 않으며, 정확히 그 이유 때문에 겉보기와 달리 멜로드라마가 아닌 것이다. 멜로드라마는 현실을 연극적으로 과장하면서 실제 삶을 윤리적으로 한층 더 생동감 있는 무대 위로 끌어올리려고 하는데 그러한 상승의 제스처가 김이설의 소설에는 전혀 없다. 김이설의 소설이 암시하는 것이 단지 우리 사회에 비윤리적인 사건들이 만연해 있다는 것만은 아니다. 그런 것을 고발하는 소설은 얼마든지 윤리적 제스처를 취할 수 있다. 김이설의 소설은 우리에게 이제 신화적 상상력이 불가능할 뿐만 아니라 멜로드라마적 상상력까지 불가능해졌다는 사실을 강력히 암시한다. 이제 삶이란 윤리적 충동의 맥박

8) 김이설, 『환영』, 자음과모음, 2011, 30쪽.

같은 것을 꿈도 꿀 수 없는 고통의 사막을 견디는 것일 뿐이다. 삶의 모든 알맹이가 빠져나간 삶의 껍질만이 우리에게 삶의 전부로서 주어진다. 이러한 예감이 김이설의 소설을 윤리적 제스처가 전무한 멜로드라마로, 다시 말해서 멜로드라마의 종말을 알리는 멜로드라마로 결정짓는다. 이 독특한 스타일이야말로 '말하는 능력의 상실' '허무주의 대행진'을 모방하면서 재현한 결과가 아닐까.

**3. 직접성의 피난처**

만약 말하는 입이 봉쇄되어가는 이 허무주의의 시대에도 소설을 읽고 쓰는 일이 지속될 수 있다면, 그 두번째 가능성은 허무주의의 시스템으로부터 물러서서 그에 포섭될 모든 가능성을 차단하기 위해 바깥을 향해 뻗어 있는 모든 정신적 촉수를 거둬들이는 것이다. 자기 안으로 퇴각한 정신은 비록 말해질 수 없는 것이라고 하더라도 내밀하고 고유한 직접성 안에서 허무주의의 시스템에 포섭되지 않는 피난처를 구축할 수 있고 그런 한에서 허무주의에 대항할 수 있다.

우리가 주체적으로 판단하고 있다고 생각하는 순간들조차 허무주의의 인용문은 우리의 문장들을 침식하고 감염시킨다. 인터넷 매체를 통한 일상적이고 느슨한 대화와 토론에서 그러한 침식과 감염을 확인하는 것은 어려운 일이 아니다. 그런데 그것은 가상의 공간에서만 벌어지는 일이 아니다. 김이설의 소설이 멜로드라마의 종말의 형식으로 제시하는바 우리는 단지 살아남기 위해 생존 이외의 목표들을 포기하고 먹고사는 일에 모든 것을 걸 수밖에 없다. 그리고 그렇게 할수록 우리는 허무주의의 시스템에 더더욱 강하게 사로잡힐 수밖에 없다. 허무주의의 시스템으로 오염된 오늘날의 경제활동은 생존을 위해 그 안으로 입장할 수밖에 없는 비참한 자들을 더욱 비참한 지경으로 몰아붙이고 우리 자신의 피(포식자에게 바쳐지느라 찢겨진 뒤에 남는 우리 삶의 흔적)와 타인의 정액(우리를 쾌락의 대상으로 소비하고 남은 포식자의 흔적)으로 더럽혀진 짐승의 단계까지 전락시킨다. 아무리 조심한다고 해도 이 그물망을 벗어날 수는 없다. 엄청난 노력과 요행으로 비참의 늪을 간신히 빠져나갈 수 있을지도 모른다는 일말의 가능성은, 내 주위의 누군가 한 사람은 반드시 전락할 수밖에 없으며 그가 추락할 때 나를 포함한 주변 사람들을 함께 저 아래로 끌어내릴 수밖에 없다는 사실 때문에 흔적도 없이 사라진다. 전락하는 주위 사람들의 인력, 김이설의 소설에 빈번히 등장하는 가족의 빚의 그물망 같은 것 때문에. 허무주의의 시스템 바깥으로 빠져나가는 것이 불가능하다면, 우리 자신의 심연 속에서, 허무주의의 시스템과는 무관한 어떤 요소들을 구축할 수는 없을까? 그리고 그것을 허무주의의 시스템이 결코 포착할 수 없게 만들면서 그것을 우리 자신을 위한 고유하고 내밀한 피난처로 만들 수는 없을까? 자기 안으로의 퇴각이 허약하고 부르주아적인 개인주의와 혼동되기 쉽겠지만 그것이 허무주의의 시스템으로부터 벗어날 수 있는 방법이기만 하다면 시도해볼 만한 일이 아닐까? 이기호의 소설, 그중에서도 특히 그의 세번째 소설집 『김박사는 누구인가?』(2013)가 이 범주의 대표적 사례로 꼽힐 수 있다.

이기호의 소설들은 "이야기될 수 없는 삶의 지점들", 이야기될 수 없지만 명백하게 존재하는 "삶의 내밀함과 고유함"[9]을 클로즈업한다. 이 점에서 「탄원의 문장」이 이기호의 대표작이 될 수밖에 없다. 이야

9) 김동식, 「이야기의 경계를 넘어, 이야기되지 않는 삶을 찾아서」, 『김박사는 누구인가?』 해설, 문학과지성사, 2013, 370, 381쪽.

기는 이렇다. 스무 살의 대학생 박수희는 술을 과하게 마신 탓에 죽음에 이른다. 박수희가 그렇게까지 술을 마셨던 것은 위계질서를 바로잡는다는 명목으로 과 선배들이 강압적인 분위기를 만들었기 때문이다. 그 결과 박수희는 죽었고 술자리를 주도한 P는 금고 일 년의 실형을 받고 항소한 상태다. 두 학생을 가르쳤던 교수는 난처한 상황이다. 박수희의 죽음은 안타까운 일이지만, 어려운 여건에서도 문학에 대한 재능과 열정이 넘쳤기 때문에 각별히 아꼈던 P가 더 걱정됐기 때문이다. 그는 P를 변호하고 싶었지만, 또다른 제자의 죽음 앞에서 무슨 말을 꺼낼 수 있단 말인가. 그러나 2심 재판을 앞두고 P가 교수에게 탄원서를 부탁하면서 그는 태도를 바꾼다. 입증 가능한 사실들로만 이루어진 1심 판결문에는 입증 불가능한 것이기는 하지만 엄연한 진실인 P의 어떤 면, P가 그렇게 본심과 달리 거칠게 굴 수밖에 없었던 사정들이 빠져 있었다. "눈에 띄진 않지만 분명 존재하는, '사실' 이외의 세계들"[10]을 표현하는 문장들로 탄원서를 쓸 수만 있다면 입증 가능한 사실들로만 이루어졌기 때문에 잘못된 결론에 이른 1심의 판결문을 바로잡을 수 있지 않을까. 소설가이기도 한 교수는 이제 법과 싸우며 법을 초월하는 문장을 쓰기로 결심한다. 그러나 곧 그 결심이 얼마나 순진한 것이었는지 드러난다. 그가 써야 했던 글은 탄원의 대상이 법관으로 분명히 정해져 있고 법관에게 전달 가능한 내용을 포함하는 것이어야만 했다. 그런데 그 안에 어떻게 입증 불가능한, 눈에 보이지 않는 세계를 담을 수가 있겠는가. 그가 소설가로서의 최대치를 발휘해서 그것을 문장 안에 포함시킬 수 있다 한들 법관이 아니라 그 누구라

10) 이기호, 「탄원의 문장」, 『김박사는 누구인가?』, 문학과지성사, 2013, 192쪽. 이하 인용할 경우 본문에 인용 쪽수만을 표기한다.

도 그것을 이해해서 새로운 판결문 안에 집어넣을 수 있을까? 그는 결국 "'그 누구보다 따뜻한 선배' '악의 없는 실수' '선처를 베풀어주시길' 같은 표현들"(204쪽)이 등장하는, 말 그대로 딱한 사정을 호소하여 도와주기를 바라는, 법 앞에 굴복하는 문장들을 쓸 수밖에 없었다.

여기까지 「탄원의 문장」은 입증 불가능한 세계, 사실 이외의 세계를 표현하는 일의 어쩔 수 없는 불가능성을 확인하고 실패하는 이야기처럼 보인다. 그러나 아직 이야기가 남아 있다. 교수는 P의 헤어진 여자친구인 최에게도 탄원서 쓰기를 부탁했었는데, 교수가 다른 학생들의 탄원서까지 재판부에 제출한 이후에 최의 탄원서가 교수에게 도착한다. '선처를 베풀어주시길' 같은 문장이 없는 최의 글에는 탄원의 대상도 없고 전달 가능한 어떤 내용도 담고 있지 않았다. 그것은 아마도 탄원서로서는 실격이었을 것이다. 그러나 시스템의 언어와는 아무것도 교환할 수 없었던 최의 무력한 글쓰기 안에는 입증 불가능하고 매개되지 않은 어떤 '직접성'이 들어 있다.

최가 판결문에서 주목한 것은 죽은 박수희가 문제의 술자리에서 "이 선배가 왜 이렇게 자꾸 술만 따라주실까?"(179쪽)라고 물었다는 점이다. 왜 박수희는 P를 가리켜 '이' 선배라고 했을까? 한동안 최는 다른 어떤 사람이라도 함께 공유할 수 있는 P의 이름이 아니라, 누구나 반복해서 확인 가능한 P의 매개된 정체성이 아니라, '바로 지금 여기'의 그 P 본래의 고유함과 직접성에 자신이 접속되어 있다고 확신했다. 그러한 확신에 붙들려 있는 동안 최는 다른 아무것도 할 수가 없었고 그런 상태를 세상 사람들은 '사랑'이라고 불렀던 것이다. 그런데 그것, 보통의 이름이나 매개된 정체성이 아니라 '바로 지금 여기' 내가 접속해 있는 상대방 본래의 고유함과 내밀함, 직접성을 표시하는 것이 최에게는 지시관형사 '이'였다. 한동안 최는 그 '이'에 붙들려 있었던 것이다. P의 이름(=고유명사)보다도 더 고유한 이름을 이끌어내려는, 그러나 어떤 매개된(=간접적인) 이름으로도 그것을 오염시킬 수 없는 직접적이고 고유하며 내밀한 어떤 것을 표시하는 '이'. 죽은 박수희가 말했다는 그 문장 속에서 최는 그것을 발견한다. 그런데 만약 최가 발견한 것이 단순한 추측이 아니라 사실이라면, 다시 말해서 박수희가 강압에 의해서가 아니라 P를 다른 누구도 아닌 '이' 선배라고 생각했기 때문에 P가 따라주는 술을 한 방울도 거절할 수 없었고 그 때문에 죽음에 이른 것이라면, P가 자신을 사랑했음에도 그것을 차마 고백하지 못한 여자 후배를 죽음에 이르게 한 것이었다면, 이 사건은 얼마나 더 비극적이면서 동시에 희극적이 되는 것일까. 최는 자신과 헤어진 전 남자친구를 '이'라고 부를 수밖에 없었던 여자의 진실을 찾기 위해서, 자신의 추측을 입증하기 위해 박수희의 고향인 해남으로 내려간다. 그러나 그런 종류의 진실은 고향이 아니라 그 어디를 찾아가더라도 입증할 수 없다. 당연히 최는 해남까지 내려갔지만 아무것도 입증하지 못했고, 저 직접성과 고유성과 내밀성의 입증 불가능하고 전달 불가능한 세계는 빈칸으로서만 최의 탄원서에 그려져 있다. 그러므로 결국 "제도는 그녀의 문장을 이해할 수 없을 것"(213쪽)이다. 교수가 최의 탄원서를 법원에 제출하지 않은 것은 물론이다.[11]

---

11) 최의 탄원서가 제출되었고 제도가 그녀의 문장을 이해할 수 있었다 한들 그것이 P에 대한 감형의 사유가 될 수는 없는 것도 당연하다. 박수희의 내밀한 마음의 풍경이 무엇이었건 간에 P는 후배들에게 무엇인가를 강요했고 그 결과 가운데 하나가 박수희의 죽음이었다는 점에는 변함이 없기 때문이다.

직접성, 고유성, 내밀성의 세계는 그 자체로는 시스템에 아무런 영향도 끼칠 수 없다. 그러나 반대로 시스템도 그 세계 안으로는 침입할 수 없다. 어떤 법관도 최가 발견한 그 빈칸에 대해서는 판결을 내릴 수 없다. 무력한 것일지도 모르지만, 그 어떤 것도 침해할 수 없는 우리 자신의 피난처, 단지 살아남는 생존의 차원으로부터 끌어올려 그것을 '삶'이라고 부를 수 있게 만들어주는 바로 그것이 저 '이' 안에, 「탄원의 문장」 전체가 표현하는 데 실패할 수밖에 없었지만 그것을 위한 빈칸을 드러내는 데 성공하고 있는 저 직접성의 세계 안에 들어 있는 것이 아닐까.

최근 들어 이기호의 소설이 사회적이고 역사적인 문제에 관심을 갖게 된 것처럼 보이기도 하지만 그 역사적인 문제라는 것은 이기호의 소설에서 결정적인 대목은 아닌 것 같다. 이기호는 입증 불가능하고 전달 불가능한 저 직접성의 세계에 접근해 들어가고자 하는데 "우리가 알고 있는 입증 불가능한 것들은, 어쩌면 입증 가능한 사실들로부터 나오는 것들인지도 모른다. (……) 사실들과 사실들 틈 사이에서 불가능한 것들은 시작되고 피어난다는 것, 그래서 숙명적으로 사실들의 세계에 가려질 수밖에 없다는 것, 거기에서부터"(205쪽) 이기호의 새로운 소설은 시작되는 것 같다. 이기호의 소설은 사실들과 사실들의 틈에서 가려지는 방식으로만 드러나는 그 직접성 안으로 침투하기 위해 사실(사회적이고 역사적인 문제)의 영역을 건드리고 있는 것이지 사실 그 자체를 해명하려는 것은 아닌 듯하다. 「탄원의 문장」과 같은 소설집에 수록된 「밀수록 다시 가까워지는」은 1987년 구로지역의 노동운동과 학생운동이 연결되는 어떤 현장을 배경으로 하고 있는 것처럼 보이지만, 이 소설의 결정적인 대목은 끝내 표현할 수 없다는 사실이 표시된 어떤 빈칸들, 그것의 직접성, 고유성, 내밀성이다. 후진이 되지 않는 차에서 내려 차를 직접 손으로 밀 수밖에 없었던 삼촌의 내밀한 사정, 운행 거리를 꼼꼼하게 기록하던 삼촌으로서도 표시할 수 없었던 그 후진의(자기 안의 내밀함으로 퇴각하는) 거리야말로 어떤 역사적 힘들도 침해할 수 없었던 삼촌만의 피난처였다. 그것은 어떤 숫자나 기호로도 매개되거나 측정될 수 없는 직접성의 거리였기 때문에 기록될 수 없었고 다만 빈칸으로 남겨진다. 이기호의 최근 소설들이 우리에게 어떤 강렬한 인상을 줄 수 있었던 것은, 이기호가 역사적 사건들을 소설 안으로 끌어들이고 있기 때문이 아니라 저 빈칸을 가지고 어떤 역사의 촉수도 침범할 수 없는 삶의 피난처를 구축하고 있기 때문이다.

## 4. 친밀성의 세계

허무주의 대행진을 모방하는 소설은 분명 우리 시대의 어떤 정서를 소설적 진실로 포착하는 것이겠지만 그럼에도 멜로드라마(보이지 않는 윤리적 힘에 대한 신뢰의 표현)의 종말을 그 값으로 치러야 한다. 자기 안으로 퇴각하는 소설은 허무주의의 시스템에 포섭되지 않을 매개되지 않는 직접성의 근거지를 자신 안에 구축하는 것이지만 그럼에도 사회적 네트워크에 참여할 가능성의 반납을 그 값으로 치러야 한다. 그런데 우리가 저 두 가지 절망적인 가능성을 서로 연결시키는 불가능한 일을 시도해볼 수 있을까? 김이설 소설의 견고한 어둠을 통해 삶의 실상을 포착하면서도, 이기호 소설의 고유성과 내밀성과 직접성 안에서 한줌의 불을 지켜내면서, 삶이 어둠 속으로 완전히 삼켜지기를 거절하는 그런 불가능한 일을? 한줌의 불이 결국 저 어둠을 희미하게나마 변화시킬 것이라고 기대하면서? 황정은이 「上行」의 '작가노트'에서 "덧붙이겠다.//한줌의 불이 꺼지면 훅 하고 어둠으로"[12]라고 쓸 때 작가가 떠올리고 있는 것도 그와 같은 것이었던 듯하다. 모든 것을 집어삼키는 어둠이 우리를 덮쳐오고 있다. 그것을 바라보지 않을 수 없다. 그러나 우리의 모든 것이 어둠 속으로 순순히 걸어들어가도록 내버려둘 수는 없다. 아직 꺼지지 않은 한줌의 불을 완강한 어둠과 함께 모방하면서, 그 모방 속에서 그것이 더 뜨거워지고 더 밝아지기를, 그것이 지금 당장에는 어렵다면 적어도 완전히 꺼지지는 않도록 자극해야만 한다. 그런 것이 가능하다면 황정은의 소설이 이 범주의 대표적인 사례가 될 수 있을 것 같다.

황정은이 어둠을 강조할 때 『야만적인 앨리스씨』(2013)가, 한줌의 불을 강조할 때 『계속해보겠습니다』(2014)가 나오는 것 같다. 이 둘은 분명히 상반되는 분위기를 만들어내고 있지만, 그러나 두 작품이 모두 불과 어둠을 동시에 다루려고 하는 것 또한 분명하다.[13] 『야만적인 앨리스씨』가 겨냥하는 바는 명확하다. 그것은 "재미와 안녕, 평안

12) 황정은, 「무제」, 김종옥 외, 『2013 제4회 젊은작가상 수상작품집』, 문학동네, 2013, 164쪽.

13) 단편의 경우라면 모든 것을 집어삼키는 어둠만을 클로즈업하는 경우가 두드러진다. 예컨대 이런 것들. "말이 졸아붙은" 채로 "더는 꿈꾸지"도 않고 그저 끝도 없이 낙하만이 있을 뿐인 지옥의 풍경(「낙하하다」, 『파씨의 입문』, 창비, 2012), 정상적으로 시스템에 참여하는 일을 방해하는 "끔찍하게도 생"긴 항아리가 제자리를 찾아가 결국 이 세계를 파멸시키는 묵시록에서 들려오는 그 독 터지는 소리(「옹기전」, 같은 책). 앞의 두 편은 현실의 어둠을 추상화시키면서 상징적인 이미지를 만들어본 것인데, 「야행」(같은 책)이나 「누가」(『아무도 아닌』, 문학동네, 2016)는 그것을 일상적인 이웃 관계 안에서 지극히 구체적이고 현실적으로 그러나 견딜 수 없이 불쾌하게 표현해놓고 있다.

함"[14] 안에서 우리가 행복하게 머물 수 있으리라는 허무주의의 시스템의 이데올로기, 다시 말해서 어둠이 발산하는 '거짓 희망'의 산통을 깨뜨리는 것이다. 그것을 깨뜨리기 위해 거짓 희망에 중독된 우리들을 우선 불쾌하게 만드는 것이다("그대는 얼굴을 찡그린다. 불쾌해지는 것이다. 앨리시어는 이 불쾌함이 사랑스럽다. 그대의 무방비한 점막에 앨리시어는 도꼬마리처럼 달라붙는다. 갈고리 같은 작은 가시로 진하게 들러붙는다. 앨리시어는 그렇게 하려고 존재한다. 다른 이유는 없다", 8쪽). 『야만적인 앨리스씨』에는 윤리적 힘에 대한 신뢰가 빠져나간 멜로드라마의 빈 껍데기, 멜로드라마의 종말에 해당하는 김이설의 소설과 유사한 측면이 있다. 그것은 이 이야기의 골자가 일상화된 아동 및 동물 학대, 어린이들 사이에서도 변함없이 생겨나는 상호간의 모욕과 권력에 대한 욕망, 돈을 놓고 벌이는 가족들 간의 협잡과 쟁투이기 때문이다. 그것은 또한 이 동물화된 세계에 개선의 여지가 전혀 없으며 이 세계의 외부 또한 존재하지 않으리라는 강력한 암시 때문이다. 『야만적인 앨리스씨』의 주인공이자 서술자인 앨리시어는 이 빠져나갈 수 없는 동물화된 세계의 야만성을 "씨발"이라고 요약하는데, 이 욕설은 모든 사람의 귓속을 파고들어 결국 모든 사람들을 감염시키고 그들을 의인화된 "씨발" 그 자체로 만든다("알겠냐 너. (……) 씨발, 이라고 자꾸 들으면 씨발, 이 된다는 거. (……) 씨발, 이라고 자꾸 말해도 씨발 된다 너", 35쪽). 그러므로 이제 세계는 궁극의 '씨발'이 될 것이고, 그렇게 해서 세계는 절멸이다. 그것이 우리에게 다가오는 중인 유일한 미래다. 앨리시어는 그것을 상상의 존재

14) 황정은, 『야만적인 앨리스씨』, 문학동네, 2013, 8쪽. 이하 인용할 경우 본문에 인용 쪽수만을 표기한다.

인 '얌'들의 집단자살 우화로 요약한다.(54~61쪽) 그것은 미래에 대한 소설적 진실을 담고 있는 정확한 예언이기 때문에 게다가 이 고통스러운 어둠의 현재를 좀더 앞당겨 끝장내버리는 것이기 때문에, 이 우화를 듣는 앨리시어의 동생은 감탄할 수밖에 없다("그럼 어떻게 되냐./죽는 거지./뭣, 죽냐./다 죽는다./우와./…/와", 61쪽). 세계의 절멸에 맞서서 우리를 구원할 수 있는 초월적인 것("갤럭시")은 있을 수 없다. 그것이 우리를 구원해주는 것이라면 초월적인 것일 수밖에 없는데, 그것이 초월적인 것인 한에서 그 앞에 놓인 우리 보잘것없는 존재들의 고통을 아무것도 아닌 것으로 만들고 말 것이다. 그런데 우리의 고통을 아무것도 아닌 것으로 만드는 것이 어떻게 구원이 될 수 있겠는가("그런 갤럭시는 좆같다./앨리시어의 고통이 아무것도 아니게 될 갤럭시란 앨리시어에게도 아무것이 아니다", 63쪽). 앨리시어가 만든 또다른 버전의 우화는 너무 거대해서 그 아래 서 있는 소년을 어둠 속에 파묻어버린 나무에 관한 이야기인데, 나무 아래의 소년 앨리스가 꾸는 꿈이 「낙하하다」의 그 무한낙하 지옥의 이미지다.(각주13 참조) 그런데 누군가가 이 우화에 이의를 제기한다. 나무 밑의 소년 앨리스가 나무의 그늘 '바깥'으로 걸어나가면 문제가 해결되는 것 아닌가? 앨리시어는 앨리스 소년이 나무의 그늘을 벗어나 아름다운 석양과 따뜻한 바람의 풍경 속으로 들어가는 순간을 상상하고 그것이 아름답다고 느끼지만 "그건 마치 갤럭시와도 같은 대답"(159쪽)이라고 생각한다. 다시 한번 "그런 갤럭시는 좆같"은 것이다. 그것은 이 어둠의 바깥이 있다고 "재미와 안녕, 평안함"이 불가능하지 않다고 유혹하는 '거짓 희망'일 뿐이다. 그것은 불가능한 이야기이고 그 불가능한 이야기를 헛되이 꿈꾸느라 보잘것없는 앨리스의 삶이 더더욱 아무것도 아닌 것이 되게끔 만들 뿐이다.

야만적인 폭력의 분출 장면의 제시, 그러한 분출이 일상화된 세계에 대한 묘사, 그러한 세계의 바깥은 존재하지 않는다는 우화적 설득은 이 소설을 읽는 내내 독자를 어둠 속으로 끌고 들어가고 그것을 감촉하게 해서 결국 불편하게 만드는데 그것은 『야만적인 앨리스씨』의 서두에서 명백히 밝혀놓은 목표다. 그 점에서 이 소설은 성공적이지만, 그것이 이 소설의 전부는 아니다. 이 소설에는 한줌의 불이 함께 들어 있기 때문이다. 이 소설은 어둠 속에서도 아직 미약하게나마 따뜻하고 밝은 친밀함의 영역을 포함시켜놓고 있다. 앨리시어와 동생, 그리고 앨리시어의 친구인 고미가 서로를 돌보고자 하는 그 미묘한 제스처들이 그들의 대화 속에서 공들여 제시되어 있다. 동생을 바보라고 놀리다못해 동생의 노트를 찢어버린 동생의 동급생을 두고 "배가 아플 정도로 서글픈 상태라는 것을 모르는 계집애는 맛을 봐야지. 무신경한 인간은 상처를 받아봐야 안다. 찢어져야지. 두고봐라 너도 찢어져야지"(18쪽)하고 앨리시어가 복수를 다짐할 때, "씨발년"(엄마)의 폭력을 견디다못해 씨발년을 확실히 제압하는 방법을 배우러 갔다가 성인군자 같은 말씀만 듣고 돌아온 날 "상담은 뭐 똥을 싸고… 불을 질러라. 야 차라리 불을 질러버리자 씨발. 다 좆같다"(110쪽)고 앨리시어의 친구 고미가 함께 거칠게 욕해줄 때, 오로지 인간에게 잡아먹히기 위해 비참하게 사육당하는 그 이름도 없는 '개'들에게 앨리시어의 동생이 콩, 보리, 팥이라고 이름 붙이고 그것들을 하나하나 구분해낼 때, 극단적으로 절망적인 상황이 올 때 마치 의식의 정전 상태를 막아내기 위해서라는 듯 앨리시어가 어떤 우화를 만들어낼 때, 겉으로 드러나는 폭력적인 분위기와는 달리 그 안에는 어떤 친밀함의 빛과 온기가 남아 있고 그 친밀함에는 아직 삶이라고 부를 만한 무엇인가가 분명히 남아 있다. 이기호가 한 사람의 고유함, 내밀함, 직접성 속에서 찾아내려고 했던 피난처를 황정은은 조금 더 '관계' 쪽으로 방향을 틀어 찾으려 하고, 그 틀어진 방향 때문에 황정은의 소설은 좀더 세계를 향해 열릴 준비를 하고 있는 것처럼 보인다. 『차남들의 세계사』(2014)의 나복만이 끝까지 혼자서 도주하고 「탄원의 문장」의 최가 혼자서 해남에 다녀올 수밖에 없는 것과 달리 『百의 그림자』(2010)가 은교와 무재의 커플, 『야만적인 앨리스씨』가 앨리시어와 그의 동생 및 고미의 트라이어드, 『계속해보겠습니다』가 소라, 나나, 나기의 트라이어드로 되어 있는 것(이 트라이어드를 강조하는 이름, '소라나나나기'가 『계속해보겠습니다』의 연재본 제목이었다)은 우연이 아니다. 그것은 피난처를 구축하기 위해 자기 안으로 퇴각할 것인가 친밀함의 관계 안에 피난처를 만들 것인가의 차이인 것이다.

그 피난처가 자기 안에 있는 것이든 관계 안에 있는 것이든, 그 안에 들어 있는, 허무주의의 시스템이 빼앗아갈 수 없는 그 한줌의 불, 그것마저 사라지고 나면 세계는 그야말로 완전한 어둠, 세계 절멸이다. 그것이 황정은 소설의 세계관이다. 앨리시어는 독자들에게 반복해서 묻는다. "그대는 어디까지 왔나."(7, 10, 11쪽) "그대는 어디에 있나."(161쪽) 그것은 마치 이런 질문처럼 들린다. '거짓 희망'을 걷어낸 세계의 실상이 이와 같은 "씨발"이며 덮쳐오는 어둠이고 우리에게 주어진 미래가 오로지 세계의 절멸일 뿐이라는 사실을 납득하는 데까지 왔나? 그러나 우리에게 아직 친밀한 관계들을 맺어나갈 의욕이 남아 있다면 거기에 한줌의 불이 들어 있는 것이라는 사실을 인정하는 데까지 왔나?

『야만적인 앨리스씨』가 동물화된 세계의 어둠을 전면에 내세우고 있으면서도 그 안에 아직 꺼지지 않은 한줌의 불을 포함하고 있다면, 『계속해보겠습니다』는 삶에 대한 어둠의 저주를 포함하고 있으면서도 한줌의 불을 가지고 저주받은 삶을 끝까지 살아내 결국 그 저주를 풀어내려는 제스처를 전면에 내세우고 있다. 이야기는 이렇다. 소라와 나나 자매의 어머니인 애자는 젊어서 사랑하는 남편을 잃었다. 착하고 성실한 남편은 공장의 톱니바퀴에 빨려들어가 처참하게 죽었다. 애자는 그때 깨달았다. 그것이 인생의 본질이다. 남편이 특별히 불운한 것이 아니라, 모든 인생은 그와 같이 허망하다. "그런 것이 인간의 삶이므로 무엇에도 애쓸 필요가 없"(12쪽)다. 모든 것은 느닷없이 파괴될 운명인데 무엇인가를 목표로 하고 아끼고 그것을 지키기 위해 애쓰고 발버둥치는 것은 단지 고통을 늘리는 일일 뿐이다. 그러므로 우리 인생에서는 "아무래도 좋을 일과 아무래도 좋을 것"(같은 쪽)만 남겨두는 것이 좋다. 그렇게 해서 애자는 허무주의를 하나의 종교로 받아들인다. 그것이 소라와 나나 자매에게 깊은 영향을 끼쳤다. 그러는 가운데 나나가 임신을 하게 됐고, 소라는 나나의 임신을 축하해줄 수 없었다. 어쩌자는 것인가. 세계는 고통과 원한으로 가득 차 있으며 아무런 의미도 가치도 없는데, 왜 이런 곳으로 아이를 끌어들인단 말인가. 소라의 입장은 이런 것이다. "그러므로 애초에 아기는 만들지 않는 게 좋다. (……) 소라로 일생을 끝낼 작정이다./멸종이야./소라, 라는 이름의 부족으로."(45쪽) 사실 나나의 불안도 소라의 입장과 크게 다르지 않다. "세계는 어때? 괜찮아? 아기를 낳아도 괜찮아, 라고 생각할 수 있을 만큼은 괜찮아? 나를 왜 태어나게 했어, 아기가 그렇게 말하면 어떡하지? (……) 나 때문에 태어난 아기가,

삼십 년이고 사십 년이고 불행할 뿐이라면 어떡하지? 괜히 태어났어, 라고 생각한다면?"(183쪽) 이런 불안, 이런 저주는 소설 초반에 해결해야 할 문제로 제시되는데, 처음에 극복할 수 없는 것처럼 보였던 그것이 점차 해결 불가능하지만은 않은 것으로 변화된다. 그것은 소라, 나나, 나기 세 사람의 친밀함 속에 허무주의가 결코 침해할 수 없는 빛과 온기가 남아 있기 때문인데, 이 진부하고 소박하게 들리는 것을 황정은의 소설은 생생하게 표현해서 독자들에게 전달하는 데 성공하는 것 같다. 앞에서 스치듯 언급한 '한 사람으로 이루어진 부족("소라, 라는 이름의 부족")'의 두 버전을 음미해보는 것이 좋겠다.

(1)

부족이 되나. 부족민이고 뭐고 없는데?

니가 있잖아.

나?

족장이고 부족민인 니가.(54쪽)

소라, 나나, 나기, 라고 말하며 나는 탁자에 물방울 세 개를 찍어두었다. (……) 물방울에 물방울을 보태고 보태다가 섞이고 말았다. 세 개의 물방울이 뭉쳐 조금 더 큰 한 개의 물방울이 되고 만 것이다.

에이, 하고 소라는 말했다.

죽었네.

죽었네 이건.

나나도 나도 나기도, 다 죽었네, 라고 말하며 소라는 정말 서글픈 듯 눈물을 글썽였다. (……) 죽은 게 아니야 이건.

합체한 거야. 파워 레인저처럼 셋이서 합체. (……)
소라, 나나, 나기가 합체하면, (……)
소라나나나기나비바.
죽었니 살았니.
살았다.(202~203쪽)

(2)
솔직하게 말해봐 존나 새끼야 징그럽게 외롭다고 말해봐. 외롭지. 외롭지 하나뿐이니까 하나뿐! 피 빠는 파리 같은 게 들끓는 정글 같은 곳에서 하나뿐인 씨발 원주민처럼 나는 하나뿐. 너는 아니냐. 공평하게 너도 하나뿐인데? 괜찮아. 공평하게 괜찮지 않아? 모두가 공평하게 하나뿐이니까. 하나뿐이야. 하나뿐이라는 이름의 부족. 하나뿐으로 사라질 뿐이다. 그뿐이다. 너도 나도 결국은 이렇게 하나뿐이라는 부족으로 멸종하고 엎어지는 존나……(207쪽)

(1)은 나기가 소라에게 '한 사람으로 이루어진 부족'에 관해 들려주는 이야기이며 (2)는 나기가 사랑했던 사람이 그것에 관해 나기에게 들려준 이야기다. 소설 속 현실의 시간을 재구성해본다면, (2)가 최초의 버전이다. (2)에 따르면 모든 개체는 단독으로 존재하며 그 개체는 자기 자신으로 대표되는 종을 구성한다. 그 종 내부에는 나와 닮은 어떤 유적 존재도 없다. 그것이 우리의 근원적 외로움이며, 우리는 외로움 속에서 살다가 내가 사라지면서 내가 대표하던 종 전체가 사라진다. 죽음이 도래하고 있다고 말하는 것으로는 부족하다. 멸종이 도래하고 있는 것이다. 그런 식으로 (2)는 삶의 덧없음을, 삶의 근

원적인 고독을 강조한다. 그러나 나기가 소라와의 친밀한 관계 속에서 그 이야기를 전달할 때는 의미가 달라진다. (1)에 따르면 한 사람은 자신의 종 전체의 대표자이므로 그 누구라도 소중하고 특별한 존재일 수밖에 없다. 그 특별함은 친밀한 관계 속에서 나기가 소라에게 들려주는 그 목소리의 은근함에 의해 보증된다. 나기에게 소라는 소라라는 부족 전체의 대표자일 만큼 특별한 것이니까. 그러므로 (2)에서 단독으로 존재하는 것처럼 보였던 부족들은 '소라나나나기'로 합쳐진다. 여기에는 외로움이 없고 외로움과 함께 그 부정적인 의미만이 강조되던 죽음도 없다. 이 두 버전의 차이의 핵심은 논리적 전환에 있지 않고, 다만 이 이야기를 소라에게 들려주던 나기의 목소리, 그 목소리가 실어나르는 다정함, 그 관계의 친밀함에 있다.

이 친밀함이 가져온 어떤 전환이 애자가 종교로 받아들인 허무주의를, 삶에 내려진 그 저주를 조금 씻어내고 있는 것 같다. 전환 이후에는 삶의 하찮고 덧없는 면들이, 오히려 하찮고 덧없기 때문에 독특하고 희귀한 것이 되고 그래서 결국 소중한 것이 된다. 소중한 것들이 포함된 것이라면 삶을 계속해야 할 이유는 여전히 있는 것이다. 이 친밀성의 세계 안에서 적어도 나나는 확실히 삶을 향한 의욕을 되찾는 것 같다. 그 때문에 이 소설의 제목은 '계속해보겠습니다'가 된다. 그것은 이야기를 이어나겠다는 말이기도 하지만, 그보다 더 삶 자체를 이어나가겠다는 말이다. 그러한 의욕의 표명이 이 소설의 마지막 장면이기도 하다.

애쓰지 마.
의미 있는 것은 아무것도 없어.

덧없어.

아무래도 좋을 일과 아무래도 좋을 것.

(……) 나나는 대체로 동의합니다. 인간이란 덧없고 하찮습니다. 하지만 그 때문에 사랑스럽다고 나나는 생각합니다.

그 하찮음으로 어떻게든 살아가고 있으니까.

즐거워하거나 슬퍼하거나 하며, 버텨가고 있으니까.

한편 생각합니다.

무의미하다는 것은 나쁜 걸까.

소라와 나나와 나기 오라버니와 순자 아주머니와 아기와 애자까지 모두, 세계의 입장에서는 무의미할지도 모르겠습니다. 무의미에 가까울 정도로 덧없는 존재들인지도 모르겠습니다.

그래서 소중하지 않은 걸까, 생각해보면 도무지 그렇지는 않은 것입니다.

(……)

계속해보겠습니다.(227~228쪽)

## 5. 탈존주의에 맞서서

어림도 없이 실패했지만, 이 글은 본래 김홍중의 「탈존주의脫存主義의 극장—박솔뫼 소설의 문학사회학」(『문학동네』 2014년 여름호)에 대한 비판적 응답이 되기를 기대하며 구상된 것이었다. 김홍중의 글은 박솔뫼의 소설에 대한 해명을 넘어서 오늘날 우리가 맞닥뜨린 사상의 전쟁을 '(괴물로서) 사느냐 (인간으로서) 죽느냐'의 문제로 정리했다. 김홍중에 따르면, 우리는 서로가 서로를 더욱더 잔혹한 죽음으로 몰아넣는 시스템을 묵인했고 그것과 타협했으며 심지어 그것을 어느 정도는 즐기면서까지 괴물로 살아남았다. 우리의 미래는 인간적인 것이 철저하게 빠져나간 괴물로서의 생존만이 남아 있는 것이다. 그러므로 우리에게 환영할 만한 미래는 전혀 없다. 그러한 미래 없음의 의미를 알아차리고 괴물의 양산 체제인 세계 안의 존재함을 단호히 거절할 수 있을 것인가, 세계로부터 사라짐을 선택할 수 있을 것인가. 이것이 탈존주의의 절박한 물음이다. 탈존주의는 세계로부터 자신의 존재함을 회수하는 것이고 세계로부터 사라지는 것이다. 그것은 거의 '자유죽음'이지만 괴물이 되지 않으려는 인간들에게는 가능한 선택지가 아니라 피할 수 없는 결론처럼 보이기도 한다. 오직 미래 없음의 의미를 알아차리지 못한 세대만이 탈존주의를 무책임한 것이라고 비난하고 있을 뿐이다.

탈존주의와 비탈존주의 사이의 이 세대 간의 전쟁, 사상 전쟁의 선언에 대한 진지한 반론은 아직 제출되지 않은 것 같다. '자유죽음'에 대한 권유처럼 읽힐 수도 있는, 다음 계절에 곧바로 '인생은 금물'이라는 노랫말을 덧붙이며 그것을 반복하기도 했던[15] 저 위험한 글에 대고 나는 말을 걸어보고 싶었다. 탈존주의자들이 탈존주의를 선택할 수밖에 없도록 강요하는 어떤 압력이 존재하는 것은 사실이라고, 그것이 이를테면 일베 현상으로 드러나는 것이 아니겠느냐고, 하지만 일베(괴물로 살아가기)도 아니고 탈존주의(인간으로 사라지기)도

15) 김홍중, 「그럼 이제 무얼 부르지?」, 『문학동네』 2014년 가을호.

아닌 다른 선택지가 있을 수 있지 않겠느냐고 아직 우리에게는 부를 노래가 남아 있을지도 모른다고 말을 걸어보고 싶었다. 여전히 읽히고 쓰이고 있는 소설들이 단지 미래 없음의 의미를 이해하지 못했기 때문이 아니라 탈존주의와는 다른 노선 속에서 말하기의 능력을 포기하지 않은 것이라면, 그것에 대해 생각해보는 것으로 어느 정도의 응답은 할 수 있으리라고 기대해본 것이다.

이런 맥락에서 나는 윤리적 진공 상태의 끔찍함을 장르화하기, 시스템이 포착할 수 없는 피난처를 자기 안에 구축하기, 직접성의 공간으로부터 빠져나와 친밀함의 관계 안으로 피난처를 옮겨놓고 끔찍함을 통과해낼 대화적 삶을 꿈꾸기 등의 사례를 거론해보았다. 그것이 탈존주의와는 다르지만 선택 가능한 것들이라고 생각하면서.

어쩌면 이 글은 미래 없음의 의미를 충분히 이해하지 못했기 때문에 여전히 소박하고 순진한 이야기들을 해대는 것인지도 모른다. 어쩌면 미래 없음의 의미를 이해한 모든 자들이 탈존주의자가 되는 것은 필연적인 것인지도 모른다. 하지만 작가가 단순히 직업적인 문필가이거나 글쟁이기만 한 것이 아니라면, 그들은 '필연'에 굴복하기를 거부하고 '필요한 것'을 창조해내기 위해 글쓰기라는 시련을 견뎌낸다고도 생각한다. 그것이 세계가 한자리에 머물러 있지 못하게끔 그 생성적 힘을 자극하는 위대한 거짓말, 예술이라고 말해보고 싶다. 그 '필요한 것', 소설적 진실과 동의어인 소설적 거짓말에 대해서 조금 말해보고 싶었다. 다시 한번 황정은의 소설을 인용하며 이 글을 마치고 싶다.

죽은 뒤에도 실리를 만날 수 있다고 생각하는 것[혹은 저 한줌의 불을 상상하는 것—인용자]은 얼마나 난처한 상상인가. 얼마나 난처하고 허망한가. 허망하지만 얼마나 아름다운가. 그게 필요했다. 모든 것이 사라져가는 이때. 어둠을 수평선으로 나누는 불빛 같은 것, 저기 그게 있다는 지표 같은 것이.

그 아름다운 것이 필요했다.[16)]

(2015)

16) 황정은, 「아무도 아닌, 명실」, 박성원 외, 『한밤의 산행』, 한겨레출판, 2014, 109쪽.

# 우리가 인간이라는 사실과 싸우는 일은 어떻게 가능한가?
## —한강론

### 1.

한강은 자신의 일련의 작업들이 일종의 '질문'으로 받아들여지기를 바란다고 말한 적이 있다. 그것은 작품의 모호한 부분을 의미심장하게 치장하려는 진부한 시도가 아니다. 작가가 각 작품에 대응시키고 있는 질문들은 해당 작품들을 작동시키는 동력원에 해당한다. 질문들의 목록은 다음과 같다. '이토록 폭력과 아름다움이 뒤섞인 세계를 견딜 수 있는가, 껴안을 수 있는가'(『채식주의자』, 2007), '삶을 살아내야 하는가, 그것이 가능한가'(『바람이 분다, 가라』, 2010), '삶을 살아내야만 한다면, 인간의 어떤 지점을 바라볼 때 그것이 가능한가'(『희랍어 시간』, 2011), '내가 정말 인간을 믿는가, 이미 나는 인간을 믿지 못하게 되었는데 어떻게 이제 와서 인간을 믿겠다고 하는 것일까'(『소년이 온다』, 2014).[1]

1) 2016년 5월 24일 기자간담회에서의 한강 작가의 말이다. 작가의 말은 다수의 기사(http://ch.yes24.com/Article/View/30861 등)에서 확인할 수 있는데, 『채식주의

작가의 말에 이렇게 덧붙이고 싶다. "물음들은 대답에 이르는 길들이다. 대답이 언젠가 주어지게 될 경우, 그 대답은 사태 실상에 대한 진술 속에 존립하는 것이 아니라 사유의 어떤 변화 속에 존립할 것이다."[2)]

풀어서 다시 쓰면 이렇다. 질문은 어떤 대답을 향해 나아간다. 하지만 대답은 무엇인가를 해명하며 질문을 해소하는 진술 속에 있지 않다. 질문이 충분히 개진되었을 때, 그 질문을 숙고하고 있는 사유 그 자체가 변화하는데, 바로 그 '변화' 안에 답이 들어 있는 것이다. 그러므로 질문은 질문 그 자체로, 보다 정확히는 스스로를 밀고 나아가다가 다른 질문이 되고 마는 일련의 이행 자체로 작동해야만 한다. 해결책으로서의 답은 존재하지 않는다. 답을 찾아냈다고 생각되는 순간이 오히려 어서 빨리 끝을 보고 싶은 초조함 때문에 질문을 숙고하던 사유가 끝낼 수 없는 사유의 운동으로부터 물러서서 자신의 운동을 중단한 순간이 될 수 있다.

그러므로 그간의 한강의 소설들을 다시 읽는 이 자리에서, 섬세한 해석을 통해 정확한 '답'을 찾아내기보다, 차라리 질문들 사이의 간격 혹은 변화를 더듬으면서 그 사유의 운동을 우리의 읽기 안에서 다시 발생시켜야 한다.

## 2.

『채식주의자』의 영혜가 절실하게 체험했던 것처럼, 인간적 삶의

---

자』에서 『소년이 온다』까지의 질문의 연쇄에 대한 내용은 대부분 김연수 작가와의 대담 「사랑이 아닌 다른 말로는 설명할 수 없는」(『창작과비평』 2014년 가을호)에도 포함되어 있다.

2) 마르틴 하이데거, 『사유의 사태로』, 문동규·신상희 옮김, 길, 2008, 141쪽.

방식이라는 것이 결국 저마다의 가장 깊은 곳으로부터 폭력으로 얼룩진 어떤 끔찍한 얼굴을 간직하고 있는 것이라면, 우리는 스스로가 더이상 인간이 아니기를 바랄 때에만, 인간적 상황에서 탈출하고자 하는 몸짓을 진지하게 수행할 때에만, 간신히 인간적인 무엇인가를 보존할 수 있다.[3] 그렇게 본다면 나무가 되고자 하는 영혜[4]야말로

---

3) 육식에 대한 거부에서 시작해서 인간적 상황 그 자체에 대한 거부에 도달하는 『채식주의자』(2007)의 문제제기는 첫 장편소설 『검은 사슴』(1998)의 다음과 같은 장면에서 시작해서 심화·확대된 듯하다. "처음 의선과 함께 시장에 갔을 때 의선은 정육점 앞이나 생선가게 앞을 지날 때마다 온몸을 떨었다. (……) 왜 고기를 먹지 않느냐고 내가 묻자 의선은 다소 곤혹스러운 얼굴로 긴 대답을 했었다./그냥…… 소나 돼지나 닭이나, 어떤 짐승이 죽어야 내가 그 살을 먹는 거잖아요? 결국 그 짐승이 죽는 대가로 내가 조금 더 건강해진다는 건데…… 아무래도 나 자신이 그 짐승보다 낫다고 여겨지지 않아요. (……) 내가 그 짐승의 살을 먹고, 그 짐승보다 오래 살아야 할 이유도, 자격도 없다는 생각이 드는 거예요."(『검은 사슴』, 문학동네, 2017(1998), 255~256쪽) 그것이 『검은 사슴』의 중심을 차지하는 질문은 아니었지만, 적어도 이 장면에서 의선은 '인간적 상황이 인간 이외의 것들을 파괴하면서만 유지될 수 있는 것이라면, 인간적 상황을 빠져나가지 않는 것이 윤리적으로 가능한가?'라고 묻기 위해 준비하고 있는 듯하다. 이 질문은 물론 『채식주의자』의 영혜가 이어받고 있는 그것이다.

4) 예컨대 이런 문장들. "나, 내장이 다 퇴화됐다고 그러지, 그치." "나는 이제 동물이 아니야 언니." "밥 같은 거 안 먹어도 돼. 살 수 있어. 햇빛만 있으면."(『채식주의자』, 창비, 2007, 186쪽) 그러나 나무가 되고자 하는 이 몸짓의 핵심은 음식 섭취를 거부하고 햇빛 쪽으로 노출되기를 지향하며 물구나무를 서서 나무의 어떤 속성들을 비슷하게 흉내내는 데 있지 않다. 인간적 조건으로부터 빠져나오기라는 기울기를 만드는 것, 현재의 위치에서 이탈하는 것이 이 몸짓의 전부이다. 여기서 들뢰즈와 가타리의 문장들을 참고할 만하다. "되기(=생성)는 결코 관계 상호 간의 대응이 아니다. 그렇다고 해서 유사성도, 모방도, 더욱이 동일화도 아니다. (……) 이 되기는 자기 자신〔생성 그 자체—인용자〕 외에는 아무것도 생산하지 않는다."(질 들뢰즈·펠릭스 가타리, 『천 개의 고원—자본주의와 분열증 2』, 김재인 옮김, 새물결, 2001, 452쪽) 한강의 소설이 식물과 동물, 여성과 남성, 사랑과 폭력, 빛과 어둠으로 삶을 단순화하며 가르고 그 가운데 전자의 것들에 대한 선호를 드러낸다고 읽으며 그 선한 의지에 동의를 표시하는 것이야말로 한강의 소설을 단순화시키는 것일지도 모른다. 한강은 『검은 사

가장 인간적인 무엇인가를 보존하고 있는 인물이 된다. 그러나 나무가 되어가고 있다고 믿으며 음식 섭취를 거부하는 영혜는 실제로는 정신병원에 갇혀 죽어가고 있을 뿐이지 않은가("하지만 뭐야. (……) 넌 죽어가고 있잖아." "그 〔정신병원의—인용자, 이하 동일〕 침대에 누워서, 사실은 죽어가고 있잖아. 그것뿐이잖아", 206~207쪽). 하지만 영혜는 되묻는다. "……왜, 죽으면 안 되는 거야?"(191쪽) 영혜의 몸짓이 그저 죽어가는 것일 뿐이라고 하더라도, 왜 죽으면 안 되는 걸까? 왜 살아남아야만 하는 것일까? 인간으로서 살아남는다는 것은 다른 존재자들을 그리고 다른 인간들을 착취하고 파괴하며 상처주는 것을 동반하거나 최소한 그런 사태 전반을 외면하는 것인데도. 그러므로 『채식주의자』 안에서도 이미 질문은 변화하고 있다. 처음에는 '인간적 상황이 인간 이외의 것들을, 심지어 다른 인간들을 파괴하면서만 유지될 수 있는 것이라면, 인간적 상황으로부터 빠져나오지 않는 것이 윤리적으로 가능한가?', 그리고 나중에는 '그러나 인간적 상황에서 빠져나오려는 윤리적 몸짓은 다만 죽음으로 귀결되는가? 그 결론을 우리는 수용할 수 있는가? 그럴 수 없다면, 왜 죽으면 안 되는 것

---

슴』의 '작가의 말'에서부터 이미 '어둠을 이기는 빛'이 아니라 '빛과 어둠을 동시에 감싸고 있는 것'에 대해서 썼다("말과 침묵, 어둠과 빛, 꿈과 생시, 죽음과 삶, 기억과 현실 사이에 공간이 있다. 그 공간은 사이에만 있을 뿐 아니라, 그것들을 안팎으로 둘러싸며 가득차 있다. 내 말들이 그 공간을 진실하게 통과해 나올 수 있기를 간절히 빌었다", 439쪽). 이 공간에 대한 통찰은 '작가의 말'에 얌전히 모셔진 장식품이 아니라 한강 소설 안에서 실질적으로 작동하고 있는 어떤 것이다. 말하자면 짐승 대신에 식물이 되고자 하며 어둠 대신에 빛을 추구하는 선한 의지의 표명보다 두 요소들 사이의 근본적인 관계에 대한 탐구가, 거기에서부터만 물어질 수 있는 어떤 질문들이, 한강의 소설에는 들어 있는 것이다. 이 점에 대해서 이 글의 끝부분에서 『흰』(난다, 2016)과 함께 다시 말할 기회가 있을 것이다.

인가? 왜 삶을 이어가야만 하는가? 윤리적 몸짓 안에서 우리가 인간적 삶을 껴안는 것이 도대체 가능한 일인가?'.

이 질문은 죽어가는 영혜로부터 동생을 살려내려는 언니 인혜에게로 건네지며 『채식주의자』의 마지막 장면을 이룬다.

> 어째서인지 한낮의 여름 나무들이 마치 초록빛의 커다란 불꽃들처럼 그녀의 눈앞에 어른거린다. (……) 무정한 바다처럼 세상을 뒤덮은 숲들의 물결이 그녀의 지친 몸을 휩싸며 타오른다. (……)
>
> 그녀는 알 수 없다. 그것들의 물결이 대체 무엇을 말하는지. (……)
>
> 그것은 결코 따뜻한 말이 아니었다. 위안을 주며 그녀를 일으키는 말도 아니었다. 오히려 무자비한, 무서울 만큼 서늘한 생명의 말이었다. 어디를 둘러보아도 그녀는 자신의 목숨을 받아줄 나무를 찾아낼 수 없었다. 어떤 나무도 그녀를 받아들이려 하지 않았다. 마치 살아 있는 거대한 짐승들처럼, 완강하고 삼엄하게 온몸을 버티고 서 있을 뿐이었다.(205~206쪽)

> 조용히, 그녀는 숨을 들이마신다. 활활 타오르는 도로변의 나무들을, 무수한 짐승들처럼 몸을 일으켜 일렁이는 초록빛의 불꽃들을 쏘아본다. 대답을 기다리듯, 아니, 무엇인가에 항의하듯 그녀의 눈길은 어둡고 끈질기다.(221쪽)

인혜는 영혜에게 나무가 되기 위해서라도 일단 밥을 먹고 살아나야 한다고 설득하려 했지만, 인혜야말로 자살을 시도한 적이 있다. 그간의 삶이란 고통과 치욕을 마비시키며 견뎌온 것일 뿐 진정 살아 있다는 감각을 느껴본 적 없다는 사실을 어느 날 문득 깨달아버렸기 때문이다.("이 모든 것은 무의미하다./더이상은 견딜 수 없다./더 앞으로 갈 수 없다./가고 싶지 않다./(……) 그녀는 이미 깨달았었다. 자신이 오래전부터 죽어 있었다는 것을", 200~201쪽) 인혜는 자살하기 위해 목을 맬 끈을 들고 그 끈을 매기에 적당한 나무를 찾아 아파트 뒤편의 산을 오르며 "이상한 평화"(202쪽)를 느끼기까지 했다. 하지만 인혜는 자살할 수 없었다. "어디를 둘러보아도 그녀는 자신의 목숨을 받아줄 나무를 찾아낼 수 없었다. 어떤 나무도 그녀를 받아들이려 하지 않았다. 마치 살아 있는 거대한 짐승들처럼, 완강하고 삼엄하게 온몸을 버티고 서 있을 뿐이었다." 나무들은 목숨을 받아주는 대신에 인혜에게 "무서울 만큼 서늘한 생명의 말"을 건네고 있었다. 인혜는 그 말의 의미를 알 수 없다고 했지만, 우리는 그 의미의 대략을 짐작할 수 있다. '살아 있으라! 너의 삶을 거둬가고 대신에 평화로운 휴식인 죽음을 선물할 나무는 세상에 없다. 너의 자살을 거부한다. 살아 있으라!' 더이상 견딜 수 없고, 더 앞으로 갈 수 없는 그 삶을 이어가라는 명령이므로 그것은 '서늘한' 생명의 말이었고, 이행 불가능한 것을 단호하게 명령하고 있으므로 나무는 거대한 짐승으로 느껴졌다. 나중에 영혜의 질문을 이어받은 인혜는 서늘한 생명의 말을 건네는 초록 불꽃 짐승을 다시 떠올리며, 항의하듯 대답을 기다린다. 초록 불꽃 짐승의 명령을 받아들이는 것이 가능한가? 대체 어떻게 인간적 삶을 껴안을 수 있단 말인가?

이렇게 해서 『채식주의자』의 두번째 질문 묶음은 후반부 쪽으로 기울어지게 된다. 차라리 죽음을 택하겠다는 듯한 '왜 죽으면 안 되는 거야?'로부터 '어떻게 인간적 삶을 껴안을 수 있는가?'로.

## 3.

'어떻게 인간적 삶을 껴안을 수 있는가?' 『바람이 분다, 가라』(2010)와 『희랍어 시간』(2011)은 모두 이 질문에 직접 연결되어 있다. 『바람이 분다, 가라』의 경우 서인주의 죽음이 자살이라는 주장을 반박하기 위해 분투하던 이정희가, 서인주가 삶을 선택했다고 믿었듯 그 자신이 사력을 다해 삶을 선택하면서 끝난다. 『희랍어 시간』의 경우 죽음과도 같은 침묵 속에 잠겨 있던 여자가, 시력을 잃어가고 있기 때문에 세계를 잃게 되리라고 예감하면서도 세계의 그 덧없는 아름다움을 적극적으로 끌어안으려는 한 남자(71, 83~84쪽)와의 만남을 계기로, 말을 회복하고 죽음과도 같은 침묵의 심해로부터 삶의 뭍으로 솟아오르는 것으로 끝이 난다. 『바람이 분다, 가라』와 『희랍어 시간』은 삶을 껴안는 데 성공하는 인물을 연달아 그려 보이고 있는 것일까?

이 과정에서 '어떻게 인간적 삶을 껴안을 수 있는가?'에 답하느라, 『바람이 분다, 가라』에서는 서인주와 서인주의 외삼촌이자 이정희의 고등학생 시절 연인이었던 이동주의 예술에 대한 관념과 우주론이 제시된다. 요약하자면 이렇게 될 것이다. 시공간조차도 없는 에너지 0의 혼돈으로부터 우주는 태어났다. 어떤 확률적 순간, 마치 천지창조의 신화와도 같이, 에너지 0의 벽을 뚫고 시공간이 급팽창하고 물질이 생성됐다. 0은 스스로 무한이 됐다. 무한이 된 0이 추는 춤 속에서 모든 물질과 사건들이 튀어나왔다. 우리가 이 명제를 이해하기 어려운 것은 0이 다만 비어 있다고 생각하기 때문이다. "아마 물고기는 물이 텅 빈 공간이라고 생각할 거야. 우리가 공기를 마시면서도 허공이 텅 비었다고 생각하는 것처럼. 하지만 허공은 결코 비어 있지 않아.

바람이 불고, 벼락이 치고, 강한 압력으로 우리 몸을 누르지."(70쪽) 다시 말하지만 우주가 팽창되어 나올 점, 혹은 점조차도 아닌 충만한 0에서부터 모든 것은 태어났다. 말하자면 우주의 모든 물질은 본래 하나였으며 동일한 중성자가 양자와 어떻게 결합하느냐에 따라 다른 물질이 되었던 것뿐이다. 이와 같은 방식으로 우주를 이해하기로 하자면, 우리 모든 존재자들은 서로 연결되어 있으며 그 가운데 아무리 볼품없어 보이는 것일지라도 이미 0이었고 무한이었다. 이러한 사실을 이해할 때 우리에게 주어진 삶을 어떤 격렬한 것으로 다시 바라볼 수 있다.(44, 61~62, 69~71쪽) 그렇게 보기로 한다면, 우리는 너덜너덜하게 찢어진 이 삶 가운데서도 성스러움을 예감할 수 있는 것이다.(151쪽) 이동주의 먹그림, 그리고 그것을 재현하려고 했던 서인주의 작업은, 텅 비어 있는 것처럼 보이는 어둠 속에 불고 있는 보이지 않는 바람, 그 바람의 결마다 맺혀 있는 에너지의 실핏줄을 재현하며 무한의 춤을 가시화하고 있는 것이 아닌가. 무한의 춤에 연결되어 있음을 재확인하며 그 춤을 이어서 추기 위해서, 비가시적인 그 바람을 향해, 그 바람에 관통당하며 나아가라는 명령이 그들의 작품에서 울려나오며 이 소설의 제목에 이르지 않았는가. 그러므로 어떻게 이동주와 서인주의 먹그림에서 생명의 불꽃을 보지 않을 수 있겠는가. 그 불꽃에 힘입어 우리 안의 불꽃을 타오르게 하지 않을 수 있겠는가. 여기까지 오고 나면 '어떻게 인간적인 삶을 껴안을 수 있는가?'에 대한 어떤 대답에 이른 것일까. 그렇게 해서 이 곤란한 질문을 해소할 수 있게 된 것일까. 혹은 이 질문 자체를 다른 것으로 변경시킬 수 있었을까?

별로 그런 것 같지 않다. 이정희 자신부터가 앞서 소개한 우주론을, 여기 제시된 대답들을 믿지 못하고 있다.(67쪽) 이정희는 서인주에게서 삶의 의지를 읽어내려 했지만, 류인섭이 읽어낸 서인주의 죽음의 인력은 얼마나 강력한 것인가.(311~313쪽) 서인주의 죽음에 관한 이정희의 진실 찾기도 실상 빈틈이 많은, 반박 가능한 퍼즐 맞추기였을 뿐이다.(219, 261쪽) 작가가 삶에 대한 선택을 분명하게 드러내기 위해 썼다고 밝힌[5] 마지막 장면조차도 얼마든지 죽음에 대한 선택과 갈망으로 읽힐 수 있다.

*그러니까, 생명이 우리한테 있었던 게 예외적인 일, 드문 기적이었던 거지.*

*그 기적에 나는 때로 칼집을 낸 거지. 그때마다 피가 고였지. 흘러내렸지.*

*하지만 알 것 같아.*

*내가 어리석어서가 아니었다는 걸.*

*피할 수 없는 길이었다는 걸.*

*……지금 내가, 그 얼음 덮인 산을 피하지 않으려는 것처럼.*(386쪽)

이 대목이, 기적과도 같은 생명에 칼집을 내고 피를 흘리게 하는 것을 피할 수 없었다는 것으로 읽히지 않는가. 서인주가 어머니의 삶을 파괴한 상징적 장소인 미시령을 피하지 않음으로써 자신의 삶이 파괴되는 것을 피하지 않겠다는 것으로. 그러고 보면 저 앞에서 소개한 0과 무한에 대한 관념들도, 결국 그것이 무한에 합류하는 길이니

5) 강계숙·한강 대담, 「삶의 숨과 죽음의 숨 사이에서」, 『문학과사회』 2010년 봄호, 343, 345쪽.

죽음을 두려워할 필요가 없다는 음산한 유혹으로 바꿔 읽는 것이 얼마든지 가능해진다.

『희랍어 시간』의 경우도 사정은 비슷해 보인다. 여자가 말을 잃게 만드는 '그것'은 그렇게 간단하게 길들여질 수가 없다. *"그렇게 간단할 수는 없었다."*(56쪽) *"아니요. (……) 그렇게 간단하지 않아요."*(13쪽) 삶은, 세계는, "캄캄한 암흑 속에서 수많은 변수들이 만나 우연히 허락된 가능성, 아슬아슬하게 잠시 부풀어오른 얇은 거품" 일 뿐이어서, *"하마터면 넌 못 태어날 뻔했지"*(52쪽). 그 우연히 허락된 아슬아슬한 삶의 가능성은 언제고 허물어질 듯 위태롭고, 그 위태로움은 무엇으로도 해결 불가능하고, 그러므로 죽음충동처럼 '그것'은 언제고 찾아와 다시 말을 빼앗아버릴 수 있다. 그리고 여자는 오히려 말을 통해 연결된 삶과 세계에서 고통을 느끼며 반대로 죽음과도 같은 침묵 속에서 편안함을 느끼고 있다.(15~16, 30~31, 56~57쪽) 여자가 이 소설의 마지막 장면에서 '숲'이라는 말을 발음했지만, 그래서 삶의 뭍으로 올라온 것은 사실이지만, 그것으로 충분히 안정적으로 삶을 선택하고 대지에 정착한 것은 아니며 언제고 다시 죽음과도 같은 침묵의 심해로 빨려들어갈 가능성은 남아 있다. 단지 '어떻게 인간적인 삶을 껴안을 수 있는가?' 하는 물음에 이 소설이 그저 불확실한 방법만을 제시했다는 것이 아니다. 『희랍어 시간』이 보여주는 삶에 대한 이해 속에서는, 어떤 방법으로 삶을 수락하고 선택하더라도 '그것'(삶의 척력? 죽음의 인력?) 앞에서 인간은 다시 침묵과 어둠 속으로 빨려들어갈 것만 같다는 것이다.

이 두 편의 소설에서 '어떻게 인간적인 삶을 껴안을 수 있는가?' 하는 질문은 만족스러운 정답을 구한 것도 아니고 스스로를 끝까지 전개해 다른 질문으로 변형된 것도 아니다. 그렇게 해서 두 작품이 실패했다거나 어떤 결함을 가지고 있다고 주장하려는 것이 아니다. 다만 이 두 소설이 '어떻게 인간적인 삶을 껴안을 수 있는가?'에 답하기 위해 도전했고, 답을 구하고자 하는 안간힘과 절박함 같은 것으로 우리 안의 무엇인가를 전율시키지만, '삶을 선택해야만 한다'거나 '인간은 인간을 껴안아야 하고, 그것이 인간을 살게 한다'[6]는 아직 충분히 정교해지지 않은 답변에서 성급하게 멈춰 서지 않도록, 그러한 성급함의 실패에 충실하고, 한강의 글쓰기가 여전히 '어떻게 인간적인 삶을 껴안을 수 있는가?' 하는 질문을 보존하며 그 안에 머물러 그 질문을 견디게끔 했다고 말하고 싶은 것이다.

## 4.

그러므로 『바람이 분다, 가라』(2010)와 『희랍어 시간』(2011)에 이어 『소년이 온다』(2014)가 반복해서 이 질문을 견디며 숙고한다. 『소년이 온다』를 쓸 무렵 작가가 떠올렸다는 질문들, '내가 정말 인간을 믿는가, 인간을 껴안을 수 있는가' '이미 나는 인간을 믿지 못하게 되었는데 어떻게 이제 와서 인간을 믿겠다고 하는 것일까'[7] 또한 여전히 앞의 질문의 주위를 맴돌고 있다고 할 수 있다. 그리고 이 질문들은 『소년이 온다』에서 '인간이란 무엇인가'로 모아지는 듯하다. 인간이 무엇이기에, 이제 와서 인간을 믿을 수 있고 또 인간적 삶을 껴안을 수 있는가.

---

6) 김연수 · 한강 대담, 「사랑이 아닌 다른 말로는 설명할 수 없는」, 『창작과비평』 2014년 가을호, 318쪽.

7) 같은 글, 319쪽.

인간이란 무엇인가? 『소년이 온다』가 80년 5월의 광주에서 벌어진 끔찍한 범죄들에 근거해 증언하는바, 권력을 차지하거나 유지하기 위해서 *"캄보디아에서는 이백만 명도 더 죽였습니다. 우리가 그렇게 못할 이유가 없습니다"*(206쪽)라고 말하고 실천에 옮길 수 있는 존재다. 한쪽에서는 "잔인성을 발휘하도록 격려하고 명령"(같은 쪽)하고 다른 쪽에서는 *"뭐가 문제냐? 맷값을 주면서 사람을 패라는데, 안 팰 이유가 없지 않아?"*(134쪽)라고 말하고 실천에 옮길 수 있는 존재다. 특별한 목적도 없이 반복적으로 타인을 살상할 수 있을 뿐 아니라, 살아남은 사람들에게 *"너희들이 태극기를 흔들고 애국가를 부른 게 얼마나 웃기는 일이었는지, 우리가 깨닫게 해주겠다. 냄새를 풍기는 더러운 몸, 상처가 문드러지는 몸, 굶주린 짐승 같은 몸뚱어리들이 너희들이라는 걸, 우리가 증명해주겠다"*(119쪽)는 듯이 그들의 인간적인 면을 모조리 깎아내는 고문을 자행할 수 있는 존재다. 그런 일이 "제주도에서, 관동과 난징에서, 보스니아에서, 모든 신대륙에서 그렇게 했던 것처럼, 유전자에 새겨진 듯 동일한 잔인성으로"(135쪽) 행해졌다. 그러므로

> 이제는 내가 선생에게 묻고 싶습니다.
>
> 그러니까 인간은, 근본적으로 잔인한 존재인 것입니까? 우리들은 단지 보편적인 경험을 한 것뿐입니까? 우리는 존엄하다는 착각 속에 살고 있을 뿐, 언제든 아무것도 아닌 것, 벌레, 짐승, 고름과 진물의 덩어리로 변할 수 있는 겁니까? 굴욕당하고 훼손되고 살해되는 것, 그것이 역사 속에서 증명된 인간의 본질입니까?(134쪽)

이 질문들에 어떻게 아니라고 답할 것인가.

잊지 않고 있습니다. 내가 날마다 만나는 모든 이들이 인간이란 것을. 이 이야기를 듣고 있는 선생도 인간입니다. 그리고 나 역시 인간입니다.

(……)

나는 싸우고 있습니다. 날마다 혼자서 싸웁니다. 살아남았다는, 아직도 살아 있다는 치욕과 싸웁니다. 내가 인간이라는 사실과 싸웁니다. 오직 죽음만이 그 사실로부터 앞당겨 벗어날 유일한 길이란 생각과 싸웁니다. 선생은, 나와 같은 인간인 선생은 어떤 대답을 나에게 해줄 수 있습니까?(135쪽)

그렇게 해서 『소년이 온다』가 '인간이란 무엇인가'를 묻는 과정에서 '어떻게 인간적인 삶을 껴안을 수 있는가?' 하는 질문은 더 견디기 어렵고 답하기 어려운 문제로 나아가고 있다. 마지막에 인용한 문장이 직접 보여주고 있는바, 이제 질문은 '우리가 인간이라는 사실과 어떻게 싸울 것인가?'로 변형되고 있는 듯하다.

이 질문을 견디면서 『소년이 온다』는 동호, 정대, 정미, 은숙, 선주, 진수 등을 클로즈업한다. 인간이라는 폭력 앞에서 그들은 무자비하게 희생된 것처럼 보인다. 그들의 싸움은 여지없이 패배한 것처럼 보인다. 그들의 희생과 패배가 역사의 한 단면을 증언하는 것처럼 보인다. 하지만 그것이 전부는 아니다.

지금 정미 누나가 갑자기 대문을 열고 들어온다면 달려나가 무릎을 곯을 텐데. 같이 도청 앞으로 가서 정대를 찾자고 할 텐데. 그러고도 네가 친구냐. 그러고도 네가 사람이야. 정미 누나가 너를 때리는 대로 얻어맞을 텐데. 얻어맞으면서 용서를 빌 텐데.(36쪽)

너를 데리고 가려 하자 너는 계단으로 날쌔게 달아났다. 겁에 질린 얼굴로, 마치 [군인들이 진입해올 도청 안쪽으로] 달아나는 것만이 살길인 것처럼. 같이 가자, 동호야. 지금 같아 나가야 돼. 위태하게 이층 난간을 붙들고 서서 너는 떨었다. 마지막으로 눈이 마주쳤을 때, 살고 싶어서, 무서워서 네 눈꺼풀은 떨렸다.(92쪽)

*당신이 죽은 뒤 장례식을 치르지 못해,*
*내 삶이 장례식이 되었습니다.* (99쪽)

내 책임이 있는 거야, 그렇지?
(……)
*내가 집으로 가라고 했다면, 김밥을 나눠 먹고 일어서면서 그렇게 당부했다면 너는 남지 않았을 거야, 그렇지?*
*그래서 나에게 오곤 하는 거야?*
*왜 아직 내가 살아 있는지 물으려고.*(176~177쪽)

네가 죽은 것이 저 때문이 아닌디, 왜 친구들 중에 제일 먼저 어깨가 굽고 머리가 하얗게 세었을까이. 저것이 아직도 원수 갚을 생각을 하고 있단가, 생각하면 가슴이 내려앉아야.(182쪽)

이 사람들은, 자신의 책임이 아닌 것을 자신의 책임으로 떠맡고자 했다. 군인들의 총에 맞은 사람들의 죽음이 자신의 책임이라는 듯 그 죽음에 온 힘으로 마음쓰면서, 어찌해볼 수 없는 일에 자신의 삶을 걸었거나 삶의 경로를 이탈시켰다. 그들이 한 일은 그들 자신이 인간이라는 사실과 싸움으로써 인간적인 어떤 것을 보존한 것이다. 그들은 우리가 인간이라는 사실과 싸움으로써만 인간이 될 수 있다는 사실을 입증한 사람들이다. 권력이 '인간이란 죄책감 없는 폭력 그 자체이거나 폭력 앞에 굴복하는 냄새나는 몸뚱이일 뿐'이라는 사실을 인정하라고 강요할 때, 그것이 인간의 전부가 아니라는 사실을 입증한 사람들이다. 인간이 그런 식으로 훼손될 수는 없다, 인간의 죽음이 그런 식으로 훼손될 수는 없다고 항의하고 있는 한에서, 동호가 자기 책임이 아닌 정대의 죽음에 책임을 느끼는 한에서, 은숙과 선주가 자기 책임이 아닌 동호 혹은 모든 사람들의 죽음에 책임을 느끼는 한에서, 그들은 그들이 인간이라는 사실과 싸우며 인간적인 무엇인가를 보존한다. 그러므로 그들은 결코 희생자가 아니다. 그리고 그런 방식으로 우리는 인간적 삶을 힘겹게 그러나 기꺼이 껴안을 수 있는 것이다.

『소년의 온다』의 에필로그에 등장하는, 한강과 거의 구분되지 않는 '나'가 그것을 다음과 같이 요약하고 있다.

> 그들이 희생자라고 생각했던 것은 내 오해였다. 그들은 희생자가 되기를 원하지 않았기 때문에 거기 남았다. 그 도시의 열흘을 생각하면, 죽음에 가까운 린치를 당하던 사람이 힘을 다해 눈을 뜨는 순간이 떠오른다. 입안에 가득찬 피와 이빨 조각들을 뱉으며, 떠지지 않는 눈꺼풀을 밀어올려 상대를 마주보는 순간. 자신의 얼굴과 목소리를,

*전생의 것 같은 존엄을 기억해내는 순간. 그 순간을 짓부수며 학살이 온다, 고문이 온다, 강제진압이 온다. 밀어붙인다, 짓이긴다, 쓸어버린다. 하지만 지금, 눈을 뜨고 있는 한, 응시하고 있는 한 끝끝내 우리는……* (213쪽)

도대체 인간이란 무엇인가? 모리스 블랑쇼는 조르주 바타유를 인용하면서 이렇게 썼다. "모든 인간 존재의 근본에 어떤 결핍의 원리가 있다."[8] 그렇기 때문에 인간은 타자를 필요로 한다. 타자를 필요로 하는 존재, 그것이 인간이다. 이 문장을, 인간은 저마다 어딘가 모자란 데가 있으니 부족한 부분을 채워넣기 위해 서로를 필요로 한다는 식으로 이해해서는 안 된다. 모든 인간 존재의 근본에는 어떤 결핍의 원리가 있기 때문에, 바로 그 결핍으로 인해서 타자의 이의 제기와 부인에 노출되고, 절대적 내재성(혹은 자율성)에 대한 환상을 포기할 수 있다. 바로 그 노출과 포기 속에서, 타자에 의해 나의 실존이 근본적으로 부단히 의문에 부쳐지고 있다는 바로 그 점에서 나는 나 스스로를 뛰어넘음을 수 있는 가능성을 이끌어낼 수 있다. 그러므로 결핍은 충만함의 반대가 아니라 오히려 초과로 이어진다. 이 초과를 위해 인간은 타자를 필요로 하는 것이다. 타자와의 만남이 없을 때, 인간은 자기 자신 안에 갇히게 되며 무감각해질 뿐이다. 타자와의 만남이 없을 때, 절대적 내재성에 대한 환상 속에서 "스스로 자기 고유의 자기동일성과 자기 결정력을 갖고 있다고 여기기 때문에 인간은 순수한 개체적 실재로 스스로를 정립할 수 있다고 자신하는 것이다." "거기

8) 모리스 블랑쇼·장뤼크 낭시, 『밝힐 수 없는 공동체/마주한 공동체』, 박준상 옮김, 문학과지성사, 2005, 17쪽.

에 겉으로 보아 온전할 뿐 가장 병적인 전체주의의 기원이 있다."[9]

그렇다면 어떤 타자가 가장 강력하게 나에게 이의 제기하고 나의 자리를 부인해서 내가 스스로를 초과할 가능성을 이끌어내게끔 하는가? 죽어가는 타인이.[10]

그러므로 이렇게 정리할 수 있다. 죽어가는 타인 앞에서, 혼자서 살아남을 수 없음을, 자기 자리에 머물러 있을 수 없음을 충실히 이행하는 존재, 그것이 인간이다.

물론 인간은 죄책감 없는 폭력 그 자체이거나 폭력 앞에 굴복하는 냄새나는 몸뚱이이기도 하다. 우리가 인간인 이상 언제나 인간의 존엄을 짓밟는 학살과 고문과 강제진압이 우리를 밀어붙이고 짓이기고 쓸어버리기 위해 온다. 그러나 우리가 눈을 뜨고 있는 한, '소년'이 함께 온다. 죽어가는 타인이 언제나 함께 온다. 이 소년과 만날 때, 소년이 그랬던 것처럼 타인의 죽음에 온 힘으로 마음쓰느라 우리의 실존이 근본적으로 의문에 부쳐진다는 사실을 받아들이고 우리 스스로를 뛰어넘을 때, 우리 또한 인간이라는 사실과 싸우면서 인간의 삶을 껴안을 수 있게 되는 것이다. 우리가 인간이라는 사실과 어떻게 싸울 것인가. 인간적 삶을 어떻게 껴안을 수 있는가? 언제나 이미 도래하고 있는 소년, 죽어가는 타인과 만나면서.

작가는 이 소설의 제목을 '소년을 기억하라'가 아니라 '소년이 온다'라고 썼다. 죽어가는 타인과의 마주침, 나의 실존에 대한 이의 제기에의 노출, 인간의 결핍은 개인적 결단에 의해 선택되는 것이 아니라, 그러한 결단을 가능하게 하는 인간 존재의 근본적 원리로 놓여 있

9) 같은 책, 13쪽.

10) 같은 책, 23쪽.

다고 작가가 전제하고 있기 때문일지도 모르겠다. 나는 앞에서 그 점을 의식하면서 죽어가는 타인을 만나기 위한 결단을 촉구하는 대신에, 소년이 언제나 이미 도래하고 있다고 썼다.[11]

여기까지 오면 이제는 다르게 질문하는 것이 가능할 것 같다. 우리가 인간이라는 사실과 싸우는 것을 가능하게 하는 근본적인 차원이 있겠는가? 언제나 이미 도래하는 소년과도 같은? 그것을 전제한 뒤에야 비로소 인간적 삶을 껴안을 수 있는? 그렇다면 그 근본적인 차원은 어떤 것인가? 이것이 『소년이 온다』 안에서 이미 변화하고 있는 질문이고 또 『흰』이 이어받아 감당하는 질문인 듯하다.

## 5.

작가는 밝고 깨끗한 것에 대해 쓰고 싶었다고 말한 적이 있지만,[12] 『흰』이 그런 의도에 부합하는 책 같지는 않다. 『흰』의 서두가 밝혀놓

---

11) 이것이 단편 「회복하는 인간」(『작가세계』 2011년 봄호; 『노랑무늬영원』(2012))의 구조이기도 하다. 인간의 생명력이 의외로 질긴 것이어서 화상 때문에 신경이 다 죽은 줄로만 알았는데 그 부분에서 새 신경이 돋아났다는, 결국 인간이라면 다 회복하게 된다는 것이 이 소설의 주제가 아니다. 이 소설에서 회복은 여자의 화상과는 아무런 관련이 없다. 다만 한 여자가 자기 책임이 아닌 언니의 죽음에 온 마음을 쓰느라 자신의 삶과 거기서 오는 기쁨에 대해 이의 제기하고 부인했다는 것, 바로 그것이, 여자로 하여금 자기 자신을 초과하도록 만들었으며, 그 초과가 곧 회복이다.(이 점에 대해서라면 작가 자신이 분명한 설명을 제출한 바 있다. "영원히 회복되지 않게 해달라고 하는 마지막 기도는 죽은 언니와 함께하고자 하는, 자신의 과오와 고통과 슬픔에서 영원히 등을 돌리지 않고자 하는 기도이기도 해요. 그런데 그 기도가 역설적으로 회복을 향하는 기도가 돼요. 자신을 허물고 자신 밖으로 간절하게 빠져나가고자 하는 자의 기도라는 점에서요.", 김연수 · 한강 대담, 같은 글, 317쪽)

12) "『희랍어 시간』을 쓰고 나서 이제 인간의 깨끗하고 연한 지점을 응시하는 아주 밝은 소설을 쓰겠다고 생각했는데, 이상하게도 잘되지 않았어요."(같은 글, 318~319쪽)

고 있는 것도 그런 것이다.

> 흰 것에 대해 쓰겠다고 결심한 봄에 내가 처음 한 일은 목록을 만든 것이었다. (……) 한 단어씩 적어갈 때마다 이상하게 마음이 흔들렸다. 이 책을 꼭 완성하고 싶다고, 이것을 쓰는 과정이 무엇인가를 변화시켜줄 것 같다고 느꼈다. **환부에 바를 흰 연고, 거기 덮을 흰 거즈 같은 무엇인가가 필요했다고.**
>
> 하지만 며칠이 지나 다시 목록을 읽으며 생각했다.
>
> **어떤 의미가 있을까, 이 단어들을 들여다보는 일엔?**
>
> (……) 이 단어들로 심장을 문지르면 어떤 문장들이건 흘러나올 것이다. **그 문장들 사이에 흰 거즈를 덮고 숨어도 괜찮은 걸까.**
>
> (……) 익숙하고도 지독한 친구 같은 편두통 때문에 물 한 컵을 데워 알약들을 삼키다가 (담담하게) 깨달았다. **어딘가로 숨는다는 건 어차피 가능한 일이 아니었다는 것을.**(9~11쪽, 강조는 인용자)

'흰 것, 다시 말해 순수하고 깨끗한 것. 그것이 삶의 더럽혀진 부분들을 소독해줄 것이다. 그것이 상처를 치유해줄 것이다. 이 책은 그런 흰 것들을 읽고 씀으로써 그것들을 상처 입은 마음에 바르고 덮는 것이다'와 같은 의도가 작업 이전에 희미하게 떠올랐을지라도 『흰』은 그런 의도를 따르지 않는다. 한강의 글쓰기는, 순수한 것과 더러운 것, 밝은 것과 어두운 것을 나누고 다만 앞의 것만을 원하는 그런 소박하고 착한 듯하지만 결국에는 사태를 단순화시키는 글쓰기, 숨는 글쓰기와는 아무런 관련이 없다. 어둠과 상처와 고통과 죽음으로부터 숨는 것은 어차피 가능하지 않다.

어떤 의미에서 '흰'은 노랑이나 검정, 빨강이나 파랑 옆에 놓이는 색깔이 아니다.[13] 노랑부터 파랑까지의 색들이 가능하기 위해서는, 그런 색들이 칠해질 수 있는, 아직 칠해지지 않은, 어떤 텅 비어 있음이 먼저 있어야 한다. 이를테면 새하얀 캔버스와도 같은. 캔버스의 '흰'은 그러므로 노랑, 검정, 빨강, 파랑과 같은 여타의 색깔과 대등한 색이 아니다. 그것은 보다 근본적인 차원의 색이고 다른 모든 색들을 가능하게 하는 바탕색이다. 그것은 다른 모든 소리들을 가능케 하는, 소리의 잠재태인 침묵과도 같은 것이다. "**흰색은 죽은 것이 아닌, 가능성으로 차 있는 침묵인 것이다.** (……) 그것은 젊음을 가진 무無이며, 더 정확히 말하면 **시작하기 전의 무요, 태어나기의 무인 것이다.**"[14]

모든 '존재자'들이 있기 위해서는 그것들을 개방하는 '존재'의 차원이 앞서야만 한다고 할 때,[15] 바로 그 '존재'가 이를테면 '흰'빛이다. 그러므로 '흰'은 단순한 하얀색이 아니다. 그것은 모든 색들을 가능하게 하는 조건이며, 그것의 밑바닥 어디에선가 잠재태의 색채들이 현실화의 표면을 향해 우글거리며 올라오는 중이다. 「안개」와

---

13) 이하 백색에 대한 성찰은 김상환, 『해체론 시대의 철학』, 문학과지성사, 1996, 83~85쪽 및 『풍자와 해탈 혹은 사랑과 죽음』, 민음사, 2000, 136~138쪽을 참고했다.

14) 바실리 칸딘스키, 『예술에서의 정신적인 것에 대하여』, 권영필 옮김, 열화당, 2000, 94쪽, 강조는 원문.

15) "**존재는 가장 공허한 것이면서 동시에 과잉이기도** 한데, 그러한 과잉으로부터 모든 존재자가 (……) 자신의 존재의 그때마다의 본질 양식을 선사받는다." "존재는 그때마다 도대체 충일(Überflu, 넘쳐흐름)이 아닌가, 그것에서 존재자의 모든 충만이 (……) 발원하게 되는 그런 넘쳐흐름이 아닌가. (……) 그런데 만일 그렇다면 존재는 단지 존재자에서 추출되어 옆에 놓여 있는 것에 불과한 것이 아니라 오히려 반대로 동시에 맨 먼저 도처에서 모든 존재자에서 현성자(das Wesende)로 남는 것이 된

「초」에서 작가가 쓰고 있는 것처럼, 희고 자욱한 안개 속에서는 얼룩덜룩한 유령들이 결코 드러나지 않을 눈빛을 한 채 산책하고 있는 것이다. 그러므로 '흰'은 하얗지 않고 순수하지 않고 잡雜하다.

그럼에도 불구하고 '흰'은 결코 더럽혀질 수 없는 것이다. 그 무엇도 하얀색의 순수함을 침범할 수 없다는 것이 아니다. 반대로 다른 얼룩들 틈에서라면 잘 보이지 않았을 작고 희미한 얼룩도 그 얼룩 본연의 색을 충만하게 드러내는, 너무 쉽게 얼룩지는 배경색이 '흰'이다. 그러나 무슨 색으로 얼룩지게 하든 '흰'은 계속해서 다른 색들을 칠할 수 있게 하는 궁극의 가능성의 심층이며, 모든 소리들을 가능하게 하는 침묵이자, 무엇인가를 태어나게 하는 무, 소진시킬 수 없는 여백이다. 그것은 너무 쉽게 훼손되고 마는 것이지만 결코 완전히 훼손시킬 수는 없는 근본적인 차원이며, 그것이 있기 때문에 거기서부터 무엇인가가 끊임없이 다시 시작되는 것이다. 『흰』에서 문득 너덜너덜한 삶의 얼룩이 흰 것으로 덮일 때, 그것은 상처를 치유하는 거즈라기보다, 가장 근본적인 차원이자 궁극의 가능성의 심층으로부터 무엇인가가 다시 시작되는 것이 원리상 이미 언제나 허락되어 있다는 점을 암시하는 듯하다. 예컨대 "*난 아무것도 아끼지 않아. 내가 사는 곳, 매일 여닫는 문, 빌어먹을 내 삶을 아끼지 않아*"(「문」, 16쪽)라고 말하는 듯한, 자신의 삶 자체를 함부로 다루려는 어떤 태도가 반영된 흉측하고 난폭한 글씨가 상처처럼 새겨진 문 위로 흰 페인트를 덧칠할 때(「문」), 자신의 인생 전체가 낭비일 뿐이었다는 생각이 지나가는 취객의 머리 위로 새로운 문장으로 고쳐 쓸 백지를 던져주듯 흰 눈이 내

---

다."(마르틴 하이데거, 『근본개념들』, 박찬국·설민 옮김, 길, 2012, 87, 115쪽, 강조는 원문)

리덮일 때(「눈송이들」).

그러나 무엇인가가 다시 시작될 수 있는 가능성이 언제나 꿈틀거리고 있다는 말은 보기만큼 희망적인 말이 아니다. 그것은 오히려 섬뜩하거나 공포스러울 수 있는데, 왜냐하면 궁극의 가능성으로 열려 있는 '흰'은 언제라도 지금 내가 붙들고 있는 현존을 지워버리고 근원적인 차원으로 내려가 다시 시작하기를 강요할 가능성을 포함하기 때문이다. 그것은 비유컨대, 우리가 읽고 쓰는 모든 문장들이 종이의 '흰' 여백 안으로 삼켜지고 사라지고 다시 쓰여지기를 강요받는 것과도 같다. 그러므로 '흰'을 마주하면서 우리는 이렇게 물을 수밖에 없다. "대체 무엇일까, 이 차갑고 적대적인 것은? 동시에 연약한 것, 사라지는 것, 압도적으로 아름다운 이것은?"(「눈보라」, 63쪽)

작가는 『흰』에서, 태어난 지 두 시간 만에 죽은 언니에게 "*이제 당신에게 내가 흰 것을 줄게*"(「초」, 40쪽)라고 썼지만, '흰'은 건넬 수 있는 사물이 아니고 현존의 차원을 초과하는 공간이므로, 저 문장을 다음과 같이 번역해서 읽어야 할지도 모르겠다: 이제 내가 흰 것을 쓸게. 나의 글쓰기를 통해서 '흰'의 공간으로 들어갈게. 현존의 차원을 초과하는, 궁극의 가능성의 심층에서, 나의 현존을 잃을게. 당신이 상실한 듯 보였던 현존의 가능성이 거기서 소멸되지 않고 머물러 있음을 볼게. 거기서 당신을 만날게. 그곳에서 오고 있는 당신을 만날게. 차갑고 적대적이며, 동시에 연약하고 쉽게 사라지며 압도적으로 아름다운 그 심층 안에서.

한강이 『흰』에서 보여주고 있는, 칸딘스키와 하이데거를 연상시키는, 색채의 존재론을 받아들일 수 있다면, 누구도 결코 소진시킬 수 없는 흘러넘침의 잠재성들이 우글거리는 공간이 인간 존재의 근본적인 차원이며 그곳에서 모든 것이 파괴되었다가 새롭게 시작될 수 있다는 『흰』의 전제에 동의할 수 있다면, 한강의 소설을 따라 우리가 앞에서 도달한 질문들 '우리가 인간이라는 사실과 싸우는 것을 가능하게 하는 근본적인 차원이 있겠는가? 언제나 이미 도래하는 소년과도 같은? 그것을 전제한 뒤에야 비로소 인간적 삶을 껴안을 수 있는? 그렇다면 그 근본적인 차원은 어떤 것인가?'에 응답할 수 있을지도 모르겠다. 언제나 다시 시작할 수 있게 하는 '흰'이 그 근본적인 차원이라고. 물론 인간은 끝없이 훼손되고 끝없이 더럽혀질 수 있지만 언제나 끝없이 그 위에 다른 윤곽선을 그리고 다른 색을 칠해볼 수 있는 '흰'의 차원이 있다고. 그 '흰'의 차원에서 살아남기를 선택한 자들이 삶으로부터 내팽개쳐질 수 있는 만큼 그와 반대로 죽어가는 타인에게 온 힘으로 마음을 기울일 수 있다고.

## 6.

『흰』에 이르러 '우리가 인간이라는 사실과 싸우는 것은 어떻게 가능한가?'라는 질문은 끝까지 전개된 것일까? 다소 관념적으로 성급하게 해소된 것은 아닐까? 이에 대해서라면 아마도 한강의 다음 작업이 어떤 질문을 어떻게 제기하는가를 확인한 뒤에야 분명하게 말할 수 있을 것 같다. 이 글에서는 다만 한강의 다음 작업이 어쩌면 '인간이란 무엇인가?'에 이어 '시간이란 무엇인가?'와 같은 관념적인 영역으로 심화될지도 모르겠다는 예감을 덧붙이고 싶다. 단지 시간에 대한 표현들이 한강의 소설 이곳저곳에서 돌출하며 서로 부딪히고 있기 때문만은 아니다.("시간의 감각이 날카로울 때가 있다. (……) 그렇게 날카로운 시간의 모서리—시시각각 갱신되는 투명한 벼랑의 가장자리에서 우리는 앞으로 나아간다"(『휜』, 11쪽), "어쩌면 시간이란 흐르는 게 아닌지도 모른다는 생각"(「파란 돌」, 『노랑무늬영원』, 215쪽), "시간은 흐른다" "시간은 여전히 흐른다" "시간은 멈추지 않는다"(『채식주의자』, 187, 195, 202쪽), "시간은 결코 멈추지 않는다"(『검은 사슴』, 329쪽))

저 근본적인 차원, '휜' '존재'라는 문제가 곧 '시간'의 문제라는 것을 어떻게 이해해야 할까? 다시 한번 하이데거를 참고하기로 한다면 이렇게 요약해볼 수도 있겠다. '휜'은 언제나 흘러넘치는 과잉으로, 압도적인 아름다움으로 적대적으로 차갑게 인간의 현존의 문장들을 여백 속에 빠뜨리고 지우고 다시 쓰게 만들 수 있다. 그것으로부터 모든 현존이 다시 비롯된다. 그것이 '궁극의 가능성'이다. 인간은, 일상성 속에 매몰되어 있지만 않다면, 그의 현존을 가지고 이 궁극적 가능성과 충돌한다. 무규정적이라기보다 초규정적으로 충만한 궁극적 가능성은 그가 결코 도달할 수 없지만 언제나 그곳을 향해 가는 그의 본래적 미래, '앞선 거기Vorbei'다. 사람들이 흔히 생각하듯, 시간은 그저 중립적으로, 기계적으로, 시계가 째깍거리며 흘러가듯, 미래로부터 흘러들어오는 것이 아니다. 인간이 자신의 궁극의 가능성인 '앞선 거기'를 향해 달려나가려 할 때, 그 '앞선 거기'가 그의 일상과 부딪히고 그로 하여금 그의 일상을 다르게 보게 하며 그것에 이의 제기하게 하며 그로부터 스스로를 이탈하게 하는 한에서만 시간은 흐른다. 좀 더 정확하게 말하자면, 인간의 본질이 그 자신의 궁극의 가능성을 향해 앞서 달려나가는 데 있다면, 인간이 곧 시간이다. "앞서 달려감에서 현존재[인간]는 그의 장래로 존재하며 나아가 현존재는 이 장래적 존재에서 그의 과거와 현재로 되돌아간다. 그의 궁극적 존재 가능성에서 파악된 현존재는 시간 그 자체이다. 현존재는 시간 속에 있는 것이 아니다."[16] "시간은 현존재이다."[17] (하지만 일상에 매몰된 인간들은 그 자신이 시간이라는 사실을 알지 못한다. 위에서 언급했지만, 그들이 알고 있는 '시계의 시간'은 전혀 시간이 아닌데도, 오직 그것만이 시간으로 알려져 있다. 이 일상인들의 어법을 차용하자면 시간이 아닌 시계의 시간을 '시간'으로 부르는 대신 본래적인 시간은 '시간의 바깥'으로 바꿔 불러야 할 것이다.)

그러므로 '존재'의 차원, 즉 '흰'을 사유하는 것은 '시간'을 사유하는 것과 멀리 떨어져 있지 않다. '흰'의 공간에서, 우리가 인간이라는 사실과 싸우는 것(타인과의 만남 속에서 우리 자신의 현존을 잃고 우리 자신을 초과하는 것)이 가능해진다면, 그런데 그것이 궁극의 가능성으로 되돌아가 다시 시작하는 일과 관련되는 것이라면, 거기에 대번에 시간의 문제가 개입한다. 작가 자신이 이 점을 예감하며 말하고 있다. "현재가 과거를 도울 수 있는가. 산 자가 죽은 자를 도울 수 있는가. (……) 현재가 과거를 돕고, 산 자가 죽은 자를 돕는 일이 가능하다고 믿고 싶었어요."[18]

하지만 이 믿음을 뒤집어서 말해야 하리라. 현재가 과거를 돕고 산 자가 죽은 자를 돕는 것이 아니라, 과거가 현재를 돕고 죽은 자가 산 자를 돕는다. 「회복하는 인간」에서 살아남은 동생은 어떻게 해도 죽은 언니를 도울 수 없고 언니가 고통 속에서 죽어갈 때 자신은 자전거를 타며 삶의 기쁨에 황홀해했다는 사실을 돌이킬 수 없다. 하지만 동

16) 마르틴 하이데거, 『시간개념』, 김재철 옮김, 길, 2013, 142쪽.

17) 같은 책, 149쪽.

18) 김연수·한강 대담, 같은 글, 323~324쪽.

생이 자기 자신을 부인하면서까지 자신의 한계선을 뚫고 나가 언니의 죽음에 닿으려고 할 때 동생은 인간적인 무엇인가를 보존하면서 회복된다. 현재의 살아남은 자가 회복되는 것은 과거의 죽어가고 있던 자와의 만남에서 비롯된다. 말하자면, 현재의 살아남은 자들을 위해 소년이 오는 것이다. 소년의 도움으로 인간은 본래적 미래를 향해 나아가며 시간으로서의 자신의 본질을 전개시키는 것이다. 약간 혼란스럽지만 일상인의 용어로 다시 말하자면, 우리는 시계가 째깍거리며 흘러가는 시간의 바깥에서 과거와 만날 수 있으며 이 만남을 통해서만 미래를 향해 나아갈 수 있다.

「눈 한 송이가 녹는 동안」(『창작과비평』 2015년 여름호)이 그런 장면들을 포함하고 있지 않은가. k가 완성하지 못한 희곡 속에서 한 소녀가 눈보라 속에 길을 잃어 하룻밤 재워주기를 간청한다. 젊은 승려는 소녀를 재워주기로 하지만 스스로 유혹에 빠질까 두려워 함께 있어달라는 소녀의 청을 거절한다. 소녀는 눈 한 송이가 녹는 동안만이라도 함께 있어달라고 다시 청하는데, 소녀의 머리 위에 쌓인 눈송이들은 전혀 녹지 않는다. 왜 그런가? 이 헐벗은 소녀가 실은 귀신이기 때문에 체온이 없어 눈이 녹지 않은 것이 아니다. 소녀는 말한다. "*우리가 시간 밖에 있으니까요.*"(317쪽) 죽은 자의 도움으로 우리가 타인의 죽음을 끌어안으며 우리가 인간이라는 사실과 싸울 수 있는 것("나는 잠을 잘 수 없어요. 당신은 잠들 수 있어요? 잠깐 잠들어도 꿈을 꿔요. 당신은 꿈을 꾸지 않아요? 언제나 같은 꿈이에요. 잃어버린 사람들. 영영 잃어버린 사람들", 319쪽)은, 우리의 궁극의 가능성으로 되돌아가는 것, 본래적 시간으로 뛰어드는 것, 시계의 시간을 벗어나는 것, 일상인의 용어로 말하자면 시간의 바깥에 있는 것이니까. 시간의 바깥에서 시계는 멈추고 눈 한 송이는 전혀 녹지 않는다. 그러므로 지금 k를 찾아와 이런저런 이야기를 나누고 있는 죽은 '그'가 창밖으로 손을 내밀려고 한다고 k가 생각했을 때, "죽은 사람의 손은 얼마나 차가울까. 거기 닿은 눈은 얼마나 오래 머물러 있을까. 눈 한 송이가 녹지 않는 동안, 우리가 얼마나 더 이야기할 수 있을까"(325쪽)라고 물은 것은 얼마간 잘못된 것이다. 언제나 이미 오고 있는 소년을 만나는 만큼, 인간 그 자신이 본래적 시간 그 자체라는 점을 알아차리는 만큼, 시계의 시간을 멈출 수 있는 만큼, '흰'의 차원으로 내려갈 수 있는 만큼, 이 차갑고 적대적이며 동시에 연약해서 쉽게 사라지지만 압도적으로 아름다운 이 새하얀 눈송이는 녹지 않는 것이다.

(2016)

# 사드-붓다의 악몽
## —김영하의 『살인자의 기억법』

### 1

"그러나 감히 말하건대, 만약 이 소설이 잘 읽힌다면, 그 순간 당신은 이 소설을 잘못 읽고 있는 것이다." 김영하가 이렇게 쓴 것은 그의 네번째 장편소설 『빛의 제국』이 출간된 직후였지만, 이 문장은 『살인자의 기억법』(문학동네, 2013)을 위해서 좀더 아껴뒀어도 좋았겠다.

『살인자의 기억법』에 눈에 띄는 단점이 있다면 이 소설이 '너무' 잘 읽힌다는 것이다. 간결하게 압축된 문장들이 사건의 끝을 향해 단호하게 전진하고, 이 남성적인 문체의 속도가 독자들의 시선을 움켜쥔다. 알츠하이머에 걸린 70세의 고독한 노인, 그러나 실은 삼십 년 동안 꾸준히 살인을 해오다가 이십오 년 전에 은퇴한 연쇄살인범 김병수가 알츠하이머를 이겨낼 수 있을 것인가. 그렇게 해서 예전의 기량을 회복하고 새롭게 등장한 연쇄살인범 박주태와의 대결에서 승리하는 것으로 박주태가 노리는 자신의 딸 은희를 지켜낼 수 있을 것인가. 이 질문들이 가리켜 보이는 방향을 향해 소설은 맹렬하게 질주하는 것처럼 보인다.

그러나 독자들은 이 소설의 마지막 십여 페이지에 이르러 어리둥절해질 수밖에 없는데, 저 가차없는 전진이 결정적인 무엇인가를 빠뜨리고 있었다는 사실을 뒤늦게 깨닫게 되기 때문이다. '너무' 잘 읽히는 『살인자의 기억법』은 피와 폭력을 위해 바쳐진 소설처럼 보이지만, 그런 부분들은 오로지 마지막 부분의 대혼란을 위해 쌓아올린 반전 장치일 뿐이다. 이 소설이 섬뜩해지는 순간은 김병수가 결국 싸움에서 패배하고 딸 은희가 잔혹하게 살해됐음을 밝히는 장면이 아니라, 목숨을 걸고 지키고자 했던 딸이 애초에 존재하지도 않았으리라는 불안이 밀려드는 장면이다. 그렇다면 은희를 지키기 위한 노력들은 모두 무엇이었나? 김병수와 대결하는 새로운 연쇄살인범 박주태가 존재하기는 했던 걸까? 남성적인 문체의 속도에 대한 완벽한 배반, 시야가 좁아질 정도의 질주를 스키드마크도 없이 일시에 끝내버린 급정거, 폭발하는 굉음들 사이에 갑자기 찾아온 완벽한 정적, 이 낯선 기분들과 이 기분들이 서서히 공포로 바뀌는 체험이 결정적이다. 알츠하이머에 걸린 전직 연쇄살인범의 고독한 싸움, 그러니까 이 소설의 대부분을 차지하고 있는 '너무' 잘 읽히는 장면들은 오로지 이 급정거와 정적의 공포를 극대화하기 위해서만 굉음을 내며 질주하도록 정교하게 배치되어 있는 셈이다.

## 2

'너무' 잘 읽히는 소설로 『살인자의 기억법』이 마무리되기를 기대했던 독자라면 이 소설의 마지막 대혼란이 실망스러울지도 모르겠다. '이 모든 게 치매 노인의 망상이었을 뿐이라고? 두 연쇄살인범들 사이의 사투가 벌어져야 할 자리를 텅 비워놓은 채로 소설을 끝내버리다니, 이건 너무 허무하잖아!' 이런 실망에는 다음의 대목을 놓쳐버린 실수가 기여했을 가능성이 크다.

(A) 옆집 개가 자꾸 우리 집을 들락거린다. 마당에 똥도 싸고 오줌도 지린다. 나를 보면 짖어댄다. 여기는 내 집이다, 이 똥개새끼야.

개는 돌멩이를 던져도 달아나지 않고 주위를 맴돈다. 퇴근한 은희가 그 개는 우리 개라고 한다. 거짓말이다. 은희가 왜 내게 거짓말을 할까.(43쪽)

(B) 그래, 그걸 도둑망상이라고들 하지. 나도 그건 알아. 그런데 이건 망상이 아니야. 분명히 뭔가가 없어졌다고. 일지와 녹음기는 몸에 지니고 있으니 무사했지만 다른 무언가가 사라졌다.

"그래, 개가 없어졌다. 개가 없어졌어."

"아빠, 우리 집에 개가 어디 있어요?"

이상하다. 분명히 개가 있었던 것 같은데.(85쪽)

(C) 우리 집 개가 아닌데…… 대문을 닫아놓든지 해야지 아무 놈이나 막 드나들고."

"전에도 있던데요. 이 집 개 아니에요?"

"못 보던 놈이 요즘 들어 들락거린다니까요. 저리 가."(108쪽)

주변의 상황들을 완벽하게 통제하면서도 "다음엔 더 잘할 수 있"(7쪽)으리라는 희망 때문에 보다 더한 완벽성을 추구하느라 끊임없이 살인을 해대던 “천재적인 살인자”(9쪽) 김병수는 이제 알츠하이머에 걸려 자기 집 개도 알아보지 못하고 돌멩이를 던진다. 달라져버린 주인을 개도 알아보지 못하고 짖어댄다. 가까이서 보면 약간은 슬플 정도로 당혹스럽지만 조금만 떨어져서 보면 우스꽝스러운 이 장면은 그러나 (A), (B), (C)의 격차를 염두에 두면 무서워지기 시작한다. 돌멩이를 던지는 김병수에게 “그 개는 우리 개”라고 했던 은희는 나중에 “아빠, 우리한테 개가 어디 있어요?”라고 묻고, 김병수를 찾아온 안형사는 “전에도 있던데요. 이 집 개 아니에요?”라고 묻는다. 대체 무슨 일이 벌어지고 있는 것인가? 불확실한 기억을 보완하기 위해 연쇄살인범은 모든 일들을 꼼꼼하게 기록하고 있는데, 그리고 그것이 그의 세계를 지탱해주리라고 기대했는데, 그 기록 속에서조차 세계는 자기 자신과 불일치하며 서서히 무너져내리고 있다. 단지 자신이 길렀던 개를 알아보지 못했다는 것이 아니다. 개를 길렀다는 것인지 그렇지 않다는 것인지 끝내 확인할 수 없고, 김병수의 세계를 구성하는 작은 디테일 하나가 불확실해지면서 세계 전체가 조금씩 의심스러워지기 시작한다는 것이다. 정교하게 짜여진 이 소설은, 조금씩 치밀하게 이야기에 균열을 내면서 김병수의 세계 전체를 붕괴 직전의 상태로 허약하게 만든다. 이 소설이 마지막에 가서야 ‘이 모든 게 망상이었다’며 이야기를 뒤집는 것이 아니라, 마지막의 한 방울이 붕괴 직전에 있던 대혼란을 범람하게 만들고 나서야 조금씩 이루어져왔던 균열의 과정들을 우리가 뒤늦게 알아차릴 뿐이다.

### 3

『살인자의 기억법』은 세계가 무너져내리는 공포 체험에 대한 기록이다. 그것은 그저 알츠하이머의 증상을 과장하는 것이 아니다. 김영하는 이것을 반야심경의 악몽으로 형상화한다. 반야심경이라니, 그것은 고통과 번뇌에 시달리는 우리에게 깨달음과 평온을 선물하는 불교 가르침의 정수에 해당하는 것이 아닌가. 그것이 악몽이 될 수 있는가. 공포에 시달리던 김병수가 스스로를 달래기 위해 즐겨 읽고 또 외워두기까지 했던 것이 반야심경의 한 대목이다. 그의 기록의 초반부와 후반부에서 이 인용이 두 번 반복된다.

> "그러므로 공空 가운데에는 물질도 없고 느낌과 생각과 의지작용과 의식도 없으며, 눈과 귀와 코와 혀와 몸과 뜻도 없으며, 형체와 소리, 냄새와 맛과 감촉과 의식의 대상도 없으며, 눈의 경계도 없고 의식의 경계까지도 없으며, 무명도 없고 또한 무명이 다함도 없으며, 늙고 죽음이 없고 또한 늙고 죽음이 다함까지도 없으며, 괴로움과 괴로움의 원인과 괴로움의 없어짐과 괴로움을 없애는 길도 없으며, 지혜도 없고 얻음도 없느니라."(11~12, 148쪽)

우리가 경험하는 세계, 그리고 그것을 구성하는 모든 물질과 느낌과 생각은 기실 실체가 있는 것이 아니고 우리의 마음속에서 일으켜 세워진 허상이기 쉽다. 그러므로 그 허상들에 집착하며 고통을 받는 것은 얼마나 어리석은 일(무명無明)인가. 세계를 구성하는 모든 것들(색色)이 기실 텅 비어 있음(공空)을 깨닫는 것, 그 깨달음에 도달하는 길을 별다른 것으로 착각하여 수행의 방편에 또다시 집착하고 편견을 만들어내는 모든 일 또한 기실은 텅 비어 있음을 다시 한번 깨닫는 것, 그렇게 해서 우리의 평범한 일상, 삶의 한복판이 이미 우주의 비의秘義와 일치하고 있음(본래면목本來面目)을 깨닫는 것, 그것이 근심과 고통의 간섭 없이 삶을 온전히 살아내는 것(해탈解脫)이다. 아마도 이것이 공空을 강조하는, 앞에서 인용된 반야심경의 가르침일 것이다. 듣기에 따라서는 다소 관념적으로 느껴질 수 있겠지만, 그러나 이러한 관념들이 우리를 고통에서 구제해 평온의 방향으로 이끌고자 하는 것은 확실해 보인다. 그러나 바로 이 방향이 『살인자의 기억법』에서는 끔찍하게 무섭다.

너는 너 자신이 "빈말을 일삼는 놈들을 싫어"(26쪽)하고 그래서 한번 뱉은 말은 반드시 지키고자 하는 사람이라고 믿고 있다. 그래서 너는 마지막 희생자, 은희 엄마의 소원에 따라 그녀의 딸을 살려줬고 입양했으며 지금은 새로운 연쇄살인범 박주태로부터 보호하고자 한다. 그러나 네가 생각하는, 약속을 지키는 너는 없다. 네가 지키고자 했던 은희도 없고(너는 이미 은희 엄마와 함께 은희도 살해했다), 은희가 없으니 은희를 노리는 박주태도 없고, 박주태와 벌인 미묘한 신경전도 모두 없었다. 없고 없고 없으니 그것은 평온이며 무아無我의 경지인가? 잘못된 인식과 고집과 고통의 집합소로서의 자아에서 벗어날 수 있다면 좋았겠지만, 여기 남은 것은 무아無我의 상태가 아니라, 대혼란이다. 무너져내리는 세계 속에서 너는 아무것도 이해할 수 없고, 그 이해할 수 없는 것들의 바다 위에서 영원히 허우적거려야 하는 고통과 공포가 너의 몫이다. 무너져내리는 세계의 벽은 점점 더 조여들고, 그것은 작아지는 감옥이 되며, 서서히 어둠의 점으로 농축되다가 무한히 조여들며 무無로 수렴된다. 그러한 사라짐은 해탈과는 너무나 거리가 멀다. 그것은 무無라기보다 차라리 고통과 공포의 무한한 응축이다.

그런데 이것은 김병수가 자신의 알츠하이머 증상을 묘사하는 대목과 비슷한 구석이 있지 않은가. "단어들이 점점 사라진다. 내 머리는 해삼처럼 변해간다. 구멍이 뚫린다. 미끌거린다. 모든 것이 빠져나간다."(22쪽) 뚫린 구멍으로 무너져내린 세계의 파편들이 모두 빠져나가고, 남은 것은 빠져나간 파편들의 그림자가 만들어낸 거대한 혼돈의 덩어리, 이해할 수 없고 미끌거리면서도 빠져나갈 수 없는 한 방울의 바다. 이 소설의 마지막 단락, 반야심경에 덧붙인 연쇄살인범의 주해註解는 이런 것이다.

> 미지근한 물속을 둥둥 부유하고 있다. 고요하고 안온하다. 내가 누구인지, 여기가 어디인지. 공空 속으로 미풍이 불어온다. 나는 거기에서 한없이 헤엄을 친다. 아무리 헤엄을 쳐도 이곳을 벗어날 수가 없다. 소리도 진동도 없는 이 세계가 점점 작아진다. 한없이 작아진다. 그리하여 하나의 점이 된다. 우주의 먼지가 된다. 아니, 그것조차 사라진다.(148~149쪽)

해탈과는 가장 거리가 먼, 감옥으로서의 사라짐.

## 4

번뇌와 근심을 사라지게 하는 불교의 가르침이 이러한 악몽으로 반전되는 것은 어쩌면 연쇄살인범의 창세기에서부터였는지도 모르겠다. 『살인자의 기억법』의 거의 첫 장면에서 김병수는 금강경을 읽고 있다.

"마땅히 머무는 바 없이 그 마음을 일으킬지니라."(9쪽)

이 구절은 육조 혜능의 일화 때문에 특히 유명하다. 글도 깨치지 못하고 장작 패는 일로 생계를 이어나가던 한 오랑캐 소년이 어느 날 담장 밖으로 흘러나온 금강경 읽는 소리를 듣고는 문득 마음이 환해져 황매산에서 법을 펴고 있는 오조 홍인을 찾아가 의발을 전수받아 6대의 조사祖師가 되었다는 이야기. 그 혜능을 깨우친 구절이 "응무소주이생기심應無所住而生其心: 마땅히 머무는 바 없이 그 마음을 일으킬지니라"이다. 우리를 유혹하는 어떤 허상에도 구애됨이 없이 우리의 마음이 자유롭게 제 길을 가도록 해야 한다는 이 가르침은, 그러나 연쇄살인범에게는 완전히 다른 방식으로 이해되고 있는 것 같다. 그의 마음은 그 누구와도 어떤 대상과도 관계 맺지 않고 스스로 일어났다 사그라졌다. 이 마음이 그를 연쇄살인범으로 만들었으리라.

내 마음은 사막이었다. 아무것도 자라지 않았다. 습기라곤 없었다. 타인을 이해하기 위해 노력했던 어린 날도 있었다. 내겐 너무 어려운 과제였다. 나는 늘 사람들의 눈을 피했다. 그들은 나를 소심하고 얌전한 사람으로 생각했다.(34쪽)

나는 조용한 세상이 좋다. 도시에서는 살 수가 없다. 너무 많은 소리가 나를 향해 달려든다. 너무 많은 표지판, 간판, 사람들 그리고 그들의 표정들. 나는 그것들을 해석할 수가 없다. 무섭다.(94쪽)

이해와 관계 맺음에 관한 한 완전히 무능력한 겁쟁이가 자신의 무능력을 능력으로 전도시킬 때, 자신이 이해할 수 없고 관계 맺지 못하는 대상들을 부정되고 파괴되어야 할 대상으로 바꿔놓을 때 악이 등장한다. 자신을 제외한 어떤 대상에도 마음쓰지 않는 것, 모든 대상들을 자기 마음대로 제어하고 부정하면서 자신의 능력을 확인하고 즐거워하는 것이 연쇄살인범의 마음이었을 것이다. "은희는 모른다. 내가 추구하던 즐거움에 타인의 자리는 없다는 것을. 나는 타인과 어울려 함께하는 일에서 기쁨을 얻어본 기억이 없다. 나는 언제나 내 안으로 깊이깊이 파고들어갔고, 그 안에서 오래 지속되는 쾌락을 찾았다."(92쪽) 장기 미제사건을 조사하는 경찰대 학생들이 자신이 저지른 사건 자료들을 들고 찾아왔을 때, 김병수는 극도로 흥분한다.

> 경찰대 학생들이 떠난 뒤에도 흥분이 가시지 않는다. 그들을 앉혀놓고 막 떠들고 싶었다. 첫번째 살인부터 마지막 살인까지. 지금도 생생하게 기억나는 그 사건들 모두를. 초롱초롱한 눈빛으로 내 얘기를 듣겠지? 너희들이 보고 있는 그 기록들에는 주어가 없지. 목적어와 술어만 즐비한 불구의 기록. 거기 '불상자'로 갈음했을 그 이름, 내가 바로 그 이름, 그 주어다. 그렇게 떠들고 싶어 죽을 지경이었다.(84쪽)

그 모든 사건들, 희생당한 목적어와 잔혹한 술어 들을 만들어내고 배치해서 완성시킨 '주어'가 바로 김병수 자신이라는 것이 그를 흥분시킨다. 그가 살인에서 느끼는 "쾌감"은 폭력을 실행하는 육체의 쾌감만이 아니라 그 자신이 온전한 주어임을 확인하는 영혼의 쾌감이기도 하다. 이 쾌감 속에서, 그는 자신 이외의 어떤 대상이나 맥락도 고려하지 않고 그 때문에 어떤 배려도 주저함도 필요로 하지 않으며 스스로를 제한하거나 구속할 이유도 전혀 없다. 연쇄살인범의 세계에서 주어는 오직 자기 자신뿐이며 나머지 것들은 주어에 의해 부정당하기 위해 준비된, 곧 파괴될 재료들일 뿐이다. 이 홀로 있는 주어가 스스로의 강력한 주권을 만끽하는 것이 연쇄살인의 현장이다. 이 사드적 쾌락의 무대 위에는 자유와 고독이 위험하게 결탁해 있다.

이렇게 놓고 보면, 그가 최초의 살인, 아버지를 죽였을 때를 고백하는 장면도 달리 읽힌다. "죽이는 게 최선이었다. 다만 후회가 되는 것은, 혼자 할 수도 있었던 일에 어머니와 여동생을 연루시켰던 것뿐이다."(31쪽) 처음에는 이 문장들이 '약하고 착한 두 여자를 이 끔찍한 일에 끌어들인 것을 후회하고 있다'는 뜻으로 읽혔겠지만, 이제는 '고독한 자유의 왕국이 손상되게시리 쓸데없이 다른 사람을 끌어들인 것을 후회하고 있다'고 읽히지 않는가.

## 5

"마땅히 머무는 바 없이 그 마음을 일으킬지니라"가 사드적 악몽으로 전도되어 희생자들을 만들어내는 동안, 연쇄살인범은 희미하게나마 이것이 자신에게도 또한 악몽일지도 모른다고 느꼈던 것 같다.

> 사람들마다 구원의 이미지가 있을 것이다. (……) 나는 늘 감옥을 떠올렸다. 겨드랑이와 사타구니와 온몸의 땀샘에서 냄새를 풍기는 거친 사내들을 떠올렸다. 죄수들은 엄격한 위계로 나를 길들일 것이고, 그 안에서 나는 철저하게 나를 잊을 수 있을 것만 같았다. 잠시도 쉬지 않고 부산히 움직이던 내 자아를 잠재울 수 있을 것 같았다. (……) 어쩌면 나는 너무 오랫동안 나 혼자 모든 것을 결정하고 집행

하는 삶에 지쳐 있었는지도 모른다. 내 악마적 자아의 자율성을 제로로 수렴시키는 세계, 내게는 그곳이 감옥이고 징벌방이었다. 내가 아무나 죽여 파묻을 수 없는 곳, 감히 그런 상상조차 하지 못할 곳, 내 육체와 정신이 철저하게 파괴될 곳. 내 자아를 영원히 상실하게 될 곳.(87쪽)

그는 자신의 무능력 때문에 실현할 수 없었던 '관계 맺음'이 자신에게 익숙한 폭력의 방식으로 강제로라도 실현되기를 은밀하게 바랐다. 마음 한구석에서 그는 다른 거친 사내들에게 길들여지길 원했고 그렇게 해서라도 자유와 고독 속에서 광포하게 권력을 휘두르는 악마적 자율성이 수그러들기를 원했다. 감옥에 갇혀 고독과 자유를 잃어버리는 것이 자신의 구원이라고 그는 생각했다. 악마적 자율성이라면 차라리 잃어버리는 게 낫겠다는 생각, 그러니까 연쇄살인의 범행이야말로 실은 이 무능력한 남자가 잘못 읽은 금강경의 악몽이 현실 위로 잘못 엎질러져버린 것에 지나지 않았으며 그 악몽에서 깨어나고 싶다는 것.

연쇄살인범이 상상하는 구원으로서의 감옥 이미지는 그가 전 인생에 걸쳐 꾸고 있는 두 개의 악몽을 반영하고 있다. 그는 어떤 사람들과도 관계 맺지 못하는 무능력 때문에 홀로 있는 주어의 자유와 권위를 누렸지만, 그가 그런 자유와 권위를 누리는 한에서 그는 철저하게 고독하고 그런 점에서 그는 악마적 자율성의 감옥에 갇혀 있다. 그것이 그가 잘못 읽은 금강경의 악몽이다. 그는 이 악몽, 연쇄살인의 삶을 살게 한 그 악몽에 대한 처벌로 말년에 또다른 악몽에 시달려야 했는데, 그것이 알츠하이머-반야심경의 악몽이다. 세계는 텅 비어 있음

(공空)을 향해 무너져내리고 있고, 연쇄살인범은 무너져내리는 파편의 그림자들로 넘실거리는 혼돈의 바다 속에서 허우적거리며 빠져나가지 못하고 있다. 이것이 그의 두번째 감옥이다. 김병수는 자신도 모르게 이 두 개의 감옥-악몽을 현실의 감옥 속에 가두는 것으로 자신을 구원할 수 있으리라고 상상했던 것일까?

아마도 그의 상상이 옳을 것이다. 그가 희열을 느꼈던 악마적 자율성의 뿌리는 이해와 관계 맺음의 무능력이었고 그것의 결과가 세계가 무너져내리는 고통과 공포의 무한한 응축이므로, 김병수가 구원받기 위해서는 악마적 자율성과 그 뿌리를 감옥에 가둬야만 한다.

(2013)

# '우리'의 확장

김인숙의 신작 소설집 『단 하루의 영원한 밤』(문학동네, 2018)에 수록된 단편 「넝쿨」은 한 여자가 겪은 끔찍한 일에 대한 회상으로 되어 있다. 한 살 터울의 오빠인 형오가 군 입대를 앞두고 친구들과 송별회를 하던 날 동생인 형윤이 그 자리에 합석했는데 너무 늦고 너무 취했던 터라 형오의 원룸에서 자고 가기로 한다. 그런데 어찌된 일인지 형오가 잠든 사이 형윤은 형오의 방을 빠져나와 취한 채 밤거리를 헤매고 그러던 중 누군가에게 처참하게 폭행당한다. 온몸이 찢기고 부러지고 으깨진 형윤은 거의 죽을 뻔했지만 살아남았고 자신을 폭행한 사람을 똑똑히 기억했으며 경찰이 그를 검거했다. 그날 밤 모두가 만취했을 때 형윤의 치마 속에 손을 넣었다가 형오에게 얻어맞았던 김정호였다. 김정호는 회사에서 쫓겨나고 이혼당하고 친권을 빼앗기고 형을 언도받았지만, 그렇다고 해서 형윤이 고통스러운 수술을 반복한 뒤에도 지워지지 않는 흔적이 남고 공황장애를 겪고 밤마다 비명을 질러야만 했던 시간들을 피할 수는 없었다. 형오는 형오대로, 형윤에게 끔찍한 일이 벌어지는 동안 자신은 곯아떨어져 있었고 그 이후의 수술과 재판과 공황장애의 시간에 아무 도움도 되지 못하고 군대에 있어야 했다는 이유로 자책했다.

그런데 진범이 잡힌다. 동종 범죄를 저지른 범죄자의 여죄를 추궁하다가 그가 폭행 직후의 형윤을 찍은 사진을 보관하고 있었다는 사실을 알아낸 것이다. 객관적인 증거가 형윤의 기억이 잘못되었다고 말한다. 감옥에 갇힌 김정호에게는 죄가 없다. 이제 형윤은 "피해자에서 가해자가 되었고, 정신 나간 년에서 미친년이 되었다가 죽일 년이 되었"(134쪽)으며 그 자신을 믿기 어렵게 됐다. 형오는 동생을 지키지 못한 오빠였다가 이제는 죽일 년의 공범이 되었고, 무고한 친구의 인생을 망가뜨린 책임을 자신의 인생을 망가뜨리는 것으로 대신하려는 것처럼 보인다. 도망치듯 필리핀으로 떠나는 형오를 보며 혼자 남겨진 형윤이 한층 더 끔찍해진 그 일을 회상하는 것으로 「넝쿨」은 이루어져 있다.

어쩌면 이 이야기를 발판으로 모종의 토론을 시작해볼 수도 있겠다. 그러니까 「넝쿨」이, 인지적 오류 때문에 나쁜 의도 없이도 죄 없는 사람을 처벌받게 할 가능성이 없지 않다는 껄끄러운 사실을 포착하고 있다고 읽는다거나 그 때문에 피해자 역시 얼마든지 가해자가 될 가능성이 있다는 진실을 담고 있다고 읽는 사람들과, 그런 아이러니에도 불구하고 생존자 형윤이 겪은 일들의 끔찍함은 완화되지 않으며 그 끔찍한 일들이 특정 성에 집중되고 있다는 사실을 「넝쿨」이 놓치지 않고 있다고 읽는 사람들 사이의 토론 같은 것. 혹은 「넝쿨」이 현실의 중요한 문제를 진지하게 다룰 수 있는 허구적 삽화를 창조해냈다고 읽는 사람들과, 「넝쿨」이 그런 문제들을 특정한 관점에서 평가하는 이데올로기적 관심에 빨려들어가는 바람에 소설적으로는 진부해졌다고 읽는 사람들 사이의 토론 같은 것(그리고 이 토론에 윤이형의 「피클」(『Axt』 2017년 9/10월호)이나 강화길의 『다른 사람』(한겨레출판, 2017)이 보태질 수도 있겠다).

아마도 이런 토론에서라면 우리는 형윤과 그 주변에 대해 모종의 판단을 내리며 우리의 입장을 정리해야만 할 것이다. 물론 「넝쿨」과 함께 그런 토론과 판단과 입장 정리는 얼마든지 가능하다. 하지만 「넝쿨」은 그것과는 다른 차원의 어떤 일도 함께 하고 있는 것 같다. 이 점에 대해 말하기 위해서 잠깐 돌아가는 질문을 해보기로 하자. 그런데 이 소설의 제목은 왜 '넝쿨'일까. 넝쿨은 이 소설에서 거의 등장하고 있지도 않은데. 단 한 번, 우연히 형윤과 마주친 여자가 형윤으로부터 도망치려 하던 날 밤의 장면에서 스치듯 언급되고 있을 뿐인데.

> 여자의 미소는 사라졌다. 그러고는 곧바로 위험을 감지하는 얼굴이었다. 세상에는 미친놈만 있는 게 아니라 미친년도 있을 수 있는 거니까. 어쩌면 미친년이 훨씬 더 위험할 수도 있는 거니까.
>
> "위험하잖아요. 밤인데. 더군다나 그렇게 이쁘고 어려 보이면서."[형윤의 말—인용자, 이하 동일]
>
> 여자는 두말없이 일어나 유모차를 밀었다. 그 속도가 거의 달리는 듯했다. 여자의 집은 놀이터 바로 앞의 연립주택이었다. (……) 문안의 여자가 문밖의 나를 멀리 내다보았다. 여자는 벌써 자신과 자신의 아기가 안전하다고 믿고 있는 눈치였다. 고작 저 낡은 유리문 하나를 닫아놓고서. 순진하기는.
>
> 오래된 연립주택이었다. 곧 재건축에 들어가지 않으면 무너지기라

도 할 것 같은. 낡은 문처럼 벽도 오래되고 부실해 보였다. 거리의 모든 소리들이 덩굴식물의 손처럼 틈마다 기어들어가 잔뿌리를 내릴 것이다. 저 연립주택의 어느 집도 단 하룻밤의 완전한 정적을 기대할 수 없을 게 틀림없었다.(118~119쪽, 이하 강조는 인용자)

만일 우리가 "덩굴식물의 손" "틈마다 기어들어가 잔뿌리를 내릴" 그것을 의미심장한 은유나 상징으로 읽기로 하자면, 이 소설의 제목이 '넝쿨'인 이유가 납득된다. 오래된 연립주택의 부실한 벽이 그런 것처럼, 평범한 삶의 매 순간에는 허술한 '틈'이 잔뜩 있고, 넝쿨이 그렇듯 어떤 종류의 폭력과 잔인함은 삶의 틈마다 기어들어가 잔뿌리를 내리고 삶 그 자체를 파괴하는 것이다. 형윤의 삶이 그랬다. 그랬기 때문에 형윤은 밤 산책에서 우연히 만난 젊은 여자가 걱정됐고 자신이 이상하게 보인다는 것을 알면서도 경고의 말을 하지 않을 수 없었다. 부서진 뒤 다시 이어붙여진 형윤의 몸과 영혼 여기저기에 남은 폭력의 흔적들이 아마 넝쿨처럼 보이기도 했을 것이다.

이렇게 읽을 때 우리는 '넝쿨'의 '또다른 의미'를 '이해'하거나 '해석'하는 것이다. 하지만 「넝쿨」에는 그런 이해나 해석과는 다른 차원의 장치가 있다. 이 장치가 이 소설의 제목을 '넝쿨'로 결정했다고 한다면 어떨까.

경찰의 말은 아마도 이런 것이었을지 모른다.

〔범인으로 오해받은 김정호에게〕 실수라고? 사람을 그렇게 만들어 놓고 실수라고? **씨발좆나개같이** 패놨잖아, 네가, 그 아가씨를! 그런데 그걸 실수라고?

(……) 때때로 욕설까지 섞여 있는 경찰의 말이 자꾸 내셔널 지오그래픽 채널의 내레이터 음성처럼 들렸다.

보십시오. 저 영양들은 죽음을 무릅쓰고 강을 건넙니다. 씨발좆나개같이 건넙니다. 심한 가뭄에 마실 물을 찾아서지요.

내셔널 지오그래픽 채널의 내레이터 음성을 흉내낸 것은 그, 김정호였다. 형오의 원룸에서였다. 일찍 결혼해 얻은 아이가 〈동물의 왕국〉 같은 프로그램에 미친다고 했다.(123~124쪽)

군대에서 형오가 내게 전화를 걸어온 것이 그때가 처음이었다. 그러니까 형오의 '개'가 진범이 아니라는 소식을 듣던 날. (……)

"어떻게 된 거야, 어떻게 된 거냐고! 개 맞다고 그랬잖아. 너도 개라고 그랬잖아! 씨발좆나개같이, 이제 어쩔 거냔 말이야!"

혹시 사건이 있던 날 밤 내셔널 지오그래픽 채널의 내레이터 음성을 흉내냈던 것은 형오의 '개'가 아니라 형오였던 게 아닐까.(127~128쪽)

"무슨 헛소리를 하고 있어요? 나는 그곳에 있고, 그가 나를 때리고 있는데요! 나는 그가 이렇게 생생히 보이는데요!"

형사가 물끄러미 나를 바라보았다. (……)

"그때 사건 정황을 말할 때마다 아가씨 말투가 이상하다는 거 알아요?"

(……)

"왜 자꾸 이상하게 말하느냔 말이야."

형사의 말투 역시 이상했다. (……)

"씨발좆나개같이 왜 자꾸 영화 보는 것처럼 말을 하냐고오! 피해자가 아니라 목격자처럼 말하고 있잖아아!"(129~130쪽)

그러나 그것은 또한 나의 말투이기도 했다.

나는 머리를 산발하고, 맨발이 되어, 온몸이 부서지고 찢겨진 채, 거리를 달려요. 살려줘요, 살려줘요, 외쳐요. 아무도 문을 열지 않아요. 그가 보여요. 나는 그곳에 있고, 그가 나를 때려요. 내 치마 밑으로 손이 들어와요. 형오가 개를 때려요. 야, 불러요. 씨발좆나개같이 영양들이 강을 건너요. 개예요. 개가 보여요. 내가 보고 있어요. 개예요! 개라고요!(133~134쪽)

인용문에서 확인할 수 있는 것처럼, 「넝쿨」에는 "씨발좆나개같이"가 모두 다섯 차례 나온다. 시간순으로 정리해보자면, 아마 그 말은 김정호가 내레이터를 흉내내던 중간에 약간 거칠고 상스럽게 튀어나온 욕설이었을 것이다. 다음으로는 유력한 용의자를 체포한 경찰이 그 끔찍한 범행을 힐난하며 뱉은 욕설이었고, 피해자의 사건 진술 속에서 혼란스러운 형윤의 목소리로도 재생되었다. 그리고 진범이 잡힌 뒤 경찰이 이번에는 형윤을 비난하면서, 그리고 다시 형오가 형윤을 비난하면서 그 말을 한다. 혹은 스스로의 기억을 믿지 못하는 형윤은 이 모든 말들이 정말로 내뱉어진 것인지 자신의 착각인지 번역인지 확신하지 못한다. 씨발좆나개같이. "그 일이 있은 이후, (……) 단 한 순간도 괜찮아본 적이 없었"(116쪽)던 형윤의 삶에서 이 말은 누군가의 입을 통해 자꾸만 난데없이 튀어나오는 비명이 된 것 같다. 씨발좆나개같이, 씨발좆나개같이, 씨발좆나개같이……

그러니까 끔찍한 폭력의 기미나 전조처럼 혹은 폭력에 대한 묘사나 그 잔상처럼 '씨발좆나개같이'는 텍스트 이곳저곳의 틈마다 기어들어가 잔뿌리를 내리는 것이다. 마치 번성하는 넝쿨처럼. 자신의 삶을 진술하다보면 단어들의 틈마다 '씨발좆나개같이'라는 끔찍한 잎사귀가 무성하게 돋아날 수밖에 없는 어떤 여자의 독백, 혹은 그 여자의 주변 사람들이 저마다 다른 맥락에서 '씨발좆나개같이'를 끼워넣고 있는 폭력적인 상황들의 증식, 그것이 「넝쿨」이라는 텍스트인 것이다. 그러므로 이 소설에 "덩굴식물의 손"이라는 은유가 없었더라도 '씨발좆나개같이'의 출현 빈도 및 분포 혹은 배치가 이 소설의 제목을 '넝쿨'로 결정했을 것이다.

이러한 독해의 관건은, '씨발좆나개같이'를 어떤 의미를 담고 있는 상징적인 어휘로 이해하거나 해석하는 것이 아니고, '씨발좆나개같이'의 전염되는 듯한 산포散布에 의해 거칠고 폭력적인 무엇인가가 넝쿨처럼 뻗어나가며 번성하는 움직임을 체험하는 것이다. 형윤의 진술 내용이 무엇인가를 떠나서, 그 내용을 과연 어디까지 믿을 수 있겠는가 하는 의혹을 떠나서, 넝쿨이 일상에 침투하는 폭력의 은유가 될 수 있는가 하는 해석의 적절성을 떠나서, 이 텍스트의 짜임새 그 자체가 무엇인가가 돋아나며 무성해지는 움직임을 발생시키고 독자로 하여금 그 움직임을 느끼게 한다.

이 '체험'의 차원이 결국 '이해'의 차원을 보충한다. 여러 인물들과 장면들을 얽혀들게 만들면서 무성해지고 번성하는 이 움직임은, 형윤이 겪었던 폭력을 건조한 이해의 대상으로, 다시 말해서 단순한 정보로 내버려두지 않는다. 파고들고 휘감는 진정시킬 수 없는 어떤 움직임이 체험되는 한에서, 넝쿨이 은유하는 폭력은 이해되는 대신 텍스트 체험 속에서 독자를 파고들고 휘감고 진정할 수 없게 만든다. 그러니까 「넝쿨」이라는 텍스트의 꿈은 그 넝쿨의 움직임이 결국 독자들의 문장 속에도 '씨발좆나개같이'의 잎사귀가 돋아나게 만드는 것일 것이다. 말하자면 독자들이 형윤의 고통과 곤경에 동참하도록 만드는 것일 것이다(아마도 「단 하루의 영원한 밤」은 뒤집어진 「넝쿨」일 것이다. 「단 하루의 영원한 밤」을 이렇게 요약하는 것이 타당하다면 말이다. 타인의 고통과 곤경에 동참하기를 거부하려는 자들은 '자기 이미지'의 무대를 제외한 모든 곳에서 조명을 제거하기 때문에 어둠에 둘러싸인 하룻밤을 영원히 반복하게 되리라는 점을 보여주는 남성 인물들의 어두운 삶과 환상의 반복. 다시 말해서 주변 인물들까지 파괴하는 나르시시즘의 감옥의 구조화. 하지만 어떤 소설은 나르시시즘의 감옥이 대면하기를 거부하는 어둠 속으로 우리의 시선과 호기심을 끌고 들어가는 데 성공하기 때문에 우리에게 강렬한 인상을 남긴다. 「넝쿨」이 그랬던 것처럼. "그들은 결코 알지 못할 것이었다"(9쪽)던 델마의 마음을 상상하는 데 도움을 주느라 델마 주변 사람들의 마음에 대해 상상하는 데까지 도움을 줘야만 했던 「델마와 루이스」처럼).

여기서 리처드 로티풍으로 '우리의 확장'에 대해 말해볼 수도 있겠다. 소설이 할 수 있는 일 가운데 하나는 낯선 사람들의 삶이 어떠한 것인지에 대한 상세한 서술이며, 이것은 그들에게 문제가 되는 것이 무엇인지에 대한 호기심과 그들이 겪는 고통과 굴욕의 세부 내용들에 대한 우리의 감수성을 증대시킨다. 그 결과는 다른 인간들을 '그들'이 아니라 '우리 가운데 하나'로 볼 수 있는 능력의 배양이다. 이러한 능력의 배양은, "'그들'은 우리와 같이 느끼지 않는다"거나, "고통이란 언제나 있게 마련인데, '그들이' 고통받는 것을 왜 내버려두지 않겠다는 것인가?" 하는 식으로 생각하기 어렵게 만든다. '우리'라는 느낌을 '그들'에게로 확장하려는 다양한 실천 없이는 연대성이나 도덕의 진보를 얻기가 어렵다.[1] 그리고 소설을 쓰는 것, 그리고 아마도 소설을 읽는 것까지도, 그러한 실천들 가운데 하나가 될 수 있다. 「넝쿨」 안에서 넝쿨처럼 번성하며 확장되고 있는 것은 처음에는 잔혹함 그 자체였지만 독해의 어느 순간에 이르면 그것은 '우리의 확장'으로 전환되는 것이 아닐까? 이러한 전환 장치야말로 「넝쿨」과 함께 시작될지도 모를 토론과 판단과 입장 정리와는 다른 차원에 있으면서도 그것들이 단순한 정보와 논리에 머무르는 바람에 또다른 잔혹함이 되지 않도록 도와주는 것이 아닐까?

(2018)

1) 리처드 로티, 『우연성, 아이러니, 연대성』, 김동식·이유선 옮김, 민음사, 1996, 24~25, 344~359쪽 참조.

# 살아남는 법을 배우기

살아남기의 의미는 삶이나 죽음에 **덧붙여지는 것이 아닙니다**. 살아남기는 본원적인 것입니다. 삶**은** 살아남기**입니다**. (……) 살아남기는 우리가 실존이라고, 말하자면 현존재Dasein라고 부르는 것의 구조 자체를 이룹니다. 우리는 구조적으로 살아남은 자들로, 이러한 흔적의 구조, 유언testament의 구조를 통해 표시되어 있습니다. (……) 살아남기, 그것은 삶 너머의 삶이고, 삶 이상의 삶입니다. (……) 살아남기는 단순히 남아 있는 것이 아니라, 가능한 한 가장 강렬한 삶이기 때문입니다.

—자크 데리다, 「마침내 사는 법을 배우기」[1]

## 1. 형식은 질서가 아니다

아마도 지금 이 시점에서 최근 생산되는 문학 텍스트들의 '형식'에 대해 생각해보려는 사람이 있다면 캐럴라인 레빈의 『형식들』(2015,

1) J. Derrida, *Apprendre à vivre enfin*, Galilée, 2016. 엄태연 옮김, https://blog.naver.com/limitedinc/221386299424, 강조는 원문.

한국어판 2021)을 참조하고 싶어질 것이다. 최근에는 우리말로 통용되는 문학 이론이라 할 만한 작업물이 드물어진데다가 20세기 중반까지 유력했지만 이제 와서는 따분하게 느껴지는 미국의 신비평 이후로 형식에 대한 이론적 논의는 더더욱 드물어졌는데, 비교적 최신의 것에 속하는 이 번역서가 형식에 대한 본격적인 논의를 담고 있는 것처럼 보이기 때문이다. 얼마 전에는 "레빈에 따르면 (……) 형식적 원리를 탐구하는 과정에서 새로운 정치적 비판 가능성이 확보될 수 있"다면서, 레빈의 『형식들』을 경유해 "미학성과 정치성은 중첩"될 수 있고 되어야 한다는 신념을 재확인하고자 하는 시도가 있었다.[2) ](그런데 미학성과 정치성의 중첩에 대한 요구에 관해서라면 아마 다른 의견을 갖고 있는 사람을 찾기가 어려울 것이다. 그러므로 이런 신념을 내세우는 것만으로 생산적인 토론을 불러일으키기는 어려울 것 같다. 관건은 '문학의 정치'라는 누구나 공감하는 논제 자체가 아니고 '문학과 정치의 중첩'이나 '문학의 정치'에서 둘을 연결하는 그 '의'라는 것이 실제로 어떻게 가능한지 그 가능성을 구현하고 있는 사례는 무엇인지에 대한 정밀한 분석과 제시이다. 이 작업이 수반되지 않으면 '문학의 정치'라는 아름답고도 널리 공유되고 있는 이 논제는 추상적인 수준에 머물러 있게 된다. 우리에게 '문학의 정치' 논의의 가까운 출발점은 널리 알려진 대로 『창작과비평』 2008년 겨울호에 발표된 진은영의 「감각적인 것의 분배」일 텐데, 이 글을 읽어보면 분명해지는 것이지만 여기서 진은영 시인은 문학과 정치가 중첩될 수 있고 되어야 한다는 점을 설득하려 한다기보다 그 둘이 우리의 소망과 달리 자꾸만 미끄러지고 있다는 사실을 정직하게

2) 강동호, 「문학의 정치—재현 · 잠재성 · 민주주의」, 『문학과사회 하이픈』 2021년 여름호, 15~16쪽.

혹은 고통스럽게 직시하고 있었다.[3] 당시 이 글은 '그럼에도 우리는 문학의 정치를 포기하지 않는다'는 식으로, 감동적이지만 정밀하지 않은 방식으로 널리 수용되었던 것 같다. 반면 서동욱은 진은영이 제시한 물음을 좀더 건조하고 좀더 받아들이고 싶지 않게 이런 식으로 반복했다. "시가, 또는 예술이 가져다줄 수 있는 낯선 감성적 체험 자체와 정치적 효과는 어떻게 직접 연결될 수 있는 것일까요? (……) 그러면 간접적으로 어떻게요?" "'비약 없이는' 언어적 변화로부터 정치적 변화의 도래를 약속받을 수 없거나, 언어적 변화와 정치적 변화가 병행적이다라고도 말할 수 없다는 것입니다."[4] 이 질문에 대한 답은 아직 충분히 된 것 같지 않다. 거의 만장일치에 도달했으면서도 '문학의 정치'라는 논제가 여전히 논쟁적인 어떤 것인 양 계속해서 다뤄지고 있다는 사실이 이 불충분함을 방증한다. 반복하는 말이지만 관건은 그 아름답고 감동적인 논제가 '어떻게 가능한가'다. 이 부분이 정밀하게 다뤄지지 않으면 '문학의 정치'라는 논제는 공회전하며 지루하게 되돌아와 우리가 미루고 있는 분석과 입증을 계속해서 요구하게 될 것이다.)

그런데 형식에 대한 레빈의 접근에는 다소 독특한 경향이 눈에 띈다. 레빈이 형식에 대해 말하는 몇몇 구절을 보자.

---

3) 이러한 지적은 진은영의 글이 발표된 직후에도 있었다. "진은영 시인의 고민이 랑시에르의 자리에서 종결되는 것 같진 않아요. (……) 랑시에르 독후감 끝에 진은영 시인에게 남은 독백은 이런 게 아닐까요. '기묘한 감성적 충격을 생산하는 데 몰두했던 시들에서는 정치적 의미의 가독성이 사라지고 정치적 의미의 가독성을 최대화한 시들에서는 기묘함이 실종되는구나.'"(심보선 · 서동욱 · 김행숙 · 신형철 좌담, 「감각적인 것과 정치적인 것 사이에서—오늘날 시는 무엇을 할 수 있는가」, 『문학동네』 2009년 봄호, 384쪽, 김행숙의 발언)

4) 같은 글, 385~386, 381쪽, 서동욱의 발언.

조직과 배열이야말로 권력이 작용하는 주요 수단(……), 정치는 세상에 질서를 부여하는 문제(……)다.

나는 이러한 조직의 원리를 '형식' 말고는 달리 뭐라고 불러야 할지 생각나지 않았다. 나는 항상 텍스트 안팎에 존재하는 패턴과 구조에 관심을 가졌다.[5)]

〔다양한 사회제도를 언급한 뒤—인용자, 이하 동일〕 이 모든 것은 예술 작품과 마찬가지로 질서를 부과하려는 의도로 만든 일종의 계획된 배열이다.(16쪽)

'형식'은 언제나 **요소들의 배열**, 즉 **질서화, 패턴화, 형태화**를 가리킨다. (……) 형식이 하는 일은 질서를 만드는 것이다. 말하자면 형식은 정치의 영역이라는 뜻이다.(30~31쪽)

**확실한 것은 문학적 형식과 사회적 형식, 즉 교양과 젠더가 텍스트보다 선행한다**는 것이다. (……) 서사와 젠더의 형식은 외부에서 텍스트에 흘러들어온 것이며, 자기만의 고유한 질서를 부과하려 싸운다.(57~58쪽)

다양한 형식들이 경험의 다양한 층위에서 작동하며 우리의 경험에 질서를 부과하기 위해 서로 다툰다.(59쪽)

5) 캐롤라인 레빈, 『형식들』, 백준걸 · 황수경 옮김, 앨피, 2021, 15쪽. 강조는 원문. 이하 이 책의 인용은 본문에 쪽수만 표기한다.

레빈이 잘 정리했고 우리가 무리 없이 동의할 수 있는 점은, 요소들의 배열과 조직, 그러한 배열과 조직의 패턴 및 구조가 '형식'의 동의어가 될 수 있다는 것이고, 그 점에서 형식이 예술의 영역에 국한되지 않고 일상생활이나 사회적 관습 및 제도에 두루 적용된다는 것이다. 그런데 레빈의 서술에서 독특한 점은, 일련의 서술에 '질서의 부과' 기능을 덧붙이지 않고는 형식에 대한 설명을 끝낼 수 없다는 것이다. 서로 다른 요소들이 어떤 방식으로 관계 맺는가 하는 것을 '형식'의 요체로 보는 것이 반드시 혼란과 대립하는 '질서'로 가치화되어야 하는 것은 아닌데도, 레빈의 설명은 질서로 가치화된 것 이외의 것을 계속해서 형식이 아닌 것으로 배제한다. 게다가 레빈의 생각으로는, 형식-질서가 역동적인 텍스트 생산 과정을 통해 '발생'하는 것이 아니고 텍스트에 선행하는 외부의 질서(형식)가 텍스트의 생산에 개입해 들어오면서 질서를 부과하며 형식을 만들어낸다(마지막 두 인용문을 볼 것). 이보다 더 경직된 형식, 경직되었으면서도 가치화되고 있는 형식을 생각해내기도 쉽지 않을 것 같다.

레빈은 여러 형식들이 서로 경합하고 충돌하며 의외의 결과물을 만들어낸다고 강조하면서 자신이 규정하는 형식 개념에도 역동적인 면이 있는 것처럼 진술하지만, 마지막 두 인용문에서 보듯 그러한 경합과 충돌의 목표도 질서로 수렴된다. 간단히 말해서 형식은 곧 질서를 향한 충동이거나 그 실천 전략이라는 것이다. 그러므로 레빈의 개념으로는 복잡성과 다양성에 대해 말할 때에도 모종의 질서 아래 종속시키는 방식으로 그것을 회피하거나 진정시키고 안정화시키는 일을 피하기 어렵다. "시공간을 막론하고 (……) 언제나 동반"되는 "형식의 보편성"(38쪽)을 강조한다든지, "그 의미와 가치는 바뀔 수 있지만, 맥락이 바뀌더라도 패턴 또는 형태 자체는 안정적으로 유지될 수 있다"(40쪽)면서 형식의 보편성과 안정성을 부각시킨다든지 하면서. 레빈이 재래의 질서와 규칙을 항구적으로 보존해야 한다는 식의 주장을 한 것은 물론 아니지만, 그럼에도 질서화된 것과 규칙화된 것에 대한 애호가 『형식들』의 모든 진술들에서 강력한 배경음을 이루고 있는 것은 분명하다.

레빈의 솔직한, 미학적이고도 정치적인 입장은 아마 이런 것이 아닐까.

> 인간이 행위 주체성을 갖는 곳은 바로 인간 자신이 부여한 질서이다. 우리의 공간적·시간적 배열, 가치 계층 질서, 부의 분배, 즉 우리의 **형식**이다. 나는 이러한 형식을 파괴하거나 회피하는 것이 사회적 정의를 추구하는 유일한, 또는 가장 효과적인 수단이라는 주장에 동의하지 않는다.(18쪽)

질서화된 것, 규칙화된 것, 그리고 질서와 규칙의 보존과 유지에서 예술과 정치를 발견하는 것.[6] 그런 것이 레빈에게는 형식으로 생각되

---

6) 예술과 형식에 대한 이와 같은 관점은 레빈의 독창적인 사상은 아니다. 레빈이 알게 모르게 참조하고 있을 존 듀이의 『경험으로서의 예술』(1934)에도 이와 유사한 진술들이 자주 발견된다. 예컨대, "질서가 깨어지고 갈등이 생긴 상태에서 갈등을 해결하고 균형 상태에 이르는 일련의 완결 과정이 바로 심미적 경험을 낳게 된다." "아무런 질서가 없던 경험의 원재료를 형식을 통해서 질서와 체계가 있는 재료로 변화시킴으로써 예술 작품은 일상적 삶의 경험을 생생하게 유지할 수 있도록 만들어준다. 이것이 바로 진정한 예술의 힘이다."(존 듀이, 『경험으로서의 예술 1』, 박철홍 옮김, 나남, 2016, 40, 275쪽) 리처드 로티는 『우연성·아이러니·연대성』(1989)에서 존 듀이를

기 때문에, 기존의 질서와 규칙으로부터 이탈하는 형식, 질서와 무질서를 가려내는 데 골몰하는 대신 지금까지 정당하게 표현되거나 주장되지 않았던 것을 감지하고 그것들이 분출할 수 있게끔 여러 요소들의 지금까지와는 다른 관계 맺기를 창안하는 형식에 대한 추구를 생각하기 어려워진다. 레빈에게는 그런 것들이 그저 '형식을 파괴하거나 회피하는 것'으로 정리될 뿐이다(그렇다면 『형식들』을 경유해서 '문학의 정치'를 논하려는 시도는 어떤 결론에 도달하게 되는 것일까).

물론 『형식들』이 규정하는 방식의 질서화된 형식, 복잡성과 다양성이 우리에게 강제하는 부담을 완화시켜주는 형식들이 있고 우리는 때로 그런 형식들을 필요로 한다. 그러나 그러한 형식은 형식들 가운데 불안과 유희를 체계적으로 배척하는 형식이지 형식의 기본형이나 대표가 될 수는 없다. 데리다가 "사람들이 힘을 힘의 내면에서 이해할 능력이 더이상 없게 될 때 형식은 매력적이 된다. 다시 말해 창조할 능력이 없게 될 때"[7]라며 구조주의와 함께 해체하려 했던 형식 개념은 레빈의 개념에도 해당하는 것 같다(그러나 데리다 또한 형식 개념을 정당하게 다룬 것 같지는 않다. 데리다와 레빈은 경직된 형식을 형식의 기본형 혹은 대표로 전제한 뒤 정반대되는 가치를 부여했다).

**2. 형식은 자율성의 근거이며 필연적으로 역사를 요구한다**

레빈의 『형식들』에 대한 리뷰를 쓰는 것이 이 글의 목표가 아닌데

---

미국의 지적 전통에서 중요한 참조점으로 제시하고 있는데, 내가 보기에 아무런 언급 없이 존 듀이와 유사한 진술을 반복하는 레빈과 달리, 리처드 로티는 존 듀이를 적극적으로 인용하면서도 그의 유기체론과 질서 및 조화에 대한 지나친 애호를 적절히 배반하면서 넘어서고 있다.

7) 자크 데리다, 「힘과 의미」, 『글쓰기와 차이』, 남수인 옮김, 동문선, 2001, 13쪽.

도 이 책에 대한 언급이 길어진 것은 우리가 형식에 대해 생각하려고 할 때 자주 빠지는 함정을 이 책이 잘 보여주기 때문이다. 형식에 대해 생각하면서 질서와 규칙을 옹호하고 힘의 역동성, 존재하는 것들의 다양성과 복잡성을 억제하는 것, 불안과 유희를 회피하는 것, 결과적으로 형식의 이념을 배반하는 것.

형식의 이념을 배반하는 것? 이를 설명하기 위해 폴 프라이의 견해를 소개하는 것이 편리할 것 같다. 레빈이 자크 랑시에르 운운하는 것에 비해 아리스토텔레스의 『시학』에서 시작해 칸트의 『판단력비판』 5절과 11절을 주의깊게 살피는 폴 프라이의 형식에 대한 강의가 고루하게 느껴질 수도 있겠지만, 내가 보기에 폴 프라이의 『판단력비판』 주해에는 독특하고 흥미로운 데가 있는 것 같다.

폴 프라이의 주해는 칸트에 대한 일반적인 설명에서 출발한다. 아름다운 것에 대한 판단이 인간에게 가능한 최고의 인식이거나 표현인 것은 아니지만, 미적 판단은 다른 판단과는 구분되는 독특한 것이다. 일반적으로 인간은 '목적이 있는' 대상을 두고 대상이 그 목적에 '부합하는지 여부'에 따라 그것이 유쾌하거나 불쾌하다고 혹은 좋거나 나쁘다고 판정한다. 그런데 반드시 그런 것은 아니다. '목적이 없는' 판단이 있는 것이다. 그리고 여기서부터 '목적 없는 합목적성'에 대한 폴 프라이의 독특한 설명이 이어진다.

> 목적이 있는 것은 대상의 실용적인 목적, 즉 용도입니다. 그것이 무엇을 할 수 있을까? 그것이 나를 위해 무엇을 할 수 있을까? 그것은 어떻게 세상에 도움이 될까? 다른 대상들 사이에서 그 기능은 무엇일까? 그것은—특히—내 인생과 어떤 관계가 있을까? 이것은 오성

[Verstand, understanding]과 이성[Vernunft, reason] 양쪽에 해당합니다. 그러나 판단력에 의해 인식되는 대상의 합목적성은, 대상이 자기 자신을 충족시키는 방식입니다. 대상은 자신의 내적인 목적을 지니며, 이것이 반드시 다른 어떤 것과 관계를 가질 필요는 없습니다. 내적 일관성을 갖고 있다고도 말할 수 있겠지요. 여기에는 철저하게 자신의 존재하고만 관련 맺는 부분들의 역동성이 있습니다. **이것이 형식입니다.** 그런 형식은, 여기에 구조가 있다는 것을 우리가 볼 수 있기 때문에, 또 조직과 복잡성이 있다는 것을 우리가 볼 수 있기 때문에, 목적, 즉 용도가 있는 것은 아니지만 목적에 맞습니다.[8]

폴 프라이의 설명을 다시 한번 풀어서 말하면 이렇게 된다. 인간은 대상의 외부에서 미리 주어진 혹은 보편적으로 적용되는 어떤 목적에 연루되어 있으며, 대상이 그 목적에 부합할 경우 그것을 승인하면서 유쾌하다거나 좋다고 판정한다. 그런데 대상 외부의, 미리 주어진, 객관적인 목적에 부합하지 않는다는 이유로 그것을 불쾌하다거나 나쁘다고 판정해버리는 것이 우리의 판단 능력의 전부는 아니다. 어떤 존재가 자신만의 조직과 복잡성을 갖췄다면, 그를 통해서 스스로를 충족시켰다면, 그리고 우리가 그러한 사정을 알아차릴 수 있다면, 그것이 외부의 목적에 부합하는 것이 아니어도 거기서 모종의 기쁨을 찾아낼 수 있다. 우리가 무엇인가를 두고 아름답다고 감탄할 때 벌어지는 일이 바로 이것이다. 어떤 대상이 외부의 그 어떤 목적에도 복무하지 않은 탓에 아무런 쓸모가 없는데도 그것이 그저 자기 자신

8) 폴 프라이, 『문학이론』, 정영목 옮김, 문학동네, 2019, 116~117쪽.

으로 있다는 바로 그 점을 알아보고 감탄하는 것. 그런데 어떤 존재가 자기 자신으로 있다는 것은, 그 존재의 부분들이 독특하고도 역동적으로 관계 맺으면서 그 존재만의 조직과 복잡성을 갖추고 있을 때에만 성립될 수 있고 또 표현될 수 있다. '형식'이란 자기 자신으로 있음을 성립시키고 표현하는 이 내적 관계·조직·복잡성을 가리키는 말이다. 우리에게 형식을 알아보는 것 혹은 형식을 창안하는 것이 중요한 이유는 바로 이런 맥락에서다. 이 경우 미감적 능력이란 어떤 존재를 (다른 목적이나 기획에 복속시키지 않고) 존재 그 자체로 수용하며 거기서 기쁨을 느끼는 능력 이외에 아무것도 아니다.

폴 프라이는 『판단력비판』 주해를 조금 더 끌고 간 뒤에 칸트의 관점이 "형식주의적 전통에 도덕적 진실성을 부여"[9]한다고 평가한다. 형식을 경유해 아름다움에 감탄하는 과정에서 미적 판단의 주체와 대상 모두에게서 '자유'가 발견되기 때문이다. 미적 판단의 대상이 외부의 목적이나 기획에 복무하지 않고 자기 자신으로 머물러 있을 수 있음으로부터. 자신의 목적이나 기획을 대상에 강요하지 않으면서 미적 판단의 주체가 지금까지 그가 복무하고 있던 목적이나 기획으로부터 빠져나올 수 있음으로부터. 폴 프라이가 그렇게 설명한 것은 아니지만, 우리는 여기서 '(어떤 목적에 붙들려 있는) 자기 자신으로부터 빠져나오기'와 '(어떤 목적에 붙들리지 않은) 자기 자신으로 머물러 있기'가 미적 판단의 과정에서 그리고 그 과정에 필연적으로 포함되어 있는 자유 안에서 교차하고 있음을 볼 수 있다.

이러한 시각을 좀더 밀고 나가자면 이렇게 된다. 자유라는 것은 선

9) 같은 책, 120쪽.

험적으로 또 보편적으로 모든 존재에게 미리 주어져 있는 것이 아니라, 개별 존재들의 형식에 대한 발견과 창안의 과정 속에서 성립되고 표현될 수 있는 것이다. 그러한 과정이 없다면 각각의 존재들은 그저 어떤 목적을 위한 도구에 불과한 것이 되고 마는 것이어서, 그런 경우 개별 존재들의 자유와 자율성에 대해서는 말할 수 없게 된다(형식이 정치에 대한 논의에서 중요한 요소가 될 수 있는 것은 바로 이 맥락에서다. 한편, 민주주의가 다양한 구성원들을 동일한 원칙과 체제 아래 결속시키는 사회 구성 원리가 아니라 저마다의 원칙과 체제를 추구하는 사람들을 그들이 만들어내는 혼란과 무질서 속에서도 함께 살아갈 수 있게끔 만들어주는 역설과 복잡성의 시스템이라고 한다면, 어떤 존재를 특정 목적에 부합하느냐 그렇지 않으냐에 따라 승인하거나 승인하지 않는 대신 그 존재의 자기 자신으로 있음을 알아보고 감탄하면서 목적의 지배로부터 빠져나갈 수 있는 미감적 능력은 민주주의를 가능하게 하는 원천들 가운데 하나라고 해야 한다. 하지만 이것은 문학과 예술이 그 자체로 정치적일 수 있다고 말하는 것도 아니고 그것들이 곧장 민주주의를 산출할 수 있다고 말하는 것도 아니다. 어떤 점에서 앞의 진술은 문학과 예술이 정치적 능력의 원천들 가운데 하나일 뿐, 그 원천들로부터 어떤 방식의 현실 정치가 구현되어 어떤 효과를 생산하는가 하는 문제는 문학과 예술의 영역을 넘어선다는 의미에서, '문학의 정치'를 제한하는 진술이기도 하다).

여기에 정치적으로나 예술적으로나 '형식'에 대한 우리의 논의가 필연적으로 '역사'를 요구하게 된다는 점을 덧붙이고 싶다. 만일 지금까지의 맥락으로 한정해서 형식을 이해하기로 하자면, 무엇인가가 반복적으로 출현하거나 보편적으로 적용되기만 한다면 그것은 오히려 형식이 되기 어렵다. 형식은 개별 존재가 자기 자신을 충족시키는 방식, 그 자신의 부분과 관계 맺는 방식, 그 방식의 복잡성과 역동성 이외에 아무것도 아닌데, 반복성과 보편성은 이 개별 존재들의 개별성, 독특성, 파편성, 복잡성, 역동성을 위협하기 때문이다. 우리가 흔히 생각하는 형식은 특정한 형태와 구조로 고정되려는 경향이 있지만(그래서 질서와 혼동되는 경향이 생겨나지만), 그것은 새롭게 발견되고 낯선 것으로 창안되는 '과정' 속에서만 비로소 살아 있는 형식일 수 있기 때문이다. 그러므로 형식은 언제나 분열 · 변이 · 다양화의 과정이고 그런 점에서 형식에 대한 고찰은 새롭고 낯선 형식들이 생성되고 소멸되는 형식의 역사에 대한 고찰이 되지 않으면 안 된다.

여기까지 오면 우리가 이 장의 서두에서 제시한 물음에 대한 해명이 어느 정도 된 것 같다. 형식에 대해 생각하면서 질서와 규칙을 옹호하고 힘의 역동성, 존재하는 것들의 다양성과 복잡성을 억제하는 것, 불안과 유희를 회피하는 것이 왜 형식의 이념을 배반하는 것인가. 형식은, 형식의 이념은, 발견되고 창안되는 과정인 동시에 분열 · 변이 · 다양화의 과정이며 그 과정 속에서 개별 존재들의 개별성, 독특성, 파편성, 복잡성, 역동성을 활성화하고 이를 통해 개별 존재들의 자기 자신으로 있음을 또 그 개별 존재들의 자유와 자율성을 성립하게 하고 표현하는 것이기 때문이다.

### 3. 형식들

설령 형식에 대한 지금까지의 논의가 약간의 설득력을 갖는다 하더라도, 여기에 구체적인 형식 분석과 사례 제시가 수반되지 않으면 이 글에서 제시한 형식 개념은 공허하고 추상적인 수준에 머물러 있게 된다. 게다가 여기서의 형식 개념에 따르면 이 작업은 '형식의 역사'로까지 확장되어야만 한다. 이 글에서 나는 그렇게 큰 규모의 작업을 감당할 수 없다. 형식사는 고사하고 여기서 다만 몇몇의 사례와 짧은 분석만이라도 제시해볼 수 있을까? 그것들 사이의 차이를 표시하면서? 이런 작업들의 누적이 형식사에 이르는 예비 작업이 되리라고 기대하면서? 우선은 비교적 최근에 출간된 소설집들 가운데 독자들에게 특별한 인상을 남겼으리라고 생각되는 세 권의 책에서 몇 장면을 골라 각각의 문장들이 하나의 장면으로 조직되고 배열되는 방식을 살피며 그로부터 형식 분석에 도달할 수 있을지 시험해보기로 하자.[10)]

### 3.1. 충분한 것만으로는 부족하다 혹은 점액질의 글쓰기—최윤, 「동행」

최윤의 「동행」은 다음과 같이 시작한다.

내가 팔을 끼면 그는 늘 하듯이 늘어뜨렸던 팔을 가만히 들어 내 팔이 무색하지 않게 해준다. 결혼 예식을 마치고 걸어나올 때 그렇게 하는 것으로 배운 이후 그가 버리지 않고 있는 습관이다. 다정하고 행복해 보이기는 하겠지만 이렇게 팔을 낀 채로 우리는 멀리 걸을 수 없다. 도저히 앞으로 나가지지 않는다. 사실 앞으로 갈 길이 딱히 있는 것은 아니라고 해도, 어찌되었든 한 걸음 옮기면 그만큼 앞으로 나아

---

10) 이하에서 다루는 소설집은 다음과 같다. 최윤, 『동행』, 문학과지성사, 2020 ; 윤성희, 『날마다 만우절』, 문학동네, 2021 ; 최은미, 『눈으로 만든 사람』, 문학동네, 2021. 이하 이들 소설집에 수록된 작품을 인용할 경우 괄호 안에 쪽수만 표시한다.

간다. 그런 단순한 확인을 하려는 사람처럼 나는 한 걸음 한 걸음 앞으로 디딘다. 안 되겠다. 그의 팔뚝은 내 몸의 무게를 견디느라 딱딱해진다. 나는 그의 팔을 끼려고 왼손에 옮겨 쥐었던 지팡이를 다시 오른손에 들고, 늘 그렇듯이 몇 걸음 뒤처져 그의 뒤를 따른다.

공원의 숲길, 나뭇잎 사이로 내려오는 햇살이 그의 정수리를 비추고 있다. 벌써 머리칼이 성기어졌고, 뒤통수에만 덥수룩하게 모여 있는 머리털도 이미 반백이다. 유전이라고 우기지만 어느새 그런 나이가 된 것을 부인하지 못하리라. 사실 시간의 공격은 만만치 않다. 온몸으로, 전방위적으로 나 또한 적잖은 공격을 받았건만 그 옆에서 나는 늘 미안한 마음을 갖는다. 내 옆에서 그는 나이 차가 많이 나는 큰오빠나 어린 나이의 조카를 둔 삼촌의 면모를 하고 있기 때문이다. 내가 지팡이만 뒤로 감추면 말이다. 그래, 그가 이토록 나이들어 보이는 것은 그 집안의 유전이라 칠 수도 있다. 내 생각은 다르다. 어느 날 그는 단 하루 만에 폭삭 늙어버렸다. 하룻밤 사이에 그의 머리가 세어버린 것이다. 그런 일이 가능한가. 가능했다. 그까짓 머리털! 그저 그렇다는 얘기다. 딱히 할 얘기가 없어 다시 반복하는 산책길의 빈곤한 대화에 불과하다.

그래도 오늘은 다른 날처럼 마냥 시간을 무시하고 걸을 수 없다. 이런 날은 단조로운 나와 그의 일상에 아주 드물게 찾아온다. 내가 꼭 봐야 하는 텔레비전 프로그램의 방영 시간이 다가오고 있기 때문이다. (……)

이날따라 나의 발걸음은 더욱 느려진다. 허벅지 부근의 묵직한 통증이 근래에 부쩍 되살아오는 것 같기도 하다. (……) 한 걸음 뗄 때마다 오른쪽 발밑에 희미한 역삼각형을 경련적으로 그리면서 느리게 움직이는 나를 바라보는 그의 몸 어딘가에서 은밀한 조바심이 느껴진다.

그가 보지 않는 것이 낫다. 나는 그에게 손짓한다. 먼저 가요.(9~11쪽)

어느 중년 부부의 산책 장면을 화자인 아내의 시점으로 묘사하고 있는 이 문장들은 화자가 걷는 속도가 그렇듯 무척 느리다. '나는 산책중 남편과 팔짱을 껴봤지만 발이 불편해 걸음이 무척 느렸으므로 어쩔 수 없이 팔짱을 풀고 남편이 앞서가게 했다'는 정도로도 충분했을 문장이 인용문에서는 한 단락으로 길게 늘어져 있다. 내가 팔을 낄 때 남편이 응해오는 자세와 효과, 남편이 늘 그러한 자세를 취하는 유래, 하지만 팔짱을 낀 채 산책하는 것이 불가능하다는 단정, 단정의 반복 강조, 단정을 유보하는 보행 상황의 중계, 팔짱 낀 산책의 실패 선언(재단정), 실패 후 내가 취하는 자세와 남편의 뒤를 따르게 되는 상황 묘사. 각각의 문장들이 끈적거린다고 느껴질 정도로 거의 제자리걸음을 하듯 바로 앞 문장에 들러붙어 그로부터 아주 조금씩만 앞으로 나아가는 가운데 갑작스러운 전개나 비약은 물론 없고 사건이나 이야기라고 할 만한 것도 거의 내비치지 않는다. 이 내러티브의 속도가 어찌나 느린지, 소설이 시작되고 네 단락이 지나 단행본으로 세 페이지에 이르렀는데도, 이 소설의 내용은 '느리게 걸었다, 남편에게 먼저 가라고 했다'에 머물러 있다.

첫번째 단락이 끝나고 두번째 단락이 시작되는 원리도 이 끈적거림이다. 남편은 어느 하루 만에 폭삭 늙어버려 나이에 맞지 않게 반백이 되어버렸다, 도대체 그 하루는 어떤 하루였나, 하는 호기심을 당기는 물음과 그 해명을 향한 서사의 전개가 여기서는 전혀 이뤄지지 않는다. 최윤의 내러티브 스타일에서 이 흥미로운 요소들은 불쑥 도입되지 않고, 첫 단락에서 화자가 남편과 나란히 서지 않고 뒤따라 걷는 사정을 세세하게 진술한 뒤에, 그러고 나서 남편의 뒤에서 걷고 있는 화자의 시야에 자연스럽게 들어왔을 남편의 정수리를 언급한 뒤에, 그러고 나서야 그의 머리털이 나이에 맞지 않게 벌써 반백이 되었다는 것과 그와 관련된 이러저러한 논평들이 지루하게 달라붙는다. 그러는 와중에 혹시라도 남편이 갑작스럽게 늙어버린 그 하루가 대체 어떤 하루였는지에 관한 궁금증이 이 내러티브의 속도를 깨뜨릴까봐 걱정이 됐던지 화자는 서둘러 덧붙인다. "그까짓 머리털! 그저 그렇다는 얘기다. 딱히 할 얘기가 없어 다시 반복하는 산책길의 빈곤한 대화에 불과하다."

그런데 특별할 것 없는 평범한 산책길에 대한 묘사를 이렇게까지 조밀하고 길게 늘어놓을 필요가 있을까? 차라리 그것을 보기 위해 평소와 달리 산책을 중단해야 한다는 텔레비전 프로그램이 무엇인지 그것이 왜 그렇게까지 이 부부에게 중요한 것인지에 대해 진술하는 것이 그나마 사건이나 이야기라고 할 만한 것을 만들어낼 수 있는 내러티브 전략이 아닐까? 그러니까 이 소설의 도입부는 그저 지루하기만 한, 별다른 효과를 기대할 수 없는, 실패한 도입부인 것일까?

그런 것이 아니라면 혹시 이것은 문제의 해결을 의도적으로 지연시키며 서술자 혹은 카메라가 딴청을 부리는 방식으로 독자들 혹은 관객들의 긴장감을 고조시키는 서스펜스의 전략인 것일까? 그렇게 보기는 어려울 것 같다. 「동행」의 내러티브 스타일은 자연스럽고 정상적인 흐름 안에 유독 돌출해 있고 거슬리는 해결해야 할 수수께끼를 먼저 제시한 뒤 문제 해결의 쾌감을 증대시키기 위해 그 답을 뒤로 미루고 다른 이야기를 끄집어내면서 서술의 속도를 늦추는 것이 아니라, 너무 느리고 조밀해서 거의 끈적거리는 것처럼 느껴지는 속도에 의해 비로소 수수께끼가 감지되는 동시에 그러한 잠복해 있는 수수께끼의 전면적 부상이 바로 그 끈적거리는 속도에 의해 최대한 억제되기 때문이다. 예컨대 이런 식이다. 화자가 지팡이를 짚고 있다는 사실은 처음에 화자에 대한 자연스러운 정보로 이해된다. 그녀가 노인인 탓에 거동이 불편해 지팡이를 짚고 있으리라는 식으로. 화자는 이 점에 대해 끝까지 문제삼지 않고 진술의 초점으로 삼지도 않지만, 그러나 조밀한 진술이 누적됨에 따라 화자의 지팡이는 자연스러운 소품이 아니게 된다. 하룻밤 사이에 늙어버린 남편, 나이에 맞지 않는 반백의 머리털을 지닌 남편에 비하면 화자가 어린 나이의 조카처럼 보인다고 하니, 화자는 노인이 아니게 된다. 그렇다면 노인이 아닌 화자가 지팡이를 짚어야 하는 사정은 뭘까? 최윤의 문장들은 예민한 독자들의 의식 속에 그런 질문이 어렴풋이 떠오르게 하면서도 그 문제 해결에 신경쓰지 않는다는 듯, 그런 데 너무 빨리 주의를 빼앗겨서는 안 된다는 듯, 지금까지의 진술의 걸음을 내처 걷는다. 중년 부부의 느릿한 산책에 대한 묘사에 끈질기게 달라붙어 있으면서 좀처럼 플래시백으로 넘어가지 않는다는 말이다. 화자의 지팡이가 자연스러운 소품일 수 없고 거기에 뭔가가 숨겨져 있으리라는 생각이 흐릿하게 떠오르는 순간은 남편의 백발 혹은 남편이 백발이 되어버린 어느 하루라는 수수께끼 또한 떠오르는 순간인데 이에 대해서도 최윤의 문장들은 신경쓰지 않고 독자들에게도 신경쓰지 말라고 당부하며 계속 그 느린 산책에 달라붙어 있다. 뒤이어 나오는 텔레비전 프로그램이라는 수수께끼도, 이 세 개의 수수께끼가 모두 개별적인 것인지 모종의 계기로 연결되어 있는지 등등도 모두 마찬가지다. 이런 질문들은 진술의 표면으로 드러나지 않고 그 끈적거림 안에 잠긴 채로 진술이 진행됨에 따라 서서히 감지되지만 그것들은 결코 완전히 부상하지는 않는다. 당연히 그 해명을 향해 나아가는 서사적 쾌감도 기대할 수 없다.

수수께끼의 전면적 부상과 그 해명을 억제하는 내러티브? 하지만 「동행」의 이야기를 다음과 같이 정리해볼 수 있다면, 이 소설은 마지막에 가서 저 느릿한 내러티브를 뚫고 강렬한 이야기의 전모가 드러나게 한 것이 아닐까? 화자는 젊은 시절 무용가였는데 어느 날 외국에서 공연을 하던 중 발끝에 미미한 경련을 느꼈다. 그때 화자는 그게 무슨 일인지 모르는 채로 뭔가가 일어났다는 것을 알았다. 그 무지한 앎 때문에 경련은 온몸으로 퍼져나갔고 결국 공연을 중단하기로 했다. 그때 남편은 이어폰을 낀 채 집에서 자기 작업에 몰두해 있느라고 열두 살 아들이 거실을 가로질러 고층 아파트 베란다에서 뛰어내려 죽음에 이른 것을 알지 못했다. 그때 이어폰 너머로 '퍽' 하는 소리를 들었는지 어쨌는지 확신할 수 없었다. 두 사람은 아이를 잃은 충격, 그것도 아이가 스스로 목숨을 끊었다는 충격 때문에 평범한 일상을 살아갈 수 없었고 그 아이가 아니라 서로가 살아남았다는 사실을 견딜 수 없었으며 그러는 와중에 남편이 집을 나갔다. 그리고 얼마 뒤 기억도 잘 나지 않는 동창이 찾아와 처음 보는 그녀의 딸 J를 화자에게 버리듯 맡겨놓고 사라져버렸다. 죽은 아들과 이름 첫 글자가 같고 나이도 같은 소녀 J의 반항적인 눈빛을 보며 화자는 이상한 활기를 느끼고 다시 살아갈 힘을 내기 시작했다. 화자는 부모에게 버려진 J에게 다섯 달 동안 열심히 엄마 노릇을 했지만, J는 어느 날 말도 없이 집을 떠났을 뿐 아니라 그로부터 얼마 뒤 무리를 이끌고 다시 화자의 집에 침입해 물건들을 훔쳐가면서 화자를 결박하고 허벅지를 칼로 찔러 이 무용가가 다시는 다리를 쓸 수 없게 만들었다. 그로부터 십 년 가까이 흘러 이제 어른이 된 J가 마술사가 되어 텔레비전 프로그램에 나오는 것이다. 그래서 화자는 제대로 걷지 못했던 것이다. 그래서 남편은 그날 밤 하루만에 머리가 하얗게 세어버린 것이다. 그래서 이들 부부는 지금 산책을 마치고 J의 현재 모습을 확인하기 위해 서둘러 집에 가는 길이다. 도입부에서 희미하게 감지된 세 개의 수수께끼가 하나로 합쳐지면서 충격적인 이야기의 전모가 드러나고 소설은 끝이 난다.

그러나 이 수수께끼들은 아직도 해명된 것이 아니다. 이 부부는 온갖 노력을 기울였음에도 아이가 자살한 이유를 끝내 알아낼 수 없었고 애초에 이유라는 것이 없을지도 모른다고 생각한다. J가 아내에게 새로운 삶의 단초가 되어준 것, 그에 화답하듯 J에게 많은 애정을 쏟았지만 J가 어느날 갑자기 아내를 떠났다가 되돌아와 칼로 찔렀던 것, 그랬는데도 십 년이 지나 텔레비전에 출연한 J를 아무런 증오나 회한 없이 바라보며 아름답다고 느끼는 것 등은 애초의 수수께끼보다 훨씬 더 해명하기 까다로우면서도 그 답을 찾지 않고서는 견디기 어려운 삶의 문제들이다. 해명, 모든 불투명한 것들, 잠복해 있는 것들을 투명하게 만들고 밝은 빛 아래 끌어올리고 의미를 부여하고 원인을 찾아내 안정화시키는 것, 그것은 이 소설이 하고 있는 일이 아니다. 「동행」은 그와 반대되는 일을 한다. 불투명하고 충격적이고 난폭한 어떤 것, 피하고 싶지만 우리 삶에서 결코 완전히 제거해버릴 수는 없는 어떤 것과 '동행'하는 삶을, "황량하고 견고한 시멘트 바닥에 육체가 부딪치며 내는 둔중한 소리와 동행하는 사람"(48~49쪽)의 삶을, 그러한 것들과 함께이면서도 '살아남을 수 있었던' 누군가의 삶을 그려 보이는 것, 그것이 이 소설이 하는 일이다.

그 동행을 가능하게 하는 것, 그 살아남음을 가능하게 하는 데 저 점액질의 형식이 관여하는 것이 아닐까. 그러니까 이 과도하게 느리고 끈적거리는 내러티브의 스타일은 일상적인 삶의 표면에 달라붙어 삶의 세부 사항들을 집요하게 되짚어보면서 평범해 보이는 것들 아래 무엇인가 예사롭지 않고 끔찍한 것이 있으리라고 예감하게 한다. 그런 것을 모르는 채로 살아가는 행운은 누구에게도 주어지지 않으리라고 암시한다. 하지만 바로 그 지나치게 끈적거리는 내러티브가 이 일상적인 삶의 표면에 달라붙어 있기 때문에 예사롭지 않고 끔찍한 것들이 일상적 삶의 표면을 쉽사리 찢어버리거나 그것이 산산조각나 모조리 흩어져버리지는 않게, 그것들을 이어붙이면서 계속해서 살아갈 수 있게, 이어붙이는 흐름 아래 그 끔찍한 것들을 품고 갈 수 있게 해준다. 그것은 소설 작법의 기술적인 문제에만 머무르는 것이 아니고, 이 소설 속 인물들이 그리고 이 소설이 삶을 감당하는 방법이자 형식이다.

### 3.2. 차분해지기 위해서는 조급해질 필요가 있다 혹은 외출/굴절의 글쓰기—윤성희, 「여름방학」

「동행」의 지나치게 조밀하고 느린 글쓰기에 비해 윤성희의 「여름방학」의 도입부는 상대적으로 조급하고 산만하게 느껴진다.

퇴직을 하던 날, 나는 이름을 바꾸기로 결심했다. (……) 퇴직하고 무얼 할 계획이냐고 묻는다면 세계 여행을 다닐 것이라고 말할 생각이었다. (……) 솔직히 고백하자면, 트렁크를 끌고 공항에 서 있는 내 모습을 상상하기만 해도 무서웠다. 아버지가 목을 매 죽은 이후로 내겐 두려울 게 없었다. 그때 나는 열아홉 살이었고, 말린 단풍잎을 책갈피로 쓰던 여고생이었고, 오 남매 중 막내였지만, 침착하게 부엌칼을 가지고 와서 아버지의 목을 죄고 있는 끈을 잘랐다. 시체가 된 아버지의 머리가 마룻바닥에 부딪치는 순간 이제 가족은 뿔뿔이 흩어질 것이라는 예감이 들었다. 그때부터 나는 겁나는 일이 없었다. 그보다 더한 일은 없을 테니까. 그렇지만, 공항만은 달랐다. 그게 뭐라고. 그 환한 건물이, 수많은 사람들이, 트렁크 바퀴 돌아가는 소리가, 나는 무서웠다.

버스 정류장 근처 꽃집에서 나를 위해 꽃다발을 샀다. 그 정도 선물은 받을 자격이 있다는 생각이 들자 작별 선물 하나 없던 동료들이 야속하게 느껴졌다. 축의금이나 조의금도 섭섭지 않게 냈는데. 아버지가 돌아가신 뒤 오빠들은 집을 떠났고, 나는 어머니와 둘이 남았다. 사정을 알게 된 담임선생님이 근처 중학교의 행정실에 사무 보조 자리를 하나 구해주었다. (……) 운좋게 중학교와 인문계 고등학교와 상업계 여자고등학교를 소유하고 있는 제법 큰 재단의 학교로 이직을 하게 되었다. 그게 이십오 년 전의 일이었다.

집으로 돌아오자마자 꽃병으로 쓸 만한 것을 찾기 위해 찬장을 뒤졌다. 안쪽에서 맥주잔이 나왔다. 호프집에서 흔히 볼 수 있는 오백 시시 맥주잔이었는데, 어디서 난 것인지 도통 기억이 나지 않았다. 잔에 꽃을 꽂고 나니 맥주가 한잔 먹고 싶어져서 상가 안에 있는 치킨집에

갔다. (……) 나는 맥주를 마시면서 벽에 달려 있는 텔레비전을 보았다. 연예인들이 의자 빼기 게임을 하고 있었다. (……) 의자 빼기 게임을 보다보니 어릴 적에 했던 짝짓기 게임이 생각났다. 끔찍하게도 싫어했던 게임이었다. 소풍 전날이면 나는 짝짓기 게임에서 첫번째로 탈락하는 아이가 되는 악몽을 꾸곤 했다. 넌 저리로 가. 짝을 이룬 아이들이 나를 밀쳐내는 꿈. (……) 나도 한때는 짝짓기 게임을 무서워하던 시절이 있었는데. 나는 술을 마시며 생각했다. 짝짓기 게임. 그까짓 게 뭐라고. 그렇게 중얼거려보자 여행은 안 가더라도 여권은 가져보고 싶다는 생각이 들었다. (……) 나는 외국인이 내 이름을 부르는 것을 상상해보았다. 리 병자. 나도 모르게 고개가 저어졌다. 병자 리. 그것도 싫었다. 여권에는 다른 이름이 적혔으면. 나는 포크로 소면을 동그랗게 말았다. 그러자 어떤 생각이 번쩍하고 떠올랐다. 이름을 바꾸면 되잖아! 이름을 바꾸면 여권에도 다른 이름이 새겨질 테니까. 나는 가게 주인에게 맥주 한 잔을 더 달라고 말했다. 이름을 바꾼다고 생각하니까 마시고 있는 술이 위로주가 아니라 축하주 같았다. 나는 맥주잔을 들어 허공에 대고 건배를 했다.(9~12쪽, 밑줄은 인용자)

'이름을 바꾸기로 결심했다'로 시작해서 곧장 왜 그리고 어떻게 그런 결심을 하게 됐는지에 대해 그날 하루 있었던 생각의 경로를 진술하는 방식으로 해명하고 그 와중에 난데없이 아버지의 죽음과 어린 나이에 어렵게 혼자서 삶을 꾸려나가야 했던 사정이 요약적으로 제시되고 있는 이 인용문은 「동행」의 내러티브 스타일과 확연히 구분된다. 그런데 「여름방학」의 화자가 (이름 바꾸기라는) 수수께끼를 해명하며 자신의 과거를 요약·제시하는 과정에서 어떤 서술 장치가 반복해서 눈에 띈다. 이 장치를 알아보기 위해 인용문에서 밑줄로 표시한 두 문장의 연결에 주목하자. 이 두 문장의 연결에는 분명한 '비약'이 있다. '(퇴직 후 계획은 세계 여행이라고 말하고 싶다. 하지만) 공항에 서 있는 내 모습은 상상만 해도 무섭다(그래서 세계 여행은 못 갈 것 같다)' 다음에 어떻게 막바로 '아버지의 죽음을 목격한 뒤로 내겐 두려울 게 없었다'가 이어질 수 있을까? 그 비약의 논리를 이렇게 설명할 수 있다. '세계 여행을 가고 싶다는 생각을 하고 나니, 내가 왜 지금까지 여행을 거의 가지 못했는지 그 이유가 떠올랐다. 나는 공항에서의 내 모습을 무서워하는 것이다. 내가 무서워하는 것에 대해 생각하고 나니 열아홉 살에 아버지의 죽음을 목격한 뒤 내게는 무서울 게 없었다는 생각이 들었다. (그런데 왜 고작 공항에서의 내 모습을 무서워하는 거지? 그게 뭐라고?)' 이 거듭된 연상이 인용문에서는 다소 갑작스럽게 압축되어 비약으로 제시되어 있다.

이런 식으로 윤성희의 문장은 어떤 생각을 제시한 뒤에 그 생각과 연결되지 않는 것은 아니지만 그다지 긴밀하지는 않은 다른 생각으로 이어지며 사건의 전개와는 다른 급작스러운 속도감을 만든다. 하나의 생각이 서서히 무르익어 전개되는 것이 아니라, 하나의 생각 다음에는 또다른 생각 그다음에는 또다른 생각이 연달아 떠오르는 것이다. '비약하는 연상들의 연쇄'라고 부를 수 있을 이런 구문이 인용문에서 모두 일곱 번 반복된다("~ 생각이 들자 ~ 느껴졌다" "~고 나니 ~ 싶어져서" "~다보니 ~ 생각났다" "~보자 ~ 생각이 들었다" "~해보았다. 〔그러자〕 고개가 저어졌다." "〔~했다.〕 그러자 ~ 떠올랐다" "~다고 생각하니까 ~ 같았다"). 따지고 보면 첫 문장 "퇴직을 하던 날, 나는 이름을 바꾸기로 결심했다"도 퇴직과 개명 결심 사이를 비약하는 연상으로 되어 있다.

그런데 독자인 우리가 이 비약하는 연상의 문장들을 따라 읽는 것은 결코 간단한 일이 아니다. 복잡하기는커녕 별다른 사건의 전개가 있는 것도 아니고 심오한 관념적 진술이 있는 것이 아닌데도 그렇다. 그것은 저 비약하는 연상의 갑작스러운 가속이 우리에게 상당한 집중력과 함께 거듭되는 비약에 동참할 것을 요구하기 때문이다. 잘 읽히지 않는, 요구하는 것이 많은 이 구문들은 그런데 왜 반복되어야 할까? 혹은 저 구문들의 효과는 어떤 것일까? 이 점을 설명하기 위해 인용문의 내용을 살펴보기로 하자.

인용문에서 화자인 이병자는 동료들의 작별 선물도 없이 계획보다 일찍 퇴직해야 했기 때문에 혼자서라도 위로주를 한잔 마셔야 하는 시간을 보내고 있다. 원치 않는 퇴직이라는 하나의 사건이 이후의 시간을 위로주가 필요한 시간으로 결정하는 것이고 그렇게 해서 이후의 사건들과 감정들이 우울하고 부정적으로 흘러가는 것은 자연스러운 일이다. 그런데 저 비약하는 연상은 그 자연스러운 흐름을 다음과 같이 바꿔놓고 있다. '이병자는 스스로를 위해 꽃다발을 샀는데 꽃병으로 쓸 만한 것을 찾기 위해 찬장을 뒤지다가 맥주잔을 발견했다. → (맥주잔을 봤더니) 맥주가 한잔 마시고 싶어져 치킨집에 갔는데 거기서 텔레비전에 나오는 의자 뺏기 게임을 봤다. → (의자 뺏기 게임을 봤더니) 어린 시절 무서워하던 짝짓기 게임이 생각났는데 지금에 와서 다시 생각해보니 그까짓 게 뭐라고 무서워했나 싶은 생각이 들었다. → (그까짓 게 뭐라고, 하는 생각이 들고 보니) 공항의 내 모습, 그까짓 게 뭐라고 무서워하나 싶은 생각이 들고 여행을 못 간다면 여권이라도 가져보고 싶다는 생각이 들었다. → (여권을 생각하고 보니) 여권에 새겨진 내 이름을 외국인이 부르는 상상을 하게 됐고 외국인이 리 병자 혹은 병자 리라고 발음하는 것이 새삼 싫어졌다. → (내 이름도 싫어진데다가, 그까짓 게 뭐라고 하는 생각의 여운이 아직 남아 있어서) 이름을 바꾸기로 했다. → (새 이름을 갖는 것은 축하할 일이므로) 지금 마시는 술이 위로주가 아니라 축하주 같았다.'

연달아 반복되는 비약하는 연상은, 부정적인 사건이 예측되는 바 그대로 우리를 장악해버릴 수 없게 그 사건의 방향을 굴절시키고 연상의 주체가 그 사건으로부터 빠져나가게 만든다. 그러나 이 빠져나가기는 그저 어떤 사건으로부터 도망치며 망각하는 방향으로는 결코 이뤄지지 않는다. 인용문에서 보듯, 그리고 소설 전체를 읽어보면 금세 확인되는 것이지만, 이 문장들은 퇴직과 개명이라는 문제로 계속해서 되돌아온다. 빠져나가지만 되돌아오기를 반복하므로, 이것을 '외출'이라고 불러야 하지 않을까? 그런데 이 반복되는 외출과 복귀를 통해, 위로주가 축하주로 바뀐 것처럼, 앞선 사건은 뭔가 다른 방식으로 수용된다. 혹은 그것이 다른 방식으로 수용될 때까지, 말하자면 위로주가 축하주가 될 때까지 저 비약하는 연상들의 연쇄는 계속된다. 어떤 사건이 이후의 시간을 결정하는 방식으로 전개되는 대신에 사건 그 자체가 다른 방식으로 수용되므로 이 외출의 과정을 '굴절'이라고 불러야 하지 않을까? 윤성희 소설이 언제나 삶의 어두운 면들에 접근하면서도 그것을 항상 너무 무겁지 않게 오히려 아름답고 희망적으로 처리하고 있다는 인상을 주는 근거가 여기에 있다. 여기서의 요점은 윤성희 소설이 희망적이라는 것이 아니라, 삶의 어두운 면들이 이후의 삶을 계속 해서 어두운 것으로 결정해버리지 않게 만드는 힘이 윤성희의 내러티브 스타일에 들어 있다는 것이고 그 힘이 곧 외출하고 굴절하는 형식에 의해 만들어진다는 것이다.

다시 말하지만 이 굴절과 외출의 글쓰기는 삶을 희망적으로 바라보기 위해 삶의 어두운 면들을 피해가지 않는다. 인용문에서 보듯이 비약하는 연상은, 이병자의 퇴직이라는 우울한 사건으로부터 외출하며 굴절되다가 아버지의 죽음과 이후의 어려웠던 삶이라는 보다 더 심각한 사건들을 일깨우기도 한다. 그렇지만 이 심각한 사건들까지도 더이상 우리의 삶을 장악해버릴 수 없을 때까지 외출과 굴절은 계속될 것이다. 인용문 이후로 그것들을 계속 따라 읽다보면 처음에는 다소 엉뚱한 소망처럼 보였던 이름 바꾸기라는 것이 돌림자를 쓰는 오빠들과 강하게 얽혀 있었던 원치 않는 가족사로부터 이병자가 굴절하며 외출하는 다양한 전략 가운데 하나일 수 있다는 점이 이해되기도 한다. 그러니까 윤성희의 소설은 그리고 그 내러티브 전략은 우리의 삶을 강하게 구속하고 있는 어두운 것들(『날마다 만우절』에 수록된 「블랙홀」의 제목이 바로 이것을 가리키는데, 이 소설집은 대체로 이 블랙홀에 삼켜지지 않을 수 있는 힘과 전략을 기르고 탐색한다)에 휘둘리며 허둥대지 않을 수 있게 그것들로부터 풀려나 자신의 삶을 받아들이고 계속해서 살아내는 차분한 상태를 추구하는데, 바로 그 차분한 상태에 도달하기 위해 조급하고도 산만한 비약하는 연상들을 거듭한다.

### 3.3. 솟구치게 하기 위해서는 틀어막아야 한다 혹은 피뢰침의 글쓰기—최은미, 「美山」

최은미의 「美山」에는 다음과 같이 거의 이어서 읽을 수 있을 만한 장면들이 여러 군데 흩어져 있다. 이 장면들을 앞에서 살펴본 최윤과 윤성희의 글쓰기와 비교해볼 수 있을까?

> 종이를 찢으면 종이 찢어지는 소리가 난다. 비닐봉지를 찢으면 비닐봉지 찢어지는 소리가 나고. 러닝셔츠를 찢으면 러닝셔츠 찢어지는 소리가, 연필을 분지르면 연필 분질러지는 소리가 난다. 찐 옥수수를 쪼개면 찐 옥수수 쪼개지는 소리가 난다. 생옥수수보다 물기가 많은 소리. 낙엽을 찢으면 낙엽 찢어지는 소리가 나고, 고등어 뼈를 부러뜨리면 고등어 뼈 부러지는 소리가 난다. 사과를 쪼개면 사과 쪼개지는 소리가 난다. 배가 갈라질 때보다 물기가 적은 소리. 입술 살을 잡아 뜯으면 입술 살 뜯어지는 소리가, 머리카락을 뽑으면 머리카락 뽑히는 소리가 난다. 과자를 부수면 과자 부서지는 소리. 박스를 찢으면 박스 찢어지는 소리. 공책을 찢으면 공책 찢어지는 소리가 나고 휴지를 찢으면 휴지 찢어지는 소리가 난다. 청테이프를 찢으면 꼭 청테이프 찢어지는 소리가 난다. 청테이프가 아닌 테이프에서는 절대로 나지 않는 소리.(199~200쪽)

> 손안에서 잠자리가 파닥거릴 걸 떠올리면 생각만 해도 오줌이 나올 것 같다. 나는 그 감촉을 못 견디고 비명을 지르고 말 것이다.
>
> 그래서 할 수 없이 바라보기만 한다. 낮게 스쳐가는 밀잠자리떼를. 나를 조금씩 안달나게 하면서 바로 내 눈앞으로 날아 지나가는 것들

을. 좋고도 두려운 그것을. (……) 그때 내 눈에 그것이 들어온다. 서너 걸음쯤 앞, 내 가슴팍 높이의 고춧대 위에 잠자리 한 마리가 앉아 있다. (……) 잡을 수 있을 것만 같다. 양손으로 날개 양쪽을 잡으면 파닥거릴 일이 없을 것이다. 나는 두 손을 앞으로 든 채 잠자리 쪽으로 한 걸음 더 다가선다. 가슴이 터져버릴 것 같다. 나는 내가 얼마나 긴장해 있는지 알지 못한 채로, 숨을 멈추고, 잠자리의 날개로 두 손을 뻗는다.(207~208쪽)

손을 대는 순간 끔찍한 일이 일어날 거라는 걸 알지 못한 채로, 결코 잊을 수 없는 소리를 듣게 될 거라는 걸 모르는 채로 나는 두 손을 뻗는다. 그리고 잠자리의 날개를 잡는다.

여전히 떠오른다. (……) 잠자리가 찢어질 땐 잠자리 찢어지는 소리가 난다는 걸 알게 되던 순간이. 내가 정말 가져보고 싶었고 만져보고 싶었던 것, 그것이 내 손에 닿자마자 훼손되던 순간의 충격과 슬픔을, 나는 여전히 떠올린다.(216쪽)

인용문 가운데 첫번째 장면은 열다섯 차례 반복되는 단순한 구문의 나열로 되어 있다. 너무 당연해서 반복하는 것이 불필요하거나 지루해 보이는 '(　　)를 찢으면 (　　) 찢어지는 소리가 난다'는 이 구문은 반복이 누적되면서 처음에는 심상하게 읽히다가 점차 불길하게 느껴진다. 그것은 반복에 의해 찢는 행위의 파괴성이 강조되고, 반복의 과정에서 찢는 행위가 그와 유사한 다른 파괴 행위들로 조금씩 변주되다가 '뼈를 부러뜨리는' 행위로까지 나아가기 때문이기도 하지만, 이 모든 찢는 행위들 혹은 그와 비슷한 다른 파괴 행위들을 계속하게 만드는 어떤 힘이 저 단순한 구문의 반복 아래 잠복해 있다는 인상을 주기 때문이다. 어떤 힘이 저 지루하고 단순한 구문의 나열 아래서 맹렬하게 꿈틀거리고 있어서 단순 반복이 미묘하게 조금씩 다른 표현들로 변주되지 않을 수 없다는 인상을 주기 때문이다. 게다가 마지막 두 문장에서 '꼭'과 '절대로'라는 단정하는 부사는 그 힘이 정확히 어떤 한 대상(나 자신? 아니면 내가 결코 잃고 싶지 않은 가장 소중한 것?)을 찾아 그것을 찢거나 부러뜨리거나 쪼개거나 뜯거나 부수러 오고 있는 것처럼 느껴지기도 한다. 그러니까 이 반복 구문은 단지 '찢으면 찢어지는 소리가 난다'는 당연한 사실 내용을 여러 번 말해본 것이 아니다. 그것은 한편으로 무엇인가를 찢으러 오는 저 힘을 동일률의 문장으로 너무나 당연한 심상한 말들로 둘러싸 가둬두려고 하면서도, 다른 한편으로 그 문장의 그물들을 찢고 솟아올라 특정한 무엇인가를 파괴해버릴 것이 틀림없는 어떤 힘을 자기 안에 잔뜩 충전하고 있는 듯하다. 파열과 돌출을 저지하려는 안간힘 같은, 그러나 동시에 파열하고 돌출하게 하는 모순이 최은미의 내러티브 스타일이라고 말할 수 있을까?

「美山」의 전체 구도를 생각해보면, 인용문에 대한 위의 인상기가 단지 자의적인 해석만은 아닌 것 같다. 인용문의 중반부와 후반부에서 결국 잠자리 날개 '찢어지는' 소리가 이 소설의 화자에게 심각한 문제였다는 점이 드러나기 때문이기도 하지만 이 소설의 에피소드들이 서로 관계 맺는 방식이 보다 결정적이다. 이 점을 설명하기 위해 「美山」의 내용을 간단히 정리해보기로 하자. 이 소설의 화자는 어린 시절 동생을 추락 사고로 잃었다. 그때 화자는 동생과 함께 있었고 동생이 지금 위태롭고 잘못하면 추락하리라 염려했으며 그 점을 발설한 순간("야, 그러다 떨어지겠어.", 212쪽) 마치 화자의 예언이 즉각 실현됐다는 듯이 동생이 높은 바위 위에서 떨어져 죽었다. 그것은 너무 끔찍한 일이었을 뿐 아니라, 사랑하는 동생을 염려한 자신의 말이 동생의 죽음을 초래한 것이 아닌가 하는 비논리적이지만 벗어나기 어려운 죄책감 때문에 화자는 이 끔찍한 사건을 자신의 삶에서 지워버리고 싶었다. 그래서 화자는 그렇게 했다. 화자는 '잠자리 찢어지는 소리'에 관한 이야기를 반복해서 노트에 적었다. 비명을 지를 만큼 좋아하는 잠자리를 만졌다가 자기도 모르게 그만 잠자리를 찢어버린, 정말로 있었던 일인지 아닌지 알 수 없는 이야기를 끊임없이 적었다. 잠자리 찢어지는 소리에 관한 이야기를 반복하면서 화자는 사랑하는 동생을 자신의 말로 죽음에 이르게 한 것은 아닌지 하는, 끔찍한 사실과 무서운 의혹이 뒤엉킨 기억을 뒤덮어버렸다. 화자는 동생에 관한 무서운 이야기를 그와 비슷하지만 실상 그만큼 무서울 수는 없는 다른 이야기로 바꿔치기해버렸다. 잠자리 이야기는 그 끔찍한 기억을 덮어버리기 위해서 반복해야 했지만, 동시에 화자가 무서운 진실을 무의식적으로 의식하게 하기 위해 화자에게 자꾸만 찾아오는 것이기도 하다(화자가 의식적으로 잠자리 찢어지는 소리에 대해 쓸 때 그녀의 무의식은 동생의 죽음을 생각한다). 어떤 의미에서 잠자리 이야기는, 화자가 미치지 않고도 동생을 계속 생각하기 위해 고안해낸 피뢰침 같은 것이다. 그 이야기는 번개에 관통당해 화자의 정신이 완전히 찢어지는 일을 막아주지만, 그 이야기가 화자를 대신해 번개에 관통당하는 것이지만, 동시에 그런 번개의 힘을 계속해서 불러모

으기는 것이기도 하다. 한편 잠자리 이야기만으로는 무서운 진실을 완전히 틀어막을 수 없었기 때문에 화자는 미산에 관한 동화도 만들어낸다. 동생이 바위에서 추락했을 때 미산의 정령들이 합심해서 동생을 구해줬다는 동화를. 그래서 동생이 지금도 살아 자신과 연락하며 지낸다는 망상을. 그렇게 해서 아버지의 제삿날, 화자는 다른 가족 누구도 볼 수 없고 대화할 수 없는 이미 죽은 동생이 고향집에 돌아오는 것을 보고 동생과 다정하게 얘기를 나눈다. 그것이 가족들을 불안에 떨게 한다. 이 동화-망상을 통해 화자는 계속해서 동생을 만난다. 다시 한번 피뢰침.

그런데 「美山」은 자신의 기억을 봉인해버린 화자가 진술하는 소설이므로 이 모든 사정들은 독자가 재구성해낸 것일 뿐이다. 말하자면 독자들이 저 잠자리 이야기와 미산의 정령들에 대한 동화를 찢어버리지 않으면, 실상 화자의 영혼을 찢어버리지 않으면, 그것이 찢어지는 소리를 듣지 않으면, 이 소설의 내용은 잘 통하지 않게 된다. 하지만 그것을 찢어버리는 힘이 갑작스럽게 돌출하지 못하게 틀어막는 에피소드들의 배치가 없었다면 동생을 사랑하는 화자의 섬세한 영혼이 살아남을 수 있었을지 알 수 없고 다른 무엇보다 「美山」이라는 소설 자체가 성립하지 않는다. (그런데 여기까지 생각하고 나면 이 생각을 조금 더 밀고 나가보고 싶은 생각이 든다. 「美山」이 무서운 진실을 그와 비슷한 듯하지만 견딜 만한 것으로 혹은 아름다운 거짓으로 뒤덮어버리는 구도로 되어 있으면서 동시에 무서운 진실이 솟구쳐오르게 하는 구도로 되어 있다고 한다면, 어려서 죽은 동생에 대한 망상에 시달리고 있는 화자에 관한 이야기 그 자체가 혹시 죽은 동생 이야기와는 또다른 차원의 어떤 무서운 진실을 틀어막고 있으면서 동시에 그 무서운 진실이 솟구쳐오르게 하는 장치, 다른 무엇으로도 대체될 수 없는 '바로 그것'을 찢어버리기 위해 찾아오는 무서운 진실을 불러모으는 장치이기도 하지 않을까? 그렇다면 그 '무서운 진실'은 무엇일까? 그 점을 탐색하느라 최은미는 「눈으로 만든 사람」 이후 서로 겹쳐지거나 이어지는 요소들을 나눠 갖는 여러 단편들을 썼고 그것이 소설집 『눈으로 만든 사람』으로 엮인 것이 아닐까?) 그러니까 파열과 돌출을 저지하려는 안간힘 같은 것, 그러나 동시에 파열하고 돌출하게 하는 것이 최은미의 내러티브의 기본 구도라고 말할 수 있지 않을까.

그런데 「美山」의 화자가 작중 현재 겪고 있는 어려움은 죽은 동생이 살아 있다고 잘못 믿고 있다는 데 있지 않다. 그 망상은 화자가 너무나 끔찍한 일을 겪고도 살아갈 수 있도록 돕는 정신적 장치인 것이다. 그렇지만 그 무서운 진실이 틀어막혀 화자의 삶과 절연되어 있는 한 화자는 현재의 삶을 있는 그대로 살아낼 수 없는 것도 사실이다. 이것이 화자가 지금 겪고 있는 정신적 어려움의 요체다. 가족들은 화자를 꺼려하고, 화자 스스로도 자신의 삶에 대해서 매번 혼란을 느끼는 것이다. 정리하면 이렇게 된다. '그것'이 찾아오는 것, 저지선을 뚫고 솟구치는 것은 절대로 피하고 싶다. 그것은 곧 파멸이기 때문이다. 하지만 '그것'이 뚫고 올라오지 않으면 나는 무엇인가와 절연된 삶을 살아야 하는데 그것은 '그것'이 찾아오는 것 이상으로 혼란스럽고 고통스럽다. 그러므로 '그것'은 절대로 솟구쳐올라와야만 한다. 그런데 '그것'은 어차피 나의 소망과 상관없이 나를 찾아오는 것이 아닌가. 내 삶에 끼워넣어진 그 무서운 진실이라는 것은 내가 취소하고 싶다고 해서 취소될 수는 없는 것 아닌가. 그래서 최은미는 「운내」에서 그것이 찾아올 때면 죽고 싶어지지만, 그것을 달리 막을 방법도 그것에서 벗어날 방법도 없는 'ㅌ읏'을 써야 했을 것이다. 그래서 최은미는 '그것'이 자신을 찢으며 찾아왔을 때, 그렇게 해서 도무지 미치지 않고는 표현할 방법이 없는 어떤 무서운 진실이 누설될 때에야 비로소 한 여성이 스스로에게 자기 자신이 될 수 있었다는, 그럼에도 그것이 찾아오게 하는 방법 혹은 그것을 표현하는 방법을 찾아낼 수 없었다는 혼란스럽고 고통스러운 이야기(「내게 내가 나일 그때」)를 써야 했을 것이다.

**4. 살아남는 법을 배우고자 할 때 형식이 문제가 된다**

어떤 힘을 틀어막으면서 그러나 동시에 그 힘이 솟구쳐올라 무엇인가를 찢게 만들면서, 그러한 모순적인 흔들림 속에서만 성립되고 표현되는 그리고 어쩌면 살아남을 수 있는 히스테리 주체가 있는 것이다. 그 형식을 창안하거나 알아보는 일이 없다면 그 히스테리 주체는 그저 "이해받지 못하는 몸" 그래서 "이 세상에서 완벽하게 없애버리는 것"을 원하게 되는 몸이어서, 결국 "보이지 않는 입자가 될 때까지 갈고 갈아서, 완전히 부수어"(「내게 내가 나일 그때」, 269쪽)져 사라지게 될 것이다. 순간순간 우리 삶에 개입해 들어오는 어둡고 무거운 사건들이 우리를 장악할 수 없게끔 분주하고도 끈질기게 외출하면서 그 사건들을 결국 다른 방식으로 받아들이는 기술을 익혔기 때문에 삶의 블랙홀을 외면하지 않으면서도 그 블랙홀에 잡아먹히지 않고 살아남는 존재가 있는 것이다. 평범한 일상의 표면 아래 잠복해 있는 어떤 끔찍한 것이 삶을 파괴하려고 할 때 그 끔찍한 것이 급작스럽게 솟구치는 것을 제어하고 산산조각날 듯한 일상적인 것들을 서로에게 단단히 결합시키는 너무 느리고 끈적거리는 스타일을 마련했기 때문에 그 끔찍한 것에 의해 파괴되지 않고 그것과 함께 살아남는 삶이 가능한 것이다.

저마다의 형식들을 통해, 저마다의 부분들을 독특하고 역동적으로 관계 맺게 하면서, 앞에서 다룬 세 편의 소설은 그리고 그 소설 속 인물들은 다른 무엇이 아니라 자기 자신이 되었다. 연명延命이라는 의미에서라면 형식이 필수적으로 요청되는 것은 아닐 것이다. 하지만 다른 무엇이 아니라 자기 자신으로 살아남는 법을 배우고자 한다면, "청테이프가 아닌 테이프에서는 절대로 나지 않는 소리"로서의 "청테이프 찢어지는 소리"를 지워버리고자 하지 않는다면, 그 고유하고 독특한 무엇인가를 어떤 맥락에서든 이해 가능하고 납득 가능한 보편적인 전체 안으로 녹여 없애버리고자 하지 않는다면, 그때는 형식이 문제가 된다. 형식을 알아보고 창안하기, 형식을 통해 살아남기, 그런데 그것이야말로 삶, 가장 강렬한 삶이 아닌가.

(2021)

## 부디 너의 젊음이 한시 바삐 지나가기를
### —이해경의 『사슴 사냥꾼의 당겨지지 않은 방아쇠』

누구도 늙어가는 것을 원치 않는다. 늙는다는 것. 은은한 싱그러움이 쇠퇴한다는 것. 꿈틀거리는 생동감이 소멸한다는 것. 너무 많은 시간의 흔적들이 젊은 날의 아름다움에 상처를 입히고, 깡총거리던 무릎을 주저앉히는 것.

하지만 늙는다는 것이 단지 그런 것일 뿐일까. 늙는다는 것. 고통스런 방황과 혼란이 쇠퇴한다는 것. 부끄러움과 망설임을 덧입고 있는 무지無知가 소멸한다는 것. 충분한 경험의 지혜가 우아한 아름다움을 선물하고, 천방지축의 무릎을 곱게 접어 평온함의 날개를 펴게 하는 것.

늙는다는 것은, 젊음을 지불하고 성숙을 돌려받는 것이기도 한 것이 아닐까. 그러한 교환이야말로 젊음을 완성시키는 것이 아닐까. 젊음이 아름답고 늙음이 추한 것이 아니라, 젊음에는 젊음의 아름다움과 추함이 또 늙음에는 늙음의 그것들이 저마다 따로 있다. 그러나 자연이 젊음의 아름다움을 값없이 선물하는 것과 달리(그래서 젊은이들은 제 아름다움의 값을 모르고 그것을 함부로 잃어버릴 때가 많다), 늙음의 아름다움은 젊음의 아름다움을 정확한 때와 장소에 지불해야만 간신히 얻어낼 수 있다. 젊음을 잃기는 쉽고 늙음을 얻기는 어렵다. 우리가 늙어가기를 원치 않는다고 느끼는 것은 늙음을 얻기가 어렵기 때문이다.

그러나 원치 않아도 젊음은 곧 사라진다. 젊음이 사라지고 나면, 살아도 사는 게 아닌 때가 있는 것처럼, 늙어도 늙은 게 아닌 사람들이 있다. 젊음은 사라졌는데 아직 늙음을 얻지 못한, 잘 늙지 못한 노인들에게 늙음의 추함이 입혀져 있다.

*

잘 늙는다는 것, 시간의 퇴적층이 젊은 날의 방황과 혼란에 제 의미와 가치를 찾아주고 삶 전체를 하나의 조화롭고 평온한 종합 속에 위치시키는 것. 그것은 개인의 역량만으로 성취될 수 있는 것이 아니다. 개인의 내밀한 지혜가 합류할 만한 공적이고 보편적인 '세상의 이치'가 존재하지 않는다면, 개인의 지혜는 자칫 고독한 착란 혹은 광기에 이르거나 적어도 세계와 불화하는 원인이 되기 쉽다. 한 사람의 인생이 수렴될 넓고 깊은 '세상의 이치'가, 비록 젊은 날에는 잘 보이지 않았더라도 이미 개인들을 감싸고 있었던 것으로 판명될 때, 우리의 삶은 행복한 결말에 도달할 수 있다. 한 사람이 잘 늙기 위해서는 그 자신이 스스로의 삶에 충실해야 할 뿐 아니라, 그가 자신의 젊음을 지불하기에 적당한, 세상의 이치가 감도는 때와 장소 안에 살고 있어야 한다.[1)]

그런데 그런 적당한 때와 장소가, 인류 역사의 어디쯤에 있었을까. 강력한 젊음이 풍부한 성숙으로 이어지는 황금시대란, 혹시 상상 속에서 만들어낸, 그러니까 기실 존재한 적이 없는 '좋았던 옛날'에 불과한 것이 아닐까. 세상의 이치는 조화나 종합의 바탕이 되기보다, 이상理想에 대한 배반이자 이해관계에 따른 투항의 법칙일 때가 많지 않은가. 조화롭고 평온한 종합을 향해 잘 늙는다는 것은 거의 불가능한 일이고, 바로 그 때문에 젊음 또한 성숙으로 이어지기 힘든, 처치곤란의 압력이 되어가고 있는 것일까.

*

인류의 역사가 어떠했는가에 대해서라면 다른 견해가 있을 수 있다. 그러나 서울에서 나고 자란 1963년생 한수의 경우라면 다르게 말하기가 어렵겠다. 그에게 잘 늙는다는 것은 거의 불가능한 과제였고, 그에게 젊음은 성숙으로 이어지는 것이 영영 불가능해 보이는, 토해낼 수밖에 없는, 으르렁거리는 나쁜 피 같은 것이었다.

『사슴 사냥꾼의 당겨지지 않은 방아쇠』(문학동네, 2013)는 그 '나쁜 피'에 관한 기록이다. 한수의 삶 안에서 이 피가 단 한번도 정상성을 가질 수 없었고 앞으로도 갖기 어려울 것이라는 점을 적실하게 보여주느라 이 소설은 절박해지고 있다. 이것은 성숙에 이를 수 없는데도 "저렇게 젊어서 어떻게 살까 싶도록 젊은 사람들"(62쪽)에 관한 이야기다.

---

1) 이 글에서의 젊음과 성숙 그리고 세상의 이치에 대한 이해는 프랑코 모레티, 『세상의 이치』, 성은애 옮김, 문학동네, 2005 참조.

모든 세대의 젊음은 저마다의 형식으로 잘 늙어가는 일에 실패할 수 있다. 『사슴 사냥꾼의 당겨지지 않은 방아쇠』는 청소년기에 박정희 정권을 청년기에 전두환 정권을 겪어야 했던 세대의 젊음의 체험 형식, 그 실패의 형식을 함축하고 있다. 이 소설이 1979년 10월 27일로 시작해서 1988년 11월 23일로 끝나는 것이 이와 무관하지 않다. 이 날짜들은 한국사 연표에서 각각 박정희가 김재규의 총에 맞아 죽은 다음날이며, 5공 비리 문제를 추궁당하던 전두환이 도망치듯 백담사로 떠난 날이다. 그것은 어떤 의미에서 전두환 시대의 시작과 끝이었고, 한수의 젊음이 값없이 주어졌다가 사라져버린 장소였다. 성숙으로 이어져 자기 자신을 완성시키는 데 실패한 한수의 젊음이, 한 개인의 예외적이고 독특한 삶의 굴곡이 만들어낸 잘못된 결과물이 아니라는 점을 암시하느라 이 소설은 역사적 삽화들로 두터워지고 있다.

*

나쁜 피로서의 젊음, 성숙에 이르지 못하는 젊음, 지혜롭고 조화로운 '끝'의 시점에서 부여될 의미와 가치를 끝내 얻지 못할 젊음은 어떻게 무의미한 열정이나 혼란 따위로 비하되지 않을 수 있을까. 『사슴 사냥꾼의 당겨지지 않은 방아쇠』는 '저 자신의 순수함에 의해서'라고 답하는 듯하다.

'끝'의 시점에서 정상성으로 복귀하게 될 젊음의 진로는 이런 식이 될 것이다. 끊임없이 쏟아져들어오는 '지금-여기'의 체험들을 수용한다. 그 체험들은 얼핏 무질서하고 무의미하며 무가치해 보이지만, 사소했던 과거의 어떤 체험들이 나중에 겪게 된 다른 체험에 의해 그 중요성을 드러내고, 편견 속에서 잘못 이해했던 사건들이 제자리를 찾아가며, 그렇게 해서 앞으로 받아들여야 할 체험이 무엇인지가 차차 명확해진다. 경험의 총합은 풍부해지면서도 종합의 자리를 향해 모여든다. 이 경우 시간은 새로운 것들을 수용하는 변화의 장이며 연속성을 잃지 않는 영원한 흐름이다. 젊음은 그의 체험의 안테나가 다양한 방향으로 계속해서 열리게 하고 성숙은 그 무질서의 덩어리에 일정한 형태를 부여하면서 한 사람의 삶을 어떤 유기체로서 완성시킨다.

이러한 과정 속에서, 성숙에 이르는 젊음은 처음 수용했던 낯선 체험의 충격들을 '다른 것으로' 바꿔놓고 그 관계들을 미세 조정함으로써 정상성에 복귀하게 된다. 그런데 이러한 변화와 미세 조정은 어떤 의미에서 최초의 충격들에 약간의 망각을 주입하는 것이 아닐까. 그러한 변화를 성숙으로 부를 수는 있겠지만, 그것은 순수함을 변질시키는 것이 아닐까.

젊은 날 열정적으로 여러 여인들과 사랑의 모험을 겪었던 한 사내가 드디어 아내를 맞이해 가정을 꾸리고, 아내야말로 자신에게 걸맞는 최후의 사랑이며 이 운명과 마주하기 위해서 먼 길을 돌아왔다는 사실을 알아차렸다. 그런데 이 성숙한 사내는 왜 자신이 빠져들었던 젊은 날의 사랑'들'의 순수함을 뒤늦게 배신한 것이지?

*

젊음이 자기 자신의 순수함을 배신하지 못하고 애초의 충격에 묶여 있는 상태를, 스물일곱 살의 젊은 나이에 권총 결투로 생을 마감한 러시아의 시인 미하일 레르몬토프는 페초린을 통해 이렇게 불평한 적이 있다. "지난 과거의 권력에 나처럼 이렇게 휘둘리는 사람은 세상에 다시 없으리라. 지나가버린 슬픔이나 기쁨에 대한 온갖 추억이 나의 영혼을 병적으로 두드려, 거기서 한결같은 소리를 끄집어낸다. 나는 어리석은 놈으로 창조되었다. 아무것도 잊지 못하니까—아무것도!"(『우리 시대의 영웅』, 김연경 옮김, 문학동네, 2010, 131쪽, 이하 강조는 인용자) 페초린이 불평하는 이 고통이야말로 젊음과 순수함의 고통이다. 한수가 정상성을 한번도 얻을 수 없었던 것도 이것 때문이었다.

어떤 방식으로든 변화시켜 연속적인 수용의 장으로 흡수해내지 못한 장면들. 소화되지 못한 날것 그대로의 과거의 단면들. 그것들이 자꾸만 현재 위로 솟아오르며 경험의 연속성을, 끝에 가서 복귀하게 될 정상성을 망쳐놓는다. 한수와 그 친구들—젊음과 순수함의 화신들은 아무것도 잊어버리지 않고, 여전히 거기서 한결같은 소리를 끄집어낸다. 『사슴 사냥꾼의 당겨지지 않은 방아쇠』가 너무 많은 회상들의 중첩으로 되어 있는 이유가 여기에 있다. 이것은 독자들의 궁금증을 불러일으켜 이야기에 몰입하게 하는 서술 기법이 아니다. 오히려 너무 많은 회상의 지층들이 한수와 그 친구들을 어지럽게 하고 그에 따라 독자들 또한 이야기의 맥을 잃고 어지럼증을 느끼기 쉽다. 우리가 느낀 그 어지럼증이 젊음의 체험 내용이다. 이 소설의 혼란스러운 서술 방식이 순수함의 형식이다.

"한수는 오 년 전 여름의 어떤 날을 떠올렸다."(11쪽), "우진은 지난해 여름의 어떤 날을 떠올렸다."(41쪽), "우진은 걷는 게 취미인 여자와 함께 서울의 밤거리를 걸었던 지난봄의 어떤 날을 떠올렸다."(44쪽, 이것은 심지어 회상 속의 회상이다) 젊음은 결코 그 '어떤 날'들을 잊지 않고, 순수하게 보존된 그 '어떤 날'들은 젊음의 현재 위로 침입한다(3부에서부터는 "어떤 날을 떠올렸다"와 같은 표시도 사라져, 조금만 주의를 게을리 해도 소설 속 현재와 회상의 구분을 놓치기 쉽다). 현재의 흐름은 중단되고, 시간의 순서가 뒤엉킨다. 이 침입과 혼동이 순수한 젊음의 내용이자 형식이다.

*

이러한 침입과 혼동이 가장 강렬하게 이뤄지는 순간은 아마도 뒤에 인용할 두 개의 장면일 것이다.

(A)

한수는 응급실 침대에 반듯한 자세로 누워 있었다. (……)

새벽 네시가 지나서 한수는 깨어났다. (……) 눈을 뜬 한숙은 벌떡 일어나며 물었다. 괜찮아?

(……)

어떻게 된 거야. 이 동넨 왜 왔어.

친구 집에 놀러 왔다가……

길거리에 쓰러졌다며.

우유를 사먹고 나서 갑자기……

소주 사서 마신 게 아니고?

술은 친구 집에서 마셨지. 캡틴큐.

**한수는 지난해 5월에 있었던 일을 말하고 있었다.**

얼마나 마셨길래.

다 폭도들 때문이야.

폭도라니.

뉴스 안 봤어? 방송국 건물이 화염에 싸여 연기가 하늘로 치솟고 있습니다……

얘가 무슨 소릴 하는 거야. 참, 내가 이럴 때가 아니지.

한숙이 의사를 부르러 간 뒤에도 한수는 뉴스 앵커 흉내를 멈추지 않았다.(141~143쪽)

여기서 한수가 겪고 있는 혼란을 짧게 정리하기는 어렵다. 길고 복잡하게 말할 수밖에 없는 사정은 이렇다. 1979년 10월 27일 한수의 열일곱 살 생일에 팔 년 전 가출한 엄마가 한수를 만나려 했지만 한수가 약속 장소에 나오지 않은 바람에 뜻을 이루지 못하고 한수 친부의 고향인 광주로 내려갔다. 박정희의 죽음으로 세상이 흉흉했던 그날, 한수는 신경이 날카로워진 교사들에게 무자비하게 폭행당했고 방과 후엔 패싸움 끝에 밴드부 선배가 죽는 것을 목격했으며, 두 달 뒤 연탄가스 중독으로 죽고 그후로도 계속해서 한수 곁에 남을 '엉뚱한' 친구 미자를 처음 만났다. 이 모든 일이 엄마와의 약속 장소에 나가지 못한 원인이었다. 그리고 그날 한수의 의부이며 도둑인 영만이 경찰에 붙잡혔다. 교사에게 폭행당할 때 잘못 맞은 한수의 왼쪽 귀에서 이상한 소리가 들리기 시작한 것은, "엄청난 아픔과 함께 이상한 느낌에 휩싸"여 "어딘가 다른 세상을 엿본 듯한 기분"(18쪽)이 들었던 것은, 그저 청력을 잃게 되는 전조가 아니었다. 어린 한수에게 너무 강렬한 체험들이 하루 동안에 쏟아져들어오는 바람에, 이 모든 육체적이고 정신적인 상처들이 그의 영혼을 이상한 방향으로 돌려세워놓았던 것이다. 이날 한수는 신비하지만 자신을 불행에 빠뜨릴, "어딘가 다른 세상을 엿"보는 능력을 잠재적으로 갖게 됐다.

79년 12월 12일 자신들을 "폭도라 부르지 못하도록 신문과 방송에 재갈을 물"린 "폭도"가 "테러와 납치와 공갈과 협박과 고문과 린치"(112~113쪽)를 이용해 서울을 장악했고 곧이어 전국으로 영향력을 행사했으며 이에 반대하는 사람들을 무자비하게 탄압했는데 특히 80년 5월 광주에서 많은 사람들을 죽였다. 계엄군의 폭력 때문에 오히려 광주 시민들의 민주화 요구 시위가 거세졌고 보안사의 통제를 받던 언론이 이를 '불순분자와 폭도 들의 난동'으로 보도하자 격분한 시위대가 광주 MBC를 불태웠다. 당시에는 저간의 사정을 알 수 없었던 한수는 왜곡된 방송으로 소식을 접했다. "슈퍼 안의 작은 흑백 TV에서는 방송국이 불타는 장면이 방송되고 있었다. (……) 앵커와 기자는 '폭도'라는 금지어를 여러 번 입에 담았다."(118쪽) 여기에 혼란과 분노가 강렬하게 뒤섞여 있다. 폭도를 폭도라 부르는 일은 불법적 권력에 의해 금지되었는데, 저 방송에서는 어떻게 저렇게 여러 번 '폭도'에 대해 고발할 수 있는가 하는 '혼란'. 혹은 지금 누가 누구에게 폭도라 하는가 하는 '분노'. 한수는 이 방송이 정확히 어떤 맥락 속에 있는지 알 수 없었지만, 이상한 방향으로 돌려세워진 그의 영혼은 알 수 없는 채로 분노했다. 광주에서 죽은 사람들 중에는 고향으로 내려간 한수의 친부모도 있었는데, 이때 한수는 이 사실을 몰랐지만 그가 얻은 신비한 능력으로 부모의 목소리를 들었다.

> 갑자기 심장이 빨리 뛰면서 얼굴이 달아오르고 손등에 핏줄이 불거졌다. (……) 사납게 흐르는 피에 온몸의 혈관이 꿈틀거렸다. 머리

끝과 손끝과 발끝과 귀두까지 치솟는 혈압을 버티기 힘겨워서, 한수는 입을 벌리고 가쁜 숨을 토했다. 몸을 구부렸다가 젖혔다가 뒤틀었다가 부르르 떨면서 견디는 동안, 그의 얼굴은 웃는 듯 우는 듯 찡그린 듯 정신나간 듯 온갖 표정들로 바뀌었다. 슬픔과 분노와 부끄러움과 희열이 엇갈리고 뒤엉키는 마음의 소용돌이. (……) 한수는 환청을 들었다. 쏘 잇 고우즈. 그가 모르는 어느 소설[커트 보니것의 『제5도살장』—인용자]의 유명한 구절이었다. 그렇게 가는 거지. 그러자 한수가 알거나 알지 못하는 많은 사람들의 목소리가 그를 에워싸듯 들려왔다. 그 웅성거림에는 한수를 낳고 기르다 버리고 떠난 두 사람의 소리도 섞여 있었다.(118~119쪽)

그의 나쁜 피가 으르렁거렸다. 앞에서 『사슴 사냥꾼의 당겨지지 않은 방아쇠』가 으르렁거리는 나쁜 피의 기록이라고 썼는데, 한수의 경우를 생각해본다면 그것은 그저 젊음에 대한 과장된 비유가 아니었다. 한수는 나쁜 피의 요동 속에서 당시 광주 시민들이 느꼈던 마음의 소용돌이를 함께 느꼈고 그 느낌의 강렬함 때문에 발작을 일으켰으며 그후로 죽은 미자와 대화할 수 있게 됐다. 그것이 한수의 신비하지만 불운한 능력이다. 시간과 공간을 뛰어넘어 무엇인가를 감각하는 능력 때문에 한수가 정상적인 삶을 갖는 것은 너무도 힘든 일이 된다.

80년 5월의 이 감각이, 한수에게는 '어떤 방식으로든 변화시켜 연속적인 수용의 장으로 소화해내지 못한 장면'이 되어 경험의 연속성을 망쳐놓으면서 현재 위로 솟아오른다(그럴 수밖에. 우리가 막아내지 못한 저 악마적 재난을 어떻게 우리의 경험의 연속성 안으로 흡수할 수 있단 말인가). 일 년 뒤, 소영의 생일 선물을 마련하느라 매혈을 한 한

수는 다시 한번 피가 끓어 발작을 일으킨 뒤 응급실에서 깨어난다. 깨어난 한수는 80년 5월과 81년 9월 30일, 현재의 일을 구분하지 못한다. 이 장면이 (A)의 인용문이다.

이날 서울시는 올림픽 개최지로 확정됐다. "자정이 막 지났을 때 장소에 어울리지 않는 박수 소리와 환호성이 들려왔다. (……) 올림픽 개최 도시가 결정된 순간 터뜨린 소리였다."(142쪽) 기자이기도 한 르포 작가는 최근의 저서에서 이렇게 썼다. "피도, 언젠가는 지워진다. 전두환은 그렇게 믿고 싶었을 것이다. 광주에서 사람들이 많이 죽었다. 훗날 정부가 인정한 공식 피해자만 사망자 154명, 행방불명자 70명, 부상자 3028명이다. 외롭게 죽었다. 1979년에 저항했던 부산, 마산, 서울 사람들은 그때 싸우지 않았다. 전두환은 핏자국을 지우고 싶어했을 것이다. 군인이 아니라 대통령으로 인정받고 싶었을 게다. 1981년 9월 30일은 그래서 상징적이다. 이날 서울시가 1988년 하계 올림픽 개최지로 뽑혔다. (……) 제삼세계의 무명 독재자에게 큰 선물이었다. 전두환은 1979년까지 그저 정보장교에 불과했다. 한반도와 관련 있는 주요 미국인들 중 누구도 그를 몰랐다. 국민도 몰랐다. (……) 무명 정치인에게 잔치가 필요했다. 9월 30일 유치에 성공한 올림픽은 꽤나 시끌벅적한 잔치가 되어줄 것이었다. 전두환은 이로써 집권의 정점을 찍었다."(고나무, 『아직 살아 있는 자 전두환』, 북콤마, 2013, 148~149쪽) 81년의 "어울리지 않는 박수소리와 환호성" 속에서도 80년의 피를 잊지 않은 사람들이 있었고, 그 망각의 거부가 순수함의 수준에 이르러 (A)에서 한수를 혼동시키고 있다. 나쁜 피는, 젊음의 순수함은, "지난 과거의 권력"에 휘둘리고 "거기서 늘 한결같은 소리를 끄집어"내며 "아무것도 잊지 못"한다(나중에 한수는 발작을 일으키는 정도가 아니라 아예 이 세계에서 사라지고 유계幽界로 넘어가 죽음의 형상들을 만난 적이 있다. 그날은 82년 1월 6일 새벽, 야간 통행금지가 해제된 날이었다. 새벽길을 걸을 수 있게 된 작은 기쁨이 시민들에게 "어울리지 않는 박수소리와 환호성"을 내게 한 바로 그때 나쁜 피가 다시 한번 망각을 거부한 것일까?).

83년 12월에도 '해태(광주)'와 '엠비씨'라는 기호는 한수로 하여금 서울의 현재와 80년 5월 광주를 구분할 수 없게 만든다. 한수는 다시 같은 종류의 혼란에 빠진다.

(B)

하얀 도자기 병에 담겨나온 약주를 마시며 그들은 야구 얘기를 했다.

난 삼성이야. 민호의 말이었다.

니가 왜. 장효조 때문에? 우진이 물었다.

아버지 고향이 그쪽이야.

그러냐. 그럼 한수 넌. 해태?

한수는 알아듣지 못하고 멍한 표정을 지었다.

한수도 청룡 팬이야. 소영이 대신 대답했다.

나 빼고 다 엠비씨네.

민호의 말을 듣고 한수가 제 잔에 술을 따르며 말했다.

엠비씨가 불탔어.

뭔 소리야. 민호가 대꾸했다. 지난번 코리안시리즈 얘기야? 해태한테 일무 사패로 진 거?

도청 분숫가에 핏물이 고였어.

(……)

정신 차려 한수야.(210~211쪽)

이 개인적인 혼란이 망각을 거부하는 역사의 의무를 겸하고 있다는 점을 길게 설명할 필요가 있을까.

*

『사슴 사냥꾼의 당겨지지 않은 방아쇠』는 젊음 혹은 순수함의 형식과 내용을 구체화한다. 그것은 정상성에 접근하는 새로운 맥락, 새로운 의미망과 타협하고 합류하며 과거를 미세 조정하는 '성숙'을 거부한다. 그것이 젊음 혹은 순수함의 혼란이자 고통이며, 그것은 의무감 없이 역사의 의무를 환기시키기도 한다. 그런데 젊음 혹은 순수함이 이번에는 혼란이나 고통으로부터 우리의 삶을 잠시 벗어나게 해주고 여기에 어떤 애틋함을 부여하기도 한다. 정상성을 얻지 못하기 때문에 엉뚱하고 이상한 것과 구분하기 어려운, 순수함이 동반하는 애틋함, 성숙의 거부에 따른 애틋함은 예컨대 이런 식이다.

너 장준하 선생이 어떻게 죽었는지 알아?

그렇게 묻는데 그 양반이 누구냐고 묻기는 쉽지 않았다. 얘네 학교 선생인가. 한수는 요행을 바라고 말했다.

고혈압?

미자는 한수가 알 만한 사람 얘기로 건너뛰었다.

박정희가 제일 잘못한 게 뭐라고 생각해.

그 문제라면 한수도 할말이 있었다.

자기 아내를 지켜주지 못하고 대신 죽게 놔뒀지.

미자는 한수를 지그시 바라본 뒤에 말했다.

넌 참 엉뚱해.

엉뚱한 건 너라고 한수가 말하려는데 미자의 말이 이어졌다.

그래서 좋아.(114쪽)

한수는 광복군 장교 출신으로 백범의 비서로 일했던 청년 장준하를 몰랐고, 『사상계』의 주필 장준하를 몰랐으며, 박정희에 맞서다 의문사한 정치인 장준하를 몰랐다. 그가 알았던 것은 이런 것들뿐이다. 74년 8월 15일 광복 29주년 기념식에서 박정희를 저격하려는 시도가 있었고, 그 와중에 엉뚱하게도 육영수가 총에 맞아 죽었으며, 그러는 사이 박정희는 방탄 처리된 연설대 뒤로 황급히 몸을 숨겼다. 박정희는 강력한 독재자였지만 "자기 아내를 지켜주지 못하고 대신 죽게 놔뒀"다. 그 외의 것은 하나도 중요하지 않았고 알 필요도 없었다. 육영수는 팔 년 전 장을 보러 나갔다가 아직까지 돌아오지 않은 한수의 엄마와 닮았고, 그래서 어린 한수는 육영수의 마지막 순간을 홀린 듯이 바라본 적이 있다.

순수함으로서의 젊음은 그것이 설사 시대적 요구에 부합하는 종류의 것이라고 하더라도 세상의 이치를 알아차리고 거기에 합류하는 데 신경쓰지 않는다. 자신에게 쏟아져들어왔던 최초의 충격을 고스란히 간직한 채 새로운 기호들이 그 충격의 울림을 훼손하지 않도록 조심스럽게 그 주위에 기호들을 배치해 자신만의 의미-지도를 만드는 것. 순수함으로써의 젊음이 신경쓰는 것은 그것뿐이다. 민주주의도, 민족주의도, 경제발전도, 아내를 지키지 못한 남편이나 엄마를 잃은 아들의 문제, 그 최초의 충격에 비하면 절박함에서는 턱없이 부족한 것이다. 다시 한번 망각과 성숙의 거부. 그것이 젊음의 형식이며, 그것이 순수함의 엉뚱하고 이상한 애틋함이다. 그것이 젊음이 다른 젊음을 알아보고 서로에게 매료되는 방식이다. "그래서 좋"은 것이다. 애틋함, 다정하지만 안타까운 것.

"많은 것들을 잊고" 사는 것은 "평화로운 날들"(239쪽)을 선물해 줄 수 있겠지만, 그 경우 "이젠 이상하지 않"(250쪽)게 되고, 서로를 매료시켰던 젊음의 형식도 순수함의 애틋함도 증발된다. 그것이 소영과 한수 사이의 최대의 위기였다.

*

만약 젊음의 순수함이 무엇인가를 망각하는 일이 있다면 그것은 둘 중의 하나이다. 이제 젊음은 성숙의 문턱에 진입하게 되어 더이상 자기 자신이 아니게 됐다. 혹은 젊음의 순수함은 오직 '세상의 이치'만을 망각할 뿐이다.

성숙한 자들은 '세상의 이치'를 잘 알아서, 미숙한 젊은이들이 "그런 애" 혹은 "그런 집 애"(98쪽)와 잘못 만나 이해관계에 손실이 발생하는 것을 미연에 방지하려 한다. 강한 자들이 세상의 이치에 민감할 때 그들은 잔혹해진다. 민호의 할머니는 소영의 집에 찾아가 그 가족들에게 모욕감을 주고 민호와 소영을 갈라놓았다.

반대로 약한 자들이 세상의 이치에 민감할 때 그들은 서글퍼진다.

철없는 복학생 문오가 밴드 활동에 필요하다며 한숙에게 돈을 요구했을 때 "한숙은 속이 쓰렸다. 미용실 보조가 대학생을 만나려면 지불해야 할 대가인가 싶었기 때문이었다."(61쪽) 그런 대가를 지불했지만 문오는 나중에 대학생 애인에게로 가버렸다. 가버렸다가 돌아왔다. "문오의 애인은 대학 중퇴 학력에다 취직에 뜻이 없는 남자를 계속 좋아할 만큼 철없는 여자가 아니었다. 한숙은 그런 남자를 다시 받아줄 만큼 인생을 비관하는 여자였다. 만약에 문오가 대학을 졸업하고 번듯한 직장인이 되어 나타났거나, 그런 남자를 원하는 여자에게 버림받은 신세가 아니었다면, 한숙은 그를 조용히 타일러서 돌려보냈을 것이었다."(126~127쪽) 나중에 한숙과 문오는 결혼하게 되는데 "문오가 불구의 몸이 되지 않았다면, 한숙은 자기 인생에 결혼은 없다는 해묵은 신념을 내려놓지 않았을 것이었다."(122쪽)

한숙의 체념은 성숙(세상의 이치에 대한 예민함)의 어두운 면이다. 젊음의 순수함은 그런 것들을 알지 못하고 알고 싶어하지도 않는다. 그래서 젊은 우진은 체념한 한숙이 답답하고, 한숙 또한 우진이 답답하다.

> 그 형이랑 결혼할 거냐구요.
> 너 같으면 하겠니. 나 같은 애랑.
> 나 같으면 해요. 누나 같은 여자 말고, 누나랑.
> 그러니까 니가 아직 어리다는 거야.(67쪽)

세상의 이치는 상대방이 누구인가가 아니라 상대방이 어떤 부류에 속하는가를 따져야 하는 이해관계의 계산법을 가르치고, 젊음의 이치는 그 계산법의 망각을 가르친다. 세상의 이치는 '나'가 아니라 "나 같은 (부류의) 애"를 보게 하고, 젊음의 이치는 "누나 같은 (부류의) 여자 말고, 누나"를 보게 한다. '세상의 이치'에 대한 망각이 이 장면의 애틋함의 토양이다.

*

그러나 이 애틋함이 다정함의 일종이기는 해도 결국은 안타까운 것이다. 순수함으로써의 젊음의 형식은 한수가 사회적 삶에 적응하는 데 완전히 실패하게 만들었고 결국은 그의 삶을 파괴해버렸다.

> 한수는 곁에 있는 두 사람과 주변의 모든 사물들을 찬찬히 둘러보며 생각했다. 이보다 더 완벽한 평화가 있을 수 있나. 그 평화를 지키기 위해서라면 몸과 마음을 다 바칠 수 있을 것이었다. 한수는 사랑스런 소영 앞에서 목숨을 걸고 맹세했다. 널 못 보게 훼방놓는 인간이 있으면 죽여버리겠어.(137쪽)

> 죽여버리겠어. 갑자기 피가 거꾸로 솟는 느낌과 함께 한수는 걷잡을 수 없는 살의에 휩싸였다. 자신과 소영의 만남을 틀림없이 누군가 방해하고 있다는 생각 때문이었다. 한수는 미쳐버릴 것 같았지만 그것은 착각이었다. 한수는 이미 제정신이 아니었다.(152쪽)

한수는 한숙과 함께 소영과 저녁시간을 보내면서 완벽한 행복을 느꼈다. 그것이 한수에게는 결코 망각할 수 없는 또하나의 '충격'이 되었을 것이다. 그 행복한 충격을 그대로 보존하고자 하는 순수함이 어떤 타협도 거부했고 그 타협 불가능성은 순수함을 아주 간단하게 잔혹한 의지로 바꿔놓았다. 한수는 소영을 못 보게 훼방놓는 인간이 전두환이라고 착각했고, 그를 죽이기로 결심했다. 최대 권력자를 죽이고자 한 거의 불가능한 한수의 결심이 결국 그의 삶을 망가뜨렸다. 한수가 죽이고 있었던 것은 자기 자신일 뿐이었다.

젊음이 자기 자신의 순수함을 유지하는 한에서, 그의 삶은 정상적인 시간을 모르고 세상의 이치를 모르며 때때로 과격해져 결국 자신의 삶을 고통스럽게 하고는 끝내 파멸시킨다. 젊음의 순수함에 감탄하는 것만으로는 삶의 길을 제시할 수 없다. 구약의 말씀대로 "너는 피투성이라도 살아 있으라"를 실천하려면 결국 젊음의 순수함은 어느 수준에서는 포기되어야만 하는 것이 아닐까.

순수함의 끝에서 삶이 파멸하거나, 삶을 위해 순수함이 파괴되거나. 한수는 끝내 둘 중 어느 것도 선택할 수 없었다. 그는 소설의 거의 마지막 장면에서 자신의 몸에서 '나쁜 피'가 빠져나가도록 허용했다. 하지만 순수함이 파괴된 채로 살아남기를 원한 것 같지도 않다. 한수는 자신의 신비한 능력을 발휘해 자신과 전두환을 동일시한 뒤 둘 모두 서울을 떠나 영영 돌아오지 않기로 결심했다. 그는 사라지는 것을 선택한 것이다. 그것이 『사슴 사냥꾼의 당겨지지 않은 방아쇠』의 마지막 순간들이다.

『사슴 사냥꾼의 당겨지지 않은 방아쇠』는 젊음의 순수함을, 사라짐의 형식을 통해서 흔적으로서 보존하는 것처럼 보인다. 서울 밖을 벗어나본 적이 없는 한수는, 서울의 바깥에서 그리고 자신이 주인공인 이 소설의 바깥에서 지금 어떤 시간을 보내고 있을까. 정상성의 삶도 아니고 순수함의 위태로움도 아닌 채, 피투성이의 삶을 살고 있을까. 이 소설은 그 결론을 확정짓는 것을 원하지 않는 것 같다.

그 결론이 무엇이든 간에, 한수에게도 젊음의 순수함에도 평화가 깃드는 것은 어려운 일처럼 보인다. 한수도 젊음의 순수함도 삶의 축복을 소망할 것 같지는 않지만, 그래도 탄식처럼 읽히는 푸시킨의 축복을 건네는 것으로 이 글을 마치고 싶다.

> 청춘의 때에 젊었던 자는 복이 있나니.
> 때에 맞춰 성숙한 자는 복이 있나니.
> 나이들어가며 차차
> 인생의 냉혹함을 견뎌낸 자는,
> 기이한 꿈에 홀리지 않은 자는,
> 사교계의 무리들을 피하지 않은 자는,
> 스물에 멋을 부렸다가
> 서른에 부잣집 사위가 된 자는,
> 쉰에 사적인 것이든 또다른 무엇이든
> 모든 빚으로부터 스스로를 자유롭게 한 자는,
> 적절한 때에 명성 재산 지위를
> 침착하게 얻어낸 자는,
> 그의 일생 동안 세상 사람들이
> 탁월한 사람이라고 일컫는 자는, 복이 있나니.
>
> —『예브게니 오네긴』, 8장 10절

부기

소설 이후의 시간에 대해서는 우리 모두가 아는 바다. 미자의 마지막 외침("놈은 끝났어. 끝났잖아."(291쪽))는 그다지 정확하지 않았다. "둘 다 서울을 떠나 죽은 듯이 살다가 죽는다"(120쪽)는 한수의 미래 기억도 성공하지 못했다.

'내란죄 및 반란죄 수괴 혐의'로 95년의 1심에서 사형을 선고받았을 때 전두환은 정말 끝난 것처럼 보였다. 전두환은 항소심에서 무기징역을 선고받았고 97년 12월에는 대통령 특별사면에 의해 풀려났다. 그는 비자금 조성 혐의로 추징금 2205억원을 선고받았으나 현재까지 1672억원을 미납한 상태이며 은닉 재산에 대한 혐의가 끊임없이 이어져오다 이 글을 쓰고 있는 2013년 7월 현재 검찰수사가 진행되고 있다. 전두환은 2002년 한 인터뷰에서 80년 광주 민주화운동은 폭동이었기 때문에 진압하지 않을 수 없었다고 말했고, 2008년의 다른 인터뷰에서는 "젊은 사람들이 나에 대해 아직 감정이 안 좋다. 나한테 당해보지도 않고"라고 말한 바 있다. 그는 2012년 6월 8일 '육사발전기금 200억원 달성' 기념행사에 참석했고 생도들의 '우로봐' 경례에 다른 참석자들이 박수칠 때 자신에게 마련된 특별석에서 일어나 거수 경례로 화답해 '반란 수괴가 미래의 군 장교를 사열한 것'이라는 논란을 불러일으켰다. 그는 끝나지 않았고 그는 떠들썩하게 잘살고 있는 것처럼 보인다. 한수도 미자도 틀렸다.

하지만 『사슴 사냥꾼의 당겨지지 않은 방아쇠』는 전두환에 대한 소설이 아니고, 80년대의 역사를 다루는 소설도 아니다. 이것은 '젊음'과 '순수함'의 서사화이자, 그것들에 수반되는 안타까움과 다정함에 대한 이야기이며, 나쁜 피가 나타났다 사라진 구 년의 시간에 대한 기록이다. 그것뿐이다. 그러나 이쪽의 절박함이 없다면, 이 소설의 배경을 이루고 있는 80년대의 역사에 대한 평가라는 것이 무슨 소용이란 말인가.

(2013)

# 아무것도 아닌 것, 아무것도 아닌 것
## —김홍의 『우리가 당신을 찾아갈 것이다』

김홍 작가는 「이인제의 나라」[1]라는 소설의 마지막 문장을 이렇게 처리하고 있다. "그렇게 나는 영영 「이인제의 나라」를 완성할 수 없게 돼버린 것이다."(228쪽)

그렇다면 「이인제의 나라」는 완성된 것일까, 그렇지 않은 것일까? 이 야릇한 느낌은, 우리가 읽고 있는 소설(마지막 문장과 함께 완성된 현실의 소설 「이인제의 나라」)과 소설 속에서 소개되고 있는 소설(작중 화자가 완성할 수 없게 돼버렸다고 토로하고 있는 가상의 소설 「이인제의 나라」)에 동일한 제목을 붙이는 간단한 트릭이 만들어낸 일시적인 착각처럼 보이기도 한다. 현실의 소설과 소설 속 가상의 소설을 얼마든지 구분할 수 있으니, 다시 말해서 제목이 같기는 하지만 완성된 소설과 완성할 수 없는 소설이 엄연히 별개의 것이니, 저 야릇한 느낌은 금세 지워버릴 수 있다고 주장할 수도 있겠다. 하지만 「이인제의 나

1) 김홍, 『우리가 당신을 찾아갈 것이다』, 문학동네, 2021. 이하 이 책에서 인용할 경우 본문에 작품 제목과 쪽수만을 표기한다.

라」라는 텍스트가 가상과 현실을 얽어놓기 위해 여러 장치들을 동원하고 있다는 사실에 주목해보면, 적어도 이 텍스트 안에서 현실의 소설과 가상의 소설의 구분이 생각만큼 간단하지 않게 되고, 그로 인해 저 야릇한 느낌도 좀처럼 지워지지가 않게 된다.

설명의 편의를 위해 우리가 읽고 있는 현실의 소설 「이인제의 나라」의 내용(가상의 세계)을 가상1, 우리가 실제로 읽을 수는 없지만 소설 안에서 소개되고 있는 가상의 소설 「이인제의 나라」의 내용(가상 속 가상의 세계)을 가상2라고 부르기로 하면, 아래의 장면들에서 두 차원이 좀처럼 구분될 수 없게 연결되어 있다는 점을 손쉽게 확인할 수 있다.

**〔가상2〕**

자고 일어났더니 세상이 갑자기 이인제의 나라가 되었다는 내용의 「이인제의 나라」는 육 년 동안 열다섯 번 남짓 고쳐쓰는 동안 한 번도 세상에 공개되지 못했다. (……) 그러는 동안에도 꾸준히 '선배'라는 사람이 등장해 이야기의 진행을 보조했는데, 그는 한때 문래동 로컬 헤비메탈 밴드의 퍼스트 기타리스트로 활동하다가 현재는 화자와 함께 작은 인터넷 언론사를 운영하는 기자라는 설정에서 크게 벗어나지 않았다.(205~206쪽, 이하 강조는 인용자)

**〔가상1〕**

나는 당시 (……) 작은 인터넷 매체에서 (……) 기자 비슷한 일을 하고 있었는데, 나와 함께 일하던 선배는 (……) '이인제 대망론 무엇이 문제인가?'라는 제목의 기획기사를 일 년째 연재하고 있었다. 선배를 처음 만난 건 무정부주의적 펑크록을 하는 연신내 로컬 밴드의 공연 뒤풀이 자리였다. (……) 그들은 선배를 자신들의 전담 디자이너라고 소개했다.(215쪽)

자고 일어났을 때 세상은 이인제의 나라였다.(227쪽)

위의 인용문만을 놓고 보자면, 가상2와 가상1에 작은 차이들이 없지 않지만 그것은 "육 년 동안 열다섯 번 남짓 고쳐"썼다는 소설 속 소설 「이인제의 나라」의 여러 버전들 사이의 차이와 다를 바 없다. 게다가 가상1의 화자의 진술을 그대로 믿기로 한다면, 화자가 "그리스가 망하는 소설을 쓰고 얼마 지나지 않아 그리스가 〔실제로〕 디폴트를 선언해버린"(212쪽) 적이 있고, 사람들이 전부 마스크를 쓰고 다닌다는 설정이 포함된 소설을 쓴 적도 있는데 코로나19 이후의 현실 풍경은 우리 모두가 아는 바와 같다. 그러므로 「이인제의 나라」 안에서는 소설이 현실을 반영하는 것 이상으로 소설(가상2)이 현실(가상1)을 향해 유출되고 있는 셈이다. 「이인제의 나라」라는 소설은 같은 제목의 가상의 소설을 끝내 완성할 수 없었던 소설가가 겪은 이상한 일들에 관한 이야기인 것 이상으로, 가상2와 가상1의 상호반영 및 상호간섭에 관한 이야기인 셈이다. 여기에 작중화자가 "2017년의 등단작인 「어쨌든 하루하루」에는 이혼한 뒤 전처의 고양이를 그리워하며 매일 맥주를 마시고 야구를 보는 남자가 나오는데……"(213쪽, 실제 김홍 작가의 2017년 데뷔작이 「어쨌든 하루하루」이고 소개된 바와 같은 내용을 담고 있다)라고 덧붙일 때, 이 반영과 간섭은 어쩌면 현실의 소설이 쓰여지고 있는, 우리가 실제 살아가고 있는 현실, 말하자면 가상0에도 영향을 줄 수 있을 것만 같다. 그러니까 다소 현학적인 취향을 가진 어떤 독자가 「이인제의 나라」를 두고 '현실과 소설, 삶과 글쓰기의 위상학을 픽션화한 것' 혹은 '저 두 차원의 투과 불가능한 분리를 당연한 것으로 여기는 세론世論에 대한 장난스럽고도 진지한 거부'라고 주장한다고 해도 거기에는 나름의 근거가 있는 셈이 된다. (그런데 가상2와 가상1이 가상0에 영향을 줄 수 있다고 가정한다면, 가상2와 가상1 모두의 메인 플롯이 어느 날 갑자기 '이인제의 나라'가 도래했다는 것이니, 이 소설은 실제 현실에서 '이인제의 나라'가 도래하게 되리라는 예언서가 되는 것일까? 그런데 대체 도래할 '이인제의 나라'라는 건 뭘까?)

*

그런데 「이인제의 나라」에는 현실과 가상을 얽어놓기 위한 투과 장치들이 동원된 이상으로 그러한 장치들을 너무 진지하고 심각하게 받아들이지 못하게 만드는 반反-장치들이 개입하고 있다. 이 반-장치들은 「이인제의 나라」가 장난스럽고 우스꽝스러운 것이니 절대로 진지하거나 심각하게 받아들이지 말라는 메시지를 현실과 가상을 얽어놓기 위한 투과 장치들 바로 곁에서 꾸준히 발신한다. 예컨대 「이인제의 나라」의 가상1과 가상2에 걸친 모든 버전에서 꾸준히 등장하고 있는 인터넷 매체 기자 '선배'에게는 다음과 같은 배경이 금세 따라붙는다. "대학 시절 급진적 무장 혁명 단체의 간부였다는" 소문이 있지만 "라면 수프에 대한 견해 차이로 조직이 깨"(215~216쪽)졌다고도 한다. 그런데 그런 일로 깨질 조직이 추구하는 '혁명'이란 무엇이며 그런 단체의 간부였던 선배는 어떤 사람이란 말인가? 작중화자가 도무지 완성할 수 없었던 「이인제의 나라」를 완성해야겠다고 결심하고 선배를 찾아가 "선배가 아는 '이인제'에 대해 말해줘요."(218쪽)라고 하자 선배는 자못 비장하고도 의미심장하게 "'이인제'와 '비욘세'는 대단히 높은 확률로 연결돼 있"(219쪽)다고 답한다. 이인제와 비욘세라니, 이 엉뚱한 조합에 깜짝 놀랄 만한 비밀이 숨겨져 있는가? 화자는 그 비밀을 풀기 위해 "인물 연구에 있어 가장 기본이 되는 간단한 과학적 배경"(같은 쪽)이라며 두 사람 이름의 한글 낱글자 획수를 더해가는 이상한 셈법을 보여주더니, 그 결괏값이 666으로 나오자 너무 무서워서 「이인제의 나라」를 쓰는 것을 당분간 중단하기로 결심한다. 이런 대목들을 진지하고 심각하게 읽는 것은 당연히 불가능하다. 소설 속 소설 「이인제의 나라」의 구상을 전해들은 '최강헤어' 사장 이인제가 그 기획의 핵심을 깊이 이해하고 '이인제회'를 조직했으나 그것은 아무런 하는 일이 없는 유명무실한 조직이었고 그마저도 (이인제처럼 충청도 출신 실존 정치인인) 심대평 추수꾼들에게 시달린 뒤로 와해되고 말았다고 하니 도대체 「이인제의 나라」의 기획이라는 것이 얼마나 모호하고 엉성한 것인가. 기타 등등.

이와 같은 식으로 반-장치로 기능하는 에피소드들이 「이인제의 나라」에는 너무 많다. 이쯤 되면 「이인제의 나라」를 두고 이런 진지한 해설을 쓰고 있는 나도, 이런 해설을 읽고 있는 독자도 놀림당하는 기분을 느껴야만 할 것 같다. 「이인제의 나라」는 그야말로 아무런 "의미 없는 소설"(209쪽)로, 심각한 체하는 말투로 그다지 중요하지 않은 내용을 과장해 말함으로써 더욱더 심각한 것과는 거리가 멀어지는 우스갯소리로 읽을 수 있을 뿐만 아니라(예컨대 "'이인제'는 한국 정치의 텅 빈 기표 그 자체이자 한국 정치의 텅 비어 있음에 대한 물리적인 구현"(206쪽)이라거나, 최강헤어 사장 이인제가 「이인제의 나라」의 구상을 전해듣고는 눈물을 쏟은 이유를 설명하며 "그 나라가 이름만으로 뿜어내는 불명한 의미의 공허한 그림자가 그의 삶 전체를 지배해온 깊고 어두운 구멍을 건드린 것"(208쪽)이라고 하는, 스스로가 과장되게 지적이고 의미심장한 체한다는 사실을 일부러 드러냄으로써 해당 구절을 우스꽝스럽게 만드는 표현들을 떠올려보라), 그것이야말로 「이인제의 나라」라는 텍스트가 적극적으로 권유하는 독해 방식이기도 하다. 그러니까 「이인제의 나라」가 권장하는 바에 따르면, 우리는 소설가 김홍을 어릿광대로 이해해야 한다.

*

하지만 이 어릿광대에게 속지 말아야 한다. 그의 진심은 이런 것일 테니까.

> 내 책의 모든 유쾌한 제목을 읽을 때 농담과 우스갯감과 조롱감 이외엔 아무것도 없겠다고 생각하지 말라는 것이다. 단순히 외양만 보고서 성급한 결론을 내려선 안 된다. (……) 더 깊이 천착해야 한다. 뼈의 골수를 찾아내는 개를 본 적이 있는지? 그렇다면 개가 얼마나 경건하게 그것을 지켜보며, 얼마나 격렬하게 그것을 잡아채고 얼마나 신중하게 다루며 얼마나 은근하게 그것을 뜯어 발리며 얼마나 부지런하게

그것을 빠는가를 관찰하였을 것이다. 개는 왜 그 짓을 하는가? 그러한 수고의 보답으로 기대하는 것은 무엇인가? 얼마 안 되는 골수일 뿐이다. 그러나 얼마 안 되는 그것이야말로 가장 소중하고 완벽한 영양분이다. 그 개처럼 독자도 '이 양질의 지방질의 좋은 책'을 냄새 맡을 날카로운 코를 가지고 있어서 그 내용을 알아차리고 존중해야 한다. 그러려면 부지런한 독서와 빈번한 명상으로 뼈를 뜯어 발리고 골수를 빨아야 한다.

물론 김홍은 『우리가 당신을 찾아갈 것이다』에 위와 같은 '작가의 말'을 쓴 적이 없다. 이것은 천하의 어릿광대 프랑수아 라블레가 질펀한 농담과 현란한 우스갯소리의 난장판으로 악명 높은 『가르강튀아』에 붙인 '작가의 말'[2]이다. 하지만 우리가 겸손한 김홍 작가를 대신해서 이 거만하고 위압적인 인용문을 『우리가 당신을 찾아갈 것이다』의 '작가의 말'로 덧붙이기로 한다면 어떨까. 이런 식의 첨가는 텍스트의 실상과는 동떨어진 채 외부에서 주입된 과도한 의미 부여일 뿐일까? 나는 그렇지 않다고 말하고 싶다. 심각하거나 진지한 태도를 불가능하게 만드는 반-장치들이 김홍 소설에 활발히 출몰하는 것은 사실이지만 그 반-장치들 가까이에서 그것을 한번 더 뒤집어버리는 데 성공하는, 희미하지만 끈질기게 작동하는 반전 장치들이 있는 것 또한 사실이기 때문이다. 반전 장치? '아무것도 아닌 것'에 대한 반항

---

2) 프랑수아 라블레, 『가르강튀아·팡타그뤼엘』, 유석호 옮김, 문학과지성사, 2004, 16~18쪽. 여기서는 에리히 아우어바흐의 『미메시스』에 인용된 같은 글의 번역을 따랐다. 에리히 아우어바흐, 『미메시스』, 김우창·유종호 옮김, 민음사, 2012(2판), 380~381쪽.

과 거부 혹은 찬탄과 사랑의 생성 기계, 분열 기계.

이 반전 장치를 설명하기 위해 잠시만 우회하는 질문을 거치기로 하자. 「이인제의 나라」의 작중화자와 선배는 왜 그렇게까지 '이인제'에 집착하는 것일까? 그것은 '이인제'가 현존하는 정치인의 이름이 아니라 '아무것도 아닌 것'을 표시하는 기호이기 때문이다. 그리고 '아무것도 아닌 것'은 즉시 두 갈래로 분열을 시작한다. 그것은 ① 스스로를 보편적이고 당위적인 것으로 내세우면서 삶의 다른 요소들 혹은 구성 방식을 길들이거나 격하시키거나 착취하려 드는 권력의지의 실상을 폭로하는 이름이면서(예컨대 '창조경제'라는 신기루, '새정치'라는 신기루, '거악 척결'이라는 신기루 등을 중심화하면서 그것을 둘러싸고 있는 다양한 현상들, 그것들은 모두 아무것도 아닌 것이다) 동시에 ② 김홍 소설이 애착을 갖고 있는 인물들이 거기에 속해 있거니와 실제로 별스런 가치나 의미를 거느리고 있지 않기 때문에 '아무것도 아닌 것'이라고 불리지만 있는 그대로 긍정하고 사랑해야 할 것으로 여겨지는 것들의 이름이다. 김홍 소설은 ①과 ②를 단순히 대립시키면서 별도의 것으로 떨어뜨려놓지 않고 그 둘을 하나의 이름 안에 묶는 동시에 분열시켜 엎치락뒤치락하게 만들면서 ①에 대한 반항과 거부 그리고 ②에 대한 찬탄과 애정을 동시에 자극하거나 생산한다.

"군용 트럭 한 대가 털털거리며 레인지로버 앞에 섰다. 뒷좌석에서 차례로 내리는 사람들의 얼굴이 모두 이인제였다. (……) 온갖 이인제들이 내 앞을 가로막아 섰다. 나는 옴짝달싹할 수 없었다"(227~228쪽) 혹은 "세상은 어쩌면 이미 '이인제의 나라'일지도 모른다는 일종의 패배주의적 현실 인식"(207쪽)이라고 쓸 때는 ①이, "그건 이인제와도 어울리지 않았다. 이인제는 어느 당에서도 점령군처럼 굴지 않았고 지역구의 폭군이었던 적도 없었다. 이인제는 뭐랄까, 뭐라고 해야 할까, 그 사람은 그냥/이인제잖아./아무것도 아니잖아"(226쪽) 혹은 "'이인제'라는 게 저는 어떤 축제처럼 느껴집니다. 아무 해도 끼치지 않고, 누구나 와서 즐길 수 있는 '제48회 논산시청 주관 한마당 이인제祭' 같은 게 있다면 누구라도 그냥 지나칠 수 없겠죠"(209쪽)라고 쓸 때는 ②가 전면에 나선다. 반전 장치는 ①과 ②를 교차시키고 이를 통해 우스갯소리를 삶에 대한 심각하고 진지한 태도로 반전시킨다. '아무것도 아닌 것'에 대해 반항과 거부 그리고 찬탄과 애정을 동시에 쏟아부을 때만이 우리가 삶을 배신하지 않을 수 있다는 태도로.

그러므로 삶에 대한 김홍 소설의 태도는 이렇게 요약 가능하다. "하하하! '아무것도 아닌 것'이잖아." 한 번은 반항하고 거부하면서, 다른 한 번은 찬탄하고 애정을 느끼면서.

여기까지 오면 김홍 소설이 왜 어릿광대를 자처하며 스스로를 우스갯소리로 보이고자 하는지도 분명해진다. 모든 진지하고 심각한 것들은 '스스로를 보편적이고 당위적인 것으로 내세우면서 삶의 다른 요소들 혹은 구성 방식을 길들이거나 격하시키거나 착취하려 드는 권력의지'로 변질될 위험이 있기 때문에, 삶에 대한 김홍 소설의 진지하고 심각한 태도는 스스로를 해독解毒하기 위해서 우스갯소리나 자기 패러디 등의 반-장치를 필요로 하는 것이다. 그런데 그 우스갯소리는 해독제로서만 기능하는 것이 아니고 ① 권력의지의 헛소리의 실상을 폭로하면서 드러낸 공격성(예컨대 이런 장면에서 드러나는 공격성. "중앙은행이 발행하는 원화에 대항해 루왑을 안정적인 대안 화폐로 자리매김시킨 뒤 장기적으로는 중앙의 통제를 받지 않는 자율적인 행정구역을 만들겠다는 목표가 있었다. (……) 그는 얼마 전 지역문화재단에서 수여하는 활동 지원금 천만원을 받았다. 반체제적인 대안 화폐를 발행하는 래퍼이자 아티스트인 에이왑은 지원 서류에 정장을 입고 머리를 빗어 올린 증명사진을 붙였다."(「실화」, 17쪽))이 ② 아무것도 아닌 것을 향할 때는 그것을 유쾌하게 받아들이며 긍정하고 사랑할 수 있게 도와주는 것으로 바뀌어(이 우스갯소리가 만들어내는 긍정과 사랑이 가장 애틋하게 그려지고 있는 것이 표제작 「우리가 당신을 찾아갈 것이다」이다. 그것은 "아무도 아닌 사람"이지만 "나의 친구"(45쪽)인 크리스 해밀턴을 그가 원하는 방식으로 기억해주기 위해 인생을 거는 해수의 이야기다), 우스갯소리가 더이상 우스갯소리가 아니게끔, 진지하고 심각한 이야기가 아닌 것은 아니게끔 만든다(이 점에서 김홍 작가의 데뷔작 「어쨌든 하루하루」의 주요 무대이자 놀림감인 식당의 상호가 '시리어스 리'인 것이 내게는 우연이 아닌 것만 같다). 그러므로 그것은 단순히 웃어넘기며 소비해버릴 수 있는, 삶의 현실적 요소들로부터 닫혀 있는 픽션일 수는 없어서 가상2, 가상1, 가상0을 서로에게 투과시키는 장치 또한 필요로 했던 것 같다. (여기서 한번 더 표제작을 언급하고 싶다. 왜 이 소설의 제목은 '우리가 당신을 찾아갈 것이다'여야 하는가. 그것이 이 소설의 내용 혹은 주제를 압축한 것이니까. 아무것도 아닌 것을 긍정하고 사랑하는 우리('연방 트럼펫 주자 관리 위원회'의 요원 리처드 브런트)가 아무것도 아닌 것을 긍정하고 사랑하는 당신(아무도 아닌 사람 크리스 해밀턴을 "훌륭한 트럼펫 연주자"이자 "나름의 방식으로 세상을 이해한 모험심 넘치는 오답자"(45쪽)로 기억하고자 인생을 건 해수)을 찾아간다는 것이 이 소설의 내용이자 주제이니까. 그런데 김홍 소설이 소설과 현실이 상호투과된다고 주장하는 한, 내용 혹은 주제를 압축하는 이 제목은 마치 현실의 독자들에게 말을 걸고 있는 것처럼 읽힌다. 아무것도 아닌 것을 긍정하고 사랑하는 우리(해수나 리처드 브런트와 같은 작중인물들)가 아무것도 아닌 것을 긍정하고 사랑하는 당신(독자)을 찾아갈 것이라고. 이 소설집을 읽는 독자들에게 이 장담 혹은 예언은 어느 정도 실현된 것이 아닐까.)

김홍 소설에서 대번에 눈에 띄는 것, 다른 장치들을 감추면서 전면에 드러나 있는 것은 반-장치이지만, 그 안에는 반전 장치가 들어 있고 그것이 진지하고 심각한 삶의 태도를 이끌어내며 그것을 삶을 향해 유출시키기 위해 투과 장치를 작동시키지만, 다시 그것들이 유독해질 것을 우려한 나머지 서둘러 반-장치를 소란스럽게 가동시키는 것이다. 이때 '아무것도 아닌 것'에 대한 진지하고 심각한 태도는 그 일부가 유쾌하고 발랄한 긍정과 사랑으로 형질이 바뀌게 되는 것인데, 물고 물리는 이 장치들 사이의 협력과 방해와 변형이 김홍 소설의 다이나믹을 구성한다고도 할 수 있겠다.

여기까지 오면 이 글의 시작에서 던진 질문—「이인제의 나라」는 완성된 것일까, 그렇지 않은 것일까—에 대해서도 답할 수 있다. 그리고 그보다 먼저 애초에 작중화자는 왜 소설 속 소설 「이인제의 나라」를 열다섯 번 남짓 고쳐쓰고서도 완성할 수 없었는지에 대해서도 답할 수 있다. 정답: '이인제'를 반항과 거부의 대상으로 삼아야 할지 찬탄과 애정의 대상으로 삼아야 할지 끝내 결정할 수 없으므로. 그런데 어떻게 현실의 작가 김홍은 「이인제의 나라」를 끝맺고 발표해 우리가 읽을 수 있게 할 수 있었을까. 정답: 같은 이름 안에서 ①과 ②를 역동적으로 분열시키는 반전 장치, 그렇기 때문에 '이인제'가 ①인지 ②인지에 관한 확정 불가능성을 생산하는 반전 장치를, 그러면서

①로부터 ②로 변화할 것에 대한 요구를 텍스트 안에 성공적으로 장착하거나 어느 정도 암시할 수 있었으므로. 그러니까 「이인제의 나라」는 미완의 형식으로 완성된 셈이다.

*

이 소설집에 실린 여러 작품들에서 얼마나 유쾌하고 발랄한 우스갯소리들이 전개되고 있는가, 그것들이 아무것도 아닌 삶을 바깥으로부터 구원하는 대신 이미 그 안에 들어 있는 얼마나 많은 즐거움들을 발굴하고 자극하며 분출시키고 있는가 하는 점을 상세하게 짚어보는 일은 피하고 싶다. 그것은 결국 앞선 설명의 동어반복이 될 것이고, 앞에서 이미 그렇게 해버렸지만 김홍 소설이 다채롭게 긍정해낸 것들을 경직된 관념으로 요약해버리는 일이 될 것이기 때문이다.

나는 이 글을 마무리하면서 그보다는 더 과감하고 혹은 무모하게 호세 오르테가 이 가세트가 『돈키호테』를 발판으로 삼아 당대 스페인의 시대정신을 비평했던 것을 흉내내보고 싶다. 그는 이렇게 썼다.

> 어떤 면에서 볼 때 돈키호테는 신성하고 고독한 그리스도의 슬픈 패러디(……)이다. 즉 그는 근대적 고뇌에 사로잡혀 괴로워하는 고딕풍의 그리스도이다. 그는 순수성과 의지를 상실하고 또다른 새로운 것을 찾아 방황하는 고통 속의 상상력으로 창조된 우리 동네의 희화화된 그리스도이다. 과거의 사상적 빈곤, 현재의 천박함 그리고 미래의 신랄한 적대감에 예민하게 반응하는 스페인 사람들이 삼삼오오 모여 있을 때마다 그들 사이로 돈키호테가 강림한다.

물론 김홍은 세르반테스가 아니고, 「실화」의 정기도 「우리가 당신을 찾아갈 것이다」의 해수도 「이인제의 나라」의 화자도 돈키호테는 아니다. 우리의 정신적 토양에 그리스도의 강림에 대한 믿음이나 열망이 있는 것 같지도 않다. 거의 알려지지 않은 신인 작가의 첫 소설집에 부치는 글에 스페인 문학의 최고 걸작으로 알려진 『돈키호테』 운운하는 것이 참아주기 어려운 과장이 될지도 모르겠다. 하지만 김홍 소설이 그렇듯이 어떤 발화가 우스꽝스러운 과장이 되는 것을 피하지 않으면서 혹은 그렇게 되는 것을 즐기면서 나의 개인적인 찬탄과 애정을 담아 이 소설집을 축성祝聖하는 것을 부디 용서하시길.

호세 오르테가 이 가세트에 따르면, 『돈키호테』가 출간된 17세기 초반의 지적 상황은 다음과 같다. 세속적 삶의 표면들 혹은 파편들을 아우르면서 거기에 빛을 던지고 보다 심오하고 고귀한 것으로 만드는 이념은 이제 더이상 작동하지 않는다. 이제 보편적 이념의 위상은 돈키호테를 제외한 『돈키호테』 속 인물들이 합심하여 실없는 농담으로 치부하는 '기사도 문학'의 수준으로 전락했다. 돈키호테는 아무것도 아닌 이념(기사도)을 진지하게 믿어버린 바람에 웃음거리가 되고 마는 인물인 것이다. 그러나 다른 한편 겉으로는 기사도 문학을 비웃는 것처럼 보였던 인물들 모두가 한결같이 기사도 문학의 열렬한 애독자였음이 밝혀진다. 『돈키호테』를 너무 빨리 읽지 않을 것 같으면 돈키호테를 조롱하는 것이 과연 온당한 것인지 질문하게 만드는 장면들이 군데군데 박혀 있으며 마지막에 가서는 돈키호테의 엉터리 위업에 모종의 찬탄과 애정이 표시되기도 한다. 『돈키호테』는 표면들과 파편들로만 이루어진 세속적 삶에 순응하기를 거부하면서 그러나 보편적 이념으로의 회귀가 가망 없다는 사실을 모르지 않은 채로, 그 양쪽 모두가 아닌 새로운 삶의 형식, 그러나 도래하는 것이 불가능해 보이는 삶의 형식을 요구하는 것이었기 때문이다. 돈키호테가 바보에 미치광이로 등장해야만 했던 것은 가망 없는 이념으로의 회귀를 우스꽝스러운 자기 패러디로 인격화한 탓이지만, 돈키호테가 바보에 미치광이였기 때문에 웃음거리가 된 것이 아니라 그가 세속적 삶을 넘어서려고 했기 때문에 세속적 삶에 안주하는 자들이 그를 웃음거리로 만들었을 뿐이다. 그래서 그 모독당한 고독한 모험가는 구약의 시대는 소멸했지만 구원의 미래는 아직 도착하지 않은 공간에서 수난을 당한 그리스도의 패러디가 될 수 있다. 그래서 "과거의 사상적 빈곤, 현재의 천박함 그리고 미래의 신랄한 적대감에 예민하게 반응하는 스페인 사람들이 삼삼오오 모여 있을 때마다 그들 사이로 돈키호테가 강림"할 수 있는 것이다. 그런 점에서 20세기 초반의 혼란스러운 스페인에서 『돈키호테』를 비평하는 것은 시대정신을 비평하는 일이 될 수 있다.

2017년(이해에 김홍 작가가 데뷔했다는 사실을 미래의 문학사가들이 눈여겨보는 날이 오게 될까?)에 대규모로 분출되었고 또 성공한 것처럼 보이기도 했던 '촛불혁명'이라고도 불렸던 시민운동은 오랜 기간 진퇴를 거듭한 한국의 민주화운동의 특별한 매듭임이 분명한 것 같다. 2017년이 어떤 사람들에게는 숭고한 이념들이 지난한 우회로를 거쳐 드디어 지상에 강림한 가슴 벅찬 순간이 아니었을까. 하지만 촛불정신을 계승했다는 정부의 여러 정책이 다른 누구도 아닌 시민들에 의해 거부되고 있는 2021년 봄, 이제 사람들은 그들이 오 년 전에 태극기를 들고 있었느냐 촛불을 들고 있었느냐와 무관하게 그 이념들에 환멸을 느끼는 것 같다. 이제 와서는 방향을 바꿔 찔러대는 '이게 나라냐?'라는 힐난을 포함해서 인터넷에 떠돌아다니는 성난 문구들을 읽어보면 사람들은 이제 그런 이념들은 다 우스갯소리이거나 음험한 꿍꿍이를 감추고 있는 헛소리 그러니까 아무것도 아닌 것이라고 받아들이는 것 같다.

김홍 작가가 그런 것들을 의식하고 있는가의 여부를 떠나서, 김홍 소설의 우스갯소리들이 신랄해질 때 거기에는 우리 시대의 환멸의 웃음이 유입되어 공명하는 것 같다. 그러나 김홍 작가의 정치적 견해가 어떤 것인지와 상관없이[3], 김홍의 소설은 환멸의 대상을 두고 단지 냉소하거나 복수하고자 하지 않는다[4]. 김홍의 소설은 차라리 환멸

---

3) 여담일 뿐이지만 독자들이 기억해내기 용이하지 않은 사항 한 가지를 기록해두고 싶다. 김홍 작가의 데뷔작 「어쨌든 하루하루」에는 "정부가 야심차게 추진한 국정 과제였던" "달 탐사 프로젝트"가 국가적 규모의 아무것도 아닌 것, 헛소리로 등장하며 그것이 어떤 의미에서는 "내가 겪은 고통의 기원"(180쪽)이라고도 되어 있다. 픽션처럼 보이는 이 에피소드는 2012년 말 대선을 앞두고 열린 TV 토론회에서 박근혜 당시 대통령 후보가 실제로 내건 공약이었고 그 공약에 따르면 달 궤도선 발사는 2017년에 현실화될 것이었었다. 한국형 달 탐사 프로젝트의 실제 경과에 대해서는 심채경의 『천문학자는 별을 보지 않는다』(문학동네, 2021) 175~178쪽에 간략히 소개되어 있다. 물론 이 행성과학자의 책에서 달 탐사는 헛소리가 아니다. 한편, 김홍 작가의 경장편소설 『스모킹 오레오』(자음과모음, 2020)에는 "그러니까 내가 항상 말하잖아요. 전두환을 자연사시키는 게 한국 현대사의 가장 큰 수치가 될 거라고"(53쪽)라고 말하는 인물이 등장한다. 김홍 작가의 정치적 견해를 우리가 아주 모르기는 어렵다. 한편, 김홍 작가를 연상시키는 「이인제의 나라」의 서술자는 본인이 소설에서 뭔가를 쓰고 나면 그것이 현실에서 벌어진다고 주장했는데, 『스모킹 오레오』가 출간된 다음해 전두환은 자연사했다.

4) 이것은 트레버-로퍼가 호세 오르테가 이 가세트와 유사한 구도에서 세르반테스를 비평할 때 썼던 표현이기도 하다. "그러나 세르반테스는 공격하지 않았다. 설령 환멸을 느꼈다 하더라도, 그는 자신의 환멸에 대해 보복을 가한다거나 냉소하지 않았다. 어떻게 그럴 수 있겠는가? 그 환상에 자신의 반생(半生)을 바쳤고, 이제 그 자신은 에

의 웃음을 아무것도 아닌 자들의 삶, 밑바닥 인생 가까이로 끌어내리면서 삶과 웃음을 동시에 형질 변환 시키는 내러티브 실험을 수행하는 것 같다. 「실화」의 정기가 "믿을 수 없는 것을 믿고 싶은 마음"(25쪽)으로 아무것도 아닌 헛소리들에 감염되어 현수 같은 악당의 정체가 밝혀진 뒤에도 끝까지 그를 사랑하고 돌아와주길 기다리며 자기 인생을 망치는 이야기를 그저 유쾌한 기분으로 읽을 수 있는 독자들이 얼마나 있을까. 그것은 읽기에 따라 아직도 헛소리에 대해 충분히 환멸을 느끼지 못하는 우리 자신의 모습이 될 수도 있는데. 그러나 이 소설이 '믿을 수 없는 것을 믿고 싶은 마음'을 축적시키다가 흘러넘치게 해서 나중에는 게르마늄 목걸이에 관한 거의 신화와도 같은(이 소설의 첫 장면이 이 신화적 시간의 선포로 되어 있다. "정기는 먼 곳에서 산이 무너져내리는 소리를 들었다. 산맥이 통째로 바다에 가라앉으며 돌 긁는 소리를 내는 것처럼 들리기도 했다. 크고 무서운 소리였다."(9쪽)) 엉터리 믿음을 유포시킨 끝에 정기가 그의 신실한 믿음을 보상받아 소박한 삶의 행복을 되찾을 뿐 아니라 독자인 우리들에게 그 믿음의 주문을 가르치려 들 때, 저 헛소리들에 대한 야유와 환멸의 한가운데 지금까지의 헛소리들과는 전혀 다른 종류의 믿음의 대상이라는 불가능한 사물에 대한 요구가 들어 있다는 점을 조금은 알아차릴 수 있지 않을까. (이 소설의 제목은 이 엉터리 같은 이야기가 '실화實話'

---

스파냐와 더불어 조롱거리가 된 마당에? 조만간 세르반테스 자신처럼 헌신적으로 살아본 경험이 없는 세대, 그리고 과거의 공상을 매정하게 대할 수 있는 세대가 등장할 것이다. 그러나 적어도 세르반테스는 그렇게 할 수 없었다. (……) 그는 근본적으로 (……) 환멸을 느꼈으되 (그 환상이 자신들의 것이었기에) 그에 대해 후회하지 않는 세대를 위해 쓴 것이다."(H. R. 트레버-로퍼, 「돈키호테의 두 에스파냐」, 『호메로스에서 돈키호테까지』, 윌리엄 L. 랭어 엮음, 박상익 옮김, 푸른역사, 2001, 491쪽)

라고 능청을 떨며 한번 더 웃어보자는 것 이상으로, 저 불가능한 사물과 우리의 삶이 더이상 모종의 관계를 맺기 어렵게 되었다는 뜻의 '실화失和'는 아닐지. 이 소설의 줄거리도 보기에 따라서는 주인공 정기가 사랑하는 친구 현수와 사이가 멀어지게 되었다는 것失和이 되기도 하니까.)

어떤 면에서 볼 때 김홍 소설의 인물들은 환멸에 빠졌으나 환멸의 대상에 복수할 수 없었던 돈키호테의 슬픈 패러디이다. 즉 그들은 근대적 고뇌에 사로잡혀 괴로워하는 고딕풍의 그리스도이다. 그들은 순수성과 의지를 상실하고 또다른 새로운 것을 찾아 방황하는 고통 속의 상상력으로 창조된 우리 동네의 희화화된 그리스도이다. 과거의 사상적 빈곤, 현재의 천박함 그리고 미래의 신랄한 적대감에 예민하게 반응하는 한국문학 독자들이 삼삼오오 모여 있을 때마다 그들 사이로 어디선가 흘러나온 주문 외는 목소리가 지나가는 것이다.

'알 칸다 마데 루와노프 브리사 미촉 미촉법'

'알 칸다 마데 루와노프 브리사 미촉 미촉법'

……

(2021)

| 에필로그 |

# 지금 마시고 있는 그 술잔이 마지막 잔인지 아닌지를

나는 술을 못한다. 남들은 술을 마시면 기분이 좋아진다는데, 내게 술은 한 잔만 마셔도 괴로움 속에서 정신을 잃게 되는 고약한 음료다. 그런 고통은 과음에 뒤따르는 가벼운 부작용일 뿐이고 부작용을 보상하고도 남을 아주 근사한 취기의 순간들이 있다는데, 내게는 심각한 부작용뿐이다. 그러니까 나 같은 사람은 『안녕 주정뱅이』 같은 소설의 진짜 면모는 끝내 모르는 것일지도 모른다(술을 몰라도 너무 좋은 이 소설이, 주정뱅이들에게는 얼마나 끝내주는 소설일까).

오래전에 어디선가 이런 내용의 글을 읽었던 것 같다. 소설가 고故 이윤기 선생님의 따님이 이렇게 물었다던가. "아빠. 아빠는 왜 그렇게 맨날 술 마시면서 글을 써. 술 안 마시고 맨정신으로 쓰면 더 잘 쓸 거 아니야." 그랬더니 이런 대화가 이어졌다고. "으응, 그게. 술을 안 마시면 딴생각 나서 글을 쓸 수가 없어." "딴생각? 무슨 딴생각?" "술 생각." 술이 그런 경지의 물건이라니, 나도 술에 대해 좀 알고 싶다. 이윤기 선생님의 답변을 좀 과장하자면, 술을 마셔야 글이 술술 써진다는 거 아닌가. 아, 그건 아닌가? 어쨌든 술을 모르면 인생의 묘미 가운데 하나를 모르는 것이고 그렇다면 문학을 하기 어렵다고 생각하는 사람들이 제법 있었던 것 같다. 내가 직업적인 문학평론가라고 하면 진심으로 궁금해하는 사람들이 있었다. '술도 못하는 사람이 무슨 시를 논해?' 그래서 내 글이 이 모양인가.

들뢰즈에 따르면 알코올의존자는 이렇게 말한다고 한다(이하의 내용은 클레르 파르네와의 인터뷰 영상 〈질 들뢰즈의 A to Z〉의 'Boisson(술)' 항목을 참고한 것). '내가 술 마시기를 멈추지 못하는 게 아니야. 나는 언제든지 그만 마실 수 있어. 단지 지금 그만 마시고 싶지 않을 뿐이야.' 그렇게 말하고는 계속 마신다. '한 잔만. 딱 한 잔만 더 마시고 집에 가자. 이게 진짜 마지막이야.' 그렇게 말하고는 또 계속 마신다. 그러면 우리는 웃는다. 우리는 그 말의 의미를 모르기 때문에 웃는 것이다. 그들이 술을 마실 때 원하는 것은 제일 마지막 잔에 도달하는 것이다. 알코올의존자는 마지막 잔에 도달하기까지 술 마시기를 멈추지 않는 사람이다. 마지막 잔에 도달하는 그 순간을 향해 전력 질주하기, 그것이 알코올의존자들의 음주다. 그렇다면 마지막 잔이라는 것은 무엇인가? 그것을 넘어서고 나면 무너지고 마는 자신의 한계선, 달리 말해서 자신의 최대치, 그것이 마지막 잔이다. 그러니까 알코올의존자는 측정하는 것이다. 지금 마시고 있는 그 술잔이 마지막 잔인지 아닌지를. 그는 제일 마지막 잔과 모든 다른 잔들을 비교하며 마지막 잔에 도달하기를 기다린다. 그러면서 자신의 능력이 한계치까지 고양되고 있는지를 매 시각 예민하게 측정하면서 그것이 최대치에 도달하기를 기다리는 것이다. 술 없이는 견뎌낼 수 없는 어떤 강력한 것이 다가왔을 때, 그들은 술을 마시고 마지막 잔에 도달하며 자신의 최대치로 '그것'을 견뎌내는 것이다. 음주는 술을 즐길 것이냐 절제할 것이냐의 문제가 아니다. '그것'을 견뎌내기 위해 우리가 술을 필요로 할 뿐이다. 혼자서 감당할 수 없는 너무나 큰 삶의 역량을 견딜 수 있도록 술이 도와주는 것이다. 하지만 술을 마시는 단계를 거치고 나면 술의 도움으로 자신의 최대치에 이르는 데 익숙해지고 그렇게 되면 술 덕분에 할 수 있다고 생각했던 것들이 사실은 술 없이도 할 수 있었다는 것을 알게 된다(그러나 사실을 말하자면 '그것'을 견뎌내기 위해 술을 필요로 했던 사람들이 '그것'을 피하기 위해 술을 마시고 마비상태에 이르는 전도顚倒가 일어나는 경우도 있는데, 안타깝게도 우리 주위의 알코올의존자들은 대개 전도된 자들이다).

글을 쓴다는 것은 너무나 큰 삶의 역량에 맞서기 위해 자신의 한계 역량을 시험하고 고양시키는 것이다. 술은 그것 때문에 필요한데, 사실은 필요 없다. 그러니까 만약 내 딸이 "아빠. 아빠는 왜 그렇게 맨날 말짱한 정신으로 글을 써. 가끔 술 마시고 취중에 쓰면 더 미묘하고 심오하게 쓸 거 아니야" 하고 물어오면 나는 이렇게 응수해줘야겠다. "으응. 그게. 아빠는 첫잔이 곧 마지막 잔이야. 심지어 한 모금 마시기도 전에 이미 마지막 잔이야. 아빠는 항상 한계 역량으로 있어. 그러니까 아빠야말로 알코올의존자 중에 알코올의존자야. 그래서 아빠는 술 없이도 술술 써." 그러면 딸은 말하겠지. "아빠 술 먹었어?" 아니. 그러고 싶다는 말이지.

(2018)

# 셉티머스의 컵

"아, 아름다워!" 그녀[레치아—인용자]는 나직이 중얼거리며 셉티머스에게도 보라고 꾹꾹 찔러댔다. 그러나 아름다움은 창유리 뒤에 있을 뿐이었다. 맛있는 음식(레치아는 아이스크림이나 초콜릿 같은 단 것을 좋아했다)도 그에게는 아무 맛이 없었다. 그는 작은 대리석 탁자 위에 컵을 내려놓았다. 창밖의 사람들을 내다보았다. 길거리 한복판에 모여 소리치고 웃고 아무것도 아닌 일로 다투는 모습이 행복해 보였다. 그러나 그는 아무 맛도 아무 느낌도 없었다. 찻집의 탁자들과 시끌벅적한 웨이터들 사이에서 공포가 그를 엄습했다. 그는 아무것도 느낄 수 없었다. (……) 셉티머스는 생각했다. 그럴 수도 있겠지, (……) 세계 그 자체가 무의미하다는 것도 있을 수 있는 일이야. (……) 여기서 그는 또다시 셰익스피어를 펴들었다. (……) 셰익스피어가 얼마나 인류를 혐오했던지, (……) 언어의 아름다움 속에 숨어 있던 메시지가 이제 셉티머스에게 명백해졌다. 한 세대가 다음 세대에게 남몰래 전해주는 은밀한 신호는 역겨움과 증오와 절망이었다. 단테도 그랬다. 아이스킬로스(……)도 마찬가지였다.

—버지니아 울프, 『댈러웨이 부인』(최애리 옮김, 열린책들, 2009, 118~119쪽, 이하 강조는 인용자)

1914년 유럽에서 전쟁이 일어나자 가장 먼저 자원한 영국의 젊은이들 가운데는 셉티머스 워렌 스미스도 있었다. 그는 어려서 시인이 되고자 집을 뛰쳐나와 런던으로 떠났고 그곳에서 청년이 되어 개방대학의 야간 강의에서 셰익스피어를 가르치는 미스 이사벨 포울을 만나 사랑하게 됐다. 그가 생각하기에 영국이라는 나라는 그가 쓴 시를 붉은 잉크로 고쳐주는 미스 이사벨 포울과 그녀가 가르치는 셰익스피어로 이루어져 있었으므로, 이 내성적이고 말을 더듬는 청년은 나라를 구하기 위해 프랑스로 갔던 것이다. 그리고 그곳의 어느 참호 속에서 변화가 일어났다. 그는 더이상 약골이 아니었다. 남자다워진 그는 상관의 신임을 얻어 진급도 했다. 그를 진급시킨 상관이었다가 나중에는 언제나 모든 것을 함께하는 친구가 된 에번스가 휴전 직전 이탈리아에서 죽었을 때도 전쟁을 통해 강인해진 셉티머스는 다행히도 감정에 휩쓸리지 않았고 극히 이성적이었다. 굉장한 일이었다. 포탄들도 그를 피해 갔고, 그는 그것들의 폭발을 무덤덤하게 바라보았다. 에번스의 죽음을 별다른 느낌 없이 바라봤던 것처럼. 이후로 그는 아무것도 느낄 수 없었다.

'더이상 아무것도 느낄 수 없다'는 것이 다행스러운 일이 전혀 아니고 당혹이며 공포라는 점을 깨달았을 때, 셉티머스는 레치아와 약혼했다. 전쟁이 끝나고 밀라노의 한 모자 만드는 집을 숙소로 배정받았을 때 그 집 처녀들이 가위를 딸깍거리며 웃어대고 그러는 가운데 모자가 만들어진다는 사실 속에서 어쩐지 안심할 수 있었기 때문이다. 그러나 웃음소리가 뒤섞인 딸깍거림과 만들어지고 있는 모자들을 벗어나면, 아무것도 느낄 수 없다는 사실이 그를 엄습해왔기 때문이다. 그래서 그는 모자 만드는 집 둘째 딸 레치아에게 청혼했다. 물론 그는 주변의 모든 현실을 인식할 수 있었고 그것들에 대해 논리적으로 생각할 수 있었다(그는 이탈리아인인 레치아에게 영어로 셰익스피어를 읽히기도 했다). 그러나 그 모든 것이 그에게 아무런 느낌도 주지 못했다. 말하자면 그는 자신이 살아 있다는 실감을 잃어버린 것이다. 자신이 살아 있는 시체일지도 모른다는 불안과 공포가 서서히 그를 잠식해갔을 것이다. 그게 아니라면 겉보기에는 정상적인 듯하지만 사실은 모든 것이 너무나 잘못된 세계에 자신이 생매장되어 있다고 느꼈을지도 모른다. 셉티머스는 살기 위해, 납골당에서 자신을 꺼내달라고, 레치아에게 손을 내밀었다.

그러나 레치아와의 결혼도 그를 구해주지는 못했다. 결혼생활 속에서도 그는 아무것도 느낄 수 없었다. 레치아가 좋아하는 맛있는 음식들도 그에게는 아무런 느낌을 주지 못했다. 셉티머스의 정신 어딘가가 고장난 것이 아니다. 친구의 죽음에서조차 아무것도 느낄 수 없었다면, 그러한 무감각이야말로 오히려 생존의 비결이요 유능함의 근거가 되는 세계라면, 그것이 셉티머스 개인의 특이한 체험이 아니라 셉티머스가 살고 있는 세계의 보편적인 이치라면, 세계의 무의미함 그리고 그러한 세계에서의 삶의 무의미함이야말로 부인할 수 없는 진실일 것이다.

'더이상 아무것도 느낄 수 없다'는 것이 처음에는 기이한 증상처럼 보였지만, 이제는 그것이 무서운 진실임을 알겠다. 이 무의미한 세계와 삶으로부터 우리가 대체 무엇을 느낄 수 있다는 말인가. 극소수의 사람만이 '역겨움과 증오와 절망'을 포함한 이 무서운 진실을 겪으며 망각하지 못하고 냉정하게 인식했다. 그가 사랑했고 언제나 가르침을 구했던 셰익스피어도 인간들의 세계에 아무런 의미도 없다는 무서운 진실에 대해 이미 다 써놓았다는 것을, 그런 것들을 인식하지 못하고 모든 것이 너무나 잘못된 세계에서도 아무렇지 않다는 듯 살아가는 인간들을 혐오했다는 것을, 그런 세계 안에 있었기 때문에 햄릿이 끝까지 아무것도 선택할 수 없었고 행위할 수 없었다는 사실을 셉티머스는 뒤늦게 그러나 너무나 분명히 알아차릴 수 있었다.[1)]

그런데도 사람들은 셉티머스가 미쳤다고 생각했다. 그를 아내와 떼어놓고 정신병동에 가두려고 했다. 의사가 그를 '치료'하고자 방문했을 때, 셉티머스가 창문 너머로 뛰어내린 것은 사실이지만 그가 죽으려고 그랬다는 것은 분명하지 않다. 그가 이 세계에 문제가 있다는 사실을 전혀 이해하지 못하는 자들, "아무것도 분명히 알지 못하면서 남을 지배하고 벌을 내리는 자들, '그래야' 한다고 말하는 자들"(194쪽)에게 짓눌리고 싶지 않았고 그들의 손아귀에서 빠져나가려고 했다는 것이 분명한 것만큼은. "그는 죽고 싶지 않았다. 산다는 건 좋은 일이었다."(195쪽) 어떤 점에서 셉티머스는 자살한 것이 아니고, 닥터 홈

1) 이것은 셉티머스의 망상이 아니다. 젊은 시절의 니체의 독해도 그와 같았다. "디오니소스적 인간은 햄릿과 유사하다. (……) 행위 한다는 것은 그들에게 구토를 불러일으켰다. 왜냐하면 그들의 행위는 사물의 영원한 본질을 조금도 변화시킬 수 없기 때문이다. 지리멸렬한 세계를 다시 정돈하라고 요구하는 것이 그들에게는 우스꽝스럽거나 치욕스럽게 느껴지기 때문이다. (……) 이것이 햄릿의 가르침이다."(프리드리히 니체, 『비극의 탄생 · 반시대적 고찰』(니체전집 2), 이진우 옮김, 책세상, 2005, 66~67쪽)

즈로 대표되는 자들, 세계에는 문제가 없으며(그래야 한다!) 문제를 느끼는 자들을 '치료'해야 한다고(그래야 한다!) 믿는 자들에게 죽임을 당한 것인지도 모른다.

셉티머스는 컵을 내려놓았다. 컵에 담겨 있는 차茶에서 아무 맛도 느낄 수 없었기 때문이다. 하지만 그것이 단지 차 맛의 문제가 아니고 그가 내려놓은 것이 그저 음료를 마시기 위해 만든 도구인 것만이 아니라는 사실을 이제는 이해할 수 있을 것 같다. 네댓 해가 지나 정신분열증을 앓다가 창문 너머 투신해 죽음에 이르게 될 셉티머스가 이때 이미 내려놓은 것이.

*

셉티머스가 내려놓은 것이 아니더라도, 컵 일반에는 그것을 그저 음료를 마시기 위한 실용적인 도구에 그치지 않게 하는 어떤 꿈 혹은 의지가 새겨져 있다. 어떤 꿈? 어떤 의지?

셉티머스가 결코 잊을 수 없었던 무서운 진실을 이렇게 재진술하는 것도 가능하다. 세계는 물어뜯는 이빨로 우리를 갈가리 찢어버리고 꿀꺽 삼켜버린다. 세계의 뱃속으로 삼켜진 우리들은 더이상 우리 자신은 아닌 너덜거리는 인형으로 살아간다. 더이상 삶이라고 부르기 어려운 이 생매장에 대항해서, 삶에 대한 우리의 꿈 혹은 의지는 '완화' '부정의 부정' '내밀화'라는 세 개의 전략으로 컵을 빚는다.

〔완화〕; 날카롭고 단단한 이빨은 그에 찢겨지는 살과 가죽에 대응한다. 그러므로 질긴 살과 가죽이 씹을 필요도 없이 부드럽게 넘어가는 액상형 음식으로 대체될 때, 삼키는 입에서 이빨도 함께 퇴화한다. 그

러므로 액상형 음식을 위한 컵을 빚고 그것을 신성시하는 신화의 논리는 이 세계의 난폭한 무엇인가를 완화하려는 꿈과 의지에 직결된다. [부정의 부정]; 어떤 상처는 바로 그 상처를 입힌 무기로만 치료될 수 있다. 어떤 적은 적의 무기로만 물리칠 수 있다. 컵을 들어올려 무엇인가를 마실 때, 우리의 꿈과 의지는 세계의 난폭한 삼키기를 삼키는 것이다. 그렇게 해서 부정을 부정해버리고 세계를 살아갈 만한 공간으로 바꿔놓고자 하는 것이다. [내밀화]; 컵은 무엇인가를 제 안에 담아 품는다. 아이가 엄마의 뱃속에서 혹은 품속에서 무에서 유로 미숙함에서 성숙함으로 나아가는 것처럼, 그러한 내밀화를 흉내내며 죽은 자들을 대지의 품에 묻어 더 나은 존재가 되어 피안에서 부활하기를 소망하는 것처럼, 컵은 세계와 세계 안의 무수한 사물들을 숙성시켜 더 나은 존재로 만들고자 하는 꿈과 의지를 포함한다.[2)]

컵이 함축하는, 이 세계 안에서 살아남기에 대한 혹은 이 세계를 삶에 적합한 것으로 바꿔놓고자 하는 저 꿈과 의지가 더이상 기능할 수 없었을 때, 저 모든 멀쩡한 컵들이 근본적인 곳에서부터 이미 깨어져 있다는 사실을 더이상 모른 체할 수 없게 됐을 때, 셉티머스는 컵을 내려놓을 수밖에 없었다. 어떤 시인들은 그것과 함께 우리가 무엇인가를 다시 꿈꾸거나 의지할 수 있을 새로운 컵을 빚는 것을 자신의 의무로 삼는다. 버지니아 울프가 그런 시인에 속할까? 새로운 컵을 빚는 것을 자신의 의무로 삼는? 그 컵을 무심히 들어올릴 수 없다는 사실, 무서운 진실에 대한 인식이 너무도 엄격한 나머지 그녀는 그런

2) 컵의 상징적 의미를 완화, 부정의 부정, 내밀화의 전략으로 해석하는 것은 질베르 뒤랑의 『상상계의 인류학적 구조들』 2권 1부 「하강과 잔」(진형준 옮김, 문학동네, 2007) 참조.

시인들에 합류할 수 없었던 것 아닐까? 그러니까 버지니아 울프의 글쓰기가 특별히 누군가를 비판하고 있지 않더라도 이미 어떤 시인들의 허구성을 폭로하고 있는 것이 아닐까?

*

셉티머스를 따라 셰익스피어에 대해 계속 말하기로 하자면, 〈햄릿〉을 공연하기 위해서는 5막 2장에서 반드시 '컵'을 하나 무대 위에 올려놓아야 한다는 점을 지적하고 싶다. 햄릿을 죽이기 위해 클로디어스가 독을 타놓은 포도주 잔. 거트루드가 햄릿을 대신해서 마시는 바람에 죽어가며 "아니다, 아니다, 그 잔, 그 잔! 오 사랑하는 햄릿아! 그 잔, 그 잔! 나는 독살되었다."[3]라고 가리키며 외쳐야 했던 그 잔. 모든 것이 너무나 잘못된 세계에서, 이 세계 안에서 살아남기에 대한 혹은 이 세계를 삶에 적합한 것으로 바꿔놓고자 하는 저 꿈과 의지가 새겨진 컵은 완전히 뒤집혀 죽음의 잔이 됐다. 삼키기에 대항하는 '삼키기를 삼키기', 그것이 한번 더 삼켜지고 말았다고 해야 할까? 그러니 거트루드도 셉티머스처럼 컵을 내려놓아야만 했던 것인데, 그녀는 그러지 못했다.

*

영국 사람들이 문학을 생각할 때 셰익스피어를 읽거나 떠올리듯이 우리가 김소월을 읽거나 떠올려볼 수 있다면, 김소월의 시집 『진달래

---

3) 윌리엄 셰익스피어, 『햄릿』, 이경식 옮김, 문학동네, 2016, 217~218쪽.

꽃』(1925)이 버지니아 울프의 『댈러웨이 부인』과 같은 해에 출간됐다는 사실 외에도 다음과 같은 점을 지적해보고 싶다. 김소월 시에 너무나 자주 보이는 꽃은 도무지 활짝 핀 상태가 아니라 언제나 지고 있고 꽃잎이 떨어지고 있다고. 그런데 꽃이란 자연의 은총을 담고 있는 잔이며, 잔이란 달콤한 포도주를 품고 있는 꽃이라고. 그러니까 김소월 시도 셉티머스처럼 꽃-잔盞의 꿈과 의지가 불가능함을 냉정하게 인식했고 그것이 근본적인 곳으로부터 이미 깨어져 있다는 사실을 모른 체할 수 없었고 그래서 꽃-잔을 내려놓고 있는 셈이라고. 꽃-잔의 이미지가 김소월만의 유별난 어떤 것은 아니어서, 독일어 kelch와 프랑스어 calice는 모두 잔(특히 성배)이라는 뜻과 함께 꽃받침이라는 뜻을 지니고 있다는 사실도 덧붙여야겠다. 이 꽃-잔의 깨어짐에 대한 시인의 성찰이 얼마나 준엄했던지 김소월은 아편 과다 복용으로 죽음에 이르기 전 그의 스승 김억에게 보낸 편지에 이렇게 썼다.

"우리들의 노래가 과연 이 세상에다 바늘끝만한 광명이라도 던져 줄 수가 있을 것입니까. 우리는 쓸데없이 비인 하늘을 향하고 노래하는 데 지내지 아니하는 것입니다."[4]

*

미국의 소설가 마이클 커닝햄은 버지니아 울프의 삶과 그녀의 대표작 가운데 하나인 『댈러웨이 부인』(1925) 그리고 새롭게 만들어낸 인물과 에피소드 등을 흥미롭게 병치시켜 『디 아워스』(1998)라는 소

4) 김억, 「소월의 생애와 시가」, 『삼천리』, 1935년 2월호.

설을 써냈다. 퓰리처상과 펜포크너상이 동시에 수여된 이 유명한 소설에 대해 내가 갖고 있는 불만은, 『댈러웨이 부인』에서 클라리사 댈러웨이의 짝패로 출현하고 있는 셉티머스 워렌 스미스가 클라리사의 첫사랑 피터 월시 및 현재의 남편인 리처드 댈러웨이와 부주의하게 뒤섞여 사실상 지워버렸다는 점에서 비롯된 것 같다. 『디 아워스』는 『댈러웨이 부인』에 대한 패러디 소설임을 표방하면서도('The hours', 그것이 나중에 『댈러웨이 부인』으로 출간될 원고의 집필중 제목이었다) 셉티머스를 지워버렸다. 그러므로 당연히 셉티머스가 겪었던, 버지니아 울프 또한 겪었을 것이 분명한, 클라리사도 매우 잘 이해하고 있는 것으로 그려지고 있는, 그 무서운 진실이 『디 아워스』에서는 포착되지 않는다. 그 때문에 내게는 마이클 커닝햄의 클라리사가 여는 파티가 다소 공허하게 느껴진다. 버지니아 울프의 클라리사가 셉티머스의 고통에 대해 보여준 이해와 동질감 그리고 살아남기 위해 기쁨의 불꽃을 피워내야만 했다는 그녀의 절실한 자각이 마이클 커닝햄의 클라리사에게는 없기 때문이다. 그런 탓에 『디 아워스』의 클라리사가 갖고 있는 삶에 대한 싱그러운 낙관은 피상적이고 순진해 보인다. 내가 보기에 『디 아워스』는 무척 잘 만들어진 소설이기는 하지만, 버지니아 울프의 여러 설정과 문장들을 기발하게 차용하고 인용하는 것 또한 사실이지만, 그것이 『댈러웨이 부인』에 정당하게 응답하는 패러디는 아닌 듯하다. 말하자면 마이클 커닝햄은 셉티머스의 '내려놓은 컵'을 보지 못했거나 대수롭지 않게 생각한 것이다. 어쩌면 그것이야말로 『댈러웨이 부인』이 결코 포기할 수 없는 결정적인 장면이었는데도.

*

버지니아 울프가 『댈러웨이 부인』을 출간한 직후 구상하기 시작한 『등대로』(1927)에도 셉티머스의 '내려놓은 컵' 못지않게 대수롭지 않게 생각해버릴 수 없는 컵이 나온다.

서로 다른 경향의 여러 사람들을, 가만히 놔두면 반목을 일삼다 흩어져버릴 사람들을 하나로 묶고 그들 모두와 그들이 머무는 공간 전체에 삶의 활력을 불어넣었던 램지 부인이 갑작스럽게 죽고 나서 "찻잔들에는 금이 갔다"(『등대로』, 최애리 옮김, 열린책들, 2013, 78쪽)는 점을 두고도 할말이 있겠지만, 여기서 보이려는 것은 다른 장면이다. 컵이 없는 다음의 장면에서 하나의 컵이 표현되고 있다는 사실을 입증하기 위해 특별한 노력이 필요할 것 같지는 않다.

> 램지 부인은 (……) 막 일어나려는 것처럼 보였다. 그러자 공기 중에 빗줄기 같은 기운이 물보라처럼 뿜어져나오고, 마치 그녀의 모든 기운이 힘으로 녹아들어 활활 타며 빛을 내는 듯 생기 있어 보였고 (……), 이 감미로운 풍요로움 속으로, 이 생명의 물보라 속으로, 남성의 치명적인 불모성은 놋쇠로 된 부리를 들이밀었다. (……) 그[램지 씨—인용자]는 동정을 원했고, 자신의 천재성을 확인받고 싶었고, 그런 다음 다시 삶의 울타리 안에 받아들여져 온기와 위로를 얻고 무뎌진 감각을 되찾고 싶었다. 그의 불모가 된 황량함이 비옥해지기를, 온 집의 방들이, 거실과 거실 뒤편 부엌과 부엌 너머 침실들과 그 너머 유아실까지, 모두 삶으로 가득차기를 바랐다. (……) 제임스[램지 부부의 어린 아들—인용자]는 그녀의 모든 힘이 뿜어져나와 놋쇠로 된 부리의 갈

증을 채우는 것을, 거듭거듭 동정을 구하며 가차없이 휘둘러지는 남성의 메마른 언월도에 베이는 것을 보았다.

—버지니아 울프, 『등대로』, 52~54쪽

감미롭고 풍요로운 생명의 물보라를 잔뜩 품고 있다는 점에서, 램지 씨의 놋쇠로 된 부리와도 같은 공격적인 갈증을 채워준다는 점에서, 램지 부인은 컵 그 자체다. 하지만 버지니아 울프에게는 컵에 대한 노스탤지어가 없다. 버지니아 울프의 글쓰기가 램지 부인의 어떤 면모들을 극히 정밀하고 미묘한 데까지 추적하면서 (특히 램지 부인 못지않게 중요한 등장인물 릴리 브리스코를 통해) 램지 부인이 뿜어낸 생명의 물방울들이 사소한 일상을 어떻게 영원한 것으로 만들어버렸는지를 음미하고 있다 하더라도, 램지 부인이 그러한 역할을 제 것으로 만들고 감당하기를 얼마나 원했는지에 대한 표시가 분명하더라도 그렇다. 버지니아 울프의 글쓰기는 죽음에 굴복하지 않으려는 욕망으로 잔뜩 충전되어 있지만, 그러한 욕망이 컵이 함축하는 꿈과 의지의 방식으로는 실현 불가능하다는 인식뿐만 아니라, '여성적인' 생명의 컵에 대한 예찬이 결국 죽음에의 굴복으로 이어진다는 인식 또한 포함한다.

컵에 새겨진 꿈과 의지는 죽음을 이겨낼 만큼 풍요로운 삶을 목표로 하지만, 그 꿈과 의지가 실제로 작동하는 방식은 전체 삶을 '마셔지는 부분'과 '마시는 부분'으로 '마실 수 있는 부분'과 '마실 수 없는 부분'으로 분할한다. 이 '분할'의 운동 속에는 지배하고 벌을 내리는 죽음의 힘이 이미 들어와 있다. 이 분할의 운동 속에서 컵은 칼을 부른다(분할分割이라는 낱글자들 안에 이미 刀, 刂〔칼〕이 들어가 있다). 어떤 점에서 컵은 이미 칼이다. 총명한 제임스가 바로 보았듯, 아버지의 난폭한 칼-놋쇠 부리가 어머니-컵을 베고 마신다. 하지만 릴리 브리스코가 다른 장면에서 몇 차례 지적하듯 여성스러운 램지 부인도 램지 씨 못지않게 지배적이다. 램지 부인은 타인의 삶을 그 자신인 컵 속에 넣고 뒤섞어 숙성시키려 하는데, 다르게 말하자면 램지 부인-컵은 타인의 삶을 집어삼키는 것이다. 질베르 뒤랑은 『상상계의 인류학적 구조들』에서 잔盞의 상징에 대한 아름다운 설명을 이어가면서 칼을 남성적인 것으로 잔을 여성적인 것으로 대립시켰지만, 아마도 버지니아 울프는 그의 견해에 동의하지 않을 것이다. 컵은 칼을 부르고 어떤 점에서 컵은 이미 칼이기 때문이다. 엠페도클레스가 '청동으로 생명을 푸면서'[5]라는 은유를 쓸 때도 생명의 물을 퍼내는 청동잔은 베고 피 흘리게 하는 청동검과 일치한다.

램지 부인이 자신 안에서 끊임없이 생명의 물을 퍼올려 주변에 흩뿌리는 것을 자신의 의무로 받아들였지만, 그러한 의무를 성실히 수행했지만, 그러면서도 언제나 피로와 종말의 예감을 함께 느꼈던 것도 그런 이유에서였을 것이다.

> 만일 자신이 그런 노력을 하지 않으면 다른 아무도 하지 않을 것이었다. 그래서 마치 멈춰버린 시계를 조금 흔들듯 자신을 추슬렀고, (……) 그러자 (……) 삶은 다시금 그녀에게 힘을 미칠 만큼 강해져서, 그녀는 또다시 그 모든 일을 시작했다. 마치 지친 뱃사람이 바람에 부푸는 돛폭을 바라보면서도 다시 떠나고 싶지 않다는 기분, 만일 배

5) 아리스토텔레스, 『시학』, 천병희 옮김, 문예출판사, 1998, 116쪽에서 재인용.

가 침몰하면 자기도 빙글빙글 떨어져내려 바다 바닥에서 안식을 찾겠지 하는 기분이었지만.(같은 책, 113~114쪽)

차라리 배가 침몰해서 더이상 항해에 나서지 않기를 바라는 저 지친 뱃사람의 기분으로 램지 부인은 더이상 생명의 컵이 되고 싶지 않은 자신의 마음을 알아차렸지만 그럼에도 컵이기를 멈추지 못했다. 그녀는 끊임없이 자기 안에서 퍼올려 주변 사람들이 마시게 했던 생명이 결국엔 소진되고 말았다는 듯이 어느 날 갑자기 허무하게 죽고 말았다. 컵은 칼을 부르므로 컵이 이미 칼이므로 컵에 새겨진 꿈과 의지는 절대적으로 훼손된다.

그래서 버지니아 울프에게는 생명의 컵에 대한 노스탤지어가 있을 수 없다. 셉티머스처럼 컵을 내려놓아야 한다. 컵의 꿈과 의지가 불가능하다는 사실을 외면하지 않고, 컵 없이, 누군가를 삼키지 않고 누군가에게 삼켜지지 않고, 삼킬 수 있는 것과 없는 것을 가르지 않고, 그 안에 숨겨진 칼을 모른 체하면서 그것이 생명의 컵이라고 믿어버리지 않고, 우리가 삶을 살아낼 수 있을까? 그렇게 해서 죽음에 대해 승리하면서, 동시에 ('그래야' 한다고 이것저것 요구하면서 죽음을 불러들이는) 삶에 대해서도 승리할 수 있을까? 도대체 어떻게? 마치 이 질문이 버지니아 울프의 글쓰기에 걸려 있는 중대한 내기인 것처럼 보인다. 이 내기에서 패배하지 않을 실낱같은 희망은 불가능한 생명의 컵, 이미 독배가 되어버린 그 컵을 내려놓아야만 한다는 사실에 대한 엄격한 인식으로부터 간신히 시작되는 것인지도 모른다.

(2021)

## | 발표 지면 |

### 1부

시의 음악 『발견』 2017년 여름호

음부陰部/淫婦의 입술이 세계의 성기性器를 삼킬 때—김언희론 『현대시학』 2015년 1월호

재난 장치 고안자—배수아의 『어느 하루가 다르다면 그것은 왜일까』 배수아 소설 『어느 하루가 다르다면 그것은 왜일까』(문학동네, 2017)

무와 형상 사이에서 주사위 던지기—공시네론 공시네 〈수가후리(收家後利)〉전 도록(2015.7-8)

개에 관한 명상 문장 웹진 2019년 2월호

빛에 관한 시론—강성은의 『단지 조금 이상한』 『문학동네』 2013년 겨울호

오늘의 날씨—임솔아의 『괴괴한 날씨와 착한 사람들』 『문학동네』 2017년 여름호

### 2부

착화着火 『문학동네』 2019년 봄호

다시쓰기, 받아쓰기, 이어쓰기 『문학동네』 2020년 봄호

복자에게 『문학동네』 2020년 겨울호

아이러니와 아날로지—박형서론 『문학동네』 2018년 가을호

나, 문학권력은 이렇게 말했다 『문학동네』 2015년 가을호(발표 당시 제목은 '눈동자 속의 불안')

제로—『문학동네』 100호를 펴내며 『문학동네』 2019년 가을호(발표 당시 제목은 '90년대 문학은 없다')

## 3부

소설은 사랑을 무엇이라고 생각하는 걸까? 『현대비평』 2020년 가을호

김남숙 소설어 작은 사전, 혹은 불가능한 사랑—김남숙의 『아이젠』 김남숙 소설 『아이젠』(문학동네, 2020)

한낮의 우울—이주란의 『한 사람을 위한 마음』 이주란 소설 『한 사람을 위한 마음』(문학동네, 2019)

미뤄지지 않는 것—김금희의 『나의 사랑, 매기』 김금희 중편소설 『나의 사랑, 매기』(현대문학, 2018)

욕망의 글쓰기 『문학동네』 2020년 가을호

사랑의 글쓰기—김봉곤의 『여름, 스피드』 김봉곤 소설 『여름, 스피드』(문학동네, 2018)

## 4부

한줌의 불 『문학동네』 2015년 봄호

우리가 인간이라는 사실과 싸우는 일은 어떻게 가능한가?—한강론 『문학동네』 2016년 가을호

사드-붓다의 악몽—김영하의 『살인자의 기억법』 김영하 장편소설 『살인자의 기억법』(문학동네, 2013, 발표 당시 제목은 '웃을 수 없는 농담, 사드-붓다의 악몽')

'우리'의 확장 『문학동네』 2018년 가을호

살아남는 법을 배우기 『문학동네』 2021년 가을호

부디 너의 젊음이 한시 바삐 지나가기를—이해경의 『사슴 사냥꾼의 당겨지지 않은 방아쇠』 이해경 장편소설 『사슴 사냥꾼의 당겨지지 않은 방아쇠』(문학동네, 2013)

아무것도 아닌 것, 아무것도 아닌 것—김홍의 『우리가 당신을 찾아갈 것이다』 김홍 소설 『우리가 당신을 찾아갈 것이다』(문학동네, 2021)

**에필로그**

지금 마시고 있는 그 술잔이 마지막 잔인지 아닌지를 『대산문화』 2018년 봄호(발표 당시 제목은 '술과 글')

셉티머스의 컵 『사물함 Samulham』 6호(체조스튜디오, 2021, 발표 당시 제목은 '버지니아 울프의 컵')

문학동네 평론집
정화된 밤


1판 1쇄 2022년 3월 25일
1판 2쇄 2022년 9월 16일

지은이 권희철
책임편집 김봉곤 | 편집 김영옥
디자인 이보람 유현아
마케팅 정민호 이숙재 박치우 한민아 이민경 안남영 김수현 정경주
브랜딩 함유지 함근아 김희숙 박민재 박진희 정승민
제작 강신은 김동욱 임현식 | 제작처 영신사

펴낸곳 (주)문학동네 | 펴낸이 김소영
출판등록 1993년 10월 22일 제2003-000045호
주소 10881 경기도 파주시 회동길 210
전자우편 editor@munhak.com
대표전화 031) 955-8888 | 팩스 031) 955-8855
문의전화 031) 955-3578(마케팅) 031) 955-2660(편집)
문학동네카페 http://cafe.naver.com/mhdn
인스타그램 @munhakdongne | 트위터 @munhakdongne
북클럽문학동네 http://bookclubmunhak.com

ISBN 978-89-546-8575-7 03810



www.munhak.com